上

意千重 著

国色芳华

GUOSE FANGHUA

重庆出版集团 重庆出版社

图书在版编目（CIP）数据

国色芳华 / 意千重著． — 重庆：重庆出版社，2023.3（2025.3重印）
ISBN 978-7-229-17073-8

Ⅰ．①国… Ⅱ．①意… Ⅲ．①长篇小说－中国－当代 Ⅳ．①I247.5

中国版本图书馆CIP数据核字（2022）第155611号

国色芳华
GUOSE FANGHUA
意千重 著

选题策划：李　子
责任编辑：李　子　刘星宇
责任校对：刘　刚
版式设计：侯　建

重庆出版集团
重庆出版社 出版

重庆市南岸区南滨路162号1幢　邮政编码：400061　http://www.cqph.com
重庆天旭印务有限责任公司印刷
重庆出版集团图书发行有限公司发行
E-MAIL:fxchu@cqph.com　邮购电话：023-61520646
全国新华书店经销

开本：710mm×1000mm　1/16　印张：47.75　字数：1400千
2023年3月第1版　2025年3月第4次印刷
ISBN 978-7-229-17073-8
定价：118.00元

如有印装质量问题，请向本集团图书发行有限公司调换：023-61520678

版权所有　侵权必究

目录

第一章　牡丹　/001

第二章　花宴　/013

第三章　争执　/022

第四章　指印　/037

第五章　和离　/046

第六章　商人　/059

第七章　阴谋　/074

第八章　端午　/090

第九章　出名　/105

第十章　宝会　/125

第十一章　好宴　/141

第十二章　买地　/155

第十三章　邻里　/172

第十四章　未雨绸缪　/185

第十五章　误会　/200

第十六章　月下踏歌　/218

第十七章　哀家梨　/233

第一章 牡丹

夏初,飞絮流花,暖风袭人。

刘家少夫人何牡丹坐在廊下,微眯了一双妩媚的凤眼,用细长的银勺盛了葵花子,引逗着架上的绿鹦鹉甩甩说话。每当甩甩说一句:"牡丹最可爱。"她便奖励它一粒葵花子,语气温和地道:"甩甩真聪明。"

甩甩熟练地将瓜子壳吐出,咽下瓜子仁,用爪子刨刨脚下的横杆,横着踱了两步,自得地道:"甩甩真聪明。"

牡丹笑出声来:"是,甩甩真聪明。"

"少夫人,您该午休啦。"穿着粉绿色半臂、束银红高腰裙、圆脸大眼的丫鬟雨荷走过来,笑嘻嘻对着甩甩做个鬼脸,作势要去打它。

已经十多岁、成了精的甩甩根本不惧,怪腔怪调地叫了一声:"死荷花!"那腔调与牡丹身边的另一个丫鬟雨桐娇嗲糯软、还要转几个弯的声音一模一样,只是配上它的怪腔调,怎么听怎么好笑。

雨荷却笑不出来,反而紧张地看向牡丹。

牡丹面无表情,起身抚抚石榴红的八幅罗裙,转身往里走。

雨荷瞪着甩甩,低声骂道:"笨鸟!以后不许再学那不要脸的雨桐。不然不给你稻谷吃!"也不管甩甩听懂没有,提了裙子去追牡丹。

"少夫人……"雨荷刚喊了一声,就被走廊尽头那个高挑的身影吓得闭了嘴。她用最快的速度立定站好,手贴着两腿,以牡丹铁定能听到的声音响亮地喊道:"公子爷!"

刘畅掸掸身上那件精工细作的墨紫色团花圆领锦袍,淡淡地"嗯"了一声,背着手仰着头,慢吞吞踱到牡丹的房前。雨荷赶紧上前打起精致的湘妃竹帘,请男主人进去。

刘畅略显阴鸷的眼睛在静悄悄的屋子里扫了一圈,道:"少夫人又在午睡?"

雨荷点头哈腰,略带谄媚地道:"是,少夫人早上起来,就觉得头有些晕。"边说边偷看刘畅的表情。

刘畅浓密挺拔的眉微微挑了挑:"请了大夫吗?"

今日他的脾气好得出奇,雨荷有些不安:"少夫人说是老毛病了,多躺躺就好,用不着麻烦大夫。"

刘畅不置可否,突然抬脚往里走:"你退下吧。"

雨荷看见他的动作,吓得一抖,越发谄媚:"公子爷,奴婢替您打帘子。"

刘畅冷冷地扫了她一眼,从两片薄唇里硬邦邦地吐出一句:"下去!"

雨荷的笑容倏忽不见,垂着头倒退出去。

刘畅立在帘外,透过水晶帘子,看向那张宽大的紫檀木床。十二扇银平脱花鸟屏风大开着,帐架上垂下的樱桃色罗帐早已半旧,黄金镶碧的凤首帐钩闪烁其中,粉色锦被铺得整整齐齐,并不见有人睡在上面。

刘畅皱眉看向窗边那张被春日的阳光笼罩着的美人榻。果见石榴红长裙从榻上垂下,旖

· 001 ·

旎委地。牡丹斜倚在榻上，用素白的纨扇盖了脸以挡住日光，象牙扇柄上浓艳的紫色流苏倾泻而下，将她纤长的脖子遮了大半，越发衬得那脖子犹如凝脂一般雪白细腻，让人忍不住想轻轻摸上一摸。

刘畅的喉结微不可见地动了动，情不自禁将目光移到她那件豆青色绣白牡丹的小袄上。素白的牡丹，偏生有着金黄艳丽的蕊，绣在前襟上，一边一朵，花蕊在日光下灼灼生光，妖异诱人。

刘畅低咳一声，牡丹纹丝不动。

"牡丹！"刘畅掀起帘子，大步走入，水晶帘子在他身后发出叮叮当当的脆响，煞是好听。

久久听不到牡丹回应，刘畅眼里涌起一丝怒气，勉强压低了声音道："又说身子不好，为何这样随意躺着？到床上去，当心病加重了又闹腾得阖府不安。"

牡丹浓密卷长的睫毛在纨扇下轻轻颤了颤，唇角漾起一丝讽刺的笑。十指纤纤，取下覆在脸上的纨扇，慢吞吞坐起身来，脸上已是一派温婉："夫君可是有什么事？"

她背对着光，微眯了眼，嘴唇鲜红欲滴，还带着刚刚睡醒的茫然，神态慵懒迷人。刘畅的心跳不受控制地快了一拍，张口便道："没事我就不能过来了？"语气前所未有地柔和。

牡丹有些讶异，随即垂下眼，起身走到窗边，望着窗外那一大盆开得正艳的魏紫，淡淡地道："使人抬去好了。只要莫摘给人戴，借三天三夜也无所谓。"

刘畅被她一眼看穿，颇有些恼羞成怒，刚刚平静下来的情绪立时又被点着，便冷笑着看向她："雨桐怀孕了。"

牡丹眼睛也不眨："哦，这是大喜事啊，待我禀过夫人，给她增加月例，多拨一个人伺候，够了吗？"

刘畅死死盯着她，妄图在她精致美丽的面容上找到一丝裂痕，看透她伪装下的慌乱、失望和悲苦。

但牡丹只是随意地抚抚脸，微笑着看向他："我脸上有花，还是觉着我额头这翠钿新颖别致？前日玉儿瞧见，还说要你给她买呢。就在东正街的福鑫坊，二两银子一片，只是我这花色肯定没了。"

她举止随意，语气平淡，如同与交好的闺阁姐妹闲话一般，并不见任何慌乱与难过，刘畅突然泄了气。他不明白，为什么她突然就变了。不争不抢，不妒不恨，即便他要了她最倚重的雨桐，她也是平静地接受了，倒叫他有些没脸。

刘畅神色变了几变，学着她漾起一丝微笑："不是你脸上有花，也不是翠钿别致，而是你本身就是一朵牡丹花。"他大步走过去，温柔地抚上牡丹的脸。

他的手指冰凉，带着一股浓浓的熏香味，牡丹妩媚的凤眼里闪过一丝厌恶，人却是没动，微仰着下巴，淡笑道："我本来就叫牡丹么，夫君看错了眼，也没什么稀罕的。"

牡丹只是小名，实际上她大名叫做何惟芳，但还是一个意思。"绝代只西子，众芳惟牡丹。"何爹将她看作宝贝，觉得什么名儿都配不上，只有这花中之王的牡丹配得上。却又觉着"牡丹"二字做大名不够雅致大气，便弄了个惟芳做大名，可私底下，一家人还是只叫她的乳名牡丹。

牛嚼牡丹。听牡丹这样说，刘畅脑海里突然冒出她讽刺过自己的这个词，他顿一顿，收回手，沉默片刻，仍然下了决心："你最近深得我意，今夜我在这里歇。"

深得他意？他以为他是帝王临幸？牡丹垂眼掩去不屑与慌乱："只怕是不行呢。"

不肯要是一回事，被拒绝又是另一回事。刘畅冷笑起来："不行？你嫁过来三年，始终无出，现又拒绝与我同房，莫不是想要我刘家断子绝孙？"

牡丹委屈地眨眨眼："夫君息怒，生这么大气做什么？我是身子不便，不是不想服侍你。"

刘畅瞪着她，她与他对视，继续扮可怜："快别说断子绝孙，琪儿不是你的儿子么？碧梧知道，又要哭闹了。"

庶子算什么？刘畅冷哼一声，拂袖就走："明日我在家中办赏花宴，你打扮得整齐些，早点起床！"

牡丹没有回答。

他大步冲出帘子，忍不住又回头张望，牡丹已经转身背对着他，纤长苗条的身子伏在窗边，探手去触那盆魏紫上最大的花。盆离窗子有些远，她够不到，便翘了一只脚，尽力往外。小巧精致的软底绣鞋有些大，在她晃了几晃之后，终于啪嗒一声落了地，白缎鞋面上绣着大红的牡丹、鞋尖缀着的明珠流光溢彩。

刘畅的心突然软了，这珠子，还是她嫁过来的第二年，十五岁及笄，他随手扔给她的礼物，没想到她还留着，并将它缀到了鞋尖上。他顾不上生气，再度走到她身后，低声道："要做什么？我帮你。"

那一刻，他想，即便她恶意想要摘了那朵最大的花，和他作对，让他明日无花可赏，坏了客人的兴致，他也认了。

牡丹吃惊地回头望着他，一双流光溢彩的眼睛瞪得老大："你还要借什么？"

刘畅再度黑了脸，好不容易涌上的柔情蜜意尽数倾泻干净，转而化作滔天怒火，他冷笑："借？我用得着向你借？你都是我的，我用得着向你借？给你脸面，就不知天高地厚了？稍后我就叫人来抬花，不但要这盆，还有那姚黄、玉楼点翠、紫袍金带、瑶台玉露都要！"

牡丹不说话，静静地看着刘畅。

她疯狂地爱着牡丹花，所以何家陪嫁了二十四盆名贵牡丹，如今都在她院子里由专人养着，倒成了刘家春日待客之时必然要展示的道具之一。特别是这几盆名字吉祥如意的，几乎是每年必点之花。

牡丹的眼神，又叫刘畅想起了从前以及他为什么会娶她。他愤怒地举起手来，牡丹这回才算真的慌了，往后一缩，迅速观察地形找出最佳逃跑路径，结巴着道："你……你……你想做什么？你要是敢动我一根手指，我……我就……"

"你就怎样？你倒是说来我听听。"刘畅的手终究是放了下来，他鄙夷地看着牡丹因为害怕和生气涨红的脸，再看着她因为惊慌而四处乱转的眼珠子，突然有些想笑。

门口传来雨荷怯生生的声音："少……少夫人？公，公子爷？"

得，主仆俩一起结巴了。刘畅的心情前所未有地好起来，挥挥袖子，转身就走。

"恭送公子爷！"雨荷利落地给他打起帘子，嘴巴也利索了。

刘畅冷冷地扫了她一眼，轻声道："信不信，哪天公子也将你收了！"

雨荷的大眼睛里顿时涌出泪花来，接着涌出两管清亮的鼻涕。她也不擦，很响亮地使劲吸了又吸，可怜巴巴地看着刘畅，想哭又不敢哭，揪着衣角，语无伦次地道："我，我娘会打死我的。"

这死丫头的娘是何母岑夫人的陪房，是个会耍剑的粗暴女人，力大无穷，犯起横来就是岑夫人也骂不住，屡教不改，偏岑夫人又离不得。雨荷跟过来时，岑夫人答应过不叫雨荷做通房或是做姨娘，到了年龄就放出去。若是自己真碰了雨荷，那浑人只怕真会打上门来，为了个相貌平平的小丫头闹得满城风雨不值得。

刘畅正思忖间，雨荷又响亮地吸溜了一下鼻涕。刘畅恶心得要死，几乎是落荒而逃。

雨荷立刻收起眼泪，弄干净脸，皱着眉头进了里屋。牡丹还在继续先前的动作，翘着脚，伸长手臂去够那窗外的魏紫。

"少夫人，您这是何苦来着！"雨荷拾起绣鞋给她穿上。以前少夫人病着时，巴不得公子爷常来看她；病好后，就天天盼着公子爷来她房里，与她圆房，公子爷偏不肯来，她哭过求过，不过是自取其辱。如今不用哭，不用求，公子爷反而肯来了，她却要把人推开，这是什么道理？

终于够到了。牡丹轻出一口气，轻轻抓着魏紫的枝叶，取下头上的银簪子，要将藏在花心的小虫挑走。虫子吐了丝，缠着不肯走，她便很小心地挑着，只恐伤了花。

雨荷等不到回答，便道："既然少夫人如此爱惜，为何不绕出去挑，偏在这里拉了来挑，会伤花梗。"

牡丹笑道："我很小心的，顺便也拉拉腰。"这具身体太柔弱，必须时常锻炼。

雨荷见她笑容恬淡，忍不住又道："您到底在想什么？如今您身子大好，不能再叫别人踩在头上了。得赶紧生个小公子才是！"

牡丹不置可否，这种贱男人也配？她呸！一个把深深爱恋着他的妻子当草，恨不得逼死柔弱妻子的人，也配她给他生孩子？圆房？他以为是恩赐，殊不知她就没打算和他过一辈子，自然不肯多流一滴血。

他把她当草，她也不会把他当宝。自上次险些病死之后，她是大彻大悟了，世情富足奢靡、民风开放，为什么非得和自己过不去？

雨荷见她神色，便知自己劝不动，又急又气："少夫人，您到底是怎么打算的？您倒是说说看！这样过着憋屈！"

牡丹挑挑眉："雨荷，依你看，我能怎样打算？"这丫头不比那勾搭了刘畅、不管不顾、踩着她一心往上爬的雨桐，对自己是绝对的死忠。

雨荷指指自己，睁圆眼睛："您问奴婢？"

牡丹笑道："就是问你。我也觉着憋屈，刘家看我不顺眼，无论怎么做都是错。就算侥幸生了儿子，他不喜欢，又非长子，倒叫孩子受气，过得不爽快。他们不稀罕我，我又何必赖在这里！我又不要靠着谁活。"

少夫人这是想和离呀，雨荷吃惊过后，飞速盘算开来。本朝民风开放，女子当得家做主，从公主到村姑，和离再嫁的多得很。凭着自家少夫人这容貌家世，再嫁还真不难。纵然找不到刘家这样的家世，却不会再受这种气。她也不用提心吊胆，平白装样子恶心人。

雨荷盘算过后，迟疑开口："可是，他们会同意吗？"

这个他们，包含了刘家的老爷、夫人以及何牡丹的爹娘等人。两家结亲是有协议的，没有他们的首肯和支持，怎么和离？尤其如今何家深信少夫人这病就是与刘畅成亲才好的，怕是不肯轻易丢了这个保命符。

牡丹调皮地眨眨眼："他们总会同意的。"等时机到了，由不得他们不同意。

雨荷叹道："明日的赏花宴，听说那不要脸的清华郡主也会来。那几位也让盛装出席，公子爷还请了芳韵斋的几个清倌过来。您若不喜欢，还是老法子装病……"

牡丹道："不，我很喜欢。"择日不如撞日，就明天吧。

总算想通了！雨荷兴高采烈地道："那奴婢把箱笼打开，少夫人挑了衣裙，奴婢熨平熏香。"

装满华丽春裳的四口樟木箱子一字排开，五彩的绮罗、粉嫩的绫缎、夺目的红罗、柔媚的丝绢，犹如窗外灿烂的春花，以其特有的方式静静绽放。无一例外，每件衫裙上都绣有一朵娇艳的牡丹，这是何家父母疼爱女儿的心思，何牡丹，和牡丹一样珍贵美丽，备受娇宠。

牡丹挑了件粉色纱罗短襦，指着一条绣葛巾紫牡丹的八幅粉紫绮罗高腰长裙，说道："就这个吧。"

"这个好看呀。"雨荷又寻了一条烟紫色的薄纱披帛搭在襦裙上，请牡丹看搭配效果，"您看配这个行么？"

"行。"牡丹看看天色，打个呵欠，"时辰还早，我睡会儿。"

雨荷收拾衣服，却见裙角某处走了线，遍寻那烟紫色的丝线也找不到，只得去针线房寻。

临行前吩咐小丫头恕儿："你在这儿看着,别让闲杂人等扰了少夫人。等下林妈妈回来,把雨桐有了身孕的事儿告诉她。"

"我记住了,雨荷姐姐。"恕儿不过十一二岁,小巧的瓜子脸,梳着两个丫髻,一双杏核眼,长长的睫毛,饱满红润的唇,正是刘畅最喜欢的类型。若是这样下去,不过几年,待这小丫头长开,一准又要被刘畅给收了。雨荷叹口气,摸摸恕儿的脸,转身走开。

恕儿端个小机子,认真守在帘下,不时往院门口瞟一眼,时刻准备驱赶不受欢迎的闲杂人等。

约莫过了一刻钟,门口响起一阵嘈杂声,刘畅的贴身小厮惜夏领着七八个拿着麻绳、扁担的小厮过来,道:"这是少夫人的院子,进去后不许东张西望,更不许乱走,不然家法伺候,记住了么?"

有人大声道:"知道了!这点规矩大家都知道的。是吧?"

一群人哈哈大笑起来,七嘴八舌地道:"当然知道。"

惜夏沉了脸:"小心些,若是伤了这些宝贝疙瘩,把你们悉数卖了也顶不过一朵花。"

恕儿跑到院门口,瞪着惜夏道:"惜夏!你怎么敢带了一群粗人到少夫人这里来喧闹?就不怕家法吗?"

惜夏不耐烦地皱了眉:"明日公子爷要办赏花宴,我奉命抬花去院子里布置。这些人就是这个样子,你没见我正约束他们么?"

这也倒是事实。只是恕儿忒讨厌这群不尊重少夫人的粗人,便扬扬下巴,道:"抬花?我怎么不知道?谁不知道这花是少夫人的宝贝?是你想抬就能抬的?弄坏了,卖了你也不够赔一片叶子的。"

好呀,这小丫头还牙尖嘴利。惜夏很凶地竖起眉来:"主子要做什么事,还要先告诉你啊?你是丫头还是什么人?别忘了自家身份!识相的,赶紧让开,不然别怪我禀了公子,把你给卖了!上!谁挡道一概给我推开!"

两个膀大腰圆的小厮就往上挤。

恕儿闻到他们身上熏人的汗味儿,不由有些着忙,转身抓起又长又粗的门闩当门一站,中气不足地道:"谁敢?"

正当此时,廊下传来一道懒洋洋的声音:"惜夏是吧?你带了一群人不经通传就往我院子里闯,不怕惊扰了我,还要卖了我的丫头?我没听错吧?"

这声音又软又滑,听着特别好听,明明是质问的话,听着倒像是闲话家常一样。众人循声看去,只见一个身量高挑苗条的女子立在廊下,雪肤花貌,石榴红裙分外耀眼。

一时之间,立在惜夏身后的小厮们竟然看得呆了。这位久病不出的少夫人,原来生得这个模样,为什么大家都传说,她是个病得见不得人的黄脸婆?

惜夏倒是见过牡丹几次,知道少夫人自去年秋天重病一场之后,便不再管家中闲事。他还记得,有一次生了庶长子的碧梧姨娘仗着公子的宠爱,借酒装疯,闹到少夫人面前,她也不过就是命人关了房门,不予理睬。公子爷收了芳韵斋最红的清倌纤素姑娘,纤素假装不小心将茶洒到少夫人的玉白绣花裙上,还夸这裙子漂亮。她不急不恼,转手将那裙子送了纤素。少夫人这样一番作为,倒叫从前不甚喜她的夫人怜惜起来,背地里说了公子爷几次,说是嫡庶尊长不容混乱。

安静了这许久,今日是要发威了么?自己比不得那几个得宠的姨娘,若是闹到夫人那里,少不得要吃苦头。

惜夏想到此,上前行礼赔罪:"请少夫人恕罪,小的是听从公子爷的吩咐,前来抬花去布置的。恕儿适才是误会了,小的也是嘴欠,只是玩笑话,不然就是借小的十个胆子也不敢

· 005 ·

如此胆大妄为。"

牡丹不置可否，只问："公子爷可否与你说过，要抬哪几盆？"

惜夏一一报来："魏紫，姚黄，玉楼点翠，紫袍金带，瑶台玉露。"

牡丹点点头："恕儿，你指给惜夏看是哪几盆。小心些儿，别碰坏了枝叶花芽。"

这就放过这狂悖无礼的恶奴啦？恕儿一万个不高兴，噘着嘴不情不愿地领了惜夏入内，却把那群小厮挡在院外："一盆一盆抬，别全都涌进来，小心熏着我们少夫人。"

众人却也没敢再和先前一般胡言乱语，都屏了声息，偷看牡丹。牡丹不紧不慢地扇着素白的纨扇，微眯了眼嘱咐道："最要紧的是这盆魏紫，当心别碰着了。"

惜夏心里有数，明日唱主角的就是这盆魏紫与公子爷花了大力气弄来的那株玉板白。这魏紫自是重中之重，不容半点闪失。这盆魏紫，据说有三十年了，株高近三尺，冠径达四尺，十分珍贵。这样的老牡丹，一般都直接种在地上，唯独这一株，当初何家为了方便陪嫁，提前几年就弄了个超大的花盆，高价请了花匠精心养护，才有今日之光景。

惜夏数了数，今年魏紫正逢大年，开得极好，共有十二朵花，每朵约有海碗口大小，另有三四个花苞，花瓣、枝叶俱整齐。恕儿在一旁看着，鄙视地道："这么美的花，落在某些人眼里，也就和那钱串子差不多，只会数花数枝叶，半点不懂得欣赏。"

惜夏白了她一眼，走向那株姚黄。姚黄是花王，魏紫是花后，若论排名，姚黄还在魏紫之前。只可惜这盆姚黄年份不长，又是盆栽，虽然也开了五六朵，光彩夺目，却远不能和那些高达六尺的花卉相比。

再看玉楼点翠，层层叠叠的玉白花瓣堆砌如楼阁，花心正中几片翠绿的花瓣，显得很是清新典雅；瑶台玉露，花瓣花蕊皆为白色；紫袍金带，花瓣犹如上佳紫色绸缎，在阳光下折射出柔润的光芒，花蕊金黄，艳丽多姿。几种牡丹竞相开放，争奇斗艳，无一不是稀罕之物。

惜夏清点完毕，偷偷瞟向立在廊下的牡丹，暗想，这几样花儿，任一种一个接头就要值五百钱以上，少夫人却这样任由它自生自灭，只供她一人观赏，平白浪费，真是可惜。

正想着，忽听牡丹道："惜夏，我听说这魏紫的接头去年秋天卖到了一千钱，不知是真还是假？"

真是想什么来什么，惜夏忙弯腰作答："确实如此，少夫人。"

又听牡丹道："我听说城北曹家有个牡丹园，世人进去观赏便要出五十钱，每日最少可达上百人，多时曾达五六百人？"

"是这样。"

牡丹摇着扇子慢慢朝惜夏走过来："你可曾去过？"

她的身形不同于时下众多美人那般丰腴，却自有一段风流所在，长腿细腰，胸部丰满，走路步子迈得一般大小，挺胸抬头，有种说不出的风韵，尤其前襟所绣那两朵牡丹花，娇媚闪烁，叫人看了还想看。

惜夏不敢再看，红了脸道："小人不曾去过。公子不许我们家的人去看。"

"这样啊。"牡丹很是遗憾，往他身旁站定，缓缓道，"也不知谁去过？里面是什么光景呢？"

她身上的熏香不同于其他人那般浓郁，而是十分罕有的牡丹香，幽幽绕绕，总不经意地往人鼻腔里钻。也不知制这香花了多少钱？惜夏鬼迷心窍一般，斯文地道："小人的妹妹曾经去过，她说曹家的牡丹都种在一个大湖边，亭旁桥边、湖心奇石下也有，游人进去后乘了船沿着湖漫游一圈，便可将诸般美色尽收眼底。"

说到此，惜夏忍不住带了几分谄媚："……都是些平常品种，只是种类稍多而已。要论牡丹种类稀罕贵重，远远不能和少夫人这些牡丹相比。若是您也建这样一个园子，休说五十钱，一百钱也会有很多人来。"

牡丹妩媚一笑，用纨扇指了他道："胡说。公子爷若是知道你给我出了这么个馊主意，必定乱棍打死你！"

惜夏瞬间白了脸。

牡丹一点都没夸张，刘畅其人，身为三代簪缨之家的唯一继承人，从小锦衣玉食，不知钱财为何物，只知享受消遣。冬来梅前吹笛，雪水烹茶；秋来放鹰逐犬，纵马围猎；夏至泛舟湖上，观美人歌舞；春日击球走马，赏花宴客。过得风流快活，好不惬意。

直到前几年，刘老爷犯了糊涂，贪墨数额巨大，险些被查，急需有人援手。早就看上刘畅八字的何家便趁此机会替他还了赃款，也替女儿换得了一次冲喜的机会。从此以后，刘畅爱上了钱，却也恨上了钱。

他蒙祖荫做了从六品的散官奉议郎后，又闲又挂着个官名，不但热衷于结交权贵，更是热衷于赚钱。家里大小管事几十个，个个都在想法子赚钱，每年替刘府搬回许多钱来。他却从不谈钱，更不喜有人在他面前说钱，只爱附庸风雅。这样一号人，若是叫他得知，贴身小厮竟然撺掇他出身商户的妻子开办这样一个园子，公开用牡丹花赚钱，他铁定不会轻饶了惜夏。

牡丹见惜夏鼻尖沁出来许多细汗，惶惶不知所措，便轻轻一笑，漫不经心地道："看你这孩子，一句玩笑话就吓成这样，怪可怜的。公子不会知道的，你且安心办差吧，若是你妹妹喜欢牡丹，今年秋天我送她几个接头玩玩。"

"多谢少夫人。"惜夏不敢再多话，低着头默默指挥其他人抬花，丝毫没了刚才张狂的模样。

"小心点儿。"牡丹满意一笑，径自朝廊下走去，心中暗自盘算，若是真能建起这样一个园子，每年就卖点接头和花季观光游览，就够她好好生活了，再培植出几种稀罕品种，更是高枕无忧。

待到众人合力将几盆花依次抬出，恕儿立时跑去关门，却被一只肥壮的手紧紧抵住了门，一张涂满脂粉的肥脸咧着血红的嘴唇娇笑："恕儿，别关门，雨桐姑娘来给少夫人请安。"

乍听到这个名字，恕儿全身的寒毛都竖了起来，本想不管不顾将那门给砸上，转念一想，"呼"地拉开门，冷眼打量着怯生生躲在胖婆子身后那个身姿丰腴、肌肤如雪、穿着时下最流行的几重纱衣、发髻梳了尺余高的美人，"嗤"地笑了一声，尖刻地道："难得雨桐姐姐还记得这道门……哦，恕儿应该称雨桐姑娘才对。恕罪呀，恕罪。"

美人儿黑白分明的眸子里噙满晶莹的泪水，颤抖着红润的嘴唇道："恕儿，你怎么也这样说？"

恕儿围着她转了一圈，轻蔑地在她肚腹之上扫了几眼，冷笑："我不这样说该怎样说？难道要叫你姨娘？你还没抬成姨娘呢，我怕喊了挨打。"

美人捂住脸小声啜泣："恕儿，她们不知道实情，你也不知道？我不是故意的，难道少夫人还是不肯原谅我么？"

"呸！"恕儿啐了一口，怒道，"你也配少夫人记着？狼心狗肺的东西！来做什么？莫讨人嫌！滚！"

美人擦着泪水道："我是来拜谢少夫人的。"

是来示威的吧。恕儿冷笑："少在这儿恶心人。趁着雨荷姐姐和林妈妈不在，赶紧滚，不然她们来了你又要说有人眼红嫉妒你，和你过不去了。"

胖婆子笑道："恕儿姑娘，好歹都是一处出来的，雨桐姑娘有了出息，你们也光彩，彼此帮衬着大家都好过，何必这样针锋相对？传出去人家还说少夫人容不得人。那么多的姨娘侍妾，也不缺雨桐姑娘一人，多了一个雨桐姑娘，还是少夫人的助力呢。"

"你再说一遍？"一个身材枯瘦、穿着青金色裙子的老妇人满脸凶相地立在胖婆子身后，伸手去揪她的胳膊，"少夫人容不得人？少夫人打人还是骂人了？走，咱们请老夫人评理去！"

雨桐害怕地护住小腹往后退了几步，委委屈屈地道："林妈妈！您别这样！"

"林妈妈，恕儿，少夫人问你们为何吵得这般厉害！越发没有规矩了呢。"牡丹院子里的另一个小丫鬟宽儿立在廊下出了声。

林妈妈想了想，笑道："的确没规矩。"遂把那婆子扔了，"小心扶着你们雨桐姑娘，别跌了跤后悔都来不及。"一把将恕儿扯进院子，将门给关了。

恕儿贴在门上，听到那胖婆子劝雨桐："姑娘还是回去吧！当心中了暑，称了其他人的意。也莫哭了，好生将小公子养下来，到时候母凭子贵，想要什么没有？"

雨桐抽噎道："我真不是故意的。"

那胖婆子不耐烦地道："行啦，门也关了，左右进不去，你是不是故意的，也没人听了。走吧，出了事还要怪我。"

"魏大嫂，你怎么也这样说！"雨桐噎了一下，越发哭得伤心。哭声渐渐地远了。

恕儿扭头对着林妈妈道："妈妈，这人真是不要脸，用心恶毒。她这般大声地哭着回去，落到旁人眼里，只怕又要生出多少闲话来。"

鹦鹉甩甩听到，叫了一声，拍着翅膀怪腔怪调地道："闲话！闲话！"

"小东西，你知道什么闲话。"牡丹走出来，用扇柄亲昵地戳了戳甩甩，道，"所以咱们就别惹她，她要哭她自哭去，旁人问起来，怎么都落不到咱们身上。你这脾气，越发像爆炭一样，这样不好，以后见她躲远些，莫叫她攀咬上你。"

"怕什么？反正咱们这里的闲话也不少，多她一哭原也算不得什么。"林妈妈的脸比锅底还黑，生气地看着牡丹，一脸的恨铁不成钢。

牡丹把扇子一收，靠过去挨在林妈妈身边，涎着脸笑道："妈妈怎么啦？谁惹你不高兴啦？可是今日又听了什么闲话，说给我听听？"

林妈妈是何牡丹的奶娘，无儿无女，一心就只扑到牡丹身上。跟着牡丹过来，本想替何夫人守着牡丹，护着牡丹让牡丹病愈，再过点好日子。怎奈牡丹太过软弱固执，被刘畅伤害成那个样子却始终无法自拔。本人不争气，任她怎么想方设法也无法改变牡丹的境遇。

好容易牡丹大病一场之后看着要明白些了，刘家人对牡丹也有所改观，境遇也好了些，偏偏牡丹却把什么都看淡了，看着刘畅也似没看见一般。刚才她在半途遇到雨荷，听说牡丹拒绝了刘畅，又遇到雨桐来示威，气得她只恨牡丹不争气。

牡丹见林妈妈沉着脸不说话，便小狗似的在她肩上蹭了蹭，拖长声音连喊了几声"妈妈"。

林妈妈舍不得不理她，但又想到不能任由她这样下去，便硬着心肠冷声道："丹娘，你若心里还把老身当成乳娘，就听我说几句。"

牡丹讨好地笑："你说呀，我听着。"

林妈妈叫恕儿去把着风，沉着脸道："从前妈妈劝你，莫要太当真，别苦了自个儿，你不听，每日自寻烦恼，生了那场大病，将妈妈和老爷夫人都吓了半死。好容易病愈，以为你明白了，偏生又太不当事，送上门的机会也要赶走。要在这里立足，要想护住身边人，就得拿出手段！这样子算什么？别丢了何家的脸！"

牡丹深知，林妈妈同自家爹娘一般，都迷信自己这病是和刘畅成亲后才好的，这纸婚约就是她的保命符，即便日子不好过，也不会同意她与刘畅和离，故而从不敢告诉林妈妈自己想要和离。便低着头温顺地道："妈妈，你说的我都知道，我只是气愤他不把我当回事，以后会注意的。"

林妈妈拥着她道："委屈我的小丹娘了。若非你这病，老爷和夫人也不会想法子让你嫁来，让他家觉着咱们高攀，又强迫了他家。若是配个门当户对的，何至于受这种气！可来也来了，日子还得过下去，你就算不为自己着想，也要为心疼你的老爷夫人想想才是。"

牡丹笑道："我省得。所以明日我也要盛装出席，不叫她们小瞧我，妈妈帮我想想，明日梳个什么发髻才配得上这身衣服？"三言两语便将林妈妈的注意力给引开了。

待到申正，牡丹算着婆母戚夫人应该有空了，便重新整理了衣裙发髻，让雨荷陪着，往戚夫人的院子走去。

主院离牡丹的院子颇有些远，走路怎么也得一刻钟。虽是初夏，日光却很强烈，热浪一阵阵地往上涌，就是伞也挡不住那热气，不多时，牡丹和雨荷的额头、鼻翼就沁出了细汗。

走着，迎面走出一行人来，正中一个丰满的少妇，穿着柳绿鸡心领罗纹纱衫、束鹅黄高腰百褶裙，百褶裙上还绣了一对闪闪发光的金鹧鸪，梳半翻髻，含烟眉，饱满的菱角嘴涂得红艳艳的，正是刘畅那个生下庶长子的宠妾碧梧。

碧梧虚虚行个礼，娇笑道："少夫人身子不好，禁不得晒，就不该在这个时候出来，省得中了暑气。"

牡丹笑道："可不是？但早间公子爷去了我那里，说是雨桐有了身孕，让我多多关照。趁着此刻夫人有空，我赶紧禀了夫人，多调个人给她使唤，加上月例，也好叫她安心养胎，为刘家开枝散叶。"

碧梧早就知道了这个让人不喜的消息，脸上闪过一丝不快，故作不在意地道："少夫人真是贤惠大度，雨桐背主忘恩，您不但不气，还牵挂着她，一心一意为她打算，实在是公子爷的福分。"

牡丹拿纨扇掩了半边脸，故作柔弱地叹道："我身子弱，本就对不起公子爷，若是这种事情还不能妥善安置好，那我简直没颜面见他了呢。"

公子爷最不喜欢的就是少夫人这身无二两肉的身材，碧梧不屑地扫一眼牡丹纤长苗条的身形，翘起嘴角："瞧您瘦的，您要多休息，好好吃药，养好身子才是。前几日婢妾还听夫人感叹，不知您什么时候才给公子爷添个嫡子呢。"

牡丹受伤地叹了口气，做思考状，吞吞吐吐："其实我这几日都在想，这样下去不是办法，不能耽搁咱家的子嗣啊，不如……唉，还是算了，我再想想……"

碧梧听音辨义，觉得这里头暗含的内容太多，笑容都僵硬了，飞快地道："啊呀，少夫人，您别难过。您才十七岁，日子还长着呢，有的是机会。"

牡丹只是摇头叹气，眼睛亮晶晶地看着她："琪儿呢？我好几天没见着他啦。你怎么不带他出来？"

热浪袭来，热得碧梧差点窒息，她拼命地扇着扇子，道："早上带过去给夫人请安，夫人便留下了，这会儿婢妾便是去接他的。"

牡丹道："琪儿聪明伶俐，乖巧可爱，漂亮听话，我很是喜欢他。"

碧梧紧张地道："夫人也是这么说，那天还说琪儿瘦了，嫌婢妾带不好，不如让她老人家亲自来带呢。"正室无出，将妾室的孩儿夺过去养到自己身边的多了，但想要她儿子，也得看看你何牡丹敢不敢和夫人抢！

牡丹失望地道："哦！"

碧梧见牡丹失望的样子，暗道果然被自己猜中，这个病婆子果然有这种心思！只可惜，她是无论如何也不会放开儿子的。琪儿目前是刘家下一代唯一的男丁，也是她一辈子的依靠，她怎么都得把他紧紧握在手里才是。

雨荷突然道："少夫人也别担忧，雨桐不是有了么？待她生下来，要是喜欢，抱过来养也是一样的。"

岂能让那贱种骑到自己儿子头上去？碧梧狠狠地瞪着雨荷，尖声道："雨荷！不是我说你，虽则你与雨桐好，你也应该劝少夫人好好养身子，正正经经地生个嫡子出来才是。"

雨荷目的达到，淡淡一笑，并不作答。

有这事打岔，碧梧便没了心思找牡丹的麻烦，拼命扇着扇子，焦躁得不行。

进了主院，大丫鬟念奴儿笑嘻嘻地迎上来，朝牡丹行了礼，道："少夫人今日过来得早些了，夫人此刻还在佛堂念经呢。"

碧梧讨好地笑道："念奴儿姑娘，琪儿今日给你添麻烦了吧？"

"姨娘太过客气，都是奴婢应该做的。"念奴儿不卑不亢地淡淡一笑，"小公子此刻还在碧纱橱里睡着未醒，奶娘在一旁守着呢，姨娘要不要进去看看？"

碧梧赶紧摇手："不了，不了。"

小小的佛堂内香烟缭绕，穿着乌金纱衫、系着珊瑚红团花绸裙的戚夫人跪在观音像前一动不动，若非手中迦南木念珠间或转动，一旁伺候的陪房兼刘畅的乳母朱嬷嬷几乎以为她是睡着了。

听到外间响动，戚夫人并不理睬，专心致志将佛经念完才睁开眼睛，朱嬷嬷忙快步上前小心将她扶起。

戚夫人淡淡地道："什么时辰了？怎么都来了？"

朱嬷嬷笑道："申正刚一刻。早间不是说雨桐有了身孕？"

戚夫人揉揉眉心，不悦地道："都是些不省心的。这个子舒，只会给我添麻烦。到了现在还叫我替他这群姬妾操心，他倒是快活。"

她今年四十有二，因保养得宜，看上去不过三十五六。貌美善妒，娘家又强势，刘尚书刘承彩根本不敢和她对着干，故而多年以来，膝下不过一子一女罢了。

刘畅刘子舒便是那唯一的儿子，从小集万千宠爱于一身，少不得调皮捣蛋，真是让她操够了心。如今他成了亲做了官，做事也出息，唯独女人这方面实在难缠。当初迫不得已娶了这门不当户不对的何家女儿，却也是委屈了他，她便纵着他了些，由着他一个接一个地往屋里抬，谁知到最后这烂摊子竟是全由她收拾。

朱嬷嬷觑着戚夫人的神情，笑道："倘若少夫人没这么柔弱，夫人也不必这般操心。要老奴说，公子爷的确也是委屈了些，以公子爷的家世、人品、风貌，郡主娘娘也配得……"

戚夫人闻言，疾言厉色地道："已然既成事实，就不要再提了！难不成还能休妻？！"又凶狠地盯着朱嬷嬷，"别以为我不知道你们打的什么主意，我是断断不会要一个寡妇进门的！"

不是不想休妻，而是没奈何。至于寡妇么……朱嬷嬷眸光微闪，恭敬递上一杯凉茶："是，老奴知错了。"

戚夫人优雅地啜了两口茶，平息了情绪，道："走吧。"

朱嬷嬷赶紧上前一步抢先打起帘子，笑道："夫人请。"

戚夫人踏出门槛，笑容便漾了出来，温和地道："丹娘，天这么热，为何不等日头落下再过来？你身子弱，更要注意些才是。"

"有劳母亲挂怀。"牡丹给戚夫人行了礼，上前扶了她的胳膊，笑道，"儿媳如今身子好多了，一个人也闷得慌，想出来走走透透气。"

戚夫人慈爱地道："早晚出来走走就好。"

牡丹顺着话头，轻言细语唠了许多家常。待进了正屋，戚夫人坐下，碧梧接过念奴儿手中一盘金黄个大的枇杷，边洗手边笑道："这枇杷又鲜又甜，婢妾伺候夫人用点。"

牡丹见状，也忙着起身卷袖洗手，拿了小白玉盘子并银签子，准备一道伺候戚夫人用果子。

戚夫人缓缓道："都不用忙了，我现在不想吃。丹娘过来坐在我身边歇歇。"

牡丹往榻前的月牙凳上侧身坐下，戚夫人又叫念奴儿："给少夫人上茶，别取凉茶，重新泡热茶来。"

碧梧见戚夫人对牡丹这般上心，不由讪讪的，停了动作站在一旁，微侧着脸打量牡丹。

戚夫人看得分明，笑道："碧梧，琪儿睡得有些久了，你去哄他起来，清醒清醒，便该用晚饭了。"

碧梧这才欢喜起来，跟着屋里另一个大丫鬟念娇儿去了碧纱橱。

戚夫人这才问牡丹："听说今日惜夏对你不敬？"

这家里，原本就没有什么能瞒得过戚夫人，牡丹微微一笑："没有的事。是我院子里的小丫鬟恕儿不懂事。"

戚夫人转动迦南木念珠，正色道："你是少夫人，便该拿出点气势来才是，不要一味软性，纵着下人不知天高地厚，传出去别人要笑我刘家没规矩。"

牡丹忙起身应下，暗自腹诽道，若是她真拿出气势来，只怕戚夫人又容她不下了。

戚夫人见牡丹谨小慎微的模样，又换了笑脸，探手握住她的手，"别怪我对你严厉，这是为了你好。我家和你娘家不一样，将来你迟早都要当家的，那时候你才知道有多难！"

若是从前，牡丹听到什么刘家和何家不一样，脸色铁定极难看，偏她此刻仿佛不曾听懂，低眉垂首地道："都是儿媳不好，叫母亲操劳了。"

"这都是命，有什么办法。"戚夫人叹道，"听说雨桐有了身孕，你要想开些才是。"

牡丹垂着眼道："媳妇正是为了此事而来。想求母亲给她添个侍候的人，调高月例，以免她心情郁闷，不利养胎。"

戚夫人无心去管谁是谁非，只要不出大乱子就乐得装傻："这也是应该的，你看派谁过去好？她是从你那里出来的，和你身边的人约莫是要亲近些。"

按说戚夫人不会放心自己的人去伺候雨桐，这么说是什么意思？牡丹皱眉道："媳妇身边伺候的人不多，林妈妈和雨荷是离不开的，另外两个小丫鬟，一个性情暴躁，一个懵懂不知事，都不适合。请母亲另行安排吧。"

戚夫人拿眼看去，只见牡丹长长的睫毛微微抖着，怎么看都是楚楚可怜的样子。这个儿媳，商贾之家出身，又病恹恹的，从前行事也不大度，别说刘畅不喜欢，她也不喜欢，现在却是比从前懂事了许多。只可惜，草鸡就是草鸡，飞上枝头也做不了凤凰。

牡丹久久等不到答话，探询地道："母亲？"

戚夫人恹恹地叹了口气："也罢，我另给她指个稳重些的丫鬟，再有她身边那个魏大嫂跟着，差不多了。月例钱呢，她以前跟着你是二两银子，如今暂且调成三两银子。你看如何？"

牡丹自不会有意见："多谢母亲，儿媳哪里懂得这些，母亲做主就好。"

戚夫人道："自家人莫这般谢来谢去的。你快些调养好身子，赶紧给我生个嫡孙出来就是最大的感谢了。"

嫡孙，嫡你个头！牡丹烦躁得很，好容易才忍住了，挤出个干巴巴的笑来。

碧梧抱着琪儿进来，笑道："夫人，您劝劝少夫人，先前婢妾和她一道过来时她正为此难过得不得了呢。"

这话仿佛坐实了牡丹午间因嫉妒弄哭了雨桐的传闻。戚夫人挑了挑眉，看向牡丹，牡丹也不反驳，只垂眼看着青石地砖。反正除去刘畅和她身边的雨荷、雨桐、林妈妈，戚夫人等并不知道刘畅与她尚未圆房，只知刘畅甚少去她房里，每次去了也是匆匆就走，如此怎能生出孩子？身为刘家少夫人，她难过实属正常，不难过才不正常。

戚夫人沉默片刻，道："知道急了就好，明日我让老爷下帖子去请祝太医给你开个方子。调养好身子，该有的都会有。"不管刘畅喜不喜欢，她都会助牡丹生下嫡子。

牡丹惊悚万分，面上却不敢露出半分，僵硬笑道："母亲安排就好。只是明日夫君要办赏花宴，让儿媳去招待女眷。太医若是来了，还烦请母亲派人过去提醒儿媳。"

· 011 ·

"既然如此，便换个时候吧。"戚夫人顿了顿，意有所指地道，"来的都是客，你要好生招待才是，不要失了体统。"

牡丹恭敬地应下。

碧梧在一旁听得发酸，忙低头去问怀中的两岁幼儿："琪儿刚才不是说想替祖母捶腿么？"

琪儿外貌肖似刘畅，被调教得很是乖觉，闻言立刻张着手朝戚氏走去，小脸堆满笑容，甜糯地道："祖母，琪儿想您了。"

"这么小的孩子捶什么腿？"戚夫人笑眯眯地将琪儿搂入怀里，一迭声叫念奴儿剥了枇杷来喂他。琪儿并不肯吃，反倒高高举了枇杷去喂戚夫人。戚夫人眉开眼笑，同牡丹夸赞："难为这么小的孩子，最是乖巧懂事。"

牡丹笑道："小孩子最是知道谁对他好，母亲这般疼他，他自是愿意孝敬您。碧梧不但将他生得好，也教导得极好。"

碧梧得了夸奖，十分得意，佯作谦虚："婢妾愚钝，平时都是按着夫人教的规矩去做。"

戚夫人道："没有规矩不成方圆，一家人想要繁荣昌盛，必须守礼知礼。少夫人宽厚大度，你们也要把规矩守起来，从明日起，每日领了琪儿过去给少夫人请安吧。"

碧梧脸色大变，不明白为何突然要兴这个规矩。

牡丹也不明白。自她进门，刘家从来都只要她尊礼守礼，没要求过旁人对她守礼。加上经常病着，她向戚夫人请安也是三天打鱼两天晒网，直到最近晨昏定省才算固定下来。突然间这样弄，到底想做什么？

牡丹直觉不妙，便笑道："母亲，媳妇的院子离得远，孩子们还小，早上起不来，再说媳妇也怕吵，她们若是去，可没清静了。"

戚夫人冷冷地道："你身子不好，更该由她们伺候着才是！喜欢清静就不许她们吵闹。就这样定了，她们每日早上先过去给你请安，然后你们再一起到我这里来。"又吩咐念奴儿："把我的话传下去，谁都不许违背！"

如此一来，牡丹与碧梧都不敢再发话。

小丫鬟在帘外通传："夫人，孙小姐过来了。"

戚夫人沉声道："让她进来。"

小丫鬟打起帘子，走进一个穿葱白小袄配银红伴臂、系碧绿撒花裙，瓜子脸、小山眉、梳惊鹄髻的美人儿。美人怀里抱着个一岁多的女婴，婀娜多姿地给戚夫人行礼问安，又和牡丹见礼，正是刘畅另一个得宠的妾室玉儿和一岁半的庶长女姣娘。

戚夫人淡淡地道："从明日起，孩子们都要过去给他们的嫡母请安，你们也要赶早过去伺候。"

玉儿同样惊讶，随即很快掩饰过去，温顺地道："婢妾早有这种想法，只恐吵着少夫人，故而不敢多去。"

碧梧讥讽地翘起唇角，不屑地把脸别开。

玉儿并不理睬，谦恭地问候牡丹。在刘畅所有的姬妾中，唯有她与碧梧正式抬了姨娘，又各有宠爱，都生了儿女，只她运气没碧梧好，生的是女儿。

不多时，外间有人来报，说是刘家父子俩都有事不回来用饭。于是牡丹起头，几个女人恭敬地伺候戚夫人用过晚饭，各自告辞回房。

牡丹前脚要走，戚夫人又发话了："丹娘，你房里伺候的人太少，我另外给你指派一个妈妈、一个丫鬟如何？"

牡丹不由暗自叫苦，她清闲的好日子一去不复返了。

第二章 花宴

牡丹刚走到廊下，甩甩便讨好地道："牡丹最可爱，牡丹最可爱。"

"甩甩也可爱。"牡丹有气无力地进了屋，往榻上懒懒一躺，道，"夫人今日赏了我两个人，一个是李妈妈，一个是兰芝。"

林妈妈诧异地道："怎会突然赏人过来？"牡丹病了许久，刘家只知找借口将何家给的人不断打发出去，雨桐出了事，这里缺人手，也不曾给过人。如今突然给人，怎么都像不怀好意。

牡丹懒洋洋地起身净手吃饭："多有两个人帮你们做事不是更好？"

林妈妈佝偻着背只是叹息："虽这样说，可是……"

牡丹见她眉头深皱，脸上皱纹越发细密，看上去极是愁苦，心中老大不忍，便朝雨荷使眼色："今日也有好事，雨荷说给妈妈听听。"

雨荷忙将戚夫人的话说了一遍。

"那便是了，从前夫人不曾将您放在心上，如今重视了，自然要放人到您屋里来，这府里，谁院里没几个夫人给的人？这原也算不得什么。"林妈妈眼睛一亮，愁色一扫而光，兴奋地道，"少夫人，您要翻身了，一定要好好把握这个机会，早日诞下嫡子才是。"

牡丹一口饭哽在喉咙口，胡乱把话扯开："突然这样看重，我心里很是不安，总觉得怪怪的。"

"管他呢，总之对咱们有利就是了。"林妈妈见她在那数饭粒，夹一箸爆炒羊肝过去，"少夫人一定要好好养生。"

健康最重要！牡丹咬牙切齿地将碗里的饭菜吃了个干净，看得林妈妈与雨荷等人好一阵欢喜。

却说戚夫人做毕晚课，梳洗完毕，坐在帘下纳凉。因刘承彩尚未归来，朱嬷嬷便端了针线筐子陪她说话等候。

朱嬷嬷笑道："先前夫人说要两位姨娘、小公子和小小姐去给少夫人请安时，奴婢瞧着少夫人都听呆了。后来听说要请太医过来，更是感激不得了呢。"

戚夫人淡淡地道："我都是为了家里好。虽则家门不幸，遇到这种事情，但木已成舟，若是多事反悔，任由子舒和那清华郡主继续胡作非为下去，逼死了人，得罪何家，将那事泄露出去，不但老爷的官声和子舒的前途受损，刘家还要留下一个薄情寡义、忘恩负义的名声，想要在这京中上层人家立足是千难万难。子舒荒唐过了，该收心了。"

朱嬷嬷赔笑道："夫人一向极有远见。但奴婢看着，少夫人看似柔弱，实则韧性强得很，怕是不会想不开。"

戚夫人突然用力一拍桌子，冷笑道："去岁秋天她那场病是怎么来的，你们以为我真不知道？你是真听不懂还是假听不懂？！"

她积威甚重，这一发作吓得朱嬷嬷心慌意乱，双膝一软跪了下去："夫人息怒，老奴知错了。请夫人明鉴，老奴自七岁跟在您身边，如今已近四十年，从无二心。"

说起这近四十年的经历，戚夫人有些动容，叹道："我知道你是子舒的奶娘，打小就疼他，总爱依着他的性子来。但这事非同儿戏，不能由着他胡来。他心里念着那清华郡主，清华郡主如今也是自由身，他们心里存了那个念头也不奇怪。但他就没想过，我们这一房两代单传，只得他一人，我和老爷还指望着他传宗接代，儿孙满堂呢。丹娘还好，到底软善，心里再难过也不过是躲起来哭一场罢了，断不会做那乌七八糟的事，可若是换了那人，这家里只怕就要不太平了。她身份高贵，就算是我，她也未必放在眼里，又如何会让其他人有好日子过？

013

咱家无福消受。"

"老奴记住了，以后会劝着公子爷的。"朱嬷嬷松了一大口气，还好，夫人只想着自己是偏袒公子，没有疑心到其他方面去。看来夫人主意坚定得很，以后不能再提这个话了。明日还是找空子告诉清华郡主，让她另想法子的好。

戚夫人揉揉额头："真是让人不省心，杀千刀的刘承彩，顾前不顾后，做了丑事还要女人和儿子替他受罪。"

朱嬷嬷不敢答话，只是赔笑。

翌日，天刚蒙蒙亮，牡丹就被一片嘈杂声吵醒。碧梧骂婢女的声音、小孩子哭闹的声音、玉儿劝解的声音响成一片。

这才什么时辰就过来请安？请安有这么吵闹的么？特意来挑衅的是吧？这群女人真烦！牡丹烦躁地捶了枕头几下，忍了几十忍，到底没忍住，翻身坐起大声吼道："雨荷！谁这般没规矩，一大清早就在外面喧哗？"

外间的吵闹声略静了一静，雨荷清甜的声音响起："回少夫人的话，两位姨娘给您请安来啦。"

牡丹翻身下床，随手在床头取了件薄丝袍披上，披散着长长的头发，漫步走至外间，目光淡淡扫过装扮精致的碧梧和玉儿，再看看两个哇哇大哭的孩子，径自在妆台前坐下，淡淡地道："我这里还有些时候才能好，你们若是着急，不必等我，先去夫人那里伺候。"

碧梧求之不得，立刻行礼命人带了琪儿出去："如此，婢妾就先去了。少夫人慢慢地来。"

玉儿脸上闪过一丝不屑，低声道："少夫人，她就是这个脾气，您莫要计较。"

牡丹不置可否，招呼雨荷："快来帮我梳头换衣服。"

云髻如蝉翼，金钗玉步摇，粉纱短襦小，烟紫罗绮裙。新妆成的牡丹光芒四射，玉儿眼里闪过一丝羡慕和酸楚，随即换做了惊喜和谄媚："少夫人真美。这样的容貌风姿不要说在咱们家是头一份，就是在京城里也是少有的。"

牡丹淡淡一笑，也不多语，当先走出。

到了正房，戚夫人正在梳洗，碧梧与琪儿却未在廊下候着。

朱嬷嬷拿眼觑着牡丹道："小公子被抱进去了，碧梧姨娘去厨房给夫人取早饭了。"

正牌儿媳还没小妾请安到得早，也没人家伺候得周到，落到旁人眼里，就是牡丹的错。然而牡丹只管饶有兴致地看婆子们将廊下的红灯笼依次取下熄灭，根本没把朱嬷嬷的话听进去。

朱嬷嬷垮了脸，看牡丹格外不顺眼。

刘畅远远看到牡丹与玉儿立在廊下，高矮不齐，燕瘦环肥，各有千秋，果然养眼，不由心情大好。

玉儿率先看到刘畅，见他今日束着玉冠，穿着绯色团花圆领纱袍，踏着青丝云履，腰间挂着花鸟纹银香囊与玉佩丝绦，显得玉树临风，风流俊俏，不由满心爱慕："婢妾见过公子爷。"因见牡丹还在发呆，忙轻拉她的袍袖，牡丹如梦初醒，木木地行礼："夫君万福。"

刘畅看着牡丹淡淡地道："今日这个样子还不算丢我的脸。"

牡丹木愣愣地看着地砖。

帘内响起戚夫人的声音："都进来吧。"

戚夫人看到牡丹的装扮，也是眼前一亮，笑道："这就对了，这才是我刘家媳妇该有的样子！"回头望着刘畅道，"我昨日才同丹娘说，过些日子请祝太医来给她瞧瞧，开个方子调理一下身子，赶紧给我生个嫡孙。"

刘畅淡淡地"嗯"了一声，没说好，也没说不好。但戚夫人知道，他这个态度相当于同意了，不由心情大好："夫妻同心其利断金，丹娘第一次操持宴会，你可要护着她才是，她不懂的你好好教她,别又惹她生气。"

刘畅又"嗯"了一声,心不在焉地拍拍琪儿的发顶。

在帘下听了半晌的碧梧掀帘而入,笑眯眯将食盒往桌上放了,给众人请了安,道:"夫人此刻用膳么?"

戚夫人冷冷地道:"你缘何没有按我昨日的话去做?"

碧梧吃了一惊,以为牡丹告状,愤恨而委屈地蹲下行礼道:"婢妾先去了少夫人那里的,是见时辰晚了,少夫人还未梳洗。婢妾生恐伺候不着夫人,故而禀了少夫人,先赶过来伺候您。"

她这话听来有讲究,时辰已晚,牡丹却还未梳洗,并不怕伺候不着戚夫人,分明就是故意怠慢。戚夫人却冷笑道:"巧言令色!按规矩你该伺候你们少夫人梳洗才是,我这里自有人伺候,哪里就轮到你了?分内之事都做不好,还敢擅自多事?我看你是欺负少夫人良善,不把她放在眼里!"

碧梧想哭又不敢哭,拿眼觑着刘畅委屈地道:"奴婢知错了,再也不敢了。"

刘畅却是只顾看着手里的茶碗,并不替她解围求情。

牡丹笑道:"母亲莫气坏了身子,不是什么大事,是儿媳让碧梧先过来的。"

戚夫人叹道:"罢了,既然你们少夫人为你求情,我少不得要给她面子。但你不懂规矩由来已久,今日就罚你不许出席宴会,跟在我身边学规矩!"

"啊?"碧梧万万想不到会是这样的结局,想到自己为了参加这个宴会,为了给牡丹好看,五更天不到就起来精心装扮,如今却得了这样一个下场,一时恨不得大哭,看向牡丹的眼神更为愤恨。

牡丹毫不客气地瞪了回去。

刘畅正好看到,暗想原来牡丹的淡然木讷都是装出来的,内心里仍然妒忌多事,这就叫欲擒故纵。既然喜欢装,就装呗,熬到最后还不是要来求自己!

待到请安完毕,牡丹一刻也不愿在这里多候,立刻亲热地携了玉儿的手往外走:"来的都是些什么人?"

"让人去问惜夏要一份名单便可知晓。"玉儿叫了贴身丫鬟绿腰去办此事。

名单送来,牡丹先就看到两个人:一个是刘畅的老情人,年前新寡的清华郡主;另一个是她的表哥李荇。

林妈妈带了李妈妈和兰芝过来磕头,牡丹随意打发了,回房拿了几个自己糊的纸袋,走至几株即将开花的牡丹旁边,挑着那最大最壮的花苞,小心翼翼地将花瓣除了,只留雄蕊与雌蕊,再将纸袋套紧,吩咐宽儿、恕儿多加注意。

她这种行为林妈妈她们已经见怪不怪,李妈妈和兰芝却看得心疼兼不以为然。心疼的是这样一朵牡丹,若是盛开之后,拿到外面去卖,怎么也值得几百钱,少夫人倒好,辣手摧花,一次摧几朵,真是暴殄天物。

不以为然却是认为牡丹是给她们下马威,警告她二人小心点,否则下场就像这朵牡丹花。她们来前可都是得了夫人叮嘱的,才不怕这又病又软又不讨喜的少夫人呢。于是这二人才一照面,就对牡丹生了抵触之心。

牡丹并不知她们心中所想,一心只记挂着自己要做的事情。四下巡查一遍,暗想这几盆牡丹的颜色和花型虽然都不算上佳,但前面两年若能将这几个品种繁育好就够开销了,至于其他杂交品种,不是一朝一夕之功,着急不得。

今上酷爱牡丹,曾一次豪赏万金于献上千叶姚黄的民间花匠,又建牡丹园。园中牡丹种类繁多,更有各地献上的稀罕品种,每当花开之时,宴赏群臣,美人歌舞,评选花中魁首,中者美名远扬,更是钱财滚滚。有了这个因由,京中王公贵族、富贾豪绅无不以家中有稀奇牡丹为荣，竞相夸耀，就是小百姓，也以家中有牡丹为荣。待到牡丹盛开之时，满城尽是插花之人。

今日刘家这场宴会也不例外，来的宾客之中，不分男女，十个倒有八个簪了牡丹。尤其是女客，高高的发髻之上多数都簪了一朵硕大的牡丹，比衣服比首饰比风貌，还比谁头上的牡丹品种更稀有，更大更艳更值钱。

牡丹却是那极少数没有簪牡丹花的女子之一，她没跟在刘畅身边迎接客人，反而早早躲在树下阴凉不显眼处默默观察客人。她之前病弱不喜出门，识人不多，搜寻许久，也不过找到寥寥几张熟悉的面孔，至于她一心想见的清华郡主和李荇，始终迟迟不曾现身。

玉儿指点客人给她看："那位穿银红大袖纱罗衫、簪红牡丹戴金步摇的夫人，是公子爷最好的朋友、楚州侯世子潘蓉的夫人白氏。她去年刚得了一位小公子，家中也是人口众多。她看着冷傲，实际脾气修养很好，您若喜欢，可以和她说话，她一定不会怠慢。"

牡丹认真打量楚州侯世子夫人，这位夫人被一群莺莺燕燕簇拥着打量被篱笆青纱围起来还未露出真容的玉板白，偶尔皱眉冷冷地扫视身边献殷勤的女子。

牡丹看她身边那群女子扮相妖娆，举止轻浮，便道："她身边都是些什么人？我看她们对白夫人殷勤得紧，白夫人并不怎么理睬她们。"

玉儿尴尬地道："都是世子爷的姬妾。"想了想，又添一句，"不是谁家主母都如同少夫人这般宽厚软善的。"

她的奉承之意实在太过明显，牡丹淡淡一笑，指了另一个扮相娇俏的少女道："这位小姐好容貌，又是谁家的？"她正围着那株魏紫打转，跃跃欲试地恨不得将最大那朵魏紫摘下来簪着。

玉儿笑道："这是戚家二娘，上个月才和舅老爷一起从任上回了京，过来拜会时，您身子不好，没有出来。后面几次来府上，都是刚好错过。"

牡丹就有了数，这是戚夫人才刚任了正五品上阶谏议大夫的胞弟戚长林的嫡女戚玉珠，年方及笄，听说是个才女，多得宠爱。刘畅举办这个花宴，一多半的原因怕是想为戚玉珠觅一门好姻缘。

说起来，与刘家交往的都是些高门大户、名门贵胄，何家就算很有钱，也是门不当户不对，难怪刘家不舒服。

牡丹正自沉思间，刘畅家养的十来个如花似玉的家伎弱柳扶风一般走了过来，就在不远处大刺刺地坐下，娇声说笑，完全没把她这个主母放在眼里。

牡丹并不在意，起身给她们腾地儿。不想才刚起身，一个丫鬟匆匆过来道："少夫人，公子爷请您到前面去迎接客人，郡主娘娘来了。"

此言一出，丝竹调笑之声骤然停下，所有人都用同情或是看笑话的目光看向牡丹。

牡丹顾不上这些，转身自往外去，未到园子门口，就看见刘畅和一个穿宝蓝箭袖袍的年轻男子立在一株柳树下，与一个身材高挑丰满、打扮得分外华贵妖娆性感的年轻女子说笑。另有一个面目俊俏、着胡服的少年郎与七八个穿着青衣的年轻婢女垂手屏声立在不远处，便是清华郡主与其随从了。

看到牡丹，华服男子眼里闪过一丝惊艳，清华郡主却是毫不掩饰的轻蔑和厌恶。

"少夫人，那穿宝蓝袍子的便是潘世子了。旁边那位贵人，"玉儿咽了一口口水，压低声音，"您也见过的，就是郡主娘娘。"

牡丹面带微笑，毫不胆怯地注视着那几人。这清华郡主，年约二十，面容艳丽，发髻高耸，身材妖娆迷人，扮相更是华贵。五晕罗银泥宽袖长衫曳地，黄罗抹胸裹得极低，露出一片雪白饱满的酥胸，八幅黄罗银泥长裙下露出一双精致小巧的珠履，单丝红底银泥披帛随风飘舞。头上同样没有簪花，只戴了一支样式繁复精巧的镶八宝花钗步摇，此外再无半点饰品，脸上也不曾上妆,而是素面。偏生她在那里站着,众人便只看到了她,所有的衣服首饰都不过是陪衬罢了。

一个女人不化妆就敢于出席这种争奇斗艳的宴会,只有两个可能,要么就是不懂规矩或是没条件,要么就是对自己的容貌非常自信,确信没有人能比得过自己。清华郡主显然属于后者。

清华郡主也在打量牡丹,这个病恹恹的商家女,居然大变模样,病弱怯懦之气一扫而光,美丽又婀娜,不仅胆敢直视自己,还泰然自若地摆出一副女主人的模样,何其可恶!

牡丹正色行礼:"郡主万福。"

清华郡主只作听不见,拉着刘畅笑得花枝乱颤,一旁的潘蓉摸摸下巴,笑道:"子舒,这是弟妹?你好福气啊。"

清华郡主不满地扫了潘蓉一眼,娇笑:"你是怜香惜玉到子舒家里来了。"眼角瞅到刘畅脸色不好看,便扬了扬手,"罢了。"

"谢郡主。"牡丹又给潘蓉行礼,"世子爷万福。"

"快起,快起,莫拘礼。"潘蓉毫不掩饰对牡丹的赞叹,摇头笑道,"真是想不到。按我说,子舒,你家这个女主人实至名归。"

刘畅听到潘蓉夸赞牡丹,又看到清华郡主的嫉妒之意,心中颇为得意,却道:"她懂什么?不叫人笑话就好了,想要她担当大任,那是难上加难。"

牡丹只当狗嘴里吐不出象牙,不为所动。

什么女主人?一个过门三年仍未圆房的女主人?清华郡主讽刺而笑。她血统高贵,生来就是当今圣上宠爱的侄女,从小锦衣玉食,前呼后拥,又天生貌美聪颖,从她及笄始,出席大大小小的宴会从来没有不出风头的,包括今天也是如此,只要有她在,何牡丹不过一根草!想怎么踩就怎么踩。于是巧笑嫣然:"牡丹,我今日出门,本也想随俗簪花,谁知遍寻府中,总也找不到适合的,听说你这里有株魏紫开得正盛,想问你讨一朵,不知舍得否?"

潘蓉不待牡丹回答,就讥笑道:"哟,我见郡主不曾簪花,还以为你不屑与庸脂俗粉一般靠花着色,谁知你转眼叫我失了望。"

清华郡主面上闪过一丝愠色,冷笑道:"我要子舒家里的花,主人家还未开口,你又操的哪门子闲心!一边儿去,见着你就烦!"

潘蓉也不生气,只是笑。

清华郡主见牡丹垂着眼不说话,便柔若无骨地靠在刘畅身上,用美人扇掩了口,斜睨着牡丹娇笑道:"不过一朵花而已,牡丹不说话,畅郎也不说话,难道要把整盆都给我端了送去么?"

刘畅略一犹豫,慢吞吞地道:"你若真喜欢,也未尝不可……"

牡丹大怒,刘家的杂碎!没经她的允许就敢私自将她的嫁妆做人情,这不要脸的东西!当她是死人?这次送花,下次送什么?当下皮笑肉不笑地道:"按说郡主娘娘垂爱,实是小妇人之幸,只可惜,这盆花虽不值钱,却是家父家母所赠之嫁资,小妇人虽愚钝,却不敢不孝。还望郡主娘娘垂怜!"

牡丹此举,令周围众人无不惊讶。这以柔弱出名的女子,竟敢同时违逆她的夫君和郡主,这是吃了熊心豹子胆么?刘畅皱起眉头看向牡丹,却也没有特别不高兴。

清华郡主"哈"地笑了一声,翘起兰花指戳着刘畅的脸娇声笑道:"畅郎,她不肯哦。你说的话不算数呢,你这个男人算什么男人?"

刘畅把她的手拿开,低声道:"别闹。"

清华郡主脸上闪过一丝怒气,猛地将手收回,望着牡丹冷笑道:"咦,士别三日当刮目相看啊。"

林妈妈生恐牡丹惹祸上身，忙上前劝道："少夫人糊涂了，虽是嫁妆，郡主娘娘看得上也是您的福气，还不快快谢恩？"

这话听着是劝牡丹从了，细品却是暗指清华郡主巧取豪夺别人的嫁妆。潘蓉哈哈一笑，道："清华，你别戏弄人家了，看看都要哭了。"

牡丹素来与潘蓉没有交情，但他既然帮忙，她便也顺着这话可怜兮兮地道："是我愚钝，郡主乃是天家之女，什么稀罕物没见过？郡主的园子里怎会少这样一盆花，又怎会为了它和我一个无知妇人计较！逗着玩儿我也不懂。"

刘畅低声呵斥："上不得台面的东西！"

牡丹很好学地问："夫君，上得台面的又是什么东西？"

刘畅被噎着，冷冷地瞪着牡丹，牡丹一本正经地看着他，虚心求教的样子。

潘蓉又是一声笑："妙呀！下次我夫人这样骂我，我正好这样回她。"

清华郡主撇嘴笑道："行啦！我再怎么混，也不会为了一盆破花，落下一个仗势欺人的名头。"言毕看也不看牡丹，摇着扇子问刘畅，"还不入席么？你不是说今日有什么特别好玩儿的东西？要是敢骗我，当心着些！"

刘畅笑道："我什么时候骗过你？说了会有就一定有，放心好了。"

二人把牡丹扔到一旁，旁若无人地携手去了。潘蓉凑到牡丹身边，哂然笑道："听我一句劝，能留下这条命就是好的，若是还要奢求，便是贪心了。"

牡丹冷冷一笑，刘畅身边这些人无一不认为她是高攀，既如此，潘蓉今日为何愿意帮她？

玉儿笑道："少夫人，里面只怕是开了席呢。"

"我们走。"牡丹进了宴会场所，果然已经开席，刘畅宠爱的舞姬纤素穿着一身雪白飘逸的轻纱宽袖长衣长裙，正在跳绿腰舞。

低回莲破浪，凌乱雪紫风。舞跳得很好，刘畅和清华郡主却是无心观舞，只管紧紧挤在一起，头挨着头窃窃私语，忽而哈哈大笑，毫无遮掩之意。

牡丹观舞入迷，却不知旁人也在看她。没办法，众人皆入了座，偏她立在那里不动，想不叫人注意都难。这般容貌风姿，很容易就被人探听到真实身份——竟是刘畅那位因病半隐居的正室。

众人立时兴奋起来，这回好玩了，清华郡主好好的上席不坐，偏跑去占了女主人的位子，和刘畅挤在一起如此大胆地公开调情，而美丽哀愁的小妻子哀怨地凝视着自己的丈夫和情人，欲语还休，太好玩了！

玉儿扯扯牡丹的袖子："少夫人，您还是先入座吧！"

"哦。"牡丹往场地里一扫，发现席位的设置有讲究，上首三张茵席，正中一张空着，但茵席后面团团站着清华郡主的仆从，明显就是专为这里地位最高的清华郡主所设的上席。左边一张，坐着潘蓉、白夫人夫妻二人，身后是他那群艳丽殷勤的姬妾。右边一张，却是主人席，本是她与刘畅的位子，却被清华郡主给占了。

下面两排坐席乃是男左女右，女客们来得不少，早就将右边坐得满当当的，男客席虽有空余，她却不能去挤。下首，也就是她站立的地方，只有一棵孤零零的合欢树，并未设坐席。她，竟然是没有地方可坐。

而此刻，除了刘畅与清华郡主以外，所有人都把目光投向了她，有同情不忍、幸灾乐祸、不屑，也有纯属看热闹的，就是无人愿意帮她解围。

潘蓉甚至对着她端起酒杯遥遥一祝，白夫人皱着眉头扫了刘畅和清华郡主一眼，却也垂了眼。林妈妈已经轻啜出声，雨荷因为愤怒而沉重的呼吸声也响彻耳畔。

可能大家都以为，这种场合，她还是躲开比较好，可她今日若是败退，日后又如何还有脸面出来？不过是欺负她脸皮薄。牡丹淡淡一笑，示意雨荷将抱着的那件织金锦缎披风当众铺在合欢树下，她就在那上面施施然坐下。

她有的是好料子，不能坐茵席，就坐织金锦缎怎么样？与那奸夫淫妇遥遥相对的滋味原也不错，什么是主位？她这里独树独席，更像主位。绿腰舞步已乱，再没什么看头，牡丹就坐在那里，抬眼淡淡地看着众人。

众人看她，她也看众人。诡异的安静之后，私语之声渐起。

本朝固然民风开放，公主郡主私下蓄养面首并不是什么稀罕事，但这般明目张胆当着人家妻子的面调情，男人实在太欺负人了些，女人也太无耻了点。

察觉有异，清华郡主脸上闪过一丝愠怒，使劲掐了刘畅的腰一把："何牡丹挺有钱的嘛，织金锦缎晃得人眼花。花巧也挺多的，她到底想怎样？怎么还不滚？"

刘畅目光阴骘地扫一眼牡丹，慢慢伸出银勺子，在镀金银盖碗里舀一颗用糖和奶酪拌成的腊珠樱桃喂到口中，淡淡地道："她这样盯着，所有人都玩不好，这里还有与何家熟识的人，只怕明日那糟老头子就要打上门来理论，烦得很。"

清华郡主唇角浮起一丝冷笑："说得好听，不过是看着她扮可怜觉得心疼罢了。也罢，她若是当众号哭起来，你面上也无光，我先过去了。"言罢起身去了上席，叫那貌美的胡服少年给她捶腿，自端了一杯葡萄酒，目光沉沉地看着牡丹。

惜夏领了刘畅之命，快步走到牡丹身边，躬身作揖道："少夫人，公子爷说了，这里凉，那披风也薄了些，您身子不好，还是去那边坐比较好。"

招之即来挥之即去，似乎自己在这里守着，就是为了和清华郡主争那一席之地？牡丹微笑："去同公子爷讲，这里最好，若是体恤我身子弱，便请另外给我设个席位。"

惜夏弓腰退下，去回刘畅的话。

刘畅面无表情："由她。"

席位设好，牡丹凝眸望去，但见镏金鹿纹银盘里装着羊肉做馅的古楼子胡饼，镀金银盖碗里是糖和乳酪相拌的樱桃，玻璃盏里装着葡萄酒，更有一盘细瓷盘装了世人称为"软丁雪笼"的白鳝。

"你们分吃了吧。"牡丹随手将樱桃递给玉儿，又把白鳝赏了惜夏。

惜夏眉开眼笑地讨好道："少夫人，您若是不喜欢吃这些，稍后还有飞刀脍鱼，还有一道叫混羊殁忽的新菜。宫里传出来的，先将烫水脱去毛的鹅，去掉五脏，在鹅肚子里填上肉和粳米饭，用五味调和好，再用一只羊，同样脱去毛，去掉肠胃，将鹅放到羊肚子里，把羊缝合起来烤炙。肉熟之后，便取鹅食之，羊肉弃之不食。公子爷前些日子方使钱打听了法子，留在今日给大家尝鲜。"

"也太浪费了。"牡丹暗道，刘畅这么糟践浪费食材，说不定占了何家多少便宜呢，自己和离时，那些嫁妆一分一厘也不能便宜了他。

清华郡主见牡丹自得其乐，一掌将那美貌少年郎推开，斜睨着刘畅道："她这是和你对着干？"

刘畅尚未回答，白夫人淡淡举杯："许是胆子小，不敢上来，不必理会。清华，我敬你。"

白夫人出身百年望族，在京中贵族圈子里名声很好，清华郡主自是不敢小瞧她，也不管她平时对自己有多么冷淡，高高兴兴地道："互敬，互敬。你说得有理，虽然她是鸠占鹊巢，却也不能为她扫兴。"

鸠占鹊巢？你就是众望所归了？白夫人淡淡一笑，轻抿一口葡萄酒，起身道："成日里总是坐，怪没意思的，我去走走。"

潘蓉无所谓地将杯中之酒一饮而尽："去吧，只要你高兴就好。"

清华郡主酒意上来，兴冲冲朝刘畅那边靠了靠，拍拍手，待众人的目光都集中在她身上之后，方大声道："本郡主近日得了一个胡旋儿，胡旋舞跳得很是不错，借着这个机会，与众乐乐。"

她要卖弄，谁敢不从？众人自是连声附和。青衣婢女取了一张小圆毯子放在草地正中，清华郡主瞅着那美貌少年道："给我好好地跳。"

"请郡主娘娘放心。"那美貌少年露齿一笑，明媚娇艳不逊于女子。他站到圆毯上后，听到弦鼓一响，便举起双袖，左旋右转，风一般地转起来，纵横腾踏，两足始终不离毯子之上，间或还不忘朝席间的女子们抛媚眼。

眼见众人看得目不转睛，连声叫好，特别是席间几个年轻女孩子都红了脸，清华郡主不由得意地笑成一团。潘蓉拍着几案连声道："好呀！"话音未落，遥遥听到一声清脆的叫好声："好！"抬眼望去，正好看到牡丹眉飞色舞的样子，不由吃了一惊。不要说潘蓉等人吃惊，就是雨荷、林妈妈等也格外吃惊。

牡丹惊觉失口，然而叫也叫了，索性道："我平常不来参加这些宴会，真正是一大损失，跳得实在太精彩了！"

"这算什么？不过喧宾夺主罢了！稍后你看着，我一定让他黯然失色！"随着一声不以为然的淡笑，一个穿银白折枝团花圆领缺胯袍、着皱纹靴、戴长脚罗幞头，年二十有余，唇红齿白的青年男子走了过来。

牡丹见到此人，悬着的那颗心总算安稳落下："表哥，我还以为你不来了。"

来的却是她的远房表兄，李荇。与世代为商的何家不同，李家属于先做生意致富，而后成功转型混进官员圈子里的代表，而李荇又是官家子弟中，明目张胆爱做生意、爱玩爱乐的代表人物。

牡丹病重时，经常收到李荇让人送来的礼物，有精美小巧的玩物，也有精致美味的吃食。这个男人，除却何家人外，对她是真心实意的好。而和离此事，既然不能通过何家人，她独木难支，便要着落在他身上。

"既是赏牡丹，我又怎会不来？"李荇面上在笑，眼里却全无笑意。也不问牡丹为何独自坐在这里，指着场中跳得风骚卖力的胡旋儿道，"瞧不起商户？嘿嘿，若是没有商户通百货，他们吃什么用什么穿什么？这样一个胡旋儿，身价不过一百两银子而已。可是今日哥哥带来的，却价值千金乃至万金，你等着看好了。"

牡丹笑道："我倒是宁愿做那富有自在的商人，也不做那穷死饿死的官。"

"说得好！"李荇一拍巴掌，叫过随从低声吩咐，随从领命而去。他自己撩起袍子在牡丹几案一侧坐下，细声询问她身体如何。

却说清华郡主见牡丹与李荇对着胡旋儿指指点点，便同刘畅靠过去，轻声道："看见了？她既然喜欢胡旋儿，我便把胡旋儿给她，叫她莫要再缠着你，如何？"

刘畅的眉毛顿时竖了起来，将手里的筷子重重一扔，冷笑道："原来我在你心目中，就如同那下贱的胡旋儿一般！"

清华郡主并不在意，娇笑着拿扇子给他扇了扇，贴在他耳边道："你想多了，我是太过喜欢你才会冲口而出，你在我心中如何，你应当最清楚吧。"

刘畅的脸色好看了些，抬眼看到牡丹与李荇谈笑正欢，不由又重重地哼了一声。清华郡主见状，"啪"的一声将扇子拍在几案上，也沉着脸重重地哼了一声。

此时鼓弦停下，胡旋儿跳完了舞，得意扬扬地向四周行礼讨赏，席间众人本该有赠赏，但主人不曾打赏，其他人却不好妄动。偏刘畅面无表情，没有任何表示。

没有想到刘畅竟然这般不给自己面子，清华郡主大怒，回过头去死死地盯着刘畅。刘畅不吭不声地喝着酒，看也不看那彷徨无措地立在中间、红了眼圈、不知该上还是该下的胡旋儿。

潘蓉见势不妙，忙扬声笑道："跳得好舞！赏红绫一匹，钱一万。"他身份高，与刘畅关系又好，最适合转圜。

刘畅此时方懒洋洋地道："赏白绫一匹。"

众人方纷纷言赏，胡旋儿忙跪伏在地谢赏。

丝竹之声暂停，刘畅向李荇发问："行之，你何故来迟？不但姗姗来迟，还躲在那里，这是怕被罚酒么？你说吧，现在该怎么办？"

李荇起身笑道："我有事，故而来迟一步。我先罚酒三杯，再给大家赔礼。"言毕就将牡丹席上的酒豪爽饮了三杯。

潘蓉笑道："一段日子不见你，还是一样的爽利！你说赔罪，怎么赔才好？"

李荇微微一笑："我有一件宝贝，在座诸位必然不曾见过！今日就给大家赏玩一番，权当赔罪。"

清华郡主微微不屑："什么东西这般稀罕？"

潘蓉抚掌大笑："别卖关子，快些儿，我可等不及了呢。"

李荇笑道："就快了。"

一阵马蹄声响，众人俱都惊奇地引颈相向，却见一对穿着彩衣，年约十二三岁，玉雪可爱，长得一模一样的双生子笑逐颜开地牵了一黑一白、身高体形相仿的两匹马过来。那马健美精神，颈后的鬃毛被金玉璎珞打理得整整齐齐，披着五色彩丝，往绿草茵中一站，却也不曾埋头吃草或是做了惊恐胆怯状。

"这是做什么？"清华郡主拿扇子掩了口，娇笑道，"行之，你这是打算卖马呢还是卖人？我看你这两匹马卖相虽好，但我府中最不缺的就是马。还不如把这对童儿卖给我，倒是可以给个好价！"

李荇淡淡一笑，对着众乐伎潇洒地打了个响指，钟鼓之声一起，那两匹马儿便随着乐曲旋律，或昂首，或摆尾，或起立，或横走，或宛转回旋慢行，或在原地踢踏腾空，姿态诸多，最难得的是动作整齐划一，丝毫不乱。

席中众人皆屏声静气，目不转睛地盯着这两匹马，满脸惊讶。

牡丹看得入迷，忽听有人在一旁道："没想到马儿也能随乐起舞。"回头却是白夫人立在她身边淡淡而笑："你这里风景很好，我可以和你一起坐么？"

这是今天席中第一个主动向她示好的贵夫人，牡丹立时笑着让出一半坐席："承蒙您不嫌弃，请坐吧。"

白夫人优雅地落了座，也不说话，就静静地看着马儿表演。

一曲终了，那马儿立即随声止住。叫好声如同潮水一般袭来，潘蓉的叫声最响亮："好呀，好呀，厚赏！赏彩缎两匹，钱十万！"

那两个童儿笑嘻嘻地牵着马儿上前领赏，每每有人奉上财物之时，便用马鞭轻击马儿，那马儿便将后腿屈下行礼，以作答谢之姿，引得众人啧啧称奇。

清华郡主与刘畅虽然也是厚赏，脸色都不好看。清华郡主是因为刚才自己没有眼光，说了傻话，深觉没有面子。刘畅却是左看看李荇，右看看牡丹，再指着男宾席道："行之，你的位子在那里。"

李荇无所谓地入了座，笑道："真是对不住，糟蹋了子舒的好草皮。"

刘畅只笑不语。

潘蓉道："行之，你这宝贝从哪里弄来的？"

李荇道:"我此番去青海,途中见到稀奇,花了万金才从一位胡商手里买了来。唤作舞马,还不错吧?"

潘蓉眼珠子一转:"给你三倍的价,让给我好不好?"这样稀罕的东西,若是献入宫中,岂不是大功一件?

刘畅与清华郡主立时猜到他是什么主意,几乎是同时,刘畅叫道:"让给我,我给你五倍的价钱!"

清华郡主也叫道:"给我!我给你六倍的价钱!"

席间众人听得咂舌,然而席上三位却都是打的如意算盘,高价买来献入宫中,所得远不止付出的这一点。

李荇哈哈一笑:"大家都觉得这舞马还看得?"

众人纷纷点头,李荇便道:"那我就放心了。"

众人心一沉,果听他徐徐道:"这样稀罕的东西,我怎敢独占又或是卖了享用?不瞒诸位,我是要敬献入宫的。"

潘蓉三人的表情顿时精彩万分,牡丹不由暗自好笑,这明摆着就是调戏嘛。李荇却是毫无所觉一般,举起自己面前的空酒杯道:"怎地不与我上酒?"

白夫人淡淡地道:"天下熙熙皆为利来,天下攘攘皆为利往。你看这天底下,大家都差不多,不过会装与不会装而已。"

这是在安慰自己呢,牡丹心中淌过一股暖流,真心实意地望着白夫人一笑。

却见潘蓉突然起身往外去了。少顷,迎了一个身材高大、小麦色皮肤、轮廓深邃的青袍男子进来,亲自引着那男子在男宾席第一位上坐下,笑嘻嘻地同刘畅和清华郡主道:"这是我和你们说过的那位朋友,蒋长扬,字成风。稍后的飞刀脍鱼,就由我二人来吧!"

众人也不见惊奇,立刻便有婢女抬上几案砧板并刀具瓷碟等物以及已经收拾好的新鲜鲫鱼。

第三章 争执

白夫人见牡丹满脸期待,忍不住道:"你似是很开心?"

牡丹解释:"我自幼身体不好,缠绵病榻,错过了许多美好的事物。去岁秋天重病一场,险些丧命,从那之后,我便想通了,人生得意须尽欢,为什么要整日愁眉苦脸的呢?"

白夫人道:"是这个道理,我先前小看你了。"

牡丹哈哈一笑,把目光投向上首。

潘蓉和蒋长扬并排而立,潘蓉由着侍女系上了精美的丝绸围裙,蒋长扬却只将袖子挽上去而已。

刘畅的筷子一敲酒杯,二人就摆开架势,专注地动作起来,去皮剔骨,切片,两个人的动作都是干净利落,手起刀落,节奏感很强,与其说是切鱼,不如说是华丽的刀技表演,刀光闪闪中,盘子里的鱼丝很快堆成了小山。

侍女不断将二人切出的鱼丝各取一半放入铺了新鲜紫苏叶的小瓷盘中,再配上一小碟用蒜、姜、橘、白梅、熟栗黄、粳米饭、盐、酱八种调料制成的八和齑,倒上一杯用炒黄的米和绿茶煎成的玄米茶,鱼贯送至席前。

白夫人低声解释:"每个案板上的鱼数量是有定数的,他二人这是要比谁更快,谁切的鱼更薄更细。你看，差距出来了吧？"她用筷子翻动着盘子里的鱼丝给牡丹看，乍然看不出什么，直到筷子挑起来之后，牡丹才发现厚薄精细程度完全不一样。

蒋长扬切的，又薄又细，白夫人对着轻轻一吹，竟然飘了起来，而潘蓉切的，明显有两倍那么厚。

白夫人将潘蓉切的扒到一边，微微不屑地道："这个手艺与我家厨子差不多，也好意思拿出来当众炫耀。"

"噌"的一声轻响，蒋长扬切完他案板上的最后一条鱼，将刀放下，淡笑着对众人揖了揖，就着侍女送来的姜汤洗手去腥，撩起袍子坐回席间。而此时，潘蓉的案板上还躺着两三条鱼。

刘畅大笑道："阿蓉，你输了！还切么？"

潘蓉将刀放下，伸着两只手任由侍女替他洗手擦手整理袍服，懒洋洋地道："成风，我苦练两年，还是不及你。罢了，我说过的话一定算数。"

刘畅笑道："你自是比不过他常年握刀的，你该心服口服才是。"

清华郡主笑道："你们打的什么赌？"

"秘密。"潘蓉看向牡丹，见牡丹回望，便转而对着白夫人抛个媚眼。

白夫人视若无睹，只问牡丹："你可曾见过今日这株花了？我始终没看出是何品种。"

牡丹笑道："此花与夫人恰好同姓。风姿却是不错的，与我那几盆花比起来算是各有千秋。"

玉板白，色白似玉，瓣硬，雄蕊偶有瓣化，荷花形，花朵直上，优点是着花量高，花期早。刘畅这一株，不过就是占着个推迟了花期，同株生了雄蕊瓣化程度高的几朵花，又是自己那些陪嫁的牡丹中没有的品种，所以被他视为稀罕物，故意拿出来炫耀而已。

实际上，牡丹私下里以为，按着此时众人的观赏眼光，玉板白与同为白色系的玉楼点翠、瑶台玉露比较起来，一定会认为楼子台阁形的玉楼点翠和绣球形的瑶台玉露更美丽珍贵。只是关系未到，她不好点评给白夫人听。

白夫人一笑，指着潘蓉轻声道："有人想算计你的花，小心了。"

牡丹一愣，原来潘蓉先前帮她就是为了这个。她认真地望着白夫人低声道："无论夫人是因为同情还是其他原因，我都非常感谢您提醒。那几盆花，无论如何我都不会给人，也不会卖的。"

那是她今后安身立命的本钱，不到万不得已，怎么也不会弃下。

"既如此，我便尽力劝他打消这个念头。"白夫人摇着刺绣兰花团扇，几不可闻地叹息了一声。

不多时，众人酒足饭饱，进入赏花环节，刘畅笑道："在座的诸位都知道，寒舍种了几株花，侥幸勉强入得眼，每年春末夏初，总能给诸位在闲暇之余添上一点乐趣。今年却又与往年不同，敝人新近得了一株玉板白，生而有异，不但比寻常的玉板白开得晚了许多，还有一树同开两种花型之迹。"

说完之后，他并不急着立刻揭开青纱，而是含笑望着众人，听众人说了一通恭贺的好话，方起身准备亲自去揭开青纱。不过刚站起身，清华郡主就用扇子挡住了他，娇笑道："子舒，让我先睹为快如何？"

这便是她要去做了揭纱之人的意思了。牡丹心想，冲着清华郡主唯我独尊的性子，这种行为也算不得什么。刘家小儿既要捧她，便该从了才是。

谁知刘畅哈哈一笑推了过去："来者皆是客，我若是让郡主先睹为快，岂不是有意怠慢其他宾客？下次可就没人来玩了。"径自就去揭了那块青纱。

清华郡主笑道："你这个人呀，这般狂傲，心里眼里总是没有人。"说着回眸狠狠瞪了牡丹一眼，瞪得牡丹莫名其妙，只当是她疯了不正常。

· 023 ·

众人纷纷起身去观赏那玉板白,又去看牡丹院子里抬出来的几盆花。牡丹趁空使个眼色,雨荷会意,起身离去。

不多时,众人开始点评作诗,牡丹见李苻已经独自绕出宴席场所,便趁着无人注意自己,带着林妈妈和雨荷跟了出去。

清华郡主从始至终一直盯着牡丹,见状立时对着自家婢女微抬下巴,那婢女悄无声息地跟了上去。

潘蓉也拉了蒋长扬一把,示意他跟着自己走。

牡丹按着事先商量好的,由雨荷引开林妈妈,她自己则坐在一个四面没有任何遮挡的亭子里坐着等李苻。所谓腥臜,皆生于阴暗之处,这里人来人往,光明透亮,就算有人想抓错处也抓不到,她要的是清清白白、正大光明、拿着该拿的嫁妆走人的和离,而非是被人泼了一身脏水后被休弃。

李苻很快赶来,也不废话:"丹娘,你有何事?"

牡丹深深一福:"表哥,这日子我过不下去了,我想和离。请你帮我。"

久久没听到李苻回答,她一颗心跳得咚咚乱响,忍不住想,虽叫表哥,到底是外人,不想搅入这场乱麻中去也是常有的。若真那样,便只有破釜沉舟了。

忽听李苻沉声道:"宁拆一座庙,不拆一桩婚。我若答应你,好像是做缺德事。"

牡丹连忙道:"帮我才是功德无量!我需要你帮着说服我爹娘。那时结这亲是没法子,既然我已经好了,他家也不乐意,何不放过彼此?与其这样卑躬屈膝地活着,我不如死掉!"大好青春浪费在这样一个人身上,岂不是太可惜?!

李苻目光闪烁,道:"我看你现在确比从前想得开了许多。但要知道,开弓没有回头箭,世上没有后悔药。一旦成功,从此后你与他再无瓜葛,见面便成路人,你不后悔?"

牡丹忙道:"我去年秋天病那一回就想通了,不是我的就不是我的,强求不来。若非家里不肯,我也不会厚着脸皮给你添麻烦。"

上次她归宁,才和何夫人提起头,何夫人就骂她小孩子脾气,简直不懂得轻重。去年秋天那场重病侥幸不死,不过越发证明刘家是她的福地。说来,何家的要求是真低,只要女儿能活下去,有名分,没受到明面上的伤害就行。

见李苻在打量自己是不是说的真话,牡丹紧张地挺了挺胸膛,努力摆出坚贞不屈、永不后悔的模样给他看。

李苻看得抿嘴一笑,算是信了牡丹并非心血来潮:"你这事儿,光靠姑爹和姑母同意不算,还得刘家同意。当初刘家答应过,若是你们不成了,责任又在他家,就得把那笔钱悉数还回来。先不必说姑爹和姑妈会不会信你离了刘家也会没事,就说刘家为了不还这笔钱,也定会找借口死赖着不放。即便姑父姑母不要那钱,刘家为了防止手中再无筹码,导致当年事泄,只怕也是不肯的。再说,你若主动提出和离,便是出夫,刘畅从来吃不得半点亏,怎会许你舍弃他?他除了清华这事外,并没有什么明显的过失。而这种事,世风日下,世人已然见怪不怪了,他一句改了也就改了。就算最后勉强同意和离,他定然也会想法子出了这口气,反把污水泼到你身上,吃亏的还是你。此事还需从长计议。"

牡丹道:"就是因为这些,我才需要表哥助我。先前我还想过义绝来着,可条件达不到。"义绝的四个条件中,夫犯妻族、夫族妻族相犯,不可能发生;而妻犯夫族、妻犯夫,她可以去做,却是害了自己一辈子。

李苻修长的手指轻轻敲了亭柱几下,道:"放心,你从小到大没求过我,这次开了口,我总得替你细细筹谋才是。"

"吃点亏我也能接受。"牡丹笑道,"若是可以,今秋之前我就想搬出去。"

秋天是牡丹花的繁殖季节，那时搬出去，正好实施她的计划，不然又要耽搁一年。

"这么急？"李荇微微笑了，"看来你是真死心了。今后有什么打算？"

牡丹笑道："还没想好，但不管怎样，总要努力过好日子，尽量不给别人添麻烦，不叫人看笑话。"

李荇低声道："你一定能得偿所愿。"

忽听不远处有人重重地咳嗽了一声，却是潘蓉与那蒋长扬立在不远处的一丛修竹旁看着这边，潘蓉脖子伸得老长，却被蒋长扬牢牢揪住袖子不许他过来。

潘蓉郁闷地道："你们躲在这里说什么悄悄话呢？"若非蒋长扬多事，自己潜去拿了那二人的把柄，正好胁迫一回！

李荇泰然自若地行礼笑道："自家兄妹许久不见，叙叙旧而已。"牡丹在旁淡笑颔首，表示赞同。

潘蓉见二人都十分坦然，想想刚才的确没看见什么失礼的举动，索性绽开一个大大的笑脸，亲热地道："你这趟去得远，很久不曾见面，自家亲人是该叙叙旧才对。"

牡丹见他突然变了态度，想到先前白夫人的提醒，便低声道："表哥，他今日殷勤得紧，只怕别有所图。"

这个病弱娇养的表妹如今竟然也懂得揣测人心了？李荇诧异地看了她一眼，低声道："我知道，稍后你先回去，我自会派人与你联系。"言罢上前天花乱坠地与潘蓉攀谈起来。

牡丹见雨荷与林妈妈拿着伞和食盒过来，便将食盒接过递给李荇："还请表哥替小妹送到家中。"然后告退。

潘蓉道："弟妹你别走，我有事要同你商量。"

牡丹笑道："商量不敢，还请世子爷吩咐。"

潘蓉道："你这人真是，倒像是我要仗势逼迫你似的。"

李荇笑道："丹娘可以放心了，若是你不肯，世子爷断然不会逼迫你。"又看向一直沉默的蒋长扬："这位蒋兄，您也听见世子爷的话了，是不是这个意思？"

蒋长扬淡淡一笑，斩钉截铁地道："是。"

"都是些什么人！这般小瞧我，我与你们拼了！"潘蓉翻个白眼，又望着牡丹谄媚地笑，"弟妹，实不相瞒，我有要事相求，天下间只有你帮得我，你若是不帮我，我便要死了！"

李荇勃然变色："还请世子爷言语自重！"林妈妈也将牡丹拉到自家身后，警惕地瞪着潘蓉。

潘蓉咂嘴："至于？我是想向弟妹高价买两株花，怎么就不自重了？就是那盆魏紫和玉楼点翠，弟妹若是割舍得，我愿出一百万钱。"

牡丹算了算，一百万钱，就算一个接头值一千钱，也够她卖一千个接头，或者是供人游园一万次的。对旁人来说，也不算太吃亏，可对她来说，就是大大的吃亏了。试想，五年后，经她的手，可以繁殖出多少来？这一百万钱，算得什么？当下便道："世子爷是在为难小妇人，先前郡主索要时小妇人就曾说过，这是父母所赠之嫁资……"

潘蓉急了："她那是强取豪夺，你先前是咽不下那口气，自然不能给，我也帮了你，但她那个脾气，只怕过后一桶滚水就给你烫死了，倒叫你哭不出来。现下我真心实意出钱向你买，你卖给我好处大多了，花活着，你得实惠，又正好气死她，还有人情在，一举几得，何乐而不为？"

牡丹淡然道："被滚水浇死是我无能，而非过失。若是卖了，便是我的过失。"今日她卖了这两盆花，只怕过不得几日，就一盆都保不住了。

潘蓉恨道："你这人真是榆木疙瘩！白生了这副好皮囊。难怪不讨人喜欢……"

蒋长扬忙劝道："不愿卖就算了，生意不成仁义在，何必出口伤人！"

潘蓉瞪蒋长扬一眼，道："我若非为你，怎会干这没脸皮的事情？厚着脸去求人，反被

· 025 ·

人喷了一脸的口水！"

原来竟是为了讨好这人么？牡丹仔细打量那蒋长扬。但见他一身看不出任何花哨的青色缺胯袍，脚上一双再普通不过的六缝靴。腰间只挂着一把两尺来长的横刀，刀柄上没有任何装饰，刀鞘更是乌漆麻黑的，朴素普通得让人看了第一眼就不想再看第二眼。至于长相，虽说很有男子气，但表情也太过僵硬木讷了，似乎眼睛和眉毛都是不会动的，半点不生动。

蒋长扬见牡丹打量自己，微微有些羞窘，朝着她淡淡一笑，露出一排雪白整齐的牙齿，回头望着潘蓉道："我不要了！原来打的赌不算了。"

潘蓉瞪眼道："你说不算就不算？蒋大郎，凭什么从小到大都是你叫我怎样就要怎样？今天我还偏要兑现这诺言！怎么样，弟妹，你卖是不卖？该说的我已说清，你自己想好！"

李荇讥讽道："刚还说不仗势欺人，此刻便要欺负一个弱女子么？"

潘蓉犯了横，拿眼瞪着李荇："我就欺负了你要怎样？不过两棵花而已，我没为难她，她为何要为难我？她这不是找不自在么？"

这是什么世道！这都是些什么人！任谁都可以踩她一脚？牡丹被激起一股怒气，忍不住冷笑："原来我不肯出卖自己的嫁妆，竟然就是为难了世子爷！今日我也偏不卖了！既然留着是个祸害，待我这就将它当众砍了！砍了树老鸹就不叫！"言罢推开林妈妈，弯腰去拔李荇的佩刀，光脚的还怕穿鞋的么！

咦！这个软脚虾竟然敢和自己唱反调！难道是自己看上去太好欺负了？潘蓉一把按住那把刀，怒道："你敢！还敢骂我是老鸹！"

牡丹瞪着他冷笑："我凭什么不敢！我在自己家里砍我自己的花，干世子爷何事？！即便闹到陛下那儿，也是我有理！什么老鸹，我可没指名道姓说是谁，谁上赶着去就是谁！"

蒋长扬看着潘蓉语气严厉："你若真把我当朋友，就不要无理取闹为难人。似这般，我得了这两盆花也羞于见人！"

潘蓉恨道："蒋大郎！你不识好歹！"

蒋长扬向牡丹行礼，严肃认真地道："家母爱花，在下曾同世子爷打过一个赌，言明输了的人要为对方做一件事。世子爷输了，便要寻两株好牡丹花给在下。故而今日都是在下的错，请夫人不要见怪世子。夫人不必砍花，世子爷非得要买，您就卖给他。待您收了钱后，在下立刻完璧归赵。您可以净赚一百万钱。"

牡丹尚未开口，潘蓉已指着蒋长扬咬着牙道："蒋大郎！你好毒！"

李荇"扑哧"一声笑出来："我来做个中人，既然世子爷已经开了口，丹娘就该体贴人意。这样，今年秋天挑几个好品种接几株牡丹送给世子爷和蒋公子。你看如何？"

牡丹先前不过凭着一口气，此时有台阶，自然要下："但凭表哥吩咐。"

蒋长扬客气地道："给夫人添麻烦了。到时在下按着市价来，不好叫您白忙。"

潘蓉虽不甘心，却也不好再生波澜，当下重重哼了一声："要送我才能消去我心头之气！"

牡丹道："就当先前世子爷帮忙解围的谢礼。"

忽见清华郡主身边一个青衣婢女匆匆而来："我家郡主请何夫人一叙，就在前方不远处的水晶阁里。"

林妈妈紧张地拉住牡丹的袖子，别不是有什么阴谋诡计吧？

牡丹见李荇朝自己眨眼睛，便道："恭敬不如从命。"

待牡丹走远，李荇挽住潘蓉的肩头，附在他耳边轻轻说了几句。潘蓉只是摇头。李荇便伸出一根手指，潘蓉犹豫片刻，还是摇头。李荇冷笑一声，转身就走，潘蓉立刻拉住他的袖子，举手与他击掌："成交！"

所谓的水晶阁，不过是建在湖中的一间木制小阁楼。刘承彩喜欢在此纳凉看书，便建了水车从湖中将水抽上去，从阁楼房檐上淌下来，形成雨帘。夏天住在里面，格外凉爽，更有情趣。每当日出之时，从里或从外望去，那雨帘子都如水晶一般耀眼夺目，故称水晶阁。

走至曲桥入口处，婢女拦住林妈妈和雨荷："郡主有话要单独同夫人说，还请二位在此等候。"

林妈妈和雨荷很是不安："少夫人……"

牡丹抬眼望去，此时还不是盛夏，水车还未转动洒雨，水晶阁看上去稀松平常，从曲廊到它周围的一圈栏杆处都可以看得清清楚楚，貌似不是搞人身伤害的好去处。便道："你们在此等候，我去去就来。"

林妈妈双目微红，低声道："少夫人小心。"

青衣婢女笑道："不必担忧，郡主没有恶意。夫人到了外间，若是无人应承，自家进去便可。"

阳光射在水面上，反射回来的光又强又烈，把牡丹的眼睛晃得眯成缝。看着面前九曲十八弯的青石曲桥，她有一种眩晕的感觉。

越走得近，水晶阁里传出的琵琶声就越响。走到约有一丈远的地方，已经是响彻耳畔，更有用大食蔷薇水泡了海南降真所制成的名贵熏华香萦绕鼻端。牡丹顿住脚步，朗声道："何氏惟芳应郡主之邀，前来一叙。"

连叫三声，琵琶声依旧响个不停，却始终无人应答。牡丹索性提步往前走去。待得近了，琵琶声骤停，一声娇笑夹杂着几声暧昧的娇喘清晰地从半掩着的窗中飘了出来。

牡丹抬眼望去，但见水晶阁内一张软榻上，十二扇银平脱花鸟屏风半开半掩，帐架上的青纱帐随风飞扬。帐外一架落地屏风旁，一个青衣婢女抱着一把琵琶，垂眸不动，仿若老僧入定。

牡丹勾唇冷笑，这清华郡主真是没意思，上次她便是因为撞见他二人苟合，气急攻心，事后又被奚落讥讽了一番，万念俱灰才会重病。

这次故技重施，是希望自己彻底病死了事？此刻自己应该尖叫出声，然后掩面奔逃呢，还是应该梨花带雨、义正词严、声泪俱下地控诉一番？怎样做最好？这是个问题。

清华郡主粉脸微红，涂着蔻丹的十指牢牢捧住了他的脸，挑衅地看着窗外的牡丹深深吻了下去。

刘畅背对着牡丹，丝毫不知窗外之事，汗湿罗衫，狰狞了脸色。

清华郡主扭动着发出夸张的声音，从始至终，她的眼角都瞟着牡丹，唇角挂着讥讽的讥笑。识相的，就该早些去死才对！为什么不去死？死死占着这个位置做什么？

牡丹面红耳赤，再也看不下去。

一阵急促的脚步声传来，牡丹愕然回头，三颗脑袋同时出现在她身后：潘蓉满脸八卦兴奋之情，李荇脸色铁青像要杀人，那看守曲桥的青衣婢女则是脸色惨白，几欲昏死过去。

牡丹的脸顿时变得血红，回头不要命地开跑。在她身后，清华郡主发出一声急促嘹亮的尖叫，这回，是真的尖叫。

牡丹已经顾不上后面会怎样混乱了，只顾提着裙子快步穿过曲桥，走到曲桥入口处，快步越过站在那里的蒋长扬，一把拉了林妈妈和雨荷的手，急促地道："走！"

林妈妈和雨荷不知道发生了什么事，只看到牡丹满脸红得不正常，鼻翼也冒出了细汗，惊吓不轻："少夫人您这是怎么啦？"她们远远望过去，只看见牡丹一直独自站在水晶阁外，并不知她听见或是看到了什么。

蒋长扬沉声道："何夫人，您可是受了什么惊吓？"

牡丹慌乱回头，只见李荇和潘蓉已经掉头走了回来，眉飞色舞的，一看就是打算大肆张扬的样子，便道："没什么。有急事。"扯了林妈妈和雨荷飞快逃离。

蒋长扬只看到八幅粉紫绮罗长裙在空中划下一道美丽的弧线，上面绣的牡丹花瓣似要飞

027

撒出来,纤细的腰,几乎要断的样子。他纳闷地摸摸下巴,迎上李荇和潘蓉:"到底怎么了?为何个个见了鬼一般?"

潘蓉笑得打跌:"不是见着了鬼,而是见着鬼遇上都会害怕的人。"人不要脸,鬼都怕,清华郡主果然够不要脸,竟然请了人家的妻子来观赏……因见李荇脸色着实难看,便笑着上前揽了他的肩头,笑道,"别生气了,这算得什么?有人为了偷香,尿都可以喝。他家这是有传统的。"

他说的是刘畅之父刘承彩。

刘承彩当年也是翩翩少年郎,貌美多姿,很得女人喜欢,却娶了戚夫人这样悍妒的女子。他不甘心,少不得斗智斗勇。他看上一个年轻貌美的侍女,盘算良久,趁着戚夫人洗头,假装肚子疼,把那侍女召去,还未成其好事,戚夫人也听说了他的肚子疼,立即飞奔而至。

刘承彩无奈,只得继续假装肚子疼。戚夫人按着偏方将药扔到童子尿里去,让他吃。他没法子,只好吃了下去,这场风波才算免了。经过这多年,这事仍然是京城上流圈子里的笑料之一。

李荇歪歪嘴,道:"还请世子爷跟尊夫人说一声,劝劝我那死心眼的表妹。"

潘蓉这才后知后觉地道:"是哦,她别想不通。走吧,先去找人。"

蒋长扬隐约猜到水晶阁发生了什么事情,抿紧了唇,默默跟在二人身后,不多时,突然道:"我还有急事,先走一步,就不和主人家道别了。"

潘蓉忙挽留他:"别呀,好玩儿的还在后头呢。"

蒋长扬摇摇头:"与人约好的,不能失信。"

潘蓉立时将答应李荇的事抛在脑后:"我送你出去。"

蒋长扬止住他:"不必,你去做正事要紧。过两日得了空,我自会来寻你。"

见蒋长扬走远,李荇问潘蓉:"这是谁?之前怎么从未见过?我看他手上有老茧,经常想去握刀,从过军么?"

"还杀过人呢!"潘蓉夸张地喊了一嗓子,敷衍道,"是一个世伯的儿子,他平时不喜欢和我们这种人厮混。走吧,去得迟了你那表妹又要想不开啦。"二人一道往宴席处去寻白夫人不提。

水晶阁内,已经穿戴整齐的刘畅沉着脸立在榻前,冷冷地看着发髻微乱,衣冠不整,仰卧在榻上的清华郡主道:"到底怎么回事?"

清华郡主已从被两个男人偷窥的刺激中恢复过来,懒洋洋地将黄罗抹胸往上提了提,翘起玉腿左右打量一番,越看越满意:"怎么回事?你又不是没看到。何牡丹带了野男人来捉奸,想看你我笑话,如愿以偿地看到咯。"

刘畅铁青了脸,指着她道:"铁定是你捣鬼!谁叫你自作主张?"

清华郡主翻身坐起,直视刘畅:"是我又如何?!我就是要让她看看,你是怎么爱我疼我的,好气死她!"

见刘畅脸色越发难看,她眯了眼冷笑:"怎么,敢做不敢当?吃干抹净就这样算了?左右李荇已经看见了,须臾就会传到何家耳朵里去,你倒是说说看,怎么办才好?要是她还死死缠着你不放,你又没本事解决,不如我去求了赐婚如何?你若喜欢,留着她也好,我做大,她做小,可没辱没她。"

刘畅的瞳孔缩了缩,深吸一口气,道:"这事儿没你以为的那么简单。"

清华郡主不以为然:"你家那点破事儿,我又不是不知道,藏着掖着做什么?!只要你肯交给我办,什么事做不到?怕的是你不肯。畅郎,你变心了!你忘记当初我们的山盟海誓了么?!你这个没良心的!"

·028·

她后面这句话是声嘶力竭喊出来的，倒吓了刘畅一跳。

清华郡主两眼含泪，满脸恨色，看上去十分狰狞可怕，刘畅犹豫片刻，试图安抚她："你莫喊，这事要从长计议。"

清华郡主不管不顾地扑上去，将头用力去撞他的胸口："我不管，你今日就要给我答复，不然我就去告你诱奸我！"

刘畅被她撞得发晕，脾气激起来，猛地将她一推，也不管她是不是跌倒在地，恶狠狠地道："你且去告！你去告！想必你一开口，我刘家立时就满门抄斩了！"言毕一拂袖子走了。

清华郡主披头散发地坐在地上，咬碎了一口银牙。抬眼看到在角落里瑟瑟发抖的青衣婢女，立时狰狞了脸色，厉声道："贱婢！还不扶我起来？"

婢女的手才碰到她，就被她抡圆了胳膊狠劲扇倒在地，也不敢出声，只是四肢着地地蜷成一团。

牡丹本想躲回自己院中，左思右想又去了宴席场所。李荇等人已经见着刘畅和清华郡主的丑态，这二人不敢对着他们发作，只怕会来寻她晦气。要么就闹大，怕什么！

此时众人有继续作诗作词的，也有歪在席上喝酒谈笑，观赏乐伎弹奏歌舞的，也有闹中取静下围棋的，更有玩樗蒲赌钱的，不拘男女，个个自得其乐，纵情欢娱。

牡丹刚一露头，就见一个年轻婢女寻了过来，引她去见白夫人。白夫人与一个梳乌蛮髻、攒金雀钗，系八幅海棠红罗裙、披金色薄纱披帛，鹅蛋脸、长眉俊眼、琼鼻檀口、神情倨傲的少女坐在草亭中轻声交谈，见她进去，白夫人笑着起身："一转身就不见了你，我还以为你不告而别了呢。"

牡丹推道："适才有点事，不得不去处理，不敢打扰夫人雅兴，故而没有知会，倒是妾身失礼了。"

"和你开玩笑的，你是主人家，琐事极多，哪里比得我们只管吃喝玩乐。"白夫人将她拉到身边坐下，介绍那女子给她认识，"这是清河的吴氏十七娘，小字惜莲，我们平时都叫她阿莲。"

吴惜莲只略抬了抬身，淡淡一笑，并不多语。

对于吴惜莲这种不以为意的态度，牡丹并不放在心上。这清河吴氏，乃是本国有名的世家大族之一，皇室很喜欢同他们结亲，久而久之形成目中无人之态。就算清华郡主在他们的眼里，也不见得有多高贵。

白夫人笑道："五月端午，又是皇后寿诞，自兴庆宫勤政楼到金光门以东春明门，至以西金光门为戏场，有百地献艺，你们届时可要去？"

吴惜莲道："家父前些日子还说要去搭个看棚。"

牡丹连刘家去不去搭看棚都不知道，更别说确定自己到时能否出门，便道："我不知。"

白夫人道："不妨，你若想去，我派车来接你。"

吴惜莲扫了牡丹一眼，道："说句不客气的话，也难为你过得下这样的日子！若是我，早就出夫了。"

牡丹淡淡一笑："我若是阿莲，怎会遭此待遇？"

吴惜莲一滞，尖刻地道："就算我是你，我也不会活得这般憋屈，这样活着，还不如死了！"

白夫人不高兴地道："阿莲，我曾同你说过，人的际遇不同，性情不同，处理问题的方法也不同。你姐姐难道过得好么？我难道过得好么？"

吴惜莲拂袖起身："阿馨，你是我姐姐的好朋友，她遭遇不幸，你不但不同情，反倒把她的痛苦拿出来做谈资，实在是让人齿寒！"

白夫人道："我好意介绍友人给你认识，你却当众给她难堪，不也是给我难堪么？我本想着你是个有见识的，又有我和你姐姐的事情在前头，定不会如同旁人一般肤浅无聊。谁知是我错看了你！"

"我肤浅无聊？"吴惜莲气得鼻孔一张一翕的，眼圈都红了，"阿馨，你才刚认识她，就为了她欺负我？"

白夫人道："我就事论事而已！这其中许多事，你嫁了人后就知道了。"

吴惜莲噘嘴："我才不会嫁给这种人！"

牡丹起身施礼："为了我引得二位生气，是我的不是。我还有事，先行告退。"所谓话不投机半句多，何必让白夫人为了自己得罪朋友至交？

白夫人要留牡丹，但见她神色淡淡，眼里无悲无喜，一派平静自然，心想若是强留下来，闹得不愉快，也是平白给人添堵，遂轻轻握住她的手："改日又会。"

牡丹点点头，才行几步路远，就见潘蓉与李荇二人步履匆匆地赶来，于是赶紧闪身躲开。

潘蓉大声道："弟妹，你莫跑，听我说两句，这算不得什么……"他声音极大，引得众人侧目。

牡丹见状，越发躲得远了。

李荇沉了脸扯住潘蓉："你是来帮忙的，还是来添堵的？你是故意的吧？你再捣乱我们先前说的话就作废。"

潘蓉眨了眨眼："你休想抵赖！本来就算不得什么。她若是不尽早想开，便要白白受罪。"话虽如此，还是探手将白夫人唤了出来。

白夫人听他三言两语说完，奇道："我适才也不见她有多难过。"

潘蓉叫道："坏了，坏了！哀莫大于心死，她不但重新回到这里，还能对着你谈笑自若，一定是心存死志了！你赶紧去，叫她千万别想不开！"

话音未落，就被李荇"呸"了一声，白夫人立时赶去寻牡丹。

却说牡丹躲开潘蓉等人，迎面遇到玉儿与个年轻女子玩樗蒲，极力邀请她坐下一起玩。

牡丹笑道："我不会玩。"

"简单得很，少夫人玩过一次就会了。"玉儿教牡丹，"掷出五枚全黑为卢，彩十六……"一语未了，忽听有人在旁道："二雉三黑为雉，彩十四；二犊三白为犊，彩十；五枚全白为白，彩八；这四种彩称贵彩。"

接话的竟是刘畅。

玉儿赶紧起身行礼，刘畅很自然地坐到牡丹身边。牡丹闻到他身上传来的熏香味道，想到彼时的情形，几欲作呕。不是她对他还有什么多余的情绪，而是想到自己和一个脏东西坐得这么近，实在让人恶心。

刘畅见牡丹不语，只垂眸看着面前的棋盘，便纡尊降贵地道："我教你玩。"语气肯定而非探询。

好诡异。牡丹很疑惑，脏东西要做什么？叫她不要声张，不要哭闹？她有半点声张哭闹的样子吗？

白夫人走过来时，就看到刘畅和牡丹二人面对面地坐在樗蒲棋盘前。刘畅沉着脸，将五枚矢抛过来抛过去，牡丹则像一根木头一样，直直地杵在那里不动，脸上无悲无喜。白夫人想了想，便上前同刘畅打个招呼，看向牡丹："弟妹，我有事寻你。"

牡丹"哦"了一声，起身跟上。

刘畅将手里的矢一扔，起身加入一群赌得热火朝天的男人中去，须臾便赌得眉开眼笑。

白夫人拉了牡丹到僻静处，屏退左右，严肃地道："刚才那事……你是怎么想的？"

牡丹淡淡一笑："没什么想法。"

白夫人严厉地道："是无计可施，所以干脆不去想？还是已经绝望，所以什么都想不到了？"

我跟你说，这算不得什么！"她将牡丹的手腕抓得生疼，"为了这种人寻死，不值得！他们越是这样对你，你越要好好地活着！"

原来是怕自己寻死，牡丹笑道："我才不会寻死。没什么想法的原因，是因为不在意。就好像，我此刻正在很舒服地晒太阳，有人和我说，别处在下雨，那又与我有何干系呢？"

白夫人沉默片刻，道："这样最好。你还是小心些吧，当心她一计不成又生一计，脸面事小，性命事大。"

牡丹一凛，忙行礼称谢。

忽听远处一阵嘈杂，众人如潮水一般朝某处涌了过去。白夫人叫侍女："去看看是怎么回事。"

少顷，侍女去而复返，道："是刘奉议郎和李公子因琐事争执，动了手。"

白夫人和牡丹心知肚明，必然是为了刚才的事，纸终究包不住火，没多久这桩丑事就会通过在座诸人传遍京城。白夫人皱眉："你帮谁都不是，不如先回去吧。"

刘畅是主，不会主动挑起事由，此番冲突应该是由李荇挑起的，目的是把丑闻扩大以引起何家不满。此刻对牡丹来说，最好躲开，不要管，不要问。

可这是刘家，牡丹怕李荇吃亏，便拜托白夫人："我表哥没什么坏心眼，就是生性比较冲动，还请夫人和世子爷帮着劝导，莫要因此成仇才好。"

"我这就让外子去调停。"白夫人言罢果真领着人急匆匆地去了。

牡丹回到院里，提心吊胆坐了约有半个时辰，雨荷方来回话："少夫人，已经好了，表公子回家去了。外间又摆上了酒席歌舞，公子爷仍然主持宴席。"

原来刘畅正与人赌酒欢，李荇斜刺里杀出去，不由分说，杀气腾腾地要与他赌。刘畅怎可能直接认输？自然应战，然后他输了，而且输得很惨。

不知怎地，二人言语上起了冲突，便动起手来，有人说先动手的是李荇，又有人说，其实是刘畅。这都无关紧要，总之二人打成一团，刘畅乌了两只眼睛，李荇鼻子流血。从始至终，清华郡主都没有再出现。

难为刘畅成了乌眼鸡还能继续主持宴会，真是强悍。牡丹正要松了头发躺一躺，一个婆子快步而来："少夫人，夫人有请。"

牡丹无奈，只得重新洗脸整发，往戚夫人的院子里去。

碧梧抱着琪儿坐在廊下，拿一只线球逗波斯猫玩，见着牡丹便讥讽一笑，起身行礼："少夫人，今日宴席散得可真早呢，不知可精彩？"

牡丹也笑："没散，精彩得很，有舞马表演，清华郡主还带了个胡旋儿，舞跳得极精彩。可惜你没去。"

打肿脸充胖子罢了。碧梧撇撇嘴："清华郡主很美吧？"

牡丹笑道："当然，通身的气派就没几人及得上。"

碧梧疑惑得很，以往牡丹见一次清华郡主哭一次，这次为何这般兴高采烈？想是为了讨好公子爷假装大方。便讥笑道："那是自然，她是有名的美人儿，身份高贵，为人气派大方，见过的场面也多，不是寻常人比得上的。"

"嗯，嗯，正是如此。"牡丹心说，待到清华郡主做了你的主母，你就能更加体会她的美丽高贵、气派大方了。

念奴儿打起帘子探出头来，甜甜一笑："少夫人，夫人请您进去。"

牡丹前脚进屋，碧梧便将线团往帘前一扔，引着琪儿和猫过去，她自己顺理成章蹲在帘前竖耳偷听。

戚夫人刚见着牡丹，就将茶碗重重一放。

"母亲万福。"牡丹早知不会有好结果，伤人的是李荇，她无论如何都会被迁怒；且依着戚夫人的性子，为防止何家讨要说法，必要先狠狠威吓她一番，把错都推到她身上，再假装宽宏大度，哄哄骗骗。

戚夫人好一歇才淡淡地道："起来吧。"又叫朱嬷嬷，"给少夫人搬个凳子过来。"

牡丹见朱嬷嬷幸灾乐祸的，心知她又在戚夫人面前添油加醋地说了自己坏话，便侧身在月牙凳上坐下，道："不知母亲寻儿媳有何事？"

戚夫人狠狠瞪她一眼，高声道："念娇儿去看看！谁在外面吵吵嚷嚷，不成体统！"

碧梧唬了一跳，不等念娇儿出去赶人，先就结结巴巴地道："是小猫……"然后抱着琪儿一溜烟躲了。

收拾了不老实的碧梧，戚夫人方厉声道："儿媳妇！子舒糊涂，你这个做妻子的就要提醒他，替他周全才是！你倒好，不但不帮他，还带外人去看他的笑话！撺掇着自家表哥当众挑衅，把他打成那个样子！他没脸你就有脸了？出了事不在他身边，倒偷偷跑回房里躲着。辜负了我对你的一片心！"

牡丹暗自冷笑，贱字当道，千错万错都是她的错，贱男贱女怎么都有理。只此时不好辩解，还得先让这母老虎发泄完毕才好开口。

"夫人息怒，少夫人向来老实厚道，又怎会做这样的事？定是无心之过。"朱嬷嬷表面上是在劝戚夫人，实际上等于直接给牡丹定了罪。

牡丹暗骂一声老虔婆，捧茶递到戚夫人面前，温声道："母亲说得极是，媳妇无能。既不能成为夫君的贤内助，劝住他别做糊涂事，也不能在他遇事时挺身而出，替他挡住灾祸。只顾想着自家没脸躲回房里，实是无能之极。"

戚夫人凌厉地扫了她一眼，也不接茶，冷冷地道："你的意思，我说错你了？！"

牡丹把头垂得更低，语气却铿锵有力："媳妇不敢。今日之事确是媳妇无能。郡主召唤，不敢不去；世子爷要偷偷跟随看笑话，也无力阻止；夫君与客人争执，更是没有胆子上前劝解，只恐一不小心被人看了笑话。所以母亲说的都是对的。媳妇想改，能力有限，改不了，请母亲恕罪。"

戚夫人从未被她这般用软钉子碰过，气得咬着牙狠狠捶桌："罢了！是我对你期望太高，太过强人所难！我不指望你能有多大出息，从明天起，你就哪儿都别去，安安心心在家调养身子，早些给我生个嫡孙出来！你父母年纪一大把了，你就不能做点省心的事，自己争气些，好让他们安心？"

牡丹心想，这就要说到正题上去了。

果然戚夫人跟着道："你们成亲这些年，我对你怎样，你心里应该有数，我从没少过你吃，也没少过你穿，家里上上下下都尊敬着你。就是子舒心中别扭，与你合不来，我也只有骂他劝他的，他脾气再不好，也没把你怎么样，妻是妻，妾是妾。男人谁没个年少轻狂的时候！那农户多收了三五斗，也还想养个妾！更何况这种外头的，不过图个新鲜，过些日子也就丢开了。你有生闲气的功夫，不如好好想想自己如何才能留住夫君的心！"

牡丹一言不发。何家给了刘家这么多钱，她自己也是有嫁妆的，怎么吃怎么穿都不为过，怎么倒像是刘家白养着她似的。

戚夫人看得生气，却又无可奈何。

刘承彩从外进来，叹道："罢了，也不全是她的错。子舒也太不懂事了些！儿媳妇先回去，稍后我和子舒说，叫他把这些脾气都改了，以后你二人好好过日子。"

戚夫人哼了一声："一个两个都是不省心的。你今晚早些休息，明日一早就过来等太医。"

一个唱白脸，一个唱红脸，就是怕何家来闹腾。牡丹顺从地应了。

回到院中，林妈妈听了经过，低声道："既是请太医，便该连着您其他病一起治了！这次定要叫老爷和夫人上门一趟，让他给您赔罪！"意思是让牡丹借机装病，好叫何老爷夫妇上门替她出气讨公道，收拾刘畅。

刘畅岂是愿意轻易开口道歉的人？死性不改的王八罢了。牡丹虽不以为然，却也觉着可以借机躲一躲，说不定她的"病"还没好，事情就解决了。便道："妈妈说的是，我都听你的。"

此时甩甩吃饱了，欢喜地扑扇翅膀叫："牡丹，丹娘！"

牡丹笑嘻嘻取一根新鲜树枝递过去："给你。"

甩甩此时正嘴痒，见状欢喜地叼去啃咬。牡丹陪它耍了一会儿，郁闷和担忧散去大半。

忽听院门轻响，却是去拿晚饭的恕儿怒气冲冲地回来了。

牡丹笑道："谁又招惹你了？"

恕儿忙换了笑脸："没什么，今日厨房里太忙，出不来菜。奴婢怕您急，便让宽儿在那儿等着，自己先回来说一声。"

牡丹不在意地道："将席上的饭菜备一份来就行。"

恕儿知她向来不计较，笑着应了，背过身和雨荷抱怨："真真欺人太甚，这风头转得太快了些！你们还没回来，少夫人惹得夫人和公子爷不高兴的事已经传到了厨房，我们等了半日，就是不给饭菜！我不敢跟少夫人说，怕她生气。"

以前少夫人和公子爷闹腾后，总得吃上那么一两顿冷饭菜，才会重新好转。这次只怕又要到少夫人看过御医，才能转变回来。雨荷沉吟片刻，道："叫兰芝陪你去，她是夫人给的，不会这么点小事都做不来吧？"

恕儿道："好主意呀，我这就去。"才转了身，就见牡丹立在不远处道："不必了，兰芝去了也是一样。她哪里敢和公子爷作对！当心被人拿了当伐子。正好，我午间吃得太过油腻，不饿，稍后他们给什么就是什么，不要闹不要吵，拿回来就是。我不吃，就给你们吃，总比你们的饭菜好。"

事情越多越繁杂才好呢，白天遇到丈夫偷情，傍晚被婆婆骂，晚上被下人刁难，没得晚饭吃，她还不该病么？

恕儿心里老大不忿，雨荷推她一把："还不快去？"

恕儿噘着嘴，不情不愿地出了门。

天色黑尽，宽儿和恕儿总算拿回几碟中午吃剩的冷菜，饼子上的羊油凝得白花花的，唯有一碟樱桃饽饽还是热的。牡丹随意用了点饽饽，便放下不吃，让众人将其他菜分吃了。

这一夜，不单饭菜怠慢，热水也怠慢。牡丹一直等到晚间才有热水送来，松了头发换了衣服，一只脚才跨进澡盆，忽听有人使劲拍门："开门！公子爷来了！"

这个时候来，肯定没好事！雨荷吓得一抖，苍白了脸看向牡丹，却见牡丹也白了脸，匆匆忙忙将脚收回来，将一件红罗夹袍迅速穿上。

林妈妈心里也打鼓，暗想刘畅怕是为着被李荇打了，来报复出气的，想到白天戚夫人的态度，胆子才又壮了起来，指挥牡丹："你躺下，待我去应对！"

话音未落，就听到李妈妈在外面道："少夫人睡了么？公子爷来了呢！"原来人家根本没管她们，和兰芝先就把门开了，将人迎了进来。

林妈妈看看白了脸、抖手抖脚正往内房躲的牡丹，只得强忍着气去接人，只见刘畅浑身酒气，半边身子歪在兰芝身上，一双眼睛乌青肿胀，如同乌眼鸡似的，表情却是强横霸道无比："何牡丹呢？反了她了！竟敢让那狗东西来打我！"

乍听得这声咆哮，牡丹不由倒吸一口冷气。是福不是祸，是祸躲不过，总不能让又老又瘦的林妈妈挡在她前头吧？雨荷等人都是奴仆，一不小心就成了出气筒。

想到此，牡丹紧了紧衣服，"淡定"地走出去，先将林妈妈拉到身后，再望着刘畅惊讶地道："呀！夫君！你怎么成了这个样子？快，快，让厨房煮两个鸡蛋给公子爷滚滚眼睛，消消肿！"

见宽儿和恕儿站着不动，便点名："宽儿、恕儿，你们去厨房，跑快些！再叫她们做碗醒酒汤。"

"你莫装！别以为我不知道是你搞的鬼！看到我被打成这样很高兴吧？告诉你，李荇也没讨了好，他漂亮的鼻梁被我打断了！"刘畅冷冷地扫了牡丹一眼，就着兰芝的手歪在藤椅上，瞪向雨荷："与我煎茶来！"

雨荷看向牡丹，正好收到牡丹担忧疑问的眼神。主仆二人早就心意相通，她知道牡丹是向自己询问李荇的鼻梁是不是真的断了，便坚定地摇头。

牡丹放了心，示意雨荷照着刘畅的话做。

林妈妈见自家得力的丫鬟都被支走，只剩自己一个干瘪老太婆，粗壮的李妈妈与兰芝却都簇拥在刘畅身边，顿生无力之感，左右张望一番，握住一柄拂尘备用。

谁知刘畅又指使李妈妈与兰芝："你们杵着做什么？还不给我备下热汤洗浴？"

李妈妈笑道："老奴记得，少夫人房里正好有干净热水。"

牡丹暗恨："已是用过了！我这里离厨下远得很，待到热水再送到都什么时候啦？李妈妈，去让碧梧备好热水，公子爷即刻过去。"

李妈妈站立不动，只拿眼角去觑刘畅。

刘畅恶声恶气地道："既有热水，还不快滚！"

李妈妈与兰芝连忙告退："奴婢们就在外面候着，公子爷和少夫人若是有什么吩咐，喊一声就来了。"

林妈妈却似全然没听见，靠在条案旁，手握拂尘，微闭着眼，好似睡着了一般。

刘畅也不管她，直接起身往里走，边走边解腰带。

牡丹紧张得手脚都是软的："你做什么？"

刘畅冷笑："我做什么你不知道？自是来做该做的事，省得你胡思乱想，一会儿跟踪我，一会儿引人去看笑话，一会儿又撺掇你那劳什子表哥给你出气，害得我丢脸！"边说边将腰带解下，直接扔到林妈妈脚下。

腰带上的香囊狠狠砸上林妈妈的脚背，唬了她一跳，认清是怎么回事后，一张老脸涨得通红，攥紧手中拂尘沉声道："公子爷且慢！"

刘畅停下解衣带的手："妈妈有话要说？"

林妈妈挺了挺胸，道："今日之事您冤枉了少夫人！她没跟踪您，是郡主派人将她唤去的。当时潘世子正想和少夫人买花，也听了去，不知怎地竟就跟了过去，实在与我们少夫人无关。后面的事就更不知道了，公子爷可别听了旁人的谗言，冤枉了少夫人，夫妻间生了罅隙，可就不美了。"

刘畅看向牡丹，淡淡地道："是么？"

牡丹忙道："当然是真的。"所以脏东西你赶紧走吧。

刘畅侧头想想："知道了。妈妈别担心，我不会把她怎么样，你且先下去歇着。"语气却是比先前柔和了许多。

牡丹惊恐地看着林妈妈，林妈妈踌躇得很，刘畅便又解开一根衣带。林妈妈无奈，只得给牡丹一个鼓励的眼神，表示自己就在门外。刘畅来这里沐浴过夜乃是天经地义，她一个下人怎么敢把他赶出去。

随着门被关上，牡丹一颗心悬在了半空中，上不去下不来，呼吸都困难，只能下意识地将衣服紧了又紧。

刘畅将两臂伸开："帮我宽衣。"

牡丹咬着牙道："我不！"脏东西！凭什么！他要敢动粗，她就废了他！她偷偷打量刘畅的身形——呃，虽然有点难度，但是可以试试。即便成不了功，至少也能败兴，谁敢和算计自己命根子的女人睡觉。

刘畅一愣，只见牡丹垂着头，长卷浓密的睫毛在烛影下微微闪动，下颌咬得死死的，眼见得是气愤得很。不知为何，他心里竟然有几分雀跃："今天你很生气？"

牡丹抬眼看着他，很真诚地说："其实我不生气，也不介意。你放心，要是有人问我，我保证什么都不会说。"当然，现在不用她说，人家都已经知道了。

刘畅虽然半醉，却很明白地看出，牡丹眼里没有悲伤失意，而是一种隐隐的厌恶和幸灾乐祸。这个发现让他非常生气，转念一想，他又觉着自己其实看错了，牡丹怎么可能不难过呢？当初见他和清华多说几句话，她都会难过得要死，现在怎么突然就改了性？必是欲擒故纵！女人么，说"不"往往就是说"要"，自己和她较什么真！想要，拿过来就是了，总得正经生个嫡子才是。

刘畅想到此，便不再和牡丹计较，自顾自往屏风后面去，脱掉衣物进了澡盆。牡丹听着水声一阵响过一阵，暗叫晦气，快步走到妆盒前，翻出一把小银剪藏在袖中，严阵以待。

忽听刘畅在屏风后道："你和李荇说了什么？"

牡丹淡淡地道："说那胡旋儿舞跳得好，表哥说他在西疆见过跳得更好的，身价却没胡旋儿这么贵。"

刘畅尖刻地道："莫非你还想学人家买一个养着？也不看看自家身份！好的不学学坏的，以后少跟李荇来往！"

牡丹轻轻一笑："我清楚得很，我自家尚且任人欺辱忍气吞声，真买来也是害了人家，不买就是积德了。"

屏风后一阵沉默，就在她以为刘畅被洗澡水淹死了时，他突然语气生硬地道："过来给我擦背！说起来，成亲三年，你可从没为我做过什么！"

牡丹不动，反唇相讥："不知你又为我做了什么？"

刘畅冷笑："那是你欠我的！"

牡丹险些把"和离"二字冲口而出，但想到刘畅的性格，硬生生将话咽回去，改而叹道："是呀，谁叫我身子不好，竟然需要冲喜呢？其实我也想，若我生在一个贫寒之家就好了，哪有什么钱给我糟蹋！死就死吧，省得害了我爹娘，也害了你，更是害了自己。"

刘畅的呼吸声渐渐变粗，牡丹惬意得很，气死你个渣男，你不是最恨人家提这事儿么？我偏叫你想起最屈辱的事来，看你还发不发骚！

"吧嗒！"一声巨响，四扇银平脱山水纹屏风被刘畅猛地推倒，"哗啦"一声水响，刘畅光着身子从澡盆里站起身来，恶狠狠地瞪着牡丹，似是随时要从盆里走出来打人一般。牡丹握紧剪子瞟了一眼，只见他铁青的脸配上乌青的眼，正像是一只巨型乌脸鸡。

巨型乌脸鸡牛气了，后果很严重。

"嘭嘭嘭"，关键时刻门被敲响，雨荷小心翼翼地道："少夫人，公子爷要的茶好了。"

牡丹飞奔去开门。门开处，夜风吹进来，将烛光吹得一阵晃悠，水晶帘子更是叮当作响。

没了屏风的遮挡，刘畅和澡盆都暴露在外。门外守着的几个女人都发出一声轻呼，迅速将头垂了下去。刘畅立时蹲了下去，抚着身上被冷风激起的鸡皮疙瘩，红着眼睛恶狠狠地瞪着牡丹，她绝对是故意的！

牡丹看也不看他，伸手接过茶盘，随手放在一旁的几案上，慢吞吞将门掩上，却又不关严，问道："不知夫君此时饮用还是稍后？"

刘畅气得太阳穴突突作跳，本待不理她，却又改了主意："自是此时饮用！你拿过来！"

她不过随便问问而已，危险区域勿近。牡丹慢吞吞地道："那边没有放茶盘的地方，夫君还是出来饮用好了。"

刘畅气得要死，这不是故意和他作对么？问他要不要，他说要，她却又不给，可见是故意作对！他是喜欢有点情调、会调情的女人，却不代表他喜欢被捉弄，尤其是这个他从来瞧不起的女人。他气呼呼地瞪着牡丹，咬牙切齿地道："何牡丹，你会后悔的！"

牡丹瞟瞟门外，满脸害怕地道："夫君为何又不高兴了？可是妾身什么地方没伺候好？你说，妾身一定改！千万千万不要动手啊！我爹娘和兄长这几日大概会上门，要是被他们看见，妾身丢脸事小，只怕我哥哥不会饶过你。"

这一回，她脸上的表情太过虚伪，刘畅确定自己没有看错，她的确是在嘲笑他，故意激怒他，而不是欲擒故纵。结合之前她的种种作为，他突然发现，她变了，变得很陌生，这种陌生，不到关键时刻分辨不出来，但和从前相比确实天差地别！她瞧不起他，她轻视他，她厌恶他，但她确确实实又是牡丹，果然变了吗……刘畅突然有些发蒙，就坐在澡盆里盯着牡丹看。

牡丹等着刘畅发飙，最好不管不顾地打上那么一两下又或者怒气冲冲摔门而去。但他没有，就坐在那里探究地盯着她看，那眼神看得她发毛。僵持约一刻钟后，刘畅方才转身背对着她起了身，随手拉下衣架上的一块巾帕擦擦水渍，随意套上里衣，慢吞吞将门关严，又慢吞吞朝她走去。

他每往前走一步，牡丹都觉得是踩在她的心上，又重又沉，压得她几乎喘不过气来。

"你在怕我？"刘畅从牡丹眼里轻易捕捉到了恐惧，这个认知让他瞬间得意起来，笑着伸手去抬牡丹的下巴。

牡丹被强势地抬起下巴，一张精致的脸以最完美的角度暴露出来。俗话说，灯下看美人，越看越美。刘畅不得不承认，牡丹，半点也不辜负这个名字。她不需要像清华郡主那样故作与众不同，故意引人注目，她只需静悄悄地往那里一站，就会吸引了众人的目光，浑然天成，教人无法忽视。

他的目光顺着牡丹小巧的下颌一直望到她雪白的脖颈下，葱绿色的抹胸在红罗夹袍里只露出一个边角，却如同春天新发的嫩芽一般勾人，叫人忍不住想剥了看看里面到底是什么。

刘畅咽了咽口水，专注地看着那一缕绿意，手随心动，顺着牡丹的脸和脖子往下抚去。手过之处，牡丹的肌肤迅速蹿起一层鸡皮疙瘩，人也控制不住地发起抖来，呼吸更是变得急促。

所谓美人如花便不过如此了吧！刘畅很是满意牡丹的反应，她到底还是无法抵御住他，只要他稍微示好，她就会和从前一样对他死心塌地……想到此，他笑了，得意扬扬地说："你别怕，我会很温柔的。"

"的"字尚未出口，一壶热茶兜头淋下，茶水模糊了他的视线，再顺着脸颊淌入嘴里，将他的得意扬扬和自以为是全都倒灌回肚子里去。他忙不迭地收回手，就拿袖子去擦脸，只见牡丹圆睁双眼，手里的茶壶还尚未放下。

她敢拿茶来淋他！这不知天高地厚的女人，必须好好教训一下，让她知道什么事做得，什么事做不得！刘畅喘一口粗气，铁青了脸探手去抓牡丹，手还未碰到人，一道寒光卷着烛影迅速向他的手刺去。与此同时，牡丹飞快后退，匆忙中不忘将茶壶朝他砸去。

刘畅措手不及，手臂一阵刺痛，随即茶壶又狠狠砸在头上，本就有些昏沉的头被击中那一下，不亚于先前眼睛被李荇打了一拳，让人又痛又晕。最要命的是，他的自尊受到了严重伤害，他大吼起来："何牡丹！你找死！"顺手将几案上的茶杯茶盘等物狠劲砸在地上，探手要抓牡丹。

"少夫人！公子爷！有话好好说啊！"门被疯狂地捶着，雨荷和林妈妈不要命地闯了进来，身后还跟着李妈妈和兰芝。

牡丹顺势往地上一倒，把剪子扔得要多远有多远，白着脸、张皇失措地喊："妈妈救我！公子爷要杀我！"趁着刘畅远没反应过来，一把抱住他的腿道，"我真没敢说郡主娘娘什么，真的没有，不信你问她们，我什么都没说过。真是她的侍女叫我去的，我之前什么都不知道啊！"手却用力在刘畅的腿弯肉嫩处捏起一层皮迅速转了一个圈。

刘畅疼得倒吸一口凉气，龇牙咧嘴，待要抬腿踢出去，临时却又收住，转而弯腰一把掐住牡丹的肩头使劲晃："你这个阴险卑鄙的女人！"

牡丹见他收住脚，很是遗憾，于是顺着他的力道晃头，晃得披头散发，脸色苍白，满脸泪痕，不忘大声惊呼："救命啊，救命啊！"眼睛往上一翻，顺理成章地晕死过去。

林妈妈和雨荷一人抱住刘畅一条腿，大声喊叫："求公子爷饶了少夫人吧，她真没说过半句怨言！"

李妈妈和兰芝对视一眼，也跪下去求情："公子爷，公子爷，有话好好说，少夫人晕过去了！娇弱弱的人儿呢，哪里经得起大老爷们这几下！"

看来谁都认为是自己打了她，焉知从始至终被耍的人就是自己。难道要叫他说被自己的女人用茶壶砸了，还用剪子刺了？刘畅有苦说不出，看着牡丹只是磨牙。恨恨顿了顿脚，道："还不把人抬上床去？"

林妈妈和雨荷忙丢了他，一左一右扶起牡丹。林妈妈一摸，牡丹手脚冰凉，心疼得号啕大哭："我苦命的丹娘啊！这是作了什么孽？忍气吞声还要赶尽杀绝！老天爷你睁睁眼啊！"

"这是做什么！"戚夫人立在门口威严地一声断喝，"乱七八糟地闹腾什么！"

林妈妈不管不顾，只是抱着牡丹哭。牡丹见她哭得撕心裂肺的，很是不忍心，却也只得僵手僵脚地不动。

"给我闭嘴！谁再嚎就拉出去！"戚夫人恨铁不成钢地瞪了刘畅一眼，指挥众人打扫战场。先去看了牡丹，叫人立刻去煎参茶来，又狠狠骂了伺候的人一顿："公子爷醉了，你们也醉了？就这样任由他闹腾下去？一群不中用的东西！拿你们何用！少夫人若是没事也就罢了，若是出了事，看我不收拾你们！"

牡丹心说，老巫婆，你儿子行凶打人，转眼就被你说成是醉了，把错全都推到伺候的人身上去，这手法用得纯熟啊！

众人唯唯诺诺地应了，戚夫人却又夸奖立在门口不敢进来的宽儿和恕儿："多亏这两个小丫头聪敏，知道去叫我，否则不知闹成什么样子才能收场！"

不多时，参茶端来，林妈妈将牡丹扶起，喂了半盏下去，牡丹轻叹一声"醒"了过来，望着帐顶默默流泪，不言不语。

戚夫人见她醒了，沉着脸道："子舒，你随我来！"也不要人跟着，扯着刘畅就往外走，见四下无人，一掌扇在刘畅脸上，沉声道："你个糊涂东西！越来越无法无天了！我的话你全当耳边风么？"

第四章 指印

刘畅不避不让，硬生生挨了一耳光后沉声道："母亲出够气了么？若是出够，我先走了。"手臂被刺中处痛得很，那女人也不知下了多大的狠劲，真是够恶毒的。

戚夫人被他呛得气短，眉毛竖得老高："你给我说清楚！你到底要闹成什么样子才满意！

我早上已和你说过，那女人无论如何我都不要她进门！你趁早死了这条心！她要进门，除非踩着我的尸体进来！"

刘畅探手入袖中按住伤口，目光沉沉地看着牡丹的房门，轻描淡写地道："我说过要她进门的话吗？不过就是玩玩而已，您也当真？！该怎么做，我自有分寸。今夜是个意外，以后不会了。"

戚夫人冷声道："我不许这种事再发生！你记好了，怎么荒唐都可以，就是不能让那个进门，叫这个死在我家！何家人很快就会上门，你还是好好想想怎么解释吧！再出问题，我死给你看！"

刘畅不置可否："知道了。我以后会好好和她过日子。"

戚夫人几乎以为自己听错了，不等她开口相询，刘畅已经转身走了。他就不信，何牡丹能翻出他的手掌心去！越是别人双手捧着送到面前的东西，他越是不屑一顾；别人藏得越紧越舍不得拿出来的，他还偏生就想要！何牡丹，咱们走着瞧！

我叫你看小白脸！我叫你和野男人眉来眼去的！我叫你拿水淋我！我叫你拿剪子刺我！我叫你拿茶壶砸我！我叫你暗算我！我叫你瞧不起我！

刘畅狠狠踢了路旁的树一脚，不料踢到脚指头，疼得他倒吸一口凉气。站着想想，弯腰摸摸腿弯被牡丹掐过的地方，突然觉得遍体一阵酥麻。为什么当时他就没踢出那一脚去呢？是怕她纤细的腰经不住那一下，还是怕她雪白的肌肤就此青紫了，还是怕她眼里的轻蔑和不屑，或者，是怕她下一次越发狠劲地拿了刀刺他？

他不知道。他只知道，他长这么大，没被人这么瞧不起过，没被人这么不当一回事，他咽不下这口气。总有一朝，他要叫她心里眼里都只有他一人。

喧嚣过后，牡丹房里终于清静下来，林妈妈打发走几个丫鬟，愁眉苦脸地抚摸着牡丹的头发，叹道："我可怜的丹娘。你怎么就这么命苦，摊上这么一个主？"

牡丹嘴一撇，一把抱住林妈妈哽咽道："妈妈，这种日子我再也过不下去了！一天也过不下去！我宁愿去死也不要这样屈辱地活着！当初我在家里，爹娘从来舍不得动我一根手指头。他家却把我当作了什么？要是当时你们不在，不护着我，他岂不是要了我的命？！先不说他，就说这样下去，那郡主也铁定会要我死。"

保命符变成了催命符。林妈妈长叹一口气，犹豫很久方低声道："好孩子，老爷和夫人若是来，我便同他们讲，咱们……咱们离开他家吧。正是花一样的年纪，以后日子还长着呢。"

牡丹大喜，抬头看着林妈妈低声道："妈妈说的是真话？你真的肯帮我？"

林妈妈苦涩一笑："你是妈妈奶大的，是妈妈的心肝肉，妈妈怎么舍得看着你这样被人糟践？"

牡丹欢喜地在床上打了一个滚，笑道："妈妈，听你这番话，我头都没先前晕了呢，身上也没先前痛了。"

林妈妈破涕为笑："真的？"

牡丹靠过去撒娇："只有这里，被他掐着的这里，好疼，妈妈给我揉揉，吹吹……"

"好……"林妈妈褪开牡丹的夹袍来瞧，只见雪白的肩头上几个泛青的指印刺眼得很，不由在心里将刘畅咒了几十遍。

待到林妈妈歇下，牡丹伸个懒腰，叮嘱雨荷："明日把那澡盆给我劈了烧掉！"渣男用过的澡盆，想想都恶心。

天边才露出一丝鱼肚白，甩甩就发出一声粗嘎的怪叫："宽儿！"随即又扇着翅膀怪叫，"起床！起床！出去！出去！"

宽儿迅速起身穿衣梳头，尚不及洗脸，先将急吼吼的甩甩从屋里提出去挂在廊下，给它添了水和稻谷才去收拾自己。

宽儿就着井水洗了一把脸，恕儿已经从杂物间里取出水桶和食盒，准备去厨房取热水和早饭。牡丹这个院子偏远得很，为了避免撞上要水取饭的高峰期，只能尽量去早一些。

林妈妈站在廊下眯眼看着天边的朝霞，轻声道："早霞不出门晚霞行千里，今儿想必是有雨。得让人给这花儿搭起棚子来才好。"

正房的门悄无声息地打开，雨荷笑道："妈妈起得好早。"

甩甩吃着稻谷，抬眼看到雨荷，立时尖叫道："死荷花，还不去浇花！"

雨荷瞪了甩甩一眼，"呸"一声，道："忙着吃你的，不说话没人把你当哑巴！"

甩甩拍拍翅膀，"嘎嘎"怪笑两声，埋头继续苦吃。

雨荷看得好笑："它也是个惯会看麻衣相的，看到夫人和公子爷就不吭气；见着少夫人就涎着脸喊牡丹真可爱；对着您不敢乱叫，看到恕儿就假装没看见，偏生爱欺负我和宽儿。"

"这扁毛畜生和人一样欺软怕硬，别看它小，心里明白着呢。昨晚那么大的动静，它就伸着脖子看，一声也不吭。"林妈妈神色凝重地低声道，"我估摸着，大约今早，最迟午后家里就会过来探望少夫人。夫人和公子爷定然不许少夫人单独和家里人说话，也会盯紧了我们，不许将昨夜的事说出来。咱们几个就要配合好了，定要想法子把昨天的事说给家里人知道。"

雨荷连连点头，二人正要分头行动，右厢房的门被人悄无声息地拉开，李妈妈满脸探究地立在门口笑道："唷，老姐姐和雨荷姑娘这是在说什么悄悄话呢？"

雨荷不说话，转身去了院子里，取了葫芦瓢在大水缸里舀了隔夜水，认真地将十几棵牡丹细细浇了一遍，又检查牡丹昨天套上的纸袋是否还安好。

林妈妈沉着脸道："说什么？说少夫人夜里睡得不安稳，又做噩梦又发热的，我正要去请夫人派人去请大夫呢。还有今日只怕有雨，得给这些花搭个棚子，不然一场雨下来，这花就没看头了。"

"哎呀，少夫人的身子实在是太弱了。"李妈妈满脸担忧，却不说去见戚夫人请大夫。

林妈妈也不管她，叮嘱雨荷："我这就去上房，待到宽儿她们拿回早饭，一定要劝少夫人吃点东西下去才行。"

雨荷担忧地道："妈妈，那您早点回来。我怕忙不过来。"

兰芝从李妈妈身后探出头来，笑道："放心，不是还有我和李妈妈么？你忙你的，我这就进去伺候少夫人。"说着果真往正房走去。

雨荷上前拦住，冷脸讽刺道："也不知姐姐是从哪里学的规矩，昨夜少夫人还没睡，你就悄无声息地先睡去了，我们要寻人做事也找不到。此时少夫人一夜未眠，好容易才睡着，你倒要进去伺候了？"

兰芝的脸色顿时变得极难看，狡辩道："我昨夜是跟着夫人去拿参片，回来少夫人已经睡下，所以才不敢进去伺候的。这会儿我也不知道少夫人还没醒呀，都是伺候人的，你好好说不就是了？"

雨荷冷笑一声，朝兰芝伸出手来："参片呢？拿来！我正要给少夫人煎参茶。"

兰芝见雨荷一改往日的憨笑谄媚状，大清早就和自己一个钉子一个眼地对着干，当下怒从心头起："雨荷！别太把自己当回事了！夫人指派我和李妈妈来伺候少夫人，可不是让我们来做摆设的。你将这屋里的事儿都揽着，不许我们伺候少夫人，是什么意思？是怕我们在少夫人面前讨了好，把你比下去么？"

"我怕谁把我比下去呀！"雨荷讥笑道，"兰芝姐姐要证明自己不是摆设，就烦劳你先将参片拿出来呀。"

兰芝不过是随口狡辩，又从哪里得来这参片！李妈妈忙打圆场道："参片不是放在茶房里么？都少说两句，当心吵着少夫人了。"

"谁想和她吵？！"兰芝恨道，"妈妈，你也看见了，清早就没好话，故意挑衅来着。"

"就是故意挑衅怎么着？叫你好看的还在后头呢。雨荷将葫芦瓢往地上一砸，水溅得兰芝和李妈妈裙角上到处都是，然后回身瞪着甩甩指桑骂槐地道："死鸟！一个扁毛畜生，偏大早上就学人说话，学就学了，还学不好，到底只是个畜生！"

甩甩被唬得夯了毛，随即大怒，回嘴道："畜生！畜生！"

兰芝心疼地提着裙子怒道："你骂谁呢！"

雨荷笑道："骂畜生呗！不许我骂畜生么？"

兰芝想和她吵，但这一吵就等于默认了自己是畜生，想不吵，又实在忍不下这口气，当下捡起地上的葫芦瓢，大踏步朝水缸冲去，打算也舀一瓢水浇到雨荷身上。

雨荷见状，大喝道："兰芝！那水可是少夫人特意留着浇花的，若是出了差池，十个你也赔不起！"

兰芝冷笑："你唬谁，不就是一瓢水么？这府里哪里不是水！休说一瓢水，就是十缸我也赔得起。"

雨荷哂笑："那你就试试看呗。"

牡丹早就醒了，一直竖着耳朵听外间的动静，听到闹大了，便咳起来。雨荷忙扔了兰芝推门而入，倒半杯温水递过去："少夫人可是昨夜受凉了？"

牡丹微微摇头，低声道："让她们心里头憋气固然好，但你也要注意别吃亏。"

雨荷笑道："没事儿，奴婢心里有数。少夫人，稍后饭送来，奴婢就让她们进来伺候您用饭。"

忽听林妈妈在外间惊喜地道："少夫人，夫人看您来啦！"

"这么早？"牡丹知道，这个"夫人"必然不是戚夫人，而是她的亲娘岑夫人。

牡丹正要"挣扎"着下床，林妈妈已经快步入内扶住了她："这会儿还没过来呢，我这是半途听到消息，就忙着赶来和你说了。老爷和大爷、大夫人也都一起来啦。您就安安心心躺着吧，此番既然来了这么多人，必然不会随便算了。"

牡丹轻吁一口气，这一大早就杀上门来，想必是气愤得很。既然如此，自己应当再加一把火。

二门处，被堵个正着的刘承彩满脸堆笑地把黑着脸的何家父子请到正堂去喝茶说话。匆匆赶出来的戚夫人牢牢拉着岑夫人的手，一边寒暄，一边偷偷打量岑夫人身上的湘色绮罗襦、深紫色八幅罗裙，腰间挂着的羊脂白玉环佩和金色凤纹裙带，最终将目光定格在岑夫人脚上那双高头锦履上。

这双鞋款式并不算出奇，却做得极讲究，鞋帮用的是变体宝相花锦，鞋面却又是紫地花鸟纹锦，花心和鸟的眼睛都是用米珠和金线钉的，最奇特的是这鞋子随着光线的变化会呈现出不同的颜色，可见所用的丝线非同一般。

戚夫人自小锦衣玉食，自然能看出这鞋的不凡之处。再看何家的大儿媳妇薛氏，打扮得更是时髦风流，鲜艳的黄裙子，碧色的丝袜，长眉入鬓，异香扑鼻，脚上一样穿着锦履，虽不曾用米珠，却也精致得很。

戚夫人打量完何家婆媳俩的装扮，再看看自己那双匆匆穿出来的红色小头履，是那么平淡无奇，简直不能见人！于是懊恼又不自在地缩了缩脚，愤愤地想："显摆什么，谁不知道你家有几个臭钱？！庸俗。"

想归想，酸归酸，她心中有鬼少不得要打起精神殷勤招呼，亲热地牵着岑夫人朝牡丹的院子走去，边走边笑："亲家，你是怎么保养的？我怎么觉着每次见到你，你都比上一次更年轻呢？"她这话虽是明显带着讨好的意思，但也没说错。岑夫人今年五十有六，是五个孩子的娘，看着却不过四十出头的样子，虽然稍胖了些，却穿得时兴精致，肌肤也仍然细腻光洁，一看就知当年是个大美人。

岑夫人用空余的那只手理理自己的披帛，淡淡地笑道："也没什么，我家大郎年前千金得了一个方子，用细辛、葳蕤、黄芪、白附子、山药、辛夷、川芎、白芷、瓜蒌、木兰皮各等份、猪油适量，把药捣碎后，用酒泡一昼夜，放入猪油，用木炭小火慢慢地煎，煎到白芷出色后，将渣子过滤干净了，搅拌凝固成面脂，隔个三五几天抹抹。若是有空呢，全身抹抹也好，平时搽点珍珠粉更好。"

千金得来的秘方，被她这样不在意地就随口说出来了，可见是故意来压制自己的。戚夫人酸笑："东西倒是不难得，难得的是麻烦。幸好我平时不爱弄这些，不然光弄这个，就没时间管家事了。"

岑夫人含笑扫了她一眼："你是天生丽质，哪里用得着这些。你也确实忙，独自管着偌大一个府邸，不像我，好歹有几个儿媳使嘴。"

你不就是儿子多么？让儿媳当家理财？我倒是想让你那病秧子女儿跟着学理事，但也要看烂泥糊得上墙不！戚夫人想到此，口气就有些冲："正是呢！要说我都老了，是该享儿孙福的时候了。但我可没亲家那么好命，牡丹身子弱得很，别的我都不敢奢求，只求她不病就阿弥陀佛了！"

岑夫人本就是包着一肚子火来的，闻言便皮笑肉不笑地道："正是呢！要说我那女儿，生来就三灾八难的，我和她爹费尽心思才算将她调养好了，又承蒙亲家体贴眷顾，眼看着就要云开日出，苦尽甘来，谁承想竟然就出了这种事！我也不想这么早就来打扰亲家，但只怕晚些出门，遇上熟人都不好意思！"

岑夫人昨日才将李荇送走，胸口的闷疼还未缓解过来，就收到清华郡主让侍儿送来的便笺。大意是说，她与刘畅两情相悦，一时情难自已，做了不该做的事情，伤了牡丹的面子和心，实在是很对不起。刘畅脸皮薄，不好意思说，只好由她来致歉了。要是何家有怨，还请不要冲着刘畅去，只管去找她好了。

清华郡主此番作为明摆着就是扇何家人的耳光。这淫妇都上门来耀武扬威了，还能忍气吞声么？何家虽不是豪门望族，在京中也算是有头脸的人家，交游广，生意大，亲戚朋友一大堆，哪里丢得起这个脸！但凡有血性的人家，这亲事便该散伙了事才对。可自家的情形又特殊，不是三言两语就可解决的。何老爷和岑夫人一夜没睡着，待到天一亮就领了大儿子和大儿媳上门来讨个说法。

戚夫人并不知道清华郡主这一出，只知道岑夫人的态度委实不客气，心里的怒火也噌噌往上冒。这算什么？来给女儿出气的么？已经嫁入刘家，就是刘家的人，轮不到何家来指手画脚。若非那病秧子不中用，这种事情又怎会发生。她本想息事宁人，希望何家睁只眼闭只眼，就将此事揭过不提，该怎么过还怎么过。但岑夫人这样子，竟然是半点不肯含糊，兴师问罪来了。

戚夫人素来也是个倨傲的，哪里受得住重话。从前求着何家，那是没法子的事，金钱上被他家压着一头也就罢了，总不能什么都被他家压着，还压一辈子吧？那她做这个诰命夫人还有什么意思。当下淡淡地道："亲家说这个话怪没意思的，有时候看见的都不见得就是真的，更不要说人云亦云了。那清华郡主名声在外，什么时候不弄出点事儿来给人做谈资？她身份地位在那里，难道她来赴宴我们还用大棒子将人打出去不成？！我们能怎样？难道告御状去？"

岑夫人气得内伤。果然巧言令色！事实已经摆在面前，还要抵死不认！这是什么道理！纵然先前牡丹嫁给他们家是有因由的，但也是你情我愿，早不肯谁也不能把刘畅绑着拜堂不是？何家并没有欠了刘家的！相反，刘家能有如今的富贵还得感谢牡丹身子弱，需要刘畅冲喜！

戚夫人见岑夫人沉着脸不说话，只当自己抬出清华郡主的身份压着了对方，立时又换了张笑脸，夹枪带棒地道："本来就没多大的事，偏行之当众把子舒给打了，害得大家伙都没脸。

子舒却也没说什么，还和我说以后要好好和丹娘过日子。丹娘三年无出，他也没说过什么难听话，这不，一大清早就出门去接祝太医来给丹娘调养身子了。"

子嗣可是大事儿，非同一般，任何妇人无出都要低人一等。牡丹无出是事实，就不怕何家不心虚。

岑夫人心中暗恨，却也果然觉着因此矮了一截，便冷着脸道："这脸面不是旁人给的，而是自己给自己留的！亲家要说这事儿是无中生有，我决不能苟同！昨日郡主可是上了我家的门！"

戚夫人一愣，眼睛一眨一眨地道："郡主上了你家的门？她去做什么？"只想着管好刘畅，堵住牡丹的口，就没想着清华郡主这个不要脸的竟敢找到人家里去。这算什么事儿呀！

岑夫人拿了帕子扇着，气呼呼地道："还能做什么？我那贤婿最清楚不过！我也不好意思开这个口，待他回来后自己和他岳父说去！"

戚夫人暗忖一下，笑道："亲家！不必多说，这再清楚不过了，这女人太不要脸，分明使的离间计，你可别上这个当！咱们先去看牡丹，有什么慢慢再说。"

为今之计，的确是要先见到牡丹才好分说。岑夫人倒也未曾拒绝戚夫人伸过来的手，跟着她往牡丹的院子去。

走到院门口，远远就看见宽儿和恕儿两个小丫头，一人提着大木桶，一人提着一只大食盒，气喘吁吁地走过来。见着众人，忙不迭地将东西放下，满脸欣喜地上前行礼问好。

岑夫人极为不满，这俩丫头样貌本事都是出挑的，却被派了这样的粗活，这刘家真真是欺负人！再一看，恕儿的眼圈已经红了，宽儿却是偷拉她的衣角，然后二人垂手立好，不敢多说一句话。

岑夫人顺着望过去，正好看到戚夫人的陪房、刘畅的奶娘朱嬷嬷沉着脸瞪着这二人，满脸警告意味。

岑夫人心里说不出的怪异滋味，两丫头这噤若寒蝉的样子，只怕平时日子就极难过吧？她不由想起上次见着牡丹，牡丹提到要和离时的委屈样，还有昨日李荇那气愤到无以复加的模样，兴许，情况远比自己以为的更严重！

薛氏将婆婆的表情看在眼里，便示意自己的大丫鬟铃儿："去帮她们提食盒，看这两个小东西累的。光顾着要争先，就忘了自个儿的力气有多大了。"

"就是，刚看见唬了老奴一跳！"朱嬷嬷立时拦住铃儿，示意念奴儿和念娇儿去帮忙搭手。也不知道食盒里装的是些什么。若是过不得眼，给何家人看到，可就真的添了乱。

念奴儿和念娇儿立刻上前接住食盒与水桶。朱嬷嬷使个眼色，念娇儿会意，准备一进院子就查看食盒里的饭食是否合适。

院子里静悄悄的，半个人影都不见。岑夫人脸上越发不好看起来，戚夫人喝道："人都到哪里去了？"

林妈妈和雨荷很快迎出，李妈妈和兰芝却是好半天才手忙脚乱地从右厢房里赶出来，裙带都尚未结好，看着倒像是躲懒才起床。原来她二人听说何家来了人，不要说闹，就是让人知道和雨荷吵架也是不敢的，忙着回房寻裙子来换，谁知还没弄好人就到了，倒被抓了个现形。

岑夫人打量二人一番，笑道："有些眼生。"

林妈妈忙道："是夫人体贴少夫人少人伺候，昨日才赏下来的。"

林妈妈话里有话，刘家明知牡丹房里一直少人伺候，却昨日才赏了人来，且还是这样的伺候法儿，听着隐情就挺多。岑夫人拖长声音"哦"了一声，笑道："看着就是聪明人儿，也是极能干的。"

戚夫人的脸瞬时黑了，恶狠狠瞪着李妈妈和兰芝喝道："下作的奴才！日上三竿还没起床，我不来你们是不是就一直睡下去啊？下去自领三十板子！"

那二人叫苦不迭，连连喊冤，又要叫雨荷给自己作证。雨荷憨笑道："夫人饶了她们吧，她们确是起得较早，兰芝姐姐一早就教甩甩说话来着。"

薛氏笑道："教了什么？我是很久不曾看见甩甩了，还和以前一样聪明学得快么？"

甩甩跐跐地横踱两步，用嘴理理羽毛，伸长了脖子尽力卖弄自己刚学会的新词句："畜生！畜生！"眼瞅着雨荷朝自己比了个熟悉的动作，立即兴奋起来，声音高亢地叫道，"病秧子！短命！"

众人顿时脸色大变。

戚夫人银牙咬碎，指着兰芝道："来人呀！给我把这粗鄙下作的东西拖下去，重重地打！"

"奴婢没有！"兰芝全身发凉，惊惧地瞪着雨荷喊道，"你陷害我！你陷害我！我和你有什么冤仇，你这样陷害我！"

雨荷眼里含了泪，害怕地跪下去磕头道："夫人明鉴，是甩甩不懂事，乱说，兰芝姐姐没说过这个话。李妈妈，你快给兰芝姐姐做个证呀。"对不住了，这话兰芝是没当面说过，但刘家人说得不少，今日机会难得，自然要叫夫人知道。

李妈妈忙道："奴婢作证，兰芝的确没说过这个话。"

岑夫人强忍愤怒，淡淡地道："亲家，罢了，何必呢。想必是这扁毛畜生太过聪明，人家说悄悄话，不注意就被它给捡着了，当不得真。我们还是先进去看丹娘。"随即换了笑脸，扬声喊道，"丹娘，你为何不出来迎接我们，你这孩子，又犯懒了吧？多亏你婆婆不和你计较！"

林妈妈忙上前小声道："丹娘身子不妥，起不来床。"

戚夫人被岑夫人那句"人家说悄悄话，不注意就被它给捡着了"给呛住，想辩解却又无从说起，只得满脸堆笑地陪着岑夫人婆媳进了屋。

戚夫人才一进屋，就看到牡丹只着里衣，披散着头发，光脚趿着鞋，可怜兮兮地靠在水晶帘边，只盯着岑夫人和薛氏看，心里不由"咯噔"一下，只恐牡丹不管不顾地将昨晚的事情嚷出来，忙抢先一步扶着牡丹，语气亲热地嗔怪道："这是做什么？不舒服就不要起来了。左右都是自家人，谁还会怪你失礼不成！"边说边使眼色。

牡丹淡淡地笑，有气无力地道："长辈们疼爱丹娘，自然不会怪责丹娘失礼。但礼不可废，丹娘不敢仗着长辈的疼爱任性。"说着累极的样子，却又不敢往戚夫人身上靠，只兀自撑着。

岑夫人的心一阵揪痛，这就是自己娇养的儿，含着怕化捧着怕摔的心肝宝贝，在家时，病着时她就最大，如今却要拖着病体起来迎接她婆婆……当下三步并作两步，上前扶着牡丹，道："怎么又不好了？哪里不舒服？"

牡丹淡淡一笑："昨夜感了风寒。半夜就头疼，这身上也疼得厉害。"

戚夫人忙道："媳妇莫担心，子舒已经去接祝太医来家了。一服药下去就好了。"说着殷勤地和岑夫人一左一右，将牡丹扶到床上，要她躺下。

牡丹诚惶诚恐，僵着身子亦步亦趋。岑夫人哪里察觉不出女儿身体的变化，心中更是忧伤，拿话来试探牡丹，问起昨日的事情，牡丹却是垂着眼，脸色苍白，紧咬口风，声音虽然颤抖，却半点不提自己的委屈。

再一看林妈妈，眼都是湿的，只是拼命忍着，岑夫人顿时心如刀绞，这是不敢说啊！都到了这个地步还不敢说！也不知道刘家这母老虎平日里是怎么对待丹娘的。同时又恨起女儿来，怎么到了这个地步还不敢说？这么不争气！有心想和牡丹说几句悄悄话，戚夫人却是半点回避的意思都没有。

薛氏道："刚才我见恕儿提着食盒，想必妹妹还没吃早饭？病着呢，哪能饿肚子！先吃饭。"

众人忙着张罗饭食，食盒却不见了，问起来，才见念娇儿进来讪笑道："此处离厨房太远，两个小丫鬟脚程慢，已经凉了呢。奴婢已经让人去另外取了，还请少夫人等上一等。"

戚夫人皱眉道："怎么搞的？还要主子饿着肚子等？"

牡丹息事宁人："不必麻烦，我不饿。"边说边神色痛苦地轻轻揉了手臂几下。

戚夫人没注意到牡丹的小动作，只顾着遮掩饭食的问题："不饿就不吃啦？难怪身子这么弱。赶紧让厨房重新做！"

岑夫人注意到牡丹的小动作，忙道："是不是身上疼得厉害呀？哪里疼？让我看看，刮刮痧就好了。"

牡丹忙道："不必了吧。"

岑夫人笑道："怕什么？你小时候娘可没少给你刮。躺着，叫人拿犀角来！"边说边去拉牡丹的衣服，牡丹赶紧拉紧衣服："真的不必了。"

她越是不给看，岑夫人越是想看，沉了脸道："你犟什么？我大清早赶来看你，不就是盼你好么？"

牡丹垂头不语，松开了手，任由岑夫人将她的衣衫轻轻拉开。

葱白的里衣滑下，露出雪白单薄的肩头，肩头上青紫的指印触目惊心，犹如雪白的丝绢上被人不长眼地泼上了墨渍，破坏了整体的美感。

"天！"岑夫人一下子捂住了嘴，惊惧地看看牡丹，又愤恨地瞪着戚夫人，四处环顾周围众人，什么矜持、风度，早就被愤怒冲到脑后去了。她激动地尖叫道："谁干的？谁干的？"忘形地去扯牡丹的衣服，要看是否还有其他伤痕。

"娘！别这样！"牡丹的眼泪此时方汹涌而出，她使劲揪紧衣服，迅速侧过身去，把脸躲在屏风后，羞愧不已。多亏这身子肌肤娇嫩啊，平时不注意碰着哪里总要青紫，何况被刘渣用那么大的力气去捏呢？

事起仓促，戚夫人事先并不知道牡丹被刘畅弄伤，此时被弄了个措手不及，不由暗暗叫苦，直骂刘畅是个蠢货，却也只得强作笑颜，讨好道："亲家别急，有话好好说。"

话音未落，就被岑夫人吃人一般的目光狠狠瞪过去，吓得她一缩脖子，前所未有的心虚忐忑。事情到了这个地步，想要完全遮掩过去是不可能的，但只能说是刘畅醉后失手，所以林妈妈等人的说辞至关重要。

于是戚夫人威胁地盯着林妈妈等人，众人果然都低着头不吭声。

见女儿不说话只是揪紧衣服躲着流泪，其他人也不吭声，岑夫人又气又恨又疼，捶着床板哭骂道："你说呀，到底是怎么了？你哑巴了么？我辛辛苦苦养大你就是给人这么糟践的？"

牡丹见她果然疼了急了气了，方侧着脸叹道："您还要女儿说什么？卑如草芥，践踏不顾，女儿不争气，拖累得家里丢了脸，女儿恨不得就此死了才好，还好意思再说什么！"

岑夫人抱住她号啕大哭："我苦命的女儿呀！这是作的什么孽！痛煞我了。"

薛氏忙上前柔声劝道："娘，您别急，也别哭，慢慢说，您年纪大了，丹娘身子也弱，您引着她哭，实在不妥……"

见岑夫人稍微收了些泪，薛氏又拿披袍给牡丹披上，柔声道："丹娘，趁着我们在，你婆婆也在，不管是谁给了你委屈，伤了你，都要说出来，我们才好给你做主，别这样瞒着，让大家都担心。今日还是自家人看着，算不得什么，若是被外人知晓，两家人都没了脸面。"含笑扫了戚夫人一眼，笑道，"亲家夫人，您说是不是这道理？"

"大嫂说得有道理，就是这么个道理。"戚夫人干笑着道，"丹娘，到底怎么回事，只管说出来！你放心，别说下人，就是子舒不知轻重，不小心伤了你，我也不饶他！"又讨好地递了一盏茶给岑夫人，"亲家，你喝口茶润润嗓子，咱们慢慢细说。"

岑夫人并不接茶，也不管自己是客，只冷着脸呵斥林妈妈等人："你们都给我跪下！"

林妈妈老泪横流:"夫人,是老奴无能,没有护住丹娘,实在无颜面对夫人!"

戚夫人一听不好,忙道:"林妈妈!你是少夫人身边的老人了,又是少夫人的奶娘,做事最晓得轻重,到底怎么回事,快说给亲家夫人听,莫要生了误会!"

林妈妈全然不理,望着岑夫人大声道:"丹娘身上这伤,是公子爷昨夜里打的!就是为了那劳什子郡主的事,白日在宴席上当着众宾客的面就好生羞辱了丹娘一番。丹娘一句话没敢多说,早早躲入房中,他还是不依不饶,当场就将丹娘打得晕死过去。若非奴婢们拼命拉着,宽儿和恕儿又及时请了夫人赶过来,只怕今日您是见不着丹娘了!您要给丹娘做主啊!"说完伏地放声大哭。

牡丹面如死灰地晃了晃,差点一头栽倒在床上,吓得薛氏一迭声地劝,不停给她抚背脊。

岑夫人气得浑身发抖,忽地一下站起来,直勾勾地瞪着戚夫人道:"原来亲家早就知道昨晚发生了什么事的。"

人证物证俱在,戚夫人抵赖不掉,无话可说。

岑夫人早年是随何老爷走南闯北的人,很有几分狠劲,当下指着戚夫人厉声道:"你养的好儿子!这是要折磨死我的女儿么?可怜的,被你们折磨成这个样子,见了娘家人都不敢说!你还有什么可说的?当初你是怎么答应我的?你就放任他这样欺辱我女儿,放任下人这样骑到她头上去,冷菜冷饭,冷言冷语,诅咒打骂?我看你也算个人物!怎地敢做不敢当?遮遮掩掩,真话都不敢说?"

戚夫人被骂得火起,然而小不忍则乱大谋,不得不委曲求全:"亲家言重了!小夫妻过日子,哪里没有磕磕碰碰!我是怕你们担心,是好意。你也知道,年轻人血气方刚,受不得气。他白日本就被李荇当着众人下了面子,心里有气,又是喝了酒的,一言不合发生口角,一时冲动失了手也是有的。我已经教训过他了,他也知道错了,不然也不会一大清早就去接太医。回来我就让他给丹娘赔礼道歉,把这场误会消弭了,以后日子该怎么过还怎么过,你看如何?"

岑夫人咬着牙冷笑:"依亲家所说,我让人打你一顿,当众羞辱你一番,然后也赔礼道歉就算完了,你看如何?"

话说到这份儿上,戚夫人所有耐心都被消耗完,索性破罐子破摔,把腰一挺,朗声道:"事情不发生也发生了,一个巴掌拍不响,光是他一个人怎么闹得起来?丹娘难道没错?不要赔礼道歉,那你说到底要怎样吧?"

岑夫人真被问住了。一拍两散不是目的,让牡丹幸福,好好活着才是他们最终目的。终身大事,又是性命攸关,不能意气用事。

戚夫人看到岑夫人茫然了,就又开始得意起来。她就说嘛,何家费尽心思让何牡丹嫁进来,何牡丹也确实活下来了,身体也在一天天好转,这个时候怎么可能放了救命稻草?和离后的女人怎可能嫁得比先前好?

于是她胸有成竹地微笑道:"亲家,这不过是一个意外而已,我们还是坐下来好好商量一下。我实话同你讲了,牡丹也听好,我这辈子,无论如何也不许那女人进我刘家门。牡丹就是我的儿媳妇!她受的委屈,今后我都会给她补回来。若是做不到,我把我的姓倒过来写!"

薛氏很好地担当了在中间转圜的角色,忙笑道:"娘,您看亲家夫人都把话说到了这地步,您先消消气,咱们慢慢再说?"

牡丹见岑夫人面上流露出那种熟悉的犹豫不定的神色,不由大急,立时扯着岑夫人的衣袖,什么也不说,只直勾勾地看着岑夫人,眼里满是决然和绝望:假如,以死相逼可以达到目的,她不会不尝试!这是她摆脱刘家的最好机会,决不能放任它溜走!她有这样的决心和狠劲!

岑夫人看懂了,叹着气道:"烦劳亲家夫人回避一下,我有几句话要同丹娘说。"

话说到这个地步,戚夫人也不怕牡丹再和岑夫人说什么,只因为,她从来也没想过,牡丹的最终目的是要和离。毕竟牡丹那么喜爱刘畅，和离或是休妻，只怕是这一辈子都不愿想、不愿提的，因此她很爽快地退了出去。

第五章 和离

岑夫人让薛氏看好门，沉了脸道："丹娘！你到底怎么回事？先前我问你身上的伤痕是怎么来的，又问你到底受了些什么委屈，你倒好，只知道哭，咬死了不说，现在你又想和我说什么？"

牡丹闭了闭眼："我能说什么？一来是没有脸面，二来却是怕了。爹和娘总归是要我和那恶狼一起过下去的。我若是当着婆婆的面，把那些见不得人的丑事尽数说出来，你们在时倒是可以替我出气，你们走后我又怎么办？到底我已经是刘家的人，日日朝夕相对，他们明着不敢把我怎样，最多不过背后咒骂几句，冷饭冷菜，冷言冷语，冷脸冷眼，轻薄鄙视，有事没事踩上两脚，有错无错都顺便捎带上罢了。至于那恶狼，要我的命是不敢，打上一两顿却是可以的，倘若你们今日不来，谁又知道我昨夜吃的苦头！我倒是无所谓，什么时候两脚一伸，没了气息，去得倒也干净，至少不会再拖累家里，给家里丢脸；可我身边这几个人，林妈妈老了，雨荷大了，宽儿和恕儿年龄又小，叫她们怎么办？不过是人为刀俎我为鱼肉，任由他们欺凌。

"就算为了她们，我少说几句，受点委屈算得什么？至少可以叫你们少生点气，少点错处给他们拿着，不叫林妈妈她们今后日子太惨。为何此刻却又要和娘说话，却是林妈妈已经不管不顾地把话说出来了，我想求娘把林妈妈、雨荷她们带回去！她们已经得罪了刘家，以后断然不会有好日子可过。我这辈子只是拖累别人，这次就想积点德，还请娘能成全我！"

牡丹起身在床上冲着岑夫人深深拜伏下去，哽咽不能语："女儿没本事，生来只会拖累人，不但不能尽孝，还给何家丢尽了脸，以后爹和娘就当没我这个不孝女儿吧！"

岑夫人双眼发直，她何尝听不出来牡丹说的是反话？这一席话，听着条条有理，却又带着说不出的萧瑟意味，似乎是已经绝望到了极点……

不等她想完，雨荷已经扑上来拼命磕头，低声泣道："夫人，您救救少夫人吧！您是没看见昨日那情形，真的是往死里打。出了丑事，明明不是少夫人的错，那女人平白先要将少夫人叫去狠狠骂上一顿，怪少夫人没替夫君遮掩好，又硬将表公子和公子爷发生争执的事算到少夫人头上去，禁了少夫人的足，说是从此不许少夫人出门，试图掩盖。这还不算，晚饭都不给吃，夜里公子爷过来更是要人命，往死里打啊！"

林妈妈则道："夫人，这些年来，丹娘受的委屈太多，她却从始至终不敢往外说，强颜欢笑，委曲求全，只怕辜负你们一片苦心，怕你们担忧伤心。若非真是熬不住了，又怎会提那要求！与其这样屈辱地被人凌辱至死，还不如让她痛痛快快过几天好日子。他刘畅能冲喜，难道这普天之下，就再也找不到其他合适的人了？若非他纵容，那不要脸的郡主又怎敢如此猖狂！这是莫大的侮辱！"

紧接着又将雨桐有孕，刘畅纵容姬妾欺负牡丹，要将牡丹的花当众送给清华郡主，斥责牡丹上不得台面，又当着所有客人的面，不给牡丹座位的事情说了，搜肠刮肚地将所有的不好统统说出来。雨荷再加上一些刘畅如何轻视、污蔑何家的话，听得岑夫人脸色铁青，手脚控制不住地抖个不停。

牡丹幽幽地道："娘，都是过去的事情，您别生气。女儿以后不会再给您丢脸添堵了。"

雨荷惊叫:"少夫人,您可别想不开啊!这是大不孝!况且,白白便宜了他们,他们就巴不得您早点死,好占了这全数的嫁妆,另外娶了其他门当户对的进来呢!"

林妈妈加上雷霆一击:"整整三年,他不曾碰过丹娘,又如何生得出孩子?他倒是有脸当着丹娘的面,几次和那贱人淫乱!如此羞辱,若非丹娘已经死了心,又顾着家里和身边之人,只怕昨日就投了湖!"

"竖子太过欺人!"岑夫人气得心口疼,可见刘畅对牡丹是半点情义都没有。她的女儿如花似玉,温柔贤惠,哪里配不上那风流浪荡子!竟然如此糟践,果真是忍无可忍!于是攥紧牡丹的手,恶狠狠地道,"丹娘!我和你爹千方百计将你嫁入他家,为的就是保住你这条命!既是这样,咱们也犯不着这样卑躬屈膝,受这腌臜气!命虽重要,人活着却不能没有脸!现在你想清楚,到底想要怎样?开弓没有回头箭,好马不吃回头草,可别过日后后悔,舍不得他!"

"我当初是猪油蒙了心……"牡丹挺直背脊,盯着岑夫人的眼睛,"树活一张皮,人活一张脸,他把我当草,我也不会把他当宝,不然就算苟活下去,也不过多给他一个嘲笑我何家女儿不值钱的机会罢了!不能义绝,不能出夫,至少也要和离,拿回全部嫁妆,绝不能灰溜溜地被他们家休了!"她顿了顿,试探地道,"假如家里住不下我,我可以到外面去住,不会给家里添麻烦。"

她的担忧不是没有道理。何家宅子虽不小,奈何人口众多,何老爷有两房妾室,嫡子四个,庶子二个,都成家立业,孙子孙女一大堆。何老爷夫妇疼女儿不假,其他人又会如何想?她原来的院子早就分给三个侄女去住,只怕腾屋子就会惹着一群人。

岑夫人道:"说糊涂话了,怎可能叫你住到外面去?我这就领你回家,其他的稍后再说!既是不做这门亲了,自然不能便宜了他家!"

牡丹狂喜过后,又想起一个问题:"若是他们家不肯退钱呢?"

"这个不用你操心!"岑夫人雷厉风行,立即叫人收拾东西,"先把紧要的金银细软给我收出来,咱们马上回家!"

林妈妈和雨荷、宽儿、恕儿闻言,简直不敢相信自己听见的,就这样成了?!牡丹差点没笑出声来,见几个人都呆呆站着,忙催促她们:"都愣着做什么?快些儿呀!"

几人方才反应过来,连忙地去收拾东西。先抱了牡丹的妆盒、首饰盒、值钱的摆设书画用具,又去收拾钱箱和当季的衣服、贵重的衣料等物。

临了,岑夫人心情复杂:"丹娘,你以后若是又犯病……"

牡丹扑进岑夫人怀里,甜甜地道:"娘,那也是天命,想那么多做什么。"若是此番她脱了这牢笼,她终其一生也要好好孝敬岑夫人。

薛氏听到响动,走进来一看,心里有了几分明白,却不好直截了当地问,只故作糊涂:"哎呀,这是要做什么?"

岑夫人淡淡地道:"这日子过不下去了,我要领了丹娘回家。"

薛氏低声道:"这样仓促,只怕刘家不许,闹将起来不好。要不,先让人去前面和爹、大郎说一声再作打算?"

岑夫人怒道:"怕什么?已经不过日子了,还怕他闹?他家忘恩负义,言而无信,不要脸面,还有理了?今日他肯也得肯,不肯也得肯!"又冷眼瞟着薛氏,"这点主,我还是做得的。"

薛氏涨红了脸,暗呼晦气,强笑道:"媳妇多嘴,但只是想把事情办得更妥当而已。"

岑夫人不语,牡丹暗叹一口气,还没回家,就已经生了气,便拉着薛氏的袖子道:"娘,大嫂说得有理。"

岑夫人摸摸她的头:"不必多说,我有分寸。赶紧穿衣梳头!"

戚夫人眼看着牡丹房里乱成一团,岑夫人带去的婆子丫鬟大包小裹地提着,一些方便携带的箱笼已经被人搬到了院子里，牡丹也被人拥着梳头洗脸、换上华服、插上簪钗，俨然是要盛装出行的样子，不由急了："亲家！这是做什么？"

岑夫人沉着脸道："做什么？夫人还不明白么？我们何家人还没死绝，断然没有眼睁睁看着女儿受虐至死，却不管不顾的道理，我这便将人领回家去。稍后我家自会与你家慢慢分说，把该办的都办了，从此男女嫁娶各不相干。"

戚夫人心里头"咯噔"一下，忙上前拦住岑夫人："亲家！刚才不还好好的么？怎么突然就到了这个地步？这里头必有误会，有话好好说，别冲动！这可不是小事，是孩子们一生一世的大事，意气不得！"

岑夫人已经存了和离的念头，自然不会再如先前那般与她好言好语，费心周旋，只冷笑道："有什么误会？是说刘畅这三年不曾打骂过丹娘，始终恩爱敬重，不曾与清华郡主狼狈为奸，当众羞辱丹娘？还是说你们家对丹娘尽心尽力，从不曾冷言冷语，苛刻相待？还是说你这个婆婆对她慈爱有加，体贴宽厚？

"一路行来，我只看到你家奴仆不把丹娘当主人，当面懒惰怠慢，背里诅咒鄙薄，这都什么时辰了？晚饭不得吃，早饭也不得吃，人病着，大夫也不见半个。我只见过那最无见识、最刻薄的市井人家才会这么折磨儿媳。我是商妇，书没有你这个诰命夫人读得多，道理也没你懂得多，夫人倒是说说看，这误会在哪里？"

连亲家都不叫了。若是细说起来，这错可全在自家身上，还钱只是小事，把那丑事捅出去怎么办？戚夫人急得满头细汗："真有误会，我们慢慢分说如何？"见岑夫人不理，便转头看向薛氏："好孩子，你倒是劝劝你婆婆，自古以来，都是宁拆一座庙，不拆一桩婚，劝和不劝离，谁年轻时不会犯错！圣人有云，知错能改，善莫大焉，我保证子舒他以后再不会了！"

薛氏才看过自家婆婆的臭脸，哪里敢做出头鸟，只是苦笑不语，转头看着牡丹。

戚夫人把目光投向牡丹，但见牡丹端坐在镜前，正从玉盒里挑了绯红色的口脂细细抹在唇上，神色专注安宁，外界的纷争喧嚣仿佛全然与她无关。

戚夫人气不打一处来，先前岑夫人已然被自己说动，眼看着就要大事化小，小事化了，可与她说上一会儿话后就突然改了主意，不是她搞的鬼是什么。莫非是借机抬高身价，要出了那口恶气？一想到此，不由大步冲过去高声喝道："丹娘！"

牡丹唬了一跳，手指一颤，将口脂抹出了界，不满地拿起细白绢帕擦去，回头道："夫人有何见教？"

连母亲都不喊了？好你个何牡丹，往日里的老实温顺可怜样儿都是装出来的，原来也是这般刁钻可恶，古怪讨嫌！戚夫人指了指牡丹，怒火噌噌直往上蹿，咬着牙咯嘣了一气，暗想道，这会儿说点软话算得什么。过后才好收拾你！

于是硬生生将手指收回去，换了笑脸道："丹娘，这是怎么回事？先前还好好的，怎么突然说出这样吓人的话来！还不劝劝你娘！牙齿还会咬着舌头呢，小两口过日子，哪里没有磕磕碰碰！可别为了一时意气，误了终身呀！子舒他有什么不对的地方，我让他给你赔礼道歉，咱们还好好过日子，好么？"

牡丹早知戚夫人表里不一，笑里藏刀，坑蒙拐骗最在行，翻脸不认人，当下哂笑道："多谢夫人好意。牡丹蒲柳之姿，配不上贵府公子，亦不愿做那拆散有情人，讨人厌憎之人。我今日主动求去，他日公子与郡主大婚之时，说起我来，也会念我的好，说我积德行善呢。"

戚夫人犹自不肯相信牡丹是真的求离，只当她是苦熬身价，便不耐地板着脸道："丹娘，我承认之前对你多有疏忽，照顾不周，子舒也有不对的地方，让你受了委屈。趁着你家里人在，你只管说到底怎样才能消气，我们尽量做到就是了。莫要再提那和离回家的话，说多了，一旦成真可就后悔也来不及了。"

她自认已是伏低做小，把能说的好话都说尽了，可那语气和神情，却是又倨傲又轻蔑，犹如施舍一般，暗里还加了威胁。

牡丹不由笑了，不愧是母子，一样过分自信。他们凭什么这样肯定，自己不是真的求去？是因为刘家的权势门第，还是因为刘畅年少英俊，还是因为她的痴情、软弱、善良？

戚夫人觉得牡丹脸上的笑容非常刺眼，心思回转间，陡然冷笑起来，喝道："且慢！都别忙着搬东西，可从没听说过娘家人突然跑到婆家搬东西的！这叫明火执仗，知道么？谁要再敢乱动这房里的东西，拿了去见官！"

何家的人都停下手，回脸去看岑夫人。

这是要来硬的？岑夫人不慌不忙地正了正牡丹发髻正中的一支结条镶琥珀四蝶银步摇，眯着眼细细打量了一番，漫不经心地道："要见官么？正好的，一并办了吧。丹娘，你的嫁妆单子呢？"

林妈妈立即取出一张纸，笑道："夫人，都在这里呢。"

岑夫人笑了笑："哦，我记得还有一件东西是没写在嫁妆单子上的，夫人要不要我马上让人回家取来给您过目？"

那没写在嫁妆单子上的东西，自然就是那笔钱了呗。戚夫人气得发抖，她就知道和这些不讲信义的奸商打交道没好处，看吧，看吧，关键时刻就揭人短了吧？当初可是说好了，那件事永远不提的，就算要清算，又怎能当着这么多人提起来呢？

"匆忙之间，东西是收不好的，我们先回去，烦劳夫人帮我们收拾一下粗笨家什，稍后我们再使人来搬如何？"岑夫人鄙视地看着戚夫人，似这种外强中干、骑在自家男人头上作威作福惯了，就自以为天下无敌、是人都该让她一分、自以为是的官夫人她见得多了。一来真格的，也不过如同纸糊的人儿，轻轻一戳就漏了气。

戚夫人何曾受过这种气，又如何肯低这个头。只气得死死攥紧了袖子，咬紧了牙，铁青了脸，不住发抖。朱嬷嬷见她脸色实在太过难看，忙低声劝道："夫人，还是去请老爷来吧！"

戚夫人被点醒，暗道自己怎么这么糊涂？这不过是岑夫人母女俩自己的打算，还没得到何家男人的同意呢。连忙低声道："还不赶紧去！让人把门给我关严了，不许放人出去！"

朱嬷嬷一溜烟地往外跑，却见门口围了一群看热闹的，打头的俨然就是碧梧和纤素二人。玉儿和雨桐本人倒是没来，可她们身边伺候的人都在不远处探头探脑，见她出来，顿作鸟兽散。

朱嬷嬷板着脸继续往外去，众人见她走远，立刻又从花丛后、山石后、树后探出头来，伸长了脖子往牡丹的院子里瞅，拉长了耳朵捕捉任何可疑的声响。

刘畅领着祝太医刚进大门，就被告知何家来了人，再进二门，迎面看到朱嬷嬷风一般地往前头赶，边走边骂人，把一众人撵得鸡飞狗跳的，心中十分不喜："嬷嬷这是往哪里去？"

朱嬷嬷一看到他，笑逐颜开："公子爷，您来得正好，老奴有事要禀。"

刘畅忙朝祝太医拱拱手，道声得罪，走到一旁道："什么事？"

朱嬷嬷笑道："恭喜公子爷了！"

朱嬷嬷迅速将前因后果说了一遍，却未从刘畅脸上看到意料之中的喜欢，相反，刘畅的脸色比锅底还黑，咬牙切齿的，竟然是暴怒。她有些愣神："公子爷？这回谁阻拦也没用啦，以后您想娶谁就娶谁，您难道不高兴么？"

话音未落，就被刘畅恶狠狠瞪了一眼，厉声道："你懂什么！还不赶紧去请老爷过来，误了事休怪我不给你脸面！"

若自己不是他乳娘，想必已经一脚踹过来了吧！朱嬷嬷唬了一跳，跟跟跄跄往前头赶。

刘畅深吸一口气，回身带笑朝着祝太医深深一揖，道："实在对不住您，家里突然生了事，一时之间处置不好，难免怠慢，只能改日再烦劳您了。"又让惜夏取重礼来谢。

祝太医是走惯富贵人家的，这种状况见得多了，接了谢礼道声无妨，由惜夏送上轿子原道返回。

刘畅命人关紧大门，阴沉着脸大步往里赶。好你个何牡丹，原来存的是这种心思，先让李荇回去报信，引来何家人，又故意挑衅，引他对她动手，果然一气呵成，一环扣一环。他先前是太小看这个女人了！难怪得她这段日子不哭不闹，镇定得很，也不知谋算了多久！

刘畅只觉得手腕上被牡丹刺中的地方突突地跳，疼得要命。病才刚好就要过河拆桥了？他不要她还差不多！被人算计、被人轻视、被人抛弃而导致的不忿、不甘和屈辱交织在一起，把他的情绪搅成一团乱麻，让他又是愤怒，又是烦躁，恨不得三步两步赶到牡丹面前，将她生生掐死才好。

碧梧伸长脖子往牡丹院子里瞅，听到岑夫人与戚夫人的声音一声高过一声，谁也不让谁，听着极热闹。戚夫人似乎是占了下风，岑夫人妙语连珠，世俗俚语一句接一句，比喻贴切，却又不粗俗，生动有趣，生生气煞了人，戚夫人却每每总是用一句话来回："我不同你讲，你此时糊涂了，听不进道理去，待亲家老爷来了才和他讲道理。"

碧梧听得暗爽，母老虎也有今日，果真是一山还有一山高，正津津有味，丫鬟拉拉她的袖子，小声道："姨娘……"

碧梧厌烦地道："别吵！"

如此再三之后，丫鬟终于不敢多嘴，耳边清净了，碧梧道："难得遇上的好戏，总得好好听听才是，下一回不知是什么时候了。要走又不赶紧走，这般吵闹有什么意思。"

话一出口，脸上就挨了一记响亮的耳光。刘畅铁青着脸站在她面前，抬脚对着她胸窝子就是一脚。

"啊呀！"碧梧一个趔趄跌倒在地，尚来不及哭出声来，刘畅已经头也不回地往院子里去了。她又是委屈，又是害怕，呜呜咽咽地捂着伤处，由着丫鬟扶起身来，再不敢久留，一瘸一拐地赶紧走人。

刘畅假装没事儿似的走到岑夫人面前行礼问好："小婿见过岳母大人。"

戚夫人一声厉喝："还不赶紧给你岳母大人赔礼道歉，我怎会养了你这么个东西！"

刘畅咬牙，长揖到地："都是小婿的不是，还望岳母大人大量，不要同小婿一般见识！"间隙恨恨地瞪向牡丹，却见牡丹站在一株鹤翎红旁，一本正经地数那朵盛开的花朵有多少片花瓣，从始至终就没看过他一眼。

她当胸系着条海棠红的长裙，披件玉白色的薄纱披袍，挽着绛紫色的敷金彩轻容纱披帛，头上的结条四蝶银步摇被微风一吹，轻轻晃动，犹如四只蝴蝶围着她翩翩起舞一般，好不迷人。刘畅看着，恨不得扑上去朝她粉白纤长的脖子狠狠咬上两口才甘心。

岑夫人自刘畅进来始就一直打量他，见他虽然顶着两个乌眼圈，却装扮得一丝不苟，穿着湖蓝宝相花纹锦缺胯袍，腰间束着条金筐宝钿、交胜金粟的腰带，挂着精致的香囊，靴子上的靴带竟然都是压金的，看上去好不华贵讲究。再想想自己刚进门时牡丹的样子，颇不是滋味，当下侧身躲开，讽刺道："别！刘大人是官身，深受贵人青睐，我一介商妇怎敢受此大礼？！莫折了我的寿。"

刘畅听出讽刺之意，硬生生将一口恶气咽下去，赔笑道："岳母说笑，小婿有错，正该赔礼道歉。来日方长，还请岳母给小婿改过自新的机会。"又朝牡丹靠过去，深深一揖："丹娘，都是为夫不好。我保证，昨天那种事以后再不会了。我们好好过日子。"他偏不放人，要耗大家耗！

牡丹惊慌失措躲到岑夫人身后，紧紧揪住岑夫人的袖子低头不语。岑夫人心疼难忍，将牡丹牢牢护住，责怪厌恶地瞪着刘畅，恨声道："刘大人，牡丹胆儿小，您别吓着她，我们

· 050 ·

家可请不起太医给她治病。"

刘畅怄得差点没吐血。这假模假样的女人，昨夜的猖狂劲儿到哪里去了？这会儿倒扮上可怜了。若是从前，他是真的相信她胆小无能，此刻他却是再也不会上这个当了。什么叫毒妇？这就是毒妇！什么叫狐狸精？这就叫狐狸精！

"到底怎么回事？"关键时刻，刘承彩领着何家父子二人急匆匆赶来。他比戚夫人圆滑得多，见着何家父子就爽快地认了错，不停地赔小心、赔笑，咬牙切齿地表示要严惩刘畅，叫他和清华郡主断绝关系，决不委屈牡丹。态度之诚恳，姿态之低，倒叫何家父子的脾气发作不出来，憋得难受。

戚夫人就像见到了救星，委屈地迎上去道："老爷，亲家母一定要收拾了箱笼把儿媳妇领回家去，说是要和离呢。我怎么赔小心都不行，你快劝劝她吧！好好一桩婚事，怎能就这样散了？"

岑夫人也冲自家丈夫喊道："老爷，我们今日若是不来，女儿被人活生生打死了都不知道！丹娘身上还有伤痕呢！从昨天到现在，饭都没得一口吃！"边说边靠过去将牡丹三年未圆房的事轻声说了。这种奇耻大辱，没人受得住。

刘承彩此时方知牡丹被刘畅打了，冲过去对着刘畅就是一脚，厉声道："畜生！你给我跪下！竟然做下这等没脸没皮的事情，还敢借酒装疯，对自家媳妇儿动上手了！你的书都读到狗肚子里去了？！我平时是怎么教导你的？"又一迭声地叫人拿马鞭来，要亲自教训这个不争气的东西。

刘畅一言不发，直挺挺地站着。他可以给何家两老赔礼道歉，软语哄哄牡丹，但叫他给何家人下跪，他是无论如何也不肯的。

刘承彩见他不配合，气得倒仰，不服软，怎么收场？当下环顾一通，竟然冲过去抱起一根儿臂粗的门闩，往刘畅身上招呼。刘畅硬生生挨了一下，不避不让，越发挺直了背脊，拿眼睛恶狠狠地看着牡丹。

戚夫人唬了一大跳，冲上去护住儿子，失声尖叫："老爷，你会打死他的！他可是刘家唯一的骨血啊！"

何老爷何志忠举手格住作势还要再打的刘承彩，淡淡地道："大人不必动怒，儿女都是父母的心头肉，打在儿身，痛在父母心。我自己的女儿我心疼，在家时休要说动手打她，头发丝大的委屈都舍不得给她受。你自家的孩儿你也是心疼的，打在他身上，你比他还要疼。既是两个孩子合不拢，咱们就别硬生生将他们凑作一对，害了他们。好说好散吧。"

膀大腰圆的何大郎冷笑："爹，和他们说这些闲话做什么？既是打了我妹子，我少不得也要替我妹子出了这口恶气。"话音未落，冲上去对着刘畅的脸就是一拳，打得刘畅一个趔趄，跌倒在地。

"杀人了！"戚夫人捂住嘴尖叫起来，牡丹面无表情地看着，心里怎一个爽字了得。

刘家夫妇俩自己打刘畅，尚不觉得如何，可看到旁人打自己的心肝宝贝肉儿，那滋味可就不一样了。戚夫人扑上去抱住刘畅，一边拿帕子给他擦嘴角的血迹，一边瞪着刘承彩："老爷，你就任由这等没规矩的粗鄙野人欺负我们刘家吗？民打官，是要吃板子的！"

何志忠此时方出言呵斥何大郎："有话好好说，三十几的人了怎么还如此冲动，轻易动粗？倒叫人笑话粗鄙不知礼。"

刘承彩心疼得直打哆嗦，好歹理智还在，跺着脚道："他做得荒唐事，打得媳妇儿，就该尝尝被人打的滋味！叫他吃一堑长一智，看他以后还敢不敢乱来！二十几的人了，尚且不知轻重！我老刘家的脸面都被他丢尽了！"

何大郎捏着手指头，看着血红了眼睛恶狠狠瞪着自己的刘畅冷笑："不服气？起来打一架啊！见官就见官，怕什么？挨上几十板子咱也要先出了这口恶气！上了大堂，我也要说给旁人听，奸夫淫妇做了丑事，还敢上门耀武扬威，天底下哪里有这种不要脸的事！我何家的门槛必要砍了烧了重新换，省得败坏了我家风水！呸！什么玩意儿！"

刘畅尚且不知清华郡主去了何家的事情，把脸看向戚夫人，戚夫人骂道："你吃多了撑的惹上那人，昨日从咱们家出去就到何家炫耀了一通。"

刘畅猛地推开戚夫人，狠狠吐出一口带血的唾沫，瞪着脖子瞪着何大郎："我不是怕了你，只是……"他恶狠狠地瞪了牡丹一眼，只是他还不想离。见牡丹面无表情地看着他，心里说不出的滋味，她只怕巴不得他死了才好吧！手臂上的伤口又在隐隐作痛，便冷冷一笑，"现在打也打了，气也出了，可以好好说话了吧？"

何志忠扫了妻女一眼，但见岑夫人一脸决然，牡丹满脸漠然，虽不知其中细节，却相信岑夫人的决定不是乱来。暗叹一口气，招手叫牡丹过去："丹娘，事情到了这个地步，要怎么做，你自己选。"

牡丹未曾开口之前，刘承彩柔声哄道："丹娘，好孩子，你受委屈了，你放心，以后这种事情再也不会发生了。"又示意戚夫人赶紧哄哄。

戚夫人此刻已经恨透了牡丹，僵着脸不语。刘承彩无奈，又骂刘畅："孽障！还不快给你媳妇儿赔礼道歉！"

刘畅也不说话，只拿眼睛恶狠狠地瞪着牡丹，她敢说她要走，她敢！

牡丹淡淡一笑，朝刘承彩施了一礼："大人又何必强人所难！强扭的瓜不甜，与人方便，自己方便。丹娘不想做那恶人，只想留着这条小命好生孝敬父母。"言罢，望着何志忠清晰地道，"爹，女儿今后就是死了，也不愿再做刘家妇！我与他，生不同床，死不同穴，最好永不相见！"

何志忠叹了口气，握握牡丹的肩头："既如此，走吧！"

"何牡丹！"刘畅一个箭步冲过来，伸手要去抓牡丹，他都没休弃她，她凭什么敢当着这么多人不要他？他不许！他不许！就算要一拍两散，也该他不要她才对。可是他终究连牡丹的衣角都没碰到，就被何大郎一掌推开。

"刘家小儿可是还想找打？"何大郎冷笑道，"当着我们的面尚且如此恶劣，背地里不知又是何等光景！"

"放肆！"何志忠作势吼了何大郎一声，朝刘承彩点点头，"我的意思是好说好散，不知刘大人意下如何？"

好说好散？不知这好说好散的条件是什么？刘承彩瞬间想了几十想，很快拿定主意，既然已经到了这个地步，果然强扭的瓜不甜，那便要替自家多争取些利益才是。他还未开口，刘畅已然大声道："休想！我的女人我做主！我不同意！我是不会写离书的！"

果然是这样的脾气，只有他对别人弃如敝屣的，断然没有旁人说不要他的。牡丹讽刺一笑："原来你舍不得我的嫁妆和我家的钱。"

刘畅一张五颜六色的脸瞬间七彩缤纷，咬牙切齿地道："你……"他现在才不缺那几个臭钱！

牡丹语重心长："不然又是怎样？还是你犹自记着当初的耻辱，所以硬要将我留下来，生生折磨我才如意？你恨我夺了你的大好姻缘，我用三年青春偿还你，已是不再相欠。你若是个男人，便不要再苦苦纠缠，也给自家留点脸面，不要让人瞧不起你。男人家，心思少花在这上面，胸怀宽厚些，也让人瞧得起些。"

这话难听，就是刘承彩也听不下去了，冷声喝道："不必再说了！不许再拦着她！"

岑夫人道："那我们娘几个先回家去，其他的老爷与刘大人慢慢商量。"又将嫁妆单子递给何大郎，"我的意思是，大件的不好拿走，这些总要拿走。咱们家铺子隔得不远，这就叫伙计来拿这些零碎吧。"

实在欺人太甚！戚夫人早已忘了当初自家是怎么求上何家的，只气得发抖："这是刘家，不是何家，你们想怎样就怎么样？还有没有王法？"

岑夫人似笑非笑地道："就是讲王法这嫁妆才要拿走，莫非，丹娘的嫁妆实际上不齐了？要真是这样，别客气，说出来，能让手的我们也不介意让让手。我们家是不缺这几个钱的，也还懂得给人留余地。"

戚夫人气得倒仰："谁稀罕她的嫁妆！"

岑夫人道："那不就是了？夫人这样硬拦着，我们是知道你们舍不得丹娘，旁人却不知道会怎么说呢。"今日她若是不把牡丹和这些值钱的细软拿回家，就算白跑这一趟了。

刘承彩的太阳穴突突直跳，不耐烦地道："让他们搬。"这样闹着也不是回事，走一步是一步，先把眼前这危机解除了才是正经。他的身份地位禁不起这样的笑话。

何志忠朝刘承彩抱抱拳，也不多言，就往院子正中一坐，等着自家人上门来抬东西。纵然已经到了这个地步，他也不想和刘承彩彻底撕破脸，毕竟对方是官，自己是民。

牡丹上前提了甩甩的架子，不放心地交代何大郎："哥哥，小心我的花。"

何大郎点头："我知道。只管去。"

甩甩知道要出门，兴奋得忘乎所以，不住怪笑："哈，哈！"

刘畅双拳握得死死的，眼睁睁地看着牡丹步履轻松，毫无留恋地被何家人簇拥着出了院门，羞耻、愤怒、不甘让他几欲发狂，几次想上前去扯住她，又觉得实在丢脸，乍然喊道："慢着，我有话和她说！"

牡丹看到他血红的眼睛、阴鸷的眼神，心里没来由地有些发怵，仍然挺起了胸膛道："你要说什么？"

刘畅看到她强装出来的无畏，倒冷笑起来："你先回家去耍些日子，过几日我去接你。"牡丹尚未回头，他又无声地道，"你信不信，我耗死你。"

牡丹一愣，轻蔑地扫了他一眼，无声地道："看谁耗死谁。"她等得，他熬得，清华郡主可等不得。最关键的一步她已经走出去了，剩下的都不是问题。

走出刘家的大门，牡丹抬眼看看天上的艳阳，只觉得天是那么的蓝，云是那么的白，空气是那样的清新，就是街上的喧嚣声，来往的行人们，也透着一股子说不出的可爱。

何家出行，不拘男女都是骑马，唯有岑夫人年老，又嫌马车闷热，乘了一座肩舆。薛氏将一顶帷帽给牡丹戴上，笑道："早知如此，咱们应该乘了马车过来才是。丹娘还病着，只怕是没精神骑马。不如稍候片刻，租个车来。"

岑夫人道："她如此瘦弱，就和我一道乘肩舆，走慢些就是了。"说完携了牡丹的手上了白藤肩舆，母女二人相互依偎着，各怀心思地往回家的路上行去。

薛氏暗叹一口气，戴上帷帽，熟练地翻身上马，引着一众人慢吞吞地跟在肩舆后头，心情不说十分沉重，总归是有些烦闷，牡丹的住处，可怎么安排才好？

岑夫人乘坐的这肩舆不似轿子，只在上方挂了个遮阳的油绸顶棚，四周挂了轻纱，又凉快又方便看热闹。正适合难得出门的牡丹，看着什么都觉得新鲜。貌美的胡姬当垆卖酒，男人们骑马仗剑，快意风流，女人们或是着了男装，或是着了胡服，或是就穿了色彩鲜艳的裙装，带着露出脸来的帷帽三五成群，或是骑着马，或是走着路，说说笑笑，好不惬意。

这才是她想要过的生活。牡丹最后望了一眼刘家那代表着身份地位的乌头大门，决然回头，靠在岑夫人的肩上轻轻道："娘，女儿总给您和爹爹添麻烦。"

岑夫人慈爱地摸摸她的手："我们是一家人。"

牡丹叹道："他只怕不会轻易放过我。还有那笔钱……"

岑夫人道："怕什么？你只管安心住着，该吃就吃，该玩就玩，其他都是你爹和哥哥们该操心的事。"

虽这样说，母女都知道这事儿没那么简单。他们之所以能在刘家人面前把腰板挺得那么硬，是因为他们手里有刘家的把柄，同样的，刘家为了这把柄，也不会轻易放过牡丹。今日，不过小胜一场而已。

何家的生意主要是在胡商聚居的西市，专营外来的珠宝和香料，人却住在东市附近的宣平坊，宣平坊及周围的几个坊都是达官显贵们聚居的地方。

这里虽说房价地价要高许多，而且贵人府邸多，不方便扩展房舍，还可能随时遇到出行的达官显贵，不得不回避行礼，很是麻烦，但很多富商还是愿意住在这里，特别是自前几年西市附近的金城坊富家被胡人劫掠后，许多富商便钻头觅缝地在这边买地买房，为的就是图个安稳。毕竟辛辛苦苦赚来的钱，谁也不愿意拿去冒险。钱没了还能再赚，惊了家人却是大事，谁家没个老老小小的。

一行人即将行至升平坊的坊门时，迎面来了一大群衣着华丽的人，有男有女，有骑马的，也有步行的，簇拥着一乘华丽的白藤垂纱八人肩舆，浩浩荡荡地过来。行人见之，莫不下马下车，避让一旁。

能够乘八人肩舆的女子，最少也是二品以上的外命妇。牡丹跟着岑夫人一道下了肩舆，避让一旁，偷眼望去，但见肩舆中歪靠着一位穿蜜合色绮罗金泥长裙，披茜色薄纱披袍，画蛾眉，贴黄色花钿，高髻，插凤凰双飚金步摇，丰润如玉，年约十七八岁，大腹便便、神色柔和的年轻女子，明显是一位即将生产的贵夫人。

待这群人过去，薛氏羡慕地道："这是宁王妃。比起上个月来看着又似丰腴了许多，怕是要生了，若生了世子，只怕荣宠更盛。"边说边遗憾地看了牡丹一眼。

牡丹理解薛氏这份羡慕和遗憾从何而来，作为商妇，永远只有给人让路行礼的份儿，想要得到这份尊荣，若是指靠何大郎，只怕这一生都没有希望了，除非儿子孙子博得功名。

至于自己，何家曾经千方百计给了她这个机会，如今却被她一手终结了。和离后，她便只是一个普普通通的商家女，见了这些人，不管风里雨里，都要下马下车行礼避让。但她并不怎么介意，即便尊贵如宁王妃，头上也有更尊贵的人，见了一样要下车行礼避让，有什么了不起。

牡丹笑嘻嘻地扶着岑夫人上了肩舆，没心没肺地同薛氏道："大嫂，我看今日似乎有雨呢，不知爹和大哥会不会被雨淋？"

"这雨一时之间落不下来，想来不会。"薛氏见牡丹没心没肺的，不由微叹一口气。到底是自小被娇养惯了，只凭一口气便不接受赔礼道歉，从而恩断义绝，哪里知道失去的是什么？！纵然嫁资丰厚，人才出众，和离之后又哪里去寻刘府那样的家世？也不知日后会不会后悔。

薛氏也只是想想而已，表面上不敢露出半点。家里人口众多，公公说一不二，婆婆强势精明，何大郎性情直爽暴躁，小叔妯娌个个不是省油的灯，侄儿侄女调皮捣蛋，她这个长嫂长媳大伯母，当得极其辛苦。今日牡丹归家，她若是不将住处安置妥当，势必得罪公婆和大郎；若是安置好了，又要得罪妯娌侄女，真是为难死她了。

牡丹也知道自己突然归家，会给大家带来许多不便和为难，便拉着岑夫人的袖子轻声道："娘，我记得您院子后面有个三间的小廊屋是空着的，您要不嫌女儿闹您，让我住在那里去陪您如何？"

岑夫人也在头痛牡丹的住宿之处，按说，牡丹回到家中，就是孙女儿们的长辈，只有孙女儿们让姑姑的，就没有姑姑让孙女儿们的。但是，人心隔肚皮，这家里人口一多，心思难免就复杂，哪怕就是一句话，经过三个人相传，到第四个人的耳朵里时也会变了味。

像牡丹这样突然和离归家,短时间还好,时日一长,难免会被嫌弃多余,被人猜疑。这时候,当家人处理事情的分寸和方法就极其重要了,既不能委屈女儿,让女儿伤心失意,又不能让儿媳心生嫉妒,从而姑嫂不和、兄妹不和。

还有什么能比牡丹主动退让更好的呢?岑夫人虽不愿女儿去住阴暗狭窄的廊屋,但一时之间也找不出更好的办法,便低声道:"委屈你了,待你爹爹回家,我再和他商量一下,另外买个大宅子,省得家里的孩子们挤在一处,大家都不舒坦。前些日子,我们就已经打听了,但没有合适的,怀德坊那边有个半大的院子倒是不错,就挨着西市,做生意也方便,可是谁也不愿搬出去,不然也没这么挤。"

何家父母不是刻薄死板的人,何家六兄弟有谁想搬出去,他们必然不会阻拦,但为什么宁肯一家几十口人挤在一处,牡丹以为,这其中必有原因。便笑道:"这是好事,哥哥嫂嫂舍不得爹娘,小孩子们一处长大,感情也好。"

岑夫人轻叹一口气,摸摸她的头,几不可闻地道:"儿大不由娘啊。咱们家的钱就是花上三辈子也够了,我和你爹只希望大家都和睦平安,就死也瞑目了。"

牡丹忙伸手去掩她的口,娇嗔道:"呸呸,什么死呀活的。你们还没享着我的福呢,前些年尽给你们添麻烦。"

岑夫人见女儿舍不得自己说丧气话,心里十分欢喜,叹道:"你从小就很懂事,两三岁时,病了躺在我怀里,什么都吃不下,还是夏天呢,就想吃梨。市面上都没得卖,你爹爹费了九牛二虎之力才弄了一个来,刚削了皮还没喂进嘴里去,你六哥就大哭着冲进去,说是也要吃。你那么小,不声不响递了一大半给他,还哄他莫哭。从那之后,谁也不敢说你不好。你还记得么?"

牡丹笑道:"那么久远的事情,女儿记不清了,就光记得爹和娘、哥哥他们都待我极好。"

岑夫人笑道:"你呀,就光记着旁人的好。"这何六郎并非她生的,而是何志忠从扬州带来的美妾生的,彼时正是母子都得意的时候。兄妹两人年龄相差了两岁,一个生龙活虎的,一个却是成日里病恹恹的,看着就不是一般的怄人。幸亏何志忠疼儿子,也极疼女儿,但她生性好强,见不得别人说自己的儿女一句不好,看到旁人的儿子生龙活虎,自己的女儿病恹恹的,心里就格外难受。

但是牡丹素来安静乖巧,不是病到特别严重,基本不会哭闹。那一次事件中,她小小年纪,又是病中,如此懂事舍得,相比那不懂事胡闹的六郎,倒叫何志忠自心疼之中又更添了几分喜爱,硬生生把个幺儿给比下去了。诸如此类的事情还有很多,所以说,牡丹有父母兄长的宠爱,并不是平白得来的。

未到家门口,何家的几个儿媳妇和孩子们就迎了出来。一群女人和孩子把岑夫人、薛氏、牡丹围在中间,簇拥着往屋里去,七嘴八舌地问东问西,又是咒骂又是愤恨又是出主意的,好不热闹,引得邻里侧目。

何家住的是四合舍,大门朝西,门旁两排庑舍,进门一个亭子,然后是中堂、中门、后院、正寝,四处有廊屋,再延伸出若干个小四合院子去。后院古树参天,假山流水,花木扶疏,纵然比不上刘家精致富贵大气,却自有其舒适自在热闹处。

进了中堂,二郎媳妇白氏命婢女端上糖酪樱桃并茶水,一家子围着岑夫人和牡丹吵吵嚷嚷地说起闲话来。从冷冰冰的刘家出来,乍然感受到了家庭的温暖,得到亲人无私的关怀和爱护,牡丹心中极其高兴。但看着眼前黑压压的一堆脑袋,闻着六个嫂嫂和十几个侄儿侄女身上各式各样的香味,听着大人孩子们叽叽喳喳的吵嚷声,她控制不住地生出恐惧,这么多人,她能相处好吗?远香近臭,何况姑嫂之间,自古以来能相处得好的本就不多。

不怪她担忧,虽然何志忠和岑夫人持家有方,不拘嫡庶,一视同仁,公正严明。男人们在何志忠的统一指挥下，早出晚归，各司其职，规规矩矩地做事，养家糊口，谁也偷不得懒。女人们在岑夫人的管制下，老老实实相夫教子，操持家务，闲来交流衣着打扮，一道逛街踏青，参加豪宴打马球，悠闲自在。故而一大家子人住在一个宅子里，虽然各人小心思不少，也有磕磕碰碰、吵吵闹闹，却是没什么大矛盾，相处得还算和睦。

但何家的人口实在太过复杂，牡丹的六个哥哥中，大郎、二郎、四郎、五郎都是岑夫人生的，三郎是岑夫人的陪嫁婢女吴氏生的，六郎则是扬州来的美妾杨氏生的。大郎娶妻薛氏，子女各二人；二郎娶妻白氏，三子一女；三郎娶妻甄氏，二女一子；四郎娶妻李氏，只有一女，无子；五郎娶妻张氏，有子女一双；六郎娶妻孙氏，才成亲一年多，还没孩子。

算上何志忠夫妇和何志忠那两个妾，大大小小三十来号人，我和她亲，他又和他好的，各种关系复杂得很，还不必说各房伺候的下人，饶是再小心，也避免不了矛盾纠纷。再亲的人，多闹上几次矛盾，也会伤感情。

家中各人自有脾气，大奸大恶之人没有，聪明之人不少，比如说，同为一母同胞的大郎、二郎、四郎、五郎关系明显要紧密些，其中大郎和二郎年龄相仿，比较谈得来，四郎和五郎爱结伴一起去办事；同为庶出的三郎和六郎之间有着某种默契，却又不太亲密，三郎爱讨好大郎和二郎，六郎却爱跟着何志忠跑。

但这只是男人之间的关系，几个媳妇儿之间就更复杂：嫡出的几个儿媳间，大嫂薛氏和二嫂白氏年长，进门最早，关系也最好，相对稳重大方，让得人，和其他几个弟媳都处得较好；三嫂甄氏嘴碎，爱和话少温和的五嫂张氏一起做针线活拉家常，背地里还偷偷拉拢六嫂孙氏，却和四嫂李氏关系不好；可是年轻的孙氏和貌美俊俏的李氏却又喜欢在一起逛街。

至于小孩子之间，总体来说都是快活的，没有厚此薄彼的问题，吃大锅饭，所有东西都一样，没得比较。要说有什么区别，就是听话和不听话、聪敏和不聪敏、勤奋不勤奋的区别。

牡丹拿出十倍的精神应对大家的关怀和询问，尽量不放过众人的反应和表情，就怕自己给别人带来不便和不愉快。

趁着众人不注意，薛氏拉了白氏在一旁悄声商量："丹娘这一回来，便要做好长期住下的打算。她原来的院子给了三郎家的蕙娘和芸娘、四郎家的芮娘住着，要她们搬，虽不会说什么，但肯定不乐意。我思来想去，只有咱们两家的三个闺女更大更懂事，让三个孩子挤挤，替她们姑姑腾个地方出来，你看如何？"

白氏微微一笑："我是没意见，左右我的菀娘还小，让她跟在我院子里住两年也没什么大不了的，就是英娘和荣娘年龄已大，却是不方便和你们挤了。你又打算怎么安置她们？要不别那么讲究了，就让她姑姑和孩子们挤挤好了。"

薛氏暗忖，那院子三个人住虽然挤，却还勉强可以住下，牡丹若是搬进去，却是再也塞不下了，三个孩子中便要出来一个。虽然菀娘年龄小，还可以勉强和父母挤挤，但从公平的角度来讲，却是不能只叫二郎家的搬。自己是大嫂，又是两个女儿，得从自家人中下手才能服众。

至于白氏肯不肯主动让菀娘搬出来，那又是她自己的人情。当下便道："哪儿挤得下四个人！她姑姑东西多，又遇到这种事，想法本来就多，叫她去和孩子们挤，只怕会难受。这样，荣娘搬出来和我们挤挤。过两年英娘出嫁，也就好了。"

搬出来容易，搬进去难，白氏听薛氏这样说，却又不提让菀娘搬出来的话了，只笑道："英娘出嫁，濡儿他们又该成亲了，你说的这个法子治标不治本，我看还是先将就挤挤，然后和爹娘商量买个大宅子吧。眼瞅着，真是住不下了。"

薛氏有些失望，叹道："买宅子不容易，都是以后的事了，现在得先把这事儿办周全了才是。那就这样，我让荣娘搬出来，你招呼着他们清扫屋子，稍后东西送回来，帮着安置一下。我去准备晚饭。"

白氏拉住她的袖子，快速扫了众人一眼，压低声音道："不然，就让她们两家搬，或者让丹娘和蕙娘她们住，那院子本就是她住惯的，也要大一些。"

薛氏摇头："两家都是话多的，三婶怕是要说庶出孙女儿没地位，四婶怕是要说欺负她没儿子，何必多找些话来说。实在不行，明日请人来看什么地方适合动土，另起几间屋子，年底怎么也能盖好了。"

白氏道："娘的后院有三间廊屋，让人收拾一下，更清静自在呢。"

薛氏沉默不语，借她十个胆子也不敢开这个口，否则何大郎第一个就不饶她，公婆也会对她有看法。

白氏见薛氏不说话，牵起裙带在手指上绕着玩，最终长叹道："罢了，丹娘也是我看着长大的，我也疼她。让菀娘搬出来和我挤，然后赶紧修房子吧。"当即上前笑道，"娘，我和大嫂商量过了，让菀娘搬出来和我住，妹妹搬去和英娘、荣娘挤一挤，您看如何？"既然吃了亏，便要说在明处才是。

牡丹正要开口将先前商量的话说出来，就被岑夫人按住手，示意她先听着。

却见白氏的话音才落，甄氏就不高兴地道："还是大嫂和二嫂想得周全，不声不响都安置好了。"就你们会讨好人！

李氏脸上淡淡的："四郎经常不在家，让芮娘搬去和我住。将她的屋子收拾收拾，正好给她姑姑住。"

张氏的女儿还小，本就和她住在一处，而孙氏还未生孩子，自然也和这事儿无关，便都含笑听着，并不多话。

岑夫人慢吞吞地喝了一口茶，方道："不用忙乱，孩子们该住什么地方还住什么地方。刚才在路上，丹娘就和我说过了，不想给大家添麻烦，大儿媳妇把我后院的三间廊屋收拾出来，让她去住那里。"

于是，除了张氏和孙氏之外的人，都暗暗松了一口气。

薛氏跟着又道："娘，您那屋子里的东西，搬去哪里合适？"

这话一说，妯娌几个心里又各有计较。那三间屋子里收着岑夫人这些年来存下的私房。庶出的没有份儿却也可以想想，嫡出的则完全能分享。谁都知道岑夫人偏爱牡丹，二人的东西若是夹杂着放在一起，将来岑夫人偏心说那本来就是牡丹的，大家只能是干瞪眼，没处讲理。

岑夫人早有打算："丹娘的东西多，是得给她腾地儿放。库房后面有两间空着的后罩房，把我的东西全都搬到那里去。从刘家搬回来的东西，不紧要和大件的另在咱们家铺子里寻个合适的库房放进去，着专人看守好了。"

又回头望着牡丹笑道："你那些东西，就是另外一套家当，家里都有。除去贵重细软和日常得用的，都别拿回来了，省得屋子里挤。待那边放置妥当，让你爹把钥匙和单子给你，要用再取。你看如何？"

牡丹连连点头："但凭娘安排。"如此安排再是妥当不过，等于把她的财产和何家的完全分开。将来她搬出去时，只需从那三间廊屋里抬走自家的箱笼，其他家具等物完全不必动，清楚明白，大家都没得话可说。

岑夫人便指派甄氏、李氏这两个冤家对头去盯着人搬自己的箱笼，让薛氏安排牡丹要用的床榻、桌椅、帐幔等物，白氏则去安排晚饭，把孩子们都赶出去，单留张氏和孙氏在屋里陪牡丹说话。

傍晚时分，何志忠和何大郎带着一群人将牡丹陪嫁的二十多盆牡丹花抬进了后院。纷乱一歇，何志忠方遣了众人离开，只留下岑夫人、牡丹、林妈妈、雨荷等四人在屋里，详细询问刘家的情况。

牡丹将详细经过说了一遍，只除了暧昧的关键地方含糊略过，留给岑夫人自去补充。

何志忠路上已听林妈妈和雨荷说过一些，此时不过确认罢了。事情的大概已经完全清楚，谁是谁非，这日子还能不能过下去，还有没有破镜重圆的可能，尽都有了数。到了他这个年纪，已经没了何大郎那种一点就着的炮仗脾气，他愿意把更多的精力放在解决之道上。

此刻，他腆着大大的肚子，背着手在屋子里走了几圈后，摸着已经花白的头发直叹气。

牡丹和岑夫人走得爽快，他却是和刘承彩、刘畅磨了一整天。刘家父子出去转了一圈，再回来后已经冷静下来，态度与先前大不相同。刘承彩好话说尽，刘畅端茶向他赔罪，父子俩异口同声地说，牡丹要是想回娘家，就多住些日子，等她消了气，还让刘畅来赔礼道歉，风风光光将她接回去。

事情已经到了这个地步，怎能轻易了结？他自是不同意，拿出架势要与刘家商量和离，刘家父子便纷纷找了借口，来个避而不见。憋到傍晚，不得不归家，牡丹的东西是大多数都搬回家了，他和大郎却是憋了一肚子的气和水。

牡丹知道不可能一帆风顺，便安慰道："爹爹莫急，只要不在他们家吃苦受气，女儿就不怕和他耗。但只是给爹娘兄长添了许多麻烦，还白白便宜他家占了父兄辛苦赚来的血汗钱。"

何志忠拍拍她的肩头："休要多想。那钱既是为你花出去的，便是你嫁妆的一部分，要回来也是你的。爹娘做这一切都是为了你好，你若不好，便无意义。安心候着，我自会妥当安置好。"

正说着，下人来报："李家表公子来了。"

何志忠忙叫快请进来。

牡丹正要答谢李荇，便道："爹爹，这事儿多亏表哥帮忙，昨日也亏得他替我出气抱不平，我要亲自谢他。"

岑夫人道："是该好生谢他才是。留他吃晚饭，你们父子几个好好陪他喝一盏。改日再备礼登门去谢。"

少顷，李荇亲自提了个大食盒进来，看见众人，先就笑眯眯地团团作揖行礼，然后把食盒交给薛氏，笑道："大表嫂，这是姑父最爱吃的槌饼，是宫里尚食局的造槌子手做的，其味甜美，不可名状，快快分了大家吃。"

众人倒听得笑了，岑夫人笑道："行之，怪不得你那铺子的生意那般好，原来伙计都是和你学的。"

李荇哈哈一笑："东西实在是好，自谦反倒是做作了。"

何大郎上下打量了他一眼，指着他的幞头脚笑："咦唷，还玩出花样来啦……"

牡丹看过去，只见李荇今日戴着的黑纱幞头不但是时下最流行的高头巾子，幞头脚与众不同，旁人多是垂在脑后，偏他的对折翘了起来，果然标新立异。再配着他那身鲜亮的绿色的丝质缺胯袍，扬扬自得的样子，再风流不过。

李荇也不忸怩，大大方方地转过去给何家几个半大小子看，笑道："赶紧跟我学，过不了几日就要时兴起来了。"

何家几个半大小子果然跃跃欲试，笑闹着互扯对方的幞头脚玩，何志忠沉着脸道："谁有你表叔的本事，我许他怎么折都可以，就算折出一朵花来，也是可以的。"一句话便成功地将一群孙子制住，各人垂着手悄悄退了出去。

李荇方道："我听说丹娘回了家，放心不下，特意过来看看。若有需要我帮忙的，还请姑父姑母不要客气。"

牡丹上前深施一礼，道："多谢表哥援手，救丹娘于水深火热之中。"

李荇笑道："能够出来就是好的，自家人不说那些客气话。"上下打量了牡丹一通，心

· 058 ·

情很好地道,"精神还不错,刚才我听说那畜生动了手,还担心你吃了大亏。"

牡丹本想说,我这是吃小亏占大便宜,何况还没怎么吃亏。可她不敢,只笑道:"心情好,再疼也不疼。"

李荇深深看了她一眼,道:"想得开就好。待这事儿了结后,便都忘了吧。"

牡丹笑着应了。

何志忠摸着胡子思索片刻,道:"行之,我还真有事要和你商量。你随我来,大郎也来。"

李荇对何志忠这个生意做得风生水起的远房姑父向来非常尊敬,当下收了嬉笑之色,一本正经地垂手跟着何志忠父子去了书房。

几人刚落了座,何二郎也回来了。

何志忠道:"我想着,丹娘这件事怕是不能善了。他家是男子,已经有了儿女,再耗上几年,还是一样的娇妻美妾。丹娘却不同,一拖青春就不在了,再拖这辈子就完了。钱财这个东西,生不带来死不带去,没了还能再赚。为了她的将来着想,不如用那张纸和那笔钱换丹娘的自由。你们意下如何?"

何大郎不干:"那丹娘岂不是白白吃了这个亏?真是气煞人也。"

何志忠叹道:"为了一口气要赔上丹娘几年的青春甚至一辈子,不值得。自古民不与官斗,如今是刘家理亏,我们稍稍让让步,他家也没有可以多说的。何必一次将他家得罪狠了,将来明里暗里给咱们家下绊子!"

何二郎瓮声瓮气地道:"爹说的虽然有理,但当初干的本就是火中取栗的事,不结仇已经结下了。刘家小儿心胸狭窄,就算咱们让步,他也会恨牡丹一辈子,一有机会就报复咱们的。"

第六章 商人

何志忠道:"刘承彩与妻儿不同,和离后他所获利益最大。毫无风险,能轻轻松松得到一大笔钱,还可以另外娶个门当户对的儿媳,攀上一门高亲,对他来说是最划算不过的事。待我寻个合适的中人,让两家的脸面都过得去,他定会同意。只要他点了头,刘畅不肯也得肯,戚氏也翻不出来大浪。"

何大郎一拳捶在几子上,怒道:"真窝囊!"

何二郎不赞同:"不可能这样轻易算了的。以后麻烦还有的是,除非这个中人地位远远高于刘承彩。且他若是当面答应,背里下黑手,又怎么办?"

"走一步算一步。真把我逼急了,兔子也会咬人。"何志忠望向李荇,"行之,你说是不是这个道理?"

李荇笑道:"昔年洛阳富户王与之向圣上敬献波斯枣和金精盘,又敬献绢布三万段充作军资。圣上召见,御口允了他两件事。第一件,赐了一个从六品奉议郎;第二件,他申诉左龙武大将军张还之向他借贷一万贯钱不肯归还。张将军不但被勒令还钱,还被贬职。"

这件事轰动一时,王与之大方敬献的同时,还大胆向皇帝夸富,说是自己就算在终南山的每棵树上挂满绢,他家里也还有剩余。但是去终南山挂绢做什么呢?还不如献给本朝军士,尽一份绵薄之力。皇帝是个心胸宽大的,不但没有说朕富有四海,你还敢到朕面前来夸富?简直不知天高地厚,也没有因为人家有钱就仇富,算计着要怎么样怎么样,反而龙颜大悦,道是天下如此富足,自己果然圣明,百官果然都是干实事的,政清民富,百姓知荣知耻。于是除了为王与之解决那两件事,另外还有赏赐。"

　　李荇的意思倒不是要何家去天子面前夸富敬献财富,毕竟何家虽然有钱,却还远不能和王与之相比,但王与之敬献稀奇之物,将自己的冤情直接上达天听这条途径,却是不错。

　　何二郎为难道:"金精盘那样贵重难遇的宝贝,哪里容易得到!倘若果真要做,便要早些和胡商们打招呼,或许能收到些好宝贝。"

　　何大郎冷笑:"哪用得着如此烦恼复杂!倘若他家实在不知好歹,我便去敲登闻鼓,拼个鱼死网破!"

　　何志忠淡淡一笑:"还没到那个地步呢。我意已决,暂且先这样。过两日你们哥俩陪我去寻刘承彩。"

　　天色渐暗,外间传来一阵闷雷声响,风卷杂着潮湿的雨意透过窗户门缝侵袭进来,将悬在梁上的镂空百花镀金银香囊吹得旋转起来,下垂的五彩丝络在空中划出道道彩弧,清新的梅香味四散开来。李荇起身推窗,探头看看头深厚的乌云,再看看远处泛白的天际,道:"今夜有暴雨。"

　　何志忠道:"趁着雨还未曾落下,赶紧吃饭去。"叮嘱大郎兄弟二人,"去看老三他们可散市归家了?"

　　大郎和二郎相携离开,李荇凑到何志忠耳边低声说了几句。

　　何志忠眯眼看了他一下,笑道:"你就不怕惹火烧身么?"

　　李荇失笑:"我哪里还能跑得掉!"

　　何志忠笑了:"既如此,我仓库里有的东西,你只管挑去。"

　　李荇摇头:"我不要。"

　　何志忠诧异道:"你要什么?"

　　李荇奸奸一笑:"侄儿就想问,假使刘家看在咱们低头伏小的分儿上愿意让步,姑父果真就肯咽下这口气,吃了这个哑巴亏?"

　　何志忠长叹:"你也看到了,大郎脾气暴躁,有勇无谋,二郎瞻前顾后,还怨我们当初考虑不周。其他几个更是不堪大用,这样一大家子人,老头子又能如何?"

　　李荇哈哈笑道:"姑父果真如此考虑,侄儿就不多嘴了。"

　　何志忠忙收起假装出来的哀色,正色道:"你是真心的?这可麻烦得很。"

　　李荇肃色道:"自然是真。"

　　何志忠朝他招手:"附耳过来,这事果真要你出手才行。"

　　轰隆隆一声巨响,漆黑一片的天空被狰狞的闪电撕裂了几个口子,黄豆大小的雨点噼里啪啦砸了下来。很快,房檐上的水就流成了雨帘。

　　何志忠与李荇观赏着雨景,结束了此次谈话。

　　五更二点,晨鼓咚咚,各处城门、坊门大开,百官动身上朝,各坊的小吃店也开了张,但东市和西市却要在午时击鼓之后才能开张。何家无人需要赶早,都会睡到辰时起身,吃过早饭才会开始一天的忙碌。

　　辰时,门外传来几声轻响,宽儿轻手轻脚地将门打开,接过粗使婆子送来的热水,跟着林妈妈和雨荷拿着熏好的衣裙直接进了屋里,准备叫牡丹起床。才拉开屏风,就见牡丹已经穿好了里衣,坐在帐里望着她们笑。

　　林妈妈欣慰而笑,和离归家的人,自然不能如同当初未出嫁时那样娇憨。那时候贪睡不起,想什么时候吃就什么时候吃,嫂嫂们最多背地里抱怨羡慕几句,什么事都没有。现在不同,本就给人添了麻烦,再不知趣就讨人厌了。

　　雨荷笑道:"今日梳个望仙髻如何?"

牡丹摇头："就梳个简单些的，我今日想去市上买几株花。"再顺便看看行情，瞧瞧世人都喜欢什么品种造型的牡丹；待过上两日，又到曹家园子看牡丹去。

林妈妈接过雨荷手里的象牙梳，道："既然是要出门，就梳个回鹘髻好了。"

待到牡丹装扮完毕，何家喧嚣而忙碌的一天也开始了。

何家不比刘家，无论早晚都是一大家子人一起吃饭，生意上的安排，家里的大小事，都在饭桌上商量完成。何家有个非常开明的地方，不论大小男女，都可以畅所欲言地就事发表看法。何志忠和岑夫人会结合大家的意见综合考虑，再下最终决定。可以说，何家人相处得如此融洽，过得顺风顺水，一多半的功劳属于早晚餐会。

用何志忠调侃的话来说，即便宰相之流也要在公堂进行会食，吃堂饭商讨公事的，何家没那么多大事可以商讨，也可以借鉴一下嘛。

在这样的氛围下，牡丹提出要去逛街看花市，并没有人觉得不妥。所有人都认为她应该多出去走走，而不是成日闷在家里暗自神伤。

当牡丹跟在五嫂张氏、六嫂孙氏的身后，翻身上马，迎着朝阳穿行在宣平坊整齐规划的十字巷里时，听着清脆的马蹄哒哒声，嗅着雨后清新的空气，心情无法用言语形容。

上天待她不薄，她才十七岁，青春年少，四肢健全，家境富裕，有心疼她的父母兄长，自己还有一手种植牡丹的才能，不必担心和个男人说话就被骂没廉耻，也不必担心被成日关在家里不许外出，更不必担心和离后再也嫁不掉，苦哈哈地守着家人凄凉一生。

她绚丽的人生，才刚开始起步。

东市因为临近三内，周围多是达官显贵的住宅，所以主要卖的是上等奢侈之物，牡丹花要想卖出好价钱，自然也要往这地方去。故而，牡丹等人出了宣平坊后，就直接往东市而去。

东市被底填石子后又经夯实，路面结实，宽达近十丈，自带排水沟人行道，交叉成井字的平行大道划分成九大区域，居中三大区域是管理市场的市署、平准署以及存储粮食的常平仓。另六块，分别被酒肆、肉行、饼饦肆、临路店、印刷、锦绣彩帛行、珠宝古玩店、凶肆、铁行、赁驴人、笔行、杂戏、胡琴、供商户用水的放生池等占据。这九大块中，又被若干条小巷分割成若干区域，无数店面林立街旁，行人如织，街头巷尾传来琵琶声、笑语声、吆喝声，说不出的热闹繁华。

牡丹东张西望，什么都好奇，兴奋到忘乎所以。孙氏和张氏见她贪新鲜热闹，便松松地握着马缰，任由马儿随性溜达。游了半个多时辰，牡丹方想起正事："嫂嫂，为何不见牡丹花市？"

孙氏笑道："要看牡丹花，得往放生池那边去才行。"

牡丹花，应季而绽放，想要购买的人多是到园子里去买，并没有专卖的铺面。但为了方便贵人们购买，也为了方便比较抬价，花农们会将花挑了送到东市。又因着放生池水汽足，柳树高大，树下阴凉，花木之类的东西便都往那里去。

这一片酒肆较多，多为胡人所开，卷发绿眼、眉眼深邃、艳丽动人的胡姬穿着色彩鲜艳、款式时兴的薄纱衣裙立在门口，笑着招揽过往的客人进去喝酒。酒肆里面更是笛声、歌声、劝酒声响成一片。

经过一家最大的酒肆时，张氏用马鞭捅捅孙氏，笑道："我记得老六最爱来这家，是也不是？"

孙氏脸上晕起一层薄怒，拿鞭子给她捅回去，道："还是五哥带了他来的！"

"啊呀！"张氏笑道，"生什么气？他们兄弟成日里不得闲，怕是月把才能来一次，也不能做什么，多半都是招待客人，谈生意而已。"

一阵优美的箜篌声自半空中传来，孙氏哼了一声，用马鞭指着斜倚在二楼窗口处弹奏胡箜篌的一个穿湖绿薄纱衣裙、褐色头发、神情忧郁的胡姬笑道:"五嫂,你看那是谁?玛雅儿,是吧?就是上次把五哥灌醉的那个?"

这下轮到张氏不高兴了,噘了嘴道:"瞧着也不怎么样嘛!弹得难听死了。"

牡丹笑眯眯地听着两个嫂嫂斗嘴,抬头眯眼往上看去,但见那玛雅儿肌肤雪白,红唇饱满,一身湖绿的衣裙衬着碧绿色的眼睛,一只雪白的纤足踏在窗边,纤细美丽的足腕上挂着一串精致的金铃,果然充满异国风情,美丽又动人,也难怪血气方刚的何五郎会被她硬生生地灌醉。

玛雅儿见牡丹看来,便停下弹奏,朝她嫣然一笑,招招手。牡丹报以微微一笑。

雨荷大惊小怪:"呀,她朝着丹娘笑呢。咦,丹娘,你咋也望着她笑?"

张氏和孙氏立刻停止斗嘴,齐刷刷看向玛雅儿,愤懑地道:"丹娘,这些胡姬可不是什么好人,干吗望着她笑?"

牡丹垂下眼不说话,打马前行。难不成人家望着她笑,她丑眉恶眼地瞪着人家?

那玛雅儿本是见着牡丹衣着华贵,明媚可爱,又那样好奇地看着自己,只当是大户人家的小娘子出来看稀奇,看热闹,故而干脆戏弄她一回。谁知牡丹竟回了自己一笑,笑容虽然羞涩,却无半点鄙薄之意,不由惊异地挑了挑眉,回头往里低笑道:"外面有个小美人,笑得忒好瞧。"

里面喝酒的两个年轻男子听说,俱都抬起头来,其中一个穿栗色缺胯袍的年轻男子更是当先冲到窗边,探头往外看去,但见三个衣着华贵的年轻女子骑着高头大马,被几个仆役婢女簇拥着,渐渐去了。忙一把扯住玛雅儿猴急道:"是谁?美人儿是谁?"

玛雅儿却又不说,美目流兮:"潘二郎,你一向不是自诩有一双火眼金睛,最识得美人么?你猜呗,若是猜着,今日的酒钱只算一半;若是猜不着,以后若要吃酒,便得只来我家。"

潘二郎笑道:"你家若是倒闭了,我不是就不能吃酒了?最多连着十次来你家。"

玛雅儿侧身弯腰:"郎君请。"

潘二郎胡乱指着牡丹的背影道:"定然是穿湖蓝衫子的那个!"不待玛雅儿确认,就将两根手指喂进嘴里,纵声打了个唿哨,大声喊道,"穿蓝衣服的小娘子,香囊掉了!"

牡丹等人俱都回头往声源瞧去。这一瞧,牡丹不由啼笑皆非,那在窗口处探出大半个身子,表情已然石化的男人,不是潘蓉又是谁。

雨荷啐了一口,假装不知是潘蓉,骂道:"什么不要脸的登徒子!眼睛瞎了还是疯了?我看是你自家的眼珠子掉下来了吧!"

张氏和孙氏抚掌大笑:"果然是眼珠子掉下来了!"何家的仆从婢女们纷纷大笑起来,齐齐示威一般甩了甩鞭子。

牡丹微微一笑,回转马头,继续往前走。

潘蓉呆鹅一般,怎么会是何牡丹?前日还委屈得要死,转眼间便打出夫家,闹着要和离,还这样自由自在,快快活活地上街游耍。哪有这种女子。不是没心没肺,就是彻底没把夫家和婚姻当回事。想到此,他不由同情地看向正沉着脸喝酒的刘畅。

玛雅儿笑道:"原来是郎君的熟人。"

刘畅也不在意:"是谁的家眷?看你那呆头鹅的样子。"

潘蓉让玛雅儿下去,笑嘻嘻坐到刘畅身边道:"你猜?"

刘畅不耐烦:"猜什么猜,没见我正烦着吗?你倒是答不答应?"

潘蓉撇嘴:"阿馨的性子你又不是不知道。说是看见我就烦,门都不许我进,哪会肯去帮你劝人!你莫急,过几天再说。"却又促狭地道,"你倒是说说看,要是弟妹果真回了家,你待要怎生待她?"

刘畅的眼神越发阴鸷,晃了晃杯子里的龙膏酒,冷笑道:"先把她接回来,慢慢再收拾她。我要叫她骨头渣子都不剩!我要叫她后悔死!"

· 062 ·

潘蓉狡猾地道："对于这种不听话的，肯定是要吃得骨头渣子都不剩的！我是打不过阿馨，不然我也要叫她好看。我问你，倘若此刻弟妹就在面前，你要如何？"

刘畅捏紧杯子，冷声道："哼，谁耐烦吃她？我掐死她！"

潘蓉晃着头道："如你所愿，刚才那个人就是她！果然笑得很好看，悠哉乐哉，乐哉悠哉，不知道的还以为是哪家未出阁的小娘子呢。若是喜欢，最好赶紧去求娶。"

"哐当"一声响，却是刘畅掀翻了桌面，提起袍子冲下楼去了。

潘蓉一歪下巴，命小厮去结账，自己也提着袍子追了出去。又有好戏看了！这可怪不得他，谁叫何牡丹不老实在家待着，非得跑出来晃呢！哎呀呀，不知道这回何牡丹会不会用鞭子抽刘畅。

放生池边的柳树荫下，整整齐齐排着大约四五十株盛放的牡丹和芍药，看的人多，谈价的也多，其中多数人衣着华贵，神态高傲，挑了又挑，却也有那穿得朴素的，在一旁看了热闹，围着那花打转，每见一笔交易成功，大笔的钱自买主手中转入卖主手中，便满脸羡慕之色。

牡丹马术不精，小心翼翼下了马后，将缰绳扔给雨荷，拉了张氏和孙氏围上去，但见品种远比她想象的更多，虽不见那姚黄、魏紫、豆绿、蓝田玉之类，却也有几株二乔、大胡红、赵粉等传统名贵品种，也还有些她叫不出名字的品种。

仔细观察后，牡丹心中便有了数。她算是明白为何她陪嫁的姚黄、魏紫以及那盆玉楼点翠会成为刘畅炫耀的对象，清华郡主为何想霸占，潘蓉为何讨好她，想高价购买了。

首先，从颜色来看，这些花多是单色，复色很少。其中粉色、红色占了绝大多数，黄色、紫红色、白色极少，蓝色及绿色则完全不见。且现有的这些色彩中，并无真正颜色极正的红色和黄色，红色偏红紫，黄色则偏白。想要一鸣惊人，就需要丰富花色。

其次，从花期来看，牡丹花期较短，又集中，过了这个季节便不能再观赏，那么多的花，在同期开放，买的人却只有那么几个，价钱和数量上不去，就只能眼睁睁看着它谢了。而平时呢，客人看不到花盛放时的模样，自然不可能高价购买，所以必须想法子延长花期。

再次，从花朵的形状上来看，此间摆放着的牡丹花品种中，重瓣不多，多数还是单瓣和半重瓣。顾客明显对半重瓣、重瓣类花型更为偏爱，尤其是那种花型端庄、大而丰满的最受青睐，价格也更高。可她认为，即便是单瓣品种，如果颜色罕有、花型端正、花瓣挺直、不下垂、不变形，也自有它的欣赏价值，遇到喜欢的人，还是能卖上高价。比如玉板白就是此类代表，可惜未及从刘畅那株玉板白上弄个接头来！

牡丹微微出了一口气，她完全有把握培育出来新的品种！她可以不依靠任何人，就凭自己的双手过上富足的生活！

张氏指着其中一株开得正好的大胡红笑道："丹娘！这株不错，买这个！"

花主是个穿麻衣的中年汉子，忙着起身招呼："诸位请看，不是我自夸，今日这些花中就数我这株最好！您看，一共八个花苞，现在开了六朵，同一株上，有三种花型！"

牡丹凑过去一看，这株大胡红的确不错，花瓣浅红色，瓣端粉色，花冠宽五寸，高二寸，雌蕊瓣化成嫩绿色的彩瓣。六朵花中囊括了皇冠型、荷花型、托桂型三种花型，在今日这些花中的确算是头一份，但迟迟不曾卖掉，想来价格一定不菲。便笑道："大哥这花打算要几何？"

那花主打量她几人一眼，故意摇摇头，叹道："小娘子若是随口一问便罢了，省得我开了口，又说坑骗人。"

孙氏见他瞧不起人，不服气地道："你且说来听听，是不是坑骗人，大家伙儿一听不就都知道了！"

花主伸出一根手指："十万钱！"

牡丹一愣，回头低声问道："六嫂，现在一斗米多少钱？"

孙氏先是在她耳边低声道："一百五十钱一斗，上好的一百八十钱到两百钱也是有的。"接着又大声同那卖花的汉子道，"你这花虽然出挑，却不值十万钱！"

众人纷纷围过来看热闹，内中一个穿玉色圆领袍子、钩鼻鹰目、三十来岁、又高又壮的络腮胡笑道："邹老七，早说了你这花不值这许多，六万钱卖了，我就买了。"

被称为邹老七的花主抱着手道："我偏要卖这许多！你们这几日来看花，可见着谁的比我的更好？"

众人只是笑："过几日就谢了。"

邹老七翻了个白眼："那就留着秋天卖接头！"

他的人缘大抵不太好，众人纷纷冲他一挥袖，道："既如此，你日日来这里作甚？这株花能有多少接头？大胡红虽然不错，哪里及得上姚黄魏紫，要几年才能卖上这价？小心跌价！"

牡丹也不管旁人喧嚣，只低头默算，按两百钱一斗米算，十万钱就是五百斗米，乖乖，够多少人吃一年了！原来当初潘蓉肯出一百万钱给她买那魏紫和玉楼点翠，果然是出了高价，难怪她拒绝时潘蓉气成那个样子，说她不知好歹。

她在这里低头算账，邹老七却把气出到她身上，不耐烦地道："兀那小娘子，到底买是不买？"

牡丹本就是了解行情，并没有真的打算买。她要买的是从山间野地挖的稀奇品种和原生品种，又或是生了异变的花朵，好方便拿来杂交育种。况且这邹老七的态度实在太糟糕，她正要摇头，先前不声不响的张氏竟突然开了口："七万钱！你卖我们就买了。"

牡丹忙阻止她："五嫂，别……"

"不就是一株花吗？嫂嫂买了送你！"张氏示意她别说话，认真谈价，"我爽利，你也爽利些！卖是不卖？"

邹老七有些犹豫，正要开口，先前那穿玉白衫子的络腮胡子突然道："七万五千钱，卖给我！"

邹老七喜得抓耳挠腮，拿眼看着张氏道："这位夫人，您看？"

被人抢着买东西，明显欺负她们是女人嘛！张氏和孙氏俱是大怒，狠狠瞪着那人异口同声地道："八万钱！"

孙氏极快速地低声对张氏道："咱们一人出一半！"虽然张氏和牡丹更亲一些，但自己也是牡丹的六嫂，哪能五嫂送了东西，六嫂却不送呢？又不是没钱。

张氏也没说好，也不说不好，只挑衅地看着那络腮胡。

络腮胡冷冷地道："八万五！"

孙氏还要开口，牡丹忙道："我们不要了。"这样哄抬，谁知是否做了局？恶性竞价下去，被套住咋办？及时抽身最好！

张氏和孙氏虽不以为然，但却尊重牡丹的意见。

邹老七遗憾得要命，望着那络腮胡道："再加点，就是你的了！"

络腮胡冷笑："人心不足蛇吞象！"

"十万钱，卖与我！"随着这声响亮的喊叫，刘畅大步流星走过来，先恶狠狠瞪了牡丹一眼，忍住想要掐死她的冲动，负手挺胸凶残地瞪着那络腮胡子，暗想道：死女人！以为搬走那几盆破花，刘府就从此没有花可赏了么？他才不稀罕！只要有钱，什么买不到。

邹老七大喜，和络腮胡子道："这位郎君出十万呢。"

本以为十拿九稳，谁知斜刺里杀出个猛张飞来，表情还这么凶！络腮胡子也不惧怕刘畅，恶狠狠地道："十一万！"

"十二万！"刘畅傲然对着邹老七道，"无论他出多少，我总比他价高！"

络腮胡子看出他是来找茬的，便不再与这纨绔子弟一般见识，只看着邹老七道："我听说你家院子靠近百济寺，你这些花都是寺僧送你的？"

邹老七一听，勃然变色："与你无关！"接着问牡丹："小娘子，你果真不要了？"

"不要。"牡丹看到刘畅就心慌，哪里敢和他抢着买东西，何况还这么贵。

邹老七便对刘畅道："这位郎君，是你的了！"

刘畅一指惜夏："等着，稍后跟去拿钱！"回头一瞧，牡丹早往另一边去了，完全视自己为无物，不由咬紧牙根，握紧拳头，这可恶的死女人！

牡丹本已被败了兴，是要走了的，但又见两个衣衫褴褛、穿麻鞋的少年抬了一株约有一人高的粉色单瓣紫斑牡丹，满脸期待地走过来。她只一看，就知道那株紫斑牡丹是野生的，就是她要的东西！当即改了主意迎上去，问道："你们这花也是要卖的么？"

刘畅一见，阴沉着脸也跟了上去。

那两个少年见牡丹上前问价，便都停下来，打头一个像哥哥的，略带羞涩地道："是要卖的。夫人要相看吗？"

"正是要看。"牡丹示意他们将那株紫斑牡丹搬到路旁柳树荫下放好。两个少年喜不自禁地依言做了。

周围的人便都笑牡丹与二人："这不过是野牡丹罢了，漫山遍野都是，花瓣少，颜色单调，好多人家园子里都有，有什么看头！药园子里更多，卖的人敢卖，买的人也真敢买！"

"都是痴的。"

有人大声叫道："小娘子，买我家的！比这个好多了，你看看这花，看看这叶，可都是精心侍弄出来的。"

两个少年闻言，羞得抬不起头来。都听人说，京城中人最爱牡丹，一丛深色牡丹，可以卖到十户中产之家纳的赋税之资。他们也知道野牡丹不稀罕，但这株牡丹不同，以往见到的这种牡丹大多为白色，这株却是粉色。所以才敢挖了赶路来卖，也不图它多少，能换点油盐也是好的。

被人笑话，牡丹却也不恼，淡定上前仔细观察面前的植株。才一靠近，牡丹花特有的芬芳就扑鼻而来。

紫斑牡丹，顾名思义，它最显著的特点就是所有花瓣的基部都有或大或小的墨紫或棕红、紫红色斑，称腹斑。花朵直立，香味浓郁，主枝粗壮，直径可达四寸余，株高达一丈，乃是牡丹花中的大个子，有墙里开花墙外红之说，种在园子里自有特殊风采，但牡丹最爱的还是它抗旱耐寒、病虫害少、花期晚的优点，是难得的杂交选育品种。

众人以为牡丹不识货，刘畅却知她爱花懂花。这株不起眼的牡丹花如此吸引她，必有道理在里面，因此收了要找麻烦的心思，静立一旁观看。

牡丹仔细检查了花的根部，确认可以栽活之后，便与那两个少年谈价："你们想要多少？"

年长的少年憨憨地道："俺听说牡丹花很贵，很值钱。"

就有人笑道："对！很贵，你这个少说也要值五六万钱！"众人一阵哄笑，邹老七和络腮胡却是若有所思。

两个少年又羞又恼，红着脸大声道："俺们不知价，夫人愿意给多少就是多少！反正俺们也是从山里挖来的，虽然走了老远的路，但力气出在自家身上！"

牡丹不欺负老实人，压低声音道："一万钱，可公道？"

本想着不过几百钱的生意，哪想竟然得了这个价……这兄弟二人愣了片刻，哥哥警惕地道：

"你怎么这般舍得？"

牡丹笑道："我有条件呀，以后你们若是再看到特别的，便挖来卖给我，绝不会亏待你们。"她没机会去深山老林，若能让这二人寻来野生异化品种育种，那是再好不过。

那真是再好也不过了！弟弟正要大声嚷嚷，牡丹又低声道："莫让旁人知道，不然他们都去挖了来卖，你们还卖什么？"

弟弟惊慌地看向众人，见众人都好奇地往这边看，有人还大声问他们到底卖了多少钱，不由越发觉得牡丹说得有理。当下收拾神色，接过定钱，喜滋滋抬了花跟去拿钱。

牡丹走了没两步，就被刘畅堵住："你到底给他们多少钱？这花有什么古怪？"

牡丹淡淡一笑，转身从另一个方向走。

不知为何，刘畅总觉得她是在嘲笑自己，心中一股邪火猛地往上蹿，当即上前拦住那兄弟二人道："一样都是买东西，价高者得。她多少钱，我比她高。"先不说这株野牡丹必有古怪，就凭他心里不爽快，也不让何牡丹顺心。

邹老七和络腮胡也来问那兄弟俩："卖了多少钱呀？看你们高兴的。"说着围上去仔细打量那花，各有思量。其他人见状，也都围了上去，七嘴八舌打听价格。

她若不问起这株花，这些人绝不会多看这花一眼，看到她买，就都稀罕起来，最最可恨的是刘畅……牡丹恼火起来，指着刘畅同那兄弟俩道："这位郎君很有钱，他出的价比我高，你们辛苦这一趟不容易，我不为难你们。想要卖给谁？"

刘畅尚未开口，那兄弟二人已然摇头道："凡事都有先来后到，已经收了定钱，怎好反悔哩！"对于其他人的问话，坚决不答。他们不蠢，自然要图长远，保住这生财的法子。

"既如此，就和我们一起去拿钱吧。"牡丹微微一笑，大多数人还是讲究信义二字的。

络腮胡目光闪烁，凑过去和她套近乎："小娘子，我看你不像是不懂花的，你买这株牡丹去做什么？"

牡丹对此人的印象奇差，敷衍道："各花入各眼。我喜欢它的香味，也喜欢它高大。"

刘畅见牡丹与这络腮胡答话，异常不喜，闪身到牡丹面前恶声恶气地道："你还要闹到什么时候？跟我回家！回家我就再不计较从前的事，饶你这一回。"

众人闻声，都觉得奇怪，既是一家人，为何又要竞价？

牡丹只当没听见，对张氏道："五嫂，我记得咱们家在这附近就有香料铺子的，是四哥管着吧？"

何家大郎暴躁，何四郎更暴躁，手下的伙计五大三粗，都不是好相处的。虽说和气生财，但何家的珠宝、香料生意需要经常出海贩货，遇到水盗便要操刀子拼命，所以养成了何家人不怕事的性格。反正何大郎已经打过刘畅，结下仇了，不差这一顿。

张氏道："我早就让人去喊四郎了，大约快来了吧。"

孙氏则笑道："刘奉议郎，事情已经到了这个地步，您又何必纠缠不休呢？一日夫妻百日恩，好说好散再好不过。郡主我们也见过的，真正和您相配！郎才女貌，家世相当，堪为良配！您就放过我们丹娘吧！"

多管闲事！刘畅凶恶地瞪了孙氏一眼，他岂能不明白何家人话里话外的威胁奚落之意。想到何大郎的拳头，他更是气愤，他不是打不过何大郎，只是不想动手而已。今日不叫何家人知道他的厉害，他就把"刘"字倒过来写！当下冷笑着去抓牡丹的手："你不就是仗着有几个蛮横不讲理的哥哥，家里有几个臭钱么！叫他来呀，正好让你们知道我刘畅不是风一吹就折了腰的！更不是那任人宰割的孬种！"

牡丹皱眉躲开，冷笑着低声道："你说对了，我就仗着有几个哥哥，家里有几个钱怎么了？！没偷没抢，难不成有钱要装穷，有哥哥要装孙子才叫好？倒是你这个孬种，有本事别把脾气发到我身上，是男人就别狗皮膏药似的纠缠不休，叫人鄙薄轻视。"

她虽不大声，却如钢针一般刺进刘畅的耳里。真是又痛又耻辱啊，他竟然落到这个地步了？刘畅只觉周围所有人都在鄙视他，不由血往上冲，扭曲了一张俊脸，牙齿咬得咯吱响，只管死死瞪着牡丹，本是想撂几句狠话把面子扳回来，出口却是："别以为我不知道你心里想着谁！"

牡丹一愣，知他大概疑上了李荇，便鄙薄一笑："别以为旁人都和你一样龌龊。"

龌龊？刘畅血红了眼睛，指着远处匆忙赶来的一群人，嘶哑着嗓子道："你怎么说？会有这般巧？"

牡丹回头一看，只见六七个裹着细布抹额、穿着粗布短衫、胳膊露在外面的壮汉簇拥着两个人快步奔来，其中一人穿灰色圆领缺胯袍、目露凶光，腆着个肚子，正是何四郎；另一人穿雪青色圆领箭袖衫子，行动之间，脑后两根幞头脚一翘一翘的，神色严肃，紧紧抿着唇，正是李荇。

不能拖累李荇。牡丹忍住火气，正色同刘畅说道："我来你家后只见过他两次。往我头上泼脏水，你面上也好看不到哪里去。我们本就不是同路人，为了一口气，值得一辈子互相耗着么？"

她对李荇的维护之意不言而喻。刘畅哪有心思细想牡丹的话，只恨恨瞪着李荇，新仇旧恨一齐涌上心头，杀机迸现，手缓缓握上腰间的佩剑，骨节发白。

好汉不吃眼前亏，刘畅这个表情似乎是要出大事了，一旁看热闹的潘蓉见势不好，忙冲上去抱住刘畅，不住口地劝道："子舒，你莫犯糊涂！不值得！是我不该多嘴。"

何四郎也看出情形不对，挥手让伙计将看热闹的人驱散，不许李荇上前。他自己双手叉在腰带上，挺着肚子慢慢踱过去，皱眉看向刘畅："奉议郎从哪里来？正好家父过几日要带我兄弟上门商议丹娘的事，既是今日碰上了，便去喝杯薄酒如何？我那里有上好的波斯美酒。"

刘畅被潘蓉死死抱住，苦劝一歇后，看到牡丹微蹙的双眉、明显不耐烦的表情，突然心头一冷，索然无味。不值得，自然不值得，可是叫他怎么甘心？将手慢慢松开剑柄，僵硬地挺起背脊，指着李荇大声喝道："李行之！清华前两日送到何家的帖子是不是你捣的鬼！若是男人，就说真话！"

此话一出，何家人都惊讶地看向李荇，李荇的眉头跳了跳，随即轻轻一笑，挺起胸膛坦然道："是我。丹娘没有任何过错，我不能眼睁睁看着她被你活活折磨死。是男人，敢做就要敢当！我敢，你敢么？"

何四郎等人若有所思，牡丹却忧虑起来。难怪刘畅如此痛恨李荇，原来中间还有这一节，她欠的人情大了。

李荇的话充满了挑衅，刘畅神色晦暗不明，从牙齿缝里嘶嘶挤出几个字来："你有种！"

潘蓉指着李荇喝道："行之，你过分了！这事又缺德又阴险，是你不地道！"

李荇一揖："潘世子，请你告诉我，要怎么做才不缺德？既合不来，便该另行婚配，各自成全才是，何必非要折磨死对方？难道是有父仇？"

"有父仇哪能做亲！你坏人姻缘实在要不得。"潘蓉拒绝回答李荇的问题，转而回头看向牡丹道："是我小看了你，你有出息！"又笑眯眯地向何四郎道："见者有份，波斯美酒我改日再来叨扰，你别不认账。"说完命人跟上，死死夹着刘畅去了。

牡丹默默无语，看人果然不能看表面，潘蓉嬉笑之间，便替他自己与何家日后交往留了余地。他改天涎着脸来寻，难不成还能把他赶出去？

至于李荇，更是个手段狠厉的。这里刚求上他，片刻工夫他就使出最直接有力的法子，这份心机远非常人能比。

却说邹老七忙着追去问道："还要不要我这花儿？"

谁还有心思买什么花。惜夏厌烦地挥着袖子赶他走："去去去！没事儿添什么乱！"

邹老七叫苦连天："哪有这种道理。不能坏了我的生意又不要啊！"

"领他去铺子里拿钱。"刘畅顿住脚步，回头淡淡看去，但见牡丹静静地立在那里，淡蓝色的牡丹卷草纹罗衣裙随着初夏的风轻轻拂动，人却是望着天边的，也不知在想些什么，看都没看他一眼。

刘畅狠狠回头，他绝不会便宜这对狗男女！

何四郎道："丹娘，先去铺子里歇歇，稍后一起家去？"

张氏也道："这会儿正热，我们去吃碗冷淘？"

"不了，得忙着把钱给人家，别耽搁人家赶路才是。"牡丹心情不好，可看到那兄弟二人直舔嘴唇的模样，便改了主意道，"也好，我今日烦劳了大家，没什么可谢的，就请大家吃碗冷淘。"

何四郎便道："我那边香料才下了一半，还要接着干活儿，你让店家送过来。"又特意安排了两个膀大腰圆的汉子送牡丹等人回家。

牡丹应了，牵马去了张氏强烈推荐的冷淘店。这店子也奇怪，不大的店面门口竟然拴着许多佩饰华丽的马匹。张氏笑道："他家的水花冷淘很有名，富贵人家来吃的极多。"

冷淘其实就是暑热天食用的凉汤面，这家冷淘店冬天卖热汤饼，夏天卖冷淘，口味也多，有从成都传来的槐叶冷淘，也有水花冷淘。当门放了面案炉灶等物，一个二十多岁、又黑又瘦的厨子立在案板前握着菜刀"嚯嚯"地切着面片，切出来的面片又薄又均匀。刀功之好不亚于当初蒋长扬的飞刀脍鱼。切好的面片自然有人将其放到冷水盆中浸泡片刻，再捞出猛火煮熟，冷后上盘加入肉汁汤、香菜上桌。

张氏笑指着泡面片的冷水盆给牡丹看，低声道："里面是酒。这就是他家特别的地方了。"

孙氏也补充道："还有就是他们家这师傅了。别家已经用上了刀机，他家还是他一个人切。"

正说着，那厨子抬起头来木木地扫了她们一眼，冷淡地道："今日被人包了店，客人明日请早。"

牡丹想到门口那许多佩饰华丽的马匹，知道所言不虚，便拉了张氏和孙氏回身要走。才刚转身，就见一匹紫骝马停在店口，一个灰袍男子利落地下了马，将缰绳扔给青衣童子，大步流星往里走。经过她身边时，顿住脚步"咦"了一声，扫一眼那株紫斑牡丹，笑道："夫人来买花？"

牡丹没想到蒋长扬会主动向她打招呼。他的打扮照旧朴实无华，那把横刀仍旧挂在腰间，唯有表情生动了许多。笑容里透着羞涩，原本过分冷硬的脸部线条柔和许多，很容易就拉近了距离。

大约是个不太擅长与女人打交道的人。牡丹正儿八经同他行了礼，笑道："正是。"

蒋长扬往张氏等人身上一扫，便明白她们是来吃冷淘的，便道："你们稍候。"言罢往里去了。

张氏好奇道："你认得他？"

牡丹道："前几日在刘家见过，说过两句话。"

孙氏异想天开："必是去和包店之人商议，好教咱们也吃上冷淘的。"

张氏笑她："就光记着吃。"

话音未落，就见蒋长扬和个身材矮壮、穿胡服着六合靴、佩金银装饰蹀躞带的络腮胡子出来。那络腮胡子指着牡丹等人大声吩咐店家："安置好这些客人，都记在我名下。"

牡丹见这人眉目之间自有一种沉凝之感，不怒而威，又观其蹀躞带，知道不是普通人，便暗想道，人家包店，自是有其不便之处。蒋长扬此举固然是他有礼周到，自己却不能给人添了麻烦。当下郑重行礼道谢，彬彬有礼地拒绝。

那络腮胡子也不多话，微微一笑便往里去了。蒋长扬笑道："您太客气了。不过一碗冷淘而已，若觉着不便，可以自己付钱。他家最有名的是水花冷淘。"

不过点头之交，也不知他为何殷勤至此。牡丹疑虑地看向蒋长扬，不期然地，从他眼里看到了一丝怜悯和可惜。她恍然大悟，原来人家以为她可怜得很，难得出门一趟，今日没吃成这有名的水花冷淘，以后就不知何年何月才能吃上了。当下微微一笑："没事儿，我明日又来。"

蒋长扬颇为意外。又见牡丹笑容灿烂，雨荷也正满面笑容地和身边一个侍女说话，孙氏、张氏待牡丹亲热体贴，情势与当日完全不同，猜着是发生了其他变故，便不再勉强，抱拳道："既如此，请自便。"

牡丹上马前行十余丈，才想起忘了问蒋长扬住在什么地方，她答应要送他牡丹花的。但此刻再折回去问，却是有些不妥。也罢，只要他人还在这京城中，总有机会再遇到。

回到家中，牡丹厚赏了四郎手下的伙计，打发他们另行买了吃的犒劳其他人，又让林妈妈拿出十缗钱交给那兄弟二人。

那兄弟二人拿钱到手，高兴得像什么似的，哥哥笑道："俺叫章大郎，他是俺弟弟章二郎。下次再碰到这种花，夫人还要么？"

牡丹笑道："寻常的不要，必须与众不同，比如说生在野地里，花瓣更多，味道香浓，颜色不一样，拿来我便要。总之越稀罕越好。"

章二郎嚷嚷道："俺想起来了，后半山往生崖下有棵牡丹有些古怪。"

牡丹道："怎样一个古怪法？"

章二郎比画着："俺记得小时候就看到它了，一直长不高长不大，到现在也才一尺半高。"

"是开花之时有一尺半高还是其他时候也有一尺半高？花大朵么？开得可多？什么颜色？"牡丹隐隐觉得自己大抵是遇到了一株微型品种。

牡丹花在民间有"长一尺缩八寸"之说，实际上并非如此。植株春季萌发，一个混合芽抽生的初步是茎的延长，然后生叶，顶端形成花蕾，花蕾下有一段很长的花梗，花后残花与花梗相连干枯而死。原来抽生的茎，只有基部三分之一或者二分之一连续形成次年开花的混合芽或者叶芽，并逐渐木质化。所以在春季开花前后，由于花梗延长，植株显现增高，花后花梗萎蔫脱落，好像植株又变短了。

株型高大挺拔、花朵丰满、开花繁茂是京中人士对牡丹观赏的基本要求。但是株型小巧低矮，年生长量小，根系细、短而多的品种更适合做盆栽乃至盆景，用于室内装饰布置会取得意想不到的效果，这也是牡丹今后育种的方向之一。

假设这株野牡丹真如章二郎说的一般，开花之时也只有一尺五寸高，便是将来培育微型牡丹的好材料。王公贵族之家，案头几上若是放上那么一盆牡丹与其他花石组合而成、寓意吉祥的盆景，可以想象得到会是怎样的效果。

章二郎想了很久方傻傻地道："花是白色的，不是很大朵，还多吧？俺没注意到底是啥时候有多高，只知道它矮小就是了。难不成还不一样？"

牡丹道："先去挖来给我。千万小心不要伤了须根。倘若果真如你所言，还是一万钱，即便不是，也不叫你白辛苦。"

章家兄弟再三保证最多三天后就挖了送来，又记了一遍何宅的具体位置，欢欢喜喜地去了。

牡丹走入后院，远远就听到众人欢快大笑的声音和甩甩谄媚无比的声音："好阿娘呀！"

林妈妈解释给她听："当初它最爱学你这一句，去刘家三年已经忘了的，今早起来听到众人和夫人请安问好，孩子们叫娘撒娇，就又想起来了。夫人倒被它弄得伤了心，过后又拿南瓜子赏它。"

牡丹听得好笑："这臭鸟见风使舵倒是挺快的，这么快就抱上了我娘的大腿。"

雨荷笑道："不是夸口，奴婢见过的鹦哥中，这鸟的聪明当属头一份。那日还多亏了它，奴婢不过教了几回，竟就记住了。"

牡丹沉吟道："都注意些，要紧话别当着它说。"

雨荷小心应下。家里人多口杂，若不小心说了不该的话，又叫甩甩传出去，便是给牡丹增加烦恼，给岑夫人惹麻烦。

岑夫人歪在榻上歇凉，何家的女人和小孩子们围坐一旁，喝茶说闲话，听孩子们背书，其乐融融。见牡丹进去，尽都笑眯眯地给她挪地方。

岑夫人已经知道今天的事，握了牡丹的手道："幸亏今日你们带的人多。"

牡丹笑道："若是人少，我也不敢随便出门。"

岑夫人点点头："你李家表哥做的那事儿是真的？"

牡丹犹豫片刻，道："似乎是真的。刘畅问他，他承认了。得罪了那二人，他以后怕是不好过了。"

刘畅多半是找清华郡主问过，那边不认账才会怀疑李苻。其实以清华郡主的性情来看，做这种事是迟早的。李苻不认，刘畅未必就能断定是他，这一认下，倒是把刘家和清华郡主都得罪狠了。

"这孩子呀……你欠他的人情大了。"岑夫人叹了口气，见牡丹心情沉重，便不再多语，只催，"不是买了花么？赶紧去栽呀！"

"我们去给姑姑帮忙！"孩子们嚷嚷着跟了牡丹一起往后院去，张氏方道："娘，我看刘畅是动了真怒，把所有气都撒到行之身上去了，只怕后面会更加刁难。"她和孙氏都是女人，自然明白刘畅和牡丹说的那几句话是什么意思。只是作为儿媳，不好和婆婆直说小姑的私情，只能隐晦地提一提。

岑夫人沉着脸道："该怎么来往还怎么来往，身正不怕影子斜。"

张氏和孙氏对视一眼，齐齐应了一声是。

牡丹带着一群尾巴入了后院，在远离其他牡丹花的后院角落里找到一个地势高燥、宽敞通风、又能遮阴，土层深厚、疏松、肥沃的地方准备做这株紫斑牡丹的新家。

孩子们七嘴八舌地问："姑姑改天还要上街么？可不可以带我们去？""姑姑，你教我种花。""姑姑，你今天买的这个花没其他好看，只是要香些。你就是喜欢它香才买的吗？""姑姑，你们去吃冷淘了？为什么不给我们带？"

牡丹笑着回答问题，剪除紫斑牡丹裂开、折而未掉的伤根，又将过密枝、弱枝从基部夹掉，其他枝条按照整形要求，留下外芽，分别剪去二分之一到四分之一，使枝量少于根量方才罢了手，吩咐婆子挖坑。

再按着古法，用白蔹末和细土混在一处防虫，在坑底放了碾碎的豆饼做基肥，方将紫斑牡丹按着原来枝条的阴阳面栽了下去。因为牡丹栽深易烂根，只将泥土掩埋到原来的种植线上，动手打理好根部，踩实泥土，用木桩子固定好。

牡丹正要叫人取缸子里晒过的井水来浇花，方发现身后围了一大群看热闹的人，个个表情都稀罕得很。

扬州美人杨氏穿着宝蓝印花绢裙，描着斜月眉，点着石榴娇唇妆，白如凝脂的圆脸上堆满了甜腻的笑容，扇着美人团扇道："哎呀呀，丹娘这是大出息了，亲自动上手了呢，看看这花种得比咱家老张头还要像样。"

老张头是何家专门侍弄花木的花匠。岑夫人不高兴这形容，有大出息了还和花匠比？当下便道："养花怡情，她从前就爱侍弄这个，那时身子不好，只能指着别人做。现在有精神了，自然要亲自动手。"

众人见岑夫人这毫不掩饰的偏爱，俱微微一笑。杨氏也不生气，只是笑："主母说得是，丹娘这次回来，精气神很好，所有病气一扫而光，这是苦尽甘来要享福啦！"

这话岑夫人爱听，笑道："你这话说对了。"

牡丹只是笑，亲手给花浇透灌足了水，方去洗手，见吴氏亲自递了巾子给她擦手，不由唬了一跳："姨娘怎地这般客气？"

"不过顺手而已。"吴氏温和地笑着，亲热地拉了牡丹的手替她擦干。杨氏在旁看着，古怪而笑。

见自家男人的亲娘如此着意讨好牡丹，甄氏脸上闪过一丝不悦，把脸侧开和张氏说话。

牡丹将众人的脸色尽都看在眼里，却不能拒绝吴氏的好意殷勤，无奈接了，认真道谢。

吴氏虽然是妾，在何家的地位却不一样。她得到何大郎几弟兄真正的尊重，尤其何四郎待她更是不同。

吴氏并不美貌，只因她深得岑夫人信任倚重，年纪大了才做了何志忠的妾，生了何三郎。多年来，无论何志忠外出跑货还是在家中，她都一直跟在岑夫人身边端水持巾，帮着料理家务，恭顺温和。

但真正让她得到岑夫人与何志忠看重，何大郎等人尊敬的原因却不是这个。牡丹头上还有一个夭折的姐姐，正是吴氏生的，只比何三郎小一岁。

那时何家远没有现在兴旺，也没这么多下人。何四郎出生时，岑夫人难产，何志忠不在家，吴氏只顾着照管岑夫人，忙了个昏天黑地。待到岑夫人脱离危险，母子平安后，人们才发现何大姐不见了，再找，才在井里发现了。

从那以后，岑夫人和何志忠对吴氏就有一种亏欠感，凡事总会替她与何三郎多考虑几分，何四郎更是记着她的情分，要求李氏一定要尊重吴氏。李氏果然做到了，却也因此和吴氏的亲儿媳甄氏结了怨。

牡丹对吴氏和杨氏一直就是敬而远之，不是吴氏不好，而是一直都太好了，待正室所出的子女甚至超过了何三郎和甄氏。她想不通，是什么原因会让一个人做到这个地步。

岑夫人将众人的不自在尽数看在眼里，笑道："阿吴，你别管她，让她多动动，对身子有好处。"

牡丹趁机从吴氏手中挣脱出来，带了几分娇嗔笑道："人家都是大人了呢，姨娘这样，孩子们都要笑话我了。"

吴氏微微一笑，径自退到岑夫人身后去。杨氏瞟着她道："姐姐还当丹娘是小孩子呢。我十六就生了六郎，丹娘很快就满十八啦！"

吴氏只笑不语。

岑夫人的脸色却难看起来。

甄氏心中越发有气，觉着牡丹摆谱，又怪吴氏总是凡事矮人三分，在岑夫人面前小心翼翼也就罢了，在所有人面前都这样，何三郎也是成日跟在何大郎、何二郎身后讨好卖乖，生生叫自己在几个妯娌中低人一等。当即牵了独子何洌往前头去："你的书背完了？还不赶紧去？！"又喝问两个女儿，"你们的字都写好了？就只顾着玩！待你们爹回来，看我不叫他收拾你们！"唬得蕙娘和芸娘慌慌张张赶去追她。

杨氏笑道："看看三郎媳妇这脾气，说风是风，说雨是雨的。"

薛氏来喊众人，说是何志忠父子回家来了，于是女人孩子们俱往前面去，吴氏瞅了空到牡丹跟前悄声道："你三嫂是生我的气呢。你别和她计较。"

牡丹笑道："不会。"大家庭就是这样，谁突然生气了，又突然高兴了，都很正常，她有准备。

· 071 ·

当夜李荇又跟了何志忠父子回来，谈笑自若，坦坦荡荡，也没觉得他骗了何家人有什么难为情的，仿佛就是天经地义一般。何志忠也没什么特别的表现，饭后反而留李荇在书房里商量了许久，出来后宣布，说是中人已经找好，让大郎和二郎第二日同他一道去刘家，先礼后兵。

戚夫人最近心情很不好。那何家的病秧子在她眼皮子底下整整三年，藏得是真深，真真翻脸无情，弄得她又恨又恼又羞又疼，还很后悔。

怕何家利用那件事情威胁自家，还怕清华郡主乘虚而入，所以她完全赞同刘承彩的"拖"字诀。本以为可以得计，不想何牡丹走后第二天，清华郡主就闻风而来，与刘畅几句话不合便大吵一架，差点把屋子掀了。她上前去劝，反被清华郡主一巴掌推出老远，闪了她的老腰不说还没劝住。清华郡主撂下几句狠话便怒气冲冲地走了，留下她眼皮子跳个不停，成日坐立不安，就怕出大事。

刘畅甩甩袖子也走了，傍晚时分方带了一身酒气回家，弄得一屋子姬妾鬼哭狼嚎的。她看着不像话，把惜夏叫了去问，才知道刘畅险些与人动了刀剑……都是为了那不知廉耻的何牡丹！

好容易等到刘承彩归家，戚夫人忙扑上去抓住他的袖子："老爷！还让不让人活了？何牡丹把我们家搅得天翻地覆的，我不管，你赶紧把这事儿弄明白了！"

刘承彩热得要命，中午时分的堂饭光顾着应付政事也没吃饱，饿得前胸贴后背的，对已经不娇的老妻撒泼就有些嫌烦，碍于雌威不敢发作，只得耐着性子道："热死了！好歹让我先将官服换下，厨下有什么吃的弄些来！"

戚夫人见他果然热得满头大汗，难得贤惠地问他："有刚煎好的蒙顶石花茶汤，你要么？"

"怎么不要！给我倒一大瓯来！"刘承彩换了轻松凉爽的纱袍，惬意地往躺椅上一倒，翘起脚来叫念娇儿脱靴。不想他热得脚胀了，平时又不喜穿大靴，就很难脱。念娇儿急得出了一身香汗，怕弄疼了他，又怕在他面前待久了引起戚夫人疑心，越急越难脱。

刘承彩正想骂人，挣起就看到念娇儿脸颊上那层犹如清晨花瓣上露珠的细汗，还有红润饱满的嘴唇和雪白的脖颈，碧绿的抹胸……于是犹如三伏天里被一阵凉风吹过，全身的燥意都消失无踪。便故意勾着脚脖子，叫念娇儿脱不掉。

念娇儿心中有数，唬得魂飞天外，情不自禁颤声喊道："夫人……"

刘承彩大为败兴，抬起脚来冲着她当胸一脚，骂道："你个吃闲饭的蠢东西！脱个靴子都脱不好！伺候你们夫人倒上心，我就不是你的主么！"

念娇儿被踹倒在地，爬起来只管含泪磕头，不敢发声。得罪老爷只是吃气，得罪夫人却是要丢命。

戚夫人端茶过来，见状冷笑一声，将茶瓯往刘承彩身边的几子上使劲一搁，滚烫的茶汤溅出烫得刘承彩纵身跃起，嚎叫不止。她也不管，冷着脸赶走念娇儿，一口啐在刘承彩脸上，咬着牙恨道："不要脸的老东西！惹了祸事倒叫妻儿替你承头，日子刚好过些，就又起了腌臜心思！祸事转眼就到头上了，迟早叫你刘家香火无存！"

刘承彩心头的鬼火直往上拱，咬着牙缩着肚子好容易才把火气咽下去，忍气吞声地将袖子擦了脸上的唾沫，跺脚道："又怎么了？"

戚夫人出够了气，方将今日之事说了一遍，道："你再不想个好法子来，不是那病秧子引得你儿子杀了人，就是那淫妇灭了你刘家的香火！"

刘承彩心中早有计较，偏故意让她急："事已至此，你待要如何？"何家吃了秤砣铁了心，难不成他能上门去把那病秧子抢回来不成？只要何家肯把那东西拿出来，又不要他还钱，便是大善，日后他就不信何家敢和他这三品大员对着干！至于郡主，比有些真正的公主还要更受宠些，真嫁给刘畅也好，又不是不能生，怎会断了香火？"

戚夫人冲上去揪他的耳朵："你是男人么？我嫁你做甚的？我待要如何？好，好，你问得好，咱们这便当着儿子说个清楚……"

刘承彩吃痛，又见帘外似有人影闪过，不由大为恼恨，扎住戚夫人的手使劲摔下，恨道："妇人之见，何至于此！何家区区一个商户，就算有几个钱，识得几个权贵，又算什么！怎比得我三代簪缨之家？他若是乖乖伏小认输，我便罢了；若是要和我对着干……我必叫他好看！你少一天淫妇淫妇地挂在嘴上，当心祸从口出！她真想进这个门，是你我挡得住的？你无非就是怕她身份高，失了你婆婆的威风罢了！"

戚夫人被他说得脸一阵红一阵白的，却不甘心就此认输，待要将从前的事扯出来说，刘承彩已经抛下她自出去了。念娇儿上来伺候，她怎么看都不顺眼，盘算着是不是打发出去。

正自盘算间，外面来报："舅夫人来了。"却是她的娘家弟媳裴夫人来访。戚夫人烦得要死，却又不能不见。

裴夫人不过三十六七岁，发上插着金镶玉蜻蜓结条钗，系着五彩印花的八幅罗裙，披着天青色的烫金披帛，踏着一双金丝百合履，满面春风地走进来，笑道："阿姐，我前两日就要来的，偏事儿多。今日好容易有了空，赶紧跑了来。"

因见戚夫人懒懒的，明显是不高兴，倒不忙说自己的事，关心地道："可是天儿太热了，身上不舒爽？您别太操心了，儿子儿媳妇别太惯着。"

一提这个，戚夫人的鼻孔就差点往外喷火，冷哼道："别说那个，说起就来气！"

裴夫人惊讶地道："怎么啦？谁惹您不高兴了？快说给我听，我去帮您出气！"何家从刘家搬东西那么大的动静，早就从坊间传到官署里去了，她其实是知道的。只是她今日的目的，就得装作不知道引出戚夫人的话来才好。

戚夫人说起当日的情形犹自气得发抖："那何家当真是粗鄙之人，一家子都目中无人，全无半点教养……"

裴夫人听她说完，方道："我听二娘说，子舒和人动了手，就是演了舞马的，似乎也是何家什么人？"

戚夫人恨道："可不是！是那病秧子短命鬼的远房表哥，就是宁王府长史家那个不做官偏跑去做买卖的崽子李行之！生得没有头脑，被病秧子挑唆两句就动了手！今日又险些动了刀剑，老天要保佑，叫他一个个莫落到我手里！"

裴夫人陪着她说了一歇狠话，方佯作不在意地道："我听大郎说，端午节，皇后娘娘寿诞之日，宁王府要敬献两匹舞马给娘娘贺寿，届时会在勤政楼前献舞。不知你和姐夫可听说这事儿了？"

戚夫人不由一滞，皇后育有两个皇子，长子封了太子，才薨了不过两年多。皇后娘娘伤心得很，圣上为了让她排解忧思，这才趁着这个机会特意下旨命百地献艺。先太子薨了两年多，贤明有才的成年皇子一大串，却仍未另立太子，可见是圣眷深厚，而这宁王，不巧正是皇后的幼子。

想到此，她狠狠拍了一下桌子，骂道："难怪李行之有恃无恐，何家如此目中无人！原来是有了好靠山！"

裴夫人垂头不语，李家做宁王府长史，也不是一天两天的事，大姑姐怎么才回过味来？莫非福享多了，人变傻了？

戚夫人却又笑了起来："我才不怕他！"

第七章　阴谋

裴夫人见戚夫人胸有成竹，想到来时自家夫君的叮咛，便笑道："您当然不用怕他，想他李家，从前不过商贾出身，到了李元这一辈方才侥幸做了官，熬到如今，也不过一个从四品亲王府长史罢了。"

她这话要反着听。亲王府长史，虽然只是总管王府府内事务，比不得刘承彩三品尚书威风八面。可那是宁王身边至信之人，宁王没机会上位倒也罢了，偏这宁王身份非同一般，自来多有圣眷，出身低微的李元能钻营到这样一个官职，能小觑他吗？不能。

偏戚夫人只是微微一笑："你可知为何五姓女那么难求？朝廷为何专门下了诏令不许五姓子孙自行婚配么？"

裴夫人道："自然是知道的。"

本朝有自前朝年间就形成的五姓七家，乃是一流的高门大族，分别为清河吴氏、范阳白氏、荥阳王氏、太原秦氏、陇西萧氏、博陵吴氏、赵郡萧氏。他们通过与皇室和自身之间相互联姻，抱团结伙，权势地位极高。到了本朝，五姓在朝堂上的势力虽大不如前，在世间却仍有极高影响力，官员权贵，乃至皇室，无一不以与五姓结亲为荣——譬如皇后出自荥阳王氏，宁王妃出自太原秦氏，楚州侯世子潘蓉之妻出自范阳白氏，其他更是不一而足。

对于男人来说，娶五姓女的荣耀甚至超过迎娶尚公主。偏这五姓之人还要自抬身价，轻易不肯与其他人结亲，越发显得奇货可居。为此朝廷特意下诏不许他们自行婚配，这才让新兴权贵如愿以偿娶上五姓女。

戚夫人冷笑："既然知道，便该明白，似我等这种人家，虽比不过五姓七家显赫，却也不是那商户出身的能比的，何况你姐夫是国之栋梁。就算将来那位尊贵了，还能为了这种小事情找我们的麻烦？且又不是李家的至亲，不过八竿子打不着的远亲罢了。他若是这种小事都要管，只怕忙不过来。"她嘴里说得硬，心里却暗想，是得悄悄叮嘱刘畅，莫要与李芥再结仇。

"倘若李家铁了心要为何家出头呢？"这个道理裴夫人怎会不明白，但她更明白一个道理，诸人为何千方百计要与五姓结亲？趋利之心，人皆有之，图的不过是声名和更大的权势利益。如同刘家娶牡丹一样，图的就是保住自家的荣华富贵！她完全赞同自家夫君的话，能与五姓结亲的毕竟是极少数，不如找个实在的才是真。这李家，将来富贵少不了！

戚夫人被她问住，半晌才不高兴地道："他不讲道理，插手我们家的私事，我家也没必要和他客气！"

裴夫人心里一沉："那子舒这事你们是怎么考虑的？清华郡主不是个好惹的……"

戚夫人听她提起清华郡主，立时噌地站起来，怒气冲冲地道："我平生最恨就是有人压着我，强迫我做不喜欢的事儿！总有法子的！"

裴夫人见她发怒，立时改了来意，这么大的脾气，还是让自家夫君自己来说吧。于是顾左右而言他："怎不见姐夫和子舒？"

戚夫人哼哼道："子舒喝醉了，他爹看他去了。你有事找他们？"

裴夫人摇头笑道："我要有事，还不直接和您说呀。"

戚夫人瞪眼道："莫哄我，我还不知道你？！这个时候上门到底有什么事？赶紧说！"

裴夫人只是推托："不就是跟你说舞马和李家的事儿？"

戚夫人冷笑一声，道："你对李家这么上心，莫不是看上那小子了？我告诉你，那小子靠不上。"

"阿姐您多虑啦。"裴夫人面色如常，坚决不认。

却说刘承彩进了刘畅的院子，见儿子躺在窗下的软榻上酣睡正甜，身边围着一群衣着光鲜、貌比娇花、殷勤得不得了的姬妾。碧梧、玉儿、纤素，甚至大着肚子的雨桐都在，两人执扇，给他送去幽幽凉风，一人给他捶腿，一人则拿了帕子给他拭汗，好不快活！

想到自己刚才的窘样，刘承彩忍不住羡慕嫉妒恨了！当下将一群女人轰出去，端一盆水兜头浇在刘畅身上。

刘畅正在做美梦。梦里他将李荇打得落花流水，把何牡丹折磨得连连哀告讨饶，他却是不饶她。正在高兴处，忽然被清华郡主一脚踹进湖里，透心的凉，气也喘不过来。他惊慌失措地翻身坐起，方才发现自己头上、脸上、身上都在滴水，不由大怒，正要骂是哪个不长眼的东西将他弄成这样子，便见刘承彩放大的脸骤然出现在面前。

他淡淡地扫了刘承彩一眼，往下一躺，瞪眼看着头顶的雕花横梁和在空中乱转的银香球，哑着嗓子道："又要做什么？"

刘承彩看到他这副要死不活的样子就来气，抬腿狠狠踹了一脚，骂道："做这副样子给谁看？还不是自家作出来的！"

刘畅冷笑一声，并不答话。

刘承彩知道他的脾气，越逼越上火，也就不再打骂，自寻了个干净的地方坐下，道："你母亲说你今日要和人家动刀子拼命，你倒是真出息了啊！招惹上一个郡主还不算，又要去惹宁王府？"

刘畅哼道："她自己愿意寻不自在，怨得我么？宁王府？李家父子也就和宁王府的一条狗差不多，何惧之有？"虚与委蛇、面面俱到什么的，他都知道，只是，夺妻之恨，不共戴天！

刘承彩默了默，突然哈哈一笑："你呀！是仗着郡主舍不得把你怎样吧！"从前清华郡主一心想嫁刘畅，却没能嫁成，嫁了人之后也是一直念念不忘，还很讨厌她那死去丈夫的软脾气，看来就是专爱刘畅这个调调。想到此，他的心情又好了几分。

刘畅不承认也不否认。

刘承彩起身背手在屋子里踱了几步，沉声道："她此时和你情浓，自然舍不得把你怎样，但到底，她和我们不是一样的人，真叫她寒了心、恨上了你，你是要吃亏的！这件事你不要管了，由我来处理。从明日起，你再不许出去晃悠，老老实实待在家里，把学问捡起来，过些日子再给你谋个职事，你也该上进了，成日这样厮混着不是事。"

刘畅一怔，随即狰狞了面孔："你休想！"翻身下榻，转头就要往外走。老东西，之前卖了他一次，这次又要卖他了么？

刘承彩冷冷一笑，喝道："来人！好好伺候公子，没我的话，不许出门。"言罢一甩袖子走了。他身后几个家丁彬彬有礼地将刘畅拦在了院里。

第二日，恰逢休沐，刘承彩和戚夫人吃过早饭，就听人说戚长林来了。刘承彩见天色尚早，便自言自语般道："这样从早到晚，一趟赶一趟的，是要做什么？"

仿佛是嫌自己娘家人太过讨厌似的……戚夫人大怒，将镏金银把杯子狠狠搁在桌上，冷冷地道："你要不想见，可以不见！"

刘承彩撇撇嘴，也不理她，自去见客，寒暄过后，戚长林方道明来意，原来他就是何家请的中人。

刘承彩先饮了一大瓯蒙顶石花茶汤，方慢吞吞地道："这么说，是宁王的意思咯？我记得他不是个爱管闲事的，怎么管起这种小事儿来了？是李元求他的？"

戚长林对着这个姐夫，却是没裴夫人对着戚夫人那般小心，只笑道："谁知道呢？反正儿子和老子谁说的都一样，不都是一家人么？"

刘承彩哂道："这两匹舞马好大的面子！"虽然宁王只是略略提了一提，并未要求一定要怎样，但那意思都应该明白，况且是让内弟来劝自己，也算是考虑得比较周到了。清华郡主那里迟早都要发作，不如现在就承了宁王的情。当下回转脸来笑道："我知道了，但也要何家拿出诚意来才行。"

戚长林笑道："那是自然。总拖着不是事，耽搁外甥的前程，待我着人去和他们说，立时就过来。"

刘承彩微微颔首，用教训的口吻道："我听说你最近和宁王府走得极近，是不是？"

戚长林不承认："不过恰好有些公务上的事罢了。"

刘承彩按住他的肩头，意味深长地说："现在情势还不明朗，不要操之过急。"

戚长林点点头。但不要对着干，也是应该的吧？

未正时分，何家父子三人一道进了刘家大门。

沟通并不顺利。

刘承彩开口就道："子舒说了，丹娘三年无出，妒忌，不事姑舅，搬弄口舌是非，撺掇李荇当众打了他。论理该出。"

被休与和离是两个完全不同的概念。此话一出，别说何家父子脸色难看，就是戚长林也大吃一惊。不是都说好了么？怎地这般不客气？何家人脾气暴躁，若是闹将起来，这事儿又办不成了。那时刘承彩倒是往何家人身上一推就干净了，自己却要被看成办事不力。宁王难得开口找人办事，好好的机会就这么搅和了……戚长林沉着脸，拿眼睃着刘承彩，只是使眼色。

刘承彩无动于衷，只管沉脸冷对何家父子，坐得四平八稳的，摆起了官威。

"好不要脸！拼着我这条命不要，义绝！"何大郎气得七窍生烟，立时就将茶瓯砸了个粉碎，跳将起来就要发作。

眼见何大郎的手指抠到了自家脸上，蒲扇似的铁掌就要抓住自己的衣领，刘承彩眼皮子直抽搐，一颗心乱跳个不停，强自稳住心神，保持冷静，把眼睛瞪得大大的，一动不动地死熬。

一来就给下马威，无非想把过错推到牡丹身上，将那一大笔钱赖掉而已。何志忠早有准备，与何二郎一起按住何大郎，使个眼色，何二郎淡淡地道："刘尚书是官，自然比咱们平头百姓更知道七出三不出是怎么回事。律法里说，妻年五十以上无子者，听立庶以长，丹娘还没满十八岁。丹娘新婚不满一月，我那好妹夫就有了两位姨娘，不过半年，庶长子就出世，前些日子更是歌姬什么的都抬回家，把丹娘的陪嫁都弄去了。若是丹娘妒忌，不知那两个孩子怎么生出来的？还有一个快生的孩子又是从何得来？"

何志忠佯骂："二郎你个不懂事的小崽子，你如何会有尚书大人懂？其他事情就别说了，不过浪费口舌。尚书大人说是怎样便怎样，反正闹到这个地步万难回头，杀人暂且不忙，休书写来，咱们去京兆府一听分辩就是了。纵然万般理由皆可由人捏造，但我家丹娘自来乖巧懂事，想来也无明过可书，咱们不怕。"

从前吏部尚书萧圆肃捏造事实休妻，不就是遇上个不怕事的岳家，和他打了一场官司，硬生生叫他赔钱又被皇帝责罚么？何志忠这是明明白白地威胁刘承彩。万事就怕认真，休书不是随便写的，七出也不能随意捏造。要休妻，就得有明明白白的过错，何家拿着刘家的把柄，闹到公堂上，谁家更吃亏一目了然。兴许刘家将来可以报复，但若此时不让手，先就要吃个大亏。

戚长林虽然暗怪刘承彩多事讨打，却不得不起身周旋："别急，别急，我姐夫不是还没把话说完么？这样喊打喊杀的伤了和气，对谁也没好处，姐夫，是吧？"

刘承彩惊魂甫定，暗想这何家果然粗蛮，一言不合就喊打喊杀的，果然做不得长久亲戚。但他也知道，亡命之徒其实真正招惹不得，便慢吞吞地喝了口茶，维持住三品大员的风度后，再将茶瓯往桌上一扔,道:"就是,亲家急什么?我刚才说的是子舒的意思。你们也晓得,那孩子心气高,受不得气。他和我说了,虽然丹娘做了这些事情,但他一点都不怪她,他不肯休妻的。过些日子还要去接丹娘回家,好好过日子呢。"

戚长林暗里翻了个白眼,他早知这大姐夫是个翻脸更比翻书快、脸皮比十二个城墙拐角再加碓窝底还要厚的,却是从没亲眼见过,今日总算见识到了,简直就是不要脸。这般拿捏人家,无非想要多争些钱财罢了。

刘承彩却半点脸红的意思都没有,坦然自若地与何志忠道:"当然!丹娘不愿也不能勉强。你我都是做父亲的人,无论如何总是为了儿女好。我的意思和你一样,既然感情不和,就不要再拴在一处了,他们打打闹闹,搏的却是我们这些老不死的性命。是吧?"

何志忠恨死了这不要脸的东西,只当他满嘴爬蛆,面上却是不急不躁,淡淡地道:"你说得对,与其相看两相厌,被人凌辱至死,不如成人之美,也全了自家的性命,省得白发人送黑发人。"

刘承彩低咳一声:"好好好,自家孩子总是没有错的,谁是谁非咱就不说了。那日你怎么和我说来着?好说好散不是?"

何志忠点点头:"只要尚书大人言出必行,何某亦然。我做了一辈子生意,从未失信。"

刘承彩眼珠子一转:"好说,人无信不立嘛,我做了这许多年官,也是最讲信义。这事儿我允了,咱们好说好散,只是……"使个眼色,戚长林便邀了何家兄弟出去。

屋里只剩下二人后,刘承彩方苦笑着朝何志忠行了个礼:"前几年,多亏老哥帮了我的大忙。丹娘是我们没照顾好,我对不起您……本来我真是想让他们小两口好好过日子,可这事儿,您看,也不知怎么就惊动了宁王殿下……我心里忐忑呢。"

何志忠见他装腔作势的,便也叹了口气:"罢了,姻缘天定,他们无缘。把离书给我,从前的事情就不要再提了。"

刘承彩见他不漏半点口风,暗骂一声老狐狸,愁眉苦脸地道:"那笔钱倒是小事,过些日子就可以筹了给你们送过去。只是子舒是个死心眼,昨日我才劝过他,他死活不肯写离书……我这个父亲却也不好强他所难,这种大事还得他认可才行,不然将来他又去纠缠丹娘,来个不认账……"边说边拿眼觑着何志忠,见其不耐烦,方又笑道,"不过你放心,给我些时日劝劝他,定然好说好散的。我听说昨日那件事情,立刻就狠狠训了他一顿,禁了他的足,以后定然不会再给丹娘添麻烦。"

彼此都有短处在对方手里,比的就是耐心和脸皮厚。只要何志忠一日不松口,他就一日不给离书,左右说到这地步,宁王那里也说得过去了。不是他不办,只是遇到个任性的孩子,需要时间呀,看看,自家孩子都关起来了,够诚意吧?

何志忠知道他打的是什么歪主意,当下在屋里转了一圈又一圈,方闭了闭眼,肉痛地咬牙道:"既然好说好散,你我之间还谈什么钱不钱的!"

等的就是这句话!那可是好大一笔钱呢!刘承彩大喜,却假意道:"不成,不成,人无信不立,说过的话要兑现。"

何志忠按捺住胃中翻滚,诚挚地道:"这不是见外了么?丹娘的病好了呢,所以是谢礼!好歹一场情分,不提了。"

刘承彩嗯嗯啊啊着,道:"那我劝好子舒,再使人来府上传信?"

何志忠心里一沉,钱也答应给了,契书也答应归还了,却还是拖着……花了这么大的功夫,若不借着宁王这股东风一次办妥,只怕后面还会生出无数瓜葛。想到此,少不得与刘承彩商量,既是已经答应了,不如一次办妥了吧。

刘承彩只是高深莫测地笑:"放心,我说过的话一准算数,你们帮过我大忙,丹娘做了我几年的儿媳妇,也是极孝顺的,我不会为难她。"口说无凭,商人的信义不过厕纸罢了!被人拿住把柄不要紧,反手抓住对方的把柄就是了,他还没拿着何家的把柄,怎能轻易放手。

何志忠不知他在盘算什么,只凭着直觉知道不妥,便咬着牙要他给个实在的保证。

刘承彩笑道:"这样,我给你写个文书,保证一定叫他们好说好散。到时你拿它来换离书,如何?"

何志忠想想,老东西不买宁王的账,又拿住了自己心疼女儿的软处,知道自己拖家累口,除非迫不得已,否则不会轻易拼命。今日再逼也没意思,做得过了倒让老东西在宁王那里有说辞,左右也备了后路,不怕他耍花样,便没拒绝。

看着刘承彩把保证写了,取出私印盖妥,又仔细研读一遍确认无误后,方吹干墨迹,小心收进怀里,领着两个满脸不甘、目露凶光的儿子出了门。

戚长林不知事情办到什么地步了,便问:"姐夫,事情办得如何了?我好去复命。"

刘承彩道:"都谈妥了。就说我们两家和气商量,言定好说好散。只是子舒后悔舍不得,需要时间缓缓,待我们好生劝解他一番,省得日后又去纠缠何家丹娘,大家面上都难看。"

那就是没办妥呀。戚长林为难道:"只恐说是敷衍呢。姐夫不如趁热打铁,好好劝劝子舒,大丈夫何患无妻,何必硬要想不开?"

刘承彩不高兴地道:"什么敷衍?何家父子那么精明凶悍,敷衍得么?我那保证书难道不值钱?!姐夫还能骗你、害你?!我可没做过对不起亲戚的事!"

他义正词严,戚长林反倒有些汗颜,匆匆交差去了。

"把惜夏找来。"刘承彩翘着脚、摸着胡子暗想,何牡丹,你没对不起我家,我却要对你不起了。谁叫你不老老实实的,偏要唱这么一出呢?

出了刘家大门,何大郎一改刚才的暴躁不平模样,轻声道:"爹,他本就是冲着那笔钱去这才故意刁难咱们,何不开始就答应他?平白浪费这许多功夫,倒叫娘和丹娘在家等得焦急。"

何志忠耐心解释:"我若开始就太过舍得,他岂不是要起疑心?越是不容易得到,他拿着越是安稳,越是以为咱们怕了他。以后遇到什么,也不会怀疑到咱们头上来,最多就是怪运气不好罢了。"

这就和做生意一样,若是买家一还价卖家就允了,买家反要怀疑其中有猫腻;若是卖家不肯,和买家使劲地磨,买家最后就算再添些钱也觉着值得。大郎呵呵地笑了:"这口气憋在心里实在难受,等丹娘的事了结,咱们立刻叫这对狗父子吃个大亏!"

二郎则道:"爹,您把老东西写的保证给我瞧瞧?"

何志忠从怀里取出那张叠得方正的纸递给他,何二郎认真研究一遍之后,笑道:"就凭他这保证书,丹娘这离书是一定能拿到了。"

大郎笑道:"给我瞅瞅?"仔细看过一遍后,仍旧叠方正递给何志忠收好,道,"还是二弟的法子妙,就得请个比他更贵重的人出面才妥当。"

二郎不以为然:"他没把宁王放在眼里,此事不过顺水推舟而已。日后少不得要寻咱们的麻烦,都小心些。"

何志忠道:"刘承彩我知道,死仇是不敢结的,要人命的事也轻易不会做,但总会叫我们日子过得不爽利。是该小心些。"

大郎道:"多亏了行之。那么贵重的两匹宝马,就换了宁王一句话。爹,您不能亏待了他!"

"那是自然。"何志忠满意地看着长子和次子。这兄弟俩一文一武,这些年来给他帮了很大的忙。他们这种做珠宝和香料生意的,光凭眼力好、识货、能说会道不够,还得有胆有识、到处都去得，保得住自家的货才行。

大郎豪爽有力，不怕事，就是拿着刀子在自家腿上刺窟窿比狠，也能面不改色心不跳，谈笑自若。二郎爱舞文弄墨，看点孙子兵法之类的，凡事小心谨慎，总多几分思量。偏他二人关系又好，走到一处简直就是绝配，所向披靡。

再过几年自己老了，也可以放心大胆地把事情交给大郎和二郎。下面几个孩子们各有各的出息，四郎更是有勇有谋，把牡丹的婚事安排妥当就没什么可操心的了。何志忠想到此，不由心情大好。

父子三人兴高采烈地回了家，才扔下缰绳就被孩子们簇拥了进去。一眼看到坐在廊下的牡丹，便高声笑起来："丹娘！成一半了！"

牡丹自早上起来就提心吊胆，一直坐在岑夫人门前的廊下，眼巴巴地等消息。其间她想了好几种可能，就没想到会是成了一半！

"这是怎么个说法？"岑夫人嗔道，"成就成，不成就不成，什么叫成了一半？"

何志忠又把保证书拿给她们看，也不说刘承彩如何刁难，只笑道："刘畅不肯，需要些日子才能完全弄好。刘承彩却是都说好了，我不放心，逼着他写了这个。丹娘，说是刘畅被禁足了，待我让人去打听打听。若他这几日果然不曾出门，你就能自在出门啦。"

大郎和二郎只是憨憨地笑，都没提那笔钱的事。父子三人早就商量好的，若是这钱回来，便给牡丹；若回不来，便借这个名义瞒着众人再补贴牡丹一些，因怕女眷们有想法，索性不提。

可是几个儿媳中，却有人热心地问了："丹娘剩下的那一大笔嫁妆他们家什么时候还？不会想赖了吧？"

何志忠和岑夫人同时抬眼淡淡地扫过去，出声的是最年轻的六郎媳妇孙氏。这倒是出乎意料，不过岑夫人这种时候一般不发言，何志忠淡淡地道："啥时候和离就啥时候还，赖不掉。"眼睛却是恶狠狠地朝脸色大变的杨氏瞪了过去。

这一大笔钱的来龙去脉，家里多数人都不是很清楚，只知道是牡丹的嫁妆，具体有多少是不知道的，只有岑夫人、吴氏、大郎、二郎、薛氏、白氏知道其中的弯弯绕绕，杨氏则是因缘巧合恰好听到些首尾。事后他曾郑重警告过杨氏，不许提一个字。牡丹这次归家，也只是说还有些东西没拿回来，其他的并未细说。孙氏问得如此清晰，不是听了杨氏嚼舌根，又是什么？何志忠有心狠狠教训杨氏一顿，又怕引起其他人的注意，只好暂且忍下。

孙氏话一出口，就发现气氛不对劲。几个平时表现得对牡丹很亲热很关心的妯娌，此刻都屏声静气，公公婆婆的脸色都不好看，杨氏则满脸不安，只有吴姨娘和牡丹神色如常。虽不明白原因，她也知道问错了话，于是也不高兴起来，她不过关心才多了这句嘴，难道还能打牡丹嫁妆的主意不成？行！以后再不过问就是了。

牡丹见气氛不好，忙上前拉着何志忠撒娇："爹，昨日五嫂和六嫂领我去吃冷淘，没吃着，孩子们也都说想吃。难得您今日回来得早，您买给我们吃！"

何志忠这才缓了神色，杨氏微微松了一口气，感激牡丹的同时却又暗道晦气。真是冤枉得要死，她果真没和旁人提过这件事。她哪里斗得过连成一条心的岑夫人和吴氏，还有她们的五个儿子，何况她不是不知道好歹的，这些年六郎过的什么日子，她清楚得很，那是真没亏待过，何志忠将来也必然不会亏待六郎和她，她又何苦去得罪丈夫和主母，也不知六郎媳妇这个糊涂的，到底是被谁撺掇着说了这个话，是谁这样害她和六郎，她必然饶不了他！

何志忠自是知道牡丹在和稀泥，他虽暗恨小妾和儿子媳妇贪心不省心，但想到牡丹总担心旁人为她操劳受累，若因那钱生了是非，只怕她更是不要，在家中也会过得不好。便顺势笑道："什么了不得的！不过一碗冷淘而已，趁着天色还早，大家一起去吃。"

于是众人俱欢呼起来，各各收拾东西准备出门。吴氏却不去，温温柔柔地道："老爷和夫人自领了孩子们去，婢妾在家准备晚饭。"

杨氏刚招惹了何志忠，虽然也很想出门，见状也只得笑道："婢妾也留在家里帮吴姐姐的忙。"又朝孙氏使眼色，孙氏心不甘情不愿地表示自己也不去了。

薛氏也来凑热闹："家里事多，我也留下来。"

岑夫人并不勉强，只问她们要吃哪种冷淘，稍后带回家来。众人欢天喜地出了门，直奔东市而去。

今日去得晚了，吃冷淘的人却是不多，何家一群人吃得心满意足，眼看天色将晚，离击钲散市不远了，索性一同往香料铺子去，准备接了何四郎一起归家。

何家的香料铺子在平准署的左边，临着大街，和许多锦绣彩帛铺子并列在一起，铺面规模不小，足有寻常商铺的四五间那么大小，看上去很是气派。何志忠很得意，拉着牡丹轻声道："看看，这一排的十几间铺子都是咱们家的。"

这个牡丹有数，何家在东市西市都有铺面，除去自家用的以外尽数高价赁了出去，每年租金不少。但她的嫁妆里并没有铺子，这是因为已经足够丰厚，为了平衡，特意把这生财的留给儿子儿媳，以免子女之间因此生了罅隙。

这一大家子，实在不容易……牡丹正想着，忽见何家香料铺子门口走来一个身材高大、粗眉豹眼、满脸凶横之色、年约二十岁的男子。他的扮相很是引人注目，头上绑着条青罗抹额，穿绿色缺胯袍，着褐色锦半臂，袖子高高挽起，露出两条刺了青、肌肉发达的胳膊。左臂上刺着"生不怕京兆尹"，右臂上刺着"死不怕阎罗王"，看着就是个市井恶少。

牡丹莞尔一笑，这人也太嚣张太有趣了，一次挑战两大权威——活着时的官府，死了后的官府。那人狠狠剜了她一眼，直接向她走过来。

牡丹心说不得了，招惹恶霸了呢，正要往何志忠身后藏，却见那人往三四步开外站定，规矩行礼："世伯、伯母，几位哥哥、嫂嫂从哪里来？"

何志忠和岑夫人都笑，客气地道："贤侄今日得闲？我们来寻四郎一道归家。他在里面么？"

那人道："在，小侄适才跟他一道说话来着。他正在使人收拾铺子算账准备散市呢。世伯、伯母先忙，小侄另有要事，先行告退了。"

牡丹心说，看不出来，这人说话行事还彬彬有礼的。正想着，那人边与何大郎、何二郎打招呼，却又狠狠地看了她一眼，不是瞪，不是剜，而是看。何志忠见状，不露声色地将牡丹掩在身后。

甄氏拉着牡丹抢先进了铺子，啐道："这张五郎看人那眼神像狼一样，不是个好东西，你以后遇到躲远些。"

牡丹应了一声，四处打量这铺子。何家铺子的香料多，种类齐，品级细，光是沉香一种就分了六品，品中却又细分了级别；另有檀香、乳香、鸡舌香、安息香、郁金香、龙脑香、麝香、降真香、蜜香、木香、苏合香、龙涎香等多从海外来的贵重香料。至于本土的各种香花香草，更是多不胜数。

除了奢华的用大块天然香料堆砌雕琢成假山形状、描金装饰、散发出氤氲芬芳的香山子摆设外，何家只卖原材料，并不卖成品香和焚香用的香炉、香罐、香筒等物。

何四郎见她看得目不转睛，呵呵一笑："你闲着也是闲着，再把识香辨香学起来，去和二哥学制香，开间成香铺子耍。你只管制香，哥哥们帮你打理。种花虽好，却太闷，又不能拿来换钱使。"

自己妯娌几个早就说想开这样一家铺子，他们父子兄弟坚决不许，更是不肯教她们制香秘术。如今倒是上赶着拿去讨好自家妹子，这嫡亲的骨肉果然不一样！将来再嫁了人，可不是要和自家抢饭碗了？甄氏立时变了脸色，回头看向白氏等妯娌，果见几人神色淡淡，都不高兴。

牡丹也没注意几个嫂嫂的表情，只道："才不要开成香铺子呢，我只和二哥学制香，有事儿做不至于那么闲。"

只是她说了真话，人家不见得相信，只是暗想，学了辨香制香，又有爹娘偏疼，哥哥们帮衬，占着天时地利人和，不开铺子大把挣钱是傻子吧？哄谁呢？都说她一向老实软善，如今看来也是个心口不一的。甄氏朝对头李氏飞个眼神过去，意思是，看看你男人对他妹子多好呀。李氏垂头不语，只想着，回去后是不是也趁这个机会让自家芮娘跟了一道学点本事？一样都是何家女，总不能厚此薄彼吧？

牡丹不知自己无意之中一句话就惹了这许多官司，高高兴兴地拉着何四郎在铺子里转了一圈，听见散市的钲声击响了，方才恋恋不舍地回了家。

回到家中，杨氏和吴氏、薛氏都在，却不见孙氏。岑夫人问起，杨氏怏怏地道："突然不舒坦，头晕，躺着去了。说是晚饭不想吃了。"

岑夫人道："请了大夫么？"

杨氏忙道："不是什么大毛病，已经服了药丸，睡一觉就好了。"

多半是挨了训，心里不舒坦吧！岑夫人也不多问，只让人将给孙氏带的冷淘送去。倒是甄氏，挤眉弄眼地频频朝薛氏使眼色，薛氏垂着头只是不理。

这一夜，刮了一宿的风，吵得何家好几个人睡不着。李氏几次三番想向何四郎提出让芮娘跟了牡丹一道学调香，话到嘴边好几次，终究不敢说出来。辗转反侧到四更，方下定主意，等到牡丹真去学了再说不迟。

甄氏则在床上打滚撒泼，哼哼唧唧地折磨何三郎，一会儿掐他的腰一把，一会儿又咬他的肩头一口，含着两泡泪，只是哽咽："你不疼我，你不疼我们的孩儿。"

何三郎背对着她，一动不动，一声不吭，也不问她到底怎么了，只不还手不理睬。

甄氏没意思，便一脚踢过去，骂道："你个活死人窝囊废，嫁给你真是倒了大霉！谁都可以踩我一脚！你那个姨娘成日里就巴不得……"

何三郎不防，一个趔趄撞上屏风，险些跌下床去，当下也恼了，翻身坐起，将手握成拳头，恨声道："你莫要人心不足蛇吞象！谁踩你了？不要不知好歹！若不是看在姨娘的面子上，你以为谁会像现在这般让着你？你自己也有儿有女，怎么就容不下一个可怜的丹娘？哥哥们要教她制香，就是知道你们容不下她！难道不教她，别家就不卖香，这世上就再无人制香了？再聒噪就滚出去！"

黑暗里，甄氏看不清何三郎的脸色，只知道他很生气。他平时难得发威，偶尔发威一次倒叫她心里有种异样的感觉，当下披散着头发往他怀里挣，一把抱住他的腰，哼唧道："谁容不下她了？她吃的用的又不是我出钱。可和她比起来，我还是更疼你和孩子们，我们才是最亲的呀！现在爹爹活着还好，那将来呢？将来我们怎么办呀？"

何三郎心里一软，伸手掩住她的嘴，不甚坚定地说："休要乱说，娘和姨娘情分不同寻常，大哥、二哥、四郎待我们也不一样。你别和他们对着干！我在外面做事心里也踏实。"

甄氏恨铁不成钢地道："你争气些！跟着大哥二哥学了那么久，还是高不成低不就的，胆子没大哥大，眼力没二哥准。这么多年，老五都可以独自出门去进货了，你还是不行，只能跟着别人跑，又不会像老六那般惯会讨爹的欢心。"

一席话又说得何三郎心烦意乱起来，将她一把推开，背过身闷头大睡。

第二日变了天，阴沉沉的，间或刮着些小风，吹得衣着单薄的行人身上一阵寒凉。宣平坊街上的人比平时少了许多，六七个人簇拥着一乘四人白藤肩舆在何家门口停了下来。白夫人从肩舆里探出头去问侍女："碾玉，是这家吗？"

牡丹简直不敢相信，白夫人竟然来看她！她以为，从刘家走出来后，什么世子夫人、清河吴氏十七娘，都和她再无任何交集了。

林妈妈皱眉道："丹娘，她莫不是来劝你的？"

雨荷迟疑道："白夫人不是那样的人吧？上次花宴她对丹娘很好的。"

"不管是不是，都要认真接待。"牡丹也没底，只隐隐觉得白夫人不是那样的人。上次花宴，那么多人对她的遭遇熟视无睹，甚至抱着看热闹的态度，只有白夫人毫不忌讳地表达了关心和同情，也许人家真的只是好心来探望自己呢。

中堂里，白夫人由薛氏陪着说话吃茶。薛氏是个稳重大方的，见了白夫人这样的贵夫人不见任何慌乱失措，言辞得当，举止有度。

白夫人和薛氏寒暄了几句，发现她是个有内瓤子的，识文断字，待人处事不卑不亢，又见何家房屋陈设自有格调，家具虽然半旧，做工用料却极精致，并不见时下流行的金筐宝钿等装饰，唯一引人注目的陈设就是一座用极品糖结奇楠香堆砌雕琢而成的香山子，品格幽雅，满室生香。下人规矩有礼，不闻喧哗之声，丝毫不似外间所传，何家粗鄙不通风雅，自以为有钱就了不起之类的传言，于是对牡丹的印象又上了一层。

待牡丹赶到中堂，寒暄过后，薛氏命婢女小心伺候，便彬彬有礼地告了退，只留下牡丹与白夫人叙话。

白夫人见牡丹装扮得极清雅出众，象牙白的短襦，翠绿的六幅罗裙，裙角撒绣着几朵白色的牡丹花，碧色天青纱披帛，乌亮的头发绾了一个半翻髻，只插着一把时下刚流行起来的宝钿象牙梳，肤色如玉，笑靥如花，倒似一朵半开的玉板白。不由暗自感叹刘畅无福，开门见山地道："刘子舒求了我家那位，托我与你说和赔礼。只要你肯，他亲自上门赔罪，风风光光接你回家。"

牡丹温和一笑："谢夫人好意。只是开弓没有回头箭，丹娘不想再叫人鄙薄践踏一次。"对方直来直去，她也爽利对待。

白夫人见她眼神坚毅，便道："知道你是有个主意的。我本不肯来，奈何昨日惜夏跑去苦求世子爷，言道刘子舒为了你的缘故，吃了刘尚书一顿好打，又被关了起来。他们是自小儿的朋友，无论如何这一趟我都必须来。还望你莫嫌我多事。"

牡丹笑道："我明白。"心中却是对刘畅这些话不屑一顾。

白夫人却又笑起来："好了，刚才是潘蓉的妻子同你说话，现在是白馨和你说话。"她顿了顿，低声道，"荣华富贵只是过眼云烟，咱们做女子的就得尽力护着自己。你有真心待你好的父母家人，自当惜福。凭你这样的容貌品性，绝不该受那样对待。就算没有刘子舒的请托，我也会特意来看你过得好不好。"

牡丹听到此，脸上方露出一丝真心的笑容来。

白夫人又问了和离的情况，听到刘承彩推托，刘畅不肯写离书，沉吟片刻，道："这样拖下去不是事。端午那日，我使人来接你，倘若你运气好，遇到一位贵人，你去求她。她若答应帮你，这事儿一准就成了。"

有这种好事？牡丹迟疑道："这样不好吧？若是世子怪罪您，那可怎么办？您别为我担心，再等等看，总有人等不得的。"她看得出潘蓉夫妻俩的感情其实不太好，若是白夫人为她得罪潘蓉，只怕夫妻感情更加生疏。

白夫人笑道："你虽想得周到，却不知刘子舒的脾气有多古怪。还有那位，她不顺心，迟早要把气出在你身上，所以还是早解脱早好。你放心，我会把事情都安排好，只要你不说，谁会知道是我把你接过去的？他又怎能怪上我？就算要怪，我也不怕。"

牡丹只是不答，白夫人笑道："你还有什么不放心的？"

牡丹犹豫良久，方抬头认真地看着白夫人道："按说您这样肯帮我，我应该非常感激才对，但我们相交时日尚浅，我难免有些疑虑，您为什么愿意这样不计较地帮我？还请您与我分说。"没有无缘无故的好，也没有无缘无故的恶，她不愿把人想得太坏，问清楚缘由总是好的。

白夫人有些发蒙，随即轻笑一声，自嘲道："我难得主动想帮一个人，倒叫你生了疑心。"

牡丹脸颊发烫，仍然坚持："您知道，我不过是个普通女子，若是没有父兄，自身尚且难保，更别提帮助旁人。我不想平白承了您的情，害您受了累，之后却无能为力、眼睁睁看着您因为我的缘故惹了麻烦，却不能报答您……"似她这样的人，欠了人家的大人情，拿什么去还？

白夫人严肃地道："你多虑了！我不过看不惯一个好姑娘就此毁了。明明什么错都没有，偏要因为旁人的过错受这种无妄之灾。我做不到也就算了，明明做得到，偏偏装作不知道，又或者助纣为虐，那么，和我看不起的那些人又有什么区别。"

说到此，白夫人有些激动，侍女忙安抚地递了茶汤给她，她饮了之后，才又恢复了先前的平静，苦笑道："也怪不得你，任谁吃了那么大的苦头，都很难相信旁人会莫名其妙对自己好。你倒也坦荡，能当着我的面说出来。要是真过意不去，事成之后，今年秋天接一棵玉楼点翠送我吧。"

牡丹脸色更红，垂头道："谢谢您理解。"

"机会只有一次，你自己决定要不要来。"白夫人指着身边的侍女道，"你还记得她吧？她叫碾玉，是我最信任之人。五月初五端午节，要开夜禁，我家在勤政楼附近设有看棚。你戌时到东市常平仓、放生池之间的那道门去候着，我让碾玉去接你，她会告诉你怎么做。光我帮你还不够，要看你的造化。"

牡丹心想，到时何家人都要去看热闹，就让大郎、薛氏陪自己走一趟就是了。

雨荷进来禀道："那章家兄弟二人来了。奴婢让他们等等，他们只是不肯，说是路远天气不好，想早些归家。"

牡丹解释道："我请人从山里挖了野牡丹来，都是老实人，只怕怀疑我骗他们，故而不肯多等。请夫人稍候，我去去就来。"

"我也该回去了。"白夫人顺势起身，"不管你来不来，我都让碾玉在那里等你半个时辰。"

牡丹见她目光清澈，自有一股傲然出尘之气，便咬了咬牙："我来！"

白夫人一笑："好。我等你。"又吩咐道，"到时你可以让家人陪着，只是见贵人时得回避一下。"

送走白夫人，牡丹自去见章家兄弟。章家兄弟二人蹲在何家门房里，凳子也不肯坐，一人捧个大瓷瓯拼命往肚子里灌茶汤。雨荷的娘封大娘横眉怒目地叉着腰站在二人面前，骂道："喝慢些，喝死你个小短命的，也不怕肚子疼。"

章大郎低着头，章二郎红着脸，却全都装作没听见，使劲地喝。

牡丹笑道："这是怎么了？"

封大娘回头看到她，笑道："丹娘，适才他二人闲得发慌，一径儿要见你。我想着他们没喝过茶汤，给他们尝尝，倒似个渴死鬼投胎的。"又伸脚去踢那兄弟俩，"还不快住了？正主儿来了。"

牡丹不由失笑，封大娘嘴里说得凶，实际上是最心软的，分明是看这兄弟二人可怜，特意请他们吃东西罢了。

章大郎和章二郎忙起身将茶瓯放了，从角落里小心翼翼地提了只竹筐出来，放在光亮处请牡丹看："小娘子，就是这个了。"

牡丹上前仔细观察，但见那株野牡丹，论高度果然少见，连着花梗花朵算，也堪堪不过一尺半,干皮带褐色,有纵纹,具根出条。小叶一至五裂,裂片具粗齿,上面无毛,下面被丝毛。花瓣十枚,稍皱,顶端有几个浅残缺,白色,部分微带红晕,基部淡紫色,花丝暗紫红色,近顶部白色。

牡丹立刻确认了这是矮牡丹,又称樱山牡丹,且矮化程度较高,十多年就长这么一点点,真是难得。再看根部,这次与上次又稍微不同,根上还带着大团泥土,倒不用疏花叶了,便笑道:"很好。还是按着咱们上次说好的,与你们一万钱,可使得?"

"使得,使得。"章大郎兄弟俩眉开眼笑,欢欢喜喜拿钱离开。

牡丹叫人将那只筐子提着往后院去,迎面遇到甄氏和白氏,甄氏往筐子里瞟了一眼,笑道:"丹娘又买花呀?到了明年春天,娘这院子里只怕到处都是牡丹花了。多少钱?"

牡丹一笑:"还和上次的一样。"

"这花可真值钱,你确定没买贵吧?你真要是喜欢,不如去道观寺庙里买花芽更划算。"甄氏紧紧跟在她身后,"你打算种在哪里?"

牡丹道:"还没看好呢。"贵不贵这个界限怎么定呢?就看自己怎么想的了。

甄氏目光闪烁,又问:"这次还是要露天栽吗?"

牡丹道:"它带了泥土来的,本身也不大,用个盆子就可以栽上了。"

甄氏笑道:"是呀,是呀,能往盆里栽的最好往盆里栽,否则将来不好移动的。"

想得这么长远?牡丹一愣,抬眼看向甄氏。这是最客气隐晦的说法吧?怕她长久在这家中住着不走,所以提醒一下她?

甄氏还在笑,却是不自然地撇开了眼。

白氏狠狠瞪了甄氏一眼,道:"丹娘,娘让我出来看看,那位世子夫人寻你有什么事?是不是和刘家有关?"

牡丹垂下眼去,淡淡一笑:"是。"

甄氏忙借机掩过去:"她来干什么?是不是劝你回去的?我跟你说,千万莫要听她的鬼话!好马不吃回头草,又不是爹娘哥嫂养不起你,回去做什么?"

过分的殷勤不过是为了掩盖心中的不愉快而已。牡丹有些堵心,淡淡地道:"我一直记着哥哥嫂嫂的好,须臾不敢忘记的。"

甄氏还想说话,白氏见牡丹神情淡淡,说的话细品起来也有点意思,便堵住甄氏:"说这些做什么?丹娘要怎么做,自有分寸。"

"我先去和娘说说刚才的事。"牡丹径自进了岑夫人的屋子。

岑夫人正和薛氏一起看账本,见她进来忙道:"过来和我们说说,那位夫人来做什么?"

牡丹把原话一字不漏地复述给二人听完,岑夫人想了想,道:"这么说来,她是个好人?你信她了?"

牡丹点了头。先前她还有几分犹疑,此时却是下定决心一定要去试试了。倘若可以,她并不想靠着旁人生活,也不想轻易给人添麻烦。这件事越早结束,她越能早些过上想要的生活。

岑夫人皱眉道:"知人知面不知心,当初刘家不也……"当初想着刘家好歹也是知书识礼、有头有脸的人家,人口也简单,又有契书保证,加上丹娘也着实不行了,所以才会走那步棋,谁想这家人却是脸面、骨气、信义都不要,真正的翻脸无情。

牡丹忙道:"您别难过啦,好歹我的病也好啦。我先前是怕白夫人另有所图,给家里惹麻烦。她说不图回报,想来也是如此。总不能帮着刘畅把我绑回去,大嫂也见过白夫人的,你觉着可信么?"

薛氏安抚地拍拍她的手:"我觉着那位夫人不像坏人。"

牡丹眼睛一亮,"大嫂也这样觉得?"

岑夫人扫了姑嫂二人一眼，心想薛氏平时四平八稳，从不轻易发表看法，如今开了口，那白夫人必有过人之处。便道："试试也好。到时让你大嫂和封大娘、林妈妈、雨荷牢牢跟紧了你。你大哥、二哥他们也在附近看着，想来不会怎样。"

晚间何志忠归家，听说此事，特意使人去打听白氏的为人，都说此人看着孤傲，脾气修养却极不错，并无恶名，家中下人也夸其宽厚，于是决定让牡丹去试试。

接下来，何志忠每隔两天就使人去刘家催问一番，得到的答复都是刘畅还关着，还在死磕。使人打听了，得知刘畅果然是没出过府门，又听说其间清华郡主上过一次门，得到了刘家的热情款待，走时非常高兴。

虽然种种迹象都表明，刘承彩果然是做好和离的准备了，但总这样不上不下地吊着，何家男人们的心情渐渐焦躁。男人们不爽快，女人们也跟着烦躁，常在岑夫人看不到的地方为了一点琐事吵嘴生气，发脾气。

牡丹眼见牡丹花的花期就要过了，刘畅也果真没出门，便求何志忠领她去城北曹家牡丹园看花。何志忠却是没有空，只叫何五郎夫妻俩领她去。

曹家牡丹园在光化门外，占地在五十亩左右，一个状如半月形的大湖在正中，水边太湖石、假山、楼阁、草木错落有致。湖心亭台楼阁草木繁盛，四处遍植芍药牡丹。牡丹的早花品种都已经谢了，晚花品种也即将谢落，芍药却是正在盛放的时候。

牡丹游了一圈，暗暗将其格局布置记在心上，又仔细分辨牡丹品种。何五郎见她盯着一些已经花谢、只余枝叶果实的牡丹看，笑道："丹娘，这有什么好看的？"

张氏道："五郎莫要笑话她，我听雨荷说过，咱们丹娘光看叶片不看花，也能知道好坏，开什么样子的花呢。"

五郎眨眨眼，惊奇地道："真的？你还和咱们二哥一般，人家调制的香，他只需闻上一闻，便可分出其中用了些什么品种。"

牡丹呵呵一笑："哪有那么神！我最多就能知道是什么品种罢了。"至于能开出什么样子的花来，她倒是没那个本事。牡丹花容易异变，她哪能知道。

恕儿一直记着惜夏说过的话，轻声道："丹娘，您将来也可以弄这么一个园子。您瞧，咱们一共来了十人，他就收了咱们五百钱，租船又收五百钱，整整一千钱呢！"

牡丹只笑不语。和离、建女户、买地、建庄子、种花、修园子，要见成效，怎么也得是两年以后了吧？

船未行完一周，张氏就有些支持不住，面色苍白地捂着嘴，示意自己不行了。五郎晓得赶紧叫撑船的小子将船撑回岸边去。牡丹拿了随身携带的水壶喂张氏，张氏只是摇头，话都不敢说。

好容易到了岸边，张氏才下船就一个趔趄倒在五郎怀里，将头往旁一转，控制不住地吐起来。

五郎给她拍着背，说道："以往不晕船的啊，莫不是病了？"

"咱们赶紧收拾回去，请个大夫来瞧吧。"牡丹赏了那撑船的小子，抱歉道："对不住，污了你们家的地方，我这里有一百钱，请小哥帮忙收拾一下。"

撑船的小子忙将钱纳入怀中，笑道："小娘子只管放心地去。"

"这是怎么了？"一个男声从不远处传来，那撑船的小子晓得退到一旁，束手束脚地行礼："见过老爷。"

牡丹回头看时，不由吃了一惊，来人正是那日和她们争买牡丹花的那个钩鼻鹰目的络腮胡子，不承想，竟然就是这曹家花园的主人。

络腮胡看到牡丹等人，也有些意外，随即露出一个大大的笑容，惊喜笑道："原来是小娘子。

在下曹万荣，是此间主人。"

何五郎疑惑地看向牡丹，她怎么会认得这人的？

不待牡丹回答，曹万荣已经主动赔礼道歉："上次的事真是太对不起诸位了，还请不要和我这个粗人一般见识。"

"没事没事。"牡丹有些疑惑，这曹万荣吧，上次那般凶神恶煞、讨厌不讲理，这次为何这般客气？

曹万荣已然把目光投向张氏："这位夫人身子不爽利，这里离城远，附近就有个极不错的大夫，不如就在这轩阁里歇歇，使人请大夫过来瞧瞧？"

何五郎见张氏脸色如同金纸一般，有气无力地半靠在自己怀里，不由一阵心疼："给您添麻烦了。"

"不麻烦，还指望着你们下次又来游玩呢。"曹万荣叫个小童过来，陪着何家人去请大夫。他自己殷勤地在前面引路，将众人领到附近一间临水的轩阁里，叫人又是上茶又是上果子的，好不殷勤。

少顷，大夫果然来了，把脉之后连声恭喜，原来张氏是有喜了，没什么大碍。

何五郎眉飞色舞的，谢礼给得格外大方。众人是骑马来的，现在张氏这马是不能骑了，曹万荣见缝插针地道："我家备有肩舆，借你们用。"

何五郎笑着道了谢，拿钱出来要结算茶果钱、雇肩舆钱，曹万荣只是摆手，坚决不要："我见郎君一表人才，有心结交，请朋友喝杯茶，送朋友的家眷归家，哪儿就能收钱了！这是埋汰人呀！"

当初为了贱买一株花，他就能守在放生池边好几天，看到有人去买，不顾道义争买，竞价不成又威胁邹老七。可见不是什么好鸟，现在这样大方示好，不知又是在打什么鬼主意。牡丹频频朝何五郎使眼色，示意他这个光沾不得。何五郎会意，坚决要给。

曹万荣怒道："你这人怎地这般婆婆妈妈！我曹万荣难道缺这几个钱使么？！瞧不起我也就罢了，何必这样埋汰人？要给钱，肩舆就不借了。"

何五郎脸上有些挂不住，索性道："老哥的好意我们心领了，无功不受禄，何况你本就是靠园子生财的，开了这个先例着实不妥。不知我们可有什么效劳的地方？"

曹万荣扫了牡丹一眼，露出万分为难的样子，半响才道："不瞒诸位，在下是岭南人，闻说世人皆爱牡丹，天下万花，唯有牡丹才是真花。曹某慕名到了京中，汲汲六七年间，方才建了这样一座园子。平生最大的愿望便是将天下名花都收入这园中，然而，有许多稀罕的品种，想方设法也寻不到，听说府上有许多珍稀品种，可否让两棵给我……"

牡丹到此已经完全明白他所求为何了，当下婉拒："正好我也是个爱花之人，那些花是家父家母所赠之嫁资，是不打算卖的。"

曹万荣万分失望，仍然道："可以卖几个花芽给我？我的价一定要比市价更高。"

牡丹只是摇头，这人就是她最有力的竞争对手，肯定不能卖。

曹万荣还想再说，何五郎已经道："不要说啦，我这妹子爱花如命，舍不得的。"

曹万荣眼珠子转了转，又道："既是喜欢花，那我这里正好有几株牡丹极好，小娘子可要去看看？咱们交换？"

牡丹有些意动，但想到此时最要紧的是把张氏送回家，便拒绝道："今日有事，改日再来。"

曹万荣极力鼓动："真是不错，亏得是晚花品种，不然早就谢了，您再过两日来，只怕是看不到花了呢。您若是担忧病人，让他们给您留几个人，先回去好了。"

花重要还是亲人更重要？且这是城郊，明知这人品行不好，哪能独自留下。牡丹坚决拒绝："不急，以后再说。"

见她软硬不吃，曹万荣的脸色难看起来，勉强忍着没发作。牡丹将钱放在桌上，道了谢，转身往外走。曹万荣这次没拒绝，只是脸色着实难看得可以，不过肩舆还是备下了。

出了牡丹园，何五郎叹道："这人脾气可真怪，一言不合就勃然变色。似这等生意人，倒也少见。"

牡丹道："他就是那上次我们去买花，和我们抢着买花的那个人。"

何五郎撇嘴："难怪。"遂上前打赏舆夫，打听曹万荣的出身来历。片刻后，打马奔到牡丹身边，笑道："你道他原来是做什么的？"

牡丹见五郎年轻的眉眼满含笑意，不由生了几分好奇之心："做什么的？五哥倒是快说给我听听呀？"

五郎欢快地学了一声鸭叫，笑道："此人厉害着呢。岭南江溪间出产麸金，又有金池，有人宰鹅、鸭时，从其腹中得到麸金。他呢，就养了无数的鹅鸭，专门收集鹅屎、鸭屎，然后细淘，多时一天可以得到二两麸金，少时也能得到半两。他在那边养了十多年的鹅鸭，成了当地有名的富豪。后来大约是羡慕京城风流，便来这里改为种花。你别小看了他，他今年向宫中进献了四盆牡丹花，一红一白一紫一黄，都是千叶牡丹。旁人是献花发财，他却是费了不少力气和钱财进献去的。之后就有许多权贵来他这里游园买花，赏赐不少。"

牡丹神色凝重，真是各有厉害之处。她将来把花培植出来，怎么打响名声，还是一个艰巨漫长的过程。

张氏有孕，让何志忠与岑夫人很是欢喜，其他人也纷纷恭喜，只有杨氏和孙氏黯然神伤，孙氏进门一年多了，还是没动静。牡丹想到这些日子岑夫人有意冷落这婆媳二人，这样其实不好，不过无心一句话，倒弄得家庭不和睦了，便约孙氏到自己那里去玩，一起拿了松子仁逗甩甩说笑话。

甩甩本是个人来疯，最近牡丹忙着外面的事情，陪它的时辰就没从前多，这令它很是不满，导致它对牡丹身边它不太熟悉的亲近之人怀着一种本能的敌意。见孙氏和它打招呼，"嘎"了一声，很拽地撇开了头。牡丹骂它，它也不理，转过身去用屁股对着她。

牡丹知道这鸟又吃醋了，便拿了松子仁在它面前吃，边吃边说真香。甩甩慢慢熬不住了，低下了高贵的头，歪头看着她，焦急地在横杆上来回踱步，谄媚地道："牡丹最可爱，牡丹最可爱。"又自吹自擂，"甩甩真可爱。"

孙氏忍不住哈哈大笑，接过松子仁喂给甩甩吃，望着牡丹轻声道："丹娘，上次我真是关心你，没其他意思。"

牡丹眨眨眼睛："我一直知道六嫂是关心我呀。"

"你们出门后，我被姨娘狠狠骂了一顿，说是我惦记你的嫁妆。晚上你六哥回来，又狠狠骂了我一顿。"孙氏见牡丹一脸懵懂，继续道，"其实我是听人说，刘家想占了你的嫁妆不还，生怕你将来手头不宽裕。我替你担心，同时也是想要讨好公婆……我进门这么久，迟迟不见动静，心里不安得很，总巴不得和所有人都处好。你明白我的意思吗？"

本以为是讨好的事情，谁知却是圈套。杨姨娘骂她："若是好事，可以出头露脸，叫全家都认得你最关心丹娘，那人为何不自己问，反而把这个机会留给你，让你去出这个风头？用点脑子行不行？"孙氏想到此，恨得牙痒痒。

牡丹却是不管这许多，只温柔地握住她的手："六嫂，你们都想多了，我知道你是关心我。你也别担心，孩子总会有的，你只比我大一岁，正是好年华呢。"

孙氏见牡丹不问是谁设的圈套，有些失望，很快又笑了起来："好。我这些天就没睡好过觉。姨娘和你六哥都要我来向你解释道歉……"

若是自家一奶同胞，哪会这样小心过了头。牡丹嫣然一笑："真的没事。我不是小心眼，心疼我关心我，高兴还来不及，怎会无中生有去想那些有的没的。你们真是想多了。"

孙氏见她说得诚恳，想到这些天她对待自己确实还和以前一样，便也放了心，觉着牡丹真是可亲，不是那种讨嫌多事的。只是想到害得自己被公婆厌憎、被姨娘责骂的那个人，心里就是不舒服："是呀，他们也不想想，你的嫁妆，我能打什么主意。说得难听些，无论如何都轮不到我。再说了，虽是庶出，有谁亏待了我们吗？没有！我和六郎向来都是最知足的。"

一扯到这个复杂的事，牡丹就头大，当即把话转开，孙氏也就识相地打住，转而笑道："多亏你当时给我解围，谢谢了啊。"

待孙氏走后，雨荷便道："丹娘，您怎么不问到底是谁和她说那件事的？六少夫人分明就是被算计了。"

牡丹低声道："问她做什么？她若告诉我是谁，我又该怎么应对才好？和她一起说那个人居心不良，还是说她多想了？都是家人，怎么都显得我无聊多事。你只注意看着，看她最近突然疏远了谁，杨姨娘又总针对谁，不就知道了？"

雨荷忍不住笑了起来："您说得是呀。"

"我们不在这里长住，知道是谁不是谁都没意思。不过是以后远着那人而已，旁的事情，什么都不要做，也不要说。"牡丹手里的钱已经够用了，刘家那笔钱若能回来，她是打定主意不要的，也不曾想过要从父母那里额外多弄些钱。既然不贪财，又哪里来这许多矛盾和算计。

雨荷有些感伤："不管您去哪里，奴婢总跟着您的。"虽然现在家里多数人都对丹娘很好，但到底应了那句老话，嫁出去的女儿泼出去的水，不管怎么好，始终不能和传宗接代的男子相比。

牡丹抿嘴一笑，反握着雨荷的手："我知道的。你们几个都是真心待我。"

"说什么呢？"林妈妈用个红罗销金帕子包了一包东西笑眯眯地进来，一眼就看出气氛不一样。

牡丹笑道："六嫂怕我多心，适才和我说了些话。妈妈拿的什么？"

林妈妈将帕子打开，捧出一只水晶桃形粉盒与一只锡盒，笑道："表公子使人送来的。"

牡丹刚伸出去的手又缩了回来："还有谁得了？"

林妈妈道："家中女眷都有，不多不少，一共十七套，东西都一样，唯有盒子花式不一样。"

牡丹这才拿起那只水晶桃形粉盒来瞧，打开一看，却是肉色的香粉。林妈妈在一旁解释："这是利汗红粉香，说是宫内造的，娘娘们最喜欢用，和那寻常的傅身香粉不一样，说是香肌、利汗，端午那日正好用呢。"

夏天多穿轻罗纱衣，就是穿上几层仍能看到肤色，所以大家都爱在身上扑粉，以便旁人隔着衣料就能看到自己雪白粉嫩的肌肤。牡丹却是从来不喜欢搞这一套，总觉得本来就热，出了汗更是黏糊糊的难受，当即将盒子放到一旁，去看那只锡盒。

锡盒做得极其精致，盒盖上镌刻着一枝盛放的牡丹和一只意态悠闲的鹭鸶，却是个一路富贵的花样。里面装的又是佩带在身上的牡丹衣香，正是她日常用的，只是味道更甜一点，也不知另加了什么，牡丹不由怔怔起来。

林妈妈和雨荷对视一眼，都有些心领神会。

良久，牡丹微不可闻地叹了口气，仍用那帕子把两只精美的盒子包起递给雨荷："收起来吧。"

待到李荇告辞，何家女眷还在兴奋地讨论他送来的利汗红粉香，还有那衣香。牡丹细细听来，每个人的衣香味道都不一样，只有她一人的是牡丹香。

忽听孙氏问道："丹娘，你的是什么香？我的是芙蕖衣香，配得真不错，听说行之也是调香高手。"

这话牵动了一拨人的心，看这情形，将来牡丹只怕是要嫁去李家的。若是她再学了何家的调香秘法，将来何家的成香铺子怕是永远都不要开了吧？这许多人，怎可能永远只做珠宝和香料原材料生意？少不得要做点旁的，例如成香铺子、首饰铺子等才能养活人。所以，牡丹什么时候再婚，嫁给谁，都很关键。

"还用问？定然是牡丹衣香。"甄氏扫了一眼众妯娌，见个个都低头不语，少不得暗自鄙视她们没本事，敢想不敢做，当即斜睨着牡丹调笑道，"大家都不过沾光罢了，行之这人真是不错。是不是，丹娘？"

牡丹落落大方地承认："表哥为人的确不错，如果没有他相助，我的事没那么容易。说到沾光，我倒是不明白这其中的因由，三嫂说来听听？"

自那日刘畅当众质疑她与李荇有私情后，家里人就非常注意，不叫她与李荇单独接触，更注意不说任何有可能引起误会的话。毕竟一个尚未和离成功，一个尚未娶妻，风气再开放，女子的名声总是最要紧的。旁人倒也罢了，自家嫂子也当着孩子们开这种玩笑，是什么意思？

甄氏以为牡丹会娇羞，会回避，就是没想到她会坦然面对，还明知故问地当着全家人追问自己。意外之余，干笑一声试图敷衍过去。

牡丹见她不敢再说，也就低头吃饭，不再逼问。

何志忠沉着脸道："什么沾光不沾光的？谁沾谁的光？这是回礼！你娘刚使人送了礼去他们家！"

"哦。"甄氏讨了个没趣，狠狠瞪一眼埋头吃饭的何三郎，又扫了一圈几个幸灾乐祸或是面无表情的妯娌，暗自咒骂几句，将面前饽饽使劲咬了一大口，狠狠地嚼着。

众人不敢再多言，这顿饭吃得很安静，孩子们也都规矩了许多。何志忠放下碗筷，众人便也跟着放了碗筷，岑夫人冷冰冰地道："三郎媳妇，你随我来。"

甄氏只觉得背心凉飕飕的，情知不好，硬着头皮乞求地看向吴氏，吴氏却是沉着脸不理她。再看何三郎，何三郎正笑眯眯拉了大女儿蕙娘的手送到牡丹跟前，说是让蕙娘帮着牡丹种花，蕙娘也果真亲亲热热地伏到牡丹肩上撒娇。

甄氏无奈，垂头垮肩地跟着岑夫人进了后面。

甄氏在岑夫人房里一直待到天黑才出来，出来后埋头迅速回了房，第二日清早去岑夫人房里请安是第一个到的。经过此事，她对牡丹客气了许多，再不敢乱说话。

接下来的日子，牡丹又出了几次门，好几次本是想去香料铺子的，结果每次都没能如愿，不是被甄氏缠着，就是被李氏和芮娘缠着，又或者被白氏托付了去买东西。渐渐地，她也就轻易不再出门，看着院子里的牡丹花一盆盆地谢了，结了种子，索性成日专心捣鼓那些花。一旦看到有生虫或叶子变黄的迹象，就要守在旁边小半日，有虫捉虫，不能捉的就用硫黄灭虫，倒也自得其乐。

而默默观察下来，孙氏疏远和杨氏针对的人，不是旁人，却是薛氏。这是牡丹和林妈妈、雨荷所想不到的。牡丹的心情很复杂，似乎她还没回家之前，何家没这么复杂的。

她的到来，就像是在水里投入生石灰，将一些往日沉淀在下面、看不清的东西引得浮出了水面。而这些事都是她无力控制的，她只能和林妈妈一道严厉管束雨荷等人，多做少说，不许生事。

第八章 端午

因为孙氏和杨氏做得太过明显,全家都注意到了。先前薛氏还想着以和为贵,百般忍让,几次三番被挑衅后也忍不住了,抓了杨氏和孙氏的把柄,当着全家人给了她二人一个难堪,充分维护了自己作为长媳应有的威严。渐渐地,三人发展到互相不说话的地步。

大家都知道是怎么回事,但因薛氏是长媳,帮着岑夫人理家的时日太久,地位轻易不可撼动,便在私下里猜疑,传出老大媳妇等不得了,私心太重,容不下小姑子和庶出的兄弟、弟媳之类的传言。

为了家庭和睦,吴氏和白氏来来回回地做和事佬,却不起任何作用。岑夫人的态度也很让人疑惑,不闻不问,仍然十分倚重薛氏。这态度落在其他人眼里,似乎又是太过偏袒长媳,于是大家看向薛氏的目光又多了几分复杂。

薛氏犹如被放在火上炙烤一般,她隐约知道这和上次孙氏被骂的事情有关,却不知这二人为何怀疑到她头上去,而且是不容辩驳。背地里哭了好几场,又不敢说给大郎知道,只得咬着牙硬撑着。她几次想和牡丹拉开了明说,却总是在看到牡丹蹲在牡丹花旁默默忙碌的背影就转了身:倘若牡丹并不知道这件事,自己说了,又惹得她多心生病,或者要搬出去怎么办?事情更加无法收场,也就遂了背后捣鬼之人的意。

到了端午节前夕,姑嫂二人一起准备全家佩戴的长命缕时,牡丹看着薛氏这天来骤然消瘦下去的脸颊,主动道:"大嫂,明日咱们什么时候出发?"

薛氏垂着眼道:"家里的事太多,不然请你二嫂陪你去吧?"

牡丹笑道:"好嫂嫂,我还是想要你陪我去。咱们早就说好了的,赖账我可不依。"

这样亲热的口气,就和小时候缠着自己是一样的……薛氏抬眼看向牡丹,牡丹轻声道:"这些天我看到大嫂瘦了,也似是有话想和我说,我左等右等却总是等不到。我不是从前病弱的丹娘,有什么,大嫂完全可以跟我直说。咱们是亲人,不是外人。"

薛氏握住牡丹的手,眼圈控制不住地红了:"丹娘,你放心,我和你大哥是真心疼惜你的。不管将来如何,我们都会照顾你。"作为最占优势的长媳,她完全没必要做这种得罪公婆、丈夫、小姑,给人抓把柄的事。何况,当初给牡丹那笔钱做嫁妆时,她也真没眼红过。

牡丹近来想了很多,觉着判断一个人的品行好坏,不能单凭一件事断定。这些天的冷眼旁观,她看到了众人平时看不到的一面,林妈妈和雨荷为她不平,但她觉着无论如何,他们接她回家的那一刻都是真心的,面对刘家时也是一致的;他们把她藏在身后保护她时,也是毫不犹豫的。亲情可贵,值得用心维护,怎能因为一句话就忘了所有的好呢!

晚饭时岑夫人看出了薛氏和牡丹之间的不同,很是欣慰,便在饭后将牡丹叫入房里,屏退左右,笑道:"是你大嫂找的你,还是你找的你大嫂?"

牡丹笑道:"她找过我几次,什么都没说。我见她憋得厉害,索性主动开了口。原来您什么都知道,却不管,倒浪费了我一片心,不敢跟您说,怕您伤心。"

岑夫人爱怜地摸摸她的头,道:"我什么不知道?!不过就是想看她们到底能蹦跶出多大的风浪罢了。你大嫂是个吃得亏顾大局的,你日后可要记着她和你大哥的好。"

牡丹听岑夫人似乎话中有话,皱眉道:"您知道是谁吗?"

岑夫人微微一笑,不答问题,转而拉了她的手去后面廊屋里:"让娘看看,我的丹娘明日穿什么呢?既是去见贵人,又是去求人,便不能穿得太过艳丽或是太朴素,得好好挑挑才行呀。"

岑夫人的手保养得宜，温软顺滑，暖意顺着手掌传到牡丹身上，引得她人也跟着懒散娇憨起来，撒娇道："娘，我有些担心，不知那位贵人脾气好不好，肯不肯帮忙？你陪我去好不好？"

"娘老啦，挤不动，就留在家里和你五嫂看家好了。"岑夫人接过一件象牙白绣豆绿牡丹含银蕊的窄袖罗襦，对着灯光眯着眼睛看了看，满意地点头："配什么裙子？"

恕儿极有眼色地递上一条六幅翡翠罗裙和一条雪白的轻容纱披帛。岑夫人满意了："对对，就是这样。发饰简单些，我记得你有对蝴蝶纹金翘，就插那个好了。"

定下衣装后，恕儿和宽儿忙去隔壁备下热水、熏笼、熏衣香给牡丹熨衣熏香。

为防止牡丹与白夫人约会之处被人占去，也为了让家里人到时候有个好地方看热闹，第二日一大早，坊门刚开，何四郎就带了几个孔武有力的下人，匆匆抓了几个胡饼，占地方去了。

辰时，牡丹捧出五彩丝线做成的长命缕，挨个儿给何志忠、岑夫人、侄儿侄女们系在手臂上，待她这里系完，薛氏也指挥着众人将每间屋子的门上悬了长命缕。

待到早饭上桌，岑夫人威严地道："今日过节，谁都不许惹是生非！"

众人互相对视一眼，全都应了好。何志忠吩咐儿子们："一年到头难得几次休息，分两个人去铺子里看着，其他人吃了饭收拾好便出门。"

三郎、五郎、六郎都主动表示自己愿意留下看管铺子。确定好留守人员，众人兴致愈发高涨，孙氏最贪玩，迫不及待地道："听说今日开夜禁。"

白氏笑话她："这个早就知道了的，你才知道呀。"

孙氏急道："哎呀呀，我还没说完啦，听说太常寺向民间借妇女裙襦五百多套，方便给散伎用呢。也不知到底来了多少人，要怎么个表演法，有多热闹呢。"

众人欢欢喜喜出了门，但见满大街都是人，摩肩接踵，好不热闹。牡丹跟在父兄嫂子身后，发现几天没上街，流行风向又变了，戴帷帽的女子没有以前多，多数人都露髻而行，衣着鲜艳，神采飞扬。男子们的幞头脚果然同如李荇所预言的一般，多数都翘了起来。

待到行至东市附近，早已听得喧嚣满天，却是歌舞表演要开始了。何大郎、何二郎带着几个孔武有力的家丁，护着家眷，直奔何四郎事先占好的地方去。

勤政楼上一阵急风暴雨似的鼓响，于是众人俱安静下来。牡丹站在矮凳上翘首望去，但见勤政楼上旌旗飘飘，华盖如云，许多人在上面，有个人站在楼上大声说些什么，众人全都跪拜倒地，山呼万岁。少顷，那人说完了话，众人又呼万岁，起身立在一旁。这么多的人，全都拼命喊出来，果然气壮山河。

片刻后，鼓乐之声传来，从春明门开始一溜来了十二张彩车，拉车的牛或是蒙上虎皮，或是扮作犀牛、大象，千奇百怪，彩车上有许多盛装丽人拿着各种乐器吹拉弹奏。而后，又有锦绣装扮的大象姗姗来迟，欢快的狮舞，身着锦绣衣裙、男扮女装的歌舞伎，统一服装的各种百戏伎人列队而来。

到了勤政楼下，这些人便开始表演。离得太远，牡丹看不清楚，再看周围众人，也是个个都把脖子伸得老长。忽听人群一阵喧哗，万头攒动，纷纷往勤政楼边涌去。牡丹踮起脚一瞅，许多金灿灿的东西与日光交相辉映，从勤政楼上雨一般地洒下来。众人疯了似的抢，身边的何大郎、何四郎二人也不见了。

"怎么了？怎么了？那是什么？"牡丹急得跳脚。薛氏和白氏等人也都伸着脖子看，谁也顾不上回答她。

李荇穿了一身松花色的窄袖圆领袍，不声不响地挤过来，含笑看着她道："这是圣上欢喜了，抛撒金钱作为赏赐呢。"

"表哥也来啦？"牡丹好奇地道，"是金通宝吗？"这金通宝都从宫里赏赐得来，官宦人家多少都有些,刘家也有,只不过她没机会近前细玩。

"是金通宝。"李荇示意她将手掌打开,牡丹依言伸手,李荇手一松,两枚滚烫的金通宝就落到了她的手里。

牡丹看看尚且乱成一团的众人,吃惊地道:"你怎么先就有了?"他衣饰整洁,怎么都不像刚和众人抢过钱的样子。再看看,他戴的幞头竟然没有脚了。

牡丹指着他道:"你的脚怎么没了?"

李荇反手摸摸脑后,轻描淡写地道:"个个都翘着脚走,我便无脚飞着走吧!"

牡丹让他转过头去一瞧,却是被剪掉了,果然与众不同。牡丹不由大笑起来,阳光下,她粉腮樱唇,年轻的脸上细细的一层绒毛透着金色的光,象牙白的窄袖纱罗短襦配上翡翠色的长裙,绯色绣缠枝纹的裙带将纤腰系得不盈一握,显得修长俏丽,活泼可爱,一种说不出的情愫自李荇心中生起,猛烈地撞击着他的心脏。他握紧拳头,好容易才将目光自牡丹身上移开,微笑着看向远方。

牡丹细细赏玩了一回金通宝,又递给何志忠、薛氏、雨荷等人看过方才还回去,李荇轻声道:"给你玩了。"

牡丹面露犹豫,李荇不耐烦地蹙起眉头:"不过就是两个金钱,你哥哥们跑那么快,往人群里拼命挤,不就是想抢两个给你们玩?你不要这个,可是想和其他人争呀?还是,你嫌弃不是圣上御手撒下来的?"

何志忠突然道:"丹娘,喜欢就接着吧。"老爹发了话,自己也确实想要,牡丹便朝李荇微微一笑,轻声道:"谢谢你啦。"小心地打开腰间的花开富贵荷包,装了进去。

不多时,楼上停止撒钱,人群也四散开来,表演继续。何大郎、何四郎挤得浑身是土,满头大汗,紧紧攥着两个拳头,有说有笑并肩归来,得意扬扬地伸手给众人看。两人却是仗着身体强壮,一共抢了六七个金通宝,相较其他人而言,已经是极大的收获了。

约莫又过了一个时辰,先前游行的花车顺着街道往金光门那边去了,所过之处欢呼一片。李荇道:"现在看不清楚不要紧,那边搭有高台,在这里御赏之后就会去那里表演。有剑舞、琵琶、马伎、跳剑、跳丸、羊戏、猴戏、竿戏、绳伎、角抵、力伎、禽戏、斗鸡、踏球、鱼龙蔓延、吞刀吐火、瓦器种瓜、空手变钱,会一直持续到明天早上。等下你可以慢慢去看。"

牡丹大感兴趣:"这么好玩?"

李荇笑道:"晚上还有更好玩的,可以戴了面具,打了火把到处玩,就和上元节时一样。我备了男装和面具,若你稍后有了好消息,一起去?"

上元节,正月十五,各地都会举行规模盛大的民间集会,开坊市夜禁,人们打起火把,不拘士庶、男女、长幼,混杂在一起,歌舞狂欢到通宵达旦。从前她体弱,没能参加过这样疯狂的节日,现在终于可以参加了。牡丹兴奋地道:"哥哥嫂嫂们也要玩么?"

大郎笑道:"这有什么要紧!若是想玩,陪你就是!"

忽听勤政楼前传来一阵喧哗,接着一片静寂。很快那边的情况就传到了这里,原来是有魏王府进献的天竺艺人表演刺肚割鼻,艺人刚拿起刀往身上刺,就被皇帝认为太残忍,立刻给制止了,并且还下了诏,说这天竺艺人幻惑百姓,极非道理,让遣回国去,不许在京中久住。

牡丹依稀记得,这魏王就是清华郡主她老爹,当今皇帝的亲兄弟。进献的节目遇到这种事,很晦气吧!她抬眼目询李荇,果见李荇微笑着点头,轻声道:"这天竺艺人,是清华郡主向魏王推荐的。"

清华郡主要挨她老爹教训了,牡丹幸灾乐祸地笑,忽听得悠扬熟悉的乐声传来,翘首一看,一对穿着五彩锦衣的童儿牵着一黑一白两匹用五彩璎珞装饰的骏马,走到勤政楼前的广场上,却是李荇那两匹。此时却是到宁王府献艺了。

牡丹心头一暖，看向李荇，轻声道："谢谢你，表哥。"

李荇挑了挑眉，抿唇一笑："客气什么？我本来就是要献给宁王的。"

牡丹心中有千言万语，想要表示自己的感激之情，终究觉得说什么都没用，索性不说，静立远眺。李荇悄悄侧头望着她，突然低声道："怎地今日换了香？不喜欢那牡丹衣香么？"

牡丹心口一跳，抓紧袖口，抬眼望着他粲然一笑，反问道："我用的这个千金月令熏衣香不好闻吗？"

李荇抿抿嘴，微不可闻地道："好闻。"见舞马表演将要结束，忙道，"我得过去了，稍后来寻你们。"

不多时，勤政楼那边传来消息，宁王府的舞马拔得今日献艺的头筹。只因到了最后，那舞马竟然用口叼起硕大的金杯，向皇帝和皇后跪下敬献美酒，多么稀罕讨喜呀！尤其和魏王府进献的天竺艺人刺肚割鼻比起来，简直两种感觉。圣上于是重赏。

牡丹快到申正时觉着有些疲倦，想到晚上还要见人，便和薛氏一道去香料铺子小憩。醒来就在店里用了晚饭，算着时辰差不多，认真打理衣饰，去到与白夫人约好的地方候着。

时近黄昏，勤政楼上灯火辉煌，街边搭起的看台和官宦人家设的看棚张灯结彩，树上挂着一串串灯笼，将从春明门到金光门这一条宽阔的大街照得亮若白昼。

戌时还差一刻，碾玉赶了过来，见牡丹早就在那候着，不由满意笑道："您运气好，那位贵人今日来了，稍后还要和我们夫人一起游玩，清华郡主也在。您只管装作什么都不知道，露露脸就好，等到有人来唤，您就过去，郡主必然给您难堪，到时候您就……"

牡丹连连点头："姐姐可否告知贵人的身份？"

碾玉笑道："是康城长公主，当今圣上的皇姐，最是仁善，很得敬重。只要她愿意帮您，就什么事儿都没了。"

牡丹随着碾玉穿过熙熙攘攘的人群，一直走到正对着兴庆宫勤政楼的道政坊门口，但见戴上各式兽面面具的人越来越多，男女难分，人们的情绪也空前高涨，嬉笑玩闹，肆意张扬。

而兴庆宫、道政坊两边的城、坊墙下按着爵位品秩高低一字排开许多装饰华丽的看棚，俱高出地面约三尺许，宽窄不一，以松木为支柱，桐木为台面，看棚四周五彩丝绸帐幔低垂，彩灯辉煌，锦衣童仆美婢侍立四周。不及靠近，笑语欢声盈耳不绝，各种名香、酒菜香味扑鼻而来，端的是富贵繁华已极。

雨荷低声道："丹娘，您往右边看，刘家的看棚。"

牡丹抬眼望去，但见戚夫人与戚玉珠盛装华服地立在看棚门口，戚夫人发髻约有一尺高，上面插戴着三品诰命用的七树花钿，满脸寒霜，死死瞪着自己这边，目光凶狠似要吃人。

牡丹神色沉静，微微一福，不卑不亢。

戚夫人见她竟然还敢给自己行礼，便觉得是挑衅。想到还被关着的刘畅、耀武扬威的清华郡主，不由恨恨地指着牡丹，咬着牙对左右的人道："把那不要脸的女人给我带来！"

刘承彩自棚中疾步走出，抓住戚夫人就往里拖，回头抱歉地对着牡丹笑了一笑，一副老实无奈样，活脱脱一个遇到妻子撒泼、无能为力的软弱丈夫。

牡丹没听清戚夫人说什么，却知绝非好话，但事到如今，她自是不在乎。继续跟着碾玉走了没几步，念奴儿气喘吁吁跑来，行礼笑道："少夫人，老爷命奴婢跟您说一声，那件事可以了，请府上择日去拿离书。"

牡丹一愣，这么容易？得来太巧合，她反而怀疑其中有诈，于是谢过念奴儿，继续往前走。无论如何，她都要把这事进行到底。

念奴儿才刚回到看棚，戚夫人迫不及待地问："她来这边做什么？是不是来勾搭人，又想攀上什么好人家？"

念奴儿垂眸道："少夫人什么都没说。"

"她从前好歹也是刘家媳妇。你这样说她，又有什么好处？"刘承彩淡淡地扫了戚玉珠一眼，语气严厉，"当着孩子乱说，实在不像话。"

戚玉珠立即低下头，眼观鼻，鼻观心。戚夫人冷哼一声，白了刘承彩一眼。

刘承彩道："好好，我不说了，我到隔壁闵相那里去一趟，稍后回来陪你们游街。"

此时外面漂亮的女伎很多，特别闵相那里的家伎更多。戚夫人眼珠子一转，满脸堆笑地对戚玉珠道："珠娘，你不是和闵相家的三娘子交好么？让你姑父带你一道过去玩耍，如何？"

戚玉珠微笑不语，刘承彩已然皱眉道："胡闹！我是去做正事！"

戚夫人越发以为猜中了他的龌龊心思，便道："你领她过去，让女孩子们自己去玩，耽搁你什么事了？"

刘承彩情知自己若是不带戚玉珠，怕是出不得这道门槛，只得叹道："走吧。"

戚夫人朝戚玉珠使个眼色，示意她帮自己看着刘承彩。戚玉珠温温柔柔地笑，殷勤跟上。

刘承彩立在街头，一眼就从熙熙攘攘的人群中找到了牡丹，当然也看到了何大郎等人。他低头想了想，领着戚玉珠走到戚夫人看不到的地方，方温和地道："珠娘呀，姑父有事要办，不能陪你。我拨两个得力的人跟着，你自己去寻闵家三娘子玩吧？"

戚玉珠懂事地应了好，乖巧地问："姑父什么时候回来？侄女好在这附近等您一道回去。"

倘若戚夫人有这个妻侄女一半乖巧聪明就好了，刘承彩呵呵一笑："半个时辰后。"说定时间地点，二人分了两头各朝一边去。

侍女道："二娘，咱们去寻闵家三娘子吗？"

戚玉珠不答，叫那两个侍卫上来，命侍女递上一贯钱，笑道："我饿了，听说东市里有胡人卖芝麻胡饼，香脆好吃，你们谁去买了来。"

侍卫便分一人去买饼，另一人仍旧跟着戚玉珠。

戚玉珠抓住侍女的手，趁侍卫不备，一头扎入人群中，三拐两拐，又躲又藏，很快甩掉侍卫，充满憧憬地快步朝宁王府的看棚走去。

将要走近，忽然有人拍拍她的肩头，一个男声不悦地道："你怎么到这里来了？"

戚玉珠一惊，回头过去，只见刘畅穿着青色圆领缺胯袍，拿个虎头面具，皱眉立在她面前。她又惊又慌，左右张望一番，小声道："表哥，你怎么来啦？小心别被姑父看见，我才和他分开。"

刘畅冷哼一声，把面具往头上一套，道："你跟我来。"

戚玉珠惋惜地瞧了宁王府看棚一眼，无奈跟上，很快就湮没在人群之中。

却说牡丹见碾玉停下脚步，回身招手，忙快步跟上去。碾玉指着前方一座垂着绯色帷幕的高台道："那就是长公主府设的看棚，我们夫人和清华郡主都在里面。奴婢先进去，您隔一盏茶的工夫再过来。"

牡丹与薛氏等人站在路旁的阴影中静静等候。到了时辰，薛氏拉了牡丹，一起往康城长公主的看棚走过去。姑嫂并不刻意去看那里，只和周围的庶民女子一样，好奇地近距离观看这些达官显贵设的华丽看棚及其美丽时髦的童仆侍女。

忽见一群盛装华服的丽人从帷幕深处走了出来，其中一个穿了樱草色宽袖披袍的正是白夫人。牡丹一回头，正好和白夫人的眼神碰上。

白夫人微微一笑，回头和身边一个年约四十多岁、高鼻细目、着绛紫薄纱披袍、发髻上插着九树花钿、脸形圆满如月的贵妇人低声说话。那人扫了牡丹一眼，低声说了几句话。

不多时，一个头扎红色细罗抹额、穿着白色翻领长袍、腰束蹀躞带、着红白相间条纹波斯裤的女官直奔牡丹而来，笑道："请问小娘子可是刘奉议郎家的宝眷么？"

牡丹忙还礼笑道:"正是。小妇人何惟芳。"
女官笑道:"我姓肖。我家主人见小娘子风华过人,有心结识,请您移步一叙。"说着遥遥一指康城长公主的看棚。
牡丹笑道:"既承青眼,敢不从命!"
薛氏等人正要跟上,肖女官彬彬有礼却不容置疑地道:"地方窄小,夫人还是在这里等候吧。"
雨荷笑道:"丹娘,奴婢陪您走过去,等下您出来,一眼就可以看到奴婢。"
肖女官打量一下雨荷,没说好,也没说不好,只转身领路。雨荷忙小心翼翼地跟在牡丹身后往前走去。
看棚内香风扑鼻,满目全是靓装丽人。
印金银泥的珍贵丝织品被做成最美丽时髦的衣裙,拖曳在名贵蜀锦制成的五彩地衣上,高达尺余的发髻上戴着形形色色的花钿、翠钿、金步摇、结条钗、金丝花冠,珠玉与烛光交相辉映,浓香扑鼻。当世身份最为高贵的女人们或坐或站,姿态优雅娴静,淡淡地注视着牡丹这个平民女子。
牡丹立在地衣正中,接受着无数目光的打量审视,反而将先前的那一丝紧张抛之脑后,行过礼后,便挺直了背脊,不卑不亢。
康城长公主淡淡道:"你就是何牡丹?"声音温和悦耳,却不会让人觉得亲近。
牡丹道:"小妇人何惟芳,小名牡丹。"
嗤笑之声迭起:"啧,绝代只西子,众芳惟牡丹。惟芳,牡丹,国色天香,这样的身份地位人品,也敢称花中之王?"
"休要胡说,花中之王虽说不上,的确娇艳得花儿似的。"
"像什么花?"
"狗尾巴花……又或者,似清华家养的那株蔫不拉几的鸡冠花?"
"哈哈哈哈……"众贵女笑得花枝乱颤。
白夫人平静地递了一杯茶汤给康城长公主,似是完全没听见这些无聊刻薄的话。
牡丹目不斜视,丝毫不露卑怯怨愤之态,只当这些不和谐的声音全都是在发泄罢了——无论清华郡主多么被人诟病,始终是皇族,代表着那个超然尊贵的圈子,也代表着这群人多多少少都有的烂习性。似她这般身份低微,偏又和清华郡主做了"对头"的女子,便是这些皇族贵女们刁难打击的对象。
康城长公主听着宗室侄女们嘲笑打讥讽刺牡丹,并不制止,只眯了眼仔细观察牡丹。但见灯光下,牡丹半垂眼眸,身姿挺拔如竹,玉一般的肌肤配着乌檀似的头发,白衣翠裙,衣饰简单却精致大方,没有弃妇的哀怨可怜,也无身份地位低下者的卑微怯懦之态,更无遭遇不公之后愤世嫉俗的仇恨和怨愤。便似一朵静静开放的牡丹花,不需玉盆锦幄映衬,只是静静地在那里立着,就已经将它的幽香和绝美雍容的姿态深深嵌入到赏花之人心里眼里,再也忘不掉。
康城长公主徐徐道:"叫牡丹呀,果然不愧这个名儿,是个好女子。你过来些,让我好生看看。"
她一发言,所有的喧哗之声全都静了下去。康城长公主和圣上是一母同胞的亲姐弟,关系极其密切,平时为人也是稳重威严,她发了话,谁还敢说不是。一个穿茜红绞缬朵花罗披袍、头戴金丝花冠、肌肤雪白、媚眼如丝的女子同清华郡主低笑道:"八姐,对不住,不能帮你出气啦。"
"狐狸精。"清华郡主目光阴沉地瞪着牡丹,咬碎了一口银牙。
康城长公主握了牡丹的手细看,但见肌肤如雪,掌型美丽小巧,又细细摸了她的掌心,

· 095 ·

柔软润滑，温暖干燥。再往脸上、脖子上仔细打量一番，便是微微一叹，真是可惜了，身份地位再低，这样的女子，在家中也是如珠似宝的吧？谁舍得给人如此糟践？暗忖一回，方松开牡丹的手，道："清华，你过来。"

清华郡主带着皇族与生俱来的优越感，稳稳走到康城长公主面前笑着行礼问好，起身时轻蔑地扫了牡丹一眼，看到牡丹沉静如玉的脸颊，恨不得一抓挠过去挠花挠烂才好。

牡丹似无所觉，看都没看她一眼。

清华郡主也是个美人儿，可她脸上那种怎么也掩饰不了的骄横之气、恶毒的眼神，与沉静雍容的牡丹一相比较，高下立现。

康城犀利地道："牡丹，你恨清华吗？"

这么直接？当然不能说恨呀！牡丹淡淡地道："没有抱过希望，所以不存在恨。"

有点意思。康城长公主又问："这话怎么说？"

牡丹苦笑："姻缘天定，何必勉强？！心死，无爱所以无恨。何况男人做的事，不该总是怪在女人身上。"这话说出来，她自己都寒了一寒。

周遭一片静寂，好几个贵妇人停下摇扇的动作，把目光投到牡丹身上细细打量。康城道："你说得颇有几分道理。既然如此，我便成全了你们如何？"

牡丹立即行礼下去："请贵人成全。"

康城长公主一笑，命肖女官："你去请刘尚书夫人过来。如此良辰美景，正该成人之美。"

清华郡主大释重负。那老太婆对自己一直就没好脸色，这回总不敢公然抗命了吧？自己为这事儿求了姑母许久，姑母一直不肯开口，今日总算肯了。

不多时，戚夫人急匆匆赶来，满脸堆笑地行礼问好。康城倒也客气，请她坐下后，方指着牡丹道："夫人可识得她？"

戚夫人看到牡丹便忍不住大怒，再看到清华郡主更是愤恨，当即自动脑补为清华郡主为进刘家而捣鬼，于是人还未进门，便已经想着要怎么斗了。

康城迟迟等不到戚夫人回答，不悦地将茶盅往几上不轻不重地一放。戚夫人打个冷噤，清醒过来，笑道："是我家儿媳妇何氏。"

康城笑得温和，话却是不含糊："听说小两口不和？"

戚夫人不敢隐瞒，快快地道："是。"

"所谓二心不同，难归一意，强留下去反倒成仇。咱们做父母的，还是该多顾着年轻人的心意才是，您说是不是这个道理？"康城抓起清华的手放在戚夫人掌中。

这意思再明白不过，放了牡丹，娶了清华。戚夫人咬紧了牙，沉默不语。

康城微微一笑："不知刘尚书可在？我记得他向来是个宽厚温和之人，想来……"

逼得如此急，看来今日不答应是万难善终，戚夫人低喘一口气，不甘心地道："长公主殿下说得极是，是这么个理。"

康城哈哈一笑，亲热地拉起她的手，叫牡丹："还不快来谢过戚夫人宽厚大度？"

牡丹依言上前屈膝行礼，戚夫人看到她和清华脸上刺眼的笑容，心口一阵难言的闷疼，痛得整个人都抽搐了，只得将头转开，紧握拳头，"起身免礼"的客气话都说不出来。

康城笑道："戚夫人，我和牡丹这孩子也算结了善缘，索性好人做到底，您看什么时候合适，我使人过来拿离书？"

实在欺人太甚！戚夫人胸中气血翻滚，一张老脸憋得通红，几次想要开口说话，都发现唇舌颤抖得实在太过厉害，语不成调。

康城也不急，耐心等待。

好一歇，戚夫人方道："明日……"她本想说明日不行，改天再说，哪晓得肖女官跟着笑道：

"夫人真是体贴，奴婢斗胆领了这个差事，明日就去。"

康城微微一笑："那就这样定了，明日我使她过来拿。这里办妥了，我再求圣上赐婚，谁都不许再闹，再闹就是不给我面子。"

一锤定音，果然天大地大权力最大，牡丹叹服。

戚夫人只觉喉头一甜，一股血腥味直冲嗓子眼，强撑着起身告辞，勉强走出看棚，眼睛往上一插倒了下去。

康城平静地吩咐肖女官："用我的肩舆送戚夫人回去。"又吩咐清华郡主："你也去。"

"是。"清华郡主扫了牡丹一眼，往外走去，未到门口，就被先前那戴金丝花冠的女子牵住袖子，轻笑道："恭喜八姐，终于得偿心愿。那女子虽是商家女，却极洒脱呢，根本不留恋刘子舒。"

清华郡主的脸色顿时阴沉下来。这意思是说，何牡丹不要的才给她。当即看向牡丹，阴阴一笑："丹娘，要不要我顺路送你回去？"

牡丹笑道："谢郡主好意，我不急，您先忙。"

清华郡主竟就上前来扯她："客气什么！我正有几句私密的话要和你说。"

牡丹知她不怀好意，怎可能跟了去。便推托道："小妇人还没谢过长公主殿下成全之恩呢，请郡主改个时辰吧！"

康城皱起眉头："清华，你改个时辰。今日我想要她陪我说说话。"

姑母还是一味地喜欢多管闲事，真以为自家是观世音菩萨，普洒雨露、广施恩德么？清华郡主讥讽地勾起嘴角，转身大步走出看棚。

牡丹认真向康城行了个大礼。

康城泰然受了，道："明日巳时到安兴坊公主府来候着，我让人陪你去刘家拿离书。"说完起身，笑道，"不是要去游玩么？走吧。"

众女子一片欢声笑语，簇拥着康城下了看棚。牡丹拖拖拉拉地跟在后面，招手叫雨荷过来，对着早就等得心急火燎的薛氏等人比个手势，示意他们先回去。

此时灯火辉煌，人们三五成群，有看百戏表演的，也有戴上兽面，自己敲锣打鼓跳上了舞的，或是嬉笑追逐的，十分热闹。众人走到平康坊附近便四散开来，自寻其乐去了，白夫人笑道："长公主知道你不自在，让你先走。"

牡丹笑道："我不方便去府上谢您，只有等机会合适的时候再说了。"

白夫人摆摆手："不必放在心上，这也是机缘巧合，你刚好投了长公主的眼缘。"

忽见一个穿着绯色圆领袍子、戴着鬼面的年轻男子蹑手蹑脚地靠过来，轻佻地往白夫人的脖子里吹一口气，轻笑一声："好夫人，我竟不知你是这般热心的。怎么样，背着我做这种事，感觉如何？"

白夫人的脸僵了僵，淡然回头看着潘蓉不语。潘蓉的两只眼珠子在面具里面骨碌乱转，闪闪发亮。牡丹尴尬万分，却不好说什么，只能陪着站在一旁。

僵立片刻，潘蓉终究败下阵来，探手取下面具，嘟囔道："没意思，故意戴了来吓唬你们，也不见你们有任何表示。我说，女人就要有女人的样子，别以为穿上男装靴子，骑上马就真以为自己是男人了。该害怕的时候还是得害怕，男人才会喜欢。"蛮横地冲着牡丹一扬下巴，"你破坏了我们的夫妻情分，就不想做点什么来弥补吗？"

牡丹决定死不认账，把事情全推到清华郡主身上去，反正以她推论，清华不可能求过康城长公主，便眨眨眼，做莫名状："我做什么了？我和夫人说几句话也有错？"

潘蓉不耐烦地道："得了，女人天生满口谎话，我才不信你们哩。我又不是傻子。"

白夫人道："丹娘，你先走吧。这里没你的事了。"

"唷，还丹娘呢，好亲热呀。"潘蓉撇撇嘴，斜眼看着牡丹，"你是不是还叫她阿馨呢？"

白夫人道："未尝不可，丹娘，以后叫我阿馨，莫要再叫夫人。那样太生分，改天我又来看你，记得你答应我的。"

真是完全不把自己放在眼里！潘蓉勃然生出一股怒气来，将面具用力摔到地上，见白夫人一贯的冷淡平静，恨得使劲跺了几脚，转身就走。走了没两步，却又跑回来，沉着脸对着白夫人道："你的夫君命令你陪他逛街游耍！"言罢一把抓住白夫人的手臂拖着去了。

牡丹情知无碍了，又觉得潘蓉的行为幼稚好笑，不由扑哧一声笑出来，结果挨了潘蓉好大一个白眼。

牡丹和雨荷手挽着手倒回去寻何大郎等人，走了没多远，一群戴着鬼面、穿得奇形怪状的人抱着鼓边敲边叫边跳，慢慢向她这边靠了过来。

牡丹害怕起来，这些人目光炯炯地盯着她，眼神很不对劲，尤其一人，身材高大、穿着红灯笼裤子，总往她面前挤，动作侵略性十足，将鼓擂得震耳地响，面具下一双眼睛贼亮。

牡丹见四处都是寻欢作乐的人，似这类的人很多。有些女子戴上面具后，也放下了平时的矜持，跟着欢叫跳舞。人家也没做什么，她若是大呼小叫，只怕没人会理，便拉着雨荷往人多的地方跑，那些人也跟着追了上去。此时万众欢娱，响声雷动，也没谁注意。

牡丹拽着雨荷左奔右跑，忽听街边有人道："这不是丹娘吗？我们公子正到处找您呢。"

牡丹和雨荷大喜，抬头去瞧，却是李荇身边的小厮螺山站在那里，便快步迎上去道："我表哥呢？"回头看去，但见那帮人已经停了下来，只在附近嬉闹，不敢靠过来。那个穿红灯笼裤子的人将鼓往地上一放，弯腰探臂将身边一个同是强壮的伙伴拦腰抱起，玩耍似的上下抛了几下，显得力气非常大。

牡丹咂了咂舌，收回目光，螺山指着街边一个看棚："公子听说您和长公主来游街，不放心，便来寻您。谁知喝多了，走到这里就有些头晕脚软。幸亏遇到一个相熟的友人，他进去歇歇，命小人来寻您。"

约是舞马贺寿取得成功，所以被灌醉了？牡丹跟着螺山往那看棚走，问道："要不要紧？"

螺山担忧地道："厉害。公子从没喝过这么多酒。"

牡丹皱眉道："怎不送回家去熬醒酒汤喝，还由着他在街上乱逛？"

螺山带着哭腔道："他不放心您才来的。请您去看看吧，不知是吃了什么东西，整个人都不对劲。苍山哥哥已经去寻大夫了……倘若有什么三长两短，我们会被打死的。"

牡丹一阵心慌，快步往前："怎么个不对劲法？"

螺山却是说不出所以然来，牡丹心中焦躁，快步上了那家看棚，但见两个年轻男子和几个女子坐在外间说话，却不见李荇。螺山说明身份，男子忙领了他们到帷幕后去："后面设有休息的床榻，行之就在里头。"

掀起帷幕，果真看到李荇躺在一张小小的床榻上，一个年轻女子正捧了水喂他，见牡丹等人进来，轻轻退出。

牡丹见李荇满脸潮红，萎靡不振，似是全身无力，果然是很吓人，不由吃了一大惊："表哥怎么了？"也顾不得那许多，伸手往李荇额头上一摸，烫得吓人，不像是普通的喝醉酒，倒似是病了。

感受到额头上舒服的凉意，李荇艰难地抬起眼皮，朝她微微一笑，软声道："你别怕，没事儿，我就是喝多了。"

忽听外面一阵喧哗，似是有人要找什么人，其中一道声音熟得很，正是刘畅的。李荇脸色一变，吩咐螺山出去看看，低声吩咐牡丹："赶紧跑！有人做套子！"

牡丹不及细想，左右张望一番，和雨荷二人奔到侧面揭开帷幕就往下跳，落地也不敢久留，提起裙子拼了命地往街上人多的地方跑。

牡丹和雨荷才刚跳下去，帷幕就被人使劲掀开。刘畅一把将螺山推倒在地，又举着手里的刀向主人家晃了晃，逼退人后，冷着一张脸往里看来，正好看到李荇潮红的脸和已经涣散的眼神，不由冷笑一声，将刀收回鞘内，走上前恶狠狠地瞪着李荇，粗鲁地拉开他的衣襟，露出大片裸露的胸膛。

李荇闭了眼，轻声道："你害了她，对你又有什么好处？"

刘畅冷笑一声，并不答话，提起刀鞘在李荇身上使劲砸了十几下方才略略解了一口恶气。然后收了狞色走到帷幕边道："他在这里，好像病得不轻呢。"

戚玉珠攥着块帕子咬了又咬，终究迈步走了进来，一眼看到李荇半裸的胸膛，不由害羞地红了脸，半侧的身子嗔道："表哥！"

刘畅眉间闪过一丝不耐烦："过了这个村可就没这个店了，与其想方设法弄帖子参加他在的宴会，又偷偷摸摸去铺子附近偷看他，何不抓住这个机会？你不需要做什么，只需在他身边坐着一直等就可以。"

戚玉珠犹豫不决，将丝帕咬了又咬。刘畅却是等不得了，一把推开她，将帷幕掀起跳下去直追牡丹。

潘蓉说是死局，他偏不信是死局，就在今夜，他要绝地反击，反败为胜！

牡丹和雨荷一口气跑到人最多的地方，方才停下脚回头看过去。忽听得马蹄声疾响，一群人驱散游人，如狼似虎地往二人刚离开的看棚奔去，到了那里立刻将看棚团团围将起来。内中一人利落地跳下马背，面无表情地登上看棚，不是刘承彩又是谁。

好险！牡丹和雨荷都从对方眼里看到了惊恐和困惑。雨荷喃喃道："他们要干什么？表公子不会被他们怎样吧？"

牡丹抱紧双臂，控制不住地打了个寒战，哑着嗓子道："快，我们快去找家里人！"

"要不要我帮你去找？你怕什么？难不成还会出人命？咱们的爹聪明得很，怎会要人命？明日你只管与我一道去恭喜李家表哥与咱们亲上加亲就是了。玉珠可是一直都很仰慕你李家表哥的。"刘畅咬着牙，重重地将"咱们的爹"几个字咬了出来，此时他深深感觉只要运用得当，刘承彩关键时刻也还是有点用的。

牡丹僵硬地看向身后的刘畅，对上他阴鸷讥讽、又带了几分志在必得的眼神，不由从头凉到脚——都是她害了李荇，怎么办？怎么办？

雨荷突然一头朝刘畅撞去，大叫道："丹娘，快跑！"

刘畅早料到有此一出，一把抓住雨荷的头发，一掌掴去，冷道："找死！"这个死丫头，他看不惯很久了。

这种男人，还和他讲什么道理。牡丹深吸一口气，扑上去扶住雨荷，尖声大喊："非礼呀！非礼呀！救命！救命！"

她玩这一套栽赃陷害的把戏倒是拈手就来！眼见周围人都看了过来，刘畅又急又恨又臊，将雨荷一把推开，上前捂住牡丹的口，呵斥道："鬼喊什么！"话音未落，就被牡丹狠命咬了一口，小腿胫骨上又挨了一脚。

刘畅忍住疼，死不松手。他就不信大老爷儿们还弄不过娘儿们，第一次栽到她手里是没防备，这次他再心软就不姓刘！

忽听一道炸雷似的声音响起来："狗东西！放开她！"

刘畅闻声看去，但见一个穿着红色灯笼裤、怀里抱着个鼓、头顶上半掀着一个鬼面，粗眉豹眼、满脸凶横之色的年轻男人恶狠狠地瞪着自己。后面几个一般装扮的人却不把鬼面掀起来，只目光炯炯地瞪着这边。

刘畅确不认识这人，猜着大概就是个市井无赖——还真以为自己厉害无穷，可以行侠仗义了……便冷笑一声，轻蔑地道："什么东西？！休要多管闲事，省得惹祸上身！"

牡丹却是认出来了，这是那"生不怕京兆尹，死不惧阎罗王"的张五郎，也是先前带着一群人戴着面具追着她看的混蛋。但此时，张五郎之于她，就好比那救命的稻草。

牡丹使劲掰开刘畅的手，大叫："张五哥，他要杀我！他还害了我表哥，求你找人和我家里说一声！"边说边示意雨荷赶紧去找人。

倒是个不认生的，张五郎狠狠地看了牡丹一眼，低声吩咐身边的人，那人冲着雨荷道："人在哪里？赶紧走！"

雨荷放心不下牡丹，但见牡丹狠狠瞪过来，忙道："你小心！"提起裙子跟了那人一头扎入人群之中。

此时张五郎方回眸望着刘畅说道："你到底放不放手？"

刘畅此时方知原来是牡丹认识的人，这才出来几日，就三教九流的人都认得一大群了。不由暗恨，看向张五郎的眼神也多了几分不善，一手牢牢抓住牡丹的手腕，一手摸向刀柄，冷笑道："我自管教我的妻室，与你何干？识相的，赶紧走开！不然休怪我无情。"

牡丹大声道："他有刀！"

张五郎却是"嘿嘿"一笑，将怀里的鼓往地下狠命一掼，将两只袖子高高挽起，露出那两行刺青，四处亮了亮，又亮了亮腱子肉，大步上前。

看到张五郎的动作，他的同伴全都挽起袖子，将几人围在中间，使劲拍着鼓，齐声大喊。众人见有热闹可看，全都"呼啦"一下围了过来。

"是张五郎……"

"另一个男的是谁？打不过张五郎吧？看他小胳膊小腿儿的。"

"两男争一女……"

"那女的挺好看，不晓得是哪家的闺女……"

街边灯笼火把遍地，将众人的脸映得明晃晃的。牡丹将他们暧昧的表情看得一清二楚，再听听他们说的话，简直难堪到了极点，举起袖子半掩住脸，心里恨死了刘畅。

刘畅也恨得要死，只觉得太阳穴突突直跳，不由恶狠狠地瞪着牡丹道："都是你惹出来的，我的脸都给你丢尽了！恨死你了！"

牡丹怕他动刀子惹出大祸，便轻蔑地道："有事就会怪到女人身上。你还是先打赢这一架再说脸面吧！我说，人家赤手空拳，你却要动刀？啧，啧，真男人！"

刘畅死死瞪着牡丹，突然放开她的手，从腰间解下刀来，庄重地捧着对众人转了一圈，把刀扔到牡丹怀里，恶狠狠地道："拿着！"接着挽起袖子，露出虽然雪白但是同样精壮的胳膊。今天他就叫她好好看看，他到底是不是男人！

张五郎扫了牡丹一眼，往腰间掏出把匕首，也是当着众人亮了亮，再将头上的鬼面取下，将两件东西同样扔到牡丹怀里。

众人纷纷鼓掌鼓噪起来，意思都是光明磊落的汉子，打吧，打吧！快点动手啊！

那二人四目相对，目光胶着处火花四溅，俱一声不吭，猛地将肩膀向对方撞将上去，顷刻之间，就过了十几招。张五郎力气大，实战经验丰富，刘畅却是身手灵活，一招一式颇有章法。拳头打在人身上的闷响声和人群鼓噪的声音夹杂在一起，令牡丹出了一身汗，热得险些喘不过气来。

此地不宜久留，此事不宜再闹。牡丹默不作声地将刘畅的刀扔到地上，再把张五郎的匕首往他伙伴手里一塞，将面具往头上一套，慢慢往后退。众人的注意力都被那打架的二人吸引过去，也没谁注意她的小动作。

牡丹出了人群，大步往前方奔去，四处搜寻，总算找到了目标人物，于是喊一嗓子："有人打群架了！杀人啦！"见那几个坊卒开始行动，又急速往另一边跑，边跑边大喊："坊卒来啦！"

围着看热闹的人群迅速四散开来，张五郎经验丰富，立即住了手，麻溜地抱起鼓领着一群人又唱又跳，镇定自若地随着人群散开，很快湮没在人群之中，只剩下刘畅孤零零一人站在那里发呆。

牡丹寻了隐蔽的地方躲好，观察着看棚那边的情形，等待雨荷领人过来。

然而看棚那里全无动静，一群人围在那里巍然不动，不见人出来，也不见人进去。牡丹不由大急，有心过去打探消息，又怕被发现行，反而中了奸计。左脚踩右脚，右脚踩左脚，踌躇良久，好容易才下定决心，沿着街边慢慢掩将过去。

清华郡主将戚夫人送到刘家看棚，假意应承。戚夫人被灌了茶汤醒过来，手脚冰凉，两腿控制不住地发抖，看到清华郡主的如花笑靥，只觉得心口一阵阵刺痛，仿佛有人拿了一把剪子在她心里绞呀绞，只得恶狠狠地瞪着朱嬷嬷，示意把人赶走。

朱嬷嬷本就收了清华郡主不少好处，又知道这将是自己的女主人之一，得罪不起，便只装作不懂，不停地说清华郡主的好话，一会儿说戚夫人晕倒后郡主如何担忧，一会儿又夸郡主耐心细致，温柔体贴。

戚夫人气得要死，闭着眼朝清华郡主挥挥手，示意她赶紧走人，一个字都不想说。

作死的老虎婆，若非看在畅郎的面子上，我才懒得理睬你呢！清华郡主心中恼恨不已，本想戚夫人不愿见到自己，偏就要在这里怄怄她，可到底还牵挂着另一个人，便起身道："既然夫人要休息，我就不打扰了。"又摆出女主人的架子，严厉地将刘家伺候的人挨个训了一番，指示她们好生伺候戚夫人，不然自己不饶她们云云，见戚夫人又有昏厥过去的迹象，方才心满意足地提了鞭子出去，问侍卫："人往哪里去了？"

侍卫一指平康坊："跟着长公主殿下往那边去了，没骑马，走的路，马六一直跟着的，想来还在那附近。"

清华郡主冷笑一声："走，去把人给我找出来！"她就不信这么乱，这么多的人，长公主还能总关照着一个陌生人！

牡丹仗着有那个普及面很广的鬼面遮挡，很顺利地摸到看棚附近约有三丈远的地方，就再也不敢靠近。徘徊良久，决定故技重施，再去报回案情，请坊卒们去捣捣乱。

谁晓得才往街心走了几步，就听得一阵马蹄声疾响，众人尖叫躲避，也有人大声咒骂。似是有人纵马疾驰，牡丹不及回头，迅速往旁边闪让。还未来得及躲开，就听得身边人尖叫，一匹马冲着自己直直奔来，马上之人高高举起马鞭，鞭梢呼啸着毒蛇一般朝自己劈头盖脸地抽来。

看到清华郡主恶毒的笑容，牡丹的心跳差点就停止了。往左躲是马蹄，往右躲是鞭子，前不得后不得，跑不掉躲不掉……她当机立断，护着头脸侧身过去，要打就打背吧。

清华郡主看到牡丹缩成一团的样子，不由感到一阵快意，原来你也会有这样狼狈的时候！刚才和刘畅抱在一起时，是不是也这样楚楚可怜？眼看鞭梢要触到牡丹，突然又改了主意，硬生生将鞭子转了个方向，狠狠抽向马臀上。马儿吃痛，一声嘶鸣，抬起前蹄就往牡丹身上踏去。

众人尖叫惊呼，都叫牡丹快躲。牡丹拼命地躲避着，脑海里却有个声音在狂喊，她躲不掉了，躲不掉了！人哪有马跑得快？！

清华郡主快意地笑着，嘴里却假装惊呼："哎呀！该死的畜生！快快停下！"又叫人上来帮忙："还不快来帮忙！"实则却是叫人替她堵住牡丹，她手下之人俱都打马上前。

却见人群中有条身影突然跃起，闪电般抓住清华郡主随从坐骑的马鞍，长腿一撩翻身上马，手肘劈头盖脸朝那随从一砸一推。那人惊呼一声，手一松就摔了下去。夺马之人片刻犹豫也无，只打马上前去赶牡丹。整套动作又快又狠，娴熟无比，也不知从前做过多少遍。

牡丹听得身后马蹄声更乱，晓得今日是无论如何也躲不过去了，索性将面具一把扯在地上，转身对着清华郡主，准备发表最后的演说。不就是死吗？但一定不能这样窝囊地死！

清华郡主见她不躲了，忍不住狞笑起来，催马上前，口里却是更加惊恐地叫道："快闪开！"

话音未落，忽见一骑从她的左后方暴风骤雨般迅速超越过来。马上之人猫腰将牡丹捞上马背，一个急速转身，擦着她的马头奔过去再迅速跑开，惊得她座下的马儿狂嘶一声，疯狂地跑起来。清华郡主吓得要命，拼命勒住马缰，使出浑身解数才将马儿安抚下来。

"谁敢这样大胆？！找死么！"清华郡主惊魂甫定，又惊又怒，四处探望，但见那两人一骑已经停在不远处，夺马之人正小心翼翼地将牡丹扶起坐好。而自己带来的人此时方才反应过来，忐忑不安地上前伺候，说是适才被推下马的人腿摔断了。

清华郡主气得要命，功亏一篑不说，还险些搭上自己，丢脸又丢尽了，抬手就给了离她最近的侍从一鞭子，咆哮道："到底是谁这样大胆？众目睽睽之下竟敢夺马伤人，把他给我拖过来！我就不信没有王法了！"

正要指挥随从抓人，忽见五六个衣着光鲜的男女打马过来，迅速围上那夺马之人。清华郡主看得分明，女子也就不说了，那几个男子分明配着镏金龙凤环、刀柄缠金丝的仪刀，能配这刀的人，不是御前侍卫就是禁军中人。清华郡主突地转了个念头，制止随从靠过去，先行观望。

但见那夺马之人扶了牡丹下马，叫人让了一匹马给她，安置妥当后方牵了夺来的马缓步走来。

他穿了一身青缎箭袖圆领袍，着黑色高勒靴，腰间挂一柄黑漆漆的横刀，宽肩长腿，神色淡定，从容不迫，自有一番气势。围观众人见他做了此事不但不逃，反而主动送上门来讨打，感叹是个傻的，却又赞叹佩服他侠肝义胆、不怕事，是条汉子，纷纷给他让路。

那人走至离清华郡主约有一丈远的地方停下脚来，将马缰一扔，遥遥抱拳，朗声道："郡主，别来无恙，适才没有受惊吧？"

清华郡主已经看清来者是谁，正是那日花宴上飞刀脍鱼的蒋长扬。此人的底细她大概知道些，但想到适才让自己险些吃的那个大亏，就咽不下那口气。正要发作间，又见一人急急忙忙自旁边一个看棚走出，正是刘承彩。

他怎会在这里？也不知刚才的事情看到了多少？清华郡主假装没看到刘承彩，勉强按捺下怒气，深吸一口气，挺直背脊，摆出平时做惯了的皇家高贵雍容样，端坐马上抱拳还礼，哈哈笑道："原来是蒋兄！多亏你援手，不然今日之事还不知该如何收场呢！"

说完用鞭子指着侍从喝道："没用的东西！见我的马惊了也没本事制住，若非蒋公子援手，不知要酿成多大的祸事！险些就出了人命。留你们何用？！回去后自领二十大板！"

蒋长扬听她说得道貌岸然，轻轻一句就将一场居心叵测的谋杀变成了意外，眼角瞟到一旁的刘承彩，心中了然，眼里闪过一丝轻蔑，淡淡一笑："既然郡主不怪罪，再好不过，在下先告辞了。"也不管那摔断腿的侍从，转身就走。

清华郡主本是好容易才将怒火压下去的，说了那些冠冕堂皇的话，不过就是等着蒋长扬递个梯子给她顺着下罢了；若是蒋长扬问候一下被摔伤的侍从，表示一下歉意什么的，暂时就算了。谁知竟是如此，可见根本没把她放在眼里，当下喝道："蒋兄就这样走了吗？"

蒋长扬站定回头，淡淡地道："郡主还有什么吩咐？"

清华郡主远远瞟了牡丹一眼，一字一顿地道："我想设宴答谢蒋兄今日援手相助，不知可否赏脸？"

　　蒋长扬想了想，点头应下。不过想要借机报复而已，他若不去，倒是何家女儿受罪。左右都是得罪了的，去去又何妨？

　　清华郡主暗里冷笑，面上做着谦虚样："不知蒋兄住在哪里？我好使人去接。"

　　蒋长扬坦然道："我住在曲江池芙蓉园附近，一问便知。"

　　"好！好！"清华郡主扬声大笑，打马上前，看定牡丹，"我道怎会这样眼熟，原来是丹娘。你说我这马儿也真是的，先前还好好的，怎么见了你就突然惊了呢？亏你运气好，否则我岂非犯下大错？"

　　牡丹淡淡地道："兴许是丧心病狂了吧。"她果然是运气好，若非雨荷半途遇到蒋长扬，蒋长扬心软多事折回来看，她此时只怕已经命丧马蹄之下。

　　清华郡主恶意笑道："到时候你也要来哦，蒋兄可是你的救命恩人呢，你得敬酒才是。"见牡丹垂眼不语，便凑过去贴在她耳边轻声道，"何牡丹，你敢不敢来？你若是敢来，我们便做个了断！"

　　牡丹勃然大怒，抬眼看着清华郡主吼道："做什么了断？你已经得到了你想要的，何必死咬着我不放？不就是要我这条命吗？拿去！早死早超生，老娘没兴趣陪你们玩！"她这辈子受的窝囊气，加起来都没今日多！

　　清华郡主第一次看到她发飙，倒有些意外，随即轻蔑一笑："不过如此，商女就是商女！粗鄙！不来就算了，何必！"随即将马鞭往马屁股上一抽，趾高气扬地走了。

　　牡丹阴沉着脸跳下马，直接朝刘承彩走去，大声道："刘尚书，还请你高抬贵手，放过我表哥！"

　　刘承彩无意之中看到了清华郡主上演的一场好戏，颇为心惊，果然最毒不过妇人心。接着看到牡丹吃了熊心豹子胆一般朝自己嚷嚷，便沉了脸道："胡说什么！你的规矩到哪里去了？哪有儿媳这样对着公公大吼大叫的！何家就是这样教导女儿的吗？"

　　牡丹冷笑道："刘尚书还不知道吗？康城长公主适才亲口允了清华郡主，不日将求圣上赐婚于府上，明日就要来府上拿我的离书。戚夫人已是允了！听我表舅家的童儿说，我表哥被你无端扣在这里，人事不省，到底是何因由？总不成因为他打了你儿子一拳，你就要借机陷害他出气吧？"

　　刘承彩望着牡丹的嘴一张一合，其他的都没听清楚，就只抓住两个关键词："赐婚、离书。"虽然康城长公主会掺和到这件事中间来，早在他的预料之中，也在他的谋算之内，他却是没有想到，最终关键环节是坏在自家人手里，他太低估了刘畅。这关键一步错了，后面就连环出错，此刻他是被逼到了悬崖上，毫无退路可言。

　　清华郡主这事就怕较真。若是人家不计较，就是你情我愿的风流韵事；若是真的计较起来，便是轻薄侮辱皇族，罪名不小，少不得今夜就要提前做好准备。刘承彩想到此，倒也顾不上计较牡丹的无礼，神色沉重地道："你随我来。"

　　牡丹见他神色凝重，心中担忧不已，只当已经发生了不该发生的事。不想蒋长扬却带着他那几个朋友走了过来，道："何夫人，你的家人还未赶来，现在已晚，你孤身一人不妥，我们在外面等你。有什么需要，请你喊一声。"

　　有他们在外面候着，刘承彩饶是再奸诈也玩不出来花样。牡丹心中大定，异常感激，默不作声地福了一福，转身跟着刘承彩进了看棚。

　　但见此时看棚内情形又与先前不同，四处的帐幔都被放了下来，掩盖得严严实实，主人家被刘家的家奴赶在角落里坐着，女人们满脸委屈，李荇那个朋友则满脸害怕地偷看刘承彩。

· 103 ·

牡丹厌弃地啐了那人一口，她平生最恨这种以不光彩的手段助纣为虐、陷害朋友的人。

"表嫂。"忽听得有人温柔地喊了一声，牡丹这才注意到戚玉珠扶着个丫鬟，半掩在帷幕旁怯怯地看着自己。戚玉珠发上插着两支双股金钗宝钿花，系绛红色八幅罗裙，裙角的金缕鸂鶒在灯光下闪闪发光，墨蓝色薄绫裙带上钉着的几颗品质上佳的瑟瑟反射出低调奢华的光芒，宝石蓝的薄纱披袍里半露着翠蓝的抹胸，衬得她肌肤如玉，目若秋水，看上去还透着股子娇羞之色。

看来是精心装扮过的，牡丹想到刘畅那句要亲上加亲的话，不由感到一阵恶心，戚玉珠再美丽，此时落到她眼里也和那绿头苍蝇差不多。当下淡淡地道："戚二娘子莫要乱叫，我可不敢当。"

戚玉珠委屈不已，却仍锲而不舍："那要叫什么？"

都有胆做那种事了，还装什么小白花，牡丹懒得理睬她，问道："刘尚书，我表哥呢？"

刘承彩一双眼睛就在牡丹和戚玉珠中间来回打量，闻言呵呵一笑："丹娘，不是我说你，你这个态度要不得。就算咱们做不成一家人，也用不着仇人似的吧？虽然子舒对不起你，但我待你一直都很宽厚吧！珠娘也是个好孩子，你这样她多伤心啊！珠娘，不叫表嫂那就叫表姐。"既已到了这个地步，无论如何都要和李家、何家扯上关系才是。

戚玉珠听明白刘承彩的意思，脸上闪过一丝喜色，脆生生地喊："表姐……"

牡丹不答，大声喊道："螺山！你死到哪里去了？"一把将帷幕扯开，探头往里看去。但见李荇衣衫整洁地躺在里间的榻上，人却是一动不动。螺山伏在他脚边，两只眼睛哭得像桃子似的，见着牡丹，忍不住"哇"的一声大哭起来："公子要死了！我也活不成了！"指着戚玉珠愤怒地道，"刘子舒拿刀砍公子，她拿瓷枕砸公子，想要公子的命。"

牡丹本来看到李荇衣饰整洁，隐隐松了一口气，此时又听螺山号这一声，不由唬了一大跳，回头冷冷地瞪着刘承彩和戚玉珠。戚玉珠抢先道："表姐莫误会！他只是醉狠了，没有大碍！最多明日就醒了。真的。这螺山糊涂了，话都说不清楚。"说着脸又红了。

这情形不像是成了那什么的，到底怎么回事？牡丹皱了皱眉，骂螺山："你个没出息的东西！你主子喝醉了你也不知道给他茶汤喝，光知道哭！"左右张望一番，看到桌上有茶汤，正要动手去倒。刘承彩大步走了过来，阴沉着脸道："珠娘来倒！"

戚玉珠闻言，红着脸快步去抢牡丹手里的茶壶："表嫂，我来！"

牡丹牢牢抓紧茶壶，定定地望着戚玉珠道："不敢劳您大驾，戚二娘子还是松手吧。"

戚玉珠意识到牡丹的敌意，有些尴尬，缩回手去偷看刘承彩。刘承彩的脸色越发阴沉："丹娘，你来得正好，今日这事儿你做个见证！"

牡丹一听不妙，忙大声道："做什么见证？做你们又砍又砸、将我表哥弄得半死不活、人事不省的见证么？也不需要什么见证了，直接告到京兆府，由他们来判……"

话音未落，就听到蒋长扬在外面道："何夫人，可是有什么不妥？需不需要在下帮忙？"

刘承彩低声冷笑："丹娘，你若是聪明就听我一句劝，这件事你还是少让外人搀和的好。你将他们引进来又有什么意思，不过多了一群看热闹的罢了。只要我想，现成的人证多的是。"他扫一眼角落里的几个男女，冷冷地哼了一声。

牡丹把目光投向戚玉珠，正色道："戚玉珠，这是一辈子的事，勉强不得，你不会想落到和我一样的下场吧？"此时她已经完全确定，李荇没对戚玉珠做什么。

戚玉珠的脸一白，娇羞之色全无，她攥紧帕子，惊慌地看向牡丹，又看看昏迷中的李荇。

牡丹再接再厉："你可知道得不到夫君的尊重，被他看不起会是什么下场？虽生犹死！你确定真要这样做？"

刘承彩见戚玉珠似要被牡丹说动，连忙恶声呵斥："荒唐！事已至此，哪里还有退路！

你跟着那个混账东西来时怎么就没想过这些？"愿意也得愿意，不愿意也得愿意！"

戚玉珠害怕地看着刘承彩，红了眼圈，完全没了主意。

刘承彩见她怕了，便柔声哄道："好孩子，你别怕，一切自有姑父替你做主，你只管乖乖等着就好，什么都不要你做。我这就让人去把你姑母和爹娘叫来。"

戚玉珠流出眼泪，低声道："他叫我把他砸晕的，他一定也不想要我这样，他会看不起我的，姑父！我不愿意！我没做什么，他也没做什么！"

牡丹赞许地看着戚玉珠，诱哄道："你可敢把这话同我外面那几位朋友再说一遍，请他们帮着做个见证？我表哥会感激你一辈子的。"

戚玉珠又犹豫了，适才本是情急，这种事叫她怎么开得了口和陌生人说。刘承彩却是根本不管她，直接就叫人："赶紧去把夫人和舅爷、舅夫人请来！"

牡丹道："戚玉珠，你要三思而后行！我表哥最恨最瞧不起的就是阴谋陷害他的人！"

戚玉珠惊慌失措，简直不知该怎么办才好。

忽听外面传来一阵喧哗，接着看棚四周的帷幕被人用刀搅得粉碎，七八个穿着团花锦袍、头上绑着红色抹额、胡子拉碴、年龄从三十多岁到十多岁不等的男人立在四周，冷森森地瞪着刘承彩，手里的刀映着周围的灯光，寒气逼人。

刘承彩一瞧，自家带来的人都被打得七倒八歪，而蒋长扬那群人则抱着手在一旁看热闹，不由大怒道："什么人？难道要在众目睽睽之下行凶吗？我乃当朝三品大员！"

"冒充什么三品大员！"当头年龄最大的那个很是不屑地斜睨着刘承彩，一刀将根碗口粗的松木支柱砍断，"就你这个熊样，也敢在天子脚下假装三品大员，欺负咱兄弟们刚从边疆来不知道？看你穿的衣服就不像！来呀！兄弟们，咱们替京兆府将这个胆敢冒充朝廷命官的老贼拿下！"

那几人吼了一声好，猛地扑了上去，一人按住刘承彩，其余几人分头行动，抬起李荇、对付刘家家奴，忙而不乱，凶而不残。牡丹看得目瞪口呆，这都是谁？忽听有人喊道："丹娘！快过来。"却是何大郎、何二郎在人群里对她招手。

牡丹见螺山还在发呆，忙拖起他往下跑，刚和大郎、二郎会合。那几个人已经旋风似的结束了战斗，将李荇扔在马背上，转眼间跑得无影无踪。

光秃秃、一片狼藉的看棚里，刘承彩撅着山羊胡子，由戚玉珠扶着，脸色青白，差点晕厥过去，显然是惊吓过度和愤怒已极。

确认牡丹无恙后，二郎轻声解释："是李荇家的表哥们，才从幽州回来没多久。我们思来想去，只有先把人抢出来这个法子最好了。"

牡丹松了口气，正要领了大郎、二郎过去感谢蒋长扬，蒋长扬已经朝她点了点头，带着他的朋友们上马离去。

"我们也回家吧，爹爹他们只怕已经等急了。"牡丹扫了一眼泫然欲泣的戚玉珠和气得发抖的刘承彩，挽了大郎和二郎的手，喊上犹在惊怒中不知状况的螺山，迅速离开。

第九章 出名

是夜，刘家宅子灯火通明。

刘承彩疲倦地揉揉额头，看着还在啜泣的戚玉珠，淡淡地道："事情的经过就是这样。"

她不听话才捅出这么大的娄子,你们若要怪我没照顾好她,我也没法子。若是要嫁李荐,我自当想办法;若不想嫁,我亦设法把这事儿掩了。你们商量吧。"

戚长林阴沉着脸不出声,裴夫人为难道:"大姐,您看这件事……"

戚夫人一张脸白得像鬼,歪在绳床上半闭着眼,只淡淡地挥了挥手:"你们自己看着办。"什么都不合心意!不是她不想发飙,而是实在没那个力气和心情。一想到清华要进门,她的胸口就一阵阵闷疼。

刘承彩还记挂着才绑回来关在房里的刘畅,没心思陪他们慢慢熬,便起身道:"我先去收拾那个逆子。"

戚长林忙劝道:"姐夫,孩子大了,有话好好说。"

刘承彩不置可否,甩甩袖子径自去了,见着刘畅,很平静地命人将纸、笔、墨摆在他面前,柔声道:"你自己写还是我帮你写?"

刘畅皱眉侧脸,动作太猛,导致被张五郎打裂的眉弓一阵火辣辣的疼,疼得他的心也跟着一阵一阵地抽痛。他冷漠地看着角落里被打得鼻青脸肿、全身疼得颤抖还强撑着跪得笔直的惜夏,心里充满了对刘承彩的怨恨。

刘承彩也不强迫他,自挽了袖子,拿毛笔蘸满墨汁,舒舒展展地写了一封中规中矩的离书,然后放下笔,平静地道:"你自己盖手印,还是我来帮你?"

刘畅皱皱眉头,一言不发,只暗暗握紧了拳头。

刘承彩淡淡地招呼惜夏:"惜夏,招呼两个人帮公子把手印按下,你就将功赎罪了。"

惜夏一愣,随即号啕大哭,爬到刘畅脚下拼命磕头。

刘畅只是不动,刘承彩叹了口气:"我是万万不想和你闹到这个地步的。谁叫你招惹了郡主呢!我早就和你说过,那不是我们招惹得起的。你既然不肯听劝,我少不得为了这个家动些非常手段了。惜夏!"

惜夏一颤,眼睛往上一翻,干脆利落地晕死过去了。他已经违背了老爷的意思,把消息透给了公子;若是再听老爷的,绑了公子按下手印,公子也要恨上他了。还不如死了好。

刘承彩皮笑肉不笑地道:"身体这么不好,不适合再跟在公子身边伺候。先拖下去扔在柴房里,明日就卖了吧,他老子娘、兄弟姐妹一个也不留。"他才是一家之长,谁也挑战不得。

惜夏没有机会改变他的命运,刘畅也没能逃脱属于刘承彩儿子的命运。鲜红的朱砂蘸了指尖,在离书上留下夺目的印记,就好比牡丹初进门时,病好后第一次盛装去见他时,在额头用胭脂精心画的那一朵小小的牡丹。小巧的牡丹用金粉勾了边,衬着她雪白如玉的肌肤,妩媚中又带了几分羞涩的凤眼,很是明艳动人。

刘畅的眼眶一时有些发热。有种陌生的、奇异的感情充满了他的胸臆,让他焦躁不安,愤怒屈辱到了极致。他是不在乎她的,只是作为一个男人,他万万不能容忍这种侮辱。

刘承彩没空去关照儿子的心情,满脑子想的都是如何牵制何家,如何应付康城长公主。他满意地收好离书,命人松开刘畅,很是体贴地说:"你也累了一整天,早些歇息。"

刘畅不语。他只觉得全身上下无一处不疼,疼得手指头都不想动。

戚玉珠伏在裴夫人怀里,抽抽噎噎地道:"他没动过我,是他叫我把他砸晕的,衣服是他的小厮帮他穿好的,我没做过失礼的事。"

她回忆起当时的情形。刘畅走后,她强忍着羞涩走到李荐面前问他:"李公子,你好些了么?可要喝些茶汤?"

李荐一直盯着她看,看得她面红耳赤,手不受控制地抖,连茶汤也倒洒了。她喜欢他。从那次花宴,舞马献艺开始,她就注意到了他,到他和刘畅玩樗蒲大胜时,她惊诧于他赌技的高明之处,再到他拳打刘畅,她就再也忘不了他。她千方百计追随他,他却从未关注过她。

她的掌心里全是冷汗，几次想问他看什么，却是喉咙发紧，什么都说不出来。只能僵硬地侧着脸，任由他看个够。时间很漫长，却又很短暂，正当她以为自己会窒息过去时，他终于开了口："是戚家二娘子？"

她惊喜地回头，原来他知道她是谁。

李荇面色潮红，双手紧紧攥着袖口，目光有些涣散，但他脸上始终带着浅而温柔的笑容，她的目光扫过他裸露的胸膛，瞬间又红透了脸。

他沙哑着嗓子，用一种她从没听过的、温柔乞求的语气说："我可以请你把我敲晕吗？"

她惊诧莫名。她晓得他有些不对劲，也认得若她按着表哥的吩咐去做，接下来会发生什么事。但是他叫她把他敲晕，这意味着什么？他害怕即将发生的事，他不愿意。

见她不答，他很是失望："我是觉着你是个好人，虽然我对你表哥一家的为人处世不敢苟同，但你和他们看起来不一样……"

虽是在说自己亲人的不是，但那一刻她心里真的很高兴。他用最简短的语言委婉地向她表示，自己喜欢大方心眼好的女孩子，最瞧不起心术不正的，比如说清华郡主。

她终于同意将他敲晕，她的手在发抖，但她觉得自己是在做一件很正确的事。她晓得爹娘有意将她嫁给他，而此刻他需要她的帮助，她只要帮了他，以后就可以正大光明地亲近他，而不是成为他讨厌的心术不正的女子。迟早总能行的，何必急在一时。

望着他的睡颜，她害羞地捂住了脸……跟着姑父带着人冲进来，看到是她在里面时，那种狰狞恐怖的表情也是她平生第一次仅见的。到现在，她也不知道自己做得到底对不对。

这刘家父子就没一个好东西，一个算计自己的亲表妹，一个算计自家替他拉关系，就没人替玉珠想过日后能不能过得好。裴夫人恨得要死，安抚着女儿，很是坚决地说："你做得很对。喜欢他，想嫁他，没什么错，但你若是按着你表哥的意思做了，就是自甘下贱，以后便是嫁了他也软了一层，得不到敬重，又有什么意思。你放心，这件事我和你爹自有主张。"

戚玉珠得到母亲的支持，心里舒服了很多，满含期待，眼泪汪汪地说："那要怎么办？"

裴夫人笑道："这亲自然是要想办法结的，却不是用他家这种下流手段，更不能趁他家的势。"总以为别人都是傻的，就他刘家人聪明。她才不如他这个愿！

天亮时分，刘承彩终于打听到昨夜侮辱他、打伤他的家奴，又将李荇夺走的人是谁，却是李元那个嫁了个小兵的大姐李满娘生的八个儿子。那小兵这些年屡立战功，已经升到了正四品折冲都尉，八个儿子都在军中，就是些粗人，最爱惹是生非。

刘承彩忍不住冷笑一声，儿子多了不起呀，哼哼……欺负到他头上来了。当即叫了管家去官衙里请假，说他昨夜被暴徒打伤，惊吓过度，起不来床了。

刘家和戚家闹腾了一夜，何家也是闹腾到下半夜才睡下。

牡丹只觉得全身骨头都散了架，疼得睡不着，天要亮时方打了个盹儿，才刚睡着，就被林妈妈拖了起来。雨荷、宽儿、恕儿四人忙个不休，将她收拾妥当，由薛氏、何志忠、大郎陪着，一道赶去康城长公主府。

狂欢通宵达旦，多数人这时候才睡觉，除了大户人家的家奴在收拾看棚外，街上行人分外稀少。大郎开玩笑似的说："不知长公主府的人起身没有，可别咱们去了没人应门。"

薛氏"呸"了一声，笑道："话多！人家是什么身份，哪能说话不算数！一准早就使人候着的。"

大郎笑笑，众人都加快了速度。

到得安兴坊长公主府，大郎上前去叩了门，往门子袖里塞了钱，笑着说明了来意。那门子畅快地道："候着。"显然是早就得了话的。

不过片刻工夫，穿着月白圆领缺胯袍、戴着黑纱幞头的肖女官笑眯眯地走了出来，却也不啰嗦，命人牵马骑上，与众人一道前往刘府。

肖女官打马靠近牡丹，低笑道："何夫人，恭喜您了。"

牡丹忙道："都是托了长公主的福。"

肖女官微微一笑："听说昨晚清华郡主与夫人一起游街赏玩，相谈甚欢来着？"

牡丹疑惑地看了看肖女官，不知这是什么意思。自己可能和清华郡主一起游街赏玩，相谈甚欢吗？分明是要她忘了昨夜的事。康城长公主再好，始终也是清华郡主的亲姑姑……便含糊道："半途遇上，说了两句话。"

肖女官含笑道："夫人是个宽厚的，以后必有后福。"

牡丹莫名其妙。转念一想，只要自己和家人最终得利平安，没有大损害就行了，想不通又能如何，总不能咬掉清华郡主一块肉。想到此，也就把心事放下，开怀起来。

一行人出了安兴坊门，忽见一群年轻男子嬉笑着走过来，当头一人穿着大红灯笼裤、赤着两只胳膊，手里还拿着个热腾腾的蒸胡饼，一边叫烫一边往嘴里塞，满足地眯着眼睛道："果然美不可言，美不可言。"正是那张五郎。

身后众人嬉笑道："美不可言的不是蒸胡，而是牡丹美人吧？"

牡丹倒吸一口气，垂眼跟了何志忠、大郎下了马，上前招呼道谢。

张五郎也没料到这么早会在这里碰到他们，飞快地将口里含着的饼子一口咽下，将剩下的半个饼子塞给伙伴，把手在腰上擦了两下，上前给何志忠等人行礼问好。这次他正经得很，一眼也没瞧牡丹，听到何志忠道谢，也是极为斯文有礼地谦虚一通。他身后众人只是捂着嘴偷笑，他回脸狠狠瞪了一眼，众人便也敛了神色，袖手不语。

何志忠命牡丹上前福礼道谢，笑道："我们还有要事在身，改日再请五郎吃酒。"

张五郎连道不敢叨扰，见何家人上了马，方盯着牡丹的背影看，恨不得穿出两个洞来。

见何家人走远，众人方笑道："五哥，他们怎会这个时候来这里？可见原本是想去大宁坊看你的。只是半途遇到事情，才不得不赶回去罢了。"

张五郎冷声道："休得胡言乱语！那戴幞头的女人分明是长公主府的女官，只怕是去帮着和离。何家四郎和我交好，他妹子就是我妹子，谁乱嚼舌根，小心他的舌头。"眼看着牡丹等人拐过永兴坊，被坊墙遮住再也看不见了，方一把夺过先前吃剩下的半个蒸胡饼塞进嘴里，使劲地嚼，嚼到腮帮子都酸了才咽下去。

到了刘府，牡丹与薛氏没进去，就由肖女官领了何志忠父子二人进去。

刘承彩夸张地用白布缠了头，由两个家仆扶着，哼哼唧唧，一瘸一拐地迎了出来，连声告罪。何志忠晓得他又要讹诈，少不得假意问候。刘承彩当着肖女官却也没多话，只说自己是被恶徒所伤。

当着肖女官的面，何志忠接了牡丹的离书，将刘承彩写的保证书拿出来烧了，便要走人。刘承彩不见契书，大急，"哎哟"一声惨叫出来，惊得肖女官注目："刘尚书这是怎么了？赶紧歇着，请御医来瞧瞧！究竟是何人行凶，可报了京兆府？天子脚下岂能让凶徒逍遥？"

刘承彩一边谢肖女官关心，一边拿眼瞟着何志忠："已经打探到凶徒在哪里落脚了，正要使人去报京兆府呢。"

老东西，死性不改，抓着点须尾立刻就缠上了，何志忠淡淡一笑，自袖管里掏出个纸叠的方胜递过去："恰好我这里有个偏方，跌打损伤最是有用，刘尚书可愿一试？"

"我是病急乱投医，正要偏方来治！"刘承彩迫不及待接过方胜打开了看，正是两家当初签的契书，不由大喜，连声道："妙呀！好药方！"又叫人拿礼物出来重谢肖女官。

肖女官笑着受了，却又道："长公主吩咐了，民间和离或是出妻，寻常人家尚要给送钱物以示宽厚……何氏女……"

不待她说完，刘承彩就明白了。其实就是说牡丹受了委屈，要有所补偿才是，这是帮清华郡主消解仇怨，助皇家掩人耳目的意思。只是羊毛要出在羊身上，这钱要刘家来出。

虽然肉痛，但刘承彩想着这羊毛到底也还是出在羊身上，这一笔小钱与何家那笔钱相比较而言，实在算不得什么，当下便道："不瞒您说，我心中一直愧对这孩子，早就命人准备下了的，两千缗钱，这就送去。"说完果真命人取钱装箱，马上送出去。

肖女官皱了皱眉，不语。

刘承彩忙试探着道："还有二十匹上等绢。"

肖女官觉得这数目还算满意，彼此面上都过得去，也就不再多语。

刘府管家得了令，去问戚夫人要库房钥匙并对牌。话音未落，戚夫人就将手中的瓷茶瓯砸在地上摔了个粉碎，咬牙切齿地道："小贱人！凭什么还要给她钱？"兀自不给。

管家为难之极，频频朝朱嬷嬷使眼色。朱嬷嬷才探了个头，就被一只瓷枕砸中额头，晕头转向中伸手一摸，黏黏糊糊的，鲜红刺目，不由尖叫一声，眼睛往上一翻昏死过去。

戚夫人异常平静地看着，半点担忧害怕全无，见念奴儿要上前搀扶，冷笑道："我这里庙小容不下她，将她给我请出去，以后都不要进来伺候了。"

朱嬷嬷才刚缓过一口气来，闻言又晕了过去。

念奴儿劝道："夫人，请您保重自家身体，不需为这些不值当的事和人气坏了身子，不然实在不划算。"

戚夫人犹自冷笑道："怎么着？你又是想为谁说情？"

管家怕误了大事，忙道："夫人，老爷也为难得紧。"

戚夫人不过憋着一口气罢了，最终还是将钥匙递给念奴儿。

朱嬷嬷挣扎起来，拼命磕头："夫人，老奴错了，再也不敢了，还请您看在老奴伺候了您几十年的分上，饶了老奴这遭。"

戚夫人恶狠狠地道："我家待何氏女实在是宽厚，她病得坏了身子，生不出来孩子，又爱挑拨惹是生非，都不和她计较了，但愿她能另聘高官之主。"边说边看向朱嬷嬷。

朱嬷嬷默了一默，用力磕一个头："老奴知道了。"

出了门后，肖女官又引何家众人一道去京兆府将离书申请了公牒，把和离手续彻底办妥，安然受了何家的厚礼，带了答谢长公主的礼物，自去复命不提。

牡丹知晓经过，悄声问何志忠："爹，老贼分明就是讹诈，他得了那契书，回头又不饶那几位表哥，咱岂不是亏了？怎么也得逼他一逼才是。"

何志忠摇头叹息："丹娘啊，我这不是让老贼称心如意，而是必须这样。首先，我答应过得到离书就还契书，不要他还钱的，如今虽然借了力，实际他不肯还钱，又因这契书找咱们麻烦，也是烦事一桩，不如就此干净利落了断；其次，李家是为了咱家才惹下这个麻烦，如今老贼威胁要告京兆府，不管多少钱，我也得大大方方地出，他再贪心，我们也不能舍不得，否则以后没人愿意帮咱们啦。"

牡丹长叹："我不是舍不得，只是觉得太便宜了他。"以刘承彩这个德行来说，只怕过后还会今日这两千缗钱讹诈回去，说不定还不够。旁人和离，厉害的还能多挖些钱走，只有她，不但嫁妆没全部要回，还送了不少财物出去，平白惹了多少麻烦，让人操了多少心。可见凡事都得付出代价，这攀龙附凤不是那么容易的。

何志忠见她垂头丧气，不由微微一笑，温和地拍拍她的肩头："傻孩子，看看你，今日是多大的喜事，何不高高兴兴的，偏生要想这些。这些事自有我和你哥哥们处理，你就开开心心的，想做什么就做什么好了。"

牡丹也就收拾心情笑道："女儿都听爹爹的，咱们先去看表哥，然后一家人乐和乐和。"

何志忠晓得她心思重，嘴里不说，心里只怕也是很为家人为她花了这许多钱感到难受。便凑在她耳边轻声安慰道："你放心，刘家这事儿我们另有打算，必然叫他家把钱吐出来。这钱呢，回去听你大嫂怎么说，就跟着怎么说。可记住了？"

牡丹默了一默，心中却是另有一番计较。

李家住在崇义坊，一样的乌头大门，堂舍却是五间七架，厅厦两头门屋是三间二架，比起刘家三品官的五间九架和五间五架又低了一个级别。

薛氏想到自家小百姓的三间四架和一间二架，不由暗自感叹，再有钱又如何，还是不能住这样气派的房子。牡丹知她心意，笑道："大嫂，两个侄儿都是聪慧爱读书的，将来必然能替你挣一副诰命回来。"

薛氏听得眉开眼笑，仍然谦虚道："咱们这种人家的子弟只怕是有些难。"官宦之家的子弟蒙祖荫，或是经过推荐就可以混到官职，自家的孩子却是必须得硬拼，层层考试，还不一定得到好职位。

牡丹指指李家的乌头大门，笑道："这不就是现成的例子么？旁人做得到，我们何家儿郎一样能做到。"

忽有妇人朗声笑道："说得对！只要肯奋发图强，还怕不能一展冲天么？还没做就露了怯，实在不像你的为人，当年你刚嫁来时，可不是这样的。"话音甫落，就见一个身材高大、长得极丰满、满面笑容的中年妇人旋风似的走了出来。

牡丹忙着行礼，却不认得这是谁。

妇人扶起薛氏，不忙与何志忠打招呼，先就望着牡丹爽利地笑："不用问，你一定是丹娘了。我才回来就听说了你，猜你们今日必然上门，果不其然，叫我猜着了。"

薛氏见牡丹满头雾水，忙道："丹娘年纪小，记不得表姨了。她一直住在幽州，才刚回来没多久。"

牡丹恍然明白，这就是李荇那位据说能够百步穿杨、喜欢养猞猁捕猎的姑妈李满娘，不由悠然神往之，暗想她有没有把那什么猞猁一并带来，若能看看摸摸就好了，便又重新行个大礼："表姨好。"

李满娘笑道："你这身板儿，只怕马都骑不稳吧？"

牡丹想到自己那实在说不上娴熟的骑术，有些脸红，顺着竿子往上爬："前些年身子不好，所以耽搁了。表姨若是有空，教教外甥女儿。"

李满娘爽快地道："这有何难？包在我身上！不过你可得吃得苦，不然以后别说是我李满娘的徒弟。"

何志忠此刻方得了空，插嘴道："我们来看行之。不知他可好些了？孩子们的舅母呢？"

李满娘道："他皮粗肉厚的，不妨事，只是头上倒比身上伤得重，我嫂子正陪着太医开药，所以叫我替她来迎接客人。姐夫里面请。"

李荇的院子是个小小的四合院，入眼便是几棵老银杏树，枝干挺拔，翠绿的叶子衬着湛蓝的天空，煞是美丽。廊上围着坐凳栏杆，廊下露天种了十几株长势旺盛的牡丹花。待到牡丹花开之时，只要坐在廊上就可以近距离观赏。

牡丹认出都是好品种，何志忠也注意到了，笑道："这京中，还有不喜欢种牡丹花的人家吗？"

李满娘也笑："我看就没有。"

一个穿象牙白绫短襦、配浅绿折枝花半臂、系淡蓝六幅长裙、梳双垂髻、面容俏丽的婢女出来行礼问了好，笑道："公子听说贵客到了，忙着梳洗，还请贵客至茶寮稍候。"

李满娘笑道："碧水，可是你煮茶？"

婢女微笑："正是奴婢。"

李荇院子里的茶寮却是单独建在一旁，清漆雕花隔扇窗，屋后几丛修竹，屋前一棵朱李已经挂了果，光从外面看就已经雅致得很。大郎笑道："看看行之这屋子，倒叫我自惭形秽了。"

众人踩着如意踏跺进了室内，但见地面并非寻常水磨方砖，而是桐木铺就的地板，一张冰蚕丝织就的碧色茵褥占了大半，上面置一张长条茶几，放一套细润如玉的越州青瓷茶碗。右手边又置一张方形茶几，几上满置一套银质的茶碾子、茶罗、盐台、匙子等物，旁边往下矮了三寸许，置一只红泥小茶炉，一个小童正往里添木炭，准备煎茶。

何志忠感叹不已："行之其实是个雅人。"

李满娘招呼众人脱鞋入座，笑道："碧水，把好茶好水并你的手艺拿出来，不许藏私。"

碧水抿嘴一笑，探腰自横梁上垂着的丝绦上取下一只银质结条茶笼，笑道："水是从常州取来的惠山泉，茶有剑南的蒙顶石花，也有湖州顾渚的紫笋，还有东川的小团，不知姑老爷喜欢哪一种？"

何家也有好茶，只是这常州取来的惠山泉，实在是太过了，何志忠笑道："好茶好水，客随主便。"

李满娘笑道："就煎蒙顶石花茶好了。幽州那地方，哪里得这许多好茶！姐夫，你们不怪我贪嘴吧？"

何志忠大笑："怎会？"却又低声问李满娘，"我听说行之得了一个煎茶高手，想必便是她了？"

李满娘微微颔首："就是她了。"

牡丹闻言，聚精会神地看那碧水怎么煎茶。

但见碧水先将制成小方形的茶饼炙干，然后用茶碾子碾成细碎的粉末，小心翼翼地往茶釜里放了水，聚精会神地盯着看，少顷，水面出现鱼眼般的气泡时，立时揭开盐台用银匙舀了一匙盐加了进去，此为一沸。

不过片刻，水四周像涌泉一般出现连珠时，碧水又用勺子舀了一勺水出来备用，再用竹夹在水中旋搅，接着将茶末放入漩涡中心。此为二沸。

茶水沸腾，泡沫飞溅，将舀出的水加入茶釜中止沸，用茶笼快速击打茶汤，使之发泡，茶汤颜色鲜白，育出汤花。此为三沸。

碧水此时方才将茶釜自茶炉上移开，往茶盏里分茶。她十指纤纤如玉，动作优雅，最难得的是汤花分得特别均匀。

众人赞叹一番，各自品尝饮用。

李满娘一气饮尽，笑道："碧水这手技艺果然极其难得，不如跟我去幽州吧？我一定厚待于你。"

碧水避而不答，温婉一笑："承蒙夫人不弃，奴婢不才，不过雕虫小技尔。听闻百通寺有位全通大师，新起点茶之技，可以在茶汤表面形成禽兽、虫鱼、花草，纤巧如画，那才是通神之艺。"

李满娘微微一笑，抬眼望向房外，道："行之怎么还不来？"

何志忠道："让他歇着，我们略坐一坐，等到弟妹空闲了，道声谢就走。"

正说着，李荇用木簪松松绾了髻，穿了件湖蓝纱圆领袍子，脚下踩着双木屐，手里提个银瓶，满脸堆笑地走了过来，先笑看牡丹一眼，再团团作揖："叫诸位久等了。"

何志忠笑道："听说你头上挨了一瓷枕，人事不省的，很是挂心，此时看你生龙活虎，

·111·

我们就放心了。"

李满娘笑道："你姑父他们才从刘家出来，就来了咱们家。"

李荇笑看向牡丹："丹娘的离书可拿到了？"

牡丹见他眼里还有血丝，脸色也是蜡黄，很是过意不去，觉着自己来探病，却将人家从病榻上弄了起来，实在不妥，便道："已在京兆府换了官牒。表哥身子不妥，实在不该起来。"

"恭喜！"李荇开心一笑，亮出银瓶中的东西，"这是四川进贡的浸荔枝，实在难得，正好今日给丹娘做了贺礼。"

牡丹立刻精神起来，双眼圆睁，四川来的荔枝？用银瓶装着？该不是那一骑红尘妃子笑的那什么吧？待那荔枝入了口，她方才知道，竟然是用盐渍过的……

李荇见她表情古怪，有些失望："丹娘不喜欢吗？"

牡丹忙道："我这是太喜欢，太稀罕了！稀罕过了头。"

众人哈哈大笑，李荇却细心，见碧水眼巴巴地盯着，便又拨了一颗荔枝递过去："机会难得，你也尝一颗。"

"谢公子赏。"碧水满脸欣喜，双手接过，躲到一旁自去品尝。

何志忠咳了一声："其实今日来，还有另一桩事，老贼威胁要去京兆府状告几位表侄。刘家老贼奸猾无耻，只怕破财也不能消灾，后面还有很多麻烦，若是可以，请几位表侄暂时离开京城躲躲风头，待这里安排好再回来，如何？"何志忠领着牡丹等人向李满娘、李荇深深施礼，表达谢意和歉意。

李荇侧身躲过，连连叫道："姑父这是折煞侄儿了。"又骂何大郎："哥哥不拉着，也来凑热闹，这般生分，却是叫我寒心。"

李满娘皱眉道："虽说此事因你家丹娘而起，但这亲戚之间，不就是要互相帮衬的么？难道说，他日我家有难，你们就能因为怕麻烦袖手旁观？这般啰嗦做什么！他们兄弟总不能眼睁睁地看着行之被算计欺负了去吧！要是敢这样，看我不剥了他们的皮！"

为什么都喜欢多子多福？为什么千方百计要扩展家族的影响力和势力？就是为了危难时刻，大家伸把手就能扶起来，而不是孤立无援。

李家人如此洒脱豪爽，何家人也就不再多说那些感谢的话。何志忠盘算着十月出海进珠宝香料时带着李荇一起去，顺带让他发笔财，何大郎则道："不知几位表兄弟此刻在哪里？"

"他们长年累月在幽州，到了这繁华处哪能闲得住！昨晚将行之送回来后又走了，还没回来，也不知哪里去了。"

何志忠道："他们这几日还是不要出去闲逛的好，省得撞在那老贼的刀口上。"

李满娘不在乎地道："怕什么？最多挨顿打罢了。他们还没笨到那个地步，是误伤嘛！谁会晓得一个三品大员会做圈套，带人去街上做捉奸、强嫁侄女那种丢脸的事？！他也没穿官服，着的常服也非紫色，哪个晓得他真的假的？何况也没真打了他，他自家胆子小怪得谁？"

众人闻言，全都笑起来。牡丹想到若非刘畅在中间打了个岔，此时纠结的就是自己和李荇了，便偷偷看向李荇，哪晓得正好对上李荇的目光，不由脸一红，垂了头。

李荇忍不住翘起嘴角，却又突然想起来："我娘怎么还没来？"

李满娘笑道："你娘先前是陪着太医开方子，这会儿怕又是有什么事情耽搁了吧！"

牡丹却有些不安，她觉得这位表舅母大概是因为她拖累了李荇，心里不高兴，所以才不愿接待他们。她看向薛氏，却见薛氏也正向她看来，姑嫂都是一样的心思。

众人又喝了一回茶，方见李荇之母崔夫人急匆匆赶来："诸位莫怪，我适才送走太医，却是又安排饭食去了，都到前面去吃饭。"一眼看到李荇，立刻就沉了脸骂道："我的话都是耳旁风！叫你躺着休息，你却爬起来坐着吹凉风，是专和我作对么？"

李荇全然不怕她，只笑道："姑父他们难得到我这里做客，偏巧我那屋子里一大股子药味，总不能叫他们在那里闻臭味吧！"

崔夫人笑骂道："就你讲究多，还不快滚回去躺着？肋骨险些就断了，也不知道爱惜自己。"说着眼圈微微发红。

何志忠大惊："这是怎么说？"

李荇阻挡不及，怨怪地瞅了崔夫人一眼，道："没什么，听她瞎说。若真这么厉害，我能起得来？不过皮外之伤，都怪表哥们太粗鲁，把我当成麻袋一样不当回事。"

牡丹知道一定是刘畅拿刀鞘砍的，不由内疚万分，感激莫名，不知该怎么还这人情才好。有许多话埋在心里，只无法开口说出来。

大郎道："若是皮外伤，我家里有一瓶胡商送的药油，治疗外伤再好不过。我这就去拿来。"边说边果真起身要走。

李满娘伸手拦住他，不以为然地看着崔夫人道："儿郎家，吃点皮肉之苦算得什么！要紧的是顶天立地有出息！就算要送药，也等稍后使人拿来，何必赶这么急！又不是赶着拿来救命！"

崔夫人见儿子怨怪自己，姑子不以为然，又见何家人满脸自责之色，只得叹了口气，把话题转开，亲热地拉了牡丹的手笑道："丹娘，早就想去看你，总被俗事缠身。一切都还顺利？这么好的女子，刘家怎么狠得下心？"

"多谢舅母关心，一切都顺利。这还多亏了舅舅、舅母和诸位表哥操劳。"牡丹抬眼看去，但见崔夫人梳着宝髻，插着一把精致华美的金筐宝钿梳子，穿着家常绯色单丝罗窄袖短襦，系松花绿宝相花八幅长裙，脸蛋圆润白净，一双眼睛笑成弯月亮，看着倒也是很和气的。不由暗想，母亲心疼儿子，有些怨气也是正常，总体看来这表舅母也还不错。

何志忠却是暗叹一口气，回头问李荇："过几日有个宝会，你想不想去？"

李荇眼睛一亮："当然想去。"

崔夫人骂道："你不好生养病，还到处去！"

何志忠便道："若是你身子养好了，我便使人来唤你；若是不好就等以后，机会多的是。"

李满娘却道："我倒是想去开开眼界，到时姐夫唤我。"

众人沉默地将饭吃了，崔夫人不许李荇去送，自己陪了李满娘将何家父子几人送至门外，殷勤招呼众人以后多走动。何志忠瞅个空子同李满娘道："若有什么消息，记得使人知会我，省得我挂怀。"不管出多少钱，他总愿意拿出来抹平此事的。

李满娘懒懒地挥手："知道了，放心去吧。"又望着牡丹笑："过些天我们要出城跑马，你去么？"

牡丹忙点头："去的。"

李满娘笑道："到时使人唤你。你这两天有空多骑骑马，别从马上掉下来。"

何家一行人归家时没来时那么欢喜。崔夫人的态度很明白，到底还是怨怪李荇为了牡丹惹出这么多麻烦。然而也怪不得她，虽然平时两家关系还不错，到底是远亲，平时小麻烦倒也罢了，惹上大麻烦却是不一样。

何志忠悄悄看着垂头沉思的牡丹，忍不住又暗暗叹气。

何家一片欢欣鼓舞，从刘家拿回去的两千缗钱和二十匹绢摆在岑夫人的房屋正中，还未收起。因为上次有孙氏多嘴惹了祸，这次却是没人敢问牡丹嫁妆钱的事，只在心里猜了很多遍。

薛氏早就得了吩咐的，主动道："刘家的钱暂时不趁手，这些是先送回来的一部分，其余的过些日子再送来。"她这话一出口，就冷了场。

以刘家人那种不要脸的德行，今日没能拿回来，以后怎可能再要回来。分明是何志忠、岑夫人偏心长房和牡丹,借这个机会明目张胆地补贴他们罢了。杨氏微微冷笑,张氏垂着头,孙氏、李氏面无表情,白氏和甄氏对视一眼,都在彼此眼里看到了不信,却也没多语。

只有吴氏笑道:"丹娘福大,遇到了白夫人和长公主,否极泰来。"她的话不出所料地又得了甄氏一个白眼。

岑夫人懒得管这许多,只道:"趁着天色还早,先把这些东西送到丹娘的库房里去存着。你们也是,先前也不吩咐妥当,直接送过去,白白让人多跑这一趟。"

众人心说,若是不拿回来现现,谁知道你女儿"正大光明"地拿回了嫁妆呢?只是高压之下,再有多少想法,也不敢多话。

牡丹突然道:"慢着,我有话说。"

众人闻言都抬眼看过来。

牡丹走到房屋正中,对着父母、哥嫂行了一个大礼,情真意切地道:"丹娘多病,从小到大没给家里尽过责任,只添了无数麻烦。出嫁前让父母兄嫂忧心操劳,出嫁后又让父母兄嫂麻烦不尽,破财费力,更别提孝敬父母,实是惭愧之至。然而父母疼爱,哥嫂不计得失,视我如珠似宝,丹娘感激不尽。有心答谢父母兄嫂之恩,可惜我身上的一针一线,都是用父母和哥哥们的血汗钱换来的,丹娘唯一能做的,就是孝敬父母,敬重兄嫂,爱惜侄儿侄女。这些天来家里为了我花的钱实在不少,刘家这笔钱,无论多寡,我都不要,请娘将它收到公中去吧。"

岑夫人大惊,阴沉地瞪着儿子儿媳们。

薛氏忙道:"丹娘!你想这么多做什么!给你的嫁妆就是你的,谁家女儿不是如此?!回了娘家养你一辈子也是应该的,快别说这些糊涂话。"扫视众妯娌,"你们说是不是这样?"

众人少不得附和一番。有人相信牡丹是真心的,也有人暗里想,不过是欲擒故纵、做作、讨好父母、收买人心来着,那么一大笔钱,真放到她面前,看她舍得舍不得?

牡丹郑重地道:"我是真心的,不然实在羞愧不能自已了。"她猜着,就算那笔钱最后回不来,何志忠和岑夫人也会想法子另外补贴她。虽现在还是何志忠当家,但那钱也是大郎他们风里雨里拼来的,将心比心,嫂嫂们有意见很正常。她怎能让家里人为了这笔钱伤和气?她有的已经够多,不能贪心。

众人面面相觑,岑夫人与何志忠对视一眼,彼此心领神会,最终喟然长叹:"罢了,就依了你吧。"

牡丹长出一口气。想要钱,可以凭自己的双手去挣,她健康自由有技术,还有亲人支持,这些更重要。

白氏见机笑道:"今晚准备了玉尖面,替丹娘庆贺。"她的话引得小孩子们一阵欢呼。

玉尖面却是用了肥美的熊肉、精料饲养的鹿肉做的包子,格外美味。何家有钱,却不能在房屋、用具方面违制,便挖空心思地在女人的穿着和吃食方面下功夫。但这玉尖面,因为食料难得珍贵,所费很多,却也轻易不吃的。于是先前的些微不快,都被美味给冲散了。

牡丹笑道:"除了咱们家,再也没有谁家会为女儿和离做好吃的庆贺吧?"

白氏一愣,微微有些尴尬。何大郎却已大笑起来:"方才爹爹在路上也和丹娘说,今日是大喜的日子。"

岑夫人笑道:"甩掉一块臭烘烘的狗皮膏药,丹娘的病又好了,不是大喜事是什么?"

见大家都在笑,白氏这才放心下来,热情招呼吴氏:"姨娘和我一起去厨房看看准备好了没有?"

薛氏忙道:"姨娘歇着,还是我和二弟妹一起去吧。"

白氏忙拦住她:"大嫂在外面忙了一天,回家还要忙,累坏了就是弟媳们的不是,快陪着娘和丹娘歇歇,说说话吧。有我和姨娘去照管就是了。"

"我不累。"薛氏有些意外。以往都是她和白氏一道的，怎地突然间白氏就和吴姨娘凑到一处去了？细细想来，自从孙氏和杨姨娘针对自己那件事之后，白氏和吴姨娘每天跑进跑出做和事佬，她二人的关系就近了起来，白氏就不爱找自己说话了。

岑夫人淡淡地道："老大家的，弟媳妇愿意体贴你是好事。你就安心歇着，来把你们今天遇到的事儿说给我听。"

"是。"薛氏走到岑夫人跟前，拿了美人槌替她敲着腿脚，细细讲起今日之事。牡丹和大郎间或插几句嘴，其他人听得哈哈大笑，其乐融融。

白氏脸色微变，心情突然变得很糟糕。看了一屋子笑得轻松快活的妯娌们，脚步就显得分外沉重。

牡丹有个小心思，想问家里的玉尖面做了多少，是不是给李荇送药油的时候，顺便送些过去给李家人尝尝。今日她看到了，李家有钱，绝不比何家穷，且李家因为给宁王府做事，总是能近水楼台得到许多宫中制赝品，御赐之物也不少，不少这顿玉尖面吃，但这始终是何家的心意。想开口，怕嫂嫂们多意；若是不送，确实又很想送。

犹豫再三，方小声问薛氏："嫂嫂，咱们今日吃了李家的盐浸荔枝，可需要还礼？"

薛氏骤然明白过来，促狭一笑，伸手掐掐她的脸颊，回头望着岑夫人道："儿媳才想起来，李满表姨也在呢，记得当年她最爱吃这个，这里要让人送药给行之，是不是也送些玉尖面过去？不知可备得有多的？"

岑夫人道："定然有的，家里这么多人，不是随便一点就能打发了的。让人装两食盒过去，不，叫大郎亲自送过去。"

薛氏忙去安排，回来后悄声问牡丹："你怎么谢我？"

牡丹一本正经地道："嫂嫂这些天为了我的事跑进跑出，过两天我给嫂嫂做双鞋穿。"

薛氏叹道："你呀！"见牡丹白玉一般的脸上浮起一层淡淡的红晕，笑了一笑，算是放过了她。

晚间，在外忙碌的二郎几人都归了家，一家子欢欢喜喜等着大郎回来一起吃饭。大郎却直到天擦黑了才阴沉着脸回来，众人第一个反应就是李荇那八个表哥出事儿了。

岑夫人问他，他只是摇头："两个食盒才送过去，就被抢光了一个食盒。都好着呢，说是一日一夜都在街上闲逛，没人找他们的麻烦。"

何志忠奇道："那是谁说了不好听的话啦？"难道是碰上李元，李元也和崔夫人一样的不高兴了？

大郎偷偷瞟了牡丹一眼，还是摇头："不是，我是马在路上挂着个人，生了几句口角，所以不爽快。吃饭吧。"

二郎笑道："又不是什么大事！这种小事也值得生气？！什么时候大哥的心思也和女人一样了？针尖大点事情就闹气。"这话顿时引起一片反对攻击之声，并当场挨了牡丹一下，引得他嘿嘿直笑，捂住嘴不敢再冒话。

饭后众人俱嚷嚷累了，很快散去，只留下大郎、二郎说是有生意上的事要与何志忠商量。牡丹兴奋得很，本想陪岑夫人说话，大郎瞥她一眼，皱眉道："丹娘身子不好，昨夜又没休息好，今日还冒着日头到处走动，还不赶紧歇着？"

牡丹不敢反驳，冲他做个鬼脸，反身跑了。

大郎见她去了，方阴沉着脸入内破口大骂："刘家到处坏丹娘的名声，不过半日工夫就已传到我家附近了。"

岑夫人脸色一变，翻身坐起，怒道："怎么回事？"

"说是我们丹娘病坏了身子，生不出来孩子，却又心肠恶毒，挑拨是非，人见人厌，在夫家实在待不下去才被休的。分明是他家没道理，咱们是和离……"大郎气得说不下去。

岑夫人、何志忠气得发抖，刘家这是要毁了牡丹啊！挑拨是非，人见人厌这个不算什么，只要牡丹多和人接触，谣言不攻自破，可是生不出来孩子，难道到处去和人说，丹娘与刘畅从未圆过房吗？世人总是不惮于用最恶毒的心思去揣测旁人，结婚三年没圆房，说给谁听也不会相信。就算信了也会奇怪，这么一个千娇百媚的女子，却不能打动丈夫，别不是有什么隐疾吧？单凭生不出孩子这一点，还有什么好人家会要丹娘？

二郎皱眉道："这件事不要让丹娘晓得，省得她伤心，先别声张，看谣言是从哪里传来的，再做论断。"

岑夫人揉着额头道："哪里瞒得住！她迟早要知道，我这就去和她说。"

何志忠咬着牙道："大郎，明日你再去看看李荐，问他上次商量的事，什么时候动手。"

牡丹舒舒服服泡了个澡，换上干净里衣，靠上床去摊平躺下，叹道："哎呀，我是觉得浑身轻松了一大截呀。"

恕儿和宽儿都笑："人逢喜事精神爽嘛。"

门"吱呀"一声轻响，岑夫人脸色难看地走了进来，对着宽儿和恕儿道："你们出去！"

牡丹连忙起身扶她坐下："娘，你怎么还不睡？"

岑夫人摸摸牡丹顺滑的头发，长叹一口气："丹娘，你有没有想过今后要怎么过？"

今后要怎么过？按着牡丹原本的打算，自是先立个女户，买地买房、建园子种牡丹，发家致富，自己的钱想怎么花就怎么花。若能遇上合适的人，生儿育女，小吵小闹，一辈子就这样了；若不能，绝不可以胡乱嫁了，刘畅那样的人，那样的婚姻，一次已经足够，绝不能再来第二次。

牡丹试探着道："娘，其实我想立个女户。"

岑夫人放在她头上的手猛然一顿，牡丹紧张地看过去，刚和离就想独立，会不会让娘觉得她没良心？

岑夫人严厉地看着她不说话。

牡丹一颗心跳得咚咚的，强撑着轻声说："娘，我知道您心疼我，也知道这个时候提这件事不太好，但我觉着您和爹一定能懂，我日后想种牡丹。"

岑夫人既然想得到把她和何家的财产分开放，千方百计替她打算、补贴她，必然能明白她的想法。她要独立，她要把握自己的命运，掌握自己的财产所有权。

岑夫人沉默良久，方道："这件事我要先和你父亲商量。"牡丹看她神色，知道已经成了一半，遂抛开此事不提，问道："娘有事要吩咐我吗？"

岑夫人方收拾心情："你知道刘家对你恨之入骨，不会希望你好过吧？"

牡丹一笑："他家倘若容得下我，也不会走到这地步。他们又做了什么事？"

岑夫人小心地道："你大哥今日从外间回来，才知流言已经传到咱们家门口，说是你病坏了身子，不能生育，在家惹是生非，人见人嫌，这才被休弃回家……"

这意味着，以后即便遇到合适的好人家，这种传言也会带来很大的麻烦。牡丹不是不窝火，但看到岑夫人难过的样子，便佯作不在意地笑："他家倒也没说错，我的确没能生出孩子来，也算惹是生非，让他家老老小小都吃了一肚子气，日后还有得吃，这不是人见人嫌么？和离也是离，休弃也是离，理他作甚？咱们要是因此生了气，反而上了当。"

岑夫人没想到会是这样一个回答，她以为牡丹会伏在自己怀里大哭一场，哪想到牡丹却反过来安慰自己，便难过地道："我和你爹本想着，过些日子再给你找个合适的，哪晓得……"

牡丹甜甜一笑："娘，这样也好。省去许多麻烦，就让我过几年想过的日子吧。姻缘天定，那人若是与我真的有缘，就不会在乎这些。您要相信，大难不死必有后福，我的好日子还在

· 116 ·

后面呢。"

见到女儿如此乖巧懂事，岑夫人心头大恸，强忍着不表现出来，拍着牡丹的手道："好，好，你想得通就好。"却又道，"这几天你还是不要出门了吧，省得听着烦。"

牡丹把下巴一抬："不，我就要出门，我又没做过什么见不得人的事，为什么不敢出门？难不成那些真正被休弃回家的人，就要躲起来不见人了？我越躲，越像是我见不得人似的，正好叫他家称心如意，我明日就要出门。"

岑夫人见她可爱，心情稍微好了些，微笑道："你要去哪里？"

牡丹道："曲江池芙蓉园，请娘帮忙备份礼物，爹爹或者是哪位哥哥陪我去谢那位蒋公子吧。如果没有他，我此刻已经没了命。"

岑夫人回了房，何志忠忙问："怎么样？"

岑夫人微微一笑："女儿长大了，以后你我就算是死了，也不用再为她操心啦。"

何志忠疑惑道："怎么说？"

岑夫人将牡丹的话说给他听，笑道："说不是什么大事，明日就要出门呢，旁人爱怎么说就怎么说……她要立女户，说是以后想种牡丹花。"

果然是比从前明白了许多。何志忠揉着额头叹道："依了她吧。儿大不由爹，你看看，我们还没死，就已经这样。若我哪日在你前头死了，还得有你气的。孩子们不是不好，但你我都是一样过来的，不患寡而患不均，迟早的事。早些把她择出去，省得到时措手不及，去处也没有，平白要受多少冤枉气。"

岑夫人道："我也这样想。亲骨肉，骨肉亲，再怎么亲，兄弟姐妹也不能亲得过自家父母子女去。但我还是想着，立了女户后，另嫁之前还是不能搬出去，我不放心。"

何志忠道："由你吧。叫她和侄儿侄女们多亲近一下，若是将来有个什么，也使得动。"

话音未落，就见岑夫人突然红了眼，用帕子捂了口，低声哽咽道："我苦命的丹娘，怎么遇上这许多破事儿呢？你要叫刘家狠狠栽个大跟头，方能解我心头之恨！"

何志忠拍拍老妻的肩头，柔声哄道："莫哭了，莫哭了，都依你。"

第二日，牡丹起了个大早，穿了件胭脂红的翻领胡服，梳回鹘髻，自去前头吃饭。岑夫人见了她就道："你爹同意了，但要你住在家里，稍后我就使人去请术士占宅，加间房子起来。冬天你也可以住得舒服些。"

牡丹笑着应了："辛苦娘了。"

进了饭堂，就见哥哥们都望着自己笑，嫂嫂们则俱用同情的目光看着自己。平时总爱闹别扭的甄氏万般温柔地迎上来，热情地道："丹娘，你饿了没有？快到我这里坐下，马上就开饭。今早做的是你爱吃的水晶饭。"

"还不饿呢。"牡丹心知肚明，大家这是得了消息同情她来着。到底是一家人，遇事立刻又团结起来了，她的心情大好起来，高高兴兴挨着甄氏坐了，把最小的何淳抱在怀里，笑道："听说你前日挨祖母骂了？为什么呀？"

何淳不过五岁，伏在她怀里皱着鼻子道："甩甩是个大坏蛋！可恨又可恶！"

众人俱大笑起来，五郎捏捏何淳的鼻子："它是只鸟儿呢，你逗它玩不说，反而被它给逗了。"

白氏担忧地道："丹娘，你要出门？还是过两天再去吧！"

牡丹还未回答，何志忠已经一锤定音："我和大郎陪丹娘出门。四郎去请张五郎吃饭，把他那群兄弟一并请上，选个好地方，别心疼钱！我和大郎办妥事情就过来敬他的酒。"

何四郎郑重其事："您放心，我一定把事情办得妥妥当当的。"

曲江池和宣平坊隔着四个坊区，说远不远，说近却也不近。一路上牡丹遇到好几个相熟的街坊，她也不管多的，该招呼就招呼，对别人探究的目光一概无视。

· 117 ·

大郎把脸沉着，见有人打听不该问的事，就将鞭子甩得呼呼响，吓得人家赶紧把话咽回肚子里去，匆匆告别。

何志忠一脸沉静，大风大浪他见得多了，这算什么。

到得曲江池芙蓉园附近，大郎寻了个推着车子卖蒸胡饼的老头道："敢问老丈，可知这附近有个蒋长扬蒋大郎住在哪里？"

那小贩却只是摇头："不知道，反正不会是芙蓉园。郎君不妨去曲江池附近打听打听。"

芙蓉园是皇家御苑，皇家沿郭城东壁修筑了由兴庆宫南通芙蓉园的夹城，以便皇帝能随时到芙蓉园赏玩而不为外人所知。王公贵族非宣召不能入内，更别说平头百姓。

曲江池则不同，属于公共游乐场所，南靠紫云楼、芙蓉园，西有杏园、慈恩寺，四处种植花卉，水波明媚，更有无数烟柳，芙蕖飘香。中和节、上巳节时，行人如织，正是京中士庶踏青游玩的好去处。民间庆贺新科进士及第的关宴也是在此举行，彼时公卿之家倾巢出动，在此挑选东床快婿。

附近闲僻之地不少，但多为一些官员建的私庙。可以说，能在此修建一座院子实在不易，羡慕死人。

大郎有些糊涂，摸着头问牡丹："丹娘，你确定他没说错？芙蓉园就芙蓉园，曲江池就曲江池，这样模棱两可，该不是他嫌麻烦，不想告诉清华郡主真实住处，所以敷衍？"

牡丹也是有所怀疑，毕竟清华郡主不是什么好鸟，缠上之后特别麻烦。

何志忠却道："敢在那个时候出手救人，又夺马伤人，不走不避的人，岂是这种藏头露尾之辈？他说是曲江池、芙蓉园附近，便是在两者之间，这推车卖蒸胡饼的不是这片居住之人，不见得知晓。曲江池不是和芙蓉园内的芙蓉池相通么？咱们往那边去必然能打探到。"

大郎一拍脑袋："是了！我记得那里是有几个院子。"

几人一同往那边去，何志忠趁空道："大郎，丹娘要立个女户，你早些帮她办了。再去打听哪里地好，买些给她修个庄子，给她种花玩儿，平时还叫她住在家里。"

大郎吃了一惊，先就觉着是家里的女人们给牡丹受了气。

何志忠淡淡地道："你们迟早都是要分家的。我也老了，什么时候嫌吵，便和你娘同去庄子住着散心。"

大郎立时红了眼圈："爹爹说的什么话？！怪没意思的，倒叫儿子心里难受。"

何志忠叹口气："我没死之前自然不分。若我死了，二郎、四郎、五郎我也就不说啦，三郎和六郎各有生母，只怕是要分家出去单过的。你和大儿媳都是忠厚吃得亏的，趁着今日说起这个话来，我要吩咐你，将来好生照料你娘和妹妹。弟弟们有过不去的时候，拉一把。"

大郎难过得要死，却晓得父亲说的是正理。牡丹连忙岔开话题："大哥快看，可是那里？"

但见曲江池靠近芙蓉园边果然有几座小巧精致的院子，边上一座院子，粉墙青瓦，院墙不高，里面的蔷薇探出墙外，彩蝶纷飞，一派欣欣向荣，看着很是引人眼馋。大郎使人敲开门户相询，门子笑道："正是我家公子爷。"

牡丹这才明白，蒋长扬所说的一问便知，原是因为他就是第一户人家。但看这座园子，其实不像普通人家正式的家居府邸，实实在在一座幽雅的别院，与朴素肃穆的蒋长扬不太搭调。不过转念想到他起心动意买花给他母亲，也就懂了，想必他母亲也是个喜欢侍弄花草之人。

门子入内禀报再引众人进去，但见内里林木高大，花木茂盛，小径幽深，庭院地面全由武康石块铺设，华丽整洁。花间小道却是用了碎石铺陈，已经生了苔藓，古色古香。走在其间，可以听到清脆婉转的鸟叫声，一行人一直走到厅堂，除去领路的门子，并未遇到其他下人。

以牡丹看来，这座宅子至少也有几十年了。厅堂中的陈设简单却不简朴，家具虽是半旧，用料做工却极其精致，另有一架蝶栖石竹六曲银交关屏风非常显眼。

一个青衣小童在内伺候，请众人入座后，殷勤奉上茶汤。

片刻后，蒋长扬匆匆赶来，与众人见礼告罪："实在对不住，让各位久等了。适才一位故交在此，耽搁了些时辰。"

何志忠说明来意，命人呈上一座极品沉水香制成的香山子，道："些微玩物，不成敬意，实在不能与您救了小女的大恩大德相提并论。这是我们家自己做的，还请您不要嫌弃，留着把玩。"

时人流行熏香，但凡有些身份地位的，衣物要熏香，坐卧要焚香，行动要配香囊，更知香山子的难得贵重，稍微有点钱和地位，都会想法子弄一个摆设，以为是雅事一桩。然而香有上中下品之分，价格有贵贱。何家这个香山子，与市面上一些用小块的沉水香堆叠而成的不同，乃是整块雕琢而成的，绝非凡品，盒子才一开便满室生香。

蒋长扬肃了神色固辞："在下不能收。"

何志忠很意外："难道公子看不上吗？"这座香山子，除了家中厅堂里摆设的那一座以外就是最好的，不然他也不敢拿来答谢人。他看了这屋里的陈设，晓得蒋长扬不是不识货的。还想着这东西雅致，不会被嫌弃，谁知人家竟然不要。

蒋长扬微微一笑："这么贵重雅致的东西，在下怎会看不上？！路见不平自有旁人铲，我若是没有办法也就罢了，既有能力，自当出手相助。若是受了您的东西，倒叫我日后没脸见人了。"

何志忠苦劝一歇，见他实在不收，便正色道："我何志忠虽是商贾，生平为人恩怨分明。公子救命之恩，原也不是一座小小的香山子就能报答的。您实在不收，我也不勉强。但您记着，日后若有需要，请到我家说一声，但有所求，无所不从。"

这样一说，为难的倒是蒋长扬了。他左思右想，望着牡丹道："若是真的要谢，不如请何家娘子帮我照顾几株牡丹花吧。家母爱花，我买了几株品相不错的，可惜山高路远，我不放心让人送去，只好养着。家里仆人粗笨，不过半月工夫就养死了一株，实在可惜。"

牡丹毫不犹豫地应下："行。"

牡丹见到那几株蔫头蔫脑的牡丹花，不由连连叹气。长势衰弱，叶片发黄，有的叶子被虫啃食得残缺不全，不只是一株死了，其他几株也跟着要死了。拔起死掉那一株来看，不出所料，根腐病严重。

花匠怯怯地偷看着黑了脸的蒋长扬，小声问道："小娘子可知这牡丹花到底得了什么病？"

牡丹道："花后这次肥可施过了？"

花匠惊讶地道："花已经谢了还施什么肥！施了倒引得它又萌芽，明年春天就不好开花了。"很不以为然的样子，娇滴滴的小娘子懂得种什么花？只怕又是一个假装懂得种花，来讨好自家主人的。

牡丹一听就晓得是个外行，似笑非笑地对那花匠道："大约你这花品种不同，我家的花每年花后总是要施一回肥的。"

牡丹花喜肥，得根据植株的大小、密度、长势及"春开花、夏打盹、秋发根、冬休眠"的习性来确定施肥的种类、时间和数量。每年要施三次肥，第一次施肥在早春萌芽后，主要为促进开花；第二次在花谢后，主要为促进花芽分化，这次施肥最为重要；第三次在入冬前，主要为保护越冬，以促进新根生长为目的。据她所知，有些人还会在牡丹植株周围埋下动物尸骨，或是将动物尸骨装缸，盛水密封，待到其腐熟后将其浓汁稀释浇灌牡丹花，以便花大色艳。

这花匠不但没施最重要的一次肥，还振振有词地说了这种外行话，可惜了这几盆好花，也不晓得要值多少钱。

蒋长扬皱眉看向花匠，花匠晓得要坏事，赶紧讨好牡丹："小娘子果然是行家里手，出手不凡，还请您教教下仆，下仆第一次见到这种奇怪的病。"

　　牡丹恼他不懂装懂，到了此时还要硬撑强装，便沉了脸道："你就没从这花周围看到过虫吗？这分明是虫害。"

　　花匠兀自嘴硬："凡是花木，哪有不被虫吃的！牡丹根甜，本就招虫。吃了叶子也就算了，您看看，这花分明是根烂了。"

　　牡丹要了个小花铲，就在花根旁小心地挖起来，片刻后，挖出几个虫蜕和虫蛹放在地上，道："就是这东西捣鬼。小的吃根，大了就吃叶子。因为牡丹的根多、根大，它通常是把一棵牡丹吃到快死或是死了才会转移。根烂正是因为被吃得太厉害了。大虫子在夜里活动，现在正是最厉害的时候。"

　　这几株牡丹花是受了金龟虫害，幼虫危害造成根部大量伤口，才会出现烂根、长势衰弱、死亡的情况。

　　花匠还在硬撑："虫蜕什么地方没有几个？！小娘子怎能断定就是它们呢？"若叫公子得知，这贵重的花是因为他种植不得法才死的，打板子都是小事，卖了他也不够赔的。

　　牡丹索性不说话了，只看着蒋长扬。

　　蒋长扬生硬地道："闭嘴！"他带来的人不多，这人是一位朋友送的，原本只是个打杂的，听说他要请花匠，就自告奋勇，问答起来也头头是道，他就以为不错。谁知竟是个半路出家的。

　　花匠缩着脖子退到一旁不敢再说话。蒋长扬就问牡丹："可有法子挽救？实在太过可惜。"

　　牡丹笑道："这东西冬天躲在土里过冬，今年不治好，只怕明年春天还要再遭祸害。我有几个法子，暂且试试。"

　　蒋长扬忙叫人取来纸笔，牡丹不由笑道："不难，不用记了。这虫子喜欢晚上出来，又似飞蛾一般喜欢灯光，只管用个大盆子装满了水，在中间放几块砖，拿盏琉璃灯放在上面，水里放一点点砒霜，虫子落进去后就只死路一条。还可以用一勺糖、三勺醋、二勺白酒、二十勺水配成糖醋液，再加点砒霜，装在广口的小瓶子里，水面离瓶口最好在三分之二左右，挂在花周围进行诱杀。"

　　蒋长扬满头大汗："你说得太快了，慢点儿说。"

　　牡丹好笑地又重说了一遍，待他记录妥当，才道："捉到虫子就更好办啦，将死了的虫子捣碎，用厚纸袋子密封起来曝晒，或者放在热的地方让它腐败。待臭味散发出来后，把碎末倒在盆里用水泡。水不要多，然后将过滤出来的汁按一勺汁一百五十勺水的比例来兑，用来喷洒在枝叶上，效果一定好。"许多动物都有忌食同类并厌恶避开同类腐败尸体气味的现象，这个法子从前她用过，屡试不爽。

　　蒋长扬不好意思地道："你可认得什么好的花匠？我愿出高价聘请。"

　　牡丹为难道："不认得呢。我家的是我自己管，这京中知道怎么管花的人其实不少，大户人家就有专管牡丹的，不然就是花农，或是寺庙道观里的师父也不少。您朋友多，不如问问他们？"

　　蒋长扬应了，却又笑道："那边还有几棵长得不错。有一株我在京中没见哪家有，是远处的朋友送来的。您喜欢牡丹，可要过去看看？"

　　牡丹自然求之不得。

　　蒋长扬引众人绕过一个遍开荷花的小池，又绕过一大块白色玲珑、旁栽菖蒲的昆山石，方见半阴半阳处还有几株长得不错的牡丹花。

　　一见那几株牡丹花，牡丹简直不敢相信自己的眼睛，当即上前细细打量，那是一株约有四尺高、已经结了果的牡丹，生得与其他牡丹又不一样。

全体无毛，当年生的小枝为暗紫红色，基部有数枚鳞片。二回三出复叶，叶片为宽卵形或者卵形，羽状分裂，裂片披针形，叶背灰白。牡丹便问："不知这花开的可是紫色，花朵不大，只有两寸半许，花瓣也不多，花期也晚？"

蒋长扬有些吃惊："的确如此，不知你如何得知？原来当初潘蓉和我说，你是此中高手，看叶看枝就能知晓是什么花，果然是真的。"

"谬传，都是谬传。"她不过是多看了几本书，种过几年牡丹花，晓得区分一些品种罢了。牡丹听得汗颜，赶紧问起蒋长扬这株牡丹从何而来。

蒋长扬道："这就是我那位远处的朋友送的。他听说家母爱牡丹，便千里迢迢从南诏那边带过来。花不是很好看，但他说根部可以入药，皮为赤丹皮，可治吐血、尿血、血痢等症，去掉根部的部分又为云白芍，可治胸腹胁肋疼痛、泻痢腹痛、自汗盗汗等症。"

果然是从云南西北部来的紫牡丹！蒋长扬还说漏了一样，赤丹皮可以治疗痛经，大约是因为这是妇科病的一种，他不好意思说吧？确定了这棵牡丹花的品种，牡丹很兴奋，这么远地方来的宝贝，若不是这个机会，她只怕这辈子都不可能看到，更不可能得到。

牡丹心里犹如有十几只小手在抓呀抓，抓得她毛焦火辣，几番想开口，又实在开不得这个口。上门来道谢，人家什么都没要，自己倒打起人家东西的主意来了，实在要不得啊。但叫她就此错过这个机会，却是怎么也不甘心的。

她皱着眉头，围着那株紫牡丹直打转。

"这花全身都是宝呀！"何志忠赞叹着，一脸老实无害，"敢问蒋公子，您这朋友可还在京中？若是方便，我想高价请他帮忙带一株这种牡丹或是帮忙买些种子。"

这不是明摆着敲边鼓，帮自己要花么？牡丹脸一热，悄悄扯了何志忠一把，自家这个老爹，什么都好，就是关系到儿女时脸皮总是特别厚。何志忠反手将她的手握住，无比诚恳地看着蒋长扬，一脸期待。

父女俩的小动作尽数落入蒋长扬眼中，他不由暗自好笑。这世间自有痴人在，有人爱财爱名，有人爱权势美色，如今自己却是遇上一个爱花成痴的了。这何家也算是恩怨分明、有骨气、明事理的人家，可以交往。

蒋长扬想到此，便微微一笑："我那朋友如今不在京中，不便请他。若是喜欢，待到秋天分了株或是嫁接成功，我让人取了送去府上。"

牡丹脱口而出："不必这么麻烦，给我几颗种子就好。"此时众人多不用种子繁殖牡丹，而是用分株和嫁接繁殖。坊间还流行着一种做法，但凡好一点的品种，一旦花谢后，立时便会剪去，只因为众人认为任它结种会叫花的品种退化。倘若蒋家这个花匠懂行，这些花早就被修剪干净了，根本不会留下种子。

蒋长扬扫了一眼已经挂果的紫牡丹，毫不犹豫地答应下来："若是喜欢，只管尽数摘去。"

牡丹见他大方，却也不想叫他吃了亏，便笑道："只要几颗就够了，用不得这许多。我那里也有几株公子这里没有的品种，到时正好把那魏紫、玉楼点翠一并送了来。"

说到此，看一眼那缩头缩脑的花匠，想到若是他不懂，给自己一包老得出不了芽的种子可真是浪费了，便忍不住提醒道："这些新结的种子，拿来播种，将来用花苗来做嫁接的砧木也极不错，只是牡丹籽喜嫩不喜老，采摘要及时，晚了不易出苗。"牡丹种子娇贵古怪，嫩的一年便可发芽，稍微老一点的两年发芽，很老的就要三年才能出芽，而且是要当年采种子当年种，不然出苗率非常非常低。

实在太复杂了！蒋长扬打量那种子一番，愁眉苦脸道："那要什么时候采摘才合适呢？"许人几粒种子，本以为是非常简单的事，谁知这样复杂！只是既已答应，就得送好的。

牡丹笑道："蒋公子不必烦恼，等到这果皮呈蟹黄色时，记得让人摘下来，然后交给我处理吧。"她是有私心的,她要大规模生产种植,才不白白告诉旁人怎么处理这牡丹花种子的相关技术呢。

蒋长扬严肃地吩咐花匠:"你仔细将这些花的种子看牢了,待到种皮变成蟹黄色就赶紧摘下来。"

花匠以为蒙混过关,连忙表态:"公子放心,下仆就算豁出这条命去,也必然不会叫它有任何闪失。"

蒋长扬瞥他一眼,淡淡地道:"若是这样,你这条命早就该交出来了。你有几条命在?"

花匠变了脸色,颤抖着嘴唇伏倒在地:"公子仁厚,小人以后再也不敢了。"

蒋长扬看向牡丹:"一时找不着合适的人打理这些花木,还请您教教他怎么管理花木吧!"

牡丹叫花匠上来,认真交代他几桩平时养护需要注意的事项:"浇水一定要见干见湿,不浇则已,浇则浇透,不能积水。夏天不能中午浇,要么就在早上太阳未出来之前,要么就在太阳下坡之后,最好是用雨水或河水,不然就用打出来放上一两天的井水。"

花匠不敢怠慢,小心应下不提。

牡丹这才找了机会问蒋长扬:"清华郡主过后没有找您的麻烦吧?"

"我在家中等她的请帖呢。"蒋长扬见何家人颇不过意,便笑道,"不必替我担忧,潘世子与我交好,不会让我过不去的。我此番去,便能将这事儿给消弭了。"

何志忠看了蒋长扬这座宅子,想到他的所作所为,再看他气定神闲的模样,便信了七八分,遂起身告辞赶去宴请张五郎。

走至修正坊附近,但见一个老妇立在路中哭声哀号,操着一口外地口音向来往之人求援:"救救我家三娘子。"行人却是不怎么理睬,或是有人不忍,递给几个钱的,她却又不要,只是捂脸恸哭。

牡丹见那老妇身上穿着细布襦裙,头发也梳得整整齐齐,虽不华丽,却也干净整齐,像是个中等人家的奴仆,并不似无赖泼皮,便叫雨荷去问怎么回事。

谁想老妇竟奔上来抓住牡丹的马缰,哭号道:"小娘子行行好,救人一命胜造七级浮屠,救救我家三娘子。"

何志忠皱眉举鞭喝道:"松开!有话好好说,这样抓抓扯扯的,小心鞭子!"

老妇方松了手,指着不远处的树荫下:"我家三娘子不小心触怒夫君,被一纸休书赶了出来,娘家又不在此,我们主仆三人竟无处可去!她病急无力,将钱悉数用光,被邸店赶了出来,她却又病得昏死,万望郎君垂怜,救救她吧!"

物伤其类,牡丹乞求地看向何志忠。何志忠叹口气:"过去看看。"

但见路旁树荫下,一袭还算干净的草席铺在地上,一个年约十七八岁的丫鬟跪坐在上面,怀里搂着个年约二十的年轻妇人,正在垂泪。身边只得两个又小又旧的包裹,二人头上身上全无半点值钱的首饰。

那年轻妇人虽昏迷不醒,五官长相却是美丽精致,是个少见的美人坯子。

何志忠觉着稀罕:"要我们相帮,却也要说清楚你们到底是什么人,她原来的夫家又是谁?她是哪家女儿,因何被休,不然我们怎好不明不白就帮了你们?"

老妇好一番哭诉。原来妇人娘家姓秦,本是扬州人氏,父母双亡,被叔婶嫁给这京中通善坊的颜八郎。那男人长得容貌丑陋之极,秦氏却也没说什么,夫妻相安无事。哪晓得半月前,秦氏正在梳妆,那颜八郎躲在一旁偷看,秦氏骤然在镜子里看到了他,吓得昏死过去。颜八郎痛恨不已,无论秦氏怎么告饶乞求都不行,一纸休书将她赶了出来。可怜山高水远,有家不能归,沦落到了这个地步。

这样一个算不上过错的过错,竟成为被休弃的理由,牡丹忍不住道:"为何不去告他?"

老妇苦笑："已经见弃，告了又如何？不过多得一点财物罢了。我家三娘子，就差在没有父兄，不是本地人……"

牡丹有些发呆，虽然百般筹谋，到底她仗着的也不过是身后有得力的父兄罢了，不然一样凄惨，哪里去讨公道？！她害怕地往何志忠身后缩了缩。

何志忠看到女儿的样子，沉声道："扶起来，将人送到最近的邸店去，马上去医馆请大夫。若是想回扬州，过两个月可以和我们的商队一起走。"

到得邸店，何志忠牵挂着宴请张五郎的事，命店主安置妥当秦三娘主仆，又叫人去请大夫，留下些钱财就要走。

牡丹同情这个无辜的女子，心想遇也遇上了，不如留下来看看她的病情如何。何志忠只得叫大郎陪着她，自己先行回去。恰逢店家正在准备饭食，饭香飘到房里，不知是那叫阿慧的丫鬟还是那蔡大娘的肚子"咕咕"地叫起来，二人都红了脸，或是拖把椅子弄点声响出来，或是假装说话掩盖，以避开尴尬。

也不知饿了多久……牡丹悄声叫雨荷让店家备些清淡爽口好消化的饭食送来。

少顷，大夫来了，替秦三娘请过脉，道是风邪入体，郁结于心，没有得到及时调理，却是没什么大碍。开了药方后，又道："弄些米汁子给病人用，比吃药还要管用，很快就会恢复了。"

言下之意便是又饿又病，而且昏厥的真正原因就是饿。牡丹放下心来，见秦三娘醒了，便问："夫人要回扬州么？若去，过些日子我家有人要去扬州，可以捎带你回去。"

秦三娘弄不清楚状况，只呆呆地看着牡丹不说话。阿慧三言两语将情况说清楚了，她方才挣扎着起来给牡丹行礼。

牡丹忙按住她："你是病人，再不保重自己，可就白白浪费了我们的一片心。如今她俩全靠你拿主意呢，要告或是回扬州，还需早些拿定主意才是。"

秦三娘突然发笑，笑得眼泪都出来："他长得像个鬼，我也不敢嫌弃什么，大清早的，任谁的镜子里突然出现个恶鬼，也会被吓着吧？我没嫌他，他倒还嫌我了。明知我无处可去，偏这样恶毒。我便去告，又能如何？让他家重新打开大门迎接我？那不可能。就算接我回去，他又如何能与我好生过日子？回扬州，若是那里还有容身之所，我也不会停留在这里。"

牡丹有些傻眼："那要怎么办呢？没有其他亲人了吗？这样下去不是办法啊。"不想回夫家，也不想回娘家，便要早些打算，或是赁个房子住着，寻个生计才能养活人呀。这样一直住在邸店里，把钱全花光了，沦落街头可不是什么好主意。

秦三娘一双眼睛黑幽幽的，道："我还有个亲姐姐叫段大娘，她倒是个大有出息的，只可惜和我不是同一个爹爹生的。她恨我娘丢了她另嫁，不和我们来往，但我成亲之前她也去看过我，问我跟不跟她走。可恨我那时猪油蒙了心，以为能嫁进京城就是天大的好事，又以为她不安好心，从而拒绝了她。现在看来，真正有眼无珠的人是我。"

牡丹耐心地道："她家住在哪里？要不你写封信，我请人送去，让她来接你？"

秦三娘断然道："不必了，我没脸见她。"沉默片刻，望着牡丹道，"不知小娘子尊姓大名？"

雨荷只管朝牡丹使眼色，意思是不要轻易告诉这秦三娘，省得以后麻烦。牡丹犹豫片刻，轻声道："我叫何惟芳，大家都叫我牡丹或是丹娘。"看先前阿慧和蔡大娘肚子饿时的表现，她觉着对方不会是什么下三滥的人。

秦三娘闭了眼睛："我如今只剩下行礼道谢这一件能办到，你却不要我给你行礼。也罢，你的名字我记下了，以后若有机会，自当报答；若无机会，你就当施舍了寺庙，总归是功德一件吧。"

牡丹哭笑不得，见药也抓来了，她也有送客的意思，便起身道："那我先回去了，明日再来看你。万事都要先把身子养好再说。"

人已走到门边,秦三娘突然喊道:"你为何这样帮我?"

此时正值申时左右,多数人都不在,邸店里除了厨房有声音外,一片寂静。牡丹抬头看看天边那抹淡淡的云彩,心间一片安宁:"先前是好奇,后来是因为我也刚和离。不管怎么样,总得好好活下去。"

重病过后,她大彻大悟,第二次生命来得十分不易,必须珍惜。珍惜生活中美好的一点一滴,珍惜旁人对自己一个善意的笑容和一句关心的话,日子才会过得有滋有味,不然拥有再多的财富和再高的地位,又有什么意思。

秦三娘显然和她感受不一样,冷笑道:"是呀,不管如何都得好好活下去!老天既然不叫我死,少不得要好好活下去,不然就是枉费爹娘生我来这世间!"

牡丹点点头,起身往外走,她觉着秦三娘的态度十分古怪,说是绝望软弱,不像,说是坚强豁达,更不像。但她肯定,这秦三娘不是个没主意的。

见牡丹主仆的身影走远,秦三娘对着一旁的阿慧和蔡大娘一字一顿地道:"此仇不报枉为人!"

蔡大娘老泪纵横:"三娘,我们还是投奔大娘去吧。她有万贯家私,也顾念骨肉亲情,不会不管你,何必留在这里餐风饮露?!"

秦三娘倔强地把脸侧开:"我不把这件事办妥,没脸见人!"

阿慧道:"那您又能怎样呢?"

秦三娘嘿嘿冷笑,摸了自己姣好的脸一把:"他轻贱我,自然有人看重我。你们就等着吧。"

大郎一直在外等着,见牡丹出来,忙亲自牵了马过来,笑道:"怎样了?她可要跟商队回扬州?"

牡丹摇头:"她不肯去。也不肯打官司回夫家,更不想去投奔娘家,也不知她到底想要做什么营生。我适才本想问她会不会针线之类的,又觉着不好问。先看看再说吧。"

大郎道:"那颜八郎实在没道理。如果是我,实在忍不下这口气去的。"

牡丹心头微微一动,会不会这秦三娘口里不说,其实已经打定主意要报复了?只是这样一个弱女子,生计都成问题,能怎么报复?便道:"哥哥,她说有个异父姐姐叫段大娘的,比较有出息,你往年也常去扬州,可听说过这样一个人?虽然她不愿意,咱们也替她带封信去吧,你看如何?"

大郎皱了皱眉头:"扬州是有个段大娘特别有名,我曾远远见过一面,和这位秦三娘的差别可大了去,难道会是她的亲戚?不然我明日使人带封信去试一试?"

牡丹奇道:"她怎么个有名法?"

大郎微微一笑:"她有时下最大最好的商船,南至江西,北至淮南,到处都去得,我们都坐过她的船,你说有名么?"

牡丹吐吐舌头,道:"倘若真是她的妹子,她定然不会不管。哥哥千万记得此事,算是积德。"

大郎应下,送了牡丹归家,立刻直奔东市酒肆寻何志忠和四郎去了,父子三人直到坊门要关闭的前一刻才由童仆搀扶着归家,都醉得一塌糊涂。牡丹见大嫂和四嫂的表情都有些难看,很自觉地带着雨荷去厨房备了醒酒汤,见何志忠拉着岑夫人的手只管傻笑,便忍着笑退了下去。

第二日牡丹又提醒了一遍大郎,再请孙氏陪着一道去看秦三娘。秦三娘主仆三人却已经走了,把何志忠留下的钱财全都带走了,什么话都没留下。

雨荷十分生气:"这人半点礼节都不懂,老爷和您帮了她,好歹要道声谢,去了哪里也该说一声吧!怎地这样悄无声息就走了?咱们多半是遇上了骗子!"

牡丹道:"别胡说。是不是骗,去通善坊打听打听不就知道了?"

雨荷果真叫人去打听,回来后道:"果然是有这样一件事,邻里都替秦三娘抱屈呢。那颜八郎果然奇丑无比，只要是个人，夜里骤然见着定然也会被吓个半死。"

晚上大郎归来，说是信已经送出去了，牡丹轻叹一声，自知无能为力，慢慢也就把这事儿淡忘了。

这日下着小雨，一家子人正在吃早饭，李荇却兴冲冲地来了。

第十章 宝会

李荇却又不撑伞，只戴了一顶油帽，披了件油衣，慢吞吞地自如丝一般的小雨中走来，衬着院子里青翠欲滴的花木和朱红的栏柱，像幅画似的。

孙氏第一个看到，拍着手笑："如此悠闲，果然是来走亲戚的。"

几个小孩子立刻跑去迎接李荇，掀起他宽大的油衣盖在身上，嘻嘻哈哈跟着他一道小跑进饭厅。何家人也不怪孩子们调皮，只微笑着招呼他。

牡丹默不作声地添了副碗筷，李荇也不客气，挨着六郎坐下就开吃。众人俱问候他的身体如何了，他使劲拍着胸口笑道："大表哥给的药好，完好如初！前两日姑父去瞧我时就已经大好了，只是我娘啰嗦，今日才肯放我出来。"

何志忠笑道："你那几个表哥怎样了？这几日我一直着人打听，却没听到什么消息。只晓得刘老贼好几天没去上朝，不晓得又打的什么腌臜主意。"

李荇微微一笑："正要和您说这事儿，刘老贼不上朝就是为了引起舆论，好报复人。虽不甚光彩，但他到底是三品大员，若是朝中大员个个都被如此慢待，这些人就没脸面威信可言了。于是我大表哥他们被定了个冒犯之罪，昨儿大表哥和二表哥被弄去一人打了一百板子，其余几个腿长，都跑了。"

何家众人惊得放了碗筷，大郎失声道："要不要紧？"

李荇轻描淡写地道："没事儿，刘老贼这次却是失算了。姑父有军功在身，平时也豪爽仗义，交游不错，那些人也不好太为难。爹爹又打点过的，两位哥哥这一百板子听着吓人，实际打得不重，还没从前在幽州闹事时被姑父使人打得重，几天工夫就养好了。至于另外几个，躲两天也就没事了。姑姑也不在乎。"

何志忠回头望向岑夫人："收拾些药材一起去看两位侄儿。"

李荇也是这个意思，见何志忠一点就透，便不再提此事，笑道："我来主要还是为了那宝会。今日天气不好，还会举行么？"

何志忠道："已经定下的日子，不可能改变。不过此时尚早，我们先去探望几位表侄再去西市，时候正好。"

李荇把眼看向牡丹："姑姑上次说她也想去看热闹。"他本想要她也跟了一道去，哪晓得牡丹只管低头吃饭，并未收到他的眼风，不由有些失望。

何志忠道："只怕今日她要照顾你表哥，没心情去呢。"

李荇笑道："不会，姑姑早就习惯了。"说完使劲咳嗽一声，见牡丹还是没抬头，就又使劲咳嗽一声，终于惊得众人注目，牡丹也关心地看向他。五岁的何淳捧着饭碗眨巴着眼睛清脆地说："表舅，你病了么？"

李荇脸一红，抚着脖子道："没有，就是喉咙有些不舒服。喝点汤就好了。"话音未落，英娘就舀了半碗鱼汤递过去："表舅，您喝这个。"

· 125 ·

李荇只好喝着汤给牡丹使眼色。牡丹以为他有事要说，想到自己本就要跟去看热闹的，到时再说不迟，便朝他微微一笑。

但见李荇的眉毛挑起一条来，然后眼睛斜斜地看向何志忠，又朝她眨眨眼，暗示意味很浓。牡丹暗想："难道这事儿和自家老爹有关，到底什么事呢？"于是疑惑地看向李荇，眨了眨眼，以目示意："要做什么？"

这回看到李荇笑了，朝她点点头。牡丹想，哦，果然和自家老爹有关。但就是不明白他到底想说什么，索性不猜，坐着不动，只等稍后再问。却见李荇一脸气急败坏，把额头猛地往饭桌上一磕，抬起头来悲愤地看着她，简直恨不得捶桌子。

牡丹越发莫名。

他二人眉来眼去，以为其他人都不知道，哪承想全都给人看进去了。岑夫人关心地道："行之，你可是头伤未愈，又犯头晕了？那什么宝会也别去了，我赶紧让人收拾间屋子出来，你去躺躺？等下再使人赶了毡车送你回去。"

李荇将头摇成拨浪鼓："谢姑母关心，侄儿没事，适才是看到这桌子上似乎有个洞，以为生虫了，谁知是我眼花。"

岑夫人一本正经地道："原来如此。"然后就没了下文。其他人本想开开玩笑的，但见何志忠、岑夫人二人都一本正经的，便也缩了头默默吃饭。

李荇意识到气氛不一样，也不敢再对着牡丹挤眉弄眼，眼珠子一转，看到一旁认真吃饭的何淳，主意便上来了。

牡丹刚放下碗筷，肥嘟嘟的何淳便歪到她身边，用手搂了她的脖子讨好地道："姑姑，您替我说说情，领我跟了祖父和大伯他们一道去看宝会好不好？"

话音才落，十几道目光同时看向牡丹，全是毫不掩饰的渴求。牡丹只要敢答应何淳，其他人就有理由全都扑上来。牡丹呵呵干笑，只管去瞄何志忠。

何志忠道："哪能领那么多人去！小孩子去了浪费位置，何濡、何鸿年龄不小了，正该跟着一起去见见世面。其他人都留在家里。"

薛氏想到会耽搁两个儿子读书，不由有些不满，但见大郎半点反应都没有，就不敢多话，转头叮嘱两个孩子："听祖父的话，好好地学，技多不压身。"

白氏却是难过得要死，使劲地瞪二郎，老爷子这是要培养大房继承珠宝生意吗？自家三个儿子中的何温、何沐年龄不比何鸿小吧？为什么不能一家去一个？虽是长房，也太偏心了些！却见二郎半点不动地坐着，神色自若。她没法子，便狠狠推了大儿子一把，何温早得了吩咐，带了几分害怕地："祖父，阿温可不可以去？"话音未落，就换来二郎恶狠狠的一眼。白氏坚定地看着何志忠。

何志忠面无表情："既然如此，阿温就跟了一起去。"起身看看天色，回头望着牡丹道："去收拾收拾，准备出发。"

老大、老二家都可以去，为啥自家就不能去一个？难道将来要叫自己一家子饿死吗？甄氏很是不满，看到不过七八岁的儿子，好歹住了口，笑道："丹娘，你看了有什么好玩的，回来和我们细细地说。"

牡丹不管嫂嫂之间的明争暗斗，微微一笑："好的。嫂嫂们可要带什么回家？"自从家里人知道她要立女户去种牡丹花，而不是弄什么珠宝香料以后，虽还有人持观望态度，但也没人刻意针对她了。她自在许多，面对着家里人置气耍心眼的时候也就淡定不少。

李荇此时方知牡丹原来是要去的，不由转嗔为喜，笑嘻嘻地将何淳抱起来，笑道："让他去，我让他骑在我肩头上，不占位子。"哪晓得顿时捅了马蜂窝，年龄小的几个孩子个个儿都不饶他，他急得满头是汗，许诺改日请孩子们去曲江池泛舟，这才平了民愤。

牡丹笑道:"知道了吧,咱家孩子多,必须做到公平公正的。"

李荇只是笑。何志忠却望着孩子们道:"实在太没规矩了。"不过一句话,孩子们就拘束起来,再不敢胡闹。何淳也从李荇怀里溜下来垂手立好,不敢再提要跟了去的话。

去了李家,照例没见着李元。崔夫人看到何家人老老小小都上门探望问候,又送了这许多好东西,倒也欢喜,要留岑夫人说话玩耍,只是趁人不注意时狠狠瞪了李荇一眼。李荇只当没看见,满不在乎地扶着李满娘的胳膊,笑道:"姑姑,您舍得表哥么?今日宝会不改期。"

李满娘笑道:"我怎么舍不得他们?又不用我替他们疼,走走!"拉了李荇就开走,真正潇洒。走了两步,见牡丹要去钻毡车,便将油衣并油帽扔过去:"你不试试雨中骑马的滋味么?毡车有什么可坐的!"

牡丹笑笑,接过去装备起来,由大郎替她抓紧辔头翻身上马,她自认为和从前相比已经很娴熟了,李满娘却啧啧出声:"实在是太需要练练了。"

崔夫人眼睁睁看着李荇又披上油衣,冒着雨上了马,跟了何家人扬长而去,不由回头望着岑夫人诉苦道:"一点不省心,这么大了还不肯说亲。原本前些日子宁王殿下和他爹说起一门亲事,对他将来只是有利的,他却鬼喊鬼叫的,叫他爹难做,只好先拖着。"

岑夫人淡定一笑:"谁没年轻过呢?孩子们有些任性总是有的,总会回头。"

在西市,外国商人开设的店铺远比东市更多,波斯邸、珠宝店、香料店、药店、货栈、酒肆比比皆是。许多不同打扮,不同口音的外国商人来来往往,其中又以波斯、大食的"胡商"最多,周围居住的多为平民、胡人,故而商品种类多是衣、烛、饼、药等日常生活品,也因为这个,西市远比东市喧嚣热闹。

牡丹只觉怎么也看不够,李荇不知何时摸过去与她并辔而行,低声道:"你没去过扬州,那里的商胡也很多,若有机会去,会看到、听到很多意想不到的事情。"

牡丹点点头:"若有机会,我真的很想到处走走看看。听说江南有冬牡丹,我很想见识见识。"

李荇轻轻一笑,正要说什么,忽听何志忠沉声道:"地方快到了。稍后牢牢跟紧我们,不要乱说话,不要乱动手,只管带着耳朵听。"

少顷,街边停的驴子、马匹、毡车等渐渐多起来,众人转过大街行至一条曲巷中,但见一座毫不起眼的临街店铺外围了许多人,指指点点,轻声交谈,都说是这次有不世出的稀罕宝贝出现,到底是什么,却没人能说清楚。

而那店铺却紧闭着大门,只留两尺宽的一条路供人进出,两个身材肥胖高大、穿着圆领缺胯袍、戴黑纱幞头、高鼻卷发的波斯胡牢牢守着,不许人随意进出。

何志忠清点了自家一行八个人,上前行礼笑道:"都是我们自家的子侄亲眷,想来开开眼界。"那二人显见是和他极熟的,笑着还了礼就放几人进去,都没多问一声。

大郎趁机介绍宝会的规则:"这宝会一年一次,胡商们都会带了宝贝来互相比较,看谁的宝贝最多最好,胜者便可以戴帽位居第一,其他人则按着自己宝物的贵贱高低分列两旁。分定座次后,便可自由买卖。似我们这等纯属来开眼界和买珠宝的,自然只能是旁观。旁观的地方有限,宝贝珍贵值钱,不是谁都能进来的。若非爹爹和他们做了几十年的生意,深受信赖,也不能带这么多人进来。"

穿过一个小小的天井,绕过一排狭窄的厢房,一片绿色突然闯入眼中,绿树后面一间宽大的厅堂豁然出现在众人面前。还未靠近,欢声笑语就传了出来,都是用的波斯语,牡丹只晓得他们非常快活,说些什么却是半点不知道。

一个肤色黝黑的昆仑奴穿着雪白的圆领窄袖袍走出来,笑着给何志忠和大郎行礼,操着一口流利的京城话道:"今日来了一位意想不到的贵客,他带的人也有些多,地点有限,稍后只怕要委屈几位挤挤了。"

何志忠目光一沉，看向李荇，后者自得一笑。

何志忠收回眼神，朝那昆仑奴道："奥布且放心，这算不得什么，当初坐海船，几十人挤个船舱我也过得。"

昆仑奴灿烂一笑，露出一口雪白的牙齿。雪白的牙齿和袍子与黑得发亮的皮肤交相辉映，黑白分明，好不醒目。何志忠、牡丹等人倒也罢了，何濡他们几个却是被深深吸引住，只盯着他看。

这昆仑奴，老早就听说了，也曾在街上看到权贵之家带着出门，可惜却是没机会好好近距离观察见识。到底为什么这么黑呢？不会把衣服染黑吗？何温悄悄将手指伸出袖口，趁着奥布转身，飞速在奥布的手背上擦了一下，然后偷偷拿起来对着光线看，看到自己的手指仍然干净洁白，不敢相信地摸了张帕子出来反复擦了擦。确定没有变黑后，便朝何濡、何鸿挤挤眼睛，三人会心一笑。

牡丹看在眼里，虽觉得侄儿少年心性，好奇而非恶意，但此种行为实在太过无礼，当下狠狠瞪了过去。她见过一些昆仑奴，都是被主人作为炫耀的财物，大多上身赤裸、斜披帛带，或是横幅绕腰，穿着短裤的，似奥布这般规矩穿着本朝服饰的很少，可见主人家并没有轻贱于他。

"小郎君，你我没有什么不同。"奥布却是极温和地一笑，大方地伸手给何温看。何温窘得红了脸，飞快躲到李荇身后。奥布也不计较，转身领路。

何志忠冷冷地道："既无见识，又无胆略，丢脸！"何温顿时耳尖都红透了，恨不得把头埋进怀里去。

进了厅堂，但见正中面对大门放了一张空着的绳床，绳床下首两列铺满茵席，上面密密麻麻地坐满了或是穿胡服、戴胡帽，或是穿本土衣袍的胡商，正在愉快热烈地交谈。周围散放着一些茵席，坐的又是些本土人士，看到何志忠与大郎，都热情地招呼。里面不乏女子，只不过数量少一些而已。

李荇低声道："丹娘，刘畅也来了。"

怎么到处都有他？牡丹皱着眉头看过去，但见刘畅、潘蓉和几个衣着华贵、有些面熟的男子占据了一个观看角度最好、最通风的角落，正表情各异地看着自己这一行人。刘畅恶狠狠地瞪着她和李荇，潘蓉挤眉弄眼，另外几个男子却是一副看好戏、坐观其变的模样。另有一个穿着月白色圆领宽袖袍子、骨瘦如柴、脸色蜡黄的男子垂眸坐在一旁，面无表情。

牡丹侧头想了想，似乎刘畅做的生意中也有珠宝这一样，但似乎并不赚钱，主要还是为了淘宝、集宝。他应该算不上什么大珠宝商，怎地也能进入这里？想到他的狠毒之处，不由捏了一把冷汗，低声问李荇："你可知道他要做什么？"

李荇淡笑着摇头，十分笃定地低声道："他虽没告诉我他来做什么，但我们都知道他一定是来败家的。"

牡丹对这回答有些意外，抬眼去看何志忠与大郎，但见何志忠一如既往地沉稳，大郎却是捏紧了拳头，似是一言不合就要冲上去暴打刘畅一顿。

潘蓉看到大郎暴怒的样子，回头低声和刘畅说了几句话。刘畅对着何家人轻蔑一笑，侧脸再不看牡丹，转而恭敬地同那个骨瘦如柴、脸色蜡黄的男子说话。那男子却是倒理不理的，显得很是倨傲。

李满娘低声道："丹娘，那就是你先前那位？"

牡丹点点头。

李满娘撇嘴："看着就和那老东西一样不是个好货。走，咱们坐他们旁边去！"

又是个唯恐天下不乱的主，难怪生出那八个天不怕地不怕的儿子，牡丹不由一笑："这么宽，何必非得和他们挤。他们都喜欢熏浓香，您就不怕被熏着？"

李满娘道："谁熏着谁还不一定呢。莫非你怕了？"

何志忠道："真还只有那里才能坐下咱们一家人。丹娘别怕，咱们堂堂正正参加宝会，该坐哪儿就坐哪儿。更何况，那里向来都是我的位子。"

奥布果然领着何家人绕过其他珠宝商，直接走到潘蓉面前行礼笑道："贵人恕罪，今日人太多，得委屈诸位挤一挤。"

客随主便，本来让让也没什么大不了的，但潘蓉见刘畅阴沉着脸不动，少不得替他出气，便慢吞吞地道："难道其他地方就不能坐人了吗？为何非得坐我们这里？"

奥布赔笑道："贵人有所不知，这里头有个缘故。此时不同平常，宝会上的位子座次自有规矩，不论身家贵贱，但凭资历，轻易乱不得。何家与我等来往几十年，他家讲信义，资本也雄厚，此处属于他家已是将近十年。"见潘蓉神色松了，接着道，"不过他家倒不是那不好说话的，愿意把上首的位子留给诸位贵人，只是要请诸位分些位子出来。还请贵人与个方便，通融通融。"

潘蓉还未开口，他身边一个穿着靛蓝团花圆领袍、皮肤养得雪白、涂着口脂、塌鼻细目的年轻男子猛地站起身来，对着奥布就是一脚："狗东西，瞎了你的狗眼，也不看看这是谁，这是说我等不懂规矩么？爷们肯纡尊降贵与尔等贱民同屋而居，是何等的体面！已是不计较窝在这小小的角落里了，还要我等与那种忘恩负义、不忠不义、没有廉耻的小人挤在一处，这是什么道理？"

奥布灵巧地微微一让，看着似被踢上了，其实却是没有，不过靴尖轻轻碰上而已。偏他大喊一声，随即伏在地上不住告饶。众人一阵静寂，全都回头看向潘蓉等人，露出十分不忿的神色来，既然嫌弃他们是贱民，何必一定来凑这个热闹呢？但主人不在，也没人敢出这个头。身为身份地位比本土商人还要低贱许多的商胡，只能是敢怒不敢言。

潘蓉脸色难看，以目示意那人住嘴。那人却跟没看见似的，兀自指桑骂槐地瞪着李荇喋喋不休。李荇只作没有听见，越发显得那人欺人太甚，全无教养。

何志忠扶起奥布，沉声道："奥布不必为难，没有坐处，我等不参加就是了。"言罢要走。奥布一把拉住他，哀求道："您若是走了，大家怎么办？都有宝物要请您跟着一起品评，期望着能卖个好价呢。"

众波斯胡也都纷纷挽留何家人，其他人也表示愿意给何家人挪位子，眼看着潘蓉等人还是没有让步的意思，看向他们的眼神就都带了几分厌恶。

牡丹很明白，何志忠不是真的要走，而是以退为进，奥布这个话也有些假。波斯胡人是非常有钱的，世俗俚语常用"穷波斯"形容不可能的事，他们识宝有宝，哪会因为何志忠不在此间就没人品评宝物，宝物也不能卖出好价了。不过表示看重与何家合作的一种方式而已。而此刻他们的这种看重，恰恰正是何志忠最需要的。

何志忠便做了忍气吞声的样子，与为他让座的人道了谢，领着牡丹等人坐下。李满娘几次要开口都被李荇拦住，何大郎也难得忍气吞声。

与潘蓉一道的那个穿月白袍子的瘦人突然起身坐到一旁，冷笑道："贵人们请了，袁十九正是贱民，不敢与贵人们坐在一处，免得污了贵人们的眼。"

塌鼻男一愣，回过头去瞪着袁十九，愤怒地要开口骂人，被潘蓉一把捂住了嘴，低声道："沈五，你要我们大伙儿全都白跑一趟么？"其余几人也纷纷劝他，他方才住了口，神色尚且愤愤不平。

刘畅突然起身坐到袁十九身边，让出了位子。潘蓉见状，也嘻嘻哈哈地跟着刘畅坐了过去，回头望着奥布笑道："奥布，今日我们也是来做生意的，按着规矩来。"

见领头两人都让了座，除了塌鼻男沈五外，其他人都跟着让出了位子。沈五孤零零坐了片刻，起身"呸"了一声，大踏步走了出去。谁都没有挽留他。

奥布笑容不变，权当刚才的事没发生，殷勤有礼地将何家人再度请过去。何志忠也不客气，再次同让座的人道了谢，依次落座。此番，刘畅等人却是坐到了何家人的下首处。

何志忠与大郎神色严肃地坐在正中，何濡、李荇等四人分别坐在他们左右，牡丹和李满娘因为是纯属看热闹的，便坐在了靠近刘畅他们那边的地方。李满娘本是坐在牡丹上首，但因为那几个贵胄子弟总是盯着牡丹瞧，她便用自己高大肥胖的身躯将那几道不怀好意的目光给挡了。这样一来，牡丹就和李荇挨着坐到了一处。

牡丹低声道："表哥，都是因为我，害得你被他们仇视污蔑。"

李荇侧眼望去，但见牡丹发髻上插的金镶玉蜘蛛结条钗微微颤动着，活泼又俏皮，偏生一双美丽的凤眼里满满全是担忧，不由心里一暖，低笑道："算不得什么，我不怕。像他们这种人毕竟极少，大家伙心里都有杆秤。"他顿了顿，低声道，"端午那天夜里，你折回去找我，我很高兴……"

牡丹微垂眸子："你是因为我才受的害，怎能弃你于不顾？只可惜我没本事，害你躺了那么久。"

李荇心里甜得如同调了蜜似的，抿着唇只是笑，只恨不得此时只有他和牡丹二人才好，间或收到刘畅阴狠的目光，也全都不当回事。

何志忠低咳一声："噤声，宝会开始了。"

众人尽都安静下来，一个须发皆白、身材矮小的波斯胡从外间走进来，直接走到绳床下首空着的茵席上坐下，威严地宣布宝会开始。

却是从他开始出示宝贝，他拿出的是一笼帐子，握在手里不过盈盈一把，打开后却是七尺见方的一笼，轻薄疏透，犹如浮着一层淡淡的紫气，帐脚缀着金银、珠玉、水晶、琥珀、瑟瑟等物，很是华丽。奥布在一旁介绍道："此帐名为七宝紫绡帐，轻薄疏透，然冬日风不能入，盛夏则清凉自至。"

牡丹觉得这帐子的确非常美丽珍贵，但她很怀疑这帐子是不是真如奥布所说一般冬暖夏凉。按她理解，冬天风不能入，那便说明不透风，可是夏天却又清凉得很，不通风，怎么凉？明显就是自相矛盾嘛。但见众人都在赞叹，便把疑问埋在心里。

众人纷纷赞叹一番，又按座次分别出示宝物，有玛瑙、琥珀、珍珠、金精、石绿、玉器、赤颇黎、绿颇黎、瑟瑟、夜明珠等物，无论尺寸、质地、做工都可以说是平时罕见的宝贝，还有什么昆仑山来的万年寒玉魄、深海里来的龙骨灯以及可以引见鬼魂的明珠，等等，个个都把自己的东西说得天花乱坠，世间唯一。众人都在赞叹，就是没人叹服。相较而言，那七宝紫绡帐算是比较出众的。

牡丹趁空偷瞄了刘畅那边一眼，但见那袁十九不时压低声音和刘畅说上一两句。刘畅的脸色越来越阴沉，眉间透出一股焦躁，潘蓉也难得正经地端坐在那里，几个人的脸色都不好看。便悄声问何志忠："这些还不算宝贝吗？"

何志忠道："且等着，好东西还在后头呢。"

又过了半个多时辰，几乎所有人都夸耀完了，一个人出示了一颗鸡蛋大小的金色珍珠，圆润无瑕。刘畅与潘蓉脸上露出喜色，众波斯胡商也惊叹不已，全都起身要请那人坐居上首，稽首礼拜，忽又有人道："慢着，我这里还有件宝贝。"

一个坐在末席、形容猥琐的波斯胡商将怀中一个三尺多高的匣子拿出来，郑重其事地打开，道:"玛瑙灯树一枝。"

牡丹隔得远,没看清那玛瑙灯树是什么样,众人却已倒吸一口冷气,面露惊异之色。即便何志忠与何大郎这种见惯场面的,也露了异色。

但见那白头发老波斯轻声嘱咐两句,奥布领命上前,将那盒子捧来放在正中,从盒中取出一枝三尺余高、通体红色、纹带如云、呈半透明状,无裂纹、无砂心、无杂质,底座为莲花宝座,灯头为九枝的玛瑙灯树。奥布取了九支蜡烛放上点燃,虽是白日,屋内仍然流光溢彩。

质地如此出众,又这么大的玛瑙,实在罕见之极。胜负分明,众人都露出激动的神色,不等众人邀请那人上座,刘畅便已起身说道:"这件宝贝价值几何?我买了。"

何志忠淡淡地道:"刘奉议郎激动了。论理,我不买了,你才能买。"

刘畅猛地回头,定定地看着何志忠。

何志忠神色自若,挺胸抬头地坐在那里。他虽然已经两鬓斑白,虽然只是个商人,但他身上体现出来的那种历经沧桑之后的淡定从容很耀目。刘畅觉着,自己好像是第一次看清这个肥胖爱笑、常常一脸忠厚的商人。

"此间规矩便是如此。同样的价格,座次优先者得;不同的座次,价高者得。"白发老波斯的话将刘畅的注意力从何志忠身上吸引回来,他回头求助地看着袁十九。袁十九很肯定地对着他点点头,表示这条规矩确实存在。波斯商胡在本朝的人士不下十万,行事自有一套规矩,何况是在这样的场合,作为斗宝会主持人的老波斯人,又怎会讲诳语?

刘畅无奈回头,眼见众人不急不忙、按部就班地扶了出示玛瑙灯树的那人上座,问得他名叫米亚,便宣布今日米亚的玛瑙灯树拔得头筹,一起向他行礼。再看何志忠沉稳笃定,何大郎志在必得,李荇小人得志的悠闲自在,牡丹笑容恬淡,想到自己即将面临的命运,不由一阵气闷、气苦,露出困兽一般的神色,握紧了拳头,将牙齿咬得咯吱作响。

潘蓉见状,忙低声劝道:"急不得!"

刘畅恨道:"怎么不急?我家私没他多,他占尽天时地利人和,如若他故意与我作对,叫我买不成这宝贝,我又当如何?"这宝贝买得成与否,关系到他的一生,叫他怎么能不急。于是特别后悔,早知如此,刚才就不该故意与何家人置气,激怒了他们。

可这也怪不得他。在这种场合见到牡丹,他就已经吃惊了,甚至有点小小的激动;可是牡丹对他视若无睹,反而笑容甜美、小鸟依人一般紧紧跟在李荇身后,二人不时窃窃私语,说不尽的亲密温存。那样的牡丹,他是从来没有看到过的……输在李荇这样一个官不官、商不商、长相没他好、才能不如他的人手里,简直是奇耻大辱,叫他怎么忍得下?!他当时恨不得将李荇身上刺上十个八个透明窟窿,再将牡丹打上十个八个耳光,骂她无耻不要脸才能解气,好不容易才忍住,哪里顾得上去想得罪何家人会不会让自己处境更艰难呢。

潘蓉低声叹道:"你呀,就是这个倔脾气不好,吃了多少次亏,总是改不了。既然志在必得,就多出钱。放心,你的钱不够,我还有一些,总之必然替你达成心愿就是了。"

刘畅道:"就怕李家插手……"李荇出现在这里绝不是偶然,倘若是为宁王办差,他绝无胜算。

潘蓉安慰地拍拍他的肩头,看着几个伙伴道:"大家既然来了,都尽力帮子舒一把如何?"

那几人都点头答应:"放心,就是为了争这口气,也不能叫他们得逞。"

刘畅方露出笑容,问那袁十九:"以十九哥看,那顶七宝紫绸帐、那颗金珠,还有这枝玛瑙灯树价值几何?"今日就这三件东西最显眼,价格必然很高,何家不可能全都吞下。毕竟买得起这东西的人是少数,精明的商人应把更多的钱留着去准备更多人能买得起的宝贝。所以,他就算不能得到最好的,总能争取到其中一样。

袁十九道："七宝紫绡帐要值一千八百万钱；金珠当值两千五百万钱；至于这玛瑙灯树，该值三千万钱以上。"

刘畅皱眉："为何说以上？难道没个准数么？"

袁十九道："那玛瑙灯树是整块玛瑙雕琢而成，这么大、质地这么好的玛瑙本就难得，何况那不是普通玛瑙，顶部莲花灯盘中天然含水，所以才会在灯光点亮之后，莲花犹如活了一般晶莹璀璨。这样的宝贝可遇不可求，所以说以上。"

潘蓉怀疑地看着他："里面有水吗？怎么我刚才没发现？"

袁十九不屑地嗤笑一声，把脸侧开。若是换了旁的贵胄子弟，早就翻脸了，偏潘蓉不恼，嬉笑着道："这样稀罕的宝贝呀，我可得去开开眼界，瞧仔细了。"说完果真起身，装模作样地问了那白发老波斯胡人，拉了刘畅近前去看那灯树。果然如同袁十九所说一般，半点不假。

刘畅与潘蓉对视一眼，退回座位。潘蓉笑嘻嘻走到何志忠面前施了一礼，道："老世伯，敢问这玛瑙灯树您愿意出多少钱？"

这小子真鬼，何志忠微微一笑："还没问主人可肯卖，又要卖多少钱呢。"

潘蓉立刻转身对着米亚道："敢问商客可卖这宝贝？要价几何？"

米亚操着一口半生不熟的汉话道："财不露白，已经拿出来了自然要卖。三千万，半点不少。"

潘蓉和刘畅立时打量周围胡商的面色，但见众人都微微点头，没人觉得贵了。便想，果然值得这个价，看向袁十九的目光中便多了几分敬重之意。袁十九对他们的神色却是仿佛没看到一般，一派淡漠。

何志忠缓缓道："三千万钱，我买了。"众人纷纷上前恭喜他与米亚，他笑嘻嘻地举起手来要与米亚击掌。

刘畅眼看要成交，忙道："慢着！不是说价高者得么？我出三千一百万钱。"

何志忠面色不变，淡淡地道："三千五百万。"

刘畅道："三千六百万。"

何志忠不假思索地道："四千万！"

"四千一百万！"刘畅算盘打得精，不拘何志忠多少，他总比何志忠多一百万就是了。

何志忠扫了他一眼，道："四千二百万。"却不似先前那般突然往上涨了数百万钱，改为小心往上加。

他的小心让刘畅的犹豫又少了几分，二人慢慢攀到五千万，胡商们也没见勃然变色，反而兴致勃勃地看着他们竞价。

李荇突然起身道："六千万。"

手里的钱不多了，刘畅本想打退堂鼓，但看到牡丹紧紧盯着李荇看的模样，心里突如其来地一阵烦躁，一股热血冲上头脑，令他全然忘了先前的打算，不顾潘蓉狂掐他的腰，顷刻间做了一个大胆的决定："七千万！"

屋里有片刻的宁静，随即一阵喧嚣，李荇潇洒地朝刘畅行了一礼："您请。"不等刘畅反应过来，白发老波斯已经下来拉了他的手，与米亚击掌，表示生意成交，请大家做见证。

刘畅的第一个反应就是，他上当了！他生气地回头看着何志忠与李荇，但见二者脸上没有任何特殊表情，不过遗憾地叹了一口气，转而投向那颗金色的珍珠。牡丹小跳地跟在后面，惊叹地将那颗巨大的珠子托起对着光线细看，美丽妩媚的丹凤眼里满是快活。李荇微笑着低声跟她讲解："听说胡商们爱剖身藏珠，也不知这么大的珠子能藏在哪里，又要割多大的口子？"

牡丹不相信地看着他，低声道："你吹牛！我才不信。"

李荇道："是真的，不信你问他们。"

牡丹道："我才不问，若是人家给我白眼怎么办？要不然你问。"

刘畅再也看不下去，大步走到旁边问那珠子的主人："你这珠子要卖几何？"

何志忠怜悯地道："天下的宝物是买不尽的，何必为了一口气拼尽家财呢？"

刘畅犹如醍醐灌顶，愣愣地看着何志忠帮着李荇以两千万钱的价格将那颗珠子买下。李荇将珠子递给牡丹，牡丹小心翼翼地捧着，拿给侄儿们看。

潘蓉见他突然发了呆，气急败坏地跺着脚道："没钱了？现在后悔了？迟了！皇后那里倒是有送的东西了，贵妃那里呢？少不得还要再买那七宝紫绡帐。还不快点？何家人又去买帐子了！"

已是到了这个地步，刘畅少不得硬着头皮又去与何志忠竞价。何志忠此番倒是没怎么为难他，轻轻松松就让他以一千七百万钱的价钱买了那帐子，然后径自在诸胡商中买了几件犀角、水精、明珠、金精、赤颇黎之类贵重却不稀有的宝贝，兴致勃勃地点评给孩子们听。

在这次宝会上，孩子们学到的最重要的课不是怎么识宝，而是意气之争带来的损害到底有多大以及怎样利用对手的弱点轻松达到自己的目的。

刘畅拼尽全力，总算如愿以偿拿下玛瑙灯树以及七宝紫绡帐，但是事情远远没有结束。

七千万的宝贝和一千七百万的宝贝价值差距太大，纵然皇后和贵妃二人身份有别，却没有这么大的差距。皇后拿到七千万的宝贝，必然是很欢喜的，贵妃却会十分懊恼，不但达不到目的，反而还要得罪人。

故而，他不敢就此收手，又在袁十九的指点下，精心挑选了几件贵重罕见的宝贝添上，务必要将事情办得妥妥帖帖，滴水不漏。可这样一来，他不得不又问潘蓉借了两千万钱。

一切就绪，他觉得很累，眼见几个朋友都买到了想要的东西，抬眼一扫，早就不见了何家人的踪影，便有些沮丧地提议："我们回去吧！"

潘蓉同情地拍拍他的肩头，道："养足精神，明日一早我来找你一起去寻人。"又嬉笑道，"还是我对你最好吧！为了你，我吃奶的力气都拿出来了。"

刘畅苦笑一声，半晌方道："欠你的钱，我会尽早还的。"倘若此番能躲得过去，以后他再也不和人赌气了。

潘蓉摸摸鼻子："记得给利钱，我存点私房钱不容易。"眼角扫到一个人，转而惊喜地拍着刘畅道，"你看那是谁？蒋大郎怎地也来了这里？走，咱们跟去看看他要做什么。听说富贵楼刚来了两个漂亮妞，他不会是去那里吧？"

刘畅不在意地扫了一眼，果然看到一个身材高大的人昂首挺胸地从不远处的人群中晃过，转身进了一条曲巷，很快不见了。他对蒋长扬不是很感兴趣，便疲倦地揉揉眉头，沉声道："我还是早些回去，最近家母身子不太安康。且拿着这几件东西到处跑也不妥当，你替我招待十九哥。"

潘蓉深感无聊，懒懒地挥挥手："去吧，去吧。"目送刘畅带着仆从走远，转身一把搂住袁十九枯瘦的肩头嬉笑道："十九哥，咱们看看热闹去？"

他话音一落，其余几个贵胄子弟都心领神会地笑起来。

袁十九缓慢而坚定地将他的手臂拿开，淡淡地道："我出来太久，要回去了。"也不和其他几个贵胄子弟打招呼，径自走了。

一个穿褐色丝袍的年轻男子瞅着袁十九的背影冷笑："还真把自己当盘菜了。若非闵王高看他一眼，谁会理他？"

潘蓉慢悠悠地道："可他就有那个本事叫闵王高看，我们又有什么法子呢？好了！无论如何，今日大家伙也是沾他的光，淘着了好宝贝。小弟也有事，不能请几位哥哥吃酒，咱们改日又会，都散了吧！"

花花公子都说有事不吃酒了，其他人也没那么大的玩瘾，又都是拿着值钱东西的，若是喝酒出了岔子也是自己吃亏，不如早些归家。便纷纷道别，顷刻间散得干干净净。潘蓉抱着两只手立在街头,热情地招呼随从:"走,咱们去看看蒋大郎穿着一身粗布衣服是去会什么人。"

曲巷深处,有一家很有名的无名酒楼,却不是什么胡人酒肆,也没什么貌美如花的胡姬,有的只是几样响当当的招牌菜:罂鹅笼驴、无脂肥羊、驼峰、鲙鱼、单笼金乳酥、巨胜奴、玉露团、清风饭、天花饆饠、生进鸭花汤饼,还有几样美酒——葡萄酒、三勒浆、龙膏酒以及他们独门秘方所制的醽醁(línglù)、翠涛。

潘蓉立在酒楼门口,一时之间有些莫名,这酒楼因为食材珍贵,做法复杂,向来招待的都是富人贵胄,这蒋大郎穿了粗布衣服来这里吃饭,到底搞什么名堂?掩人耳目也不是这样的弄法吧?见随从大剌剌要往里走,准备大声呼喝堂倌来招呼自己,忙拦住随从,轻笑道:"别嚷嚷,我们悄悄进去,不要叫人知道,这样才好玩。"

随从知道自家主人向来贪玩好耍,当下笑道:"小的知道了。"果然遮挡着潘蓉,悄悄进了酒楼。

堂倌见潘蓉打扮不俗,立刻就要往楼上雅座请。潘蓉眼尖,一眼就看到了蒋长扬独自一人背对店门坐在角落里,正和一个满脸不耐烦的堂倌说话。

潘蓉便道:"楼上风大,我不去。就在那穿粗布衣服的人旁边给我安个位子,中间拿个屏风挡挡。"待那堂倌领命而去,他便找个隐蔽的角落站着,静听蒋长扬和堂倌说话。

只听那堂倌略带了几分不耐烦地道:"客官,小店只有生进鸭花汤饼,普通汤饼早卖完了。"

蒋长扬不疾不徐地道:"那便来斤饆饠。"

那堂倌道:"饆饠也卖完了。"

蒋长扬好声好气地道:"你去问问灶上再来回话。"

堂倌翻个白眼,不情不愿往后转了一圈,回来道:"客官,灶已灭了。您去其他家吧。"

潘蓉在一旁捂住嘴笑得打跌。蒋大郎也会被这样刁难?只听蒋长扬淡淡地道:"不,我就想吃你家的。你让灶上的生火,我等着。"他神态平静,半点没有被刁难的恼怒。但潘蓉知道,倘若他要的东西不送上来,他就可以一直坐下去。

那堂倌显见也是对这样没脾气的客人无法,只得噘着嘴折身去寻掌柜:"不知哪里来的穷酸,进门就要吃什么肉末拌饭;说没了,又要吃什么普通料的汤饼,饆饠……赶也赶不走,怎么办?"这穿了一身粗布衣服的穷酸跑进来,看那架势他还以为是个什么乔装打扮的贵人,哪承想进来就说让用肉末拌碗饭来吃。要吃这种饭不知道去其他家么?哪家不会做?!说没了,也暗示了他此处不卖那些便宜饭食,偏他装作没听见似的,又要吃什么汤饼、饆饠。这种穷酸,哪有那功夫和他磨。

掌柜的一愣,随即奔出去看了蒋长扬一眼,回来一巴掌打在那堂倌头上,低声骂道:"打死你个有眼无珠的狗东西,谁说穿粗布衣裳的就是穷酸?不拘他要什么,赶紧地让厨房做去。"

潘蓉眼见其他桌上的酒菜一盘一盘地上,只有蒋长扬面前的桌子空空如也,偏他静静地坐在那里巍然不动,不急不恼,不由皱着眉头沉思起来。随从却有些看不过去了:"世子爷,这些狗东西狗眼看人低,蒋大公子这是吃了衣服的亏。要不,您请他过来一道坐?"

潘蓉沉着脸道:"闭嘴!"

过了没多少时候,只见那堂倌恭恭敬敬地上来,将一碗不知是什么东西拌的饭、一碗放了香菜的热汤饼、一盘热腾腾的饆饠放在蒋长扬面前,赔笑道:"这位客官,您要的东西都做好了,请您慢用。"

蒋长扬微微点头,拿起筷子先吃了一口那饭,又吃了一口汤饼,接着又吃了一个饆饠,随后放下筷子。潘蓉正勾着脖子看,却听蒋长扬头也不回地道:"二郎若是想尝,不妨过来尝尝。"

被发现了呢。潘蓉也不尴尬,嘿嘿笑着走出去,拍了蒋长扬的肩头一下,往桌上那盘不知是什么拌的饭看去,大声道:"好你个蒋大郎!自从上次在刘尚书家见过之后,就再也没看到过你。听说你夺马伤人,倒是威风得紧。若非我适才眼尖看到你,追了过来,还不知什么时候才能见着。你个没良心的!"

蒋长扬微微一笑,把那盘饭推到他面前:"想不想尝尝?"

潘蓉用筷子扒拉着那饭,原来是一些肉末拌在里面,不由皱眉道:"这种东西也是人吃的?"

蒋长扬道:"怎么不是人吃的?"他指着面前三样吃食,"我小时候当它们是世间无上的美味。"

潘蓉皱了皱眉头:"哎哟,别和我说你来这里就是专门为了吃这几样东西。这几样东西其他什么地方做不出来,非得来这里?你是来找事儿的吧?我要是店家,一准把你赶出去了。"眼角扫到一个熟悉的身影龙腾虎步地往这边来,惊得跳起来,"原来你是约了人的,我不和你说了,先走了。"

蒋长扬也不拦他,随他去。

潘蓉缩回屏风后,无视桌上刚送来的美味佳肴,叫上随从就要走,临走前,只听得新来那人带了几分疑惑质问蒋长扬:"怎么穿成这个样子,你点的什么吃食?"

蒋长扬淡淡地道:"这种衣服我穿了十几年,这些吃食亦曾经是我梦里的美味。怎么,觉得不入眼?"语调平静,听上去却有几分凌厉。

那人沉默片刻,沉声道:"咱们不说这个,我刚才看到你和人说话,可是你的朋友?既然遇上了,便叫他出来一起会会面?"

潘蓉一听,赶紧不要命地往外逃窜。

潘蓉一直跑到大街上方松了一口气,侍从暗自好笑,却不敢表现出来,只肃色道:"世子爷,咱们出来也有些时候了,是不是回去?"

潘蓉理理衣袍,一扫刚才的狼狈,气定神闲地道:"何家的珠宝铺子在哪里?夫人生辰要到了,我竟然忘了趁这个机会给她添件好东西。走走,咱们去看看有些什么好东西,若是能买到一两件,夫人一准喜欢。"他现在就想知道,李荇买那珠子是准备来做什么的,是赚钱,还是专替宁王买的?

却说从宝会出来后,何志忠就打发了三个孩子回家,自己心情很好地领着李荇、牡丹等人去了自家铺子里说话,对李荇所有的问题知无不答,言无不尽。

牡丹愧疚地看向大郎,此间最讲究的是子承父业,家族传承。何志忠此举相当于要领李荇入行,类似于以后就要多一个人和他们抢饭碗,特别是李荇这样有官家背景的人,对于大郎等人来说是相当忌讳的。

大郎收到牡丹愧疚的目光,安抚地对着她一笑,暗示她不要操这些心。何家欠了李家的人情,李荇又不要其他的补偿答谢方式,只好借这个机会让他发笔财,何志忠不见得真的就要领他入行。再说,假如李荇真想进珠宝这个行业,何家就算不帮忙,他也自有办法。

李荇倒是自觉,随意问了几个感兴趣的问题后就不再问了,只笑道:"有些渴了。我记得后面有雅室,不如进去煎茶来喝?"

何志忠忙请众人进去,吩咐小童煎茶,牡丹笑道:"可惜碧水不在,不然也能再看她煎一回茶。只看她煎茶的动作,就是一种享受。"

李荇微微一笑:"你若喜欢,我便把她送你。今晚你就可以喝到她煎的茶了。"

牡丹见他不像是开玩笑,忙道:"不要,不要。我怎能夺人之好?!我不懂欣赏的,给我真是浪费了。表哥还是留着她好了。"怎能因为一句话就定了一个人的前途去向。她还记得李满娘上次问碧水肯不肯跟去幽州,碧水当时就不肯,又怎会愿意跟着自己。李荇古怪地看了她一眼,突然垂下眼控制不住地翘起嘴角。

· 135 ·

李满娘拉起牡丹的手拍着，呵呵笑出声来。牡丹急速思考，她刚才的话有错么？她说的可都是实话。猛然想到一种可能，不由脸上一热，掩饰地道："笑什么？"
　　李荇微微叹了口气，与何志忠、何大郎凑在一处轻声交谈起来，不时爆发出一阵爽朗的大笑。李满娘将今日买的几件东西翻来覆去地研究了半晌，突然问道："那枝玛瑙灯树，其实是你家的东西吧？"
　　何大郎有些发窘，何志忠原本也没想过要瞒李满娘，便坦然承认："的确是我家的东西。那可是我压箱底的宝贝，几十年了，第一次拿出来。"不管刘畅出多少钱，买还是不买，上当或是不上当，何家都不会亏。
　　李满娘笑道："谁的主意？"
　　几个男人对视一眼，心照不宣地笑了。李荇扶着李满娘的胳膊笑道："姑母何必问这么细？反正谁也逃不掉就是了。"又指着牡丹道，"今日之事，就连小娘也有份儿呢。"
　　牡丹微微一笑，李荇说得对，假如没有她在现场刺激刘畅，刘畅也不会如此冲动，轻易就上了当。不过想必就是此番他不上当，不赔这笔钱出来，日后只要他还想做生意，何志忠与李荇总会有法子叫他吐出来的。
　　此时门外传来两声轻响，铺子里的掌柜在外低声道："东家，外面来了一位自称潘蓉的客人，说是要买您今日从宝会上带回来的那颗珠子。"
　　他来做什么？莫非叫他看出来端倪了？何志忠与李荇狐疑地对视一眼，少不得起身去招呼。
　　潘蓉勾着脖子，漫不经心地翻看何家伙计送上来的珠宝，不住念叨："不要这些寻常货色，我就要那珠子，价钱好说。"
　　何志忠在门外静静站着，听潘蓉将自家伙计呼来唤去，弄个马不停蹄，又大声抱怨了一会儿，方抬步走进去笑道："潘世子好雅兴。"
　　潘蓉立刻上前缠着他要买那颗珠子："我夫人要过二十岁整生，我寻好宝贝许久了，今日本就看上那好东西，偏您下手快，又因为先前那玛瑙灯树您已经让过我们一回，我实在不好意思和您争。现在我诚心上门，请世伯稍微赚一点，把那珠子卖给我可好？"
　　何志忠笑得忠厚之极："宝贝这东西也要看缘分的，刘奉议郎志在必得，想必是喜欢得紧或是有大用，与我等只为赚钱的人不同，自然要让。至于那珠子，可不是我买的，而是李行之买的。我是为感谢他帮了我家的忙，特意领他进去，助他赚一笔而已。"
　　潘蓉睁大眼睛："那我和他买呀！他不是买成两千万么？那么两千五百万卖给我！转手就赚五百万！请世伯帮我在中间转圜转圜，好么？"
　　何志忠不敢轻视这个看似嬉皮笑脸、满脸无害的楚州侯世子，认真道："我替世子问问。"
　　潘蓉似笑非笑地道："他难道不在这里？叫他出来直接和我说就是了。世伯莫非恼我借宝店和旁人谈生意，故而把他藏着，还是他做了亏心事，不好意思出来见我？"
　　这话说得夹枪带棒的，何志忠面色不变，淡淡地道："世子爷话差了，肯不肯见您是他的事。一样都是客人，我谁也不好得罪。还请恕罪。"
　　潘蓉看不出来什么，便哈哈一笑："那就请世伯帮我问问吧！"话音未落，就见李荇笑着进来抱拳道："潘世子，您真想买我那珠子？"
　　潘蓉挑挑眉："你以为我巴巴儿地跑来是做什么的？二千五百万，卖不卖？"
　　李荇很干脆地道："不卖！只因这宝贝的主人其实不是我。"
　　潘蓉嬉皮笑脸地缠上去："行之，你走南闯北的，什么好东西见不着？就替我想想法子，和那人说说，把它卖给我吧！你嫂嫂高兴了，我也感激你的。"
　　李荇哈哈一笑，反手抱着他的肩头往外拖："只怕是不行呢。不过我手里倒是有几件东西，果真需要，不妨稍后去瞧可有看得上眼的，只管拿去。走，难得你不恼我了，我做东，请你吃酒。"

・136・

潘蓉眼睛一亮，兴致勃勃地道："我要去富贵楼！来了两个漂亮妞！"

李荇抿嘴一笑："都依你。"今日必把这小子灌得趴下！二人各怀心思，手挽手，犹如亲兄弟一样离去。

李满娘、大郎、牡丹几人躲在后面听完，见二人携手去了，李满娘方问牡丹："你可知道行之这珠子是送给谁的？"

牡丹笑道："我不知道。要问哥哥或者我爹。"

大郎正要开口，李满娘已然笑道："我告诉你吧，他是替宁王殿下买的。宁王妃要生产了，宁王殿下有心寻一件罕有的宝贝送给宁王妃，再没有比这圆圆润润的珠子更合适的了。"她在一旁打量着牡丹的神色，轻轻道，"他一直很得宁王赏识，这次又算不大不小的功劳一件了。"

牡丹悚然一惊，抬眼看向李满娘。她觉得李满娘话里话外都充满了暗示。是的，李家好不容易才摆脱商人的身份，成了官家，应该倍加珍惜，再接再厉更上一层楼才是。出了李荇这么一个特立独行的人物，按理李家表舅、表舅母一定会很失望，可是他们没有，相反地，他们从不阻止李荇，而且很宠爱、很看重李荇。这说明什么？"他一直很得宁王赏识，这次又算不大不小的功劳一件了。"就是说，李荇其实也是在替宁王办差。

李满娘看到牡丹的眼神，知道她已经明白了，便不再提这个话题，笑道："这是他们男人的事，咱们不管，后天我们几个旧相识要去启夏门外跑马，你要去么？"

牡丹心思百转千回，还是嫣然一笑："表姨是要与朋友们一起去，我跟方便么？"

李满娘拍拍她的手："方便，怎会不方便？到时我使人来唤你。年轻人就要多出来走动走动才好。"

大郎在一旁默默听着，突然插话道："丹娘，我给你看了一块地，正好就在启夏门外那一片，到时你可以去看看。"

李满娘好奇地道："怎么？你要买地？"

大郎憨厚地一笑："丹娘立了女户，要在外面修个庄子，买地种花玩。"

李满娘赞同地点头："找点事情来做比较好。"

几人送了李满娘归家，崔夫人要留何家人吃饭。何志忠还未答话，岑夫人已然客气地拒绝，崔夫人也就不再多留。牡丹正要上马，岑夫人面色沉重地朝她招手："丹娘和我坐车，我有话要说。"

毡车从湿润的街头缓缓而行，街边青翠碧绿的槐树在窗边缓缓掠过，只留下一排模糊的剪影。牡丹吸了一口清凉的空气，努力让自己笑得平静："娘就是想和我说这个么？其实你们都多想了，表哥从没向我许诺过什么，我也没有和他说过什么。至于表舅母想给我做媒的事还是算了吧，我现在不想嫁人，就想在你们跟前多孝敬。"

岑夫人心疼得很，但该说的还得说："但凡有一分可能，我和你爹总是希望你能得到最妥当的照顾，最好的归宿，这样就算我们去了九泉之下，也能更安心。可是像这个样子，叫我们怎么放心得下！李家与我家终究是两路人，做亲戚还好，做亲家却是不大可能。我听你表舅母的意思，你表哥的婚事是要由宁王来定的，怎么也轮不到咱家。"

李荇对牡丹有情，体贴有加，他们都能看出来。原本她与何志忠也看好李荇，觉得这二人实在是天作之合，还想着等到牡丹和离成功之后，让李荇正式来提亲。奈何李家根本看不上何家的家世，也看不上有着病弱之身的牡丹——做亲戚帮忙是一回事，真要做儿媳，又是另一回事。

今日崔夫人的意思很明白，他家愿和何家做关系密切的亲戚，互相拉拔，互惠互利，也愿意尽力帮助牡丹，但不希望更进一层。虽然作为母亲，她很愤怒也很不服，但已经有过刘

· 137 ·

家的教训，还该趁早叫牡丹死了这个心思，只做亲戚的好。

牡丹抑制住眼角的酸意："您放心，我心里明白。"她不是瞎子，她能看到李荇的好，也能看懂李荇的心思，但她早已过了做白日梦的阶段，学会了冷静地分析和接受。

从李满娘暗示她开始，她就有了准备。李家是和宁王拴在一起的，联姻是扩展势力最好的方法之一。宁王既然看重李荇，必然会给他安排一门对自己有利的姻缘，当事人的心情反而要放到最后。

被人嫌弃看不起的滋味的确很不好受，她自嘲地想，现在最该感到高兴的，是她和李荇还没有到那个地步。

何志忠与何大郎打马跟在毡车后面，把母女俩的对话一一听在耳中，心情都有些不好。大郎最难过，他还想要要抽个合适的时候提醒李荇来提亲呢，没料到李家不但没这个心思，还防着何家有这个心思。

何志忠淡淡地道："幸亏你没开口，不然以后两家人却是再不好来往了。不管怎样，他家总是帮过我们的大忙，不能记仇，何况这件事和行之没有关系，你们还是要把他当作好兄弟一样看待，不许做什么难看的嘴脸出来。"以后却是不能再叫牡丹单独与李荇相处了。

大郎发狠道："一定要叫何濡、何鸿他们好生上进，将来给咱们家的女儿们撑腰。"

何志忠"嗯"了一声，补充道："记得别叫他们成了什么都不懂的书呆子。技多不压身。"

牡丹回了房，懒懒地寻了本书趴在榻上看，看了一会儿又觉得烦，随手扔到一旁，将甩甩提进屋子里逗弄。林妈妈和雨荷二人小心翼翼地守在一旁，想说几句宽慰的话，又怕引得牡丹越发伤心，只装作什么都不知道的样子凑趣。

看到她们眉眼间的小心谨慎，牡丹有些不耐烦，打发二人道："我后日要跟李家表姨出城跑马，你们去看看穿什么合适。"

林妈妈听说她肯出去玩，挺高兴的，转念一想，这是跟着李家人去呀，不由多了几分思量："合适吗？"人要脸，树要皮，李家已经那样了，丹娘要是还没事儿一样跟着李满娘到处跑，难免会有人说难听话。

牡丹扬眉道："怎么不合适？！表姨好心邀我去玩，我为什么不去？！不去的理由又是什么？总不能叫人说我，需要人帮忙的时候赶着去，不需要帮忙就影子都不见吧！"越是不去，越是显得有什么似的。外面把她传成那样子，她也敢出门，这点子事她就不敢出门不敢和人交往了？这算哪门子道理！

林妈妈还想说什么，雨荷已经很乖觉地道："您说得是，奴婢这就去准备。"

晨鼓尚未响起，刘畅已经起了身，焦躁不安地一直等到日上三竿，都没等到潘蓉上门，不由急得冒汗。使人去楚州侯府相问，说是潘蓉一夜未归，府里是早就习惯了的，也没去寻，所以都不知道他到底去了哪里。

关键时刻发生了这种事，实在很可怕。刘畅眼见太阳越升越高，心一寸一寸地冷下去，身上的汗水却一点一点地沁出来。他猛然跳起来，抱着东西就往外走。

昨日一场雨，把这些天积下的浮尘洗得干干净净，天空碧蓝如洗，没有一丝云彩。街旁高大的槐树茂密鲜翠的枝叶被轻风一吹，发出一阵悦耳的沙沙声。本是一个美好的日子，奈何街上半干的泥泞让人厌烦，马蹄踏下去没有往日那般实在，总有种软绵绵的空虚感。刘畅心里很不舒服，却又无可奈何，直到马儿踩上通往皇城的沙道之后，才觉得踏实了些。

到了宫门外，刘畅轻车熟路地请托了往日相熟信任的宫人，将东西送了进去，然后寻了个阴凉不显眼的角落耐心等待。虽说潘蓉所说的那个人更可靠些，但现在这情形实在是拖不得，能早上一时便是一时，少不得用他自己平时的路子。只要能拖上些时候，就一定能想到法子。

他静静地靠在厚重冰凉的宫墙上,抬眼看着头顶湛蓝深远的天空,眼神有些飘忽。俗话说:"娶妇得公主,无事取官府。真可畏也!"驸马身份虽然尊贵,其实不过形同仆役一般。清华郡主不是公主,却也身份尊贵,做了她的夫婿,又能比驸马好到哪里去!他想起了清华郡主那位年纪轻轻就被活生生气死的丈夫,不由有些酸楚。

试想当年,两小无猜之时,旁人都觉得五姓女好,他却没觉得娶个公主或是郡主有什么不好。但宗室的婚姻,从来由不得人做主,她另嫁公侯之子,他则因为不上进的父亲娶了丹娘。他不甘,他愤恨,不想就这样认命,但他无可奈何。

谁想不过一年,清华就成了寡妇。她来寻他,骂他不等她,没有良心。大抵是际遇的缘故,他的心早就冷硬了。他半点愧疚都没有,只觉着他和她之间并没有谁欠谁,半点都不由人,何必搞得这样情深意长的,给谁看呢?

他只顾着去观察,清华和从前他印象中的那个人不一样了:她身边蓄养着貌美的少年,她颐指气使,随心所欲,狠毒自私,不过人也出落得更美艳了。他没有拒绝她,男欢女爱,各取所需,没有谁欠谁。就像他和牡丹一样,何家给刘家急需的钱,他则给牡丹冲喜,用刘家少夫人的身份"压"住她身上的病痛,让牡丹能继续活下去,同样两不相欠。

他是一看到牡丹就生气的,她的存在对他来说是一种耻辱,无时无刻不在提醒着他,就算是贵为簪缨之家的子弟又如何?还不是如同清华蓄养的那些貌美少年一样,都是靠着出卖身体色相过活。他的痛苦唯有在看到牡丹哭泣悲伤的时候才能减轻,他过得不舒服,凭什么她就可以过得舒服?他的尊严唯有在身份高贵的清华挖空心思、刻意追逐讨好他的时候才能得到满足——他和那些靠着女人吃软饭的不一样。

只是他没想到后来会变成这个样子。商人之女也对他弃之如敝屣,他就那么不堪么?她倒是病好了,与旁人你侬我侬,情深意重,转手就把他给扔了,叫他怎么能咽得下这口气去?人人都得到了自己想要的,却从来没人问过他想要什么。刘畅冷笑一声,他偏不叫他们如愿。

时间过得很慢,宫墙太高,日光稍微晃了晃,很快便消失在墙那一边,只留下一片阴凉刺骨。刘畅有些站不住了,这么久还没收到回信,由不得人不焦急。

终于门开了,来的是皇后宫里的总管杨得意,杨得意养得一身好皮肉,笑起来堪比弥勒佛。乍一看到杨得意脸上的笑容,刘畅心里一喜,事情一定成了!果然,不等他开口,杨得意已然笑着恭喜他:"恭喜刘奉议郎心想事成,娘娘已是允了!"

犹如千斤重担突然从身上移去,溺水之人得以畅快呼吸,刘畅喜不自禁,一块早就准备好的古玉不露痕迹地滑入杨得意的手里,发自内心地感谢他:"大总管辛苦!"

明明只是个总管,他偏加上个"大"字,杨得意微微笑了:"奉议郎何必如此客气?!刘尚书一早就跟老奴打过招呼的,此事又是托了康城长公主之情,郡主也曾几次求过娘娘,无论如何也要办周圆了才是。娘娘今日见了您孝敬的东西,很是欢喜,还同老奴说,看来真是人年轻,须臾也等不得,她若是不早些请圣上将旨意赐下,那可真真就是恶人一个了!"

刘畅听得发晕,这是什么意思?怎么听不懂?

杨得意见他发蒙,好心提醒:"本来之前清华郡主想法子求过几次,圣上都说您已有妻室,不太妥当,准备在明年的新科进士中给她另挑一门亲事。端午节时,魏王府又出了那样的岔子,弄得那几天她也不好进宫,康城长公主也打算再过些时日才好提起此事。如今好了,有皇后娘娘替你们打算,再妥当不过。您且安心回去,想来不超过半月,赐婚的旨意就下了。"

刘畅脑子里"嗡"的一声响,眼前飞过一道道白光,随即又有些发黑,只模糊能看见杨得意的嘴一张一合,笑容刺目,具体说些什么却是听不清楚。这中间到底出了什么岔子?他机械地抓住杨得意的袖子,费力地道:"我请了送东西进去的人,是怎么跟总管说的?"

杨得意白胖红润的脸上什么都看不出来,只是喜气洋洋地笑着:"这有什么打紧!关键是这事儿办成了，若无意外，绝无更改！奉议郎还是赶紧回去准备吧，咱们就等着喝您的喜酒了。"说完也不多语，径自辞去。

杨得意进了宫墙，走到一处花木繁茂之处，穿着一身鲜红胡服的清华郡主走出来，扬眉笑道："总管辛苦了。"

杨得意笑得眉眼弯弯，不住口地恭喜清华郡主。清华郡主淡淡一笑，不着痕迹地塞了一包东西过去，挺直腰板悄悄离去。

绝无更改！这就是说，原本是不一定的事情，是怪他太急，反而促成的？这怎么可能？皇后不是收了东西不办事的人，否则他和潘蓉也不会想到去求她，这中间必然是遭了谁的黑，传错了意！刘畅看着墙脚一团青翠丰茂的青苔发了一会儿呆，狠狠踩上去，将那团青苔碾得面目模糊。

小厮秋实看到他狰狞的面孔，有些害怕，但还是体贴地提醒他："公子，要不再等等？贵妃娘娘那里的人还没出来呢……兴许还有转机也不一定。"

刘畅冷冷地道："等不来了。"还等什么？当初之所以要打点贵妃只是为了防止万一，主要还是靠皇后。如今皇后已经大包大揽地把事情定下了，贵妃就算再厉害，也不可能为了一顶帐子就同时与皇后、康城长公主、魏王府作对。这一点他还能看清楚。

走出安福门，秋实紧张地道："公子爷，老爷在那里。"

刘畅僵硬地抬起头来，但见刘承彩穿着一身紫色官服，配着金鱼袋，前呼后拥地驻马停在不远处，淡淡地看着自己，嘴角含了几分讥讽的笑，仿佛一切都在他的预料之中，也在他的计算之内。

刘畅抿紧了嘴唇，死死盯着刘承彩，肋骨下的心肺如同那块被踩得稀巴烂的青苔一样干瘪无力，没有一丝活气，钻心地疼，锥骨地痛，完全不能呼吸。

刘承彩目光往秋实身上微微一扫，宽宏大度地笑："恭喜我儿得偿所愿。"

秋实害怕地往刘畅身后躲，恨不得自己不存在才好。想到惜夏的下场，他忍不住偷偷揪住刘畅的袖口，低声哀求："公子爷，您忍了吧！您是别不过老爷的。到底是亲父子，老爷怎么也不能害了您。"

刘畅露出一个古怪的笑容，稳步向刘承彩走去，喉头明明发紧，声音却很清晰坚定沉稳："父亲可是要归家？今日部里可忙？"

刘承彩有些诧异，随即又觉得满意，他就说嘛，一样都是女人，一个是商家女，一个是宗室贵女，本就是云泥之别，儿子不过是性子倔强，转不过弯来而已。现在果然就转过弯来了，不逼还是不行啊。既已服软，他也就不再追究，很和蔼地回答："还算不错。"

父子二人一前一后放马前行，一时无言。刘承彩轻声道："钱花了就花了，反正不会吃亏，过些日子正好借机给你求个好的实职。以后你跟着我，听我的话，总有你的好处。我只得你一个儿子，还指望你给我和你娘养老送终，光宗耀祖，总不会害了你的，你莫要让我们失望了。"

刘畅抿嘴一笑，缓缓道："好。您放心，儿子定然不叫您失望。从前都是儿子太任性了。"

刘承彩高兴起来："女人么，凶悍嫉妒算不得什么，只要她心思在你身上就什么都好说。你那个脾气要改改，女人还是喜欢哄的多。"戚夫人凶悍嫉妒成性，他不也照样过了一辈子。他过得，儿子为什么就过不得？

刘畅把冰冷的目光投向天边，很顺从地道："儿子谨遵爹爹教诲。"

第十一章 好宴

刘畅回到家中，晚饭也不吃，径自回了书房，也不叫人点灯，就歪靠在窗前的榻上看着廊下那几棵牡丹花发呆。秋实守在外面，一连打发了几拨来探听虚实的姬妾，忽见有人快步而来，便出声呵斥道："公子吩咐了，不许人打扰。"

那人低咳一声："秋实，是我。"原来是楚州侯世子潘蓉，他还穿着昨日的衣服，浑身好大一股怪味儿，人也无精打采的。

秋实一看到他，眼圈不由得红了："世子爷怎么才来？！公子等了您半日，现下已是什么都迟了。"

潘蓉满面愧色，低声道："我都听说了，你们公子呢？"

秋实指指里面："请您劝解劝解他吧，饭也不吃，灯也不点。"

潘蓉轻轻敲门："子舒，是我。"

好半天，里面才传出刘畅的声音："进来。"淡淡的，也听不出什么特别的喜怒哀乐。

潘蓉小心进了屋，只见刘畅坐在窗前淡淡地望着自己，不由缩了缩脖子，先就行了个大礼赔罪："子舒，实在对不住，我昨日本想去打听李荇那颗珠子到底有什么用来着，跟他一起去了富贵楼，不知怎么就喝多了。一觉醒来已经晚了，我忙跑来寻你，听说你已经出了门，晓得你等不得，就赶紧追了去，哪里知道你已经回来了……都是我不好，你饶了我这遭，以后我……"

刘畅摆摆手："不说这些，你也不是有意的。谋事在人，成事在天，到了这个地步已是无力回天，与其在这里难过，不如想想以后该怎么办。似这般永远被人束缚着不得自由，我是不甘心的。"

潘蓉见他面容沉静，不似在说假话，不由松了一大口气，上前挨着他坐了，笑道："你这话说得不错。我来的路上遇到了清华，她说明日要去黄渠附近的庄子里打马球，要请蒋大郎去，让我们也去，我已是替你应下了……你看？"左右已经无法挽回，不如像从前一样处着。

刘畅静静地道："我去。"他当然要去，这事儿和清华脱不了干系，她可以算计他，他为何不可以算计回去？清华的宴会，等级又比尚书府的宴会高了一级，去的多是皇亲贵戚，借机会结交一下也不错。

潘蓉欢喜起来："这就对了！来日方长，何必在这个时候违逆那些人的意思！你花了那么多钱，总得弄点好处回来才是。清华请蒋大郎去，分明是不怀好意，咱们去劝着点也好，省得她不知轻重，弄出大动静来。"

刘畅点点头："和我说说李荇的事。"

潘蓉道："虽没有明说，但我可以断定，外面的传言是真的。他手上的生意，十之五六都是宁王府的。舞马是专为了皇后寿诞去寻的，前后花了一年多，那颗珠子则是为了宁王妃。"

刘畅皱眉道："指不定他还见过清华吧，不然怎么没听说清华对他有什么怨言？"以清华郡主的为人，被李荇冒了名，怎么可能不报复回去？既然不提，那便是另外有了决断。

潘蓉默了一默："打雁的反被雁啄了眼睛，连我也吃了他的算计，这小子是个人物！"

刘畅微微冷笑："如此人才，宁王殿下只怕舍不得委屈了他，让他配个商家女就了事吧！"他若得不到，李荇也别想得到。牡丹嫁谁都可以，就是不能嫁给李荇。

第二日，天气仍然放晴。牡丹着了嫩黄色翻领胡服，束黑色蹀躞带，穿上小翘头软锦靴，将头发绾作同心髻，不用金玉，只用坠了珠子的绿色丝带扎紧，看上去又利落，又鲜活明媚。

· 141 ·

岑夫人道："你骑术不精，总不能叫人家时时陪在你身边。她们玩高兴起来就顾不上你，让封大娘陪着你去。"

封大娘为人豪爽有力，骑术也精，还会耍剑，确实很合适带出去。牡丹便朝封大娘笑："有劳大娘啦。"

封大娘也不客气，道："丹娘只需记着不要逞强，听老奴的就好。"

何志忠又专程叮嘱："还和从前一样，莫要失了风度。"

大郎则道："我叮嘱过何光了，让他领你去看地，若是满意，我便去府衙申牒定下来。"

牡丹一一应下不提。才刚吃过早饭，就听有人来报，说是李荇奉了李满娘之命来接牡丹。一时众人脸色各异，只有几个不懂事的小孩子照例发出一阵欢呼声。

李荇神清气爽地走进来，笑嘻嘻地与众人行了礼，看到牡丹，眼里闪过一丝惊艳，随即灿烂一笑。牡丹大大方方与他见了礼，同样一笑。

这番景象看在何家人眼里，就是另外一种感觉。何大郎立时问道："行之，表姨是在哪里等着的？你也要去？"

李荇收回目光，笑道："我有事，不去，我只是奉命把丹娘送到启夏门与她们会合就好。"

大郎道："你的事要紧，赶紧去忙吧。我送丹娘过去就是了。"

李荇一愣，再看何家人的表情，但见众人虽然在笑，也同样热情，但和从前相比，似乎少了点什么。他是聪明敏感的人，立刻猜到定然发生了自己不知道的事。虽然很想陪着牡丹多走一段路，但见大郎坚持，也只好应了。磨磨蹭蹭一直陪着出了门，深深看向牡丹："你骑术不精，小心一点，不要逞强。"

牡丹微微一笑："谢表哥关心，我记住了。"

李荇还有话想说，但看大郎目光炯炯地盯着，无奈打马而去。

牡丹到了启夏门外，但见李满娘与七八个穿着华丽的妇女拥马停在那里，一群人中，老的四十多岁，年轻的十多岁，个个的马都是百里挑一的好马，佩饰并不是很华丽，反而很坚固耐用的样子。那群女人嘻嘻哈哈地笑闹着，用马鞭戳来戳去，都是极爽利的样子。

李满娘先把大郎打发走，拉了牡丹过去吩咐道："这些都是我的好姐妹，家里人都在军中，凭真本事起的家，从前出身都不好，没那么多讲究……"

牡丹觉得李满娘看着大大咧咧的，实际很细心，便笑着应道："我都听表姨的。"

李满娘笑道："做人就要这样洒脱才好。我没有女儿，和她们交往时，独自一人总是不太方便，如今有你陪我就好多了。"说完将牡丹介绍给那些女子，并不隐瞒牡丹出身商户的事，众人果然都不在乎。

其中有位姓窦的夫人和李满娘的关系特别好，丈夫是三品羽林大将军，领了一个叫雪娘的女儿，只有十五岁，生得团圆喜庆，对牡丹的衣香特别感兴趣，三言两语就和牡丹凑到了一起。

一行人叽叽喳喳出了城门，向着黄渠方向前行，走到人马稀少的地方就松开马缰，放开马儿慢跑起来。跑了一会儿，窦夫人从头上拔下一支结条钗，提议道："就用这个做彩头，谁先跑到地头谁就得这个。"众人发出一声喊叫后，争先恐后地打马奔出去。

看着前面翻飞的马蹄，牡丹一时有些傻眼。李满娘却没有跟去，回头笑道："她们跑她们的。你放松，先让它小跑一段路，熟悉了再放开跟上。别急，有我看着你呢。"

牡丹依言照办，左边是李满娘，右边是封大娘，前面还有一个雪娘调皮地不时打马回来看她的手忙脚乱，再看看碧蓝的天空，绿绿的草地，心中所有郁闷一扫而光。

待到牡丹几人赶到地头，众人早就在黄渠边上的柳树荫下笑闹着等待她们。窦夫人同李满娘商量："我看这里不错，就在这儿歇吧！"

黄渠是芙蓉池的水源，水流又大又清澈，堤边密植柳树，树下芳草茵茵，的确是很适合野宴的好去处。李满娘应了，叫随从上前布置屏风，铺茵席，把带来的食物、酒水等拿出来摆上，又问适才是谁拔了头筹。

"当然是我啦，怎么样？好不好看？"一位姓徐的夫人笑着迎上来，炫耀地把头伸到李满娘与牡丹跟前左右晃了晃，发髻上的蝴蝶结条钗微微颤动，仿佛要振翅飞起一般。

李满娘掐了她一把，笑骂道："看你得意的！"

一位姓黄的夫人笑道："谁不知道她的脾气，输了就要哭，赢了就要炫耀。为了咱们大伙儿耳根清净，还是不要她哭了吧，所以都让她赢了。"

徐夫人柳眉一扬，扑过去掐黄夫人的嘴，笑骂道："手下败将，就只剩一张嘴利索。"二人不顾形象地扭成一团，众人皆在一旁看笑话，气氛很是热烈轻松。

李满娘笑得眉眼弯弯，问牡丹："怎样？和你在刘家遇到的那些人不一样吧？"

牡丹出了一层薄汗，边拿帕子扇风边笑："的确不一样。"这些武官夫人的做派又轻松又畅快，没那么多讲究，不像白夫人那样的世家贵族女子，一言一行总透着一种优雅持重，虽赏心悦目，却也沉重拘谨。

说话间，侍从已招呼众人入席，雪娘自然跟着牡丹坐了一处，缠着她道："姐姐身上这荷花香味儿比先前又更香了。我曾听人说，有些香出汗后味道会更好闻，看来是真的。配方是怎样的？"

牡丹听雪娘如此说，将衣袖凑到鼻间嗅了嗅，果然香味更浓，便道："是我家哥哥配的，我也不知具体怎么弄，你若喜欢，回去后我装些给你。"

雪娘笑道："我家住在布政坊，你直接使人送过去。我们才从外地来不久，也不知道什么才是好香，常常被人取笑。这回好了，你家开着香料铺子，一准儿比旁人懂，有什么好香只管跟我说。看谁还敢笑我。"

牡丹很热情地答应但有新香配出，一准分享。雪娘很高兴，顿时又亲近了几分。

那位爱逗趣的黄夫人拍拍手，笑道："就这样干喝干吃的不好玩儿，咱们用'酒胡子'来劝酒吧。"这一提议得到了众人的附和。

黄夫人叫众人围坐，命人将一只银盘子放在正中，把一个雕刻成高鼻碧目、胡人形象的人偶拿出来，放在盘中旋转，玩偶停下来时指到谁，谁就须饮酒，这就叫"酒胡子"劝酒。当玩偶一开始旋转，众人就开始鼓掌尖叫，唯恐停在自己面前。

牡丹先前还矜持着不好意思尖叫，第一杯酒落入她肚中之后，便也顾不上那许多，跟着众人一起鼓掌尖叫。玩得正开心时，忽听得一阵马蹄声疾响，一大群人大声叫嚣着从京城方向往这边疾驰而来。

众人暂时停了游戏，起身观看热闹。但见宽阔的官道上奔来一群衣着鲜亮的人，有男有女，都很年轻，胯下马匹清一色的高头大马，五彩璎珞装饰，很是讲究，当真是鲜衣怒马，肆意飞扬。

当先一个穿红衣的女子梳着堕马髻，天生丽质，笑容靓丽。她使劲挥着马鞭，聚精会神地看着前方，不时还玩点花样，左右挥起鞭子去拦阻快要超过她的人，正是清华郡主。

突然有人尖叫一声，说是谁堕马了，马蹄声顿时乱了节奏。接着一群人四散开来，尽量不让自己的马蹄踩上堕马之人。牡丹躲在李满娘身后看得明白，堕马的是个穿蓝色圆领袍子的年轻女子，一只脚还挂在马镫上，被惊慌失措的马拖着往前跑，既不挣扎也没叫喊，悄无声息的，仿佛死了一样。

与她一起的人都在控制自己的马，一时之间也没谁顾得上去管她的死活。牡丹控制不住地颤抖起来，她看到，那匹马之所以会出意外，是因为清华郡主的鞭梢扫到了那马的眼睛。也不知道又是个什么悲催的女子，不小心得罪了清华郡主，才会吃这么大的亏。

正在沉思间，李满娘已经飞快地跑出去，从侍从身上拔出一把刀，肥胖的身子很灵活地翻身上马，一扬鞭子追了上去，追上那匹惊马后，探腰扬臂，寒光一闪，马镫系绳被割断。那女子委顿落地，马儿狂奔而出，李满娘也随即勒马停住，收刀下马，去看那女子的情况。

　　这个时候，清华郡主等人已经勒马倒了回来，很快就将李满娘和那个女子围在了正中。窦夫人与黄夫人等人对视一眼，决定都上去看看，以免李满娘好心还要吃亏。

　　牡丹有些犹豫，她也想上去看看李满娘，但直觉告诉她，还是不要出现在清华郡主面前的好。雪娘使劲拉着她的手，崇拜地道："姐姐我们也去看看。看不出来李夫人这么胖，却这么利索。"

　　牡丹收回手，赶到窦夫人面前道："夫人，我有话要和您说。"

　　窦夫人心里牵挂李满娘，生怕她吃亏，觉得李满娘带来的这个表侄女到底怎么回事，不但不关心，还在这里添乱，便有些不耐烦："等下再说。"

　　牡丹急急地道："领头的人是清华郡主。她和我有些宿怨。"

　　这个提醒很关键，这群人不是普通人，是宗室贵戚，那么处置交谈的时候就要讲究方式了。窦夫人眉间的不耐烦散去，低声吩咐牡丹："那你就和雪娘待在这里，不要过去，我们过去处置。不会有事的。"

　　雪娘很是不满，架不住母亲严厉的目光，终究还是很乖巧地拉着牡丹的手道："我陪何姐姐在这里等着。"

　　二人立在屏风后，透着屏风的缝隙往外看。但见窦夫人领着几个女人神色肃穆、昂首挺胸地走过去，站在人群外说了几句话后，人群散开，露出里面的情形。那个堕马的女子死气沉沉地平躺在地上，李满娘正在检查她的伤势，一个穿胭脂红胡服的女子焦急地蹲在一旁守着。

　　一个穿绿色胡服的年轻女子神情激动地指着清华郡主正在说什么，清华郡主满脸无辜地低声说了句什么。那穿绿衣的女子大怒，扬起鞭子要抽清华郡主，其余人等赶紧拦住，乱作一团。清华郡主冷冷地看着，既不躲避也不劝，泰然自若，半点心虚愧疚都没有。

　　雪娘刚才已经得知清华郡主的身份，从牡丹口里问不出二人之间有什么宿怨，便对那穿绿色胡服的女子身份感了兴趣："这个也是位郡主吧？看她敢拿鞭子抽郡主呢。"

　　牡丹道："大概吧。"这个穿绿衣的女子，她在康城长公主那里见过。当时这女子戴一顶很精致的金丝花冠，又总和清华郡主窃窃私语，所以她就多看了两眼。她还以为这二人关系很好，今日看来，却又是水火不容了。

　　不多时，有人弄了个简易的担架过来，将那堕马的女子抬上了担架。穿绿衣的女子愤恨地对着清华郡主吐了一口唾沫，谢过李满娘，带着那穿胭脂红胡服的女子和十来个随从跟着担架回城去了。

　　清华郡主此时已经笑盈盈地同李满娘、窦夫人等人搭上了话。牡丹不知道她们在说什么，但可以看到李满娘和窦夫人的为难之色和拒绝之意。清华郡主却如同狗皮膏药一般，竟然率先往众人宴游的地方走了过来。

　　还是躲不过？牡丹握紧拳头，既然躲不过就坦然面对，总不能躲一辈子。转眼间，清华郡主已经到了屏风外。

　　清华郡主一眼看到了牡丹，却是半点都不诧异，笑吟吟地道："真巧啊，丹娘，许久不见，你还好么？自端午节别后，我就一直牵挂着你，生怕你有个什么三长两短的。"

　　牡丹猜她大概早就看到了自己，便淡淡一笑："托郡主的福，丹娘一切都很好。"

　　清华郡主有些娇羞地道："前几日我去看长公主，长公主还叫我给你些补偿。你想要什么只管跟我说，别客气。"

"长公主和郡主客气了,是我该感谢二位助我达成心愿,让我可以过上今天这样安静自在的日子才对。"牡丹一阵恶心,她想要清华郡主与刘畅两个贱人从此不要出现在面前。

清华郡主没能炫耀成功,又被软刺了一下,颇有些不是滋味,但从牡丹的话里确实找不出任何可以挑剔的地方。况且她的心情是真好,多年夙愿一朝就要实现,又才报了一箭之仇,还有一个乡下来的土老帽等着她去收拾。来日方长,所以也顾不上和牡丹斗嘴,笑道:"我适才还和几位夫人说,我们要去附近的庄子里打马球,现下我们的人伤了一个,走了两个,不够了,刚好几位夫人身手不凡,我也是个好客的,就一起去玩好了。你看如何?"

牡丹为难地看向李满娘:"我骑马都成问题,更不会打……"打马球是个很危险的活动,多数都是男人在打,女子们绝大多数都是骑驴或是步打,她要跟去被逼着打什么马球,岂不是白白送了一条命。

李满娘示意她少安毋躁,笑道:"多谢郡主抬爱,我们这群人老的老,小的小,平时骑马游玩装装样还可以。若是真的上场打球,只怕是要贻笑大方,让大伙儿看笑话还是其次,关键是怕扫了诸位的兴。"

清华郡主笑道:"谁说的?!据我所知,军中高手如云,有些女子甚至敢和男人叫板。夫人不肯去,难道是瞧不起我们,觉得我们不配?"

话说到此,李满娘和窦夫人等对视一眼,晓得今日是无法走脱了。李满娘虽后悔不该多事救那堕马的女子,却也不是怕事的人,便爽朗地笑道:"郡主这样说来倒叫我惭愧,既然是指军中妇人,便算我一个!"轻轻就把牡丹择开在外。

窦夫人也道:"算我一个。"其他几人也笑,黄夫人摩拳擦掌:"好久没摸鞠杖了,手真有些痒痒了呢。"

清华郡主转头看着牡丹笑道:"丹娘此番不去,以后只怕再难看到此种盛会了,就别推辞啦。"她本是讽刺牡丹已被逐出那个圈子,从此再无归期。但见牡丹没什么反应,不由暗骂一声木头疙瘩,挑衅地道,"说起来,我早就请过你的,要设宴向蒋公子赔礼,还记得吗?就是今日。"果见牡丹露出担忧之色,不再表示自己坚决不去。

众人很快收拾好东西,跟着清华郡主等人往前而行。清华郡主一行人中有识得牡丹的,总偷偷回头打量她,流露出可怜或是感叹的神情,牡丹一概视而不见。

听众人偶尔间几句闲谈,牡丹才弄清楚,和清华郡主发生争执的人是吴王的女儿兴康郡主,堕马的是兴康郡主的姨表妹,并不是宗室中人。内里的恩怨纠葛虽不清楚,但清华郡主总归脱不了报复陷害的嫌疑。

牡丹暗暗思量,大郎让她来看的地是在这一片,清华的庄子也在这一片,将来遇上的机会说不定会很多。为了减少麻烦,她就有些不想要这块地了。

李满娘见她心事重重,便上前低声交代:"莫怕,稍后你只管跟紧雪娘,不要乱走,只要足够小心,她不敢太出格。"

牡丹点头应下:"我是有些担心那位蒋公子,今日多半是冲着他去的。"她可能只是个陪衬。清华郡主的想法大概和刘畅差不多,从哪里跌倒就要从哪里爬起来。当日是当着她的面出的丑,今日定然也要叫蒋长扬在她面前出个丑。当然,也可能刘畅与清华郡主的婚事定下来了,所以要以胜利者的姿态在她面前好生炫耀上一整天才会满足。

清华郡主所说的这个庄子,在离大路有一里左右的地方。庄子不是很大,房屋建筑不多,但胜在视野开阔,还有着一个很好的球场。三面建了矮墙,四面插着红旗,场地平滑坚实,不见纤尘。彼时京中宫城、诸王及一些达官显贵的私宅,还有各州的官衙都设有球场,同样非常讲究。因此众人见了这个球场,虽然也称赞好,但也不是那么稀罕。

球场两旁的楼上已经布置好了桌椅酒水果子等物,清华郡主将牡丹等人安排在西边楼上,她自己领了一群人上了东边的楼，两群人遥遥相对，倒让李满娘等人松了一口气。

衣着华丽的客人陆续入场，渐渐将座位坐满。牡丹始终不见蒋长扬的身影，正想着他是不是不会来了。清华郡主已经起身下了楼，楼下刘畅、潘蓉、蒋长扬正好入场。

又过了片刻，楼下来了几匹马，当先一个穿着紫袍、扎玉带、大腹便便、五十多岁的男人才下马就被众人簇拥着上了东边的楼，仿佛得到号令一般，两边楼上的人全都站了起来，清华郡主将那人让到了座首坐下，宣布开席。

李满娘问窦夫人："可知道这位贵人是谁？"

窦夫人道："不知道。"不远处一个穿红色纱衫的年轻夫人好心地道："这位是汾王，当今圣上唯一在世的皇叔。"

此时开始上菜，送上来的吃食大致与刘畅花宴时的差不多，牡丹只扫了一眼就把注意力投放在对面去了。但见蒋长扬立在汾王面前不知在说什么，清华郡主在一旁摇着扇子笑，不时插上一两句，那笑容，怎么看都是不怀好意的。

忽见蒋长扬下了楼，紧接着有人牵上一匹马来。他却不去接缰绳，径自走到球场中间，弯腰将一叠什么东西放在场上。众人看得分明，是十来个通宝叠在一处。正自疑惑间，蒋长扬已经翻身上了马，朝汾王拱拱手，一手持缰，一手握鞠杖，打马奔出。

西边楼上的人不知他要做什么，纷纷猜测，但见东边楼上的人除了汾王以外，俱弃了酒席，直接站到栏杆边探头往下望，满脸兴奋期待之情。清华郡主的表情很不好看，潘蓉却是挥舞着袖子，不亦乐乎地左奔右跑。

蒋长扬策马跑了两圈后，速度加快，飞奔向那叠钱，但见鞠杖在空中挥舞成一个半圆划过，"丁零"一声带着颤音的金属撞击声响过之后，一枚铜钱带着黄色的光在空中划过一道优美的弧线飞了出去。不远处一个灰衣小童兴奋之极地尖叫："一枚！一枚！"

全场鸦雀无声，紧接着蒋长扬又打马飞奔回来，抡杖一击，又是"丁零"一声，又一枚铜钱飞出。灰衣小童又是一声尖叫："一枚！"

如此技艺，不单只是眼疾手快，控马的速度、挥杖的时机、所用的力度、平静的心态，缺一不可。众人已经由先前的惊讶变成了兴奋，齐声叫好。清华郡主的脸色越来越难看，潘蓉则是又叫又跳，仿佛是他自己做的一般。

蒋长扬对欢呼叫好声充耳不闻，来回奔驰，每次都是不多不少，刚好击飞一枚铜钱。待到最后一枚时，他用的力度和挥杖的幅度都比前几次要大，"丁零"一声轻响后，最后一枚铜钱划出一个诡异的弧线，直直飞向南边的球门，穿透了网囊。

一阵寂静，蒋长扬勒马停住，潇洒地将鞠杖收起横在马鞍上，回头对着众人抱拳团团行礼，脸上带着自信爽朗的笑容，雪白整齐的牙齿在阳光下熠熠生辉。汾王一双眯细眼此刻已经睁大到了极限，大叫了一声"好"。二十匹上好的彩缎作为彩头被当场送到蒋长扬面前，东西两楼一时欢声鼎沸。

眼见蒋长扬被众人簇拥着上了楼，被安在汾王身边坐下。汾王热情地亲手给他斟满酒递过去，口里不住地夸赞，清华郡主不由铁青了脸。

本以为能叫蒋长扬当着众多勋贵的面出个大丑，哪里想到反而给了他一个出头露面的机会！她磨着牙，皱眉暗想要另外想个法子才好。耳边传来潘蓉嘻嘻哈哈的笑闹声，声声都是要叫人赶紧兑现刚才的诺言："你不是说蒋大郎不能成么？输了，输了，把东西给我。我早说过了，他是很厉害的。"

清华郡主不由暗恨，说不出的讨厌潘蓉，狠狠一眼瞪过去，正好对上刘畅的目光。还没反应过来，刘畅已经对着她微微一笑，招手叫她过去。

清华郡主带了几分雀跃，偏磨蹭了好一歇才过去，抬着下巴，倨傲地道："你要干什么？"

刘畅忍住心中的厌憎之情，淡淡地道："没什么，不过想提醒你一下，既然请了汾王来，就别扫了他老人家的兴。你若是觉得我这话多余，不想听就算了。"

清华郡主"哼"了一声，却也知道他说的是正理，想到昨日他做的事，偏生要叫他不好过，便指着对面的牡丹："看到没有，我今日请了一位贵客来。"

刘畅心头猛地一跳，抬眼看去，果见牡丹俏生生地坐在对面，勉强按捺住激荡的心情，强迫自己把眼神收回，冷冷地道："叫她来做什么？你是觉得我没被她恶心够，想要叫这里的人再鄙视笑话我一回？"

清华郡主死死盯着他看，试图从他眼里脸上看出什么来，但刘畅脸上果然就是一派厌恶与不屑，当下微微笑了："谁笑话谁还不一定呢。麻雀也敢妄想飞上枝头变凤凰，这就是下场。"

真无聊！刘畅懒怠地歪在案上："你爱怎样就怎样吧，记得不要惹麻烦就是了，不然舆论对你我不利。她就是一不相干的人，何必总叫她在我面前晃？！"

清华郡主听了这句话，心情终于彻底好起来，拉了刘畅的袖子撒娇道："我新近得了一只好酒器，晚上去我那里吧！"

刘畅痛快地道："唔，不过我不想看到其他人。"

清华郡主知道他指的是什么人，心想还没进门呢，就开始吃醋了，便笑道："放心，我已经把他们都处理干净了。等会儿你要下去打球么？我给你备好了马和鞠杖。"

刘畅这才露出一丝笑意："自然要去的。蒋大郎也去么？还是如同往常一样，你那些堂兄堂弟组一队，我们这些人又组一队？"

清华郡主撇嘴："蒋大郎刚才露了那一手，显然就是个打球的高手，谁还敢要他下场？我几个哥哥刚还在那里拿话逼他，不要他下场呢。我叔祖父也要留他说话，只怕是不能下场了。"她压低了声音，笑道，"你正好一展身手。"

刘畅不屑地道："他可以飞马击钱，不见得就能空中运球！你那几个哥哥也太小气了！快去你叔祖父身边陪着吧。"

清华郡主笑道："你放心。我一准儿把他伺候好了。"二人相视一笑，终于恢复了从前的默契。

西边楼上的人显然没有东边楼上的人身份高，知道的也不多，有人认识蒋长扬，能喊出他的名字，却说不出他到底是个什么来历。牡丹竖着耳朵听了会儿，没听出个什么名堂，也就专心对付面前的食物。

忽听窦夫人道："丹娘，雪娘呢？"牡丹这才注意到坐在自己身边的雪娘不见了。窦夫人有些急："这丫头真不懂事，到底跑哪里去了？若是冲撞了贵人怎么好？"

正说着，雪娘脸红扑扑地跑上来，把一枚铜钱"吧嗒"一声按在桌案上，兴奋地笑道："看，这就是刚才穿过球门的那枚铜钱！我刚花了一百钱让马倌捡来的！"

窦夫人捏捏她的脸颊，责骂的话始终舍不得说出口。

李满娘拿起来细看，但见那枚铜钱的边缘已经被打得变了形，便叹道："还是很多年前在安北都护府时见过这种技艺了。那个人死了后，还以为永远看不到了呢，哪承想今日又看到了。"又问牡丹，"既然与你相识，你可知道他是谁家子弟？"

牡丹摇头："不知道。不过应该不是平头百姓。"

李满娘也就不再提起。少顷，有人送来打球专用的球衣，说是男人们先打，随即就该女子们上场了，请李满娘等人先做好准备。牡丹担心清华郡主趁乱害人，李满娘笑道："她不是老娘的对手！"

窦夫人掐她一把："又粗鲁了。"

李满娘不在意地一笑："大家都知根知底的，何必装呢？"

不一会儿，男人们分别换了红绿两色的球衣骑着马上场了，着红衣的是宗室子弟。着绿衣的是勋贵子弟，两队人马分立球场两旁，清华郡主立在楼头大声宣布："今日的彩头是彩缎二十匹，钱二百万！"她顿了顿，带了几分骄傲道，"胜者汾王殿下另有赏赐！"

一位白衣男子快步上前，将不到拳头大小的球放在场中。场边一声鼓响，两队人马带着必胜的意志铆足了劲冲入场中，纷纷挥舞着鞠杖朝那小小的球冲过去。众人不拘男女纷纷大叫着"好"，整个球场的气氛达到了最高峰。

球场之上无贵贱，刘畅与潘蓉俨然是勋贵子弟中的领军人物，带着队友东奔西突，来去如电。然而宗室子弟也不是吃素的，鞠杖飞舞间，总有人会吃点不大不小的亏。牡丹也握紧了拳头观看，她早前在刘家听说一位国公之子被鞠杖上的钩子打瞎了眼睛，过了没多久，又听说一位将军掉下马摔死了。因此她总觉得这马球虽然好看，却是血淋淋的。

叫好声一阵接着一阵，靠着众人齐心协力，几番运球之后，刘畅终于得以一杖击去，将球流星一般击入球门中。清华郡主十分骄傲，大声叫好。

刘畅得意地勾唇而笑，忍不住拿眼去瞅牡丹，也不知道她看到自己这英勇的模样没有。还没看清，就见清华郡主的堂兄沉着脸一杖击来，唬得他赶紧将身子一俯，堪堪躲过。潘蓉大为不满，骂道："打球就打球，不要命了么？"他方收了神，专心一意策马跟上。

球场正在热闹的当口，场外又迎来了另一热闹。那位姨表妹被清华郡主弄得堕马的兴康郡主，带了五六个宗室贵女，气势汹汹地走上楼去。见着了汾王，先笑眯眯地过去行了礼问好，再皮笑肉不笑地看着清华郡主："还好赶得及时，没有错过与八姐切磋技艺的机会。"

来者不善，善者不来，清华郡主看到兴康郡主去而复返，身后带来的一群人还都是平时与自己不甚合得来的刁蛮货，心里有些恐慌，仍然堆了笑容道："十一妹，你不怪我了？刘芸妹妹的伤势怎样了？我心里一直记挂着她呢。"

兴康郡主轻描淡写地笑道："她的腿断了，一条胳膊也断了，身上的皮肉也伤得差不多了，人还没醒过来。唔，大概一条命还剩下半条吧。唉，说起来，她的运气真是不好，第一次跟我出门就出了这么大的娄子，我母妃是不肯饶过我的，我连家也不敢回了。"

清华郡主看到兴康郡主脸上可怕的笑容，终于觉得有股寒气自脚底升起，直觉今日不能打这场球，忙道："先前也不知是怎么搞的，竟出了那么不幸的事。等这里一结束，我就去看她，我们府里有个治外伤的大夫很不错，还有些好药……"

兴康郡主冷冷地截住她："先谢过八姐了。不过都是稍后的事，打球要紧，几位姐妹特意推了其他事来凑这个热闹，你总不能叫我们就这样回去吧？八姐，很久没有和你切磋了，妹妹做梦都想着呢，你来不来？"

清华郡主扫一眼虎视眈眈的几个人，不由冷笑一声："当然来的！我也很久没和你们玩了。"她也有同伴，且她对自己的马术和球技都自信得很。这一场球赛，她百分之百要赢，绝不能输！她把目光投向对面楼上的李满娘，得抢先将这些人弄到自己这边来才是。李满娘马术出众，且"万一"不小心出了什么事，也得找个垫背的才好。

牡丹等人也注意到了这边不正常的骚动。李满娘与窦夫人俱见多识广，立刻意识到这里不能待下去。还没商量出怎么全身而退，牡丹已经扶着额头道："表姨，我头晕得厉害，只怕是又犯病了。"

李满娘立刻扶了牡丹道："这孩子身子真是太娇弱了。"牡丹做万分痛苦状，强撑着可怜兮兮地道："给你们添麻烦了，我想回家。"

"好好好，咱们回家。"李满娘马上安排人去跟清华郡主说，随即同窦夫人等抱怨说，"是我把她带出来的，得把她好生送回去，不然没法跟她家里交代。"

窦夫人道："既然如此，我们就都一道回家了吧。原来也没打算出来这么久的。"众人唯她二人马首是瞻，这个提议很快得到赞同，不待那边有回音，立刻收拾东西。

很快清华郡主亲自赶了过来，她正需要用人的时候，怎么肯让她们走。清华郡主很关切地上前握了牡丹的手问长问短，一迭声命人去请大夫，又表示这里有专供女眷休息的屋子，可以让牡丹过去歇着。实在不行，就由她安排人先将牡丹送回去。这样两不耽搁，其他人该玩还是继续留下玩。

牡丹非常痛苦地扶着额头，虚弱地闭着眼，只有进气没有出气，雨荷大着胆子道："丹娘是老毛病，头痛如裂，家里有专用的药，必须吃那个才会好，还要施针，旁的都没用。"

见牡丹的身子软下去，雨荷对着李满娘流泪道："今早出门时夫人是将丹娘交给奴婢们的，若是有个三长两短，奴婢们也没有活路可言了。奴婢们心里慌张，不知该怎么办才好，全靠夫人做主。"说完跪下使劲磕头，封大娘则对着牡丹的人中猛掐，大声喊道："丹娘，你撑着点儿，你醒醒啊！"引得众人注目。

李满娘满面尴尬，佯怒道："你这丫头，胡闹什么？我说了不管丹娘么？赶快收拾东西回城。"又望着清华郡主抱歉地道："郡主，您看我实在脱不开身，好歹得跟她家里人有个交代，辜负您一番好意了。"

清华郡主瞪着牡丹，恨恨不已，也不想想是自己居心不良将牡丹硬拖来的，只想着为什么一到关键时刻牡丹就来拆台，简直恨不得牡丹就这样疼死算了。

窦夫人等见清华郡主满脸不快之色，久久不答，显然是不想放自己这群人走，便打算不管三七二十一，先自行离去再说，反正她也不能将她们强扣着不许走。

忽见兴康郡主大踏步走过来，皮笑肉不笑地道："八姐连个病人都不肯放过么？她如今已是这个样子了，你还不满足，非得看着她病死在你面前才放心？未免也太小心了，就这么不自信？"

清华郡主被揭了疮疤，不由大怒，她会怕牡丹一个病恹恹的商家女？分明就是她的手下败将！但这些话她不能当着众人说出来，只能是装出万分委屈的样子道："十一妹你怎么这样说话？我本是好心，想感谢她们救了刘芸妹妹，才请她们来玩的……"

话未说完，就被兴康郡主一口截过去："我知道了，八姐苦苦留着她，其实也不是要看着她死了才好，而是想要找帮手哩。毕竟李夫人的骑术大家都看到的，上了场就是一个高手中的高手啊，难道……"她逼近一步，脆声道，"还没开始比，您先就怕了？八姐是这些日子看胡旋儿跳舞看多了，喝多了，身子虚空了吧？"回头看一眼身后众人，哈哈大笑起来。

她句句都戳在清华郡主心里，听得清华郡主脸上红一阵白一阵的，偏又反驳不得，只能咬牙冷哼："你糊涂了，说到哪里都不知道了！我念你年幼，不和你一般见识！"言罢转身就走。

兴康郡主反而像是越说越上瘾了，将两手叉开拦住清华郡主的路，咄咄逼人地道："原来不是呀，那倒是妹妹我多心了。八姐，那咱们还与从前一样，你率一队，我率一队，不许外人插手，你敢么？"她身后的人也跟着起哄。

清华郡主知道自己今日若是认了厌，以后在这群人中就再也抬不起头来，骑虎难下，只好咬了牙道："我怎会不敢！十一妹，你们可要小心了！"说完当先下了楼。

兴康郡主此时方回头看着李满娘等人笑道："此时正热，没有肩舆，何家丹娘也不方便回去的。与其路上又被晒得中暑加重症状，不如就在这里歇歇，先让大夫看看，缓缓再走的好。"见李满娘不吭气，便笑道，"您刚救了我表妹，我很感激您，总寻思着要寻个机会答谢您。"

这意思是她不会害众人，但李满娘只想脱身，不想和她多牵扯，当下笑道："不过举手之劳，郡主不必记在心上。郡主本是美意，奈何这孩子的病等不得，我抱她同乘，打马快跑，很快就回去了。"

兴康郡主也就不再强留，命侍从将牡丹等人送到庄子外。她自己和那几个人自去小心检查马匹和鞠杖等物,低声商量要怎样对付清华:"一样都是亲王府的郡主,她凭什么高高在上,事事都要抢占一头,轻贱我们的亲戚好友,心肠又恶毒?今日即便输球也不要紧,务必要给她个教训,否则我的今日就是你们的明日!连自家的亲戚都护不住,以后怎么好意思见亲戚?!"

那几个人从前都是吃过清华亏的,有人道:"汾王在,还有她那个姘夫也在,务必要做得小心一点,莫要落下把柄才是。还有就是别出人命的好,闹得太大总归不好收场。"

另一人冷笑:"小心?她自来心狠手辣,我们若是手下留情,她定然要借机狠狠收拾我们,叫我们以后再不敢和她叫板的,那时候倒霉的倒是我们了。"

兴康郡主沉了脸道:"球杖无情,马儿也会不听话,球场上的意外多的是,你们只管放开手脚,有事儿我担着!"她的眼圈一红,"我那妹妹断了手脚,这一辈子都废了,我若不叫她也断条腿,我实在是没脸回去了。反正今日我是不走的,你们谁要是不方便的就先回去吧,左右我都记你们的情。以后有事找上我,我是断断不敢推辞的。"

那几人对视一眼,都道:"我们若是怕她,就不会和你一起来了。"几人商定了计策,又击掌为誓,说定无论如何都不会泄密,意外就是意外。

却说牡丹一行人出了庄子门,李满娘果真将牡丹抱在怀里,二人同骑一匹马,日光炟炟,二人都热得不得了,很快就出了一身汗。李满娘叹道:"说谎说谎,一说就要装到底,这得熬到回城才能松快了。"

窦夫人笑道:"能脱身就不错了,还叽叽歪歪什么。"

忽听有人在后面喊:"前面的夫人们请留步。"

众人以为事情又有了变化,正要装作没听见,赶紧走人。来人已经打马追了上来,却是一个三十多岁的黑脸汉子,赶上以后下马立在李满娘面前行礼赔笑道:"小人是蒋长扬公子家里的仆役,名叫邬三,我家主人与何家大郎有旧。"

牡丹正靠在李满娘怀里装死,听到这话有些诧异,又不好起身相询,只好轻轻掐了李满娘的腰一把。李满娘便问那人:"有什么事?"

邬三方道:"听说何家大郎的妹子病了,却没有肩舆送回城去。我家主人在这附近有所庄子,正好备有肩舆,已是让人去抬了,还请诸位稍稍等等,马上就来了。"

牡丹不由暗想蒋长扬果然是个好人,多半是看到清华郡主闹出是非,又同情上自己了。他是好意,自己左右已经欠了他一回大人情,也不差再坐回肩舆,便不言语。

李满娘拿不定主意,但想想坐个肩舆也不见得就惹了多大麻烦,也不见牡丹反对,便笑着谢了,道:"这里太热,我们还是到前面阴凉处去等。"

不多时,果见一乘两人肩舆由舆夫抬着,飞也似的跑来,李满娘道了谢,将牡丹安置好,一行人自回城不提。

邬三办妥差事,自回去寻到蒋长扬交差。蒋长扬听说牡丹一行人已经顺利回了城,也就安心坐下看球。转眼间,下面的赛事结束,却是刘畅等人赢了,得了彩头并汾王单独赏的十匹蜀锦后,高高举着鞠杖策马狂奔,满场炫耀。宗室子弟满脸晦涩,不屑地退了场。

清华郡主也与自己相好的同伴姐妹们商量好战术,与兴康郡主等人各自换好球衣上了场。两群人表面上嘻嘻哈哈的,实际下的都是狠手。清华郡主很快觉出了不对劲,兴康那边的人一个赛一个狠毒,竟然像以命相搏似的;自己这边原本说好的几个姐妹却是一看势头不好,就打了退堂鼓,关键时刻竟然都在躲,不肯帮自己的忙。

她对自己的技术和马术有信心,却不代表她可以独力抵挡这么多人凌厉的攻势。她真的害怕起来,几乎想认输了,拼命在人群中寻找刘畅的影子,希望他能及时发现不对劲,请求汾王终止这场球赛。然而兴康等几人却是早就商量好的,一不做二不休,既然动了手就断断没有中途收手的道理。

刘畅胜利之后的第一件事，就是寻找牡丹的身影，然而对面楼上早已人去楼空。他坐不住，安排秋实去打听。秋实回来，却不好当着其他人的面和他细说，便将他引了出去，站在无人处细细说了一遍。

听说牡丹又犯了病，还很严重的样子，刘畅说不出心里的感受，隐隐是有些高兴的：看吧，离了他就不行了吧。说不定后面还会回过头来求他……若是来求他，他怎么安排她才好呢……正在胡思乱想之际，忽听得球场里一阵不同寻常的喧嚣，甚至盖过了大伙的唱好声，噼里啪啦一阵椅子声、脚步声乱响，无数的人下了楼，往球场里涌去。

潘蓉气急败坏地找过来，大声喊道："你怎么还在这里呢？清华堕马了！"

刘畅勉强按捺住激荡的心思，回神跟着潘蓉匆匆往球场里赶去。潘蓉见他魂不守舍的，低声恨道："你好歹装出点样子来，虽然赐婚的旨意没下，但人人都知道你二人是那样的，你是逃不掉的，与其如此，不如……"

刘畅打断他的话："我有那么笨么？"说完换了一副面孔，满脸焦急地扒开众人挤上去，但见清华躺在地上一动不动，头半歪着，嘴角流着嫣红的血。兴康等人满面惊吓之色，焦急地守在一旁，而那早就预备下、以备应付意外的跌打大夫正蹲在地上小心翼翼地给她检查。

刘畅一颗心乱跳，控制不住地生出一个念头来，若是清华就此死了，那么……不等他的念头转过来，那跌打大夫已经愁眉苦脸地站起来对着汾王行礼道："两条腿下面似乎是好的，但是……"但是靠近髋部的地方没法儿检查，还有身上也不敢摸。

汾王怒道："什么叫似乎，但是？！"

那跌打大夫委实委屈："男女有别，小人不便……"他哪儿敢在众目睽睽之下去摸郡主的胸？大腿小腿胳膊什么的摸了就摸了，胸和屁股是不敢摸的。

汾王怒喝道："庸医！人命关天，你还记着男女有别？还不赶紧动手？！若是延误了，唯你是问！"

到底是身居高位的人，勃然发怒的时候很是吓人。那大夫被吓着了，抖手抖脚地又将清华从头到脚细细摸了一遍，最后胆战心惊道："似乎右边的股骨摔坏了，肋骨也断了两根。"

有点经验的人都知道，股骨不比其他的地方，就算是活过来，这辈子也只怕别想正常走路了。汾王叹口气，道："先想法子弄回屋子里去吧。"说完淡淡地扫了兴康等人一眼。兴康等人胆战心惊，强自装作惋惜、担忧、自责的样子，尽量不叫人看出端倪。

此时清华的同胞哥哥魏王第六子挤上前来，一双眼睛凶狠地从兴康等人面上扫过，厉声喝道："到底是谁害的？"

众女俱都吓得后退一步，只有兴康强自镇定地往前一步，抬起下巴道："六哥，八姐她骑术向来极好，也不是第一次打球，谁也没想到会出这种意外，也不想出这样的意外。但事情已经发生了，推脱不得。是我带的队，你若是想要找个垫背的来出气，硬把这个事情算在谁的头上，就冲我来好了。反正大家都知道，我与八姐今日生了嫌隙，说不定就是我故意害的她。其余几个姐妹可是与她近日无怨、往日无仇，休要这样乱说，伤了大家的心，也伤了情面。"

她这样什么都不顾地站了出来，原本有些害怕退缩的几个女孩子心里反而生出几分感激和豪情，纷纷上前叽叽喳喳地道："六哥，按您这样说来，我们也有份儿。"

清华的骄横残忍素来有所耳闻，就算今日不出事，也难保他日不会出事。法不责众，这么多的女儿家，若是真的追究起来，好几个王府都要牵扯其中，那都不是省油的灯，到时候清华的处境只怕更艰难。这也叫自作自受吧！汾王叹了口气，制止住魏王第六子："胡闹！都是自家姐妹，谁会故意害她？！每年球场上出的意外、死伤的人还少么？有这功夫，赶紧往前头去请个好太医候着准备疗伤才是。"

兴康郡主暗暗松了一口气，汾王都说是意外了，就不会有大问题了，最多就是禁足，吃点小苦头罢了。

魏王六子也是聪明人，很快就悟过来——为了这样一个生死不明的妹妹得罪几府的人不划算，不如想想怎么多占点便宜才是。于是立刻叫人去备马，飞速赶回去寻魏王拿主意。

忽听得一阵凄厉的马嘶，众人回头，却见刘畅阴沉着脸将一柄锋利的短剑从清华坐骑的脖子里拔了出来。那马儿挣扎了片刻，最终绝望而沉重地跌倒在球场上，鲜血喷涌而出，眼睛都没闭上。场上一时沉默，没人说刘畅做得不对，不管是不是马儿的错，按例这种叫主子堕了马、出了伤亡事故的马儿就只有这样一个下场。刘畅杀了那马之后，便大步走到清华身边跟着众人进了屋子。

蒋长扬负手立在一旁静静从头看到尾，眼看众人七手八脚地将清华郡主弄进了屋里，方走过去礼节性地向汾王表示了慰问，然后和潘蓉打了声招呼，径自告辞离去。

待到身边没了人，邬三方道："公子，所谓众怒难犯，恶人自有恶人磨，这郡主今日总算遇上比她更狠的了。她吃过这次亏，若然侥幸不死，以后只怕不敢再那般肆无忌惮地害人了吧！可惜那马儿，本就不是它的错。到底是宗室贵胄，换了咱们，怎么舍得要那马儿的命？！"

蒋长扬讥讽地道："本就生了那副狠毒心肠，又是那种张狂的性子，指望她因为这么一件事就突然改好了？怎么可能！有些人，无论如何，一辈子都是不会变的。狗，始终改不了吃屎的本性。"这恶毒女人和那姓刘的阴毒小人，果然天生一对，何家牡丹配给那姓刘的，实是一朵鲜花插在牛粪上。

邬三见他心情似乎不是很好，便岔开话题笑道："公子是要回京城还是去庄子上？"

蒋长扬道："还是回京城吧。好人做到底，你取了我的名刺，拿点上次他们送我的那个头疼药送去何家，顺便把肩舆和人领回来，免得何家人又巴巴地送回庄子里来。"

邬三摸了摸头，本想开两句玩笑，说公子怎么对那女子那般上心，但看到蒋长扬心事重重的样子，想到自家老夫人的一些往事，终究不敢贸然开口。

却说牡丹、李满娘与窦夫人等进了城，道了别后各回各家。李满娘做戏就做全套，亲自将牡丹送回去。门房不知情由，急吼吼地奔进去叫个小丫鬟报告岑夫人，道是牡丹犯病了。岑夫人唬得一口气差点没上来，还是薛氏镇定，怒斥了那小丫鬟，稳住岑夫人。

牡丹也想得周到，生恐家里人不知情由会吓坏了，叫雨荷快步进去报信。岑夫人方才转忧为喜，热情招待李满娘主仆，留下蒋家那两个舆夫用饭、厚赏不提。

待到李满娘说明根由归去，蒋家那两个舆夫也要告辞，外面又来了访客，却是那邬三奉了蒋长扬之命送了药过来，说明服用方法："今日见着小娘子似是头疼之症，舍下正好有一位民间老大夫的独门秘方，治头疼是最好的。头疼之时，第一顿需要连服三丸，之后每次一丸，每日三顿，连服三天。即便不甚对症，也是舒缓养息的药材，没甚关系。若是吃着好了，便使人来说一声，另外再托人配了来。"

岑夫人心中感激不尽，亲自出面招待邬三，封了一封很厚的封赏，请邬三替她转达对蒋长扬的谢意和感激。邬三客气地谢过了岑夫人留饭的建议，只收下回礼，高高兴兴地带着两个舆夫告辞离去。

这世上没有无缘无故的好。甄氏等人对蒋长扬此人简直充满了无数的好奇心，缠着牡丹问东问西。甄氏话里话外都在打听揣测这个人为何会对牡丹如此上心。

牡丹见不惯甄氏尖头尖脑的样子，淡淡地道："他就是个急公好义的，就是路见不平、拔刀相助的意思。白夫人也帮了我的忙，同样不求回报。"二人总共见过几次面，次次都有人在身边，话都没说几句，会生出什么了不得的心思？

甄氏见孩子们不在身边，便大着胆子笑道："那也不一定，丹娘生得这么好，就是我们看了也喜欢的，何况是男人们？！他没事儿献什么殷勤，分明是……"

牡丹见她越说越不像话，不由愠怒起来。若说蒋长扬是见色起意，居心不良，未免太轻贱了人，也轻贱了自己。

正要反驳，就听岑夫人冷声道："那你倒是说说看，人家是什么心思？你日日在家闲坐，怎么就生出这许多的下作想法来！如此轻狂，怎么做嫂嫂，怎么当母亲？！"

这话实在说得重，甄氏一张脸顿时惨白，讷讷不能语。牡丹暗自纳闷，岑夫人往日里对几个儿媳向来都很和蔼，今日怎地当众给甄氏这般没脸？难道自己不在家的这半日又发生了什么事情，让甄氏激怒了岑夫人？所幸还有一个林妈妈留在家中，稍后可以去问。

见甄氏吃了瘪，薛氏等人不敢再在这上面多纠缠，转而问起雨荷今日可有什么趣事。雨荷也是个精乖的，兴致勃勃地说起蒋长扬飞马击钱的事，引得众人一阵惊呼，扼腕叹息自己没有亲眼看到此等热闹。

见没人关注自己刚才丢脸的事儿了，甄氏的脸色这才好看了些，但看向岑夫人的眼神却是隐隐充满了怨恨之色：还得她不嫌弃牡丹是个病秧子呢！养了女儿不嫁人，这么宝贝，是要留着煮来吃啊？！

岑夫人却是被兴康郡主那位表妹堕马的事惊着了，忧心忡忡地叮嘱牡丹："还是该好好练练马术才是。上了那马背就只能靠自己了，不是每次都有好运气可以遇到人帮忙的。"又想着要让何志忠给牡丹好生挑一匹性格温顺稳重的好马，这样就算遇到意外也不会太出格。

牡丹暗自下定决心，不说要练成马术高手，最少也要做到熟稔，遇到突发状况的时候能够应对。一定要改变自己事事都要依靠人的现状！

眼看天色渐晚，薛氏、白氏起身去忙晚饭，其他人也各有事要忙，牡丹便辞了岑夫人，回到后院去梳洗换衣。但见甩甩百无聊赖地单腿独立歪靠在架子上打瞌睡，林妈妈领了宽儿、恕儿坐在一旁做针线，廊下的牡丹花茂盛的枝叶在晚风中轻轻晃动，一派静谧恬静。

牡丹蹑手蹑脚地上前，一下扑到林妈妈的肩头上，大喊一声，吓得甩甩一个激灵，险些从架子上跌下来。

林妈妈早就发现了牡丹，偏装作被吓了一跳的样子，抚着胸口嗔道："好调皮的丹娘！吓坏了老奴看你怎么挨夫人的骂！"

牡丹亲热地挽着林妈妈的胳膊笑道："妈妈真的被吓坏了么？"林妈妈还未回答，甩甩已经拍着翅膀尖叫起来："坏蛋！坏蛋！"

"骂谁呢？你才是个小坏蛋！"牡丹佯作生气，举手要去打它。甩甩早就成了精，半点不惧，试探着轻啄牡丹的手，一边啄，一边狡猾地打量牡丹的神色。牡丹看得好笑，亲昵地摸摸它的头，笑骂道："讨人嫌的小东西！"又叫宽儿和恕儿去取松子仁喂甩甩。

打发了宽儿、恕儿，牡丹方轻声问林妈妈："我不在家这半日，发生了什么事？刚才我娘给了三嫂好大一个没脸，嫂嫂们谁都不敢劝。早上不还好好的么？"

林妈妈茫然摇头："没听见动静。"

牡丹叹道："我总担心又是因为我惹得大家不愉快。"

林妈妈笑道："牙齿和舌头也有碰着的时候，何况这种隔着一层的！夫人不是不讲道理的，总有因由。这么多的人，各怀心思，您想要面面俱到那不可能，少在这上面花心思，早些把地和庄子弄好才是正理。"

牡丹颇以为是，却又担忧那地不好买。

待到晚间大郎归家，兴致勃勃地来问牡丹："你去看地没有？靠近大路，水源方便，地也肥，若是喜欢就定下来，如何？"

牡丹道："大哥，那块地只怕买了也不好用。"

大郎惊异道："怎么说？"

牡丹遂将今日之事说了一遍，道："我不想与清华做邻居，只怕无事也会生非。"

大郎越发惊异："我仔细打听过的，那边虽然多数都是官宦人家的庄子田地，却没听说有什么庄子与魏王府或是清华郡主有关。你是不是弄错了？"

牡丹诧异道："难道那庄子不是她家的？我看着仿佛是她的产业一般，凡事都是她做主的。"

大郎道："达官贵胄之间，经常互借庄子玩耍。或许是她借的。那里离城近，你要修庄子，请人去看花，最是方便不过，不然就要越发远了去。你先别急，等我再去打听清楚再作定论。"

晚上牡丹正要睡下，孙氏却来了，拉着她说了一歇话，笑眯眯地道："丹娘，你别嫌我多嘴啊，三嫂的娘家，像是想和咱家亲上加亲呢。"

牡丹心里顿时有了数，原来岑夫人的怒气从这里来。当下淡淡一笑，假装听不懂："英娘、荣娘、何濡他们都是定了人家的，现下年纪最大的就只有三嫂家的蕙娘了，难道是……"

孙氏见牡丹并无气愤之色，明显是在推托装糊涂，便拍拍她的手，亲热地道："不是孩子们……不管怎么说，我和你六哥都希望你能寻到好归宿，年华会老，钱财是身外之物，女人就要找个真心相待的，吃过一次亏，可不能再吃二次亏了。"

牡丹"嗯"了一声，把话题转到孙氏身上去，笑道："六嫂说得很有道理，六哥待六嫂就是这样的吧！"

孙氏红了脸，想到自己总也生不出孩子来，这样的好光景也不知还有多久，不由生出一丝惆怅来，没了心情多管闲事，告辞离去。

雨荷气愤地道："三夫人打的好算盘，我听她房里的丫鬟说过，她娘家那个兄弟文不成武不就，还癞蛤蟆想吃天鹅肉，一心就想找个貌美有钱的，这种男人千万嫁不得！活该夫人给她没脸。"

牡丹淡淡地道："她已经挨了骂，夫人也不会答应，既然没影的事儿，咱们就不必再多理睬了。"肥水不流外人田，想占点儿便宜实在是人们最常见的心思。这么多的嫂嫂，谁还没点别的心思？何况是甄氏这样隔了一层的。

雨荷见她不气不恼，便道："您倒是想得开，只可惜了李家表公子。"李家表公子也是个拎不清的，既然想，就要拿出实际行动来，这样吊着算什么？

牡丹微微一笑："我不缺吃不缺穿，父母兄长都护着我、由着我，能不想得开吗？表公子的事情，以后不要再提了。"李荇的事让她遗憾惆怅过，但她并没有非他不可的想法。她在风景外面走，看到风景很优美，若是真进了风景里面去，只怕又会觉得风景其实不是风景了。

次日，大郎急匆匆赶去查问土地的事儿，牡丹则将答应过雪娘的芙蕖衣香装了一瓷盒子，命雨荷送去。中午时分，雨荷带了雪娘亲自做的两朵珠花和两条结子并清华郡主的最新消息回来："窦夫人因为关注着昨天的事，专门使人去打听了。幸亏咱们走得及时，没掺和进去，清华郡主果然堕马了，现在还没醒过来呢。"

这个消息最受欢迎，薛氏欢喜道："伤得很重吗？"死了才好，省得以后又给牡丹添麻烦，一家子都不得安宁。

雨荷道："具体伤了哪里倒是不知，似乎很不一般。伤筋动骨一百天，怎么也要养上几个月的伤吧。"

吴姨娘双手合十："阿弥陀佛，佛祖有眼，叫这恶人终于得了现世报。她几次纵马行凶，终究也就伤在马下。"

白氏关心的则是："跟她一起打球的人有没有受责罚？依我说，那些人做了好事，不该受罚才对。"

雨荷为难道："这个奴婢倒是不曾听说。窦夫人只是说，多亏丹娘机敏，欢迎丹娘以后去她家里做客。"

牡丹只想着，她可以自由自在地出门了。京中大大小小的寺庙和道观里种有无数牡丹，纵然不是赏花时节，事先去看看，摸摸底也是好的。

第十二章 买地

大郎细细将那块地的情况打听清楚了，得知与魏王府或是清华郡主都没有任何关系，很是高兴。因着他领了为牡丹买地的差事，何志忠也就免了他去铺子上做事，正好还有半日的闲工夫，便兴冲冲地绕去东市那家冷淘店，准备买些冷淘归家给女人孩子们吃个新鲜。

堂倌才将食盒装好，大郎就看见张五郎东张西望地走过来。张五郎今日穿着件月白色的细罗缺胯袍，头上没系细罗抹额，而是规规矩矩地戴了个青纱幞头，袖子也没有如同往日那般高高挽起，而是平平整整地垂在手腕上，戾气和蛮气少了几分，斯文起来了。大郎暗暗称奇，笑着迎上去打招呼："五郎从哪里来？"

张五郎微微有些不自在，与大郎见了礼，笑道："小弟适才听人说哥哥往这边来了，特意寻过来的。"一眼瞅到何家小厮手里提的几个大食盒，不由笑了，"哥哥买这许多冷淘，是忙着要送回家的么？"

大郎因着他上次帮了牡丹，又丝毫不肯贪功，只吃了一顿酒席就算完事，硬是没要何志忠备下的礼物，过后也没说过什么多余的话，对他的印象很是有些改观。言语中便带了几分随意和亲热："正是，我今日得闲可以早些归家，想到她们都爱吃，特意绕到这里来买。"说完先叫小厮将食盒送回家去，拉了张五郎要请他吃冷淘。

张五郎也不推三阻四，大方入座，只将些市面上的生意来闲说。大郎见他说话行事平白斯文许多，有些受不住，便道："五郎最近遇到了什么好事？"

张五郎正色道："说起这事儿来，小弟正想向哥哥请教，请哥哥帮个忙。"说着果真起身同大郎行了个礼。

大郎忙拦住了，笑道："休要这般客气，但凡我能搭手的决不推托。"

张五郎愁道："我们几个兄弟想着，成日里这样游手好闲的，终归不能长久，所以凑份子开了个米铺。只是做生意不得法，开张容易，经营难，没人来买米。请哥哥帮小弟想个法子。"

难怪穿成这个样子，原来是改行了呢。大郎笑了："哥哥说句实在话，五郎听了莫要生气。大家伙儿约莫是不敢上门。"大户人家有自家的庄子供米粮，在外面铺子里买米粮的多数都是小老百姓，似张五郎这等市井恶少，本就是出了名的，若是短斤缺两也没处申冤去，谁没事儿敢去招惹他。

张五郎也不生气，抓头挠耳地道："小弟我也想着大概是这样，但总不能硬逼着人家上门买呀。"他这话其实有水分。开张当日等到要关门了也没一桩生意，他们觉着兆头不好，便去隔壁米铺里抓个老人家，硬逼着人家过来买，结果把人给吓得昏死过去了，赔了医药费才算了事。

大郎也想不出什么好主意能在短短几日内就叫人迅速改变对他的看法，便安慰道："做生意没那么容易的，要不然还不满大街都是生意人？你有这个心就极好，关键是要公平买卖，信誉第一，大家看在眼里，慢慢地也就有生意了。"

张五郎蔫了片刻，不知想到什么，又突然高兴起来，猛地一拍桌子，将袖子高高挽起，大声道："哥哥，有人送了小弟两条才从河里打起来的鱼，很是肥美。小弟上次吃了哥哥家

· 155 ·

的席面，一直没得机会还，今日正好借了这个机会还席。哥哥莫要推辞，小弟这就命人收拾干净了，烦劳哥哥替我去请伯父、四郎他们几个过来，咱们一起乐呵乐呵。"

大郎见他瞬间便忘了斯文，恢复到从前的样子，终于觉得那种诡异感弱了些，忍住笑意道："五郎见谅，今日不成，我还有事儿要办呢，改天哥哥做东，请你和兄弟们吃酒。"

张五郎后知后觉地反应过来，心想反正已经露了馅，再装就像个娘们儿似的烦人，索性将袖子挽得更高了些，望着大郎嘿嘿笑道："小弟做惯了粗人，想学斯文，却是做不来，让哥哥见笑了。"

大郎见他豪爽，反而觉得他可爱，亲自给他斟了一杯茶，笑道："五郎就是五郎，学什么斯文人！哥哥我也做不来斯文人。"

张五郎极喜欢他这句话，欢喜地道："哥哥你等我会儿。"说完撩开步子大步跑远了。

大郎不知他要做什么，阻挡不及，也只好坐等他回来。片刻后，张五郎亲提了两尾肥大的河鲤过来，不由分说就往何家小厮手里塞："拿着，回家去做给伯母、嫂嫂、侄儿们吃！"

小厮只把眼睛去看大郎的眼色，大郎晓得张五郎是极豪爽的人，便高高兴兴谢过，命小厮收了。张五郎欢喜得像什么似的，亲将他送至街口方自去了。

大郎行了没多远，突然想起一件事来，这张五郎往日里不是同四郎走得极近么？怎地他做生意要讨主意却不去寻四郎，巴巴儿地来堵自己？他看了看那两条肥硕的鱼，怎么看都觉得有些古怪。

大郎到了家中，命小厮那两条河鲤送去厨房收拾，又叫小丫鬟去将牡丹请出来商讨买地的事。

不多时，一阵环佩声响，帘子一撩，淡淡的荷花香随风而来，牡丹笑盈盈地拿着把象牙柄的牡丹团扇走进来。大郎顿时觉得眼前一亮，但见她穿件家常的松花色印菱形花的绫子短襦，配的桃红色六幅罗裙，脚上穿的沉香履，唇红齿白，娇艳动人。

看着自家妹子貌美如花，大郎实在赏心悦目，高兴地赞了两句后方说起正事："你们昨日去的那个庄子我问过了，果然不是魏王府的，而是宁王府的产业。因着球场是洒了油筑起来的，分外平滑，故而在京中很有名，许多宗室贵胄都爱借了去打球，所以妹妹不用担心，只管买去。"

牡丹立刻盘算开了，这些人果真爱去那里打球，对自己这个即将开张的牡丹园来说，反而是个好机会。打球、赏花、游玩、买花，都是顺道的。当下便道："我们什么时候去看地？"

大郎笑道："择日不如撞日，就明日吧。"

晚饭时，何志忠见桌上突然多了两盘河鲤，不由笑道："谁这么知机，知道我正想吃河鲤？"

大郎忙道："今日我去东市买冷淘，遇到张五郎，他送的。"

何志忠夹了一箸喂到嘴里，细细一尝，觉得肉味回甜，便笑道："还新鲜。他为何突然送你河鲤？"

大郎道："先是问我生意经，随后说要还席，我说有事，突然间就送了鱼。"又问四郎，"你知不知道他开米铺的事情？怎地突然转了性？"

四郎笑道："当然知道，我还送了礼。听说是年纪大了，想成家，好人家的女儿看不上他，愿意跟他的他又看不上人家，少不得要收拾一番，做点正事才是。"

何志忠又夹了一箸鱼喂到嘴里，道："他有这样的想法很不错。只不知闲散惯了，能坚持多久。"

四郎笑道："只怕是有些难，没有生意呢。他恶名在外，人家躲他还来不及，哪会送上门去。"随即将他们逼人买米，反而把人给吓昏又赔钱的事情说了。

岑夫人道："虽然做法欠妥，但能想着赔人家医药费，也不算太离谱。大抵是真的想改？"

二郎摇头笑道："他那样儿的人，开什么米铺。若是真想奔个前程，不如从军还要妥当些。"

六郎哂笑道："他是想要娶妻，从军还娶什么妻。依我看，他若是真想要找个养家糊口的营生，不如去斗鸡。那个最适合他这种人。"

何志忠"咄"了一声，骂道："怎地小看于人？！斗鸡是什么正经人家做的营生？这话不要拿到外面去说。"

六郎仗着自己是小儿子，平常大家都不和他认真，便驳道："儿子哪里小看了他！如今不是都说，生儿不用识文字，斗鸡走马胜读书么？我若无正当营生，也要去弄鸡的。再没有比那钱来得快的了。咱们辛辛苦苦出海买货，好容易平安归来，还要费多少口水才能卖出去，风里来雨里去的，还不如人家豪赌上几回的。"

五郎媳妇张氏生恐腹中胎儿听了这些言论也会跟着不学好，立刻起身走开了。何志忠也沉了脸，一旁伺候的杨姨娘见状，忙拼命使眼色，六郎这才不情不愿地住了口。

何志忠阴沉了脸冷哼道："你怎么不说那些斗鸡斗到倾家荡产，典卖妻儿的呢？当着孩子们说这些，也不怕孩子们学坏了。旁人我不管，我何家的儿郎谁要是敢去弄这些不正经的东西，全都打断了腿赶出去，一个子儿也莫想分到手！"

六郎见他发了真怒，不敢再多语，缩了脖子径自吃饭。何志忠犹自生气，觉得鱼也不好吃了。岑夫人默默地给他舀了一碗鸡汤，低声道："孩子们还年轻，急什么，慢慢教就是了。"

何志忠叹了一口气，心中的滋味无法说出口。六郎才二十出头，又是最小的，平时和几个哥哥的关系也不太亲近，就知道在他跟前讨好，还不踏实，如今又生了这种心思，他死了以后只怕不会有好日子过。想到这里，他又担忧地把目光投向正给何淳剔鱼刺的牡丹，暗自下了决心，无论怎么样，在他闭眼之前，一定要给牡丹找个好归宿。

牡丹正埋头给侄儿剔鱼刺，察觉老爹在看自己，便抬头甜甜一笑。何志忠见她笑得可爱，心中郁气舒缓了许多，柔声道："丹娘明日可是要去看地？爹爹陪你去。"

牡丹自是求之不得。

第二日何志忠、大郎一早领了牡丹骑马出城，直奔黄渠边上去。绕过宁王的庄子，又往前面去了十来里路，方到了地头。

往大路右边一条小径进去约有半里路，是一块百亩左右的旱地。旱地周围种了柳树与其他的地隔开，如果想要杜绝外人入内，只需种上蒺藜或者是野蔷薇将柳树连成一线就可以了。一条专用于灌溉的清亮小河从黄渠流出来，顺着左面的柳树蜿蜿蜒蜒地淌到远方，假使要开池塘，水源也非常方便。

大郎觉得这块地最是合适不过的，牡丹却不是很满意，只因地形太过平坦。她想要的是地形有起伏变化，以牡丹花为主体，与其他花草树木、山石、建筑等自然和谐配置在一起，达到峰回路转、步移景异、宛若天成的园子。

大郎见她沉默不语，不由有些发急："丹娘，你可是看不上？"

何志忠也问牡丹："你到底想要什么样子的，得先说出来，你大哥才好去办。"

牡丹有些脸红，想象是一回事，真做起事来又是另外一回事。大郎能在这一片找到这块地实属不易，也怪她自己事先没说清楚，就没直说看不上，只笑道："我是觉得小了一点，平了一点，不过先看看周围再说。"

卖地的是一户姓周的官宦人家，只因他家主人获了罪，被贬去岭南任职，遥无归期，又需用钱打点，故而才要卖地。今日陪了何家来看地的却是他家的老总管，听牡丹这么一说，不但不愁，反而一喜，笑道："小娘子若是嫌大，小的没法子，若是嫌小，倒是有法子解决呢。"

牡丹听他这话似是还有好地，忙道："怎么说？"

大郎也道："有什么好地就不要藏着掖着的了。"

· 157 ·

那老总管笑眯眯地往前引路："请几位随小的来。"领着几人走过那块旱地，穿过右边的柳树，来到那小河边方才停下，指着河对面给牡丹几人看，"其实河那边也是我家的，就是这条河，也是我家主人先前想了法子开了引来的。"

先前隔得远，中间又隔着柳树，牡丹没看清楚。此时看到河对面一样地种植了柳树，隔着二十多丈远的地方，却是一排白墙青瓦，似是谁家的宅院。

何志忠心里隐隐有些明白了，这老总管是想将那所宅子一并卖给自家。凭着生意人的精明，他意识到若是这地和宅子刚好合了牡丹的意，只怕不会便宜。便出言试探道："那边的地不算宽啊，也就二十亩左右吧。那是谁家的宅子？"

那老总管微微一笑："也是小人主家的。因先前这位客人只说要地，不要房，故而就没领他过去瞧。客人先去看看如何？"引着众人往下走，下游河面上简简单单地用松木搭了个简便桥，刚好只容得两个人并肩通过。

大郎要去扶何志忠，何志忠摆摆手："我还没到那个地步，去扶丹娘。"言罢掀起袍子稳稳当当地上了桥。大郎无奈，只得回头去牵牡丹，却见牡丹已经跳上了桥，冲自己做了个鬼脸，兴冲冲地往前面追何志忠去了。

大郎不由失笑，同雨荷道："丹娘是越来越像小孩子了。"那老总管善于察言观色，看了这一歇，便知是父兄给家中受宠的女儿置业，只要牡丹肯了，这笔生意也就定了。之后越发对牡丹上心，有问必答。

牡丹等人过了桥，见又是一条用鹅卵石铺就、约有两丈宽的路，直直通向那所宅子的大门。路旁种的是老槐树，将阳光挡去大半，立在树荫下，但觉凉风习习，鸣蝉声声，好不惬意。

那老总管上前拍门，一个四十多岁的汉子懒洋洋地出来开了门。

宅子是个两进的四合宅，中堂、后院、正寝等修得中规中矩，家具半新不旧，款式也不讲究，帐幔等物却是很陈旧甚至是空了，门窗上的漆也掉得差不多了。牡丹有些失望，这宅子从外面看没这么小，怎地进来就这么大点儿？

何志忠却是四处查看了一番墙脚、房椽、柱子、门窗等物，但见都还很结实，心里便有些肯了。只是他向来做惯了生意，脸上半点不露出来，还由着牡丹做出失望的神情。

那老总管一直在观察牡丹的神色，见状有些慌神，忙又引着往隔壁去，赔笑道："若是嫌小，隔壁还有个好大的园子呢，里面也有水榭楼阁的。"

牡丹眼睛一亮，跟了他去，却是从后院的右面廊庑开了一道月亮门。月亮门后是一个有十来亩的园子，里面果然如同那老总管说的一样，有溪流、荷花池、亭台楼阁、假山花木，样样都有。只是无人料理，野草长得半人高，荷花池里残败的荷叶也没捞掉，栏杆上一摸全是灰，漆也掉了不少。

牡丹见其虽然破败，然而整体格局却是不错。将来可以把这园子与她的住处隔开，以这里为源头，渐渐扩大开来，就可以建一个不错的园子。至于河那边的一百亩地，除了用作种苗园外，还可以种点其他花木，省得过了牡丹的观赏季节，就再也没有吸引人来游玩的地方；再分一些地出来种点庄稼小菜什么的，只要规划得当，又是一番野趣。

牡丹正要开口，就听何志忠有些不悦地道："这宅子是怎么回事？难道之前你家主人从来不住？怎么就成了这副破败样子？看着倒像是长年累月没人管的。"

老管家的表情有些不自然，却很快回答道："家主去年就去了岭南的，小的是专门留在这里打点这些产业。因为早就想卖，就没人来住，家里其他杂事也多，人手少，故而放成了这个样子。其实底子还在，稍微打整一下就可以了。您看，这园子格局相当好，是名家设计的；这些太湖石，也是花了大价钱弄来的；种的花木也名贵，还有牡丹呢；只是没人打理，才看着不起眼。客人若是看得上眼，价钱好商量。"

他这番话听着似是合情合理，何志忠却听出了些不一样的味道，不动声色地道："你这所宅子连着河那边的地，一共要多少钱？"
　　那老管家早有计较，毫不犹豫地说："我家主人是实在人，也着实想脱手，故而想要六百六十六万钱。别的不说，就这石头都要管些钱的。"
　　这个价位牡丹还能接受，但何志忠不许她开口。这样的价钱，不但不高，还略略有些便宜了，就算是急于脱手，也轮不到自己过了这么久来捡漏。想到此，何志忠越发谨慎："据我所知，想在这附近置产的人家多的是，你这园子这般好，价钱也不高，你们又是早就想卖，为何一直未能卖掉？"
　　他顿了顿，笑道："六百六十六万钱，为何要这样一个数目？这其中，又有什么缘由？还有，谁家卖地不是连着一片卖的？你把河那边的地拆开卖了，就不怕这里卖不掉？若是想要生意成，就说实话，否则过后我也能打听出来。"
　　那老总管犹豫再三，慢慢说出一番话来。
　　那老总管道："这块地其实是好地，当年我家主人因缘巧合才得到。那时只有宅子，并没有园子。家主听了好友的建议，请了京中鼎鼎有名的占宅术士宋有道占宅，按着宋有道的建议建起这座园子。道是无水不活，故而花了大价钱大心思引了这股水来。那时节，家主官位不高，家资不丰，虽然为了这个园子几乎花尽了家资，但果然接连得了几次擢拔，贵盛起来。"
　　"这样的好光景维持了二十来年。"那老管家叹了口气，"家主获罪之初，就有人来买这宅子和地。家主想着总有一日还会回来，便拒绝了，谁知却得罪了人。待到后来想卖时，人家就压了低价。家主咽不下这口气，便说无论如何也不卖给他家。他家便四处造谣，说这房子的风水不好。虽然他家现在也失了势，不在京中住了，可谣言还是一传十、十传百，以讹传讹地传开了，叫人心中生了忌讳。那个数字，不过是家主想要取个六六大顺之意，去去晦气而已。若是嫌贵，墙外还有一林子桃李，很快就可以收果子的，愿意赠送。"
　　何志忠听完这一席话，默然不语。作为一个生意人，他是很相信风水之说的，一所宅子好不好固然不是谁随便说一两句就可以定下的，但阴阳、望气这些手段都少不得，没道理花了钱却要买个败家的宅子。
　　那老总管见他不语，猜着约莫是不成了，不由叹了口气，退而求其次："客人若是嫌弃这房子不好，就买河对面的那块吧！若是嫌小了，小的可以出面去同隔壁讲，将邻近那三十亩地一并买过来，只是价格一定是高的。"
　　何志忠不置可否："不忙，我明日再请人来看看这宅子。到时再说。"又指指园子里，"老丈不介意我们四处看看吧？"
　　那老总管晓得他们大概是要商量，便笑道："客人慢看，小的让人去厨下烧点水来。"说完果真退了出去，只留几人在园子中自在说话。
　　牡丹率先道："爹爹，既然是谣言，我想着不要紧吧！价格还划算，不然就定下？"哪会因为一所宅子就当上了大官，又因为一所宅子就破了家！
　　何志忠道："宅子有五虚五实。宅大人少，一虚；宅门大内小，二虚；院墙不完，三虚；井灶不全，四虚；宅地多屋少，五虚。他这宅子，宅门大而内小，宅地多而屋少，就占了两虚。就算买下来也要重新改造，并不划算。何况你还要重新造池塘，积土成山，这个也要请人来看过方位，若是不便取土，这宅子就等于白买了。他的话只怕也是说一半藏一半，还得认真打探。少安毋躁，待我请了术士相看再说。"
　　牡丹有些发愁，买个宅子，挖个塘子也有这么多麻烦，那她到时建园子，是不是也要请术士全程协助？若是人家说不行，让她把那水流硬生生转个弯，也得听？
　　雨荷猜到她心中所想，凑到她耳边轻轻笑道："丹娘有些发愁了吧！前些日子家中为您

・159・

建房子，也是专门请了风水术士看过方才动的土。这是一等一的大事，马虎不得。"

牡丹叹道："那时不是有娘和大嫂一手撑着的么，没有麻烦到我，倒也没觉得有多麻烦。如今转眼就落到我头上，可算是要好生烦上一回了。"

忽听大郎对着不远处的一丛金边瑞香沉声喝道："谁在那里？"

片刻后，一个十来岁的小女孩和一个五六岁的小男孩抖抖索索地从枝叶后探出头来，小女孩紧抿着双唇，小男孩则可怜巴巴地看着众人，看到大郎凶神恶煞的样子，吓得又急速缩回头去，顷刻间眼里就含了泪。

牡丹猜着这两个孩子大概是看门的汉子家的，便道："大哥莫嚷嚷。这孩子大概是看房子的人家里的，见我们来看房子，觉得稀罕，就来看热闹了，别吓坏了人家孩子。"

"既然如此，那正好。"大郎在身上摸了摸，什么也没摸出来，只得从荷包里摸出一星沉香，和善地对着那两个孩子招手，"过来，伯伯给你们一件东西耍。"

牡丹立刻明白了他的意图，笑道："你这个算什么好东西。"便从裙带上取下一根碧蓝丝线打的攒心梅花络子，将上面系着的玉环取了，将那络子托在手心，唤那女孩儿："你过来，我有几句话要问你，若是答得好了，便将这络子送你。"

那男孩子歪头盯着络子猛看，满脸渴望之情，偏生就是不肯挪步，死死缩在那丛金边瑞香后面不出来。牡丹往前一步，将那络子递近了几分。那男孩子犹如受了惊的兔子，猛地将头缩回去躲在那女孩子怀里不动。那女孩子则目光不善地盯着牡丹等人看。

雨荷不喜欢那女孩子看人的目光，便笑道："看他们的样子是没见过什么生人，也不见得就能知道什么。算了吧，逗哭了反而不美。"

牡丹道："不一定，莫要小看了孩子。"大人经常以为小孩子不懂事，做什么都不瞒着他们，哪里会知道，小孩子其实什么都知道。雨荷又将自家系着玩儿的一个桃木刻的挂坠取下来，笑道："你若过来回话，再加上这个。"

那女孩子警惕地低声道："你们是想问这宅子的事吧？我告诉你们，这宅子买不得的。去年有个人来看房子，才交了定金就丢了官。"也不要东西，拉着男孩子快速跑了。

几人不由面面相觑。片刻后，隔壁传来一阵惊天动地的哭闹声，似是刚才那两个孩子的声音。何志忠忙道："去看看。"

还未走到月亮门前，那个老总管便气冲冲地揪着那看门汉子的胳膊，将他往众人面前推，抖着花白的胡子语不成调："胡大郎，你太过分了！主人赏了你一家子饭吃，哪怕就是去了岭南也还留着你在这里看房子，好叫你有口饭吃。你就是这样教导你家孩子的？我还说这房子怎么总也卖不掉呢，原来是你一家子捣鬼！今日你就当着几位客人的面把话说清楚，不然送你去见官！"

胡大郎斜睨何志忠等人一眼，道："孩子们不懂事，生怕你们买房以后我们一家子没地方去，所以才会乱说。我刚才已经教训他们了。"此外再无多话。

老总管气得够呛："就这样就算了？总得叫孩子们出来赔礼道歉，说清楚吧。小小年纪就不学好，偏做这种阴毒、忘恩负义的事，将来指不定成什么人。"

胡大郎猛地将头一抬，血红了双眼，炸雷似的吼道："阿桃，你给老子滚出来！"

"打死你个扫把星、丧门星、赔钱货！叫你胡言乱语，一家子的生路都断送在你手里了。你为什么不去死！"一个妇人尖叫着，将那女孩子掐着胳膊推搡出来，当着众人的面，使劲扇了那女孩子一个耳光。那女孩子不声不响，一下跌倒在牡丹面前。那小男孩立在门口探着头往外看，见状尖叫起来，却不敢过来扶那女孩子。

牡丹亲眼看到那女孩子的脸随着妇人的手掌扇上去就变了形，一缕血线自唇角飞溅出来，看得她情不自禁打了个冷战。

妇人大声干号："要死人了啊！没有活路了啊！老天爷啊，你睁睁眼呀，要逼死人了。"随即往地上一躺，打起滚来，从胡大郎跟前滚到老总管跟前，又从老总管跟前滚到牡丹跟前。没有泪，就是一直不停地号，一直不停地滚。

牡丹不能理解，这样打滚撒泼起什么作用？孩子做错了事，打孩子的是她，哭闹的也是她，有谁惹她了吗？

老总管气得倒仰："你新娶的这个婆娘怎么是这种德行！丢死人了，赶快起来卷铺盖走人，这里无论如何不要你家了。"

原来是后娘，再看胡大郎的样子，自家的女儿被虐待也没什么反应。这女孩子虽然做了不光彩的事情，却还是为了一家人的生计打算，就算要教训，也不该用这种方式。牡丹对这两口子厌恶鄙视至极，蹲下去将女孩子扶起，用手帕给她擦去嘴角的血痕，沉着脸道："就算孩子做得不对，也不该这样教训，就不怕把孩子打坏么？女孩儿也是你家的骨血，这般糟践对你们有什么好处。"

妇人听说自己一家子不能再留在这里了，生路被断，本来就生气暴躁，此时又听牡丹这样说，简直又气又恨，一眼扫到何家一行人漂亮精致的衣服，便从地上猛地蹿起，直朝牡丹扑去。

牡丹不知道她突然又抽的什么风，吓得往后退了一大步。大郎和雨荷忙上前去挡，哪承想，大郎的手指才刚碰到妇人的衣角，妇人便凄厉地喊叫起来："打死人了！打死人了！"边叫边死死抓住大郎的衣服，将头往大郎身上撞。

众人心知肚明，这是遇到讹诈的了。

那老管家气得跺脚："胡大郎，你还不赶紧将她拉开？成什么人了！"胡大郎却是垂着头不语。

男女有别，其他人不好去拉妇人，牡丹和雨荷少不得上前帮忙，妇人叫得越发起劲："了不得啦，这么多人打一个，这是要杀人灭口啊。"

大郎敢对着水匪动刀子拼命，遇到这种不要脸、不要命、莫名其妙的泼妇却是没法子，窘得脖子上的青筋偾张，几番想揪住妇人的头发，将她摔倒在地，都被何志忠的眼神制止了。

这场纷争起得莫名其妙，谁知道那老管家是不是跟着一起做了套？何志忠谨慎地将牡丹拉开，望着妇人厉声道："不就是想讹诈么？我告诉你，一个子儿也莫想得到。你只管打，打坏了人我好去衙门告，左右我是不怕事的。"又望着那老管家道："我只认这人是你家的，若我儿有了什么，少不得叫你们赔。你是想给你在岭南的主人添麻烦么？"

那老管家却不是和这两口子一伙儿的，正自觉得丢脸，闻言更是焦虑："客人明鉴，他们虽然在这里做事，却不是卖身的，小的也正想告他们一状呢。客人稍等，待我先命人将他们阖家绑了，一道送去衙门！"说完果真叫个青衣小童去喊附近的庄户。

妇人见势头不好，便伸手去撕胸前的衣服，高喊道："非礼！"牡丹一直注意着她的动静，见状什么也顾不得，先就冲上去与雨荷一道牢牢拉住她的手臂，回头鄙视地看着胡大郎道："没见过你这种男人，看着自己的女儿被虐待，一声不吭，放纵自己的妻子撒泼讹诈人，也一声不吭，你还是不是个男人？"

妇人放声大哭："他本来就不是个男人！看他那屃样儿！老婆儿女都要被饿死了，还是那副屁也打不出一个的样子。"一连串的污言秽语，听得牡丹直皱眉头。

何志忠道："你也莫哭叫了，你始终也是个女人家，这样闹腾对你和孩子们的声名没什么好处。"

妇人瞬间变了一副脸孔，收起哭声转过头对着何志忠狠狠呸了一口，斜着眼睛道："老娘就要活不下去了，还要什么声名！你们这些有钱人，哪里晓得饿肚子的苦楚！饿得要死了，就什么都不想了。叫我拿刀子杀人我也敢。"

何志忠倒听得"扑哧"一声笑出来，举手拦住要暴走的大郎，笑道："倒也是实话。你是觉着我们买了这个宅子，就断了你一家人的生路？难不成，这宅子一日不卖，你家就能一直在这里长年累月地住下去？"

妇人还未回答，胡大郎已然道："我说你偏不听，主家已是千方百计要卖房地，怎可能一直叫我们住在这里，一直养着我们？就算卖不掉，也是迟早要将我们赶走的。"

何志忠道："对了！就是这个道理。与其做这种讨人厌的事，不如讨喜些，指不定买房的人一高兴就留下你们一家子了。皆大欢喜，何乐而不为呢？"

牡丹见妇人的神情略有松动，便道："还不松手，是要等着旁人将你拿进衙门里去么？"

妇人方恨恨地松了手，望着何志忠道："那你们若是买了房子，是不是要留我们在这里呢？"

何志忠捋捋胡子，笑道："若是买了，自然是要考虑的。"

妇人又道："不行！今日这事因你们而起，你们不买转身走了，我们却要被赶走！拿安家费来。"

雨荷怒道："你这人好不要脸，自己做事不妥当，生了不该生的心思，还怪到我们身上了。要安家费，做梦！"

何志忠却劈手扔了一个钱袋到妇人面前："拿去！"

妇人打开来看，见满满一袋子钱，立时起身欢天喜地地往屋里走，边走边道："胡大郎，老娘走了！你个养不活女人孩子的窝囊废！老娘瞎了眼才跟了你。"

阿桃尖叫道："她要把我们的东西全拿走！"胡大郎一把揪住她，也不多语，就是不放手。片刻后，妇人抱着个小包袱出来，大踏步跑了。

胡大郎和阿桃还有那小男孩眼睁睁看着她走远，半天没动。

牡丹不明所以地看着何志忠，为什么要给那妇人钱？纵然这妇人千不好万不好，始终和那胡大郎是夫妻。一袋子钱就拆散了人家夫妻两个，徒然添些怨恨，这不是自家老爹会做的事。何志忠却只是望着她一笑："将来你要种花，就会经常和这些人打交道，什么样的人都可能遇上。你暂且先看仔细了，回去我慢慢和你说。"

何志忠同那老管家道："不过无知妇人，就不必和她计较了。这胡家人也是迫于生计，想必今后再不敢做。看在我的面子上，不必送官了吧！"

老管家忙道："好说。只要客人不生气，什么都好说。那这桩生意……"

何志忠笑了一笑，打量那胡大郎父子几人一番，道："那块地我是肯定要的。这房子么，再说。"说完就领了还红着脸的大郎与牡丹走人。

老管家思来想去，这地卖给他们了，日后这房子果然不好单卖，再来一个人还要再解释一回，不如趁这个机会一并卖了，便咬牙道："客人慢行！价钱愿意再少一些儿！"

何志忠深谙讲价还价的战术，只是推托，却又不一口回绝，扬长而去。

才要上马，忽见那阿桃飞也似的奔过来，拦在马前，直愣愣地望着牡丹道："小娘子，我把自己卖给你好不好？"

牡丹皱了眉头："为何？"这女孩子的心思，她看不上。因为迫于生计，就可以回过头去害无辜的人，没有这个道理吧！

阿桃清脆地道："我家马上不能住这里了，爹和弟弟没地方去，把我卖了，他们就可以回老家，有族人照顾着，总不至于饿死。你家反正有的是钱，多我一个人吃饭也不怎样。我很便宜的，只要一万钱就行，我什么都能做。"

牡丹面无表情地道："我现在不想买人。"这丫头精明得过了分，为自己和家人打算本身没错，可那句"你家反正有的是钱，多我一个人吃饭也不怎样"语气就和那后娘一个样，害人、讹人、骗人、要人帮忙，什么都是天经地义一般。

阿桃有些发愣。她本是想着自己被打时，牡丹肯扶她起身，又用帕子给她擦脸，后娘撒泼大郎没还手，何志忠还平白无故给了一袋子钱，就以为这是一家子滥好人，心又软善，若能自卖自身，也不至于吃苦受罪，还可以给父亲和弟弟谋条活路。谁知牡丹竟然拒绝了自己。

眼看牡丹上了马，背后那些人又在赶自己的爹和弟弟收拾东西走人。阿桃什么都顾不得，扑过去跪在地上，拼命磕头："小娘子，知道您瞧不起我们做的事情，但我们若有活路，哪里又肯做这种事情！我爹身子坏了，干不了重活。我知道错了，以后再也不敢的。求求您，救人一命，胜造七级浮屠，佛祖会保佑您长命百岁的。您若是收下我，不，收下奴婢，给您做牛做马都是可以的。"

牡丹见她服软，也晓得她说的并非全是假话。又见不大一会儿工夫，她额头上已经起了鸽蛋大小一个包，却不怕疼似的拼命磕头，心里已经软了。抬眼去看老爹，何志忠却把眼睛撇开，表示不管闲事。大郎道："你自己做主吧。"

牡丹哑然失笑。父亲能够三言两语、一袋子钱就将那妇人打发走，凭的是对事情的观察入微和对人心的把握。这一家子人，最可恶的就是那泼妇，泼妇已然走掉，余下几人不足为虑，自己想帮就帮，便道："起来！这是要逼我收下你么？告诉你，我若不肯，跪死也没用！但我看你小小年纪却懂得顾念亲人，不是那冥顽不灵、不知悔改的，少不得拉你一把。把身契准备好，明日我来领人。"

阿桃又惊又喜，牡丹淡淡地道："以后再做歪门邪道的事，断然留你不得！"

阿桃只管将头点得如同鸡啄米一般，雨荷笑道："好了，且随我进去问问你爹的意思，再和管家交代清楚。"

待二人去了，何志忠笑道："丹娘，你可以先留着他一家看门，一来不至于将他家立时逼入死路，二来也可借此将你乐善好施的名声散播出去，以后自有好处。若是不服管教，再将他赶走也没人能说你的不是，只会说他不识好歹。接连两次背主，他是不会得到任何同情的。"

牡丹笑道："爹爹还有一句话没说吧？留着他们正好辟谣，省得人家嫌这庄子风水不好，不肯来游玩。有道是，与人方便，自己也方便。"

何志忠哈哈大笑起来，满意地道："以后你跟着老头子慢慢学吧。想做生意，不是那么容易的事呢。"

当天何志忠就寻了术士，约定次日一起去看周家的宅子。最终那宅子的风水还是得到了术士的认可，并以六百一十六万钱的价格买了下来。那老管事心里欢喜，果然将那一林桃李留给牡丹。

待到牡丹用自己的嫁妆钱付了款，大郎便与那老管事一起去官府申了牒，将地契房契写上牡丹的名字。牡丹终于有了属于自己的产业，她给那里起了个很俗的名儿，就叫牡丹园。

阿桃一家仍然留在那里看房子和果林。大郎马不停蹄地寻了工匠去修缮房子，又将家里能干的下人派去将房子、园子收拾干净，眼看着就焕然一新，可以住人了。

牡丹拾掇房子的这段日子里，已将周围的地形全都看了个清清楚楚，又听了术士的建议，哪些地方可以造山引水，园子要怎样建都有了数。便忙着将园子大致的样子画出来，趁着晚饭时拿了画卷给家人看："不知京中谁治园最雅致，我想请他帮忙看看，润色一下，然后备下土木石料，越早动工越好。"

何志忠看过画卷，便道："明日让你哥哥请李荇帮忙打听。"

岑夫人道："何必事事都要麻烦他！我前些日子就托人打听了的，太平坊法寿寺有个福缘和尚，最好此道，听说福佳公主的园子就是他治的。后日法寿寺有俗讲，去的人很多，我正好领了丹娘去求他。"

何志忠皱眉道："他给公主治园子的，只怕不肯轻易给咱们治吧！"这些人自认做的都是雅事，轻易不会给旁人弄，好像随便给人弄弄，就跌了身价似的。身为商户，纵然有钱，一旦遇到这种人，就免不了要受气；不像李荇，顶着官家子弟的头衔，出去办事总要被人高看一眼。

岑夫人道："听说倒也没那么倨傲。少不得要去求上一求，若是不能成，另寻他途不迟。"自李家表示不肯与何家结亲后，李荇也好些日子没上门了，她也想着，没事儿不能总去求人，平白让人更瞧不起自家。

何志忠也就不再坚持，任由母女二人自去折腾。

这一日，何家几个要去法寿寺的女眷都打扮得光鲜亮丽，准备去参加俗讲，顺便看些热闹。一行人行至东市附近就在市门附近停了下来，不多时，四郎铺子里的两个伙计赶着两头羊、两口大肥猪过来，向岑夫人行礼问好："请夫人过目，这长生羊和长生猪如何？"

岑夫人打量那羊和猪一眼，道："长相还算端正，跟在后面吧。"

牡丹看看那"长相还算端正"、臭烘烘的两只羊和两头大肥猪，再看看自家嫂嫂们和随待的婢女们身上散发着香味儿的锦绣华服，不由一阵阵发窘。也不知是谁兴起的这个头，做功德就要将猪、羊赎买回来放养在寺院中，还叫长生猪和长生羊。养羊养猪不宰了吃肉，还供在寺院里供人瞻仰，这不是浪费粮食，浪费精力么？也不知这些寺院里养着多少猪啊羊的，想想就滑稽。

正在胡思乱想之际，林妈妈轻声道："丹娘，夫人待你多好啊。这都是为了你，祈求佛祖保佑你长命百岁，嫁个好人家，福寿双全。"

是母亲的一片心。牡丹立时收起乱七八糟的想法，再看自家这支古怪的队伍，也就不觉得有多么好笑滑稽了。

因为猪走得慢，又不听指挥，一行人走走停停，待到了太平坊法寿寺，已经人满为患，一个俗讲僧坐在蒲团上讲述《大目乾莲冥间救母变文》。

何家人交割了长生猪和长生羊，又捐了香火钱后，被小沙弥领到一个相对清静的角落坐下。俗讲结束，戴着幞头、穿着绿袍的参军和总角弊衣奴仆状的苍鹘登场，开演参军戏。二人插科打诨，语言动作极尽滑稽之能事，引得众人哄堂大笑。

牡丹看得津津有味，开怀大笑。岑夫人得了小沙弥的信，叫她一道往后寺去："办正事要紧，改个时候又来看。"

一间草堂，几卷青色草帘，几丛修竹，几块玲珑的白色昆山石，不过寥寥几件简单的东西，就勾勒出了不一样的意境。这便是福缘和尚住的地方。牡丹看到这间草堂，便知找对了人。

先前她以为福缘和尚至少是个三十多岁的大和尚，谁知却是个二十多岁的年轻和尚。他面容清瘦，眉眼细长，看人时总带有一种悲天悯人的神色，并不像何志忠猜想的那般倨傲。他非常客气地接待了岑夫人和牡丹，听说已经有了草图，而且是自己画的，便很感兴趣地让牡丹将草图拿给他看。

牡丹自知水平太低不能入名家之眼，双手递上卷轴后，害羞地道："小女子之前没有学过这个，只是有感而发，画得粗陋，让大师见笑了。"

福缘和尚微微一笑，清瘦修长的手指灵巧地将卷轴打开，看清楚里面画的东西后，微微挑了挑眉。牡丹怕他给自己扔回来，赶紧在一旁解说给他听。福缘和尚认真地问了她的想法和目的，留下了卷轴，道："贫僧要亲自去原地看过以后才知道该怎么做。"

岑夫人和牡丹赶紧起身道谢，约好第二日派车来接，遂起身告辞。走至殿角转弯处，不远处一道月亮门边有个身影急速一闪。接着一个胖和尚迎面走过来，满脸是笑地朝岑夫人行了一礼，道了一声"阿弥陀佛"。

岑夫人还了一礼，笑道："慧生师父。"

慧生和尚扫了牡丹一眼，笑道："适才老衲听说女檀越要替佛祖重塑金身？"

岑夫人道："正是。"今年十月何志忠和大郎、三郎又要出海去进货，牡丹的终身大事也没着落，五郎媳妇要生孩子，少不得好生孝敬一番，求佛祖保佑全家人平安康顺。

慧生和尚夸了岑夫人一番，又与她讲经说法，见牡丹百无聊赖地守在一旁，便笑道："院墙隔壁有个放生池，里面有十多尾上了年头的红鲤，还有两只华亭鹤，大家都爱去看的，女檀越要不要过去看看？"

牡丹对红鲤和华亭鹤不是很感兴趣，只笑道："敢问师父，这寺里可有牡丹芍药之属？"

慧生和尚笑道："有。就在放生池附近，是一株老牡丹，今年春天开了上百朵花，颜色有正晕、倒晕、浅红、浅紫、紫白，还有重台起楼的。可惜现在不是花时，女檀越是要去看么？"

牡丹听说有这样的花，立时目露晶光，眼巴巴地看向岑夫人。岑夫人笑道："你和雨荷去吧，我在这里和慧生师父说说话。"

月亮门后一个精致的小院子，正中一口小池塘，周围垂柳依依，墙角处几株紫薇开得正好，两只鹤卧在树下打盹儿，牡丹花却是种在一个亭子边。

亭子里坐了个穿棕黑色圆领袍的男人，听见脚步声便回过头来温柔一笑，正是李荇。

牡丹犹豫片刻，笑着福了一福："表哥，没想到会在这里遇到你。"

李荇不答话，先仔细打量牡丹一番，见她穿着绯罗窄袖短襦与同色八幅长裙，梳着堕马髻，插一支镶玉蜻蜓结条钗，气色比从前红润了许多，笑容也更灿烂，往近了去，芙蕖衣香盈鼻。便先深吸一口来自牡丹身上的香气，方道："我也没想到会在这里见到你。很久没见了。"

牡丹笑道："也没多久，就是半个多月吧。"

她记得他们多久没见了！李荇眼睛一亮，嘴唇微动，看到在一旁神色不豫的雨荷，转而换了一副云淡风轻的样子："宁王妃这几日就要生产了，宁王殿下特意来这里的养病坊施舍药材米粮，探望病人和乞儿。我因为刚好拿着一批药材，所以也应召送了来。适才事了，我跟着众人一道出来，不经意扫了一眼，竟然就看到了你和姑母。我有两句话想和你说，所以请慧生师父行个方便。"

他本来没打算现在就说，是想等事情成了之后再说的，但想到上次自家母亲对岑夫人说的那些话、何家人变了的态度，他又有些不安。眼瞅着万事俱备只欠东风，今日又恰巧遇上牡丹，便怎么也忍不住想说说他的打算。

牡丹心口一跳，大方一笑："表哥有什么吩咐只管和我说。我若是能做到的，必然不会推辞。"

李荇眼睛发亮，也不避讳雨荷："不是吩咐，也不要你做什么……我上次买的那颗珠子还没送过去，手里也有了几件不大不小的功劳。就等着王妃顺利生产，我再借机向殿下讨个恩典。"

这算不算是折中的表白？牡丹第一次遇到这种情况，饶是脸皮再厚，对上李荇炯炯的目光，也忍不住微红了脸，故作懵懂地笑道："丹娘先在这里预祝表哥前程似锦。"

李荇见牡丹雪白的肌肤上晕染出一丝粉红，娇艳欲滴，眼睛半垂着，长卷浓密的睫毛微微颤动，看也不敢看自己，明显是羞了。心里不由一甜，觉得她虽什么都不说，其实已经懂得自己的意思了。只是想到各种不确定因素，始终难以心安。

牡丹的心也乱了。李荇为人挺好，待她和何家人也好，遇到这种事情能想到应对的方法，努力去解决难题，是个非常不错的婚配对象。但她真要凭着李荇的功劳去求恩典，让他做下全家和上司都不喜欢的事吗？父母不乐意的婚姻，幸福能有几成？强行结合，一帆风顺还好，倘若遇到困窘，他会不会嫌弃她？会否后悔一时冲动？但若错过，以后又会遇到谁？她前些日子一直维持得不错的平静，瞬间被这隐晦的表白打破，忍不住患得患失。

二人各怀忧虑，一时无语，竟就冷了场。

李荇一横心，小声道："丹娘，你是怎么想的？你别怕，有什么只管和我说。我日后总会对你好的……"

　　牡丹知道今日躲不过去，便要拒绝，也要赶在李荇用功劳去换恩典之前说清楚，不能事后误人。便咬咬唇，抬眼看着李荇道："表哥，我刚经过一桩门不当户不对的婚姻，公婆非常不喜欢我，嫌弃我对夫君的前途没有助力……过日子不是两个人的事，我不想再被人瞧不起，更不想成为你的拖累，那样很累很苦。表哥当以前途为重。"

　　这相当于是拒绝了。李荇眼里的光彩一点点地暗淡下去，他知道牡丹说的是实话。父母与心仪的女子相比较，谁更重要？谁都割舍不下。父母对他的期望很高，纵然宁王应了，他们只怕会很失望，不会对他怎样，却一定会把气出到牡丹身上……是他急于求成，不该事先就和牡丹说这个的，应该水到渠成再说。左右她不可能马上嫁人，他只要扛着，也不可能马上娶亲。

　　李荇心中千回百转，终于强行压下情绪，淡淡一笑，不再提起此事，转而道："你今日来这里是做什么？"

　　牡丹见李荇转移了话题，忙道："我在黄渠边上买了个庄子和一百多亩地，打算建个园子，将来种牡丹——就像曹家那样的。母亲听说福缘师父是个治园的高手，特意领我来向他求教，想请他帮忙设计园子。"

　　李荇见她一扫刚才的谨慎小心，眼睛发亮，神采飞扬，分明是非常感兴趣，便微笑道："请到了么？"

　　牡丹笑道："福缘师父很是平易近人，明天他会去看过实地，然后再作图。等我弄好就请你们去玩。"

　　李荇意味深长地道："我等着。"又问牡丹取个什么名字。

　　牡丹不好意思告诉他就叫牡丹园，改口道："叫芳园。"

　　李荇笑道："众芳惟牡丹，倒也贴切。"

　　牡丹有些赧然，眨了眨眼："刚才大和尚与我说这里的牡丹长得不错，我得看看。"言罢弯腰去看那几株牡丹花，看到根部有大量的萌蘖枝后，决定无论如何也要买几枝嫁接。

　　李荇突然道："你知道么？清华郡主醒了，前天，赐婚的旨意正式下了。"

　　牡丹皱眉道："她的伤处无碍么？"总不成做了瘫子，皇家还要硬把人塞给刘畅吧？若真是那样，刘承彩这个尚书当得太没面子了，唯一的子嗣竟被塞了个不成样的儿媳。便是天潢贵胄，也离谱了点。

　　李荇笑道："听说是没什么大碍，最多就是走路有些长短罢了。"

　　牡丹很不厚道地笑了："什么叫走路有点长短……"

　　忽听雨荷轻声道："夫人。"二人回过头去，只见岑夫人神色难看地走了过来。

　　李荇立刻过去行礼："姑母安康。小侄适才随同宁王殿下到养病坊施舍做功德，听说这里有华亭鹤，特意过来瞧瞧，正好遇上表妹。本要过去与您请安，听说您正与慧生师父商讨正事，便想着稍后再去。"

　　岑夫人见李荇和牡丹年貌相当，分明就是一对璧人，只可惜……暗自叹了口气，和颜悦色地道："在说什么呢？"

　　牡丹见她收了不悦之色，忙笑道："正在说清华郡主终于如愿以偿要嫁入刘家了。"

　　岑夫人见牡丹谈笑自若，知她是真的不把往事放在心上了，便笑道："也说来我听听。"

　　李荇详细说了经过。

　　据说清华郡主醒来就将刘畅唤去，紧紧揪着他的衣领，当着魏王府诸人和宫中前去探病的人逼问，如果她瘫了，他会不会嫌弃她，不要她，悔婚。

　　虽说二人之间婚约并未确定，根本说不上什么"悔婚"，刘畅还是面不改色地当众回答：

"不会。"

于是，大家都满足了；于是，刘畅这两日也红火起来了，摇身一变成了重情重义的好汉子；于是，赐婚的旨意下达之前，刘畅先就顺利得了个从六品上阶司农寺丞的职位。当然，也有难听话传出，说刘家父子为了攀龙附凤，什么都不顾。

岑夫人冷笑道："这可真是皆大欢喜。但愿他家从此过上想过的好日子。"

牡丹只是笑，挽了她的胳膊往外走："嫂嫂们还等着呢。我也要打听这些牡丹花是谁管的，想事先和他们订下这些萌蘖枝，秋天好取去嫁接。"

李荇忙道："这有何难？！和慧生师父说过就行了。"又告辞，"我还有事在身，就不和嫂嫂们见礼啦。"

岑夫人忙道："你自去忙，有空去家里玩。"

李荇一笑，拱拱手径自去了。

岑夫人寻了慧生和尚，把牡丹的请求一说，那胖和尚不当回事地应了："这有何难？！只是敝寺的牡丹向来有名，盯着的人多，只怕不能多给，最多不过三四枝罢了。还望女檀越见谅。"

并没有说要钱。牡丹以为最多能得一两枝，不期他一气许了三四枝，已是喜出望外，哪里还会嫌少。当下高高兴兴谢了，自去与薛氏等人会合。

因见天色还早，便拉了岑夫人撒娇："我还想去其他寺院道观看看，若有这样的牡丹芍药，便和他们事先订下接头，省得到时买不着。"

岑夫人粗略一算，这京里大大小小的寺院就有一百多所，道观几十座，若是一一寻访过去，那得花多少时间。当下便道："我没精神陪你，你看哪位嫂嫂有空，请她们陪着，多带几个人。"

六郎媳妇孙氏笑道："我在家里是最闲的，丹娘若是不嫌我聒噪，便由我来陪着吧。"

孙氏无儿无女，又是年纪最小的，在家里也没什么事要她管，果然最适合。岑夫人留下封大娘和几个粗壮的家丁伺候，由着姑嫂二人自去探访。

却说李荇别了牡丹等人，往自家铺子去。刚坐下没多久，就有人急匆匆奔来报信，说是宁王妃发动了。

李荇紧张地站了起来。因为牵挂着那个人，牵挂着那件事，他无比期望宁王妃能够平安顺利地生产，最好是顺利产下嫡长子。宁王一高兴，他再趁机献上那几件功劳，将有事半功倍之效。

然而天色将晚，散市的钲已然响了，宁王府仍未传来消息。

崔夫人与李满娘一同检视完毕将要送去王府的贺礼，李满娘提起一件事来："早前我去窦家，竟然遇着谏议大夫戚长林的夫人和女儿戚玉珠。"

崔夫人不经意地道："戚玉珠此人如何？与她家那恶毒姑母的性子可像？"

李满娘道："在我面前挺温良恭俭的，样貌也不错。裴夫人也很客气，主动和我说起上次行之吃亏、几个孩子们挨板子的事，表达了许多歉意。我瞅着，似有其他意思在里面。"

崔夫人微微一笑，有自豪也有不以为然："高嫁低娶，咱们这个王府长史，可比不上人家那个谏议大夫。"自家儿子纵然现在只是在外做生意，却也有那目光如炬的人看出他的优秀和潜力，也正因为如此，她才越发要给李荇精挑细选一门好亲事。

李满娘并不打算就此事和弟媳深入讨论，左右她已将此事告知，怎么挑儿媳是崔夫人和李元自己的事。只可惜了牡丹，大方善良，又是李荇喜欢的，奈何崔夫人瞧不上……

二人有一搭没一搭地说着闲话，听说李荇回了家方才停下。从来清凉无汗的李荇，此刻竟然满头大汗，看到二人面前那堆贺礼，不由皱了眉头，道："母亲这是要去宁王府送贺礼？"

已经生了?"

　　崔夫人哈哈大笑:"哪有这么快!不过今早才发动,王妃是头一胎,身子又娇弱,今晚能生下就不错了。"

　　"这些贵人,若是爱骑马射箭打球倒也罢了,似这等娇弱又娇养的,生孩子却是大关卡。"李满娘有些得意,她身子康健结实,平时爱动,没有刻意当回事,生孩子对她来说并不难。

　　崔夫人立刻旁敲侧击地道:"所以,这娶媳妇,身体康健最重要。"

　　李荇默然无语,心情越发不好。李满娘忙道:"行之,上次我让你帮忙打听的房子可问到啦?"

　　李荇勉强打起精神:"最近没什么合适的。让人盯着呢。"

　　崔夫人也知李满娘是故意插话,便顺着道:"你可得给你姑母办妥这件事。"

　　李荇默默点头,坐了片刻,霍然起身:"我不吃晚饭了。"

　　"你这孩子……"不待崔夫人说完,李荇已经消失在帘外,她只好无奈地道,"那孩子确实不错,我原本也不嫌她的出身,毕竟咱们家也是行商起家的,就是她那身子骨,风一吹就会飘走似的,还有长那样儿,我总觉着月盈则亏,太美了不是好事情。"

　　李满娘淡淡地道:"过日子,是得你情我愿才行。"

　　崔夫人道:"阿姐不知道,他有这心不是一两天的事。从前就记挂着的,若非那孩子病得要死了,要冲喜,他措手不及,只怕早就提出来了。你以为他跑到外面去这两年,真只是为了那两匹舞马和做生意?不是。好容易缓和些,又闹了这一出。那孩子将来要是有个三长两短,他就毁了!与其如此,我不如一开始就断了他的念想!他要帮她出火海,他要帮她出气,都可以,就是娶她这一条,我坚决不许!"

　　李满娘也不好说什么,长长叹了口气。

　　李荇换了身鱼肚白的家常袍子,歪躺在茶寮里,目光涣散地看着渐渐阴暗下来的庭院。促织在草丛后发出悦耳的声音,茶寮前的朱李已经快要成熟,不远处廊下那十几株牡丹在夜风里轻轻摇曳,空气中飘来碧水煮茶的清香,明明一切如此美好,偏生他心里无尽的寂寥。

　　牡丹不知道,他一直在她身后默默地望着她。

　　他很小就认识她了,她从小就很美丽可爱,性子又大度良善。他每次去何家,总能看到她娇娇地、乖乖地靠在岑夫人身边,眨巴着一双漂亮的凤眼看着他,糯糯地喊:"表哥……"

　　他第一次看到她就喜欢,等到她长到十一二岁,他已是青涩少年,懂事了。他总会趁旁人不注意,在一旁偷看她。他知道她浓密睫毛下的眼睛有多美丽动人;知道她撒娇的时候声音特别哝,脸皮特别厚,像小猫似的蹭着人的胳膊,会把人的心蹭得一点一点地软下去,化成一汪水;知道她流泪的时候有多么让人心疼;知道她有多么敏感,总认为自己拖累了家人。

　　十四岁的少女,明媚芬芳,虽然病弱,却不能掩盖美丽,他不想只做她的表哥。然而,终究是有缘无分,命运很诡异地和他开了玩笑,她的病突然加重,接着又是那个术士莫名其妙的话,让她莫名其妙成了刘畅的妻子。

　　她不知道他因为不能给她冲喜有多难过,但他总巴望着她能好好活下去。知道她闯过了生死关,知道她喜欢上了那个人,他想,他总是能忘了的。无论如何,日子还是要照旧过下去,他有父母、家族,背负的责任太多太重,任何一样也放不下。可惜到底不能忘。他一旦看到了希望,就又遏制不住地燃起了希望。

　　李荇幽幽地看向那十几株牡丹,这些奇品牡丹,都是给她准备的,她却一次都没有看到过花开。她唯一一次来这里,却是花事已了之时。她不知他心中所想,她对他说出了那样的话,他偏偏不能怪她。

　　父母不接受牡丹,无非希望他前程远大。那他就证明给他们看,他不需要妻族提携也能做成大事。待到功成名就之时，想必他们也不会挑剔牡丹了。那么，宁王妃能不能顺利生产，是否产下嫡长子，都与这件事情无关了。他要徐徐图之，立下更大的功劳。

长夜漫漫，天还未放亮，晨鼓声还未响起，李荇就起了床，一条璀璨的星河从空中淌过，超乎寻常的璀璨。他觉得是个好兆头，决定先把那粒珠子送过去。

金色圆润的珠子在烛光下闪着如梦似幻的光芒，李元连连点头："这珠子定能得到王妃的喜欢。"他狐疑地看向李荇，"早就准备好了吧？为何此时才肯拿出来？你这次又想做什么？"

崔夫人立时皱眉看向李荇，十分不悦。

李荇微微一笑："不做什么，孩儿只想多立几件更大的功劳，让殿下把更重要的事情交给我去做。"

李元似笑非笑地道："你能这样上进，我和你娘就放心了。"

父子俩一道出门，还未走下如意踏跺，就见一个婆子快步而来："王府来人，王妃薨了。"

李荇与李元的目光碰到一起，都从对方眼中看到了震惊。父子二人快步奔了出去，李元身为王府长史，该他做的事着实不少，只怕接下来几天都不能回家了。李荇却是要去准备若干丧礼需要的东西，也要忙得脚不沾地。

崔夫人赶过去追问："什么时候的事？孩子呢？"

婆子配合主子的心情，万分悲痛地道："小世子是亥时一刻落的地，王妃却是血崩，熬到寅时三刻就薨了。"

崔夫人的眼泪一下子掉了出来："小世子的情况好么？"

婆子低声道："听说也不是太好，好一歇才哭出声来，好容易喂了奶却又悉数吐了。"

母亲死了，孩子的情况也不好，无论什么样的人家都是悲剧。崔夫人抹着泪，唤人收拾东西，准备前往王府吊唁，同时越发坚定了信念，一定要找个身体强健的儿媳妇。

这一日，牡丹早早起身，由五郎陪着接了福缘和尚，往芳园赶去。福缘和尚也不怕日头猛烈，前前后后看了一遍，笑道："女檀越这里最不缺的就是水了。可以让水景曲折蜿蜒，把各处景物萦绕为一体，环池有径，跨河有桥，再建风亭水榭、梯桥架阁，岛屿回环，用四季名花、竹、异树、奇石点缀其中。届时只需浮舟往来，便可将四季景色尽览目中。"

也不问牡丹是否赞同，径自执笔在牡丹所画的草图上运笔如风，飞快描画起来。他将园子后面那块桃李林一起画了进去，又将河道引了进去。如此，春日桃李缤纷之时，泛舟畅游林中，仿似误入桃源仙境。

日近黄昏，福缘和尚方住了笔，牡丹就几处不太明了的地方提了问，得到答复之后，感激地行礼道谢。

福缘和尚笑道："女檀越不必紧张，图既是贫僧与你一道作的，建园时少不得要多来看几回，务必叫它妥帖才是。"这园子日后好歹要托他之名，自不能修得不伦不类。

牡丹喜出望外，趁势道："不如再烦劳师父一并推荐几个造园的匠人？"

福缘和尚也就应下："行，明日贫僧就让人去问问他们工期可对，再让他们来与你谈工钱。"

五郎少不得又叫人送上素酒谢了一回。

兄妹二人将福缘和尚送回法寿寺，回家途中看到各色车马人流不断地涌进安邑坊，异常热闹。一打听，才知是宁王妃难产薨了。

牡丹沉默不语。

五郎倒是没放在心上，只道："当初宁王曾为你的事出过面，咱们不能去吊唁，便备一份丧仪送过去吧。"

牡丹心想送丧仪的人何止千百，自家送去，只怕没人认得是谁；托请李家吧，还怕引得旁人笑话李家的亲戚借机攀附，便道："总归只是心意，不如以此为由，施舍做功德，保佑小世子平安成长。"

五郎听她这个意思，竟是不想旁人知晓，想想本就是为了尽心，不是做给人看，便道："也罢，就依你。"

牡丹道："是我的事，这钱便由我出。"

五郎本想劝她，建园在即，花钱的地方还很多，但看到她一脸肃穆，便不再劝。

回到家中，门房过来牵马，笑道："李家姨夫人来了。"

牡丹当即入内见客，李满娘笑着将她拉过去，执手细看："与前些日子比，好似黑了些。"

岑夫人嗔道："成日总骑着马往外跑，能不黑么？"

李满娘道："这样好，身体健康最重要。"又问起建园子的事情，牡丹一一答了。

五郎想着，牡丹虽然只想默默尽心，却要让李家知晓自家心意才是，省得以为自家忘恩负义，便将话题转到宁王妃的丧事上，说了牡丹的打算。

李满娘叹道："丹娘心善周到，奈何那孩子没福，竟没熬过去。"

岑夫人叹道："罢了，要做功德，就做两份吧，求佛祖保佑这母子二人来世平安喜乐。"

薛氏想得更深远："这事儿对舅父没什么影响吧？"

李满娘道："应该没有。只盼宁王殿下早些打起精神来才好。他们夫妻感情甚笃，一直盼望着这孩子，谁知道会这样……这打击不小，宁王今日已是哭晕过去两回了，还是宫中来人才劝住了的。"

众人俱感叹似这等天潢贵胄，如此情深义重的实在少见。唯独牡丹沉默不语，经过太多事情，她早已明白，这世上，非卿不可的感情可遇而不可求，宁王这样的人，过不了多久就会重新娶妻。就算他果真忘不了王妃，皇家也不会容许宁王妃之位空虚。人活着，不是单为了自己。

晚饭时，崔夫人从王府回来，绕道来接李满娘归家，岑夫人关怀地道："可吃饭了？"

崔夫人热得满头大汗，先接过茶汤喝得干干净净，才叹道："吃什么，连坐处都没有。又热又累又渴又饿，旁人吊唁之后便能回家，我却不能。"

岑夫人赶紧拉她坐下吃饭，道："这种事情是没法儿躲的，谁叫表哥做着王府长史呢。表哥只怕更累吧！听说去吊唁的人很多？"

崔夫人眉头深皱："可不是么！他一直站在日头下面，不住地迎来送往，片刻不得休息，偏今日这鬼天气又热又闷，一丝儿风都没有，我真怕他一个支持不住就中了暑。最要命的是，宁王殿下竟然病倒了。顾哪头都不是。"

宁王病倒的消息远比宁王妃薨了更让李家担忧，毕竟他们的一切都押在宁王身上。何志忠善解人意地道："不用太担心，宁王这是忧思过度。他平时身体康健，人也年轻，又有宫中御医调治，应该不会有什么大碍，过些日子自然会好。"

崔夫人叹道："愿佛祖保佑他。"

吃了饭，崔夫人仿佛完全忘了宁王府的糟心事，亲热地拉住牡丹，不住口地夸赞她好。说着，竟然就转到了她的婚配上去："女人最好的就是这几年光阴，该把丹娘的婚事当作一等一的大事来抓才是，细细地挑，细细地选，准备充足方不会误事。"

岑夫人只当她知晓了昨日李荇见牡丹的事，这是借机来断祸根的，便有些着恼："表嫂说得极是，丹娘的婚事我一直记在心中呢。她前回吃了苦头，这次我怎么也不会再给她找与刘家相似的人家，但凡有一丝她不好都不行！"

和刘家相似的，不就是官宦人家么？但凡有一丝嫌她不好的，不就是说自己家么？崔夫人心知肚明这是针对自己的，却也怕岑夫人因此着了恼，以后不好见面，便假装没听出来："丹娘也是我从小看着长大的，一直当女儿一样看待……"

还未说完，就被李满娘狠狠拉了一把，示意她赶紧闭嘴走人。崔夫人满嘴苦涩，她也不愿这样，但看了宁王府的事，无论如何也要防患于未然。

牡丹大方笑道："谢表舅母关心，丹娘一直都记着你们的情，从不敢相忘。"

岑夫人满腹闷气，勉强撑着将崔夫人与李满娘送出门，回头就想去教训牡丹，想想又不是女儿的错，反倒是女儿心苦，便又气咽回去，暗自将雨荷叫去严厉训斥，叫她以后一定看好，再不许李荇和牡丹私下见面说话。

待雨荷走了，岑夫人又关了门朝着何志忠发了好大一通脾气："她不想和我家结亲，我还是一如既往地对待他们家的人。她倒好，竟然跑到我家里来嚷嚷！把我们当成什么了，是那不要脸不要皮，黏上去就甩不掉的狗皮膏药？！以后不许你们再去找他家帮忙！她看不上丹娘，我还瞧不上她家呢！"

何志忠默不作声地坐着看账簿，听她说得累了，适时递上一杯茶汤："润润嗓子，你的孩子是宝贝疙瘩，人家孩子也是命根子。这些话让家里人听到，会怎么看丹娘？丹娘听到，又不知要想多少。她心思向来极重，你还这样嚷嚷？"

岑夫人软软地道："我就是咽不下这口气。她实在过分了些。"

何志忠放下账簿，拍拍老妻的手："有这置闲气的空，不如替丹娘好生寻一门妥当亲事。如此，诸般烦恼都没了。"

岑夫人愁道："我一直四处打听呢，奈何那可恶的刘家传了那样的谣言，不然求亲的人早把门槛踏破了！叫她远嫁，我是舍不得的。再等等吧。"

"我也舍不得她远嫁。"何志忠叹了口气，道，"与你商量一件事，先前五郎背着丹娘问过福缘师父，那个园子若要建得好，花费不少。丹娘嫁妆虽多，多为实物，若购买大量牡丹、名花、奇石也够，只是会捉襟见肘。这园子不是一两年就能收回成本的。上次宝会从刘家挖回来六千万钱，明着给她不要，不妨让五郎帮她修园子，暗里就将这些材料钱给减了，你看如何？"

岑夫人道："自然是好的。只是要做得小心，不然又要平白生出许多事端。手心手背都是肉，将来几个儿子得到的远远胜过丹娘许多，然而还是有人不知足。这家里又开始闹鬼了。"

何志忠皱眉道："怎么说？"

岑夫人揉揉额头："五郎媳妇在床下挂了斧子求子，谁想那斧子不知什么时候失了影踪，不知是谁不想她生儿子。"

何志忠叹气："一个个的心都大了……"

岑夫人道："还该定个章程出来，哪家做什么，能分多少，得说清楚，不然总是无事生非的，休说丹娘住着不舒坦，就是你我也烦，还影响大事。"

何志忠沉默片刻，试探道："那依你所见，这章程该怎么定才妥当？"

岑夫人道："你原是打算让大郎领了三郎、五郎做珠宝生意，二郎领了四郎、六郎做香料生意的吧？"

到底是知夫莫若妻，何志忠道："是。"

岑夫人道："但你事先没和他们说清楚，你看宝会那日，你让大郎家的两个孩子去，二郎媳妇和三郎媳妇心里都不高兴，觉得偏心。一次两次儿子们也许不觉得，多有几次只怕也会有想法。有了怨气，哪里还肯如同从前那样和平相处，卖力干活。心不齐就要出大事。且其他几家都有儿子，就四郎家里只有一个芮娘，六郎更是儿女全无，他们一定担心分家产的时候吃亏。斧子之事说明此事迫在眉睫，你还是先说清楚的好。他们心里有了底，也就不会乱了。"

何志忠扬了扬眉："那你说，该怎么分才妥当？"纵使知道老妻平时为人还公允，但到了这关键时刻，谁没有私心，谁不会偏向自己的儿子多一点？但对他来说，妾也许算不得什么，儿子却一样都是亲骨肉。

岑夫人淡淡地道："老大是长子，以后还要指望着他多照顾一下弟妹子侄，祭祀什么的都是他的事。他的脾性也在那里，厚道公义，大儿媳妇也不错，自然要多得一些。其他几个人，平分。"

何志忠惊得立时站起身来，把脸递到岑夫人面前盯着她道："你为何这般想得开？"

岑夫人没好气地瞪了他一眼："丹娘能忍下她嫂嫂们的算计，又当着大家说不要这些钱，为的是什么？不就是图个家和万事兴么？难道我做母亲的，还没她懂道理？！有本事，给块瓦渣也能变成金子；没本事，给块金子也能变成瓦渣。一家人只有抱成团才能立足，那些破家灭门的，哪家不是因为心不齐，失了和才会遭了灾。"

何志忠高兴得跟什么似的："好好好！有你这句话，我就知道该怎么做了。但铺子是不能分的，各家凭股。今后也要听大郎、二郎的安排。"

岑夫人淡淡一笑，不是她自夸，庶出的两个儿子谁也比不上她的四个儿子能干懂事。还有她的小丹娘，再没有那样良善大度的孩子了。李家看不上，哼，她还看不上李家呢！

次日早饭时候，何志忠严肃地宣布了有关家产的处置方式。众人反应各异，更多是不信。

岑夫人淡淡地扫视着众人的表情，杨姨娘、甄氏、孙氏、三郎、六郎很快就由震惊变成了欢喜，儿子最多的白氏脸上是按捺不住的不甘心，吴姨娘则是惊慌失措："使不得，使不得，长幼有序，尊卑有别，使不得。"

这话自然引起甄氏、杨姨娘、六郎、孙氏等人的不满，但杨姨娘还是顺着话头道："就是，好端端的说这个做什么，好似要散了似的。"

岑夫人缓缓道："当然不是现在，只要我和老爷还活着，这家就散不了！家和才能万事兴，先让大家有个底，只要还和从前那样好好做事做人，将来谁也少不了好处。现在你们赚得越多，到时候分的就越多；赚得越少，分的就越少，休要一天到晚尽做那些损人不利己的事！若是被我抓到，不拘是谁，惩罚绝不会轻！"

众人皆诺，虽然还是有人不满意，但大多数人的利益得到了保障，气氛相比从前欢乐轻松了很多。

宁王府的事何家管不上，为秦妃母子做了功德后，就把心思放在了各自的事上。经过六七天忙碌不堪的准备，芳园终于如期开工了。牡丹跟着五郎一道早出晚归，日日都在工地上巡视，偶尔福缘和尚也会自骑了驴去指导。先前一切顺利，直到这一日，因为要改水道，那条从黄渠引出来的河水惹了一场不大不小的麻烦。

第十三章 邻里

隔夜下了一场暴雨，那条因为扩宽河道而变浑了的河水越发地浑，芳园也因此一日之内就来了两拨人。

第一拨，来的是宁王庄子上一个姓邓的管事。因五郎监工去了，牡丹少不得亲自接待他。邓管事乍一见到牡丹便有些愣神，随即摆出权贵之家豪奴欺人的嘴脸，表情倨傲，鼻孔朝天，袖着手，不接茶汤，斜瞟着牡丹拿腔拿调地道："你就是这芳园的主人？"

牡丹恼他无礼，却因是邻居要长久相处，且其背后还有宁王府，不好轻易得罪闹翻，少不得耐着性子赔笑："正是。敢问邓管事此来所为何事？"

邓管事晓得牡丹不过是个富商的女儿，轻蔑地道："不敢！不过是咱们庄子里的一条小溪，好端端的突然变得浑黄不堪，我来看看到底怎么回事。"

牡丹暗忖，这几日工人扩宽河道，四处挖掘，想必河水流到下游没有往常清澈也是有的。但宁王庄子离了这么远，流到那里真还这么浑？前两日没听说，下雨之后才这样，兴许是下雨的缘故？

再说这河，当初周家卖宅子和地时，明白说过，这河是周家人花了大价钱自去引来的水。她也打听过，证明事实果然如此。所以宁王庄子其实也是沾了这条河的光，就将这水引了去用的。沾光的人反倒气势汹汹追上门来找主人算账，未免太不客气了些。

虽他不讲理，却还得看在宁王面上稳妥行事，牡丹柔声道："我这几日在扩我家河道，并不知它与贵庄的小溪相连，未料流了这么远水还浑。不过前两日也还好，想是昨夜下了暴雨的缘故。怪我想得不周到，没有事先过去打个招呼。"

谁知这邓管事见她年少美丽又软糯，身边也没个男人帮衬着，越发蹬鼻子上脸，怒道："这条河什么时候成了你家的？笑话！下雨？哼！你没动工之前，就是连下三天三夜的暴雨也不曾浑过，如今做了这种事情，却害怕承担责任么？"

遇到如此狐假虎威不讲理的豪门刁奴，牡丹也生了怒气，便沉了脸吩咐阿桃："把你爹叫来。"

邓管事只是冷笑，这种小人物他见得多了，只要端起架子，抬出宁王府的名声，随便压一压，就会吓破了胆子，到时候还不是指哪儿就是哪儿，哪里敢说半个"不"字。

少顷，胡大郎来了，规矩立在帘下道："不知娘子有何吩咐？"

牡丹笑道："我就是问，当初我买这地的时候，周家老管事分明说得清楚，这条河是先前周家花了钱去黄渠引来的，可有这事？"

胡大郎认真回答："确有此事。周围的庄户都是见证人，这河本来就是咱们庄子的。当初挖河的地，都出了钱。"

牡丹见邓管事已然怒发冲冠，便继续道："那我问你，这河流到下游，可都经过些什么地方？是否又经过谁家的庄园了？"

胡大郎道："这河道却是绕了一个弯后，重又流入曲江池。不过当时这附近有好几个庄子都曾经上门来和先主人打过招呼，借了这河的光，在周围另行挖了沟渠引入各自庄中使用。有要给钱的，先主人说是与人方便、自己方便，从不曾收过谁家的钱。"

没有想到那日一声不吭、蔫巴巴的胡大郎，说话竟是条条有理，句句都在要害处。牡丹满意地打发了胡大郎，和那邓管事笑道："是我疏忽了，原来贵庄也曾引了这条河的水去用。我这上游动工，果然是会影响到下游，虽然隔了十里远，想来也还是没有先前清澈。"见邓管事脸色越发不好看，又笑道，"邻里邻里，出了这种事，我也怪不好意思的。女人家不知怎么处理才好，请问管事有何妙计，还请指点一二。我让他们去做就是了。"

若是个知晓道理的，就该收敛。偏那邓管事凶悍刁蛮，猛地站起来声色俱厉地道："怎么办？当然是马上停工！"

不过王府一个奴才，也敢如此欺人！牡丹一口怒气憋在喉咙口，几次往上冲，好容易才忍住了，淡淡地道："管事这主意虽妙，只怕不合情理。我这房屋地亩统统都是在衙门里申了牒、记录在档的，我自在我家的地头挖我家的地，扩我家的河道，天经地义。"

是，商人地位低，被人瞧不起，她是商人女儿，也因此吃了不少苦头。但又如何？她从不认为自己低人一等，也不认为那些所谓的皇亲皇孙、文人官宦更高贵多少。她弯腰低头，是为了好好生活下去，越过越好，并不代表占着理也要卑躬屈膝，任人骑在头上欺凌却不敢发声。

邓管事见她一个小小女子，竟然不吃硬、不怕吓，便嘿嘿冷笑两声，阴阳怪气地道："好呀，你是在你家的地头挖你家的地，扩你家的河道。但你可知，宁王殿下这几日就在庄子里，他日日都要坐在那溪边读书的。你扰了他的清净，该当何罪！"说着手指就指到了牡丹的脸上。

173

寻常庄户百姓听到这种话，再看这架势，无一不是被吓住任由拿捏。偏牡丹不但不退，反而往前一步，盯着邓管事不软不硬地道："说来也巧。我家表舅刚好是王府长史，我家中也曾觍颜求过殿下恩典，也晓得宁王妃与小世子前些日子不幸薨了，殿下病了，却不知殿下来了庄子里。若我真的犯了大错，自然该前往请罪。管事见惯大场面，懂得多，还请教我，我犯了何罪？"

邓管事无言以对，片刻间脑子里转了好几个弯，却不知牡丹所说的是真是假，但宁王妃薨了，宁王病了也不在庄子里果然是真的。因他拿不准，便不敢相逼太甚，只得虚张声势地冷笑："只怕有些罪过，你想改也迟了！小娘子，听老夫一声劝，做人还是莫要太张狂的好！"言罢一甩袖子走了。

呸，什么老夫，老狗还差不多！牡丹懒得看他，懒洋洋地道："慢走！"

封大娘愁道："丹娘，这是怎么回事呀？怎么火气那样大。"

牡丹冷笑道："大娘，你相信这水流了十里远又转了几道弯还是浑黄不堪的么？分明就是故意来寻麻烦的。叫我停工，他凭什么！我若这样就退了步，以后还怎么立足！只怕随便是个人都可以欺上门来了。"

五郎得到消息赶过来，听了这话，深以为然："只怕其中别有隐情，回去使人好生打探到底是何缘故，以便事先做好防备。"

"我适才使了个可靠的庄户，让他沿着河道下去看看，是否真如那管事所言，也好做到心中有数。"牡丹眨眨眼，做沾沾自喜状，"难道因为这块地太好，他们眼红？说不定已经涨价了呢，也不知转手能卖多少。"

五郎弹了她的额头一下："才刚买来就记着要卖，哪有这种道理。不过可能是招了眼，但不会是宁王的意思，应当只是下面人在捣鬼。"

牡丹轻叹："娘百般不愿再沾李家的光，偏这光不得不沾。若非是我抬出表舅，那人也不会走得这般快。"

五郎暗自同情，面上若无其事："除了李家，爹爹也还认得旁人。你不必太把这事放在心上。"

雨荷送上饭菜，牡丹忙了大半日，早就饿了，比往日在家时多用了半碗饭。五郎见她吃得香甜，笑眯眯地道："还是要经常出来动动，有事做着才精神。"

牡丹道："我真觉着比前些时候强壮多了。以前骑马从这到家一个来回，再略略走上一段路，两条腿就酸疼得不行，现在不会了。"

五郎一笑，心想过几日大批材料要送来，不如将牡丹支使开更方便些，便道："你不是要准备秋天用的牡丹种苗么？这几日不要紧，只管与你六嫂一道继续打听预订着，这里有我就好。"

兄妹二人才放下碗，阿桃又忐忑不安地来报："外面又来了一位客人，听人说，先前就在那河道边走了几遍，才让人来通报的。"

这又是何方神圣？难道这条河的污染影响果然如此之大？五郎与牡丹对视一眼，问道："是个什么样的人？"

阿桃不胜忧愁："是个三十多岁的黑脸汉子，说是这附近姓蒋人家庄园的仆役，叫邬三。"

牡丹忙道："快请进来。"又和五郎解说邬三的身份，"应是蒋长扬家的仆役。"

说话间，邬三满面笑容地走了进来，五郎忙请他坐了，牡丹先谢过上次他送药，道："本是打算弄好以后再登门拜访的。"

邬三笑道："不敢不敢。小人今日来，却是为了那河水的事情。"

牡丹忙道："可是贵庄的用水也浑了？"胡大郎说当初几家人来商量引用这河水，莫非蒋家也是其中之一？

"不是。"邬三笑着摇头,"这河的由来,我家公子和小人也是知道的。本是大家都沾光的事,主人家要动工无可厚非,左右没人喝这水,浑上两天也就好了,并不要紧;且这河流到下面,绕了几个弯,又是从侧面开的沟渠引的水,影响不大。适才,府上可是有位宁王庄园姓邓的管事来寻事?"

他怎么这么快就知道了?牡丹万分诧异:"正是。他说宁王庄子上的水因为我们全浑了,要叫我们停工,不然要治我的罪。我刚安排了人去看是否真有此事,这也怨我,事先没有打听清楚,不知下游还有其他人家在用这水,未做准备。"

"我们的庄子就在贵庄与宁王府庄子中间,适才邓管事去了我们庄上,意思是要一起来寻你们麻烦。这河的下游还有几家人,都是权贵,他大概会再去寻那些人联手。"邬三如愿以偿地看到牡丹与五郎的脸色凝重起来。

看来不是单纯为了一条河找麻烦呢,牡丹起身谢过邬三:"多谢邬管事提醒,让我们不至于在事发时措手不及。"

五郎也道:"邬管事早些回去吧,若是叫那人知道你过来报信,说不定又去刁难你们。"

不过一个小小的奴才,算得什么?邬三笑了笑,缓缓说道:"二位不必担忧,且听小人把话说完。当时我家公子恰好在,已然回答了邓管事,说是我们庄里也在拓宽水渠,想将水引得更大些,好挖个池子。宁王府的水浑,应是我们的缘故。又告诉邓管事,他会派人去各家赔礼道歉,小人是因为牵连贵府平白受了冤枉,特意来致歉的。"

牡丹大吃一惊,她不是笨人,当然懂得邬三将好好一件事分成两截讲,中间还有吊胃口的意思。没有这么巧的事,她动工拓宽河道,蒋长扬的庄子里也刚好拓宽河道,分明是揽事助她。因见邬三要行礼,忙示意五郎把人扶住,道:"这个礼我真的是当不起。蒋公子古道热肠,几次三番相助,不知该怎么谢他才好。到底是我的事,不能无端给他招惹麻烦。我们正准备归家商量处理此事,总有应对的办法。"靠人不过一时,且不是每次运气都这么好,她必须尽快学会应对处理这些情况才能立足。

邬三很满意牡丹的反应,却笑道:"小娘子多虑了,我家当真是在挖河渠。公子想建一座水榭,种上重台莲和白莲,正嫌水小呢,可巧贵庄就拓宽河渠了,说来又是我们得益。按您这样的说法,我们沾了这河渠的光,该算钱给府上才是。"

牡丹忙道:"不是这样说……"

邬三不由分说:"若是这地换了旁人,只怕下游人家的水都要不好用了。我们也是为了自家方便,您就别再多说啦,心中有数就好。"说完就要辞了去。

牡丹无奈,只得再三谢了。因恐邓管事趁机来寻麻烦,便留五郎在此处坚守,她领了封大娘、雨荷并两个孔武有力的家人一道归家,去寻何志忠商量对策。

时近黄昏,彩霞满天,道路两旁的禾苗正是青翠茂盛的时候。牡丹打马慢行,路上但见满目青翠,许多鸟儿在田间地头飞腾跳跃,叽叽喳喳,间或还能看见几只白色的水鸟伫立田中,远处村落里炊烟袅袅,好一派乡间田野风光。

忽听身后一阵马蹄声响,牡丹回头,见当先那匹马很是醒目,通体乌黑发亮,唯有额间与四蹄是白的,身材高大健美,很是漂亮威风。马上之人戴着黑纱幞头,穿宝蓝色的缺胯袍,腰间挂把黑色横刀,表情坚毅,正是蒋长扬。他身后跟着的黑脸汉子,正是邬三。

牡丹没想到竟会遇到二人,当下勒马停住,回头一揖,笑道:"蒋公子安好。"

蒋长扬也没想到会遇见她,诧异地挑了挑眉,爽朗一笑,露出一口雪白整齐的牙齿,也抱拳还她一礼:"何娘子安好。您这是要回城去么?"

牡丹笑道:"正是呢。"

蒋长扬看看天色,又打量了牡丹在夕阳下显得流光溢彩的俏脸一眼,道:"我也有事回京,天色已晚，若是您不嫌弃，不妨同路吧。"

傍晚是夏日里最美好的时段之一。路边的草丛中已经响起了促织长一声短一声的叫声，微风吹过，稻田发出轻轻的沙沙声。空气新鲜清洌，向着夕阳骑马缓行，实在很是惬意。

牡丹侧头瞧去，只见蒋长扬在离她两个马身左右的地方，不疾不缓地持缰而行。他那件鲜艳的宝蓝色缺胯袍和纯黑色的马在夕阳的余晖中、傍晚的藏青色天空下、碧绿的稻田旁显得格外醒目，更是和谐。

她不知他穿鲜艳的颜色也很好看。在她的印象里，他似乎只穿灰或黑，不然就是青色，当然，那些灰暗的颜色并未让他黯然失色，反而衬得他的气质越发突出。人无非三种，一种是无论穿什么样的衣服，都只见衣不见人；一种是人靠衣装，穿着得体自然就更好看；还有一种是不管穿什么，衣服都只是陪衬。

在牡丹看来，蒋长扬明显属于最后一种。至此，她万分好奇此人的身份到底是什么：潘蓉的好友、尚书府的座上客，敢和郡主作对，深得汾王青睐，此刻又和宁王府田庄的管事聊上了，在芙蓉园附近有精宅，在这里有田庄，马术、刀技、球技样样精湛，如此出色又热心，若是权贵子弟，应当很出名。然而窦夫人等却都不认识他，他到底是谁？

牡丹清清嗓子，打开话头："总给您添麻烦，实在过意不去。倘若有我能帮忙的地方，请千万不要客气。"

"您放心，若有需要，我一定不会客气。"蒋长扬微微一笑，扫了牡丹一眼：她今日穿的是一身橘红色的胡服，腰身还是一样纤细，比之上次打马球时虽是黑了些许，却明显健康结实多了。此刻的她，青春活泼，与从前刘家那个似乎风一吹就要倒的贵妇人比起来，几乎是两个人。果然大户豪门就是个将活人慢慢变成死人的地方。

牡丹笑笑，接着又冷了场。这没法子，两人本就不熟，彼此之间也没什么共同话题。他话少，她也不是话多的人，做不到无话找话和他套近乎。

默默前行一炷香左右，蒋长扬主动开了口："您上次用了那头疼药，感觉怎样？"

牡丹"啊"了一声，含糊答道："还不错，头疼一直没再犯过。"

蒋长扬道："那就好。从前我母亲也有头疼的毛病，疼起来就什么事都做不了。这方子虽不是顶顶好的，却也花了许多心思，她现在只用这个，已经很久没犯过啦。回头我再让人送些过来。"

牡丹那天本就是装的病，也没有乱吃药的习惯，且还很怕吃那种黑乎乎的药丸，听他说还要送过来，忙道："不用啦，上次送的还没吃完，还有好多好多呢。"

蒋长扬觉得她这句"好多好多"如同小孩子一般可爱，不由微笑起来："左右放在我那里都是闲置，不如给用得着的人。您就别推辞了，要是过意不去，可以给药钱。"

牡丹红了脸，忍不住道："其实，我上次的病是装的。"

既然是装病，后来又没犯过病，自然就没吃过那药。蒋长扬愣了愣，随即一笑："罢了，既然如此就算啦。毕竟是药，不是什么好东西。"

牡丹见他不以为意，暗自松了口气，笑道："若我再犯病，一定要试试那药。"

雨荷轻声嘟囔："就没见过说自个儿要犯病的。"

牡丹嫣然一笑："哪会说病就病！"

"百无禁忌，百无禁忌！"雨荷低声念叨一回，怪道："就算这样，也不该随便乱说。"

邬三适时插话："对呀，但愿没有机会用药才好呢。"

蒋长扬却笑道："话虽如此，也可以尝一尝。以后说起来，总比旁人多知道一种东西的味道。"

众人皆笑了起来，牡丹道："盛情难却，我回去后一定尝尝，下次若是再见，您问我上次送的药好吃吗，是苦是甜是酸，我总得回答上两句才行。"

有了这句玩笑，两拨人之间的气氛融洽了许多，牡丹借机问起他那几株牡丹花的情况。

蒋长扬道："一个朋友荐了合适的人过来，打理得很不错。上次您要的种子也快成熟了，过两日我就让人送来。是直接送到府上呢，还是送到庄子里？"

牡丹道："看您方便，送到哪里都行。"

蒋长扬道："想必您是要种在这边吧，我那里经常有人来庄子里的，给您直接送过来好了。"

说话间，城门已经遥遥在望，不远处两骑向着众人的方向飞奔而来，邬三轻轻唤了一声，蒋长扬望着牡丹道："河道的事您不必再管。若是再有人来寻麻烦，只管推到我身上。"言罢将鞭子虚空一抽，很快与前面奔来的两骑会合，却不急着走，而是站在原地低声交谈片刻，方又往前去了。那两骑人走之前，特意回过头来望了牡丹等人一眼。

这二人腰间倒是没带那种仪刀，而是横刀，不过骑姿与寻常男子也颇不相同，更像是军人。牡丹收回目光，忙着回了家。

何志忠听完邓管事寻衅的经过，心里已有了计较，偏不直接说出，只问牡丹："你有什么打算？"

牡丹先就将事情捋了一遍，见他问来，从容不迫地道："此事还得先和宁王府打个招呼才行。蒋长扬虽愿帮忙，但他和咱们不同，他有恃仗，我们没有。人家既是有心冲着我来，便会另寻其他借口来找麻烦，所以还得解决根本，否则这园子定然保不住。"

何志忠赞同地点头："依你看，怎么办才妥？"

牡丹看一眼坐在一旁替自己缝斗篷的岑夫人，道："先请人去打听，那邓管事在宁王府的身份是否要紧，是个什么居心目的，再设法将这事儿递给他头上的人知道。就说，因为我做事不周到，没有事先去打招呼，所以去赔礼道歉。但这事儿怕是绕不开表舅他们。"

岑夫人立时停下活计，严厉地看了过来。

牡丹忙赔笑道："从前一直都是他们帮忙，咱们若是特意绕开，唯恐他们会生误会，以为咱们故意打他们的脸，要与他们生分了，关系只会越来越糟。何况我今日也当着那个人的面提了表舅，脱不开干系的。"

岑夫人的嘴唇动了动，最终还是没有反对。

何志忠饶有兴致地道："倘若那管事是受了上头的指使，就是冲着你那块地和房子去的呢？那一片寸土寸金，如今没了晦气的名声，打主意的人可多。你需知道，你表舅固然会帮忙，但他是王府的长史，有些话不好说的。"

牡丹早有考虑："果真那样，我另外去寻与宁王说得上话的，总有人能将这事儿办到。但这件事真相如何，该请谁帮忙，怎样着手，请表舅参谋总是可以的。只要我拿捏住分寸，想来他也不会太为难。"

何志忠偏要为难她："退一万步讲，倘若他还是不肯帮你，或者他当时偏巧不在，事情又急，你怎么办？去寻谁？"

牡丹仰头一笑："白夫人、窦夫人，再不行，就去寻康城长公主，门房不让进，我就在外面等，总能等到。若是这样也不能解决，便去衙门击鼓申冤！"

何志忠逼得更紧："倘若击鼓申冤也不能解决问题呢？"

"财产意气都没有命重要。逼不过，给他就是了。只要还活着，就有机会东山再起；若是死了，就什么都没有了。"

"好！"何志忠猛地一拍桌子，笑道，"既然如此，你就按自己的想法去做吧！事不宜迟，明日就去寻你表舅诉苦。"

牡丹没想到和老爹商量的结果竟是这样，他不出面，要她自己去做。可是让她去求李元……

· 177 ·

若是之前倒也罢了，如今因为李荇那事颇尴尬。她去李家，崔夫人甩个脸色，再旁敲侧击地说几句难听话，大家都不舒坦；若是半途截人，指不定人家又会以为她心怀叵测。怎么都不好，牡丹打起了退堂鼓，可怜兮兮地看向岑夫人。

岑夫人严肃地道："不许去找李荇！"

牡丹揪着衣角长吁短叹。何志忠坐在一旁喝着茶汤，看着账簿，笑眯眯地欣赏女儿的纠结，自得其乐。

岑夫人看不下去，道："你陪她走一趟吧。"

何志忠这才戏谑地道："刚才还说要厚着脸皮去求人，怎么一来真格的就打了退堂鼓？难不成，自家亲戚还比旁人难见难求？即便真的生了误会又如何？自己站得正，怕什么？！你现在是有我们可以依赖，若无我们，终究要咬牙走出这一步。人被逼到绝处，方知脸面没有生存重要。当然，该有的气节是不能丢的。"

牡丹一听有戏，立刻谄媚地蹭过去抱住他的胳膊，讨好道："好爹爹，万事开头难，这次您好歹陪我去，下次我就自己去了。我和表舅不熟，怪不好意思的。"

何志忠怜爱地刮刮女儿挺翘的鼻子："你呀，这一趟我自是要陪你去的。但接下来你是真的要靠自己了。"

宁王府中，秦妃随葬的器物准备妥当后，李元总算有了喘息的机会。由于长期没有休息，双腿双脚钻心地疼，站不得，走不得，嘴角也因上火起了个大泡，还开了几个血口子。下属劝他回家休息一夜，他却不敢走，而是走到宁王的书房外，小声问侍者："殿下今日饮食如何？可服药了？"

书房里传来宁王低沉有力的声音："元初，你进来。"

李元忙拂了拂衣袍，不紧不慢地垂眸走了进去，正要行礼，宁王道："免了，你过来看看这几件东西。"

李元前行两步，抬眼看去，但见宁王面前放着一只金筐宝钿珍珠金盒，里面俨然是李荇买来的那颗金色珠子并一对金装红玉臂环，旁边又有一只晶莹剔透、用整块水精雕琢打磨而成的枕头。三件都是不可多得的宝贝，他略一沉吟，便已明白宁王要做什么，却不点破："这三件东西都是不可多得的宝贝。"

宁王道："孤打算将这几件东西一并与王妃入葬。这对金装红玉臂环乃是皇后所赐，水精枕头是父皇去岁家宴时所赐，都是她生前极爱之物。"

李元暗想，前些日子圣上方才下诏禁止厚葬，宁王年少丧妻，想厚葬王妃无可厚非，却也用不着拿这御赐之物去随葬吧。便不停地夸秦妃如何贤淑恭让，孝顺体贴，听得宁王又微红了眼，半晌方叹了口气道："罢了，阿秦顾念着我，只盼我好，我又如何能做让她不高兴的事！还是让人收起来吧。你前几日和孤说，为王妃准备的千味食过奢，也酌情减去，但她身边那些用惯的东西就不必再留了。"

李元松了口气，高兴地应了一声。宁王见他两颊凹了下去，双眼熬得血红，眼底全是青影，嘴角起了大泡，唇上开着血口子，显见是累坏了。便温和地道："你这几日辛苦了，孤这里暂时没有其他事，你回去好生休憩一番吧。"

李元道："殿下也要保重。"

宁王疲倦地挥挥手，示意他退下。

李元拖着疲惫的步子出了宁王府，正要上马，忽见一个檐子飞奔过来，又高又胖的何志忠满脸是笑："大舅哥，看你走路都打颤，专为你准备的，上吧。"

李元目光往旁一扫，看到不远处牵着马、安静等候的牡丹。略一沉吟，不客气地上了檐子，笑道："还是妹夫懂得心疼大舅哥。怎么，带孩子出来散心？"

何志忠骑马跟在他身边，笑道："她忙得不得了，哪里有空出来散什么心！乃是她那个在建的园子遇到了大麻烦，特意来求你的。也不敢耽搁你太久，咱们边走边说。"

檐子离开王府，牡丹上前行礼问好，李元笑道："看看气色比从前好了许多。说吧，什么事？"

牡丹见他还算和蔼可亲，忙字斟句酌地将事情经过说了，李元捋捋胡子，眯眼道："明日傍晚听我回话。"

何志忠借机道："大舅哥，你可晓得那蒋长扬是什么人？他帮过丹娘好几次忙，我们心里挺感激的。"

李元见牡丹睁着一双黑白分明的眼睛好奇地等着自己回答，倒将心松了一松，微笑道："好像是与朱国公有亲戚关系。具体是什么亲戚就不太清楚了，但想来，是要紧的人。"

说起这位本朝有名的猛将朱国公，只怕京中无人不知无人不晓。他本就出身没落勋贵之家，年少从军，以十八岁的年龄独斩敌首二十余，从而声名鹊起，之后更是历经大大小小的战役上百余次，每次都充分发挥了他的勇猛机智，加上拥立有功，平时为人更是低调沉稳，深得圣上信任敬重。倘若蒋长扬是他要紧的亲戚，也就说得通了。

何志忠不再多问，待出了安邑坊，就吩咐舆夫好生伺候李元归家，自带了牡丹往东市四郎的香料铺子而去。

午后暴烈的日光把柳树的枝条晒得蔫巴巴的，就连树上的鸣蝉也叫得有气无力，"知了"一声之后，要良久才能叫出第二声来。然而楚州侯府内碧波池边的水亭里却是凉风习习，清静幽雅。

水亭四周的槅子门都被卸了下来，以便池水的清冽气息和池中盛放的白莲花香能随风飘入亭中。白夫人手持一卷书半歪在藤床上，不时扫一眼在席上滚来滚去、玩得不亦乐乎的儿子潘璟。眼见儿子胖胖的小脚将水葱夹België绿锦缘白平绸背席子蹬得起了皱，便将席子捋平，又怜爱地将儿子的红绫裤脚拉下来盖住小胖腿。

潘璟翻身坐起，揪住她的袖子，要去夺她手里的书，嘴里的口水滴在她身上的碧色单罗上，很快洇开一大片。

白夫人怜爱地将他抱起放入怀中，笑道："阿璟也要读书吗？来，阿娘教你。"

碾玉捧着个精致的瓷盒子进来，笑道："小公子年纪小小就偏爱读书，天资聪慧，将来必是文采风流之人。"

白夫人微嗔："这些话少说给他听。玉不琢不成器，再聪明都得仔细教、仔细学才是。"看到碾玉手里的瓷盒子，便沉了脸，"是什么？"

碾玉但笑不语，只将盖子打开递过去。盒子里百来块铜钱大小的香饼码得整整齐齐，白夫人凑过去一闻，神色便有些恍惚。碾玉笑道："夫人觉得此香如何？"

白夫人收起恍惚的神色，别过头去摸摸潘璟的头，淡淡地道："不过尔尔。"

碾玉故意委屈地噘了嘴："送香的人若是知晓她精心窨藏了四十九日方成的香就得了这么一句评语，不知要怎生难过呢。她适才还说，这香秉性恬淡清净，夫人想来会爱。奴婢这就去退了它，就说我们夫人瞧不上。"言罢果真要走。

恬淡清净？这话不似潘蓉那个花花太岁说得出口的话。白夫人忙叫住碾玉，沉了脸道："死丫头，还敢和我拿乔。快说到底是谁送来的，我就饶了你适才不敬之罪！"

碾玉掩口轻笑："乃是何娘子使人送来的。说是上次端午与夫人别过，便在家中亲手调制了这深静香，窨藏期满，试香之后觉得不错，才敢送给夫人赏玩。"

"端午已经过去这么多天了啊……"白夫人有些怅然，"她倒是有心了，先取一片试试，人呢？"

碾玉手脚利落地拿了银镏金香炉，取了一片香饼焚上，答道："还在外面候着呢，您要见她么？"

白夫人道："总要回礼不是？"她轻轻嗅了一口香，暗想，说是恬淡清净，其实闻上去却是有些寂寞，果然很合她的心意。何家丹娘，即便再要强，内心也和她一样是寂寞的。

雨荷跟在碾玉身后，目不斜视地走进水亭，利落地行礼问好："夫人安康，我家主人向夫人问好。"

白夫人见雨荷穿着淡青色绫襦配月白色长裙，眼睛又圆又大，嘴角含笑，靥边隐现一个梨涡，看着又讨喜又干净，便笑道："坐吧，许久不见你家主人，她可安好？"

小丫鬟递上锦杌，雨荷谢过，斜着身子小心坐下，鼻端嗅到香炉里散发出来的熟悉香味，心中一松，笑容越发灿烂："我家主人很好。她心中一直甚是牵挂夫人，只是不便登门拜访，便亲手制了这深静香，还望夫人不要嫌弃。"

白夫人微微一笑："她有心了，这香我很喜欢。适才听碾玉说，一共窖藏了四十九日，想必你是知道方子的？"

雨荷来之前便得了牡丹的嘱咐，知晓这些公卿人家用香有讲究，必会问明方子，确认无疑之后才会使用，而白夫人先就用上了，已是表示对牡丹的足够信任。忙打起精神回道："是，这是我家娘子回家之后制的第一种香。她制香之时，奴婢一直在一旁伺候。用的白蜜五两，用水炼过去除胶性，慢火隔水蒸煮半日，用温水洗过备用。海南沉水香二两切成指尖大小，与胫炭四两一起杵捣成粉末，用马尾筛筛细。再与煮过的蜂蜜调成剂，窖藏四十九日，取出后加入婆律膏三钱，麝香一钱，安息香一分，调制成香饼，遂成此香。"

白夫人道："配方并不复杂，香味却极出众。上次端午晚上的事情我听说了，知晓她无事，也就未去探望。她最近都在做些什么？"

雨荷将牡丹在黄渠边上买了房地，修建园子种牡丹的事说了。白夫人听说是福缘和尚以牡丹画的底稿为基础设计的园子，不由大感兴趣："如今建成什么样了？真想赶紧建好，我也好去凑凑热闹。"

雨荷道："还早呢，大约明年春天才会成点样子。听福缘大师说，要想看到诸般美景，即便精心打理也只怕要两年后才能如愿以偿。"

潘璟闹腾瞌睡，雨荷忙起身告辞，白夫人也不多留，只叫碾玉捧出两管刻花染绿的象牙小筒，笑道："你家多的是好香，我就不班门弄斧了。只这两管甲煎口脂是我自家闲来无事时亲手做的，润唇极好，颜色也娇嫩，外面买不着。她青春年少，正是该打扮的时候，带两管给她试试。"

雨荷行礼谢过，又由碾玉送了出去。走至二门处，碾玉见左右无人，携了雨荷的手亲热地道："妹妹回去后记得跟你家娘子说，若是有空要出游，不妨约约我们夫人。她成日里总关在这府里，闷得慌。"

雨荷笑道："姐姐放心，我回去后一准跟我家娘子说。她很钦佩夫人，只是不好亲自登门拜访。"

碾玉点头道："你家娘子的难处夫人都知道，那些谣言我们也听说了。夫人说，何娘子高风，想来不会把这种小事放在心上，所以就没管。倒是上次打马球时听说她犯了病，颇有些担忧，但没两日又听人说看到她骑马上街，便猜着没什么大碍。"

雨荷闻言，暗想白夫人果然是个面冷心热之人，这一件一件都关注着，不由替牡丹生出知音之感："夫人真真聪慧，一猜一个准。当时家里人人难过不平，唯独我家娘子不当回事，该吃吃，该睡睡。第二日照旧出门办事，遇到不怀好意的人，她也笑着招呼，比男儿的心胸还宽阔呢。这些天我们总骑马去庄子里，虽然辛苦，却是半点都不闷。"

碾玉高兴又羡慕："真是太好了。夫人已经很久没去跑马了，改日我求她领我去你们的庄子上看看去。"

雨荷兴奋地笑道："一定呀！我们房子后面有片桃李林，现下有些李子已经熟了，又甜又脆，桃子也快了，真正好玩得紧。"

忽见刘畅和潘蓉前呼后拥地走进来，荡起香风一阵。刘畅看到言笑晏晏的雨荷，眼皮抽搐一下，站着就不动了。

雨荷唬了一大跳，暗呼自己真倒霉，出门就踩到屎。跟碾玉使个眼色，转身就走，才踏出一步，便听刘畅冷冷地道："站住！"

雨荷只当耳旁风，越发埋头快步往前走，几乎就要跑起来了。碾玉暗自叫苦，上前挡住刘畅的目光，笑着行礼道："奴婢见过世子爷和奉议郎。"

潘蓉问碾玉："那是谁？看着面生，半点规矩也没有，没听见奉议郎叫她么？怎地如同见了鬼一般？"

这话听着是在责骂碾玉和雨荷，实际却是在嘲讽刘畅。刘畅却似全然没有听见，一步跨出去将门给堵住了，冷笑着瞪着雨荷道："好个惯会装聋作哑的丫头！这般忙着逃走，是做了什么见不得人的事？"

雨荷只得草草行了一礼："奴婢见过刘奉议郎。您真会说笑，侯府哪里容得奴婢做见不得人的事！"

刘畅见她如避蛇蝎、牙尖嘴利的，想到从前她在自己面前那种又可怜又讨好的模样，说不出的滋味袭上心头。因见雨荷竟然趁机要走，顿时炸了毛，厉声喝道："大胆！我让你走了吗？"

雨荷见避不开，索性道："奴婢是何家的奴婢，今日是来侯府送东西的，现下事情已经办妥，家主还等着奴婢回话。刘奉议郎拦着奴婢不许走，是何道理？"

刘畅一时语塞，总不能说他看到和牡丹有关的人就觉得不顺眼。上次说是病了，他等着何家人又去求他，不想都等急了还没见着，正要使人去打探，就看到人家生龙活虎地在街上乱走，笑得比谁都灿烂。他才明白过来，牡丹当时就是装的！她果然从此以后再也用不着求他了！他们都是把他利用完就扔了，一想到这个他就恨得发抖。

雨荷这死丫头，从前就敢装可怜和他对着干，现在越发无法无天，目中无人。就算她现在不是刘家的奴仆，他也好歹是个官，难道不该对他恭毕敬的么？真是有其主必有其仆！可叫他随便寻个由头抽雨荷几鞭子，让雨荷在白家门口一把鼻涕一把泪地号，他还做不出来。

潘蓉趁机上前，咋呼呼地对着雨荷吼："你这狗奴才！什么何家的谁家的？！既然都知道叫奉议郎，就该懂得那是官！难道不该行礼问好？！难道不该毕恭毕敬？！怎么跟见了鬼似的！还敢这样大胆无礼地说话！简直是讨打！连我都看不过去了，若不教训你简直不舒服！"

雨荷见刘畅神色忽明忽暗，也害怕他会突然发疯真给自己两下，得不偿失。见潘蓉在一旁直朝自己使眼色，忙道："奴婢适才失礼了，还请刘奉议郎大人大量饶了奴婢这一遭。您若是没有其他吩咐，奴婢就告退了。"特意从潘蓉身边绕过去，借着他的身势一溜烟跑了。

刘畅看着雨荷有鬼追似的飞快出了角门，转瞬不见，突然之间索然无味："我回家了。"

潘蓉以为他要追去刁难雨荷，一把拉住他道："来都来了，何必呢？自你当了差，我们就难得碰在一起，好容易遇到这个机会，休要为了那种人败了兴。"

刘畅淡淡地道："你放心，我还不至于那么无聊。"

潘蓉眨眨眼睛，做莫名状："嗯？你说什么？"

刘畅见他装糊涂，轻轻叹了口气："我只是，气不过。"

"就这么点出息？不过一个皮相好点、脾气凶点的女人而已，还是你先不要的她，至于么？去吧，去吧！"潘蓉眼见刘畅出了门，嬉皮笑脸地望着碾玉："夫人在哪里？我刚才

· 181 ·

可都是为了她,她总不至于给我冷脸子看了吧?"

看到他这副样子,碾玉暗里替白夫人叹了口气,前面引路不提。

刘畅回到家中,先去看戚夫人,念奴儿打起帘子,往里通报:"夫人,公子爷来了。"

"砰"的一声脆响,瓷器摔坏的声音传来,戚夫人刺耳的怒吼声随即响起:"叫他滚!他来做什么?是来看我有没有被他气死的么?滚!"自从清华郡主摔下马,她给菩萨的供奉都要比往日精致得多,就巴不得清华郡主赶紧醒不来才好,哪承想,人刚醒,刘畅就当着宗室的面说了那种话。紧接着赐婚的旨意下了,硬生生将她气得晕厥过去。从那之后,她就平添了胸口疼的毛病,脾气也越发暴躁,吓得刘承彩不敢回家,常在衙门里值宿,越发激得她的病更严重。

刘畅皱了眉头,狠狠一摔帘子,立在门口大声道:"事到如今还要怎样?别人不体谅我也就罢了,你也来逼我!"是时,清华郡主伤势不明,偏生当着那许多宗室的面,算计他,逼问他是不是嫌弃她、不要她了,他敢说不要吗?除非他以后不想再混下去了。

戚夫人有些不忍心,却又拉不下面子喊他回来,当头吐了一旁伺候的玉儿一口唾沫:"作死!不懂得赶紧去劝?"

玉儿背过身才敢擦去脸上的唾沫,快步追上刘畅,苦苦哀求:"公子爷,夫人病着呢,她心里一直记挂着您……也是因为心疼您才会生的病……"

刘畅不耐地道:"夫人心情不好,见了我病情更重,还是等她心情好了再说!"话音未落,就见越发胖了的朱嬷嬷波涛汹涌地奔过来:"不得了,雨桐姑娘小产了。"

戚夫人在里面听见,尖声怒骂起来:"好端端的,怎会突然就小产了?"

雨桐生下来的是个已经成了形的男胎。对于失宠很久、没有靠山、孤立无援、只能幻想着母凭子贵的她来说,简直是一个沉重而致命的打击;以至于当她看到碧梧嘴角那丝似有似无的笑意,怎么都觉得是阴谋得逞后的神采飞扬和炫耀,于是拼尽全身残存的所有力量,纵身将碧梧扑倒在地,亮出两只爪子朝那漂亮的脸蛋左右开弓挠了下去。

碧梧正暗自侥幸,终于又保住了琪儿这唯一子嗣的地位,还没高兴完,就被一股大力撞到了地上,跟着脸上火辣辣地疼,耳边尽是雨桐的哭喊声:"你这个面软心毒的贱人!表面对我好,实际一直在害我!还我孩儿的命来!"

事起突然,幸亏丫鬟婆子反应快,立时将二人分开了。碧梧接过镜子才看了一眼,就骤然发出一声惨叫,随即将镜子狠狠砸在地上,凄厉地哭号起来,她貌美如花的脸啊,怎么就被挠成了这样子?

雨桐看着她冷笑:"丑八怪,看你以后还怎么害人。"

碧梧"嗷"的一声拔了个高音,接着又挫下去顿住,叉着手想扑过去。最终还是没有,她转身往外奔,说是要去见戚夫人和刘畅,让他们给她报仇雪恨。

刘畅还没进院子就听到里面乱成一团,两个女人比赛似的亮嗓子,接着又是什么主持公道,什么狗东西,不由皱起两道浓眉,厌恶地转身就走。雨桐的丫头忙扑过去拦住他,口口声声都说雨桐可怜,那可怜的小公子更可怜。

刘畅对琪儿没什么大兴趣,更别说这个只和他上过几次床就有了身孕的雨桐的那团血肉模糊的"孩儿"了。大家都可怜,他还更可怜呢。因觉着这丫头聒噪得太烦,抬脚就将人给踢到一旁,直往前走。

碧梧暴怒着奔出来,正好看到刘畅的背影,顿时满脸怒容变成了嘤嘤哭泣,健步如飞变成了跟跟跄跄,速度却是半点不减。她挥舞着帕子迈着小碎步朝刘畅奔过去,适时跌倒在他面前,抬起一张血痕翻飞的脸楚楚可怜地道:"公子爷,您要给婢妾做主啊!"

刘畅看到她那张脸，吓得打了个寒战，不忍地将头撇开，好歹伸手将她扶起来，皱眉道："怎么成了这个样子？"

雨桐哈哈笑着追出来："是我做的！谁叫她下药打掉了我的孩儿！"她阴森森地看着刘畅，咬牙切齿，一字一顿地说，"杀人偿命！"

雨桐披散着头发，身上衣裙不整，身子靠在门框上还不停地打颤，脸色苍白得不见血色，唯有一双带着恨意和疯狂的眼睛黑亮得不正常。刘畅又忍不住打了个寒战，他看看恨意滔天的雨桐，又看看身边低声哭泣的碧梧，说不出的烦躁和绝望油然而生。

"公子爷，老奴奉了夫人之命，前来查处这事儿。"朱嬷嬷带着几个膀大腰圆的婆子气势汹汹地赶过来，所过之处卷起一阵阴风，兵分两路，一组夹住了碧梧，一组扶住了雨桐。

这一刻，碧梧所有的聪明才智都被激发出来了，她尖叫着不许那几个婆子碰她，拼命往刘畅身边靠，哽咽道："公子爷，婢妾没有，什么都没做……您要相信婢妾，婢妾已经有琪儿了……"

朱嬷嬷冷笑着打断她的话："姨娘少安毋躁，真的假不了，假的真不了，总会还你一个公道！"

碧梧怕得要死，等到真相查出，她脸上还能治好吗？公子爷有了貌美的郡主，还能多看她一眼吗？那不可能！琪儿没了她，又能平安长大吗？只怕也不能。她仓皇地看着刘畅，苦苦哀求："公子爷！求求您，您救救婢妾。"

刘畅皱起眉头，看向朱嬷嬷："这事儿的确很蹊跷，必须查个水落石出！到底是谁做的，一定要她不得好死。"

朱嬷嬷得意一笑，笑容还没收回来，刘畅已经道："先请大夫来给她们瞧，然后带来我亲自问。"

朱嬷嬷脸色一僵，干笑道："公子爷，这事儿可不是大老爷儿们管的。您放心，夫人已经交代过了，一定要弄清楚，不叫谁受委屈。老奴也是……"她的话没能说完，因为她在刘畅眼里看到了恶毒和猜疑，她扛不住，只好道，"是……"

碧梧劫后重生，感激地道："婢妾真不敢的，公子爷明鉴，这是有人要栽赃。"

刘畅紧紧抿着薄唇，好半天才冷淡地道："别蠢死了！以后遇到这种事给我滚远些。"

虽然态度恶劣，碧梧还是深切地感受到了里面饱含的关怀和温柔，她跪在刘畅面前，紧紧抱住他的膝盖，开了窍似的低声道："公子爷，婢妾不是蠢人，您放心，婢妾懂得。以后您要婢妾做什么，婢妾就做什么。"

这段日子以来，就是这句话让刘畅听着比较顺耳，比较舒服了。他摸摸碧梧的头发，温和地道："起来吧，看好琪儿。我去看看雨桐，叫她不要恨你。"

碧梧强忍着上涌的酸水，温柔乖巧地送他离开。

雨桐的屋里死一般沉寂，一大股难闻的血腥味儿，黑黢黢的，不但没有点灯，伺候的人也没影踪。

刘畅刚掀开帘子，就被一个小马扎狠狠地撞上了小腿骨，疼得他一大脚踢过去，破口大骂起来。黑暗里，传来雨桐的冷笑声："别骂了，人都被朱嬷嬷拘去了。"

刘畅怒道："其他人呢？都是吃干饭的？"

雨桐好笑地道："树倒猢狲散，我已经成了这个样子，谁还会管我的死活！没把我赶出这间屋子就不错了。"

刘畅怔怔地立了片刻，浓重的悲哀毫无预兆地充斥了他的胸臆，他有些想落泪。好半天，他才道："你想喝水么？"

雨桐好一会儿才说："外面靠窗子的桌上有火镰、火石和蜡烛。"

刘畅摸索着过去，摸了好一会儿才摸到东西，然而怎么都不会弄。雨桐挣扎着下了床，默不作声打着了火，将蜡烛点起来。

微弱的烛光冲散了房里的阴暗，刘畅给雨桐倒了一杯水，两个人面对面坐着，半晌无言。好一歇，刘畅方道："你心里最有数，到底是怎样的，说给我听。"

雨桐淡淡地道："奴婢身边的人都是夫人派来的，平时只和碧梧来往稍多。"

刘畅起身道："此事不见得就是碧梧做的。你且养好身子，以后的日子还长着呢。我会派人照顾你，想吃什么用什么只管开口。"雨桐觉得他的话似乎另有含义，但她无法领会，不过他来看她，表示善意和关心倒是真的，于是她心里的恐慌、绝望以及怨恨顿时犹如被泼了水的火苗，渐渐熄灭了。

刘畅出了内院，把秋实叫去细细吩咐一番，秋实领命自去打听布置不提。

刘畅立在书房外那棵高大的老梨树下，露出一丝冷笑，怎么着，打量他是傻的？还没进门，就把手伸到了他身边，想压制他一辈子？行，走着瞧！他本来已经有些茫然的人生，突然找到了目标。

且不说刘家如何热闹，这边雨荷匆匆忙忙回了何家，进门就先问恕儿要了一大杯水灌下去，擦了脸上的汗水，方才去寻牡丹。一问之下，牡丹和孙氏去道观、寺院里寻访预订的牡丹花和芍药还没回来，只好坐在廊下拿了素纨扇扇风纳凉，和林妈妈讲起今日的事："我是好几番忍不住，要和白夫人说宁王府霸道的事，忍得真难受。"

林妈妈道："幸亏没说，否则白夫人只怕以为丹娘送香就是为了求她的，再好的香也变了味。"

雨荷道："若是李家不成，还不是要求到那里去。"

忽见牡丹脸儿晒得红扑扑的，满头大汗地走进来："真要求她，我会亲自上门，我送她香与求她办事，是两回事。"

雨荷高兴地迎上去："您回来啦！"一边递上帕子，一边指挥恕儿、宽儿打水取干净的衣服来。

牡丹一气灌了半杯茶水，擦了一把脸，方抱怨道："这鬼天气，热得真要命！今日出门真是不顺！"

雨荷眨眨眼，笑道："您也不顺么？奴婢今日出门踩到一泡狗屎了。"

牡丹被她引得笑起来："难怪呢，我进门就闻到一股臭味儿，原来是你沾回来的，遇到什么事了？"

雨荷笑道："您先说。"

牡丹唉声叹气："我今日去了不下十所道观、寺院，却连一株牡丹、芍药都没买成。都说已经被人高价预订了，我多加钱也分不到，只拿些差得不得了的品种来敷衍。使钱也打听不出到底是谁这么闲，这么有钱。"

倘若只是一所两所道观、寺院像这样，她不觉得奇怪，但一连跑了这么多所都一样，由不得让人怀疑。虽然她当机立断，迅速请四郎派出十多个伙计分头跑去其他寺院打听情况，想抢在那人前面订下好的品种。但她隐隐有种预感，只怕这些人也是白跑一趟。又因为记挂着李元的回话，只好先回家候着。

雨荷皱眉道："听着倒像是故意要您买不成。"遂将自己这边的事情讲述一遍，把白夫人送的两管染绿刻花象牙筒子递过去，笑道："您快打开看看，她做的这甲煎口脂如何？"

牡丹打开其中一只象牙筒子，却是一管呈凝脂状的紫色口脂，另一只牙筒子里装的则是粉红色口脂。两色口脂颜色不同，香味也不同，但都芬芳扑鼻，好闻得很。

雨荷把包裹口脂的帕子递给恕儿："闻闻，多香啊，只怕好几日都散不去。奴婢曾听说，宫中每年御赐的口脂总要含了十几种香料，想来白夫人这个也少不了。"

牡丹将口脂递给雨荷收起，自去洗浴妥当，抓了扇子去寻岑夫人说话等消息不提。

直到酉正，李元身边最得信任的长随吉利方来回话，说这件事宁王并不知道，那邓管事在田庄里也不过是个二流管事，但他却是王府大总管的侄儿。

目前还没弄清楚这件事与王府大总管有无瓜葛，但可以肯定，确是有人打上了芳园的主意。李元那里也很忙，让牡丹小心行事，千万不要与人发生纠纷，先拖过这两日，他再设法解决。另外给了一张条子，都是牡丹那条河下游有庄子的人家的姓名、官职、住址、爱好等。

牡丹暗想，宁王不知道就好。李元虽未放手不管，但这几天要怎么平安拖过，也需要好好筹谋。毕竟她那日当着邓管事放了话，将李元推了出来，她去摸人家的根底虚实，人家也会来摸她的根底虚实。若是个聪明的，必然会在这两日内生出是非，蒋长扬也不一定能压得住。

李元给的这张纸，分明就是示意自己先将这些人稳住，不要掺和到这件事中去。可是那"千万不要与人发生纠纷"的话，听着总有些不对劲。牡丹连忙写了封信，将事情的经过简要说了一遍，叮嘱五郎小心从事，又叫他安排胡大郎将当初帮着修河的佃户寻去做人证。接着叫了个老实得力的家丁来，先赏了一百个钱，吩咐道："立刻骑马去庄子里，把这封信交给我五哥。"又与岑夫人按着李元所书的三户人家的爱好商量备礼，准备次日一早带上礼物去拜访。

好容易何志忠等人回了家，牡丹扑过去拉住何志忠嘀咕了半日。相比她的火急火燎，何志忠平静得很："你五哥那里不用怕，没有消息就是好消息。至于这些人家……平时没听说有什么欺男霸女的事儿，你先去试试。天无绝人之路，另外总有法子。你再好好想想，难道就没其他法子了？"

牡丹噘嘴耍赖："我笨嘛！实在想不出来了。"

何志忠但笑不语，牡丹越发焦躁，拿了扇子拼命地扇，突然灵光闪现，一拍脑袋："我果然笨！我这园子是谁设计的？福缘大师！他不是给公主设计过园子么？虽不能指望他帮我解决麻烦，请他这尊佛去镇两天也还是可以的。"

福缘和尚这样的治园名家，认得的权贵必然更多，说话的分量也不一样。若是那些人当着他的面闹起来，他就是人证，只要他关键时刻肯替她说上两句话，就达到了目的。

忽见薛氏急匆匆地进来道："丹娘，你四哥回来了，还带了那位张五郎来，说是有什么事情要和你说。"

第十四章　未雨绸缪

张五郎坐在何家的中堂里，捧着茶瓯，大大方方地打量着四周的装饰。他是第一次来，何家的装饰没他和他那群弟兄背地里猜测的华丽惹眼，到处都是金啊银的，但他是个认得东西的，晓得这些半旧家具其实都是好东西，而那座极品糖结奇楠香堆砌雕琢而成的香山子更是稀罕之物。

四郎和大郎陪坐一旁，见他打量那座香山子，便热情地和他讲一些出海买香料时的旧事。直到牡丹跟着何志忠进了中堂，几人方止住交谈，张五郎快速扫了心心念念的人一眼，正儿八经地上前行礼问好。何志忠一把扶住他，哈哈笑道："莫要客气，贤侄快坐下说话。"

牡丹福了一福，笑着喊了一声："张五哥。"

张五郎见她一笑，便觉着面前仿佛突然开了一朵牡丹花，怎么都看不够，于是什么都顾不上，先使劲看了牡丹一眼方收回目光，很正人君子地应了一声。

四郎笑道："今日丹娘去我铺子里，让我派伙计去各个寺院和道观里打听牡丹花的事。伙计们回来，都说是那些好品种今年秋天的接头都被高价订了，问不出缘由。五郎听说此事，让他的朋友兄弟去想办法，打听到了有用的消息。"

张五郎见牡丹秋水一般的美目朝自己看过来，心先颤了一颤，使劲清清嗓子方严肃地道："正是。说来也巧，我手下一个兄弟，平时与布政坊善果寺的一个和尚来往较密，他昨日去善果寺寻那和尚玩儿时，恰好遇到有人出高价买那些牡丹接头，还提到丹娘的名字。"

说到此，他正大光明地看了牡丹一眼："丹娘前些日子总去道观和寺院里买牡丹的接头，已经在这些道观和寺院中传开了。我那兄弟就是听那人提起了你的名字，方才注意到的，又特意跟着他走了一趟，结果发现那人去了好多个道观和寺院，都是高价买人家名贵品种的接头。"

牡丹皱眉道："五哥可知道是个什么人？他怎么说？"

张五郎有些得意地道："我那兄弟当时觉得奇怪，便跟着他走了一趟，才知晓他住在光化门外，姓曹名万荣，有个牡丹园子，每年春天总要在牡丹花上赚好一笔钱财。他当时和身边的人说，不能叫何家的牡丹把好品种全都买了去，不然以后她再建起园子来，岂不是叫人没活路了？"

牡丹听说是曹万荣，不由得松了口气："原来是他。"她还以为这事儿和芳园那件事有关联呢，想着是个厉害扎手的人物太难对付。既然是曹万荣，就不怎么可怕了。

张五郎义愤填膺地挽了一把袖子，道："丹娘从前得罪过他么？他分明就是故意和你作对！一个大老爷们儿，怎么能和娇娇滴滴的小娘子争这个呢？简直不是男人！待我去好生收拾他一顿，看他还敢不敢乱来！"

牡丹笑道："先谢过张五哥了。同行相忌，这也正常。他既然赶在我前面去买，又是出的高价，不偷不抢，原也没什么错处。"

张五郎暗想，是了，牡丹大概是不喜欢人家随便就动粗的，自己这个提议真是糟糕透了，不由红了脸，坐在一旁转着茶瓯玩。

大郎皱眉道："我只奇怪，曹万荣怎会知晓丹娘要建园子？还没建起园子，只是买花他就知道丹娘建园子就是要抢他的饭碗了？这人未免也太精明过头了。"

牡丹道："大哥没见过那人。那人确是很精明，他当初就想和我抢买一株牡丹来着，后来不知怎地就打听到了我是谁。那日我和五哥五嫂一起去他的园子里看牡丹，刚好遇到了他。他百般套近乎，想要我卖花给他。我没答应，他又说换。当时五嫂身子不舒服，我们急着回家，就跟他说改日，结果他差点翻脸。

"我这些日子总往寺院和道观里跑，到处打听这好品种，付钱预订接头。他做这行的，总是随时关注着这些消息，怎能不引起他的注意。加上我们家本就是做生意的，两下里一联想，也能猜着我大概要建牡丹园。他既有心在这上面有所建树，自要未雨绸缪。"

何志忠曾听过曹万荣抢买牡丹之事，印象极深刻，便道："咱们做生意的，谁不是这样？！只是此人品性似不太好，丹娘以后要小心些才是。"又望着张五郎一笑："五郎留下用饭如何？我们几个喝一杯。"

张五郎恋恋不舍地强迫自己将目光从牡丹的背影上收回来，笑道："叨扰伯父了。"

"客气什么？"何志忠命人整治酒席，邀了张五郎入席，问他，"前不久听说你开了个米铺，如今生意怎样了？"

张五郎红了脸，讷讷地道："五郎不是做生意的料，已然关门了。"

何志忠"哦"了一声，晓得他大概又是重操旧业了，便捋捋胡子，道："五郎若是想建功立业，不如去从军。"说到此，斜睨了张五郎一眼，见他虽没有反感的意思，也没什么兴趣，便道，

"又或者，你是有什么打算？"

张五郎手心里冒出一层薄薄的冷汗来，张口就来："我还在想到底什么好做。"他这些日子就带着兄弟们去各处斗鸡场给人家稳场子抽成，也试着养斗鸡，日子过得自在多了，油水也足。只是总想看看牡丹，不然真是不好过。

何志忠不再追问，只道："其实做生意，初入行的人还是需要引路人的。"

张五郎一听这话，似有些意思在里面，立刻抬眼看着何志忠。何志忠不避不让，坦然举杯笑道："你也知道，丹娘生成这样，偏又闲不住，总想做点事。我们不能随时跟着她，五郎认得的侠士多，还要拜托你多多费心，四处打声招呼，休要让她被人欺负了去。我和大郎他们都是万分感激你的。"

张五郎咽了一口口水，皱眉想了片刻，起身道："伯父放心，我和四郎交好多年，丹娘就像是我亲妹妹一样，我一定会尽力照顾好她的。至于做生意……"他沉默片刻，"我想我不是那块材料。不过我总能养活妻儿老小。"

何志忠有些讶异他拒绝了自己的好意，但见他的神色明显有些不高兴，想到自己的意思他大约明白了，便略过这个话题，说些其他事。四郎适时与大郎一起上前去敬张五郎，称兄道弟一番，将张五郎喝得又高兴了，方才使人送了他回去。

大郎问何志忠："爹爹是想引他入海么？"

何志忠淡淡地道："他这种人是得罪不得的，他帮了丹娘两次，指不定什么时候还会再帮上咱家的忙。他想要的我给不了他，唯有赚钱这一样，反正那船上不多他一人。他要是有那个胆子，我就敢带他出海，若是他运气好，赚到钱，也是他该得的。偏他还有志气得很，不肯跟我去呢。"

四郎送张五郎回来，闻言看向何志忠："爹爹是说张五郎吧？"

何志忠叹气道："他几次看牡丹那眼神，我早就看出来了。但我的丹娘，是舍不得给他的，丹娘只怕也不会愿意。"也没个正当职业，日日就和那些人横行坊市，恶名在外。这样的人，父母都不会舍得将独生宝贝女儿给他。

四郎笑道："他不是没眼色的无礼之人，只是胆子大又直率了些。我看今晚他也懂得您的意思了，不会乱来的。"

何志忠道："他不适合丹娘。红颜易老啊。"养女儿的父母真是痛苦，女儿没人盯着吧，觉得担忧；被不合适的人盯着又或者是盯着的人多了，更是担忧。

牡丹自是不知道何志忠又在前面替她办了件事，好生休息了一夜后，起个大早依次去拜访芳园的邻居们。

这一日的拜访行动，令牡丹突破了厚脸皮的最高境界。从刚开始的面红耳赤、尴尬不自在到后面微笑自然地与人家管事套交情，千方百计想亲自见到主人，令她觉得自己离成功的女商人又稍微近了一步。

第一家姓田，是正四品上阶的尚书左丞，也是她庄子下游那三家人中官阶最高的一家。家丁递上名刺之时，门房还算客气，再仔细一看，一问，就翻了脸，说自家夫人不是什么人都可以见的。雨荷见情况不妙，立刻上前赔礼说好话，又递上小荷包一只，人家才用鼻孔对着她说，可以去请管事出来。

可出来的也不过是个小管事，一见到牡丹，眼睛就忍不住上下乱瞟，说的话也没什么章程，还跩得很，把个封大娘气得要死。牡丹也几番气得想拂袖而去，但还是强忍着怒气，硬着头皮给他参观了一歇，豁出脸皮不要，磨了半个时辰方又哄又吓又磨地让他报给了大管事。

她运气不错，刚好那大管事有空。礼多人不怪，牡丹再三表示没有其他企图后，大管事终于答应一定将她带来的礼品和致歉之意转给当家夫人,还说了几句体贴的话:"小娘子真是太客气了,并不是什么大事。那河本来就是那庄子的,想要修缮便只管修缮就是了,不用着急。"

牡丹问那大管事的姓名,表示自己娘家是开珠宝铺子和香料铺子的,日后他若有需要,一准给他最好的货和最优惠的价。然后送上三寸见方的一盒龙脑香,美其名曰请他试香。

时下香料的应用范围实在是太过广泛,尤其这上品龙脑香,普通人家断难常用。那管事果然心动,报了自己姓江,又说自己其实认得何家的香料铺子,还夸四郎豪爽仗义、好打交道,铺子里的香料也没有假货,价格公道。

攀上交情,话就好说多了,牡丹很有分寸地提起作为一个女子想养活自己,买地建园的辛苦不易之处,表示没什么多的要求,就是希望邻里之间能和平共处。江管事沉默片刻,道:"小娘子稍等,待我去问问夫人可有空闲见你。"说完把目光投在牡丹带来的礼品上,笑道,"敢问小娘子带来的礼品是什么?"

牡丹道:"听说田左丞爱好写诗作画,这里面乃是蜀纸。"

江管事哈哈大笑:"你这小娘子倒是心细雅致。等我消息。"说完命人抱着礼品往后去了。

雨荷兴奋地看向牡丹,牡丹回了她一个灿烂自信的微笑。万事开头难,想要活得更好,得到更多,就要把矜持害羞什么的豁出去,学会与各种各样的人打交道,学会受气,学会排解。认得的人越多,就意味着多了一条路。

当官的瞧不起升斗小民,瞧不起商人是事实,但人不是石头,都有好恶,只要找准方向,总能说上两句话。何况她不是要和谁交朋友,不过供需关系。把心态摆正,自然没那么多气愤与不平。天长日久,总能叫人家知道她的为人,晓得与她打交道不会吃亏,这供需关系也就建立起来了。

不多时,江管事带了个穿青色裙子、四十来岁的体面仆妇出来,有些抱歉地道:"我们夫人正好有事要出门,不能见小娘子了。不过她听说小娘子还要去其他两户人家,担心你不太识得路,让她身边的郑嬷嬷引你去那两户人家。"

牡丹本也没抱多大的希望,只想着见着是惊喜,见不着是正常,但听说人家还愿意引她去另外两户人家,便觉得这才是个最难得的惊喜。阎王好见,小鬼难缠,她刚才为了进田家,足足磨了将近一个时辰,几次极大限度地挑战了她的耐心和自尊。她不怕刁难,就怕刁难之后又送了礼,却没有正经将话递到主人面前,而是被刁奴给私吞了。

有这郑嬷嬷帮忙,那两户人家的大门就很容易迈进去了。这中间,必然会有那江管事的功劳。牡丹认真地表示了感谢,又万分客气地请托郑嬷嬷帮忙,少不得又暗里打点了一番,与郑嬷嬷套上了近乎。

一圈走下来,三户人家中,虽只有一户姓陈的从五品游击将军夫人见了牡丹,其他家都是大管事出的面,但都收下了礼,说了不碍事、让她只管放开手脚施工的话。因而,牡丹这个新邻居的身份算是被确认了,这三户人家会跟着邓管事闹腾的可能性也就基本等于零。

牡丹虽然又累又饿,却颇有成就感。眼看已是末时,少不得要请那郑嬷嬷吃饭喝酒。她不想让人认为自己是个有钱好宰的冤大头,选的酒楼只注重口味和安静,点的菜也只是合适而已,不过态度确实非常热情周到。将那郑嬷嬷哄得高高兴兴的,酒足饭饱之后,再另外添上两样酒楼拿手的好点心,请郑嬷嬷转交给江管事。

大事办完,牡丹神采飞扬,劲头十足地一抖缰绳:"走,咱们去法寿寺拜见福缘师父去。"她去得不巧,福缘和尚正和人下棋,她不敢打扰,只得坐在草堂外的竹林里歇凉,和小沙弥如满说闲话。

九岁的如满吃多了她带去的素点和果子,对她很是热情,咧着两颗兔子一般的大白牙笑道:"女施主,这么热的天儿,你们一定很渴吧?师父下一盘棋,最少也要一个时辰。今日那位客人送了好茶来，待我煎来与您喝。"

牡丹忙道："既是人家送与你师父的好茶，必当珍贵，你就敢煎与我喝？"

如满笑道："我师父下起棋来呆得很，您只管等着喝茶就是了，我自有办法。还要叫他找不着我的错处。"

牡丹从竹林里探头看过去，但见福缘和尚还是保持着她刚进来时的姿态，一动不动，表情呆滞，而他对面的客人却是被草帘遮住了上半身，也没看清楚是不是一样的呆。于是玩心大起，笑道："你去，你去，若是果真弄来我饮了，明日送你十个桃子。"

如满蹑手蹑脚地摸进草堂，见福缘和尚与客人皆在冥思苦想，便假意道："师父，这茶凉了，徒儿另行给您煎茶。"

福缘和尚果然目不斜视，梦游一般道："你自己安排。"

如满立刻打开客人带来的白藤茶笼子，取出一块精致的茶饼煎茶。少顷，茶好了，先寻一对邢州白瓷茶瓯注上茶汤，双手奉给福缘和尚与客人。接着又寻一只越州瓷茶瓯注上茶汤，蹑手蹑脚地端出去给牡丹。

福缘和尚没注意，全部心神都放在棋盘上，那客人却是看到了，不动声色地将一粒棋子按下，彻底结束了战斗："我输了。"福缘和尚化外之人，对于输赢已经看得很轻，坦然一笑，正要开口，那人却指着外面低声笑道："你的小徒儿来客人了，给的茶瓯比你这个师父用的还要好。"

"成风，我看你是嫉妒比你的好吧？"福缘和尚也不生气，与他起身站在草帘后往外张望。但见如满捧着那只茶瓯快步进了竹林，不多时，竹林里传来女子清脆的笑声，还有如满得意的夸耀声。

客人促狭一笑："看来还是个女客人。"

福缘和尚道："如满，你拿我的茶瓯去哪里？"

一阵寂静。

好一歇，如满方结结巴巴地应了一声，垂手从竹林中走出来，身后还跟了捧着茶瓯的牡丹。

牡丹看到福缘和尚身边站着的人，不由一愣，怎会又遇上了蒋长扬？随即绽开一个甜美的微笑，算是打过了招呼，抢在如满认错之前，先和福缘和尚行了一礼，道："师父，是我骗如满师父要好茶喝的。"

福缘和尚见是牡丹，不由微笑："女檀越何时来的？"又瞪了一眼缩头缩脑的如满，嗔道："也不知道来报一声，送杯茶也偷偷摸摸的，好似我不给客人喝一般。"

牡丹有些诧异福缘和尚今日的不同："将近半个时辰了。因见师父在下棋，不敢拿俗事打扰。"

福缘和尚便同身边的友人介绍牡丹："何施主请我替她治园，说来也巧，她那庄子正和你的庄子邻近，你们算是邻居。"

牡丹已然笑着上前与蒋长扬行礼："蒋公子别来无恙。"

蒋长扬笑道："何娘子别来无恙，耽搁你了。"

牡丹忙道："哪里，是我扰了二位的雅兴才对。"

福缘和尚道："女檀越今日前来，可是那园子的图纸出了什么事？"

牡丹本是想请他这几日走一趟，以便做个见证，以备不时之需的，见到蒋长扬在此，倒觉得不好开口了。毕竟蒋长扬之前撂了话在那里，她却不领情，到处奔来走去，四处安排寻求其他解决之道，显得很不知好歹。便随口胡诌道："不是图纸出了事，而是想向师父请教关于奇石的事。"

福缘和尚笑道："请说。"

· 189 ·

牡丹笑道:"上次您和我说,园林用石,以灵璧石为上品,英石稍次,但这些日子我四处打听,怎么也遇不到好的、大的!即便遇上了,也全是些小的。您可知道什么地方能买到大的、好的?"

福缘和尚不由被她逗笑了:"这两种石头都是珍贵难得的品种,高大的尤其难得,几尺高就算珍品。这短短的时日之内,你自然不能寻到,不如寻访太湖石最为妥当。"

牡丹装作受教的样子道:"知道了,我回去就买太湖石。"蒋长扬没有走的迹象,再留下去也没意思,便起身告辞而去。

待她走远,蒋长扬笑道:"我看她寻你另有他事,不过因为我在这里不好开口罢了。"

福缘和尚反问道:"既然知道,为何不走?"

蒋长扬道:"凡事讲究先来后到,我的事还没办完,自然不走。且她找你的事肯定比不过我的重要,你答不答应?"

福缘和尚皱起眉头:"你又不是她,怎知她的事没你的事重要?我若是不应呢?"

"她要求你的,无非是那个园子而已。"蒋长扬微微一笑,往草垫上一坐,"你若不答应我,我就不走啦。等你什么时候愿意再说。"

"看不出来你还有几分无赖相。"福缘和尚气恼地一挥袖子,"你自去拿你的妖僧,做你的英雄,何必一定扯上我?"

蒋长扬道:"总不能叫我剃光了头混进去吧!即便剃光了头混进去,又怎么和他们谈佛经?"

福缘和尚沉着脸道:"说不去就不去,你爱坐就坐,别怪我不给你斋饭吃。"

蒋长扬径自去到书架旁翻书来瞧,等到如满捧着斋饭来,立即抢先夺去开吃。

福缘和尚气不过,夺过如满手中的筷子和碗,与他抢起了咸菜。蒋长扬头也不抬,运筷如飞,不管福缘和尚挑哪里,他只管挑自己想要的,不等福缘和尚吃下半碗饭,他已将其他饭菜一扫而光,满足地笑道:"味道不错。"

福缘和尚气个半死:"你这人怎能这样?"旁人都只道这人是个好人,他却知道这人脸皮有多厚,今日又破功了。

蒋长扬讶异地道:"你不知我从来最奉行的,就是无论如何一定要先吃饱饭么?"

他二人斗嘴,如满却抽抽噎噎地哭了起来。福缘和尚忙道:"如满,你怎么了?"

如满委屈地道:"我饿,没饭吃。"

蒋长扬忍不住哈哈大笑起来,福缘和尚叹了口气,道:"别哭了,再去厨房让他们重新做。"

如满立刻收了眼泪,收拾了他二人的碗筷蹦蹦跳跳地出去。福缘和尚叹道:"这件事对你很重要么?"

蒋长扬坚定地道:"很重要。"

福缘和尚叹息一声,不再言语。

夕阳的余晖从草帘缝隙里洒进来,将室内简单的陈设尽数镀上一层薄金色,如满蹦蹦跳跳地跑回来:"师父,外面有位也姓蒋的公子要见蒋公子。"

福缘和尚抬眼看向蒋长扬:"喏,找来啦。你见是不见?"

蒋长扬平静无波:"既然来了,为何不见?"

片刻后,如满领了一位穿着松花色圆领窄袖袍、肌肤如玉,眉目之间与蒋长扬有几分相似,约有十七八岁的公子进来。公子见了蒋长扬,夸张地露出一个灿烂的笑容,大大地行个礼,亲热地坐到他面前去,笑道:"大哥,我听说了那件事情。你还是别去了吧!你想要什么,爹说都给你,我们也没怨言,只要你开口,全都是你的,就别拿命去搏了。"

蒋长扬静静地道:"你的话带到了?"

"是。"那蒋公子没想到他听了自己的话,竟然没反应,于是颇为诧异。

蒋长扬道:"你可以走了。这里是佛门清静之地,莫要打扰了大师。"

蒋公子急道："你还是要去？你可是怨恨我们？我……"

蒋长扬突然笑了，伸手止住他："我要做的事多得很，许多抱负未曾实现，怎会有空闲怨恨你们？！"要说怨恨，当然是有的，毕竟他是个普通人，只是怨恨和做自己想做的正事比起来，不值一提。

蒋公子有些发愣，怨恨人也需要空闲？

蒋长扬抓一把棋子在手，淡淡地道："回去吧。和她说，这些年，我们其实没空恨谁，我这次来就是把家母的财产理清楚，再做些想做的事，和你们都没关系，尽可以放心。"

蒋公子听出他语气里的不以为然和认真，而非敷衍或者故作姿态，油然生出被轻视之感，当下忘了家里人的叮嘱，尖声道："既然你看不起这些，也不怨恨，为何还要打着朱国公府的旗号四处惹是生非，给家里找麻烦？"

蒋长扬对蒋公子突如其来的愤怒有些诧异，随即笑了："我打着朱国公府的旗号给家里找麻烦？给谁家里找麻烦？"

蒋公子涨红了脸："当然是给我家里找麻烦！倘若不是仗着朱国公府，你以为那些宗室能轻易饶了你去？学什么英雄好汉？这里不是安西都护府，举着一把刀，骑着一匹马就可以横冲直闯的！"

蒋长扬沉默片刻，一字一顿地道："你听着，第一，我没法改变我是他儿子这个事实，所以不管我做什么，人家总要将我和朱国公府连在一起，这个我没法子管，也不想管，总不能因此就不做事了；第二，你也说了，那是你家里，那么你们的麻烦又和我有什么关系；第三，目前为止，我做的都是应该做且没有错的事，绝不会停手；第四，别把你们那种狭隘猜疑的心思套到我头上，倘若有人因为我做的事要找麻烦，只管让他来寻我，就说我与朱国公府没有任何关系；第五，我拿命去搏，若是刚好没了命，以后就没人给你们添麻烦了，所以你应该高兴才是。现在你可以走了么？"

蒋公子无言以对，起身瞪着他道："简直不可理喻！我好心好意求你保重自己，不要拖累家族，已是愿意把什么都让给你了，你还做出这副清高的样子给谁看？你没这个心思，那你留在这里做什么？为什么不一直留在安西都护府？"

"让？"蒋长扬怜悯地看着他，"你以为，如果这一切我想要，谁又能拿去？！你记着，你们现在死死护着的这些，本是我们母子不屑要，施舍给你们的，所以你没资格在我面前叫唤。我愿意在哪里，更轮不到你来管，明白么？以后我不想看到你，最好遇到我就提前绕开走，也别说我认得你。你不配！"

蒋公子一张粉脸顿时由红转白，由白转青，愤恨地瞪着蒋长扬，屈辱的泪花转来转去，最终在眼泪夺眶而出的那一刻狠狠一跺脚，转身快步走了。

福缘和尚宣了声佛号，道："你真是太坏了，这样欺负一个不懂事的小孩子。"

"我又不是和尚，不需要慈悲为怀。"蒋长扬将棋子放到棋盘上，"下棋么？我总输给你，还真不服气呢。"

福缘和尚笑了一笑，拈起一粒棋子，跟着放了下去。如满从外面进来，手里还端着冒尖的一大碗饭菜，眉飞色舞地道："那位公子哭了吧！人家问他怎么了，他就拿鞭子抽人！十七八岁的人啦，怎么还哭！蒋公子打了他吗？"

蒋长扬正色道："我佛慈悲，我怎会打人？！他大概是沙子掉进眼里了。"

福缘和尚忍不住扔了一粒棋子去打他，叹道："朱国公有这样的儿子，真是毁了他的一世英名。"

蒋长扬淡淡地道："守家承爵，还是胆子小点的好。我看正合适，他兴许正偷着乐呢。"

福缘和尚挑眉道："你真这样认为？"

蒋长扬笑笑:"下你的棋,和尚不该有这么多好奇心。"

福缘和尚果真收了好奇心,随着棋子几番落下,又露出那种呆呆的神色来。蒋长扬皱眉沉思,良久才落下一子。如满将一大碗饭倒进肚里,心满意足地打了个饱嗝,坐到棋盘前看两人下棋。天色渐晚,那二人越战越酣,他轻手轻脚起身将灯点上,坐在一旁打起瞌睡来。

却说牡丹出了法寿寺后,因见天色还早,索性又去了最近一所寺院试运气,还是一无所获。她不由苦笑起来,那么大的园子,要多少牡丹花才能填满?将庄子的事解决好后,少不得还要抽空再去各处花农家中探访,不然明年春天芳园的牡丹花可真是少得可怜了。

行至宣平坊门附近,牡丹看到李荇身边的小厮螺山躲在树荫下东张西望的,便叫雨荷:"去问他在这里做什么。"

雨荷怯怯地看向她娘,并不敢动。封大娘骂道:"呆!难道这亲戚不做了?"

雨荷这才上前打招呼:"螺山,你在这里做什么呢?"

"雨荷姐姐!"螺山瞅见封大娘,吓得一缩脖子,声音低下去,眼皮抽搐似的狂使眼色,"我有要事要禀丹娘!"

雨荷不为所动:"有什么事?既已到了这里,便去家里说。"

螺山急得"哎"了一声,道:"雨荷姐姐,我真有要事。"说话间,封大娘已经陪着牡丹走了过来,笑眯眯地喊道:"螺山,小兔崽子,好久没看到你了啊。"

螺山只得硬着头皮上前问好:"小的这些日子都跟着公子爷忙呢。"

牡丹知道李荇一直在为宁王妃的丧事忙乱,便笑道:"虽然忙,想必一定很长见识吧!"

雨荷道:"他说有要事禀告您。"

牡丹见螺山吞吞吐吐的,心知必与李荇有关,便道:"什么事?"

螺山没办法避开封大娘,只得道:"我家公子说,庄子里的事他已经知道了,让您不要担心,最迟这一两天他就会办妥。还有一些需要注意的事项,想交代您两句。"

牡丹笑道:"替我谢谢他啦。这件事暂时不麻烦他了,舅父自有安排。我这边也都准备得差不多了,不会有什么大意外。他这么忙,就别分心了,有空好好休息。"

螺山简直不敢相信,公子一片好意,她竟然一口拒绝,难道她不知道公子要交代注意事项,其实就是很久没见,想和她说说话吗?是笨还是狠心呢?约莫是狠心,亏了自家公子那么挂念着她。再看牡丹,就觉得没从前好瞧了。

牡丹看在眼里,暗叹一声,强笑道:"你看,我今日就是去办这事儿的,真没什么大碍。"

螺山无奈,只好告辞。

牡丹命雨荷塞给他几十个钱:"天怪热的,等这大会儿了,去买碗冷淘吃。"

螺山也不回家,直接往安邑坊跑,在一堆人中把李荇刨了出来。李荇忙得口干舌燥,心里也窝着一团小火,见螺山满脸同情地看着自己,却不说话,不由怒道:"有话快说!装什么呆?"

螺山委屈地道:"小的不忍心说。"

李荇气得笑了,使劲戳了他的额头一下:"你倒在我面前拿起乔来了,快说,我没工夫陪你耗!"

螺山方噘嘴道:"人家不要您帮忙呢,说是能自己解决,若是真不能了,也还有表舅。旁边封大娘死死盯着,小的想说几句好话也不成,就这么着把小的赶了回来。"

李荇默了一默,扯起一个笑容:"她若能自己解决,那自是再好不过。"随即转过身,一头又扎进人群里了。

螺山"哎"了一声,盯着李荇忙碌的背影,颇有些后悔自己刚才不应该图解气就那么说,只是也不敢再将李荇喊出来。苍山走过来狠狠地扇了他的头一巴掌:"你个吃糠的蠢材!我须臾不在，又干了件蠢事！"

螺山被打得一跌，袖子里的钱也骨碌碌滚落在地。苍山一把揪着他的领口将他推到角落里，冷笑道："好呀，自己没本事办好差事，收了赏钱还特意来糟公子的心？！你个小兔崽子长本事了啊。"

螺山护住头脸，闷声道："我原也没说错话，她就是那么说的。我看她对公子没心，公子白白牵挂她了。"话音未落又挨了一巴掌，他忍不住痛，大声道："你干吗又打我？我又说错什么了？"

苍山狠狠道："这些话也是你乱说的？公子的事就是被你坏了的！"抡起巴掌还要往下扇，被李荇从后面抓住手臂，沉声道："专来给我丢人的？"目光落在散落的铜钱上，眼里有了一丝笑意："她赏你的？"

螺山可怜巴巴地眨眨眼："公子爷，丹娘还谢谢您了，让您别担心，只管办好差事，有空多歇歇。小的还没说完您就走了。"

"传句话都传不全，以后不要跟我出来了。"李荇面无表情，转身就走。

苍山又劈头给了螺山一巴掌："你个呆子！夫人若是追问起来，知道该怎么说吧？"

螺山委屈地道："别打了！我当然知道！"

苍山快步跟上李荇，赔笑道："公子，老爷愿意帮忙是好事。"

李荇淡淡地道："你去打听一下，这些天她都做什么了？"牡丹有事首先寻的不是他，而是李元，便是特意避开自己。她不肯要他帮忙，他暗地里去做也是一样的。

待到苍山打听回来，李荇不由苦笑起来，似乎这件事，他能帮上的忙果然不多了呢。丹娘，和从前相比，越来越不一样了。

天刚放亮没多久，牡丹已经带着执意要跟她去看热闹的甄氏、孙氏等人走在了通往芳园的土路上。

空中飘浮着稻花香和青草香，鸟儿在田间地头发出清脆婉转的叫声，不时有农人赶着带了一股粪臊味儿的牲畜从众人身边经过，牛脖子上铃铛清脆，配着在田里劳作的农夫、农妇的俚歌声，构成一幅生动活泼的乡野图。

甄氏叹道："我当初跟着父母在乡下住时，晚上常和姐妹们一起踏歌，直到月下中天方才归家。自从嫁了人，许多年不曾踏歌了，真是怀念那个时候啊。"

孙氏笑道："难得三嫂伤春悲秋呢。"

甄氏白了她一眼："还不兴回忆一下从前啊。我又不像你，成日里什么事儿都没有，无需管家，也不需要管孩子，可以跟着丹娘一起在外面跑，想怎么玩就怎么玩，到点就回家吃饭睡觉，自在得很。真是羡煞我们几个了。"

此话一出，孙氏就板起了脸，紧紧抿着嘴不说话。甄氏犹自没发现捅了她的痛处，还在不停抱怨女儿不够聪明讨喜，儿子不够勤奋努力："丹娘，我也没什么奢求，就指望蕙娘和芸娘将来能像你这样会说话又讨喜。你这么大个园子，若是真修建好，再种满牡丹花，不知要值多少钱，每年又要赚多少。将来不管嫁什么人家，这一辈子都不愁吃喝。"

牡丹见她争强好胜、好端端把个孙氏弄得气鼓鼓的，便淡淡地道："不管这园子多好多值钱，都得小心经营，一个不注意就什么都没了。离不开家里的帮衬，只靠自己哪里就能万事如意。孩子们还小，只要大方向没错，将来就不会差了去，光会说话会讨喜也守不住财，主要还得大度勤奋。"

甄氏听出牡丹对自己不满，有心辩白几句，看到孙氏侧着脸不理睬自己，牡丹也打马上前和孙氏说话，分明都是不想理睬自己，便皱着眉头将不快强忍下去。

姑嫂三人别扭地到了芳园，看到忙得热火朝天的景象，甄氏便忘了别扭，"啧啧"几声，道："我也是有陪嫁地的，赶明儿我也建个园子去。"

孙氏还记着她讽刺自己没孩子、专吃闲饭的话，便嘲笑道："三嫂建园子是为了种豆植桑吧？"

甄氏见她讽刺自己不懂风雅，气得拿眼瞪她："我是会种豆植桑，你会什么？"

孙氏也翻了脸，反唇相讥。二人你来我往，说个不亦乐乎。牡丹索性让阿桃将她二人领进屋子里吃茶尝果子，趁着没有岑夫人压制，要吵就一次吵个够，省得憋成内伤。她自己则去寻五郎说话。

五郎正指挥人将园子角落里、最肥沃的一块约有二十亩的地周围砌起一圈矮墙隔起来，以便将来做种苗园。见她来了，便笑道："丹娘，这种苗园我没给你圈小吧？"

牡丹笑道："没有。近两年都种不满的，留着以防万一罢了。"她原本想着，这种苗园很重要，而这园子太大，管理看守都不方便，最好就是将这种苗园与自己住的地方连在一起，以便随时看管。

但福缘和尚听她说要建了围墙圈着，便说那会破坏整个园子的布局，大笔一挥，将种苗园划在这个角落里。她为难很久，想到这里确实清净，地也肥沃，最终同意了他的安排。若她知道这个决定在将来某一天几乎给她带来灭顶之灾，是怎么都不会同意的。

矮墙已经快要砌完，牡丹沿着院墙走了一圈，得知这两日没人上门来找麻烦，便高兴地将自己在城中走访了下游几户人家的事说了一遍。

雨荷将人家如何刁难她们，牡丹又是如何应对的这些事儿尽数添上。听得五郎直点头，赞许地笑道："士别三日当刮目相看，照这样下去，丹娘很快就不要哥哥们帮忙了，还能替哥哥们招揽生意呢。"

牡丹笑道："哥哥们哪里需要我招揽生意。我一说何家的香料铺子人家就认得了，若不是你们把咱们家的铺子做得这般好，我嘴皮子磨破，人家也不会理睬。"

五郎笑道："好啦，咱们就不互相吹捧了，说正事。我按着你让人送来的信，让胡大郎将里正和从前帮着修河道的二十多户人家的当家人请来吃喝了一顿。我谎说当初买房地时，周家只说这河是他们修的，一起转给咱们，但没凭证，若是以后想转卖，只怕会因为这条河受影响。

"咱的酒肉备得多，他们吃喝高兴了，我才一说，很多人就说都知道这事儿的，就撺掇着里正帮着证明这河本就是属于咱们的，咱们想怎么弄都是天经地义。里正也答应得爽快，都说有事只管找他们。有好多人问我这园子还收不收人做工，我想着乡里乡亲，挖地挑土也不讲究什么，便将那强壮的挑了几十个，又选了几个手脚利索的妇人进厨房帮工。有本地人在，若有意外，他们为了工钱也会尽力维护咱们庄子的利益。"

牡丹笑道："难怪工期进展这么快，五哥真是想得太周到了。有你在此镇守，我全无后顾之忧。只是，我觉着请他们作证这事儿还该再妥当一些，以绝后患。"

这两日她将芳园的房契地契琢磨了好几遍，那条河在自己地头上的归属权固然完全属于她，上下河道却没有说明所占的地到底属于谁，属于花了钱，却没有办正式手续的情况，算是个不大不小的纰漏，需得及早尽量补漏才是。

五郎是讲究一诺千金的人，自然也就相信众农人与里正当众说过的话都是一定要算数的，听她这样说，虽不以为然，还是道："你打算怎么做？"

牡丹正色道："到底是空口无凭，咱们请他们作证，他们按着事实说话，本是情理之中；可难保有人在中间弄鬼，用财势逼得人不得不说假话。不如就这河的由来写个字据，请他们按上手印以作证明。只有确认这河的归属，才能断了那些人在这河上做文章。"

五郎沉思片刻，道："你说得也有道理，既然如此，就赶紧办理。"兄妹二人快速回了屋子，一个磨墨，一个执笔，商量着写了文书。只说这河本是由先前的周家独自出钱引来的，所经过的地都花了钱,并不提牡丹对这河有完全处置权的话,又将昨日来的庄户姓名写上,准备请他们一一按手印确认。然后提了两瓮酒、半头羊,去请里正帮忙。

孙氏和甄氏吵得没了精神才住口,百无聊赖地坐着大眼瞪小眼,看五郎与牡丹跑进跑出,便也跟去凑热闹,问他们要去哪里。听说是要去找里正,两人都表示愿意跟了去。牡丹没心思陪她们玩,索性请甄氏帮着看顾工地,孙氏帮着看顾厨房,这才将二人给打发了。

出了芳园,五郎虚抹一把汗:"三嫂和六弟妹平时不是很要好么?怎地今日吵成这样?你也不劝,放着她们吵,若是过后都怪你在一旁看笑话,不肯劝架,看你怎么办。"

牡丹笑道:"她和六嫂好,那是从前,现在她们都有底气,不用联合谁,也不用讨好谁,当然谁也不怕谁。平时在家有娘镇着,她们就算心里有气也不敢吵闹,今日权当给她们放假出气,爱怎么吵就怎么吵,你看着,稍后回家又好了。"岑夫人明确财产分配之后,家里女人们拉帮结伙、背后搞小动作的少了,单个作战的则变多了。

五郎只是摇头:"你们女人真怪,有也吵,没也吵,反正总有理由吵。幸好你五嫂不喜和人吵,不然我也烦死她。"

牡丹似笑非笑地瞅着他:"你真的会烦五嫂?那我回去就告诉她。"

五郎笑骂道:"哪有你这样当妹子的。巴不得哥嫂吵架呢。你要真敢,看我不收拾你。"

牡丹笑道:"你要敢收拾我,看我不找爹娘、嫂子给我做主,就说你不许我和嫂子说真话。"

五郎摇头叹息:"你果然是被惯坏了,胆子越来越大。"

兄妹二人说说笑笑找到里正家中,将礼物奉上。里正姓肖,是个五十多岁的老头子,家里并不富裕,见到酒肉高兴得很,想着他们是来拜地头的,这一片的庄主可没谁这么稀罕过自家,当下面子里子都得到了满足,极其热情。

可一听他们说明来意,就没前日喝酒吃肉时那么爽快了,水也没给一杯,光皱着眉头拿着文书翻来覆去地看,就生怕自己大笔一落就会惹下麻烦。

五郎与牡丹笑眯眯地坐在一旁等他看个够,好容易等他看够了,他却道:"已经说过的事情,自不会变卦,是你家的就是你家的,何必多此一举?!"说着就要将文书退回来。

牡丹忙起身行礼,尽量让笑容显得诚恳:"肖伯父,您也知道,这庄子其实是我的,我日后少不得要靠它养家糊口,说不定也会转手。我写这个东西,并非是要封堵这河,也不会因此让下游几户人家没水用。我只是为了特殊情况的时候应对方便,比如说,我这庄子到处引了水的,要是谁在上游将我的水给断了,我一个女人可怎么办呢?这园子就等于废了。我全部嫁妆都放在这庄子里呢,心里不踏实啊。"

肖里正笑道:"小娘子,你放心,不会有人这么做,真有这种事,我们自为你做证。"

不是没人这么做,而是已经有人在这条河上打主意了。牡丹叹道:"我现在倒是不担心,就怕将来年深日久不好找人。您看,这上面只是写了这河是周家全额出钱修的,其他也没什么不是?我只是想请您作个证明,有这回事就行了。其实,我昨日也去拜会了下游几家庄子的主人,他们也都很是通情达理,但我就是怕将来又换了主人说不清。"

她虽说得合情合理,肖里正就是不表态,一会儿瞟瞟她,一会儿又瞟瞟五郎,一会儿又看看他们带来的酒和肉。牡丹急得很,里正乃是很关键的一步,需得靠着他引着去寻那些农人,有他领头,人家才肯按手印。他不响应,可怎么好?

肖里正不肯在文书上签字,牡丹与五郎就厚着脸皮不走,而肖里正又贪心不想退回礼物,便也不好赶他们走。三人面对着面一动不动,僵着笑脸死熬,忽听一条妇人的大嗓门从窗外响起:"哪家的死狗,怎地来了这里!是闻着什么味儿了呢?"一声闷响,窗外传来狗"唧儿"一声尖叫,外强中干地几声低嚎,渐渐去远了。

一个三十多岁、穿粗布衣裙、浓眉大眼的妇人拍着手走进来,目光在五郎和牡丹身上转了一转，再落到那两坛酒和半头羊上面，大着嗓门道："哎呀，贵客上门，水也没一杯，真是怠慢了。这狗鼻子可真尖，原来果真是嗅着肉味儿了。"

肖里正皱了皱眉，很不高兴。牡丹有心与他家套交情，便笑着起身道："这位姐姐是？"

妇人利落地用粗瓷杯子端了水上来："看这嘴巴多甜。我姓周，人家都叫我周八娘，这两日在你们庄子的厨下做活，工钱一日一结，伙食也好，你家很厚道公正。"

牡丹得了夸奖，颇有些高兴，紧接着居然从周八娘身上闻到一股淡淡的熏香味，又见她的手也洗得极干净，递上来的杯子虽旧，同样极干净，喝着竟然还有一丝蜂蜜味儿，不由对这妇人很是生出几分好奇。

周八娘见她喝了水，满意一笑，也不说明自己是个什么身份，伸手去拿肖里正面前那张纸，粗略扫了一眼，道："又不是什么大事，你前日也当着大伙儿说过的，今日就给她作了这个证又如何？"

肖里正撅着几根稀疏胡子拿眼瞪着周八娘，周八娘歪着下巴睁大眼睛毫不示弱地瞪回去，肖里正慢慢败下阵来，道："罢了，看你们是实诚人，想来也不会害我。若是拿这个去作怪，少不得要和你们争到底。"

周八娘立时换了张笑脸，去屋角取了一支秃头笔并一小块墨、半只破砚台和一只破碗，注些水进去，卷起袖子开始研墨，示意肖里正签字画押。肖里正无奈地叹了口气，歪歪扭扭地写了此事属实，再落下自己的大名。

牡丹与五郎都有些吃惊，先前他们猜这二人约是公公与儿媳的关系，可看二人"你"和"我"的，又互相吹胡子瞪眼睛，倒像是一家人。但这年龄，相差也蛮大了些。

周八娘见肖里正写好了，满意地拍拍他的手，将那文书拿起递给牡丹："看看还差什么？"

牡丹厚着脸皮递过一盒朱砂，周八娘呵呵一笑，示意肖里正按手印。肖里正气哼哼地按了一个，又瞪了周八娘一眼，抓起一个斗笠沉着脸道："走，我领你们去找人。"

牡丹大喜过望，忙向周八娘行礼道谢。周八娘摆摆手，笑道："算啦，我是晓得你为啥要这样做的。"话音未落，肖里正就狐疑地看过来。牡丹又是紧张又是害臊，周八娘这样大方，倒显得她算计不明就里的肖里正不厚道了。

周八娘却豪爽地哈哈一笑："这样才好啊，省得后面左右为难。好啦，咱女人不容易，快去吧。"听这意思，却是什么都知道的样子。

牡丹红着脸感激地笑了笑，跟着五郎和肖里正一起往外走去。周八娘利落地将酒藏在床下，把羊肉放在吊篮里吊入井中放着。刚收拾好就有人提着两包糕点和一封茶，趾高气扬地找上了门。

周八娘认得是宁王府庄子里的人，便殷勤地请他坐下喝水等着，待她去寻肖里正来。待出了门后，直接就往芳园的大厨房里继续做事去了。那人根本想不到周八娘会扔下他不管，便耐着性子在肖家一直坐等。

因是农忙时候，人多数都在田间地头忙活，五郎和牡丹顶着烈日在田埂间穿行许久，总算将事情办妥了。牡丹小心翼翼地将那张盖了二十多个红手印的文书折叠好，放进怀里藏好，又要请周里正吃饭。周里正沉着脸道："不去了，又吃又拿，占理的事都不占理了。你拿了这个东西，不许作怪。"

牡丹诺诺应下，赔着笑脸将人送走，再兴奋地抓着五郎的手笑了起来，有了这个，她虽不能完全支配这条河，却是能够名正言顺，再不怕旁人说三道四了。

牡丹回到芳园，不见甄氏与孙氏，找人一问，却是陪着福缘和尚看工程进展去了，少不得跟去待客。走至桃李林时，如满小和尚嬉笑着从林子里跑出来，一手抓着个吃了一半的桃子，一手牵着衣襟兜了几个桃子并李子，不忘回头去逗阿桃的弟弟阿顺："来啊，追着就给你。"

阿顺的脸红扑扑的，张着两只手跑过来，边跑边叫："小和尚，你不许跑。"

二人见到牡丹便顿住了脚，阿顺学着大人给牡丹和五郎行礼问好，如满却是眨巴着眼睛道："何施主，你怎么才来呀？我一早就等你给我送桃子去，总也等不到，少不得求着师父过来瞧瞧。"

牡丹笑道："本打算回去再带的，既然你来了就一次吃个够。只当心稍后别吃不下斋饭去。"

"师父在林子里看人挖河道，我领你们去。"如满无忧无虑地蹦跳在往前面引路。阿顺上前揪住他的衣角，抓了一个桃子喂进嘴里，快乐地一起往前跑。

桃李林中的河道已经挖了三分之一，不断有占了道的桃树、李树被摘了果子移栽一旁，工人们一边干活一边吃果子，还把他们觉得熟得最好的递给福缘和尚，福缘和尚也不推辞，在袖子上擦擦就开吃。

孙氏和甄氏远远看着，不时窃窃私语，表情都不好看。见到牡丹，甄氏快步过来把她拉到一旁气愤地道："丹娘，你也该和你五哥说说，好好管管这些人，干活就干活，怎么还顺手牵羊吃主人家的果子呢？真是不像话！难道这个不值钱的？也能卖着好些钱的！"又瞅着孙氏，"我是要管的，偏你六嫂拦着不许我管。"

孙氏忙道："这偷儿的名声不好乱安。我是想着他们当着我们的面都敢吃，吃的也只是要移栽的树，其他并没有动，便说明他们有数，说不定得了五哥或者丹娘允许。咱们别随便开口的好，得罪了人，岂不是给丹娘添麻烦？！"

甄氏不依："丹娘，难不成真是你们许他们吃的？"

五郎走过来沉声道："是我许他们吃的，咱们正是用人的时候，长在树上的也就不说了，这些不能留的难不成还要专门让人送去卖钱不成？吃两个果子也不会怎样。"何必这么刻薄。

甄氏噘嘴道："好好，就我一人多事。"

牡丹忙握住她的手，笑道："嫂嫂也是为我着想嘛。"

甄氏道："我脾气不讨人喜欢，好心也不得好报的，知道你们背里都说我刻薄哩，但我这人一是一、二是二，既然是请他们做工，便是给了工钱的……"

孙氏见福缘和尚走过来，忙提醒道："福缘大师过来了。"

甄氏悻悻地住了口。

福缘和尚与众人见了礼，笑道："贫僧过些日子要出远门，特意来看女檀越这里还有什么需要。"

牡丹忙道："师父今日看了工程进度，觉得可有偏差？若有，咱们赶早弄妥帖。您是要云游吗？要去多久啊？我还有好些地方要问您呢，比如说什么地方放什么石头那啥的……"

"当前只是最简单的工程，也没什么偏差。"福缘和尚垂眸算了一算，"女檀越请放心，待到需要建屋子和安放石头、堆造假山、种植花木的时候贫僧也该回来了。"

牡丹松了一口气，笑道："既然如此，那便没什么了。师父请屋里喝茶。"

福缘和尚的目光闪了闪，微微有些诧异。他昨夜听蒋长扬说了芳园的事，以为牡丹是有事求他，便特意来了这一趟，原也是想着，为她说上两句话也不甚紧要。谁知牡丹却不开口了。这又是为什么？

阿桃匆匆跑进来道："娘子，大厨房那边有人找您呢。"

牡丹忙告了罪，跟了阿桃去大厨房："是谁找我？"

阿桃道："是肖里正在厨房骂他家周八娘呢，眼瞅着要动手了。"

牡丹猜着大概是为自家帮忙的事，便问阿桃："周八娘和肖里正是一家人么？我先前去他家，看着周八娘挺能干的，年纪也轻。"

阿桃小声道："周八娘原来是肖里正的小姨妹，嫁在城里常安坊一户姓陆的人家。后来她丈夫死啦，肖里正家的周大娘也死啦，肖里正就求周家续亲，求娶周八娘。周八娘不肯，她家里逼她嫁了过来。开始那会儿，整天提着扫把追着肖里正打，打了约有两个多月才消停。"

牡丹这才明白为何周八娘会发出女人不易的感叹，原来她就是个被人欺负、不得意的女子。

"周八娘的胆子大着呢，花样也多。她曾经教过村里的年轻女子用旧竹篾片和橘叶做熏香，人家都笑话她想过有钱人家的好日子想疯了，她也不理睬，依然我行我素。奴婢跑去闻过她那香，还挺好闻的。可是她也会做恶心事，捉了蛤蟆做什么芋羹吃，还说是从百越学来的法子。真是恶心死了，也不知道她怎么会想到。"阿桃说到此，配合地打了个寒战。

她以为牡丹会和其他人一样，听到吃蛤蟆就大惊小怪地觉得恶心，偏牡丹镇静地问道："你看到过她做蛤蟆吃吗？"

阿桃愣了一愣："奴婢没见过，只是听王大娘说的，厨房里的人还都说。若非周八娘做得一手好菜，生得一身好力气，就一定要和您说，不许她来大厨房帮忙。"

牡丹淡淡地"哦"了一声，阿桃在一旁察言观色，便又把话朝着有利于周八娘的方向发展："其实她挺能干的，这里谁家嫁女娶媳，都爱请她去帮忙做饭，为人也热情，肯帮忙。有次我那跑了的后娘追打我们，险些把我弟弟推进河里去，是她帮的忙，还和我后娘吵了一架。"

牡丹皱起眉头严厉地道："这样说来，她不但是个能干热心的人，还帮过你的忙，你怎能跟着旁人在背后传她的闲话呢？这不是忘恩负义是什么！"

阿桃见牡丹突然翻了脸，吓得赶紧站住了，紧张地绞着手指，垂着头结结巴巴地道："奴婢只是想把自己知道的都告诉您，想讨您欢心。"

牡丹见她一张小脸瞬间褪去血色，心想这孩子就是一棵歪脖子树啊，得赶早纠正过来才行。便道："虽然你是为了让我高兴，但君子有所为有所不为，你这种行为真是让人瞧不起。若是不改，今后只怕我这里留不得你。"

阿桃咬住嘴唇："奴婢再不说人坏话了，专拣好的说！"

牡丹叫过雨荷："你教教她做人的道理，再教教她什么话该怎么说。"

雨荷微微一笑，老鹰抓小鸡似的提着阿桃的衣领，拎到一旁开训。

待到牡丹赶到大厨房，闹剧已经收场，肖里正与周八娘正准备过来找她。肖里正撅着胡子，铁青着脸，嘴里骂骂咧咧的，周八娘却是满脸不在乎。

牡丹忙上前与二人打招呼："肖伯父这是怎么了？谁惹您生气了？"

肖里正看到牡丹就奔过去气哼哼地道："我不是你伯父，当不起，别乱喊。你害死我了！早知道你不安好心，我就该无论如何也不要答应这蠢婆娘！"

周八娘满不在乎地上前拦住他，对着牡丹笑道："小娘子，咱们寻个地方说话。"

牡丹寻了间僻静的屋子，请二人坐下，问周八娘："刚才还好好的，怎么就说我害死人了？出了什么事？"

周八娘淡淡一笑："不就是你们前脚刚走，宁王府庄子里的奴才们后脚就去寻他么？我想着这人只能做一回证啊，他自己去得晚了能怪得了谁？！白纸黑字落在那里呢，难道还能改过来？便没去找咱们肖里正，给他倒了茶就来干活儿啦。"

肖里正气得发抖："你可知道那是什么人？王府！圣上的儿子！你惹得起吗？！"又瞪着牡丹，"你惹得起吗？！"

周八娘横他一眼："你这人可真是笨得屙牛屎！老娘已经给你安排好了，你却不懂得推托，怨得谁？"

肖里正道："我推托了啊，我说了，他们来晚了，我已经写了那东西了，断不可能改过来，叫他们来找何家就是了。可是他不肯饶我啊，说我故意和他们作对，问我是不是不想做这个里正了，当头就给我一巴掌，把我牙齿都给打晃了……"

牡丹定睛看去，果见他半边脸有些红肿，不由很是抱歉："实在对不住，事到如今，还是只有请您往我身上推了，医药费也由我来出，权当向您赔罪啦……"

周八娘道："本来就要往你们身上推的。"见牡丹朝她看过来，坦然自若地道，"你们是要我们替你们作证，我是既不想做亏心事，也不想夹在中间为难，任人拿捏，所以咱们算是各取所需。就是这老笨蛋人太蠢，胆小又贪心，不会办事还想做里正，活该他倒霉。"

牡丹默默一想，就是这么回事。她当时没有据实以告，哄着肖里正帮自己办了这件棘手的事，但从周八娘那边来看，也是图个签了这字就把事情甩脱推给自己，由自己和宁王府去抗争，他们再不掺和进来的意思。

小百姓为自家打算罢了，还真说不上谁好谁不好，只肖里正确因为自家才挨了打，周八娘其人也坦荡。牡丹便道："我给二位赔礼，请问这附近可有大夫，马上让人请来给里正看伤。"

肖里正哼哼道："不必了！我挨打就当白挨了，可不敢再和你家有牵扯。人家说了，叫你等着瞧！我是来把她带回家去的，赶紧把她今日的工钱算了，然后等着宁王府的人来找你的麻烦吧！等着倒霉吧！"

封大娘送茶汤进来，闻言就有些恼怒，这人是怎么的，嘴里包着粪呢？怎么这样说话啊？当下将茶瓯重重一蹾，眼皮子一抬，就要说话，牡丹忙将她拉开，笑道："谢谢肖伯父过来报信，我会小心的。既是这样，我也不敢再留你们了，大娘，去帮周伯母结算工钱。"

封大娘办事老到，直接找五郎支了一缗钱交给周八娘。周八娘一笑，数了一百个钱，对牡丹道："多的就当是我卖草药给他敷嘴的。小娘子好自为之。"自揪着肖里正去了。

封大娘沉了脸道："丹娘，到底是谁这么张狂？竟敢趁着宁王府发生这种大事的时候，在外面如此乱来？就不怕给王府惹上麻烦，也给自己惹麻烦吗？明知咱们家是李舅爷的亲戚，还这样可恶。"

"让人去林子里将新鲜上好的桃子和李子备成四份，一份给福缘师父带回去，一份送家里，一份送李家，另一份送给楚州侯府的白夫人。"牡丹安排妥当，叮嘱五郎，"五哥今晚不要留在这里了，一起回去吧。"

五郎皱眉道："他们要找麻烦，更该让人守着才是。咱们统统都走了，有人来捣乱怎么办？不行，我不去。"

牡丹道："五嫂很久没看见你了。我留在这里。"

五郎拒绝："你是个女子，那些肮脏手段哪里有我见识得多。你不放心我，我又怎么放心你？！这样，我兄妹二人一起留下好了。"

牡丹沉默片刻，嫣然一笑："好。"

福缘和尚吃完斋饭，跟了甄氏、孙氏一起结伴回城，临走时，特意提醒："小心木料。"

最脆弱的就是木料，一把火就可以烧得干干净净……烧完之后，她可不是要停工了么？牡丹打了一个激灵，认真答道："好。"

福缘和尚微微一笑，双手合十行了礼，慢吞吞去了。

牡丹和五郎趁着天色未黑，快速安排起来。木料砖瓦本是早就拉来放置好、有专人看守的，如今有了这种危险，少不得提高工价，多安排几个妥当仔细的人看着，还要组织一个夜巡队，夜里在工地上来回巡护，以防有人潜入捣乱。

天色渐晚，牡丹奔波一天，汗水出了又干，干了又出，感觉都要结盐粒子了，进了澡盆晕晕乎乎靠在壁上就迷糊了过去，直到雨荷在外拍门才把她惊醒过来。

雨荷看到她睡眼蒙眬的样子，不由嗔怪道："又睡着了，若是着凉岂不是自家吃亏受罪？！"边说边拿了大块棉布替她擦头发，小声道，"适才有人来报，两位少夫人在回城路上险些被一头疯牛给撞上，幸亏福缘师父机智，将那疯牛引开才没出大事。只是他租来的驴倒是被伤着了。"

· 199 ·

牡丹的瞌睡一下子惊得没了，她很难相信这是巧合。五郎领了几个工头在柳树下喝茶说话，见她寻来，便走过来道："你都听说啦？别怕，都好好的，家里今晚会再派人来帮忙，也会连夜去和李家商量，应该很快就能解决。这里的事儿也有我，你安安心心的就好。"

牡丹皱眉道："五哥，不过就是这么大点儿事，他们怎么不依不饶啊，且这么恶毒！"

五郎温和一笑："人心至善，也至恶。咱们觉得委屈，说不定他们也觉得委屈，你怎么没有任由他们去踩踏，而是一而再、再而三地和他们作对呢？实在太不像话了。"

牡丹笑道："是这个理。今晚你不打算睡了吧？我陪你一起？"

五郎道："好啊。还和小时候一样，我给你讲故事！"

第十五章 误会

天黑之前，李荇、大郎、六郎并十多个家丁出了城，并不直接赶去芳园，而是在城郊寻了个庄户人家坐着，直到二更时分方起身静悄悄地赶去芳园。

牡丹与五郎坐在灯下将些小时候的事来说，说着扯到了李荇。五郎笑道："行之从小就喜欢跟着爹爹跑，说是将来要做一个大商人，坐很大的船，去很远的地方，没想到他果真跑去做生意……"

牡丹道："他和我们不是一路人，总有一天，他不会再做生意的。"

五郎给她倒了杯茶，趁势将那早就想提的事说了出来："你五嫂有个姑表兄长，年龄和我差不多，前年死了原配，已是有儿有女，家中殷实，为人厚道，长相也端正。人我是见过的，和三嫂娘家那个兄弟完全不一样，可你五嫂还是不敢和娘说，也不敢和你说，让我先问问你，等这些事儿过了后，你愿不愿意见一见？"

牡丹一愣，难道她就只能配鳏夫么？已是有儿有女的，所以才不在乎她到底能不能生吧？

五郎见她垂头不语，晓得她不乐意，忙道："你别多想，我们只是想为你好，万万没有逼你、让你不高兴的意思，不乐意就算了。"虽然真实情况自家人都晓得，却不可能拿去嚷嚷给旁人知道。在旁人眼里，牡丹就是个病弱之身。

牡丹苦笑："我知道哥哥嫂嫂们都在为我操心，都心疼我，怎会故意让我不开心呢？我只是有些害怕嫁人了。"

她本是推托之词，五郎却是另外一种感受，忙安慰道："刘家那样的是极少数，你五嫂这个姑姑家为人很实在的。耳听为虚、眼见为实，不然你见上一见？"

忽听雨荷在帘外轻声道："家里来人了。"紧接着，帘子打起，大郎当先走了进来，牡丹笑道："大哥，你们怎么这个时候还能出城？"话音未落，又见李荇与六郎并肩走了进来。

牡丹没想到李荇也会跟来，这还是他向她表白之后，二人第一次见面，又是这样措手不及，一时之间倒有些尴尬。

大郎道："早就出了门的，一直等到天黑尽了才敢往这里走。就怕被那些个狗东西知晓我们来了，不敢送上门。"

李荇从进来看了牡丹一眼后，就强忍着不去看她，笑眯眯地道："今夜咱们来个守株待兔，瓮中捉鳖。"他笑得自然，但他自己知道，他用了多大的力气才让声音没打颤。

牡丹忙起身倒茶，头也不敢回地道："你们吃过饭了么？我让雨荷去做宵夜。"

大郎扫了李荇一眼，心想二人这样坐着确实怪难受的，便道："去吧。"

· 200 ·

牡丹借机走了出去，李荇将目光从她身上收回，笑看着五郎道："五哥，让巡夜的人撤回来吧。"

五郎笑道："你又打什么鬼主意？"

李荇道："防守这么严密，他们不敢来，咱们反倒不好动手了。我爹那里已然安排妥当，就等咱们这里了。这起不知好歹、为虎作伥的家伙，今夜便要叫他们有来无回！"

五郎道："既是你们已经安排好的，且听你安排就是了。"

牡丹取了蒸胡饼送过来时，房中只有李荇和六郎在，大郎与五郎却是到外面布置去了。六郎抓了个蒸饼道："我去看看大哥他们。"言罢径自走了。

牡丹沉默片刻，堆起笑来，将肉汤递给李荇，语气轻松地道："表哥吃吧。多吃点，吃饱了才有力气帮忙。我还说不用你帮忙了呢，不想还是劳你跑这一趟。"

李荇见她笑得没事儿似的，想到刚才来时听到的五郎那几句话，心里堵得发闷发慌，有心问她几句，看着一旁虎视眈眈的封大娘和满脸别扭的雨荷，终究暗叹一声，强笑道："真怕从此你就不要我帮忙了。"

牡丹听他一语双关，笑容就有些勉强。封大娘笑道："丹娘，时候不早了，您该歇着了，这里有老奴伺候，保管他们个个吃得饱饱的，您就放心吧。"

牡丹只好道："那我先去歇着了，表哥若有需要，只管和封大娘说。"

李荇忙放下手里的汤碗，深深地看了她一眼，沉声道："你安心歇着，万事有我们。"他话虽如此说，暗里却嘲笑了自己一回，这次他是又帮上了她的忙，以后呢？只怕她越来越不需要他了。正在怅惘间，封大娘将一个滚热的蒸胡塞到他手里，热情地道："表公子，多吃点！"

李荇无奈，只好埋头与蒸胡、肉汤奋斗。

四更时分，外面传来一阵喧嚣，说是抓到了贼。牡丹起身询问，封大娘轻描淡写地道："不过几个小毛贼，从身上搜出了火石、火镰还有油。果然是想混进去烧咱们的木料，大郎他们安排得妥当，来了个瓮中捉鳖，人赃俱获！现下正在审呢，说是天亮就要送去宁王府。"

天亮，牡丹安排妥当早饭，去叫大郎等人吃饭。但听屋内不闻任何声响，掀开帘子探头去瞧，只见几人歪歪倒倒地躺靠在榻上、绳床上，竟然是都睡着了。正要退出去，忽见靠在绳床上的李荇突然睁开了眼，定定地看过来。

牡丹心口一跳，赶紧将头缩回去。才转过身，帘子一掀，李荇快步跟了出来，轻声道："丹娘！你是打定主意看到我就要躲了么？"

雨荷见状，拿眼盯着自己的鞋子尖，一点一点地挪到一旁去站着，假装什么都没看见，什么都没听见。

牡丹沉默片刻，回头微微一笑："表哥说笑话了，我怎会一见到你就要躲？！"

李荇看到她交替握在胸前的青葱玉手，恨不得一把握住让她听他细诉才好，但他不敢，只怕这样一来从此再不能近她的身。他将拳头在袖笼里握紧又放松，放松又握紧，好容易平复了心中的波澜，笑道："不是就好。就算是……反正你明白的，旁人是旁人，我是我。早知如此，那些话我就不该说给你听，咱们还像从前那样，你别特意躲着我，好么？"

牡丹心想，已经说出口的话，怎能当它没有说过。已经发生的事情，怎能当它没有发生过。她倒是想呢，只是大家都不这样看。看看，大郎不是已经掀起帘子探出头来，狐疑不满地看着二人了？

牡丹飞快地喊了一声："大哥。"

李荇唬了一跳，迅速调整好表情，回头看着大郎笑道："大哥，我正和丹娘说那几个人已经供认不讳，以后不敢有人来生事啦。"

大郎也不戳破他，笑道："这次真是辛苦行之了。丹娘去看早饭好了么？得赶早回去呢。"

牡丹忙道:"就是来叫你们吃饭的。"

大郎回身喊了一嗓子,五郎和六郎揉着眼睛出来,几人说说笑笑地吃了早饭,仍由五郎守在工地上,牡丹随着大郎等人一道回城。李荇命人将那几人捆在马后,当着众庄户和工人的面,拖着上了路,有人问就大声说是奉了宁王之命,前来捉拿借王府之名做坏事的人,现下就要送回去交给宁王处置。众庄户敬畏不已。

回到城中,大郎与李荇自将人送去宁王府,牡丹则与六郎回家去听消息。中午时分,大郎喜滋滋地回来,道:"宁王殿下大怒,已是严厉处置了那几人,又命人去绑庄子里的管事来问罪了。不单是那邓管事,庄子里的总管也一并获了罪。丹娘,以后应该再没人敢去你庄子上寻事了。"

牡丹皱眉道:"不是说那邓管事是王府大总管的侄儿么?表舅他们会不会因此得罪人?"

大郎呆住:"应该不会吧!表舅厉害着呢,大总管哪能和他比。宁王殿下也说啦,王府下人若是个个这般行事,他再好的名声也不够败坏的。"

薛氏笑道:"你亲眼见着宁王殿下啦?"

大郎笑道:"那是自然。我也没想到,不过表舅叫我进去,我就进去了。他问了我具体情况,又安抚了我几句。要我说,这亲王也没什么可怕的,脾气好着呢,说话也好听,比王府那些人平和多了。"

牡丹现在就好奇,那邓管事为什么和她百般过不去。

到了傍晚,李荇终于将具体情况报了过来。却是有人挑唆那邓管事,说愿意出高价买芳园,只要他能弄了来,就一定要。去拿邓管事的人从他房里搜出十两黄金,说是定金。

牡丹苦笑,不用问她也知道那人是谁。和她结下深仇大恨、几次三番总想和她过不去的,还能有谁?

果然李荇道:"好像是说,某人从马上摔下来,虽然还未痊愈,但肯定瘸了,于是成日大发雷霆,便有人去和她说,我姑姑的球技马术都很好,若是那次我姑姑她们跟着一起打球,她肯定不会发生这种意外。只是不知为何,这账又算到了丹娘头上。不过,宁王殿下已经派人去魏王府了,想来她以后会收敛。"

牡丹皱眉道:"是谁和她说这话的?"真是人在家中坐,祸从天上来啊。

李荇笑笑:"这中间牵扯到他们宗室中的一些事……反正以后再不会惹到你头上,就不必理睬了。"有人想趁着宁王妃薨逝,宁王无暇他顾,趁机搞点事情出来,牡丹不过是在适当的时间和地点,刚好撞到枪口上而已。但这些事情,他却是不好和何家人说得太清楚。

宗室间的事,左右逃不过权势利益之争。既然以后不会再惹到自家头上,牡丹就识相地打住了好奇心:"表舅没有因此和那大总管生出罅隙来吧?"

李荇道:"不会,我爹和大总管,其实都是殿下的左膀右臂,谁也离不得,他晓得利害。只怪邓管事实在胆大包天,在那河上没能做文章,竟就想着去害你。这样歹毒不识大体的人,迟早都会坏事,怎能留他?"

其实他心里是暗自庆幸的,多亏当时那些人不认识牡丹,把孙氏错当成牡丹;否则,换了其他时候牡丹独自带着奴仆行在路上,指不定会出大事。

牡丹见他说得认真,便放下心来:"这样就好。"

李荇笑道:"其实这次的事,你反应很快,也做得很周到,很不错。若非你前面防范到位,让他们没有其他法子,也不会逼得他们轻易落入我手中。以后,你一定能将那庄子经营得很好。"

牡丹微微一笑:"我不敢居功,没有表舅递条子过来、你帮着设伏抓人、哥哥们帮忙,不会顺利解决。"

李荇见她只是客气,刻意生疏,不由暗想,总这样逼着也没什么意思,不过越逼越远而已,不如随性的好。便笑道："那你忙着，我去陪姑父他们说几句话。"言罢起身坐到何志忠身旁，听他胡吹海侃，间或插几句嘴，又逗得孩子们大呼小叫的，却似回到了从前的光景一般。

牡丹在一旁含笑看着，觉得就这样也挺好的。忽见甄氏似笑非笑地走进来道："丹娘，蒋家的邬管事来了，说是要见您呢。"

牡丹领了林妈妈和雨荷出去，果见邬三坐在侧厅里，正由家中总管陪了说话。见她进去，立刻起身行礼问好，将一只竹篮递过来，笑道："这是我家公子当初答应娘子的牡丹花种子，也不知道采摘的时机是否合适。"

牡丹掀开篮上盖着的细纱布，对着光亮处一瞧，但见里面不是直接装的蓇葖果，而是放着五六个绢布包，随手拿起最大的一个布包，只见布上用笔细细写了几个字："南诏紫牡丹。"字写得雄健朴拙，似是男子手笔。打开一看，里面放着二十多颗蟹黄色的蓇葖果，饱满又清爽，真真适合得很。

她一边感叹蒋长扬手下的人做事认真细心，一边拿起其他布包来瞧，绢布上都写了花名，有甘草红、鞓红、玉板白、朱砂红、粉二乔，只是里面的蓇葖果多的有五六枚，少的只有一两枚。有半瘪的，也有饱满的，有的干些颜色深些，有的湿润些颜色浅些，想来采摘的时候不一样，采摘的人也不知道是否合适，就一股脑地摘来了。不过，总是得用的。

邬三见牡丹满脸喜色地翻看那几包种子，不由微微一笑，适时插话道："这些是其他品种的，花匠按着公子的吩咐，也是在果皮呈蟹黄色的时候就摘下来放好的，只是不多，摘下来的时辰也要久些。我家公子爷想着您大概会需要，便让小的一并送了过来，也不知您有没有用。"

非常意外的收获，让牡丹笑得合不拢嘴，鸡啄米似的点头："有用，有用，太有用了。"又刨刨那种子，方才想起该和邬三道谢，"蒋公子实在太大方啦，种子包得也细致，这字写得真好。你们家的这位新来的花匠实在很不错。"按着她想，这些事自是花匠做的。

邬三神色古怪，含含糊糊地道："嗯，这位花匠的确不错。这字……的确写得很好。没有十多年的功力写不出来。"

牡丹没注意到他的神色，点头赞同："稍后请邬总管替我向蒋公子道声谢。"接了雨荷递过来的两个荷包，递给邬三道，"多的这包请邬总管喝茶，小的这包是给那位花匠的。光看种子包成这样，还写了花名，就知道是个做事踏实仔细的人。"

邬三的手顿在半空，想了想，接过荷包笑道："那小的替他谢过何娘子赏了。"

牡丹笑道："应该的。"

邬三收起荷包，正色道："何娘子，我家公子今日去看福缘大师，听说你们庄子里的那件事又加重了。还请你跟小的说说，如今是怎么一个情况，我家公子兴许可以请人帮忙去和宁王府打声招呼。"

牡丹笑道："谢你们关心，没事儿了，已经解决好啦。我正想着改日要去府上说一声，烦劳蒋公子挂心了。"

邬三有些疑惑，疯牛都追到大路上了，还说没事？牡丹见他不信，便将经过大致说了一遍。邬三欢喜地表示了祝贺，谢过留饭，告辞离去。

牡丹提了竹篮进去，甄氏招手叫她过去："给了什么？"

牡丹打开给她们看："是以前答应的牡丹花种子。"

岑夫人拿起一包来看，笑道："包得挺仔细的，这字也写得真好……花匠也能写出这么好的字？可真是难得极了！"

何志忠闻言，笑道："拿过来我看看。"看了那绢包上的字，也忍不住赞叹，"果然写得好。这样一手好字却去做花匠，真是可惜了。"

李荇也拿过去看，不经意地问："这是谁家的花匠啊？"

· 203 ·

何志忠道:"就是上次端午时救了丹娘的那位蒋长扬公子。说来真巧,他的庄子也在芳园附近,邓管事联合其他人家捣鬼的事儿还是他遣人过来提醒的。这人真不错,上次我们去道谢,就是随口那么一说,难为他一直记着。"

牡丹笑道:"他能不记着么?我还欠他几株好花呢。"

李荇抿了抿唇,突然道:"丹娘,我听说你这些日子到处找牡丹接头,却又被人抢了去。我家里那些我已吩咐他们务必仔细看顾,等到秋天就让人给你送过来。"

牡丹心想当着全家人的面拒绝他的好意实在不妥,便半开玩笑半认真地道:"那价钱可不许太高,不然就算是我表哥,我也不要的。"

李荇笑道:"行,你按市价给我。"

说话间薛氏领人摆好了饭,入内来请大家吃饭。李荇很识相地起身:"我还有事呢,先告辞了。"

何志忠拉住他道:"哪有不吃饭就走的道理!"

李荇为难地看向岑夫人,岑夫人又不是对他有意见,见他眼巴巴地看过来,心一软,笑道:"傻孩子,难道在姑姑家里吃顿饭都不行了?!从前也没见你这么客气过。"

她才一发话,已经懂事了的孩子们立刻一拥而上,将李荇簇拥着往前面去了。李荇出门前扫了那半篮牡丹花种子一眼,轻轻挺直了腰背,将本就笔挺整洁的玉色袍子整了整,自若地与何濡、何鸿谈起了诗词。

岑夫人直叹气,多好的孩子啊,真是太可惜了。

却说邬三哼着小调回了曲江池蒋宅,问清小厮蒋长扬在园子里的池塘边喂鱼,便绕过小径,往后园而去。

天空已经泛黑,唯有天边还有几丝金红色的亮光从五彩的云霞里透出来。蒋长扬立在池塘边,将鱼食轻轻撒入池塘中,胖胖的锦鲤围在他面前,纷纷张着圆圆的嘴吞咽,发出轻微的"吧唧"声。蒋长扬的脸在半明半暗里显得轮廓格外分明。听见脚步声,他头也不回地道:"回来了?"

邬三捏了捏袖中的荷包,露出一丝不怀好意的笑容,仍作了恭敬模样上前道:"是,回来啦。何家娘子说了,那件事已经解决了。让小人替她向您表示谢意。"

蒋长扬将最后一点鱼食撒入池中,拍拍手,回身望着他道:"解决了?这么快?怎样解决的?"

邬三将经过说了一遍,笑道:"这位何娘子,看着笑眯眯的,其实也是个要强的。"

蒋长扬"唔"了一声,表示知道了,便转身往后走。邬三忙喊了一声:"公子爷!"

蒋长扬站定,疑惑地道:"还有事?"

邬三摸出那个装满了钱的荷包,双手递上,严肃认真地道:"这是何娘子给您的。"边说边偷觑着蒋长扬的表情。

蒋长扬一愣,呆呆地站在原地看着那个荷包不动。荷包是稳重的靛蓝色,上面简简单单绣了一丛兰草。绣工还不错,花样子看着也还不差。他明明记得几次见到她,她的衣裙上绣的都是各式各样的牡丹,一朵比一朵更娇艳,一朵比一朵更夺目。怎么这个荷包绣的却不是牡丹,偏偏是丛兰草?蒋长扬被自己这个突如其来的念头吓了一跳,并不去接荷包,淡淡地道:"她怎会突然送我荷包?你是故意捉弄我的吧?"

邬三震惊地道:"小的怎么敢?!小的对天发誓,若有半个字是假的,便天打五雷轰。真是何娘子送的。"他说的果真没有半个字是假的,只有一个字是假的,是"赏"而不是"送",所以不怕发誓。

蒋长扬不安地擦擦手掌,犹豫道:"她为什么送我这个?你可知道里面是什么?"

邬三忍住笑,继续捧着荷包递过去,老实巴交地道:"小的不知,也不敢问何娘子,您打开看看不就知道了?"

蒋长扬抿着唇接过荷包,入手就觉得很沉,掂一掂觉得很诡异。拉开荷包,几个亮晶晶的通宝叽里咕噜滚出来,落在碎石铺就的小径上,叮当几声脆响,滚进了旁边的草木中,倏忽不见。蒋长扬挑了挑眉,指尖一挑,将荷包口全部拉开,但见里面满满当当装的全是通宝,不由好生懊丧,抿紧了唇,抬眼冷冰冰地看着邬三,生气地道:"你又捣什么鬼?"

邬三忍笑忍得肚子都疼了,装作满脸委屈地道:"您可冤枉死小的了。何娘子说,包花种子的人包得极不错,字也写得极好,送给他买茶喝的。人家一片好心,小人不好说不要,所以就拿回来了。您若不要,就赏给小人吧。"

何家丹娘不是不懂礼的,怎会莫名其妙打发下人似的送自己一包钱?分明是生了误会。蒋长扬明知邬三捣鬼,偏生气不起来,只沉着脸道:"这么简单的差事,你都办得莫名其妙,还想多拿赏钱?!以后再这么办差,就可以回去了。"

邬三也跟着沉了脸,站直垂了手,认真应"是"。蒋长扬轻踢他一脚:"趁着还有亮光,赶紧把钱找起来,别浪费了!关键时一文钱难倒英雄汉呢。"

邬三弯腰弓背地将钱从路旁草丛中找出,认错态度良好地双手递过去。蒋长扬将钱装入荷包中,把荷包口一系,转身就走。邬三跟上去赔笑道:"公子爷,明日什么时候出发?"

蒋长扬头也不回地道:"巳时去法寿寺接福缘和尚,收拾好就走。"

邬三偷眼看着他手上的荷包,快步跟上:"小人再去检查一下马匹装备。"

蒋长扬点点头:"小心些,稍后我会和大家一起吃晚饭,你去看看饭菜备得如何,记得要厨房添好菜。酒,每人只能喝一碗,多的不能喝,叮紧了。"

邬三应了,自去筹备不提。

蒋长扬握着那包钱回到房中,从怀里摸出火镰和火石,轻车熟路地将蜡烛点亮,随手将那包钱放到桌上一个黄杨木匣子里。伸手在桌下摸索片刻,摸出一张写满了字的纸,对着烛光又细细看了一遍,就着烛火烧得干干净净。

少顷,邬三轻轻敲门:"公子爷,大家伙都到齐了。"

蒋长扬吹灭蜡烛,转身拉开门:"走吧。"

暮色尚未完全降临,永兴坊的郡主府里已然帘幕低垂,灯火辉煌。侍女有条不紊地将一道道热气腾腾的菜肴流水般送至主屋那张金筐宝钿长条桌上,以备主人随时取用。浓厚的苏合香油味无处不在,竟叫美味佳肴散发出的香味几乎闻不到。侍女们也没心思去管,人人俱是提心吊胆,束手束脚,唯恐一个不小心弄出声响,就被心情不好的主人治了罪。

待到菜肴上齐,最得清华之意的婢女阿洁愁眉苦脸地绕过六曲银交关羽毛仕女屏风,对着低垂的绛色纱幔后宽大的白檀木床榻上一动不动、望着帐顶发呆的清华郡主轻声道:"郡主,菜已上齐。是否现在就将桌案抬过来,伺候您用餐?"

清华郡主冷声道:"刘畅还没来?"

"刘寺丞让人带信过来,说是要晚点过来,请郡主不必等他吃饭。"阿洁胆战心惊,语音颤抖。自从清华郡主堕马受伤之后,脾气越发古怪暴躁,隔三岔五就要叫刘畅过来陪她。她伤重之时,刘畅倒是次次都来;伤势稳定后,来得就没那么勤了,五次中有三次来就算是好的,三次中还难得有一次不迟到。来了也就是捧杯茶,捧卷书,坐在床边长久不发一言。清华郡主若是好好说话,撒撒娇,他还会偶尔应和一下;若是大发雷霆、砸东西、骂他,他便是纹丝不动,视而不见、听而不闻。

清华郡主对此颇为不满,骂他不是个东西,偏生旁人还都劝她,说她不对,夸刘畅脾气好,宽宏大量。他二人斗法,苦的却是她们这些下人,随时提心吊胆的,总担心自己什么时候一个不小心,又招惹了清华郡主,从而惹来灭顶之灾。果不其然,阿洁话音刚落,清华郡主就抡起一个瓷枕砸了过来。

　　阿洁脚指头都吓得痉挛了，一动不动地睁大眼睛，死死盯着瓷枕的飞行路线，算着要到了，方不露痕迹地偏了偏头。瓷枕呼啸着从她的发边飞过，看起来就像是清华砸得不准一样。清华平时惩罚人是不许躲避的，否则罪加一等，所以如何让有意的躲避看起来像意外，也是一门高深的学问，不是身经百战修炼不出来。

　　瓷枕发出的破裂之声在空旷幽暗的室内显得格外刺耳。清华大概是累了，没有再继续追究。逃过一劫的阿洁此时方觉得汗流浃背，腿一软，"啪嗒"跪倒在地，颤抖着声音道："郡主息怒！郡主保重！御医叮嘱过，您不能乱动，必须静养的。"

　　清华郡主"呼哧呼哧"地喘着粗气，恨声道："竖子何其可恶！我如今是起不来床，不然一定要叫他好看！去！再让人去催！和他说，他若是不来，我要叫他后悔一辈子！"她怎么这么倒霉！什么都不顺利，已经躺在床上了，家里人不但不顾惜她，还为了针尖大的那么一点小事，气势汹汹地上门来骂她！还有刘畅这个负心汉！她恨得差点把一口银牙咬碎。

　　阿洁唯唯诺诺地退出去，叫了个小厮来："再去请刘寺丞，求他务必早些过来。就说郡主今日心情格外不好。他若是不来，只怕会闹出更大的事情。"

　　坊门快要关闭，刘畅方才阴沉着脸出现在郡主府。阿洁看到他，情不自禁露出一个甜美的笑容来，虚虚抚抚胸口，轻轻吐出一口气来，恭敬地行礼道："刘寺丞，郡主等您好一会儿了，奴婢为您引路。"刘畅看也不看她，将头仰得高高的，轻轻哼了一声。

　　看到有人将这危险的差事领了，其余人等自然巴不得能躲个清闲安稳，俱退开不往前凑。这正是刘畅所需要的，他漫不经心地跟着阿洁走到后园，见周围无人，迅速将人拖入一丛丁香后，牢牢搂紧纤腰，在她白嫩的脸上亲了一口，微笑道："好亲亲，下次见到我再不要像刚才那般笑了，当心被人看到，她的疑心重得很。"

　　阿洁伏在刘畅怀里轻轻喘气，委屈地看着他道："她近来脾气越发糟了，动不动就拿人出气。先前为着您来迟了，就扔瓷枕砸我，险些将我的头砸破，我真是怕得要死，就生恐什么时候就再也见不到您了。"

　　月光下，她泪珠晶莹，凤眼媚人，刘畅恍然觉得这双眼睛惊人地熟悉，情不自禁就带了十二分怜爱将那泪珠儿给舔干净了。

　　阿洁贪恋地看着刘畅英俊的脸，轻声道："先前魏王世子奉了魏王的意思过来，狠狠训斥了郡主一顿，还不许郡主辩白，说的话很难听。所以她的心情非常不好，等会儿只怕又要给您气受。"

　　刘畅道："为了什么？"

　　"好像是郡主听了闵王府中一个姬妾的话，利用宁王府的下人去逼买黄渠边的一个庄子。如今东窗事发，宁王派人去和魏王打了招呼，魏王非常生气。"

　　刘畅默默想了片刻，笑道："知道了，你辛苦了。以后不要冒险了，平平安安的最重要。"

　　阿洁娇嗔道："我都是为了你。"

　　刘畅轻声道："我知道。"闵王是皇二子，比宁王大得多，身边豢养了一大群奇人异士，四处交游权贵。上次陪他去参加宝会的袁十九就是其中一个。这次闵王指使姬妾来挑唆清华，是忍不住了吗？黄渠边的庄子？好像潘蓉说牡丹就在那附近买了块地修庄子，会不会是她的呢？

　　刘畅步履轻快地穿过一重又一重的纱幔，绕过六曲银交关羽毛仕女屏风，淡笑着看着床上脸色苍白、愤恨地瞪着他的清华："我有公事，故而来迟了。听阿洁说你等着我一直没吃饭，怎么这样不懂事？说吧，想吃什么？我喂你。"

　　清华冷笑着翘起嘴角："你还记得我在等你？什么有公事？又和潘蓉一起去风流快活了吧！你喂我？你只怕巴不得我饿死才好呢！"

刘畅不以为意地接过阿洁递上的燕窝粥，用银荷叶匙子舀了一匙递到她嘴边，温和地道："我看你是闷坏了，成日里总在胡思乱想。我把公事办好，你也有面子不是？你难道不知我最想的就是靠自己的真才实学谋得一席之地？"

清华郡主半点面子都不给他，"呸"了一声，竖起眉头厉声道："别个不知，我还不知道你是什么货色？真才实学？笑死人了，你以为你这个寺丞是怎么来的？如果不是我……"

刘畅忍无可忍，勃然变色，将手里的金花碗狠狠往地上一砸，也不管燕窝粥溅得到处都是，冷冷地瞪着清华郡主道："对！我就是个没出息的货色，只能靠老子靠女人，若是没有你们，我要到街上去讨饭才能填饱肚子！如果你没摔下马，我也不会这么快就得了这个司农寺丞！如果没有你，今日我也不会被宁王府的人叫去喝酒！我倒是奇怪了，我是不能文还是不能武？你们凭什么瞧不起我？"

清华郡主很久没看到他爆发了，此时看到他发作起来，心中那股邪火反而降了降。她狐疑地看着刘畅道："你被宁王府的人叫去喝酒啦？都说什么了？"

"我是不想说，怕你听了又烦，但禁不住你这样折腾！"刘畅哼了一声，装腔作势歪到一旁。

清华皱起眉头："你都知道啦？"

刘畅道："知道什么？人家就是莫名其妙地警告了我一通，我只知道你跟着闵王府做了件什么不该做的事。我说，你好好躺着养伤不可以吗？操那些心做什么？有事不会让我去做啊，掺和进去干吗？你还嫌身上的伤不重啊？"他越说到后面越大声，神情也越严厉。

既然不知道与何牡丹有关，那么他越凶，清华郡主就越觉得他是关心自己，原本非常糟糕的心情稍微好上了那么一点。她默了一默，道："这次是我考虑不周，给人当枪使了，以后不会了。你别担心，等我好了以后，我再进宫去求圣上，请他另外给你安排个更好的职位……"凡事一沾上这何牡丹就没好结果，这女人是命里带衰还是怎么地？

刘畅冷笑一声，把头撇开："我不稀罕！总怕一不小心就被人说成是吃软饭的，我可不想一辈子都抬不起头来。"

清华郡主也不耐烦了："这也不行，那也不行，那你到底想怎样？"

刘畅挥袖而起，阴沉着脸道："我在外面忙乱了一天，你就专找着给我添堵？我累得很，你还是安心养伤吧，稍后我再来看你。"

清华郡主如今的日子难过得很，盼了他许久，就指望着他能安慰开解她，结果人来了没说上几句好话，吵了一架，砸了东西就要走，不由又气又恨，忍不住将金鸭香炉抓起扔了出去，恶声恶气地吼道："好呀！你只管走！有本事走了就再也不要来！"

金鸭准确地砸在刘畅的后脑勺上，雪白的香灰扑得他一身都是。刘畅被砸得眼前发黑，眼冒金星。他顿住脚，冷森森地瞪着清华郡主，恨不得上前将她掐死，拼命将那口恶气咽了下去，决绝地往外走。

清华郡主被他那一眼看得一阵心虚，不由有些害怕起来。当年，她跟他说她要嫁人了时，他就是这样一种神色，之后果真再没主动找过她；直到她又回去找他，他也不如意，才又接受了她。如今看来，似乎又像是回到了那一夜，他这一走，多半是不会回头的……她眨了眨眼，声嘶力竭地道："你敢走！走了我必然叫你全家后悔！"

"那么，你自己保重吧。记得哦，让我全家抄斩的那一日，你只管去扇我的脸，吐我一脸口水，怎么解气怎么来。"刘畅古怪地笑了笑，她叫他全家后悔？如今他全家只有刘承彩一个人不后悔，其他人都后悔得很！

清华郡主看到他那决绝的神色和古怪的笑容，又听他说这种话，真的后悔了。可又拉不下脸来，又气又恨地将眼泪咽了回去，恶声恶气地道："你这个……"

清华的狠话还未放出来，就见阿洁打起帘子快步进来，跪倒在刘畅面前苦苦哀求："刘寺丞，郡主在病中，身体不舒坦，心情也不好，又受了委屈，和至亲至爱的人发发火也是人之常情，您请多多包涵她吧。她日日都盼着您来，夜里也睡不着……此刻外间坊门早已关闭，您就算出了府也不能回去，不如留下来吧！有什么心结是解不开的？好好说说就通了。"说完只管"砰砰"磕头。

清华郡主不由大喜，当真的，坊门都关了，他能去哪里？不过刘畅那倔脾气她知道，说不定会跑去哪户相熟的人家坐上一夜也是有的。她从眼角斜瞟着刘畅，只见刘畅脸部的线条渐渐柔和了下来。

清华郡主适时叹道："我知道我成了这个样子，你便嫌弃我了，不然怎么总是对着我发脾气，再不顾我的死活了？你忘了从前说过要陪我一辈子的，难不成你还怨着我以前嫁了那个死鬼？我名为郡主，其实真正能做主的事有多少？若非总念着你，也不会想方设法要和你在一起，这世上，有几人像我这般牵挂着你的？"

刘畅果然低低叹了口气，紧握着的拳头也松开了。

清华郡主一看有戏，忙道："你累了一天，也该歇着了。"

刘畅舒舒坦坦地躺着，眼睛瞅着清华郡主和阿洁主仆。她能在他家里收买安排棋子爪牙，他也能的，就看最后谁玩死谁。萧觅儿，你等着瞧，这还只是开始呢。

五更三点，"咚咚"的晨鼓声和各个寺院的钟声依次响起。刘畅睁开眼睛，径自起身披衣下床，头也不回地走了出去，对着静候在外的阿洁低声道："想办法传出去，就说她为了昨儿的事情，对魏王和世子极为不满。"

天色还未完全放亮，刘畅回头看了一眼晨曦中的郡主府，唇角勾起一丝冷笑。待他慢慢拔光她的牙齿和爪子，看她怎么在他面前闹？

他翻身上马，踩着晨光慢慢出了永兴坊，向着皇城走去。走着走着，忽见一个熟悉的身影东张西望地从附近的安兴坊里骑马出来，俨然正是号称要在府衙里值宿的刘承彩。

刘畅并不上前去打招呼，而是拨马走入另一条街口，等刘承彩过去之后才低声嘱咐了秋实几句。

随着时间推移，天气越发燥热起来，牡丹坐在廊下阴凉处翻看纱筐里的牡丹种子，蓇葖果已经从蟹黄变成褐色，果皮也在裂开，后熟过程完成得很好，只等时间一到就可以播种了。

孙氏欢天喜地地过来，笑道："李家表姨买了新宅，要搬家，因着又是七夕，使人下帖子请家里的人都去，丹娘你去不？"

牡丹手上不停，笑道："表姨搬家，咱们自是都要去暖宅，怎能不去？"

孙氏见她口里虽然答话，心思却全在活计上，不由拿扇柄轻轻敲了她一下，笑道："娘叫你过去呢。"

岑夫人正和薛氏、白氏商讨送什么礼给李满娘暖宅，见牡丹过去，便道："你表姨夫升了官，到时会有很多人去，其中不乏名门世家的女孩子。这些人多数与你表舅家交好，李荇在年后就会授职……"

李荇要授职，便是到了该成家立业的时候。宁王妃刚下葬没多久，李家没机会办这事儿，现下李满娘的丈夫升官、搬家，又是七夕，三件事加在一起，正是一个可以名正言顺地邀约名门官家女子聚在一起，方便崔夫人挑选儿媳妇也方便对方相看李荇、促成好姻缘的机会。

牡丹明白了其中的关键之处，微笑道："想来极热闹。"

岑夫人看着她道："咱们必须去。"

这搬家暖宅是一件非常隆盛的事，身为亲戚，又是平时交好的，不能不去祝贺。幸亏届时李家和李满娘夫家的亲戚也会去,其中从商的人极多,不是非得和官家女子打交道,也免了牡丹许多尴尬。

牡丹笑道:"当然要去。娘准备送什么好礼给表姨?"她自问有勇气也有能力面对。

岑夫人笑道:"还能有什么,咱们家的老本行呗。"

牡丹摇摇扇子,笑道:"又是香山子?"

岑夫人笑道:"可不是?其他也没什么合适的,你表姨请芮娘、菡娘、阿汶、阿淳、阿洌搬家当日帮她擎水执烛。咱们要给他们做新衣服,我就想着,不如大家都各做一套。"

屋里的气氛立时高涨起来,女眷们都嚷着自己要做的衣服样子,还闹着要打首饰,欢喜一团。

此时李家也是一片忙乱。

崔夫人绞尽脑汁,四处奔走,巴不得趁着李满娘搬家这个日子,将所有可能与自家结亲的好人家一网打尽,把人家的适龄女儿全都领去给她相看,务必要挑出一个才貌身世俱佳的儿媳妇来。为了让李荇的卖相更好一些,少不得要替他好生装扮一番,于是一早就把人堵在家里,又搬出一大堆存下的好料子,拉了李满娘精挑细选。

李荇满心不喜,奈何终究犟不过崔夫人,少不得强撑着不耐烦让人给自己量体,兴致缺缺地听崔夫人和李满娘讨论什么料子最合适他穿,什么颜色最衬他。他本是爱打扮的人,此时却觉得做衣服真是太烦了,不如不做。

李元进来,见妻子和妹妹把儿子推来推去、比比画画,儿子却是一脸的生无可恋,便道:"行之,你怎地坐着不动?没差事么?"

李荇闻言大喜:"我正要走呢,爹爹也要去王府办差了吧?咱们正好同路。"

李元正好有话同他说,当下点点头:"走吧。"

崔夫人还没比画完,就被丈夫将儿子给拉走了,不由满心不喜,正要阻拦,李满娘低声道:"让大哥和他说,不然他转身跑了,到哪里去寻人?"

崔夫人一想也是这个道理,遂顿住了,怏怏地道:"咱们也给自己添件好的。"

李元背手前行,淡淡地道:"还想着呢?"

李荇佯作糊涂:"想什么?"

李元直言不讳:"何家的丹娘!"

李荇倔强地抿紧了唇,默不作声。

李元轻叹道:"人生不如意事十之八九,大丈夫当有所取舍!达则兼济天下,穷则独善其身,你不是一直都为商家鸣不平么,觉着大家不该看不起商家么?这事儿不是一朝一夕就能做到的,若你想改变这种看法,光凭你现在的身份绝不可能做到!"

李荇心烦意乱,这些他当然知道,他也想继续往上走,做到更好,好在将来某一天,让大多数人静下心来听他阐述,实现他的理想。然而,他难道不能通过自己的努力做到么?扯这些做什么。

李元晓得他心中所想,便道:"你大概是想,凭着本身的才干你也能做到。但成功并不是光凭努力就够的,能够五步走完的路,为何非得走十步甚至百步?"

李荇尖锐地道:"难道您娶娘的时候也想了这些,只是没法子娶到名门望族的女子才退而求其次?您虽然在仕途上走得艰难,但您能说,娘这些年对您一点帮助也没有?"

李元严肃地道:"此一时彼一时,我那时和你现在不同。吃了多少苦头我心里明白,所以才不想要你再走一回。丹娘是个好女子,与你年貌相当,但是,她心中有你吗?"

李荇一阵气苦,若非家中反对,崔夫人几次三番去说那些莫名其妙的话,他和牡丹何至于到这个地步。

李元自顾自地道:"若她心中真的有你,就不该成为你的绊脚石;若她一心想跟你在一起,为了你好,为了你的前途着想,就不该苛求……"他笑了一笑,"你们真想在一起,我也不是非得不许,只要她肯退一小步。"

李荇的脸热了起来,只要丹娘心中有他,只要丹娘肯退一步,就是说,让丹娘做他的侧室?他一时说不清心中的感受,有恼怒也有心疼,更有一种强烈的挫败感。

李元见他神色变化,轻轻一笑:"但是,她肯么?何家肯么?"何家那般偏疼牡丹,怎舍得她去做人的侧室,受主母的气?牡丹本是三品大员的独子正妻,却不肯忍气,花了那么多心思、吃了那么多苦头也要和离的人,又怎会愿意做他这等人家的侧室?简直笑话!

李荇抬头看着老谋深算的父亲,涨红了脸道:"爹爹有话只和儿子直讲就是,何必这样转弯抹角!"

李元冷哼一声:"实话和你说,清河吴氏此番也会有人来。这是很难得的机会,旁人打着灯笼也求不到的!"

李荇拼命压制住怒火,道:"我从来不知清河吴氏也与我家有交情!"

李元死死盯着他,针锋相对:"他与我们之前是没交情,以后就会有了!这一位,可是从前秦妃娘娘提起过的。"

李荇的头"嗡"的一声响,冷笑道:"只怕是旁支庶女吧,就算是嫁过来,也不见得就能给你所想要的。"

李元对他的愤恨视而不见,云淡风轻地道:"五姓嫡女本就不多,这位各方面都是良配!你也别急,人家不见得看上你呢。我就是提前打个招呼,该怎么办你心中要有数。你今年已是二十一了,再也拖不得。我不是卖子求荣的人,我知道什么对你更好;何况我们家如今的情况你当明白,有些事情,不是你我做得了主的。"

李元说完,一甩鞭子,扔下李荇自行离去。

李荇呆立片刻,咬紧了牙关,也狠狠一挥鞭子,纵马疾驰,瞬间就将苍山与螺山甩出老远。

转眼到了七夕,一大清早何家的院子里就喧嚣起来,大人孩子们都穿上了新衣,女人们更是精心装扮,满头珠翠。浓烈的熏香味熏得何志忠打了无数个喷嚏,自嘲道:"我虽是惯常嗅这香味儿的,但若是经常这样,我这鼻子只怕要不得用了。"

牡丹笑道:"咱们家的熏香味儿其实算得上够清雅的,不过咱家人多,味道又不同,才会这样。爹爹偶尔忍受一回就叫受不了,那我们今日还要与那许多美人共聚一堂呢,岂不是要叫我们都捂紧了鼻子?!"

何志忠笑道:"我是不管你们捂不捂鼻子,我只知道我这香山子只要拿出来,就要叫那许多人来问是谁家卖的。明日、后日我们铺子里又要开始忙了。"

众人骑马坐车,一行几十人说笑着浩浩荡荡地往昭国坊而去。此刻尚早,李满娘的新宅外面围着的全是自家亲戚,并没有外人,就等着吉时一到好按部就班完成入宅仪式。

李满娘穿了一身绛红色的襦裙,满脸喜色地与众人交谈着,看到何家众人过来,便赶过来招呼道:"可算是来了,哎呀,拖家带口的真不容易。"

"孩子们多,没法子。"岑夫人热情地与其他人打招呼。崔夫人见状,也跟着过来搭腔,顺便打量牡丹一番。

但见牡丹梳了个交心髻,只插了两支简洁大方又不失雅致的双股金筐宝钿头钗,穿着玉色暗纹折枝牡丹绫短襦配同色八幅长裙,腰间系着的松花绿裙带上精心绣了几朵盛放的紫牡丹花,披着淡紫色的轻容纱披帛,脚下一双紫色缎面小头鞋,脂粉未施,就是涂了点粉色的口脂。她这身装扮并不出挑,偏生整个人雅致精神,明眸皓齿,光彩夺目,充满了活力,让人不能忽视,看了一眼还想再看第二眼。

崔夫人忍不住偷看站在街边墙角里的李荇，但见李荇虽未过来与何家人招呼，却阴沉着脸一直看着牡丹。崔夫人的笑容就有些僵硬，若是可以，她真不愿牡丹过来，但两家这样的关系，又是李满娘入宅，怎么都没法子阻止。只能尽量不让这二人接触，期盼那些稍后赴宴的贵客能用气度、装扮什么的将牡丹压下去。

不多时，李满娘笑道："吉时到了！"

崔夫人指挥着芮娘、菡娘两个童女各自捧着装满清水的瓷瓯、点燃的蜡烛站在最前面，何汶、何洌、何淳三个童男两人捧水、一人执烛紧随其后，李荇牵羊，何大郎拉牛，两个李家的子侄抬着一张堆满了金玉器物的长案，二郎、三郎抬着一只装满了百谷的铜釜，李满娘的大儿子抱了一把剑，二儿子提着一个马鞍，几个儿子排队跟在后面依次入内。

另两个李家子侄又抬了一只装满缯彩绵帛的箱子跟着入内，崔夫人与岑夫人一人抱了个装满米饭、麦饭、粟饭、黍饭、雕胡饭等五种饭的甑子紧随其后，李满娘则把一把亮锃锃的大铜锁捧在胸前跟着踏入大门。

众人俱欢笑起来，齐声喊道："执烛擎水，牵羊拽牛，案堆金器，釜盈百谷，箱满绵帛！大吉！"喊完之后嘻嘻哈哈地依次入内，入宅仪式这才算是结束。

众人四处参观一番后就四散开来，为了下午的宴会各去安排帮忙，只剩下年轻的女孩子们坐在园子里池塘边的亭子里纳凉说笑。一群人把牡丹围在中间，研究完她的首饰，又看她的衣服，接着又研究她的香囊和口脂颜色。还有人不识趣地问起牡丹在刘家的一些事情，问她为什么不做官夫人，宁肯回家。荣娘和英娘不高兴地出言阻拦，牡丹淡淡一笑，无所谓地道："不合则离。"此外并不多谈。

忽听不远处传来一阵欢声笑语，几个衣着鲜艳的女孩子嬉笑着朝亭子走过来，当先一人大声道："何姐姐，我找了你好一歇！快来，我带了几个好姐妹来给你瞧。"正是许久不见的雪娘。

牡丹忙起身迎上前去，不期然间，她竟然看到了戚玉珠。又有一个梳着双环望仙髻、着石榴红八幅长裙、活泼俏丽的女子望着她露齿微笑："我听说过你。"

牡丹挑了挑眉，轻轻一笑："哦？"

那女子道："清河吴氏十七娘，是我的族姐，我们经常在一起下棋。我曾听她说起过你，她说你很好。"她热情地自我介绍："我是十九娘，很高兴认识你。"

牡丹微笑行礼，十九娘身上并没有吴惜莲的倨傲，人也没有吴惜莲美丽，但是整个人从内到外散发出的自信显而易见。正是当世出身教养良好的女子们共有的特色。

十九娘也在打量牡丹，在她这一生见过的女子中，牡丹的美丽屈指可数。年华易逝，红颜易老，所以她最欣赏的还是牡丹那种不卑不亢、坦然自若的气度。

雪娘亲热地拉着牡丹的手，笑道："何姐姐，你上次送给我的芙蕖衣香果然是精品，在外面花钱也买不到。适才我和母亲在外面陪夫人们说话，这几位姐妹闻到这香，都想问你取经。崔夫人就让我领她们进来，扰了你的清净，可别见怪呀。"

牡丹不认为崔夫人是好心，但她并不在意，福祸相依，只看怎么处理罢了，何况雪娘是个好姑娘。于是笑道："我最近忙得很，不然早就去找你玩了。怎会嫌你扰了清净？咱们去那边凉亭里坐。"

雪娘笑道："我听李夫人说，你在黄渠边上修了个庄子，最近是在忙这个么？"

牡丹忙道："正是，除了这个，我也忙着到处买牡丹芍药，四处寻访名花呢。"

十九娘恍然大悟："是了，听说你很擅长种植牡丹。这是要建一个牡丹园子么？谁帮你治的园子？有多大？"

聪明人可真多。牡丹笑道："正是要建牡丹园子，是请法寿寺福缘大师治的园子。有一百亩左右，不是很大，却也让我忙得够呛。"

福缘大师的名头是在座的女子们多数都听说过的，甚至有些人家中的别院，就是请的福缘大师。一时之间，好几个人都主动和牡丹搭上了话，问牡丹的园子主要讲究些什么。

牡丹自是极力夸赞了一番，只不过为了不让人反感，着力点没放在自家园子身上，而是大事夸赞福缘大师的奇思妙想，利用福缘的名头招揽这些人的兴趣。

雪娘很感兴趣，揪着她的袖子撒娇："何姐姐，我不管，修好园子一定要请我去玩儿。"

吴十九娘则扶着下颌道："以水为主体，那么春日泛舟河上，从你那个桃李林中穿行，探幽访花，想来一定是极美的。到时候我也去凑个热闹。"

牡丹趁机试探着邀请众人："等到园子建好，我便邀请诸位去游玩。"

众人都未表示反对，纷纷道："你不晓得我们住哪里，到时候让雪娘来通知我们。若是有空，定然要来的。"

雪娘拉着牡丹的袖子直晃："何姐姐，说芙蕖衣香呢，你快说说看，是怎么弄的？你不是说另外还有几种法子么？一并说给我们听听。"她贴在牡丹耳边轻声道，"上次你给我那香以后，就再也没人敢笑话我啦，今日你务必要让她们开开眼界！"

利用共同的爱好拉近彼此的距离，是屡试不爽的办法，牡丹笑着应了，道："我知晓的不多，可以与各位互相交换。若是各位觉着好，去我家铺子时，还可以问问我二哥，他知道的更多更好更妙。"

吴十九娘率先道："我有个宫中传出来的香方，也可以说给大家听听。"

牡丹将那芙蕖衣香的法子说了："丁香一两，檀香一两，甘松一两，零陵香半两，牡丹皮半两；茴香二分，微微炒炙。全数研成粉末，再加入少许麝香，研磨均匀，用薄纸蘸取，用新帕子包裹贴身放着。也可以再加一点点龙脑香，切记不能用火烘焙。越出汗越香，最适合热天用。"

吴十九娘道："我的这个，却是已经薨逝的宁王妃教的。沉香二两切碎，用绢袋盛着，再将绢袋悬空挂在瓿子中，加蜂蜜水浸泡，用慢火煮一日；再用檀香二两，用清茶浸泡一夜，炒炙，直至去除檀香气味；龙脑二钱、麝香二钱、甲香一钱、马牙硝一钱。悉数研磨成细粉，加入炼蜜，调和均匀，窖藏月余，取出再加龙脑麝香搓成丸，用寻常的方法焚熏即可。"

雪娘清了清嗓子，得意地将才从牡丹那里得到的梅蕚衣香说给众人听："丁香二钱，零陵香、檀香各一钱，茴香五分微微炒制，木香五分，甘松、白芷各一钱半，龙脑、麝香各少许，全都切碎。选晴明无风雪之日含苞待放的梅花，傍晚时用丝线系住不许它开，第二日日出之前连着梅蒂一起摘下来。和前面的香料一起搅拌、阴干、随身携带。旖旎可爱得很！"

另外几个女子也不甘示弱地说了几个方子，但因为比较寻常，大家都不甚在意。程媚娘笑道："都是雅人，只是我记不得，不如等我要了笔墨记下。稍后人手一份，不是更好？"于是叫随侍的丫鬟去问李家管事要了笔墨，当众铺开蜀纸，洋洋洒洒地写起来。

牡丹见了她的字不由微微一笑，原来这程媚娘却是为了向大家展示一手好字。崔夫人替李荇挑选的这些候选儿媳，果然各有长处优势。不过在她看来，崔夫人应该更属意吴十九娘才对。

众贵女比拼才艺是为突出自己，博得一门好姻缘；她是趁机混个脸熟，将来好做生意。简直就是各取所需，双赢！所以牡丹对别人的长处和优点，都抱着真诚的态度去欣赏，极力称赞。故而大家对她虽说不上十分亲热，却也不错。

崔夫人知晓牡丹竟和这些人推销起了何家的香料和她那个还没开张的牡丹园子，不由气道："这孩子掉在钱眼里去了，竟是不放过任何赚钱的机会，也不想想，要是人家回去和家里说起来，咱家的亲戚只知道做生意，那可怎么好。"当即去将众人请出入席，结束这种尴尬场面。

两方人的座次是分开的，各不相扰。唯有雪娘得了窦夫人的允许，八爪鱼一样贴着牡丹，轻声道:"你可知道这些人今日是来做什么的?"

牡丹摇了摇头。

雪娘低声道:"我和你说,她们其实是听说圣上有意让宁王去做尚书省左仆射,你家表哥有可能得到一个好职位,所以才来的。明白了吧?"

宁王前途无量,连带着李家也要飞黄腾达了,所以才会有了清河吴氏的女子出现。牡丹笑看着雪娘,难道窦夫人也有这个意图?雪娘恼羞成怒:"不许你这样笑!我是因为我娘和李夫人交好才来的。我要是有那个心思,还不学着她们讨好主人家,还陪着你在这里说闲话?"

牡丹见她脸都红了,赶紧认错:"是我笑错了,我不笑就是了。"说完果真板起了脸。

雪娘忍不住又笑了,伸手去拉她的脸颊:"难看死了!"

二人笑了一歇,雪娘低声道:"何姐姐,除非是那个人,我才有心思去讨好。可惜有些人,就算心甘情愿想为他做什么,哪怕就是想多看一眼,也都没机会啊。"

牡丹捏捏她的脸:"说得这样沉重,小丫头有心事了?"

雪娘不语,抬手将面前的雨露春酒一饮而尽,讨好地道:"何姐姐,明日我和你一起去你庄子玩可好?"

牡丹道:"明日我不去庄子里,过些日子再喊你好不好?"

不多时,宴席散了,岑夫人来叫牡丹回家:"何淳大约是中暑了,这里也没需要帮忙的了,咱们先回家去。"

牡丹心想崔夫人和李元大概都不想要自己久留,不如主动离开,便和雪娘道别。

雪娘舍不得她,硬拉着她去和程媚娘等人道别,意思也是提醒这些人,不要忘了以后牡丹开园时去捧场的诺言。

崔夫人正兴高采烈地和吴十九娘的母亲夸赞十九娘端庄大方,甜美可人,见牡丹跟了雪娘进去和十九娘等人招呼说笑,俏生生地站在那里,说不出的扎眼睛,忍不住皱起眉头,恨不得这人赶紧消失才好。

牡丹也没当回事,很长一段时间内,她都不会再踏足李家的大门了。

离开时,遇到李荇站在墙边与人说话,何洌要去打招呼,牡丹扯住他,轻声道:"没看到表叔正和人说话吗?你七弟不舒服,咱们赶紧回家才是正事。"

她看得很清楚,李荇明明看到他们的,却故意把头别过去了,装作没看见。既然他不肯打招呼,她也不愿强人所难。

牡丹的声音很轻,李荇却听得很清楚,他无力地目送着牡丹窈窕的背影渐渐消失在转角处,再也看不见。他曾去试探过宁王,但是宁王灭了他所有的指望:"你父亲和孤说过了,阿秦在世时也曾说过,十九娘是个好女子,与你最配,她的眼光向来是极准的。你年龄不小,不许再像从前那般胡闹,成家以后早日把心定下来,助孤成就大事,也省得让你父母担心。"

他也曾想过抛下这一切和牡丹远走高飞,但冷静下来之后细细一想,牡丹绝不会答应他,奔者为妾,父国人皆贱之,那和李元让牡丹做妾的话有何区别!

忙碌的日子总是过得极快,转眼间就到了七月中旬,牡丹使雨荷去和雪娘说,第二日她要去芳园播种,问雪娘可有空闲跟她一起去。雪娘自是不客气。

第二日一早,牡丹吃过早饭,就在启夏门外等候雪娘。不多时,骑着白马,穿着一身大红翻领胡服,梳着双环髻,打扮得美丽动人的雪娘神采飞扬地打马奔来。

一行人浩浩荡荡地出城往庄子里去,雪娘见牡丹骑马的姿势比之从前娴熟了许多,不由笑道:"何姐姐,我们比比谁最先跑到上次我们去看打马球的地方好不好?"

牡丹笑道:"好呀,我也想试试自己是不是还和从前一样孬。"

雪娘眨眨眼睛:"若你输了,要请我在庄子上多玩几天。"

· 213 ·

小姑娘绕来绕去就是想在庄子上多玩一段日子罢了，牡丹拖长声音："行。"

雪娘道："何姐姐，我让你六声。"

牡丹不客气地应了下来，雪娘便叫丫鬟喊数，待牡丹纵马奔出之后，从一数到六，雪娘方才打马追了出去。

牡丹再不是那个风一吹就倒的弱女子，她放马狂奔，听到耳边有风声呼啸而过，整个人仿佛就要飞起来似的，前所未有地放松和欢乐。

雪娘眼见牡丹瞬间跑得老远，不由将手指含在口中，纵情呼哨，带着志在必得的笑意，使劲给了马儿一鞭子。

论骑术，牡丹远远不是对手，很快就被雪娘抛在身后。双方差距实在太大，待到牡丹追上，已经是两盏茶之后了。

前面围着一群人，雪娘那件火红色的胡服格外显眼。她已经下了马，手里捏着鞭子垂着头，听面前两个上了年纪的嬷嬷狠狠训斥。路边停着一辆马车，十来个穿着青色圆领缺胯袍的带刀汉子四散在周围，见牡丹打马奔过来，立刻上前喝问，叫她下马避让。

那马车从外看来并无出奇之处，但牡丹觉着这里靠近宁王的庄子，多半又是什么贵人，雪娘约莫是冲撞了人家的车驾。人是跟着她出来的，少不得要管到底，因此滚鞍下马，行礼赔笑："这位大哥，那是我的小妹妹，她年纪轻贪玩好耍，粗心大意，不知做了什么不妥的事情？"

阻拦她的矮胖汉子见她衣饰精致整洁，人生得美丽，不卑不亢，言语得当，猜着是好人家的女儿结伴出游，便虎了脸道："你这妹妹好不懂事！看到前面有车来了，就该放缓了马慢行才是，怎能这样没头没脑地乱冲，冲撞了贵人怎生好？"

听这话，只是雪娘的行为让车中的贵人不高兴，并未造成实质损害。牡丹暗道侥幸，连连赔笑，说尽了好话："我这妹妹年前才从外地来的，不知道这京中的规矩，年纪又轻，难免失了分寸。还请大哥帮我求个情，让她赔礼道歉，若是有损失赔上，饶了她这遭可好？"

伸手不打笑脸人，何况对方是个娇美可爱的小娘子，矮胖汉子瞪了瞪眼，道："你跟我来。"

牡丹忙把马拴在路旁的柳树上，快步跟了过去，但见那两个嬷嬷声色俱厉地指着雪娘骂，一句更比一句刻薄难听。

雪娘的头都要埋到胸前去了，只紧紧攥住马鞭，骨节都发了白。听到声响，回头看见牡丹，眼圈儿一红，豆子大小的泪珠一连串地滚出来，只死死咬着唇不哭出声来。

矮胖汉子同那两个嬷嬷道："这是姐姐姐姐，替她来赔礼的，原是才从外地来的，不懂得规矩。"

那两个嬷嬷冷冷地扫了牡丹一眼，其中一个穿灰色短褐的倨傲地道："正是因为不懂得规矩，所以才要教教她，省得什么时候把小命送了都不知道！"

牡丹见二人衣饰虽然简单朴素，用料却讲究，再看那两张脸法令纹都很深，晓得一般的东西人家定然看不上眼，便将戴着的一对镶了瑟瑟的银钏子撸下来，不管不顾地握住那灰衣嬷嬷的手，借着袖子掩盖，把钏子滑到她手上，情真意切地道："嬷嬷教训的是。我回去一定好生教训她，断然不叫她再犯这种错误。烦劳嬷嬷行个好，替我们在贵人面前求求情。我们姐妹去跟贵人行礼致歉，定然不忘你们的好处。"

那嬷嬷不动声色摸摸牡丹塞来的东西，眼神稍许柔和，却不愿意领她们过去给贵人致歉。

牡丹满头雾水，据她所知，冲撞了贵人车驾，被暴打一顿也是有的，但这样又不打，又不放，揪着人骂是何道理？这到底是个什么贵人？便求救地看向那好心的矮胖汉子。

矮胖汉子看看天色，将那嬷嬷叫到一旁低声说了几句，牡丹侧耳偷听，只听到几个词，"孺人""殿下""不好"。

那嬷嬷再回过头来，脸色好看了许多："你们等着，待我禀明贵人，若是贵人愿意饶了你们，便罢了。"说完果真过去，停在车前低声赔笑。

雪娘委屈地握住牡丹的手,低声哽咽:"何姐姐,我真没故意惹祸,分明是……"

牡丹见另一个嬷嬷眼神犀利地看过来,忙握紧雪娘的手,示意她不要说了。二人齐齐看向车那边,只盼那嬷嬷和那什么贵人说好了,早点放人走。

谁知那边却是情况不妙,牡丹听不见人声,却看到那嬷嬷的脸色越来越难看,仿佛是被车中的人骂了。

看样子是遇着个不好说话的骄横主儿,牡丹只能寄希望于对方看在雪娘父亲的面上抬手放过,便低声问道:"到底怎么回事?你没告诉她们你是谁家的女儿么?"

雪娘控制住情绪,极小声地道:"他们是突然从旁边的路上转过来的。有这几棵树遮着。我过来时并没有看见他们,待到发现,已是相差不远了。我见他们虽然人多,车却只是普通样式,并不需要回避退让,就把马儿拨到路旁去,继续跑自己的。谁知竟就把我拦了下来,不由分说将我的马夺了过去,张口就骂人。我不忿,顶撞了两句……"

她扫了旁边站着的嬷嬷一眼,有些害怕地道:"她们就从车上下来,要掌我的嘴。我害怕极了,赶紧说了我爹爹的名字,这才没有掌嘴,却是只管揪着我骂。我长这么大,从没被人这么骂过……"

这样说来,并不是雪娘的错,而是车中那人找茬,又或者是那人心情不好,故意拿雪娘出气。看着委屈得不行的小姑娘,牡丹取帕子给她将泪拭了,安慰她道:"不要紧,既然知道身份就没打你了,说明认识令尊。想来就是出出气,赔礼道歉就是了。"

少顷,那灰衣嬷嬷满脸写着"老娘很晦气,老娘很倒霉,老娘很怒,别惹老娘"的样子气哼哼地走过来,没好气地道:"让你二人过去呢!小心说话。"

牡丹笑道:"烦劳嬷嬷指点,不知贵人怎么称呼?我怕说错话。"会拦着一个女孩子不依不饶的,绝不会是宁王本人,更不可能是那死去的宁王妃,最高不过是五品孺人。

果然那灰衣嬷嬷不耐烦地道:"是宁王府的孟孺人。"

雪娘听说只是个五品孺人,顿时满脸不乐意,她老娘窦夫人还是三品郡夫人呢。什么东西!简直就是狐假虎威狗仗人势!不就仗着自己是宁王府的女眷么?还没到尊贵的时候呢!她偏不去,看对方能怎样?

牡丹低声劝道:"他们人多,好汉不吃眼前亏,咱们还是去一趟,不然你的马儿被人扣着,人家也不放你走,可怎么办呢?"

雪娘看着自己那匹被人摸来摸去、不停夸赞的好马,终究忍了气,垂头丧气地跟着牡丹过去。

二人还未到马车之前,就闻到了一股浓重的龙涎香味。站定正要福下去,车旁一个梳着垂髻、穿松花绿圆领窄袖衫的貌美侍女就斥道:"还不跪下!"

牡丹忍不住皱起眉头,凭什么要给这莫名其妙的人跪?她的膝盖还没那么软。她见到康城长公主也没跪,还有骄奢如清华郡主等人,也没要求谁见面就给她们跪的。她先前觉得这孟孺人为难雪娘一个小女子是没气度,此刻便觉得这人简直就是一蠢货。即便想要旁人看在宁王的面子上敬着她,也不该为了这么一点点小事羞辱三品羽林大将军的女儿,实在蠢得可以。

雪娘涨红了脸,立时就要发作。那矮胖汉子也露出很是意外的神色,那灰衣嬷嬷虽面无表情,嘴角却微微翘着,牡丹心里便有了数。当下装作没听见侍女的斥责,按着平时的习惯含笑施了一礼,道:"贵人见谅,我这妹妹不懂事,见识浅薄,懂不得分辨仪仗,不识贵人身份,这才闯下大祸,还请您莫要和小孩子计较,大人大量,饶了她这遭。"

她是很委婉地指明对方也有责任,想要行人避让,就要把身份露出来,什么都没表示,怎能怪别人不认识呢?车中之人尚未发话,貌美侍女勃然大怒,斥道:"大胆!你们惊了贵人车驾,还有理了?难道不知这是宁王府的车驾么?"

牡丹只作没听见,含笑站立不动。

雪娘见牡丹如此行为,可见是不怎么害怕,便觉得胆子又壮上了几分,因道:"我早说过不是故意的。这里刚好是个弯角,又有树木挡着,我没看见你们,又因你们的车上没任何标志,所以才没下马,只将马儿拨到路边去,也没碰着惊着谁。就算我的马儿踏起的灰尘污了你们的衣裳,我也道过歉了,愿意赔你们了,还要怎么着?你们爱怎么样就怎么样吧!即便是圣上和皇后娘娘,也是讲道理的。"

那侍女勃然大怒,却找不到话可以反驳,默了一默,不甘心地道:"什么东西!圣上和娘娘是你们提得的?"

雪娘把脖子一梗,大声道:"天下百姓都是圣上的子民,我说圣上和娘娘讲道理,怎么就提不得?!难道你认为我说错了?!你敢说圣上和皇后娘娘不讲道理?!"她大声喊出来,周围人便都看向这里来,那侍女涨红了脸,有些着慌地道:"你干吗冤枉人,我哪里说过这种话!"

牡丹暗赞雪娘这几句话很有力,孟孺人现在怎么也得开口了吧?就听孟孺人突地笑了一声,娇声道:"丽娘不得无礼!呀,多直爽多讲道理的两个小姑娘,看来果真是我不对了。不知二位如何称呼?"

这声音听着温柔甜美,牡丹却是讨厌得很,当下淡淡一笑:"不敢,我这妹妹快言快语,不晓得轻重,还望您不要见怪。"

雪娘硬邦邦地将自己父亲的名字再报了一遍,又将牡丹拉到身后,仰着下巴道:"她只是我的同伴,没有惹着你们,有火气冲着我来就行。要怎样就怎样。"

车帘子被人掀起,露出一张银盘一样、满是笑意的年轻女子的脸。她梳着高髻,发髻上簪了一朵白色的菊花,妆容也很淡,不曾佩戴任何金银首饰,披着白色纱袍,内着月白色长裙,看上去很是朴素。看到这种近似于戴孝的装扮,想到刚死没多久的宁王妃,牡丹可以肯定这人一定是宁王的姬妾。同时她也可以肯定,这人定然是在别处受了气,所以才拿雪娘发脾气。

孟孺人的目光在牡丹的脸上停住,眼里闪过一丝意味不明的光芒,随即又落在雪娘身上,淡淡笑道:"是我这婢女不懂得规矩,唐突了二位。"随即回脸装腔作势地骂了侍女几句,又骂那两个嬷嬷:"亏你二位是府里的老人儿了,遇到这种事也不知道先和我说一声,若是让人认为我是那等仗着殿下胡来的人,怎么好?"

大家都不过是捏着鼻子哄眼睛罢了,牡丹虽不知这孟孺人为何突然转变态度,却也知道就坡下驴的道理,便拉了雪娘一把。

雪娘硬邦邦地道:"您多心了,既然是误会,说开就好啦!也怪我年幼轻狂,没看清就敢纵马狂奔。幸好没冲撞到贵人,否则十条命也不够赔的。"她重重地咬了那"贵人"二字,其中的嘲讽是个傻子都能听出来。

偏生这位孟孺人没听出来似的,笑眯眯地道:"哎哟,越说越让我惭愧啦。二位妹妹这是要去哪里?"

雪娘见她一直不停地笑,倒不好再继续发作了,只得瓮声瓮气地道:"我和何姐姐一起去她的庄子里。"

孟孺人再度凝视牡丹一回,笑眯眯地道:"这位妹妹长得真美,你的庄子就在这附近么?是在哪里呀?"

牡丹被她看得全身发毛,强忍着不适敷衍道:"从这里还要过去很远呢。"

孟孺人眼波流转,娇笑道:"是么?说起来我和妹妹可真是有缘呢。你看,硬生生就遇上了。"

牡丹暗想,有缘个屁。

此时封大娘等人赶了上来，见此情形都被唬了一跳。因见牡丹与雪娘没有大碍，也就下了马守在一旁看着。

　　那矮胖汉子焦躁地看看越发高起的太阳，又看看来路，与那穿灰衣的嬷嬷对视一眼，做了个手势。那嬷嬷便不怎么耐烦地道："孺人，咱们耽搁太久了，只怕稍后殿下就要赶来啦。"

　　孟孺人眼里闪过一丝恼怒不甘，眉毛竖起又落下，回眸盯着牡丹笑道："今日有缘与二位妹妹相见，却是不小心生了误会，请容我改日设宴向二位赔礼道歉。"

　　叫丽娘的侍女捧出两串檀香木珠子，孟孺人笑道："初次见面，没什么好东西，就只这珠子是请高僧开过光的，乃是内造之物，还做得精细，送与二位妹妹做个见面礼，望你们不要嫌弃。"

　　先前揪着人不依不饶地骂，又是吓唬又是要下跪的，这会儿却是笑容可掬地又要请客又送东西，到底在搞什么名堂？雪娘越发迷茫，推辞道："不必啦。只要您肯还我的马，让我们走，就比什么都好。"

　　"好说，好说。"孟孺人并无收回东西的意思，娇笑道，"二位妹妹是嫌弃我这东西微薄粗陋入不得眼么？"

　　说着竟示意那两位嬷嬷一人拿了一串，硬生生给牡丹和雪娘套在了手上。穿灰衣的嬷嬷顿了一顿，仔细打量牡丹一番，原本冷硬的脸上突然绽放出春天般温暖的笑容："孺人也是一片好意，小娘子就不要推辞了。"随着那檀香木珠子一道套在牡丹手腕上的，还有那对银钏子。

　　牡丹觉着从这孟孺人掀开帘子开始，就一切都朝着诡异的方向发展。她只想赶紧离开这里，便拉了雪娘道："孺人还要忙着赶路呢，走吧。"

　　孟孺人自车窗里往来路扫了一眼，笑意盈盈地道："我不急，难得遇上这么投缘的人，再说两句也无妨。这位何妹妹，你家住何处呀？我猜你不会超过二十吧！"

　　雪娘快言快语："何姐姐还没满十八呢。"牡丹猛地拉了她一把，雪娘不知自己说错了什么，但还是闭紧了嘴。

　　孟孺人眼里闪过一丝喜意，又上下打量牡丹的身材一番，停留在她纤细平坦的腰腹上，笑道："看这样子是深得家中父母喜爱，还没许人呢？"

　　牡丹此刻对这孟孺人简直就是讨厌了，当下皮笑肉不笑地道："早就许了。"

　　孟孺人很是失望。

　　牡丹趁机告辞，这回孟孺人没有再留她，而是立刻将帘子放下，命人赶车。牡丹松了口气，低声吩咐雪娘："下次不要轻易把咱们的姓名年龄住哪里什么的告诉旁人。"

　　雪娘似懂非懂地应了，拉着牡丹轻声道："何姐姐，你待我真好，我差点就连累了你。我好害怕，见你来了才不怕。你那对银钏子，回去以后我赔你。"

　　牡丹伸手给她瞧："看，又还我了。这京里到处都是惹不得的人，以后小心些。"

　　雪娘诧异道："为什么收下的东西又还你啦？你说她到底怎么回事？前面那么凶悍，不依不饶的，后面却又硬拉着咱们说话，又送东西又讨好的，她到底想干吗？"

　　牡丹心里犹如压了一块石头，特别不舒服，闷闷地道："也许先前是不知道令尊是谁吧，后来知道，后悔了？"

　　雪娘道："才不是呢，这其中定有古怪。她若是真肯看我爹的面子，先前就不会为难我那么久啦。"

　　牡丹道："猜不透就别猜了，天色不早，赶紧走。"

　　正要翻身上马，不远处传来一阵马蹄声，二十多号人马从岔路口那边转了过来，看到孟孺人的车驾便都停下。

　　孟孺人从车窗探出头，满脸欣喜。

当头一个穿浅灰色圆领缺胯袍、戴玉簪的年轻男人沉着脸，放马儿慢慢踱过去，握着鞭子冷声道："不是早就让你出门了么？怎么还在这里？"

孟孺人笑着低声和他说了几句，又指指牡丹和雪娘，周围好几个人都朝牡丹和雪娘站立的地方看过来。

牡丹下意识地垂了眼，将身子侧过去背开了脸。雪娘好奇地睁大眼睛盯着来人看。那人漫不经心地看了一眼，见是个娇憨的小姑娘和一个背过身去的害羞女子，便不在意地回了头，招手叫那矮胖汉子过去吩咐了几句。

矮胖汉子走过来对着牡丹和雪娘抱了抱拳，正色道："我家殿下向二位小娘子赔礼，孺人不懂事，请二位看在他的面子上莫要和她计较。"又望着雪娘道："小娘子回去后，记得跟黄将军说，宁王殿下向他问好。"

牡丹不好再背对着矮胖汉子，只好侧回头脸，还了一礼。雪娘觉得有面子了，所有的委屈、不高兴都一扫而光，甜美地笑道："不碍事，我回去后一定向家父转达。"

那边孟孺人揪着帕子娇笑着对宁王道："殿下，妾身看那位姓何的女子好生面善呢，咱们是不是见过啊？"

宁王皱着眉头不耐烦地回过头，再度朝牡丹看去。

第十六章　月下踏歌

柳树下的年轻女子穿着浅嫩的黄色胡服，梳着妩媚的堕马髻，头上只插了两三样款式简洁的首饰，身姿窈窕挺拔，眉目如画。正浅浅淡淡地笑着行礼说话，端庄大方，清新洒脱，十分养眼。

的确是个难得一见的美人儿，但对于宁王来说，美丽的女子并不稀罕，何况是在如今这种情形下。故而宁王只是看了几眼就把目光撇开了，淡淡地道："没看出来哪里面善。"

孟孺人却没错过他的眼神在牡丹身上多停留的那一下，便试探道："殿下看她站立的姿势，实在是像极了谁。"这话水分重得很，无非就是想引着宁王多看两眼而已。

宁王果然又看了牡丹两眼，虽然最终不置可否地拨转了马头，却也没露出厌烦之意。

只要愿意多看两眼，就说明有戏，男人果然没一个不好色的。孟孺人假意道："是妾身看错了，确实今日第一次见到。不过这位何妹妹实在难得，不光生得美丽温柔，还很大方懂礼，比黄家那个咋咋呼呼、目中无人的粗鲁丫头懂事多了。"

宁王忍不住皱眉冷声道："你和一个小孩子置什么气！没事多替王妃诵经祈福，远胜出来招惹是非！今日招惹黄将军，明日是不是还要去招惹'绿尚书'啊？"说完打马就走。

孟孺人晓得他这是生了大气，却也不曾吓得花容失色，淡定地低声吩咐丽娘："去问问这女子到底是个什么来路，务必问清楚问仔细。"

丽娘便下了车，谎称自己有东西掉在了庄子上，让一位侍卫跟着她回去庄子，自打听牡丹的身份不提。

孟孺人歪在靠枕上，看着车前那两位看似恭敬实则根本没把自己放在眼里的嬷嬷，陷入沉思中。

七夕，宁王不肯在府里过，只怕睹物思人，故而来了这庄子上避暑。她呢，千方百计跟着他来了这里，却没收到想要的效果，小心翼翼跟着住了几天，一不小心就触怒了他，大清早就被遣送回去，就连身边的嬷嬷都瞧不起她。如此回府，叫她怎么有脸？皇天在上，刚好遇到黄家这咋咋呼呼的女孩子，让她找到一个出气筒，也找到一个可以名正言顺等待宁王一同归去的理由。老天有眼，让她遇到了这样美丽的人儿。

这何姓女子，虽说和那黄将军的女儿厮混在一处，但待人接物那圆滑娴熟样，绝不是养在闺中的娇娇女，也不是什么名门世家的倨傲娘子们，应是经常在外做事和人打交道的。在京中有头脸的人家中，她就没听说过有这样出众的人。所以这何姓女子的出身应当不高，但也不会太低。这样的出身，正好进府任她拿捏，成为一大助力。

宁王虽没表态，却是看了又看，分明是入了眼。只要能入眼，就什么都好说。许了人家不要紧，只要还没出嫁，更何况，亲王们夺人妻妾的还少么？只要他喜欢……皇后娘娘也会觉得自己贤惠的。

自秦妃死后，宁王一直郁郁寡欢，皇后娘娘十分担忧，已是几次三番赐人入府了。可惜那些人的容貌都比不上这何姓女子，言谈举止也都是一个味儿，宁王怕是腻死了，哪里还能提得起兴趣。孟孺人轻轻翘起唇角，死人怎么斗得过活人？

且不说孟孺人如何算计，这边牡丹和雪娘与那矮胖汉子辞别后，翻身上马，慢吞吞地往芳园而去。

雪娘已把委屈不平全都抛之脑后，兴奋地道："何姐姐，外面的传言果然是真的，宁王很讲道理呢，只是他家里这个女人太讨厌了。他真该好好管管才是。"

封大娘笑道："娘子和宗室贵胄讲这个？皇帝身上也有三个御虱，这些亲王手下的人何止千百，府中的女人又何止几十？他们要操心的是国家大事，哪里有闲心管这些小事。"

"行吧。"雪娘笑道，"宁王长得真俊秀，难怪我曾听人说过，这京中的年轻亲王们，就属他长得最俊，最肖圣上。"

牡丹漫不经心地点点头，从前她很想知道这与李家有着极深渊源的宁王长什么样，现在看到了也没觉得有多震撼。高鼻子双眼皮儿，两条眉毛一张嘴，人该有的他都有，要说多了什么，就是长期上位者特有的威仪罢了。相比宁王的长相，她更关心宁王最后能不能成事，李家能不能一飞冲天。

雪娘东张西望："何姐姐，那次你生病，那蒋家人给你送肩舆好像就是在这附近，我记得他们家就在这里有个庄子是不是？"

牡丹还沉浸在自己的思绪中，随口答道："是。"

雪娘笑得眼睛弯成小月亮："在哪里呀？你指给我看看。我就奇怪，那样的人住的地方是个什么样子的。我那日回去后和平日相熟的姐妹们讲起来，她们都好奇得很。"

牡丹用马鞭遥指前方："我没去过，不过应该是那里。看到没有？有许多大树围着，外面是一大片稻田的。"

雪娘伸长脖子看过去，但见一大片金黄色的稻子正随风起伏，远处一片绿荫环抱中，隐隐露出几点灰白色来，一条有丈余宽的路泛着白光蜿蜒而出，穿过起伏的稻田一直连接到大路上。风光可真好啊，她愣神起来。

牡丹安置妥当雪娘就忙着将那几篮子牡丹种子分类用温水浸泡起来，然后戴个斗笠，招呼上几个在芳园做活、老实可靠的庄户女人一起去了苗圃园子整畦。

众人按牡丹的吩咐将那早就准备好的，腐熟了又用石灰拌过的农家肥施入地中，深翻整平，作出小高畦，趁空和她开玩笑："何娘子，这里臭烘烘的，小心将您熏臭晒黑就不美啦。这施肥整畦的事儿交给我们来做就好啦，您只管去歇着，稍后再过来看，一样让您满意的。"

牡丹只是笑，扶着斗笠站在树荫下看她们忙活，顺便和她们拉拉家常、套套交情："这日子过得可真快，我来的路上，看着稻子似乎是要熟了？"

一位叫正娘的年轻小媳妇笑道："您只顾着看景色，却没看人在田里忙，分明是已经在收割了呢。若非是您家工钱高，我们也只怕要全都去收割的。"

牡丹道："我日后总要经常雇人来帮忙的，只要活做得好，工钱可以再高。做得熟了，便要签长约。"她早就想好了，买来的家仆干农活不行，很多时候还是要找本地的庄户，有他们跟着一起忙，就相当于在本地多了一层人情关系。

众人对视一眼，嘻嘻地笑起来："只要给的工钱高，就是让我们在地里给您堆朵花儿出来也行啊。"

牡丹也笑："我不要你们给我堆花，帮我种花就行。"

说话间，雪娘换了身清爽的淡蓝色纱襦配青碧色罗裙出来，笑嘻嘻地拥住牡丹的肩头，望着那几个妇人道："我听说你们晚上会在月下踏歌，是真的吗？"

正娘笑道："当然是真的，似这等好天气，割完了稻子，就在地里吃了晚饭，总要在月下踏歌至月下中天。这附近庄子里的人都会出来看热闹，小娘子莫非也想去玩么？"

雪娘欢喜地道："我原来住的地方，只是春天里会踏歌。"

正娘道："这几年收成好，只要想踏歌，哪里管它什么冬天春天、夏天秋天。您要果真想去，吃过饭我们来叫您啊。"

雪娘就央求牡丹："何姐姐，我们也去好不好？我都快要被我娘关得闷死了。"

牡丹也感兴趣，便笑道："左右无事，就去看看好了。"

雪娘闻言，欢喜地搂紧她纵了几纵，只差抬头在她身上蹭上几蹭："好姐姐，你真好。"

待到地整好，相关准备工作都做好了，牡丹又在园子里检视一番，清洗过后方躺下小憩，不过才感觉刚合上眼，雪娘就奔过来把她晃醒："吃饭了，吃饭了，吃完饭赶紧走！"

雨荷已经从城里赶回来了，见牡丹睁开眼时眼睛还红红的，分明是没有歇好的样子，不由带了几分怨气斜睨跑进跑出、不知兴奋个什么劲儿的雪娘，故意慢吞吞地打水给牡丹梳洗了，再送上一杯凉白开，等牡丹慢慢喝下去了，方叫人摆饭，将个雪娘急得要死。

牡丹身体不好，从来吃饭都不挑食，讲究细嚼慢咽。雪娘一碗饭下了肚子，她还捧着半碗饭慢慢地吃，急得雪娘连连叹气。牡丹笑道："你急什么，不是说要跳到月下中天么？人就在那里，不会跑掉的，何况大家这时候还在干活儿呢，饭都还没吃。"

雪娘只得用手指敲着桌子坐立不安地等待。好容易见牡丹放了碗，洗了手，就迫不及待地将她拉起来往外去厨房里寻正娘。到得厨房外，但见一大群妇人正人手一只装满了饭菜的大土瓷碗，蹲在厨房外的树荫下边吃边说笑，其中就有那位周八娘。

周八娘看到牡丹过来，半点不自在都没有，站起来直截了当地和牡丹道："何娘子，听说你要请人做长工，我适才还和她们说，以后你家的厨房不如都交给我来管。"

牡丹可没想过要里正的老婆来给自己做厨娘，却也不好当场回绝她，只笑道："就怕你忙不过来呢。"

周八娘斜睨着她道："我既然开口，就没想其他的。你若愿意，我就把活儿干好，干不好让我走人就是了。"

既然话已说到这里，牡丹便应了下来："那行。"

正娘三下五除二将饭食吃干净了，笑道："还早，不然我领着两位小娘子先走走消消食？"

牡丹还未开口，雪娘已经笑道："好呀，去哪里？"

正娘道："踏歌是在黄渠边的堤岸上，我们沿着田埂走过去。"

一行人出了芳园，沿着田埂走了约有两盏茶的工夫。眼看着天色渐渐暗下来，月亮也渐渐升起来，就听见远处一个清脆的女声扬声唱起歌来："枕前发尽千般愿，要休且待青山烂。水面上秤锤浮，直待黄河彻底枯。白日参辰现，北斗回南面，休即未能休，且待三更见日头。"

歌声悠扬婉转，牡丹还没觉得怎样，雪娘就已经绯红了脸，她身边的付妈妈更是皱起了眉头，满脸不高兴。付妈妈正要发表言论说这些歌怎么适合小娘子们听，那边又有人唱道："摽有梅，其实七兮。求我庶士，迨其吉兮！摽有梅，其实三兮。求我庶士，迨其今兮！摽有梅，顷筐墍之。求我庶士，迨其谓之！"

那人唱得很好听，声音欢快悠扬。牡丹正要称赞，雪娘就跺了跺脚，无限娇羞地道："哎呀，怎么总唱这个？"不是相思发誓就是让人家来追求自己的。

正娘不在意地笑道："平时就唱的这个。二位小娘子也莫觉得害臊，那边也有来消夏避暑的几位夫人娘子在看热闹。她们日日都来，听了看了也没说什么，高兴了还会赏钱给唱得最好、跳得最好的，偶尔也会跟着唱和几句。"

牡丹顺着她指的方向看过去，果见不远处的堤岸上，葱葱郁郁的柳树下站着几个穿着颜色鲜艳的襦裙、发髻高耸的年轻女子，各自拿着扇子半掩着脸，正在低声谈笑，想来应是这附近庄子里的女主人们。年轻女人在月明星稀的夜里听听情歌唱情歌，确实是很不错的消遣。

不远处，又有三五成群、衣着光鲜的年轻男子高声说笑，不时还瞟一下周围的女子，个个都很兴奋，俨然如同盛大的节日一般。

牡丹忍不住笑了。也不管雪娘是否害羞，付妈妈是否生气，坚定地跟着正娘一起过去，无论如何，今夜的踏歌她都必须欣赏。雪娘见她当头而行，理直气壮地甩开付妈妈的手，直往前面而去。

随着夜幕降临，堤岸上的人越来越多，有男有女，有老有少，最多的还是年轻的女郎。似乎是从一道清越的笛声响起开始，几个胆大的女郎先就围成了一个圈，手牵着手，踏地为节，拧腰倾胯，边舞边歌："长相思，久离别，关山阻，风烟绝。台上镜文销，袖中书字灭。不见君形影，何曾有欢悦。"反复吟唱中，加入的人越来越多，到了后面，看热闹的年轻男子也加入进去，不分男女，顿足踏歌，拍手相和。有那互相中意的，更是借着歌舞眉来眼去，气氛欢快又轻松。

夜色渐深，牡丹与雪娘立在柳树下，含笑观望着欢快的人群，学着他们低声哼唱，只不敢将歌词唱出来而已。正娘跳得满头细汗，从人群中挤出来，大胆地伸手去拉她二人："一起跳吧。光站着有什么意思？！"

雪娘跃跃欲试，牡丹虽然也很想去，却又有些害臊，低笑道："我笨得紧，怕是学不会。"

付妈妈生怕雪娘被登徒子趁机占了便宜去，连忙阻止。雪娘噘起嘴道："还有几个人像我们这样站着不动？刚才那几个夫人娘子也跟着去跳了，我就在外围跳，又不乱来。"

牡丹一看，果见适才那几位年轻女子真的跟着去踏歌了，站着看热闹的人不过稀稀拉拉几个。不经意间，她的目光与不远处背手而立的一个人目光刚好撞上，两人都愣了一愣，牡丹反射性地对着那人笑起来。那人的表情有些慌乱，随即绽放出一个大大的笑容，露出两排雪白整齐的牙齿，接着抬脚向她走来，正是许久不见的蒋长扬。

他走得很快，牡丹觉得几乎就是眨眨眼的工夫就已经走到了她面前，带了几分腼腆笑道："何娘子也来看踏歌？"

牡丹笑道："嗯，我来庄子上种花，听说有热闹可看，就来了。"她瞟瞟他身后，"您一个人么？怎么没见邬总管？"

"跑去跟着踏歌了。"蒋长扬看向纵情欢乐的人群，找到螃蟹一样张牙舞爪的邬三，指给她看，"你看，他就在那里呢，跳得要多难看就有多难看，丢死人了。"

邬三的舞蹈动作实在太滑稽，牡丹忍不住笑起来，想着邬三跳得这样难看，蒋长扬不敢去跳，是不是因为跳得更难看？也不知道这样好的身材跳起舞来是什么样子？便不怀好意地道："您为什么不去跳？"

蒋长扬见她笑得古怪，笑着反问道："你又为什么不去跳？"

因为前几次的愉快交往，牡丹认为这是个值得信任的好人，又是在这样轻松欢快的气氛下，便大方地道："因为我不会跳，怕丢丑。您不跳又是为了什么？"

蒋长扬笑了："我是会跳的，只是不想跳。其实很简单的。"他看看牡丹，犹豫着是否邀请她一起试试。

雪娘在一旁呆呆地看着蒋长扬，紧紧揪着袖口，指甲扎进掌心也没发现。在她看来，蒋长扬的鼻梁挺直漂亮，下颌线条有力，身姿挺拔优美，表情温和恬淡，还有脖子上突起的喉结……都是那么的……雪娘心跳加快，颤声喊道："蒋公子。"

蒋长扬诧异地看向这个脸色潮红、双眸闪闪发光的小女孩，确认自己并不认识，便问牡丹："请问这是？"

雪娘挤开牡丹，走上前去挨着蒋长扬站着，眼巴巴地望着他道："我姓黄，叫雪娘，是何姐姐的好朋友！"

这是遇到自己崇拜的人了，牡丹微微一笑，往旁让了几步。蒋长扬却是不露声色地后退一步，抱拳淡笑："黄娘子好。"

雪娘很不喜欢这种正式生疏的称呼，又往前上了一步，没有还礼，而是认真地看着他道："你太客气啦，大家都叫我雪娘。"言下之意是让蒋长扬也这样叫她。

蒋长扬淡淡一笑，并不言语，只往旁边又让了一步。

付妈妈神色大变，第一次见面就要陌生男人这样称呼自己，真是太不懂事，雪娘如此作为，只怕要被人背后耻笑。却听雪娘又道："上次你飞马击钱，我就在一旁看着，还特意让人捡了你击进球门的那枚钱来瞧。你可真厉害，我也想有这样的本领，你可不可以……"

付妈妈越听越冒冷汗，当下上前板着脸沉声道："雪娘！"雪娘不懂事，她却是想得到，蒋长扬上次送牡丹肩舆，这次又主动过来打招呼，分明就是想和牡丹说话。雪娘这样不知轻重地纠缠，必然会惹出笑话来。

雪娘被付妈妈打断话头，没好气地低声嘟囔道："又怎么啦？"

当着众人，付妈妈也不好明着劝她，只道："刚才不是想去踏歌么？趁早去吧，蒋公子有正事要与何娘子说呢。"又让丫头将雪娘拉去踏歌，自己上前行礼赔笑："蒋公子，真是对不起，我家小娘子不懂事，又是自小跟着我们老爷长在军中，说话不知天高地厚，惯常直来直去，只当外面的人都和家中一样亲切，不是兄长就是姐妹，让您见笑了。"

这话说得漂亮，不光把雪娘的性格脾气解释了，还将她适才的失礼行为挂靠上了对兄长的敬重之情。牡丹也笑道："雪娘就是这个性子，天真活泼，直性得很。"

蒋长扬不在意地摆手："妈妈多虑了，我也算是长在军中，军中女子多为直爽的性子。敢问府上是？"

付妈妈见他并无鄙薄敷衍之意，这才带了几分骄傲地笑道："我家老爷是黄敬。"

"原来是黄将军。"蒋长扬夸赞几句，见付妈妈的神情自在了，方回头望着牡丹用大家都能听见的声音道："我记得上次你和福缘和尚说找不到好石头，不知如今可找到了？"

牡丹笑道："只找到一些太湖石，还算勉强入得眼吧。这些石头不但贵，还可遇不可求。匆忙之间想找到满意的，实在不容易。"

蒋长扬沉默片刻，忽然道："我有个朋友早年喜欢闯南走北，收集了很多奇石。刚好他家里有些不顺意，急着要用钱，要出让大部分石头。倘若你愿意，我便做个中人，领你去他那里看看如何？价钱绝不比外面贵，也是好石头，不会上当受骗。"

牡丹"啊"了一声，笑道："真的？竟有这种好事？"她可真是太喜欢遇到蒋长扬啦，每次遇到他总有好事情。

蒋长扬见她满脸欢喜，忍不住微笑："自是真的。"

牡丹心想反正都是做的买卖，打的金钱交道，也没谁欠谁多大人情，便应了："那就先谢您啦。"

"不用谢。我也是私心想帮他一把，趁机在你这里讨个人情。"蒋长扬半开玩笑半认真地道，"只要别怀疑我联着旁人赚你的钱就好。"

牡丹听他这样说，越发轻松："怎么会？蒋公子不是缺那几个钱的人。我每次遇到你，总能遇到好事儿。"她不知不觉地就将"您"换成了"你"。

蒋长扬飞速扫了她一眼，垂眸盯着黄渠里的月亮倒影，闷笑了两声，道："果真如此么？那不妨多遇几次。"

牡丹哈哈笑起来："长此以往，多遇几次我就要万事顺意，发大财啦。"她装模作样地冲他行了个礼，一本正经地道，"敢问蒋公子，下次出行走哪条路？好让小女子再去沾沾好运，发点小财。"

蒋长扬开心地笑起来，然后一本正经地看着她道："我后日要回城，敢问娘子可否愿意一起去看奇石？若是果真发了财，记得给在下抽成，也叫在下发点小财。"

牡丹一笑："给钱太俗，不如多给你两株牡丹，你自家换钱去。"说话间，对上蒋长扬黑亮的眼睛，她突然觉得有些不自在，暗道自己刚才的举止会不会让人觉得轻浮，便偏过了头，看向欢乐的人群，换了话题，"他们又唱又跳，从月初升上直到月下中天，果然需要好体力。"

蒋长扬见她撇开目光，便也不动声色地收回眼神，笑道："我年少之时，阳春三月里，也曾和朋友一起接连三天彻夜踏歌，却也不怎么累。"

此时踏歌声又变成了另外一首："天上月，遥望似一团银。夜久更阑风渐紧，为奴吹散月边云，照见负心人。"

雪娘在人群中跳着跳着，看到蒋长扬和牡丹说笑甚欢，又听到这首歌，突然眼角鼻子都酸了起来。于是摔开丫鬟的手，冲过去将牡丹从蒋长扬身边扯开往前走，喊道："何姐姐，别光站着，也来一起跳。"

牡丹还没反应过来，已被雪娘拉着往前走了几步，便用力站住了，笑道："好雪娘，你饶了我吧，我真不会跳。进去大家都在跳，就我一个人手脚都不知道该往哪里放，多别扭呀。"

雪娘焦躁地道："简单得很，一看就会的，谁不是这样过来的，你怕什么？"

"雪娘，你怎么了？"牡丹从雪娘脸上看到了一种陌生的神情，仿佛是在生气，又仿佛不是。

雪娘察觉到自己的失态，委屈又尴尬，拉了牡丹的手轻声道："何姐姐，我……反正我要你陪我跳，我一个人不好玩。"说着眼里盈满了泪。

牡丹见她突然变了哭脸，忙道："好，好，我陪你跳，只是不许笑我笨。"

蒋长扬在一旁静静看着，忽然道："一起跳吧，我教你。"

他没点牡丹的名，但所有人都知道他这话是对着牡丹说的。封大娘难得地露了笑脸，拉了雨荷上前，鼓励牡丹道："既然来了便一起跳跳，老奴也许久没动筋骨了。只是您不下去跳，老奴也不敢丢了您自家去。"

牡丹见大家都感兴趣，自是不想成为败兴的那个人，便笑道："好，你们都教我，不许笑我。"说着去拉雪娘："走啦，你看，大家都愿意陪你呢。"

雪娘愣愣地看看牡丹，又看看蒋长扬宽厚挺拔的背影，突然间觉得气都喘不过来。一瘪嘴就想哭，又觉得好丢脸，泪汪汪地道："我又不想跳了，你们跳。"言罢将牡丹往蒋长扬身边使劲一推，咬着唇哭兮兮地看着他二人。

牡丹一个踉跄扑出去。雨荷讨厌死了任性的雪娘，正要伸手去拉牡丹，却被封大娘按住了手。她不解地看向封大娘，只见封大娘咋呼地喊道："哎哟，丹娘小心！"一副全然没有意料到也来不及伸手去扶牡丹的样子。

雪娘这一下力气非常之大，牡丹猝不及防，硬生生撞到蒋长扬身上，失了平衡，几乎是狼狈地朝地上扑下去。她以为一定会很丢脸地摔个大马趴，却被一双有力的大手扶住了腰和肩膀，接着很有技巧地一拉一拨，她就站稳了。

蒋长扬飞快地收回手，低声道："没有扭着脚吧？"

不像端午那次被蒋长扬飞马拦腰搂上马时，她只记住了害怕、惊恐和死里逃生的喜悦，其他统统没印象。这次牡丹闻到了他身上清清淡淡的青草味，感觉到他的呼吸将她的散发吹得飞了起来，拂在脖子上痒痒的，仿佛有无数小虫在爬，被他碰过的地方也有点异样。牡丹急速后退几步，捂着鼻子泪眼汪汪地小声道："没有。"

封大娘此时才将牡丹拉过去，担忧地道："丹娘怎么啦？哪里疼？"

牡丹挤出一个尴尬的笑容，将袖口拭了拭泪，道："撞着鼻子了。"她的鼻子撞着了蒋长扬的胸口，痛死了，幸好没出血。

雨荷恶狠狠地瞪着雪娘。付妈妈脸色难看地轻声说了两句。雪娘"哇"的一声哭起来，跑过来抱住牡丹，把头埋在她的肩头上低声抽泣道："何姐姐，是我不好，我没想故意推你摔跤，你别讨厌我，不要不理睬我了。我错了！你打我两下出气吧。"

牡丹隐约猜到了雪娘的小心思，却被她直白的表达方式逗得笑了，安抚地搂了搂她的肩头，递了帕子过去笑道："多大的人了呢，还这样哭，看看，别人都在笑话你吧。我不打你，也不生你的气，只以后别这么任性了。我要是个年纪大的，这一跤得摔死人。"

雪娘泪眼模糊地看去，果见好多人好奇地看过来。蒋长扬却是背手立在一旁，静静地看着牡丹的侧影。她心里隐隐有些明白了，又害臊又难过，强笑着擦了泪，道："我以后再也不这样，你也要说话算数。今天你当着大家的面说过不生我气的，过后要认账。"

牡丹认真道："我说的话自然是认账的。"交个朋友不容易，她自认年纪要大许多，是比雪娘这样的小女孩子心胸宽大，容得人的。

雪娘见她说得认真，又破涕为笑："我们去踏歌。我教你呀。"拉着牡丹往人群里挤，再不看蒋长扬一眼，仿佛人家与她有深仇大恨一般。

蒋长扬淡淡一笑，随着众人一起挤进狂欢的人群中，跟在牡丹等人不远处，自然而然地跟上节奏，踏歌起舞。

雪娘为了弥补刚才的过失，非常耐心地教牡丹。牡丹发现果然也没想象中那么难，跳上几圈后，虽说不上舞姿娴熟优美，却也掌握了基本的几个动作，也就来了兴致，偷眼观察周围的人。

她看到了一个与平时很不一样的蒋长扬，他身上那件竹叶青的圆领缺胯袍剪裁得体，将他的好身材和气质半点不落地衬托出来。他脸上神采飞扬，眉目生动，与女郎们的婀娜多姿相比，举手投足间干净又利落，很有韵律感，充满了阳刚美。

月下观美男，越来越多的女郎齐声唱着歌，慢慢地朝蒋长扬包围过去，含笑间眉目传情，甚至有那大胆的趁乱在他身上摸一把，或是撞他一下。牡丹亲眼看到有个二十多岁的高个子女人面无表情地摸了蒋长扬的屁股一把。受到侵犯的蒋长扬吃了一大惊，有些着慌，脚下一个踉跄，乱了节拍，惊慌失措地睁大眼睛到处看，似是不明白为何这些女子比他以前一起踏歌的那些更大胆。

牡丹忍不住笑出来。雪娘阴沉了脸，一把拖住她往那边挤，挤到蒋长扬身边，将她往他左边一推，自己往他右边一站，恶狠狠地瞪着那些大胆的女郎。那些女郎不以为意，仍然各跳各的，各唱各的，各看各的，只是不曾再乱伸手了。

蒋长扬大大松了一口气，尴尬地看着牡丹笑，想说什么终究没说出来，脚步又恢复了先前的灵活，跟上节奏，越跳越好，还不时低声提醒牡丹动作要领。跟着高手跳，牡丹却是更加紧张，越想跳好越是跳不好。

她感觉到一层细细的毛毛汗从毛孔里钻了出来，犹如细针一样刺着她的肌肤，四肢仿佛不是她自己的，又僵硬又不听从指挥，左手左脚同出、右手右脚同出都出现了。雪娘在一旁看着，几次想笑，但看到蒋长扬平淡安详，丝毫不露笑意，仿佛牡丹跳的动作本来就是正确的样子，又硬生生将笑意憋了回去。

牡丹慢慢地觉得自己僵硬的手脚渐渐灵活起来了，她下意识地跟在蒋长扬的身后，模仿他的动作，跟着他一起前进后退、拧腰倾胯、拍手相和。她是真的感到快乐，不管与谁的目光碰上，都报以甜美真切的笑容。蒋长扬不时偷看着她，又不自在地将眼神收回去。

雪娘先前还想尽量挤出笑脸，后来实在挤不出，便噘着嘴哭丧着脸，再也没有继续下去的心情。不过她这种沮丧的心情并没有维持多久，因为相似的情形又发生了。

月亮渐渐落下去，天色也比先前黯淡了许多，周围一切看上去都朦胧起来，有好几个年轻华服男子簇拥着朝牡丹涌了过来。先前还只是围在四周张望，跟着便试探地边跳边挤了上去。有个冲得最快的，假装脚下一个踉跄朝牡丹倒过去，被蒋长扬的宽肩膀轻轻一挤，就被撞得踉跄了几大步，晃了几晃才站好。

但他们人多，又是在这样的场合里，只要不是太出格，撞撞碰碰都在合理范围内。这个被撞飞了，还有另几个厚着脸皮挤过来。看着这群脸皮厚的臭男人，雪娘找到了目标。她示意雨荷服自己上，呼地蹿过去，将牡丹护在了身后。只要有男人不怀好意地靠过来，她就去踩人家的脚。

牡丹也狠狠一脚踩在趁隙靠过来的一个人脚尖上。不知是她太过用力，还是那人趁机作乱，总之那人"嗷"地发出一声惨叫，抱着脚跳起了圈圈，引得众人注目。

先前被蒋长扬撞飞的那人趁机挤过来道："干吗呢？"被踩的人看向牡丹，见牡丹没事儿似的看着他，毫不心虚，蒋长扬又站在离他比较远的地方，明显诬赖不上，便指着还在那里踩人脚的雪娘哼唧道："她踩的。哎哟，我的脚断了，这可怎么好？"

雪娘才不管是谁踩的，只知道要出气，正好有个送上门来的，自然轻易不放过，便将下巴一抬，清脆地大声道："登徒子！你再来，踩断你的臭脚！"

众人发出一阵善意的哄笑，有人喊道："为着欢乐而来，若是因此生了闲气可就没意思了。大老爷儿们，和小娘子计较什么！既然敢来跳，就要想着有可能跛着脚回去。天色晚了，月亮就要下去啦，都散了吧！明日赶早啊。"

笛声停了，歌声也静了，众人果然真的要散。那几个华服青年抿嘴而笑，不甚在意地对着雪娘和牡丹挤挤眼，在雨荷的骂声出口之前，迅速撤退，四散而去。

一群女人欢笑着朝牡丹这个方向挤过来。蒋长扬心有余悸地大步走开，片刻就将众人甩在身后，站在场外回过头来等着牡丹。

那群女人从牡丹和雪娘的身边挤过去，有个女郎低声道："跑得倒挺快的，可惜了，没摸着。"雪娘闻言，气呼呼地回头去看到底是谁说的，牡丹却忍不住叉腰大笑起来。那群女人也爽快，同样嘻嘻哈哈地笑了一歇，渐渐走远了。

邬三跛着脚找来，大呼小叫："公子啊，这群娘儿们真狠。我不过不小心碰了一下，就被踢了一脚，还不解气，又被踩了一脚，脚指头都断了！冤枉死了！早知道这样，我不如……"

蒋长扬低咳一声，邬三立时住了嘴，看到站在一旁的牡丹与雪娘等人，尴尬一笑，轻轻抽了抽自家的嘴，笑道："何娘子好。小人就是个粗人，您就当没听见吧。"

牡丹笑道："我是什么都没听见，也没看见。"话未说完，想到邬三的螃蟹舞，忍不住又笑出了声。

蒋长扬淡淡地道："就你那螃蟹爬，不撞着人才怪。走吧，先送何娘子她们回去。"

月色朦胧一片，鸟儿早就不叫了，远处不时传来女郎们缠绵悱恻的歌声。牡丹一行人依次走在田埂上，大约是都累了的缘故，谁也没说话，就埋头静悄悄地走着。

雪娘今天很累很伤心，几次告诉自己不要再去看蒋长扬，却又总忍不住回头偷看。突然看到刚才踏歌的地方影绰绰的，好似还有好些人没走的样子，便道："怎么还有人不走？"

牡丹回过头去瞧，果见还有好些人在堤岸上来回游走，只是月色黯淡，又隔得远了，看不清楚在做什么。便道："真的呢，难道他们都不回家的？"

蒋长扬笑道："你们都看看自己头上的簪钗在不在？这些人就是专门候在那里捡拾大家落下的簪钗换钱的。"

众人闻言，全都伸手去摸自己头上的簪钗，又检查环佩。牡丹为了出门方便，不引起注意，戴的首饰本就不多，款式也简单，就是些银的，掉了也不太心疼，只略一检查就算完："我的没掉。"

雪娘因是精心装扮，头上戴的首饰多，却是掉了一支赤金结条钗和一朵珠花。付妈妈急道："完了，那结条钗是夫人的陪嫁，上面镌刻有字样，必须找回来才行。"也不等雪娘示下，先就转身回去了。

牡丹虽想着不一定找得回来，却不可能放着付妈妈一个人去忙乱，只得道："一起去找吧。"想到平白耽搁了蒋长扬这么久，便道："蒋公子，夜深了，你们先回吧。我们人多，这里离我的庄子也没多远，不碍事的。"

蒋长扬微微一笑："送佛送到西，既然遇上了哪里有不管的道理。"便问雪娘是支什么样的钗。

雪娘因是跟窦夫人借的，不小心掉了也很着急，加上心情又不好，便带了哭音道："是一支赤金结条蜻蜓钗，翅膀上镶嵌有翠玉的。上面刻有我娘的名字。"

话音未落，蒋长扬已经一撩袍子，领着邬三大步折回去了。他并不如同付妈妈与其他人那样低头四处寻找，而是从怀里摸了一袋子钱递给邬三，命邬三高声问那些堤坝上捡拾东西的人，表示谁要是知道那钗的下落，过来说一声就将钱作为奖赏答谢；若是故意隐瞒的，日后寻到便要报官，以偷盗论处，又警告捡到的人不要心存侥幸，最多三天一定能查出是谁。

邬三高声询问的时候，蒋长扬就背手立在那里，腰背挺直，神色肃穆，威严无比。雪娘轻声道："这样只怕找不回来的吧？一支结条钗和一袋子钱相比，太少了吧？"

牡丹却觉得不一定。假如只是两三双眼睛盯着，这东西的确难得寻回来，问题是有无数双眼睛盯着，有无数人眼红着，这东西就不可能藏得住了。悬赏检举，蒋长扬这个办法应该很有效。

果然不过片刻工夫，就有个小孩子奔过来将钗递过去，眼巴巴地看着蒋长扬。蒋长扬果然将钱袋子递过去，还摸了那孩子的脑袋，柔声夸他真乖真能干。那孩子兴奋地提着钱袋子拔腿跑开。

失而复得，而且几乎没费什么力气，雪娘既感激又心生崇拜，望着蒋长扬道："蒋大哥，谢谢你。我现在身上没带钱，明日我再送到你庄子里去。"

付妈妈听到她又主动叫上了"蒋大哥"，不由抚额叹气。

蒋长扬却似没听见那声"蒋大哥"似的，不在意地淡淡一笑："黄娘子不用谢我，举手之劳而已。您若真要谢，不如谢何娘子。我和她是朋友，您又是她的好朋友，我总不能看着你们没头没脑地乱忙一气。"

一切都是看在牡丹的面子上，不然只怕看也不会看自己一眼……雪娘彻底呆住，片刻后才轻轻道："我自然是要谢何姐姐的，但我欠的钱总要还你。"

蒋长扬呵呵笑道："还何娘子就好，这钱是她往日借我的。我本来也要还她，今日您正好还她也一样。"

牡丹一愣，自己什么时候借过他钱？她狐疑地看向蒋长扬，竟然从他脸上看到几分恳求之色。再看雪娘，小姑娘呆呆地看着自己，脸色被最后的月光照得惨白。牡丹瞬间明白过来，蒋长扬大约是看出了小姑娘的心思，却不想与小姑娘有任何牵扯，而她，正好成为在中间打圆场的那一个。

牡丹推却不去，只好字斟句酌地道："不过一袋钱而已，比起你对我的救命之恩不算什么，我已是忘了。"

蒋长扬见她应了，轻轻吐了口气，笑道："什么救命之恩，我也忘了，光记着你借我一袋钱了。这救命之恩，还请何娘子以后不要再挂在嘴上，以免我想请府上帮忙时不好开口。"

牡丹一笑，应了一声好。

雪娘的肩头颤了两下，拼命咬住嘴唇，迅速回过头，快步往前走。付妈妈忙上前将她挡在身前，不叫她的泪眼给人看到笑话。

到了芳园的门口，牡丹一行人与蒋长扬别过，自进了门。

蒋长扬与邬三刚转过身去，胡大郎追了出来，把一盏灯笼递过去："公子，我家娘子说月亮沉下去了，天色渐晚，田间地头难行，吩咐小人送这盏灯笼给您照路。"

蒋长扬正要说用不着，邬三已经接了过去，笑道："烦劳大哥替我家公子谢过你家娘子，明日再送还来。"

蒋长扬也就不再言语，任由邬三提了那盏灯笼在前面引路。走了一歇，邬三迷茫地道："公子还记着那袋子钱？今晚您给那孩子的，真是那袋子钱？怎么好像不是？"

蒋长扬淡淡地道："原来你给那袋子钱每一个都做过标记，且隔着袋子就能分辨清楚。敢问是香的，还是臭的？"

邬三翻着死人眼道："荷包的花色不一样。"

蒋长扬不高兴地道："我没你那闲工夫，更没闲心去记这个。"

邬三"哦"了一声，道："明日小人来还灯笼，公子要来么？不如再叫她们一起去踏歌吧！自从来了京城，就没见过您踏歌呢。话说何娘子在月亮下笑起来真是好看呢，最难得的是脾气修养真好。"

蒋长扬不语，非常认真地走路。

邬三喋喋不休："那位黄娘子，您帮她真是应该的。要是没有她……"话音未落，蒋长扬已飞速将手伸出去，在他腰间抓了一把，摘下他的荷包，猛地往一望无际的稻田里扔了出去。不等他反应过来，又从他手里一把夺过灯笼，道："你先找着，我回去了。"

待蒋长扬打着灯笼去得远了，邬三还哭丧着脸站在原地不动，那是他媳妇儿给他做的啊，那母老虎凶得会吃人，这回可怎么是好？

牡丹等人进了屋子，阿桃将热水送了上来，又问要不要吃宵夜。牡丹看向紧抿着唇、一言不发的雪娘："雪娘，你吃么？我是真有些饿了。"

雪娘抬起眼来，吩咐下人："你们下去，我跟何姐姐有几句话要说。"

待众人退下，牡丹微笑着道："雪娘想说什么？"

雪娘皱着脸哭出了声："何姐姐，你一定看不起我了吧！我是个笨蛋，是个傻瓜，不会看人眼色，我不知道啊。"

牡丹示意雪娘坐下："你不知道什么？你为何会觉得我讨厌你？"要她说实话，雪娘今晚的举动实在不讨人喜欢，不过要说有多讨厌，也说不上，因为情有可原。

雪娘收住哭声，偷瞟着牡丹，灯光下牡丹的笑容非常柔美，宁静而温和，让人讨厌不起来。

她不由得怅惘地轻轻叹了口气，小声道："反正我就是让你讨厌了。又粗鲁，又笨傻，没眼色，只顾着自己，还不讲义气。"

她再傻，也看出来了，蒋长扬与牡丹之间并非单纯的救命之恩这么简单。他对牡丹的态度很特别。说不定牡丹也在喜欢着蒋长扬，自己今天做的这些事，指不定已经让牡丹生了厌恶，以后再也不肯和自己来往了。

牡丹知道雪娘大概是误会了，本想解释，又觉得解释不清楚，索性道："你今日的确不讲义气，也不讲道理。我很高兴你不计较门庭，把我当朋友看，可是你需知晓，既是朋友，就要互相爱护，互相体谅，互相照料才是。朋友是用来依靠体贴、志同道合的人，不是出气筒，不能高兴时抱着叫好，不高兴就任意欺负出气。"

雪娘只觉得耳根发烫，不敢看牡丹，垂头望着地板低声道："何姐姐，我……"

牡丹继续道："你今晚几次拿我发脾气，又几次跟我道歉。因为我把你当朋友看，珍惜你我之间的情分，所以我能体谅你年幼，心情不好，情有可原，不会太放在心上；但若是旁人，不一定会体谅你，只怕是话不投机半句多，要对你敬而远之的。真性情是好事，也要注意分寸，长此以往，再好的朋友也会生分。"

雪娘半晌才道："何姐姐，我错了，请你原谅我。"

牡丹伸手拉她坐在身边，笑道："今夜不过是小事，我不生你气。后来那些厚脸皮的臭男人挤过来时，你不也只顾着帮我么？"

雪娘不好意思地红了脸，小声道："应该的。何姐姐，你以后还会把我当朋友看的吧？我再不会做同样的事了。"

牡丹笑道："交个朋友不容易，我自然还把你当朋友看。"

雪娘含泪笑道："何姐姐，我好饿，还好累。"

牡丹见她虽还哭丧着脸，但明显不像先前那样子了，便扬声叫雨荷送宵夜上来。付妈妈进来，看到二人和好如初，不由长长舒了一口气。

牡丹一觉睡到第二日午间，临到吃午饭才知雪娘还未起身。心想小姑娘大概回去后伤心难过睡不着，又或是哭泣肿了眼，不好意思见大家也是有的，便吩咐阿桃，若是雪娘起身便送饭食过去，其余并不多事。

牡丹吃过午饭便去检查昨日浸下的种子，但觉种皮已经发软，种子也吸足了水分，便命人去准备草木灰来拌种子，准备播种。

正在忙碌间，付妈妈来了。牡丹忙停下手上的活计，去招呼她："妈妈请坐。"又叫人送茶汤上来。

付妈妈却不坐，直直地对着牡丹行了个礼，含笑道："老奴替我家夫人多谢何娘子教导雪娘，没让她闹出笑话来。"

牡丹猜着是雪娘将自己那番朋友论说给付妈妈听了，便笑道："让妈妈笑话了，教导不敢当，也说不上，就是姐妹间的一些知心话而已。我忝长几岁，未免托大些，若有不当之处，还请妈妈替我和雪娘分辩些儿。"

付妈妈见她不急不躁，不骄不傲，说话也客气谦和，更是喜欢，笑道："雪娘天真娇惯了些，却不是不懂得好歹、不讲道理的人。她说您好，您就一定好。想来这以后，她是要知晓些事了。"言罢告辞而去。

牡丹自领了正娘等人将拌过草木灰的种子拿去畦上播种，每种完一个品种，就将写上品种名称的小木牌插上，浇透水后又用茅草盖上，然后只等三十天后种子生根，来年二月幼苗出土。

收拾完苗圃，已是彩霞满天，雨荷早备了水在一旁候着，见牡丹过来，赶紧替她浇水洗手，又拿了香澡豆替她抹上，将指甲缝都细细洗刷干净了，劝道："虽然喜欢，也莫要事事亲力亲为，这些重活儿哪里是您做的。"

牡丹笑道："我又没做什么，不过插了几块小木板，盖了点茅草而已。挖地洒水都是旁人呢。"

雨荷道："您若是不放心旁人，日后就指着奴婢来做。"

牡丹知她心疼自己，便笑道："你莫想着能躲得清闲去，等到白露之时，我要嫁接牡丹，又是个重活儿，不知要忙多少天，日日都不得闲，少不得要你跟着一起忙，到时候可别和我哼累。"

说到这个，牡丹不由得又多了几分忧虑。这些牡丹种子发芽开花都是几年之后的事情，明年春天要想打出自己的品牌名声，主要还是要依靠嫁接的牡丹花才行。那么，能够娴熟嫁接的花匠所起的作用就很重要。可惜有这手艺的人要么就是自家也有花园苗圃，要么就是早被人高价订了去。那些闲着的，却又因为不知道根底，并不敢请。唯有从前在刘家时那个姓郑的花匠还算得用，可惜人不好挖来。

雨荷见她直皱眉头，忙道："丹娘又在焦虑什么？说给奴婢听听，也让奴婢跟着一起想想法子。"

牡丹道："在想花匠的事。我不能日日守在这花圃里，必须请个既可以信任又堪用的才行。总也访不到合适的，心里有些急，想起那郑花匠来，真可惜了。"

雨荷笑道："郑花匠又不曾卖身给刘家。他主要还是伺候牡丹花拿手，如今刘家牡丹渐少，他的日子好过不到哪里去。这事交给奴婢办，只要有花种，有钱拿，他必然会来。"

牡丹想来想去，都觉得不妥："刘家人是占着茅坑不拉屎的性子，若让他们知晓咱们要用人，只怕白白养着也不肯放人。这事儿急不来，待我另外寻访吧。"

雨荷被她的形容逗得笑起来："丹娘您这话说得对极了！他们家可不是占茅坑不拉屎的性子？您放心吧，奴婢不会乱来，自然是要问清楚才会开口，不给您惹麻烦。"

主仆二人携手回去，雪娘咋咋呼呼地迎上来道："何姐姐，我适才去看了你让人建的那个浴室，很不错，我回家去也要建一个，你教我！"

牡丹见她两眼微肿，笑容也还有些黯然，但好歹还有精神，便笑道："我这个浴室，其实是福缘大师作的图。等我改日问过他的意思，若是他同意，你拿去照建就是。"

福缘和尚设计的这个浴室，不过是用砖墙将房子分隔成前后两室，前室密闭，放一口盛水的大铁锅，后面砌炉灶烧火。靠近墙边凿井架设轱辘提水，又在墙上凿孔引水入内，屋后开沟排水。夏天自不必说，冬天却是舒服得很。

雪娘听说还要问过福缘和尚，不由有些丧气："他要是不肯，那怎么办？反正都是给了你的，你爱给谁就给谁。只要我们不说，他不会知道。"

牡丹道："那不一样，这是尊重。我请他帮忙设计园子，他本就没收钱，若是背着他将图给了旁人，抱了欺瞒之心，那可不好。"

雪娘蔫蔫地垂了头，不情愿地道："好吧，那你一定要替我在他面前多说好话。"

牡丹一笑："那是自然。"

雪娘眨眨眼："吃过饭我们还去踏歌么？当然，是你不累的情况下。"边说边看付妈妈，得到付妈妈称赞的微笑，便添了几分喜悦。

牡丹道：我让封大娘陪你去玩，我有好多事儿要做呢。过几日我要命人从城里拉牡丹花来，还有入秋之后许多花木都要移栽，土该松的要松，该施肥的得施肥，不然要出乱子。"

雪娘很是失望，但还是乖乖应了。待到夕阳西下，二人分开各自行动不提。

雪娘今日没什么兴致，站在树下看了一会，觉得没意思，就要回去。忽见邬三挑着个素纱灯笼摇摇摆摆地过来，行礼笑道："黄娘子好，怎地今日就是您一人？何娘子没来么？我家公子有事儿求她帮忙。"

　　雪娘心跳加速，回头看去，但见蒋长扬穿了身茶色的圆领窄袖袍站在不远处的树荫下，频频往远处田埂上张望，分明是在等人。不由苦笑道："我何姐姐庄子里有事儿，忙得很，让我自己来玩。你们若是有事找她，去庄子里寻她便是。"

　　邬三道了谢，折身回去禀告蒋长扬。雪娘又在树下立了片刻，拉了丫鬟的手，果断加入踏歌的人群中。跳了一圈后，回头去望，但见树下已经不见蒋长扬与邬三的影子了，左右张望中，只见一高一矮两个身影渐渐消失在稻田间，去的正是芳园的方向。

　　雪娘轻轻吐出一口气，用一个大大的笑容掩去即将流出的眼泪。付妈妈说得对，纵然家世堪配，纵然牡丹不见得真与蒋长扬有情，也得看人家喜不喜欢自己。

　　蒋长扬眼里没她，不能强求。牡丹是个好人，又那般可怜，若是能够成就这桩好事，她该为牡丹感到高兴才是。

　　牡丹站在新堆成的假山旁，与那几个工头说话拉家常，询问工期，得知年底所有工程就可以收尾，过些日子种树栽花也不会影响施工，不由格外开心。便又鼓励工头一回，叫雨荷拿钱出来打赏；又吩咐下去，让去村里买头肥猪来宰，第二日给众人加菜。

　　众人正在欢喜间，雨荷低声道："丹娘您看那边是谁？"

　　牡丹回头去瞧，但见李荇站在柳树下，含笑望着自己。她看看天色，不由皱了眉头。这庄子就是她与雪娘两个女子住着，李荇这个点儿来，又回不去城，她不便留他住在这里，真是不好安置。

　　李荇已然走过来道："丹娘，我外出办事，寻人不见，知道你住在庄子里，特意过来看看。"又望着雨荷道："雨荷，我赶了一路，口渴得紧，你去煎杯茶汤来我喝如何？"

　　雨荷站着不动，佯作不懂李荇要自己避开，只叫阿桃："去煎茶来，记得要用好杯子。再去问问你爹，为什么表公子来了，也不知道禀告一声，害得表公子就这样等了半日！"

　　阿桃委委屈屈地应了，这又不是在屋那边，而是在大园子里，不过就是建了个围墙，大门都没装，算是自由出入，谁晓得李荇啥时候进来的。

　　牡丹示意雨荷收敛些："去将石桌凳子收拾干净，我们那边说话。"又问李荇吃过饭没有。

　　李荇见她没有遣走雨荷的意思，明显不想与自己深谈，便可怜兮兮地笑："我奔波了一整日，一点饭食不曾下肚，可否让厨房做碗热食来吃？"

　　牡丹见他脸晒得发红，确实颇为疲累，也有些不忍，便叫雨荷去厨房备饭。雨荷噘着嘴沉着脸下去，李荇又喊一声："多做点，还有苍山和螺山也跟着的。"

　　牡丹道："他二人在哪里？也让他们来喝水。"

　　李荇道："在刷马呢。"

　　牡丹问他："表哥又是替宁王办差么？稍后要去宁王的庄子上歇？有没有让人先去打招呼？"

　　李荇"嗯"了一声，欲言又止，只盯着她看。

　　牡丹被他看得背心冒汗，只装作不知，强笑着和他天马行空地乱说一气。李荇也不说话，只侧头静静听着。

　　一个巴掌拍不响，牡丹的声音渐渐低下来，再也找不到话可说。二人相对无言，正在尴尬间，阿桃奉茶上来，这才不至于完全没事做。

　　少顷，雨荷快步回来，笑道："丹娘，蒋公子来还灯笼，说是有事找您帮忙，问您可有空闲？"边说边恨恨地瞪着李荇。她适才从螺山那里打听来，李荇马上就要与吴十九娘定亲了，既已商定终身大事，还来这里做什么？

"他在哪里？"牡丹立刻起身，"表哥坐着，我去去就来。"

李荇似从沉思间猛然惊醒："是那位蒋长扬蒋大郎么？"

牡丹道："是。"

李荇道："我今日就是来寻他的。去他庄子上等了许久不见，谁知他却来了你这里。不如把他请进来一起说话。"

雨荷想到他马上就要与人定亲，却还来找牡丹，便怎么看他都不顺眼，炫耀地道："昨夜丹娘陪黄家小娘子去踏歌，遇到蒋公子，一起踏歌来着。他送我们回来，因月亮下去了，便借了盏灯笼给他。"

李荇若有所思："丹娘也会踏歌了么？我还没见过呢。"

牡丹轻轻"嗯"了一声。

说话间，蒋长扬带了邬三进来，看到李荇颇为吃惊，随即笑着抱拳："李公子别来无恙。"

李荇挑剔地打量着蒋长扬，见他立在那里，笑容坦然灿烂，并看不出有什么坏心眼，便敛了心神，还礼笑道："小弟才从蒋兄的庄子上过来，原以为找不到人，哪晓得踏破铁鞋无觅处，得来全不费工夫。"

蒋长扬挑了挑眉："您有事找我？"

李荇认真道："是，且是要事。蒋兄可否坐下听小弟细谈？"

蒋长扬有些犹豫地看向牡丹。牡丹知道他是怕自己嫌烦，忙道："你们只管谈，不会有外人打扰。"请蒋长扬入座，叫阿桃奉了茶，自领了雨荷去安排饭食酒水。

牡丹看了厨房里剩下的几个菜，觉得怎么都端不上桌面，只好请了周八娘来想法子。

周八娘听说没菜，便从自家抓了只鸡，地里扯了几棵菜带过来，将鸡宰了，一半炒一半炖，不多时就弄了几个新鲜可口的家常菜，再将一坛子郢州富水酒加上，让人送上桌后，从雨荷那里接了鸡钱菜钱，往怀里一搁，拍手走人。

牡丹见李荇和蒋长扬二人吃喝上了，一个说，一个听，就不去打扰，自在一旁默默盘算这几日要做的事。

月上中天，阿桃过来请她："娘子，那里事了，表公子身边的小厮让奴婢请您过去呢。"

牡丹去时，蒋长扬与李荇面对面坐着，一人捧了杯茶，正在说她这个园子，又说她不容易。

李荇笑道："丹娘过来，我与蒋公子的事情已经说妥。天色已晚，蒋公子既是有事找你，还需早些说了才是。"也不避开，就在那里坐着不动。

蒋长扬也不避讳他："何娘子，昨日我与你说过，明日领你去我那朋友家中看石头，现在事情有变，想先和你商量一下。"

牡丹笑道："无妨，但请直言，若是买不成也没关系。"

蒋长扬道："一定买得成，只是我今早得知，我那朋友家中的事情又有些变化，所需的钱更多了。我们几个朋友都想帮他一把，无奈他性情骄傲，定然不肯接受。所以我想请你高价向他购买那些石头，多出的钱我补给你，你看如何？"

牡丹笑道："这真是太容易不过的事，你放心，我一准儿办得妥妥当当的。"

蒋长扬笑道："只是他疑心病重，我不能陪你同行。我会送你到附近，你去门房一问便可办妥事情。"

牡丹应了，李荇突然道："敢问蒋兄这位朋友是住在哪里的？姓甚名谁？家中做何营生？"丹娘一向傻得很，心又好，别不小心给人算计了去。

蒋长扬看他一眼，静静地道："袁十九，住在兰陵坊，没有任何营生，不过给人做清客尔。我认识他将近十年，人品还过得去。"

李荇的脸色有些不好看起来，道："原来是他，我记得他是闵王府中深受器重的人。闵王前两日还得圣上夸赞，怎会放着他不管？！而且，他不是识宝挺厉害的么，怎会没钱用？"又回头看着牡丹道："丹娘，你还记得袁十九吗？宝会时，我们曾经见过的。高高瘦瘦的，跟着刘畅和潘蓉一起去的那位。"

他一说，牡丹就想了起来。她对袁十九印象深刻，观感不差。闵王其人，她就不太清楚了。不过她能从李荇的语气和表情中听出些意思，大约闵王是宁王的对手，李荇不想她与闵王相关的事物沾上边。

"我记得他，他识宝挺厉害的，为人也不差。"牡丹能理解李荇的心情，但她欠了蒋长扬太多人情，不过一个小小的请求，她必须帮。她只是个微不足道的小民，宁王不会因为她买了闵王府清客的石头就生李家的气；他日闵王府跟她买牡丹，她也不能不卖。

蒋长扬身在其中，自然听懂了李荇的意思，淡笑道："人都有为难的时候，与他曾经效力于谁、那人又有多大的权势无关；他急需用钱，也和他的能力高下无关。坐拥千金，衣食无忧者，不一定是人中龙凤；山中伐樵者，不一定是无见识的山野村夫。何娘子若是不便，我另外找人就是。"

"我方便，非常方便。"牡丹认真地道。她只是一个生意人，一个欠了人情要还的生意人。

蒋长扬开心地笑起来："你放心，绝不会给你惹任何麻烦。"

看到蒋长扬望着牡丹笑，牡丹又不肯听自己的话，李荇心里突然生起一股邪火，不高兴地道："既然这样，我另外找个人去帮你买，丹娘该做什么自去做。"

"谢谢表哥关心。这是小事，我能自己做。"牡丹语气轻柔，不容拒绝的意味却很强烈。

李荇不曾听过她用这样的语气和自己说话，很是接受不了，便紧抿着唇，生气地注视着牡丹。但见牡丹静静地回看过来，眼睛黑得发亮，里面是一种很陌生的情绪。

这样的牡丹，越来越陌生，离他也越来越远。是的，她离他只会越来越远了，多日来累积起的情绪直冲胸臆，李荇委屈而愤恨地看着牡丹，一言不发。

蒋长扬见状，起身道："时辰不早了，我先告辞。明日卯正，我在路口上等你。"

牡丹"哎"了一声，起身要送，蒋长扬看了李荇一眼，道："何娘子不必客气，你忙。"

牡丹也就不客气，叫雨荷送他离去，回身给一直瞪着自己的李荇斟满一瓯茶，双手递上。李荇不接，仍然紧抿着唇，死死瞪着她。

牡丹头皮发麻，想到他给过自己那么多帮助，不管怎样也还是亲人，便道："表哥是否担心我和袁十九买石头，会惹麻烦上身？我也不知道闵王府和宁王府如今是个什么情形，只想着我是个生意人，买石头是件小事，且我欠着蒋公子的大人情，必须要还。但若是会给你们添麻烦，我就另外想个妥当的法子处置。"

她倒是把所有人情都考虑到了，李荇生气地把脸别开，半响才道："不会添麻烦，我只是担心你上当受骗。这世上坏人多得很，常常被坑了都不知道是怎么回事。"他就是嫉妒了，嫉妒一切未婚配、可以名正言顺接近她的人。

牡丹道："坏人不少，好人也不少。我不能因为知道这世上有坏人在，就不往前走。这一辈子，谁也不能替我走，就像表哥这一生，该怎么走，还得怎么走。"

李荇恨恨地道："你其实就是相信他不会害你，不相信我，特意避开我的好意罢了。"

牡丹硬着心肠道："我的确相信他是个好人，特意避开你的好意也是实情！我听说你即刻就要定亲了，不想再生出什么误会，叫大家心里都不舒服。你父母不高兴，我家里也不高兴，我更不高兴！"一刀来个痛快，省得黏黏糊糊的，憋得难受。

夜风轻轻拂过，柳枝在月影下婆娑起舞，李荇半响无语，低头看着地上狂乱起舞的柳枝投影，良久方道："我只是放不下，特意来看看你，既是这样，那便罢了。"

他本想问她愿不愿意等他，但他大概早就知道了答案，所以一直不敢问。想来也是可笑，他就要定亲了，又有什么资格在这里嫉妒吃醋，阻拦她与别人往来呢？

牡丹不敢看他，轻声道："十九娘很不错。"

"谁知道呢。"李荇轻笑一声，理理袖子，道，"我近日心情不好，多喝了酒，与蒋长扬的事也没谈妥，有些失态。明日你若见到他，替我向他道个歉，请他不要介怀。"

牡丹听说二人没有谈妥，不由又带了几分担忧："是不是要紧的事？他不答应,你怎么办？"

话音刚落，李荇已经轻笑一声，在她脸上轻轻抚了一下，转身离开："不必替我忧心。我会很好的。"

他的指尖冰凉，从脸上拂过的感觉犹如被清早的柳枝拂过一般。牡丹静静地站在那里，目送他越走越远。

第十七章　哀家梨

天色将明之时，天气突变，风雨声大作。第二日又阴沉又闷热，让人感觉身上黏糊糊的粘着一层，非常不舒服。

牡丹起来就去检查昨日才播下的种子，但见稻草盖得好好的，雨水也没注着，这才放了心。又将阿桃和她弟弟阿顺叫过来，叮嘱他姐弟二人好好看顾这里，方才准备出发。

雪娘正是贪睡的年纪，上了马背还晕乎乎的，半闭着眼，头一点一点的，看得付妈妈心惊肉跳。可任由她们怎么喊，雪娘还是我行我素，就差趴在马背上抱着马脖子睡觉了。

牡丹好笑的同时也无奈得很，尽管不想要蒋长扬久等，还是只能让人牵着雪娘的马，缓了速度慢吞吞地走。拖拖沓沓的，好容易到了蒋家庄子附近，蒋长扬和邬三却是在路边树荫下不知等候多久了。

看到众人以奇慢的方式走过来，蒋长扬有些奇怪，仔细一看发现症结所在，不由扬着眉毛笑起来，真是一个没有长大又吃过苦头的孩子呢。

牡丹打马奔去赔罪："蒋公子，害你久等，真是对不起啊。雪娘没休息好，怎么都弄不清醒，怕她出事儿，只好这样慢吞吞地走，只怕这一路上都走不快。要不，你们先走着，我进城将她送回家去，再去寻你如何？"

蒋长扬道："我住的地方偏远，待你从各坊来回穿插几回，天就黑了，不如结伴而行，更为妥当。"忍不住又看在马背上鸡啄米似的雪娘，好容易才忍住没笑出声来。

付妈妈见雪娘当着外男出这样的丑，又气又急，忍不住靠过去低声喝道："雪娘！"

雪娘眯缝着眼，表情呆滞地看着付妈妈，也不说话，眼皮跟着又要黏到一起去了。付妈妈大急，拍了她的腿一下，指着前面的蒋长扬主仆二人。雪娘扫了一眼，呆滞的表情没什么大变化。付妈妈无奈叹气，只好由得她去。

牡丹替李荇表达了歉意，蒋长扬微微一笑："不是什么大事，无需放在心上。"

牡丹有心打听李荇到底所求何事，但想着李荇都没和自己说，自己多嘴就是不知轻重了，便转而打听福缘和尚的事："不知蒋公子可知晓福缘大师外出有没有回来？我前不久让人去法寺看过，他还没回来，这石头若是顺利买来，还得他帮忙指着去放呢。"

蒋长扬道："回来了，我前几日还和他一起下过棋。"

"接下来几天都要辛苦他，不知他有没有空。"牡丹有些发愁，她独自一人是不能留福缘和尚住在芳园里的，也不可能天天叫福缘和尚在城里和芳园之间来回，只能又烦劳哪个哥哥去芳园里住着招待福缘和尚。

正在盘算间，蒋长扬已然道："我正有心请他去我庄子里住些日子，何娘子只需准备好素斋饭、果子、茶汤就行。"

牡丹心花怒放："看吧，我就说遇到你总有好事。"说了这话，她又觉着自己傻，人家明显就是故意找借口帮她的忙嘛。得，旧人情还没还清，又添上了新人情。

蒋长扬本想顺着开个玩笑，但见牡丹突然侧过了脸，神色也有些讪讪的，便知她不自在了，就很有眼色地没再说下去。

邬三在一旁瞧见，便撺掇他讲从前在军中的事。蒋长扬并不肯讲，只问牡丹："我听人说，技艺高强的人，可以让同一棵牡丹开几种不同颜色的花。那方法也有些匪夷所思，竟然是在牡丹根部埋上银朱丹青等物，我一直不肯相信。不知何娘子可否知其真假？"

牡丹道："你说的是什样锦吧？我没试过这种方法，不知是否有效。不过我却知道一种法子，在同一棵牡丹上接许多不同品种、不同花色的花芽，成活之后就是什样锦，非常美丽，我也要养的。"

培育什样锦的相关准备工作，她早就着手准备了，就等着嫁接季节一到就要动手。这可是现成的金字招牌。试想，还有什么比花团锦簇地弄出几大棵与众不同的牡丹花更引人注目的呢？

蒋长扬很是诧异。他不过为了转移话题，和牡丹随便闲聊，谁知她就将旁人视若珍宝、只在传说中的法子说给他听。这样爽利不设防的女子，若是遇到那心怀叵测的，只怕是要吃大亏。便严肃地道："我不过随口一提，这是你安家立命的手艺，以后还是不要轻易和旁人说的好。匹夫无罪、怀璧其罪，何况你是个女子，更要小心才是。"

牡丹笑道："谢你提醒，我记住了。"这在业内不是什么大秘密，但凡知晓嫁接之术的都能想到。可是其中的奥秘并不是每个人都能掌握的，比如说，怎样选择合适的砧木和接穗、怎样选择好的品种组合、嫁接的时期与方法、接后管理等很有讲究，这些她才不会随便说给人听呢。

江山易改、本性难移，蒋长扬不信她真的听进去了，左思右想，慎重地挑了一个轻信他人导致家破人亡的例子说给牡丹听，意图提高她的警惕性。

这般语气，就像是个苦心教导后辈的长者。牡丹很想笑，但体谅他一片好心，便装作很认真的样子听着，配合着故事情节不时好奇地问上一两句。

蒋长扬见她听得认真，乐得把故事讲得更加生动。结果一群人都受到了教育，就连一直迷迷瞪瞪、只顾着打瞌睡的雪娘都清醒过来，竖着耳朵听。

蒋长扬讲完故事，回头看向牡丹正想总结两句，敏锐地从她脸上捕捉到了那丝微妙的笑意，于是觉着很丢脸，红了脸猛地将头侧了过去。牡丹犹不知道自己露了真面目，锲而不舍地问："这就完了吗？"

蒋长扬抿抿唇，不情愿地低声道："完了。"

雪娘却是睁大了眼睛："蒋公子真会讲故事，比我娘还会讲。路途还长远，再讲一个来听呗。"

蒋长扬微红了脸不说话，好一歇才道："我不会讲故事，只会这个，没了。"

雪娘也不在意，回头去看付妈妈："妈妈讲。"

付妈妈见雪娘恢复了正常，焉有不从之理，当下将自己拿手的故事挑了一个讲了起来，讲的却是花妖报恩之说。众人却也听得津津有味。

蒋长扬轻轻吐了一口气，将沮丧的心情调整过来，可一转眼对上邬三洞若观火的眼睛，又恨不得想抽邬三一鞭子。邬三见他恶狠狠地瞪着自己，心知不妙，一拨马头挨近了牡丹，不给他分毫暗算自己的机会。

不知不觉到了城里，雪娘知道牡丹和蒋长扬有事要做，便不要送，自领着人回了家。

蒋长扬已然恢复了先前的自在，与牡丹一前一后进了兰陵坊门，寻到袁十九家，将门指给牡丹看了，道："他定会问你全买还是买一部分，若是全买，定会在原定的价钱上降价卖给你。那么，若他低价出卖，你却要高价买进，他定会生疑，或许这生意就不成了。这人脾气古怪别扭得很，看得顺眼的，少收些钱也无所谓；若是看不顺眼，便要故意刁难。"

牡丹笑道："那我就要装作很挑剔的样子，越惹得他讨厌越好，却又不能叫他彻底厌了我，不肯和我做生意。等他刁难我，我就傻傻地按他提的高价把石头都买了，是不是这个意思？"

蒋长扬赞赏地笑道："就是这个意思。只是要你扮恶人，实在对不起你。可我想来想去，女人挑剔很正常。你就算把握不住分寸，他看你是个女子，也不好意思做得太过分，直接将你赶出来。"

牡丹不服气地道："男人挑剔起来比女人还要厉害，这得分人的，哪能按着男女来分。"

蒋长扬尴尬地"哦"了一声，本想说女人挑剔是普遍，男人挑剔是例外，可到底也没说出口来，看着牡丹上了袁十九家的台阶，叩响了门环。

一个瘦巴巴、愁眉苦脸、十二三岁的小厮来应门，看到门外三个女人，不由吃惊地揉揉眼睛，有些结巴地道："你们，你们找谁？"

牡丹倨傲地抬着下巴不说话，雨荷笑道："小哥，听说府上有石头要卖，我家娘子想来看看，若是合意，便要买了。"

小厮狐疑地看着众人，牡丹不耐烦地道："到底有没有？"

小厮赶紧点头："有！有！有！"也不招呼她们入内，直接就往里面冲，边跑边大声喊："公子，有人来买石头！"欣喜之情溢于言表。

不多时，骨瘦如柴的袁十九慢慢走了出来，他本就生得黄瘦，今日偏又穿了件黄色的圆领窄袖衫，看起来更是满脸病容。他的目光在牡丹身上停留片刻，才哑着声音道："你们要买石头？"

雨荷抢先道："是，我家娘子建了个园子，急需好石，在市面上寻了很久，总也不合意，听说府上有石头要卖，特意来看看。"

袁十九淡淡地道："那想要多少呢？要什么样的品相？"

牡丹学着他的语气淡淡地道："想来你这院子也摆不下多少，先看看再说。石头在哪里？"

袁十九皱了皱眉，冷声道："我这院子大约是没有府上大的，不过摆的石头却还真的比较多，也还不差。"

牡丹一听他这话，就知道他记得自己是谁。于是越发小心，皱着眉头冷声道："看了再说。"

袁十九有些冒火，想了片刻才耐着性子在前面引路，穿过前院，到得后院，牡丹方知他为何如此着恼了。

他的后院别有洞天，比之前院大了不知多少倍，四处怪石林立，品种多样，造型独特，有纹理细腻、洁白如玉、没有孔眼、如同卧牛、盘龙一样的灵璧石，也有棱角突兀、壁立峻峭、重峦叠嶂、玲珑宛转的英石假山，更有洞孔繁多、面面玲珑的各色太湖石以及空灵剔透、婉约俏丽的白色上品昆山石，还有土玛瑙，罗浮石，天竺石之流。堆在院中，犹如三山五岳，百洞千壑尽在眼前。

这么多的好石头，也不知他花了多少心力才收集起来，不到万不得已只怕不会轻易卖吧？此刻袁十九定然心如刀绞。牡丹尽力将自己的震撼之色压下去，抬眼看着隐隐自得、就等着用现实把她压下去的袁十九，不以为然地道："还不错，马马虎虎。"

袁十九脸上闪过一丝恼意，眼神也犀利起来。

牡丹暗抹一把冷汗，故意随意地捡了块小石子，朝着最大最美的一块灵璧石上看似粗鲁实则轻巧地叩击了几下，那块灵璧石发出琤琮之声，余韵悠长。

袁十九看到她粗鲁的动作，心疼得要死，暗里把她狠狠咒骂了几十遍，可听到灵璧石发出声音之后，想到自己反正是要卖了的，便又强忍着将怒气压了下去。正要跟牡丹介绍这块石头的由来以及好处，就见牡丹不屑地将手里的小石头一扔，道："这不是真的灵璧石吧？这声音听着怎么不对？"

敢情是个什么都不懂的粗鄙之人，袁十九气得差点一口血喷将出来，好容易才忍住将人赶出去的冲动，冷笑着道："不懂别就装懂！若是假的，你把我头割下来提着去！"

牡丹见他怒火冲天，明明气得嘴唇发抖，还强自忍耐的样子，暗道差不多了，便停止攻击他的宝贝石头，淡淡地道："真的就真的，干吗这么一副死人脸？做生意哪能像你这样！"

这话得了袁十九一个大大不屑的白眼。

牡丹又装模作样地在院子里转了几个来回，这里敲敲，那里磕磕，见袁十九额头上的青筋暴了起来，方道："开个价吧。我全要了。"再画蛇添足地补上一句，"想来你也不敢卖假货。"

袁十九讨厌死了她，一心就想着要怎么收拾她，不卖的心思都生了出来，翻着白眼道："五千万钱！要就要，不要拉倒！"

牡丹唬得一个倒仰，这老兄，可还真敢开口，果然是恨透了她。先前蒋长扬和她估算的，正常价格大概会在两千万左右，正常情况下，袁十九大概一千万就会出手，现在竟然是翻了这好几倍。

她倒是无所谓，只是门外那冤大头，也不晓得能不能拿出这么多钱来？罢了，若他拿不出来，她就多贴点吧，这些石头摆在园子里也是一大景观。只是不砍价，那是不可能的，不符合她生意人、女人的身份。

她在那里思索，袁十九也在冷笑着看她的表情，这五千万钱，对于珠宝商和香料商的独生女来说，虽不是很多，但也不是小数目。他就等着看这女人接下来到底想怎样，有几个臭钱就自以为了不起么？

却见牡丹突然换了副笑脸，眼巴巴地望着他小声道："少一点吧？太贵了！会死人的。"

袁十九一时愣住，却还是看她不顺眼，半晌方道："四千万，拿不出来就走人。"然后转身就走。

牡丹忙大声道："谁说我拿不出来？就这样定了！马上写契书！"

袁十九提着一支笔，迟迟不落下，只皱着眉头沉思。牡丹紧张得直咽口水，生怕什么地方被他看出了破绽，或者他又后悔了，想了想，见矮几上有本看了一半的书，便抓起来在手里扇风，小声嘟囔道："热死了，四千万钱的生意，连杯茶都不得喝。"

袁十九厌烦地瞪了她一眼，抢过她手里的书交给小厮收好，随即挥笔如风，开始写契书。牡丹见他落下最后一笔，蘸了朱砂按了手印，立刻将自己的手印也按下了，将自己那份吹干收好，道："最迟明日就会送钱过来。"

袁十九有些发呆，茫然地看着她，那表情就如失恋的人一样落魄。同是爱物成痴，牡丹非常理解袁十九此刻的心情，却不敢露出同情，只叫雨荷和封大娘准备走人。

忽听一个女声温温柔柔地道："客人喝杯茶再走。"一个穿白色短襦配豆青色六幅长裙、发上支插一根银簪子、脸上有几点白麻子的年轻妇人奉了茶出来，感激地递了茶给牡丹，又担忧地看向袁十九。

牡丹见那妇人斯文白净，神情温和，猜她约莫是袁十九的妻室，不敢托大，双手接了茶，缩到一旁去喝。

· 236 ·

袁十九看见那妇人，皱了眉头道："你出来做什么？回去歇着。"

妇人不为所动，拿起袁十九那份契书看了一遍，笑望着牡丹道："不知小娘子的园子建在何处？"

牡丹怕她知晓自己的园子和蒋长扬的在一处，因而生出疑问，却不得不回答，捏着一把汗道："在黄渠边上，叫芳园的就是。"

妇人道："日后我与外子若是想去看看这些石头，不知可否行个方便？"

牡丹道："当然可以，不过要收钱。"

袁十九的脸瞬间又黑了，妇人笑了一声，道："在商言商，原也是应该的。小娘子愿意出这么多钱将这些石头尽数买了去，是个雅人。"

袁十九不屑地哼了一声，十分轻蔑。

牡丹有些招架不住，不敢再坐下去，匆匆寻个借口赶紧走人。从袁十九家出来，雨荷捂着嘴就想笑，牡丹扯了她一把，低声道："快走，快走。"

待走到先前与蒋长扬分别的地方，却找不到人，倒是一个还未总角的小孩子捏着个胡饼走过来道："这位小娘子可是找人？那位穿棕色袍子的公子请您再往前行两条街，他在街口处等您。"

牡丹暗道，不只是她觉得袁十九难招架，蒋长扬也防着他呢。想到此，忍不住回头张望袁十九家的大门，但见那小厮黑黑瘦瘦的脑袋果然杵在门缝里目送自己这个人傻钱多的冤大头，便没好气地瞪了那小厮一眼，回头就走。

往前走了整整两条街，还不见蒋长扬和邬三，牡丹正在奇怪，就见邬三从旁边一条小巷探出头来，贼兮兮地往她们身后瞟，确认果然没人跟着，才向她们招手。

跟着邬三走了一截路，却见是个挂着张记招牌的小饭馆。蒋长扬站在门口张望，见她们过来，便笑道："算来也是饭点了，这家的兔肉做得不错，还烤得好梨，正好坐下来边吃边说话。"

老板与他熟悉，只笑着点头算是打了招呼，也不曾起身引路，任由他将众人七拐八弯引到后面一间雅座里。

说是雅座，其实也不雅，桌凳统统都没上漆，不过还算干净。趁着蒋长扬看契书，牡丹小心地观察着他的表情，小声道："我把他惹狠了，他要五千万钱。我又与他讲价，讲得四千万钱。他气性可真大。"

蒋长扬放下契书，并未表示钱多或是少了，反而饶有兴趣地道："你是怎么把他气成这样的？"

牡丹压下不安，把经过说了一遍，听得蒋长扬哈哈大笑："你倒是抓住他的弱处了。他平生最恨两种人，一种是怀疑他真才实学，不懂装懂的人；另一种就是仗着自己有权或是有钱，不把旁人看在眼里的人。"

牡丹笑道："而我，刚好两者都占全了。所以他恨透了我，这价也喊得高。不过我想着我那园子左右都需要这些好石头的，从外地去找一来费力费时，二来路费损耗也多，所以这钱……"

蒋长扬截断她的话头道："有了这钱他的难题就可以迎刃而解了，我和我的几个朋友都会很高兴的，还在我们的预计范围内。本就是请人帮忙，总也不能定个价在那里不是？还是原来说定的，这些石头你一千万拿走，剩下的我给。"

牡丹总觉得占他便宜太多，又害得他多花了钱，心中过意不去，便一定要按两千万的价钱来给。蒋长扬沉默片刻，道："你要实在心里过意不去，就给一千五百万吧。我曾和你说过的，这些石头定会低于市价，若是让你出力又出钱，便是我的不是了。"

牡丹还要再说，他斩钉截铁地道："不要再多说了，就这样定了。来日方长，又不是只

· 237 ·

打这回交道，以后就不往来，何必把人情算得那么清。"

牡丹语塞，只好应下，少顷，饭菜上齐，蒋长扬热情招呼她们吃菜。吃完饭后店家又送上一道烤熟的梨，老实说，牡丹吃不出这烤过的梨有什么稀罕的，但见封大娘、雨荷都在夸这梨烤得好，蒋长扬与邬三也是一副品尝美食的表情，也只好跟着假意夸赞了几句，然而真是不喜欢，咬了两口就放到一旁，推说自己稍后再吃。

蒋长扬看到她咬了两口就放到一旁的梨，也没问她是不是不喜欢吃，只低声吩咐了邬三几句。邬三当即起身出去。牡丹见大家都放了筷子，便与蒋长扬约定今日傍晚之前由他把那些钱送到何家，然后起身告辞。

待出了张记，邬三提着个篮子追过来，将篮子往雨荷手里一递，道："这是哀家梨，我家公子说谢何娘子今日襄助。"随即转身走了。

雨荷打开篮子盖一看，但见四五个很大的梨水灵灵地躺在里面，不由兴奋地道："丹娘，果然是哀家梨。"

此时其他梨都时兴蒸食或是烤食，唯有这哀家梨脆嫩鲜美，都是生吃，然而却是难得。牡丹很是喜欢，笑道："拿回去大家一起分吃。"

第二日，顺利交付钱后，大郎雇了许多骡车，又组织了一批身强力壮的家丁伙计，将石头用稻草帘子包好，一批批抬出了袁家，袁十九始终没露面。牡丹猜他是生怕触景伤心，换作她自己，若是有朝一日因为某种原因不得不尽数变卖牡丹花，她也不忍心看着它们出门。

自石头运到芳园，又由福缘和尚指点着一一安置妥当后，日子忽地又过去了十多日。其间雨荷去刘家附近堵了一回郑花匠。果然不出她所料，自牡丹去后，刘畅、刘承彩的心思都在其他地方，戚夫人便是听到牡丹这两个字都是烦的，连带着郑花匠的日子也不好过，听到雨荷开出的条件，立刻应了下来。

不过两日工夫，郑花匠就辞了工，拖家携口地悄悄去了芳园，成了牡丹的左右手。牡丹正是嫁接、分栽各种牡丹，忙得不亦乐乎的关键时刻，对他的到来很是高兴。却只让他做一些简单的技术活并看顾花木，关键地方并不泄露给他知晓。更多时候她更宁愿让雨荷在一旁打下手，有意识地教雨荷掌握一些技术，也不肯要熟工帮忙。但就是这样，郑花匠也给她帮了不少忙，让她得以轻松许多。

这一日，终于告了个段落，牡丹寻思着已是将近半个多月没回家了，中秋将至，得回去帮着准备过节才是。便将雨荷留在园中看护花木，自己收拾东西回城。

岑夫人见她回来，很是高兴，见她的手变得粗糙了，心疼得不行，有心叫她不要再去做那些事，但见她雄心勃勃，终究只是叹了口气，吩咐薛氏让厨房做好吃的给她补身子。

牡丹沐浴出来坐在廊下晾发，但见甩甩在一旁发呆，全然没有往日的喧嚣，便轻轻弹了它的嘴壳一下，笑道："小东西，好多天没见，想我不？"

甩甩很跩地踱了几步，装作没看见她。恕儿过来笑道："它大抵是生气您这次去得太久，这几日都不肯说话。"

牡丹抓了南瓜子过来喂它，让它在自己手心里啄食，也不管它理不理自己，轻言细语地和它说话。甩甩瓜子是要吃的，理是不理她的。一人一鸟僵持了许久，甩甩方轻轻喊了一声："牡丹！"

牡丹笑着揉揉它的头，亲昵地道："小东西，下次我带你一起去。"

白氏在廊下喊道："丹娘，你来，李家表舅母来了。"

牡丹迟疑地道："她来做什么？"

白氏笑道："不知道，一定要见你。"

牡丹进得正房，但见崔夫人高坐在岑夫人身边，一尺高的发髻上插着一大二小三把时下最流行的金筐宝钿镶象牙梳子，穿着樱草色大袖衫，内着宝蓝泥金八幅罗裙，雍容华贵，香气逼人，端的是盛装出行。

牡丹便有种预感，崔夫人是无事不登三宝殿，此行必然不会有好事。

崔夫人唇角含着一丝笑，看似亲切实则挑剔地看着牡丹，好一歇才伸手去将她拉到自己身边坐下，摩挲着她的手道："哎哟，人是越来越好看了，可这手是做什么呢？一双嫩生生的手成了这个样子，这女人家，顶顶重要的就是这一双手。你说你不在家享福，成日里骑着马到处乱走，风吹日晒的，有什么好处？还叫家里人总为你担忧。知道的说你好强，不知道的，还以为你爹娘哥嫂待你不好呢。"

岑夫人一听这话，本就不怎么好看的脸色越发难看起来，只忍住了低头去看手里的越州瓷茶瓯，不叫自己发作起来。牡丹外出时她担忧不假，牡丹辛苦她心疼也不假，可她的女儿只有她和何志忠能说得，外人说上几句她都心疼不得了，何况是崔夫人这样明显不怀好意的话。

牡丹对崔夫人这种明明不喜却又故作亲热的行为极不舒服，不露痕迹地从崔夫人手中挣开，递一杯茶塞过去，笑道："多谢舅母关心。您也说了，那是人家不知道，这世上不知道实情却偏要到处乱说的人多了去，难道被说的人都要找到他们一一分说？！过日子，外人不过一张嘴，好歹只有自家人知晓，自己喜欢，过得好就是了，管他外人怎么说。"

崔夫人阴阳怪气地笑了一声，道："这人和人哪能轻易断绝得开。过日子，也不是关起门来就万事大吉的。要旁人真不关注，真不知晓，怕是只有死人才能做得到。"

牡丹听她的语气不好，怨气极重，心想再多说只怕是要呛起来，索性不理睬她，回过头去逗何淳玩，只作不曾听见。

岑夫人倒是不客气，皱了眉头道："表嫂，你这话不对，就算作为长辈想要教训我们丹娘，也不该死啊活的，忌讳些才好。"

崔夫人"哎呀"一声，佯作惊觉失言，十分后悔地道："是我不好，心里想着事儿，说到哪里去都不知晓了。丹娘莫要怪罪啊。"

牡丹起身一福，不笑不气："外甥女儿不敢。"

岑夫人沉着脸往肚里灌茶灭火，一言不发。

崔夫人见没人问她心里到底想着什么事儿，踌躇片刻，笑道："我是来向你们报喜的。我们行之下个月初六，就要和清河吴氏的十九娘定亲了。"

牡丹笑道："先恭喜了。十九娘很好，和表哥正是良配。"输人不输阵，岑夫人也领着几个儿媳一起恭贺崔夫人，一时间屋子里热闹成一片。

崔夫人的心情却未因此好转，反而更加烦躁，望着牡丹皮笑肉不笑地道："我听螺山说，前些日子，你表哥又去了你庄子上？"

牡丹听到她说那个"又"字，兴师问罪一般，不由心头火起，勉强压下不喜和厌烦，道："是，表哥说是替宁王办差，去寻我庄子附近的一个人。那人不在，便过来歇歇脚，可没多少时候便便找到了人，说完正事就走了。可是这中间出了什么差错？"

崔夫人眼里闪过一丝愤恨，却飞快地答道："没有。"

李荇去庄子上找过牡丹，这事儿岑夫人并不知晓，见此刻说起来，由不得有些担忧。牡丹朝她一笑，示意没有什么，岑夫人也就装作早就知道的样子，道："这事我听丹娘说过，难道表嫂不知么？"

"又不是什么大事，我哪儿管得了这么多，不过机缘凑巧，刚好一问罢了。"崔夫人默了片刻，带了几分威严道，"丹娘，我有正事要问你。"说着看向一旁陪客的薛氏、白氏等人。

岑夫人虽然讨厌她，却也想知道她到底想干什么，便朝儿媳们使个眼色。薛氏立刻领着弟媳和孩子们出去，打发走下人，她自己在廊下守着门不许旁人靠近。

崔夫人理了理衣袍，望着牡丹严厉地道："丹娘，我接下来要问你的事情很紧要，你一定要和我说实话！"

岑夫人见她如此架势，先被唬了一跳，以为牡丹做了什么要不得的事，便也沉了脸道："丹娘，你到底做了什么让你表舅母如此生气？快说出来！若你是对的，自然没人能欺负了你去；若你错了，看我不打死你！"

牡丹自问心中无愧，又听岑夫人这话明摆着是让自己别怕，便道："娘，您放心，我没做不该做的事。"回头直直地看着崔夫人道，"表舅母，您有话只管问，我坦坦荡荡，没什么不能据实以告的。"

崔夫人讽刺地弯起唇角，不疾不徐地道："我问你，你是怎么招惹上宁王殿下的？你知不知道这让我们有多为难？我一直以为你是个懂事守礼的好孩子，谁知道你也一样的糊涂，一样的不省心！"

她一来就是质问并已经认定事实的口气，而不是不知实情，想知晓真相，向人认真询问的口气。这让牡丹非常不快，又觉得莫名其妙，便道："表舅母说清楚些，我怎么招惹上宁王了，给你们惹了什么麻烦？我糊涂，不省心在什么地方？您说清楚，不然我不明白，也是不肯认的！"

崔夫人讥讽道："你自己做的事会不知道，还来问我？！我问你，你是不是见过宁王了？是不是接了孟孺人送的手串？"

牡丹松了口气，道："只是远远见了一面。孟孺人送东西，我没想要来着，但实在推不掉也避不开……"

崔夫人不等她说完，就抢白道："既是真的，那还说什么？！如今人家问我要人，说你已是允了，我不答应都不行！先前我还不信，现在听来竟是真的。这也怪不得我了！"她心中蕴藏了火气，说起来果然是很气愤的样子，只不过这火气不是那火气罢了。

牡丹回想起当日的诡异情形，不由生出一个可怕的念头来，便只觉一颗心咚咚乱跳，似要从胸中冲出来一般，哽声道："问你要人？要谁？我允了什么？什么是真的？舅母说话不要这样半句半句的，一口气说个明白好么？"

崔夫人翘起嘴角斜睨着她只是冷笑："你既然做下那些事，就该明白，自然是要你这个人了——要抬你进府去伺候宁王！纵然孟孺人和我说这事时我是没脸，可也架不住你已经把事都办妥了。好了，别的我也不多问了，就是来确认一下，把话传到……果是真的，我便立马去回话，做好准备，挑个好日子抬进去就是了。"

牡丹急道："我没有……"

崔夫人根本不给她辩白的机会，飞快地道："不过你要明白，宁王妃刚薨没多久，你的情形也在这里，怕是位分上有些艰难，也不可能敲锣打鼓张灯结彩的。不过呢，你想来事先也早有准备，又有旁人没有的长处，进去以后恭顺温柔本分着，再加上我们帮衬着，未必不能出头。你光彩了，你们家里也会跟着沾光，就是将来你几个侄儿也能有个好前途，这也算是难得的机会。其实……"崔夫人慢悠悠地拖了个尾音，"你还是想得挺周到的，对你来说，这条出路不错。"

一句赶一句，竟是已经认定整件事都是牡丹自己谋划，上赶着去做人家小老婆的。牡丹听得暴跳如雷，怒火和耻辱感一阵一阵往上拱，她被羞辱了！羞辱她的人，还打着替她着想的旗号，装作清高好心的无辜善人样。她出离愤怒，她不想乱发脾气的，但她真的忍不住，不大吼几声，实在要憋死了。

牡丹这样想了，便也这样做了。她猛地将手里的瓷杯狠狠丢在地上砸了个粉碎，冷笑道："凭什么！舅母好生可笑！什么叫我做下那些事，早有准备，宁王府要抬我进府去伺候宁王？

你是来替你家家主做媒的还是来教训我的？若来做媒，便该事先问过我家肯不肯，肯了再三媒六聘，该有的礼节一样不少地来；若是以长辈的身份来教训我，说我做了不该做、不守礼的事，就该听我分辩清楚再下定论！一来就给我扣个大帽子，唯恐那些污水不能往我身上泼，便可劲儿地帮着人泼。倒叫人怀疑你居心何在了！"

崔夫人暴怒地将坐褥猛地一拍，高声道："你说的什么话？我泼你脏水？我居心何在？你自己做错事情，叫你表舅和我都丢了脸，还不许我说你两句？"一个小小的商户之女，又是病弱之身，还这样牙尖嘴利的，有人要就好了，竟然也敢肖想宁王府三媒六聘抬她进门？简直痴心妄想！

牡丹歪着毛道："表舅母先别忙着发脾气，我还有话要问你。你前面说的什么？你不答应都不行？是说我的婚事吧！我自有高堂兄长替我做主，也能自家做主；再不济，还有我何家的人替我做主，可不敢劳表舅母替我的终身大事做主！你既然不肯听我说实话，那也别来问我，别来帮衬我了，我当不起这样的好心！丢脸的人不是我，而是那些心怀叵测偏还要装模作样的人。"

既然崔夫人是抱着恶意来的，还想把所有事情推到她身上去，她也没必要再客气。撕破脸就撕破脸，如今可不是她主动招惹崔夫人，而是崔夫人逼着她不得不翻脸。她给人做姬妾家里就光彩了？这是什么话？再嫌她碍眼，再想趁机讨好宁王，也不能做这种不要脸的事，说这样不要脸的话吧？还这样理直气壮，高高在上！就是因为何家一直以来多有仰仗李元的官家地位，所以就可以这样羞辱她？真真欺人太甚，无论李家对何家有多少情分，也经不住这样的折腾法！

自己的女儿是什么性情自己明白，牡丹绝对不是那种为了富贵权势心动，不顾廉耻去主动勾引男人的人。岑夫人抚着胸口，按下滔天的怒气，呵斥牡丹道："没规矩！你就是再委屈，也不该对着你表舅母又砸东西又吼又叫的，这成什么体统？"

可她也不叫牡丹赔礼道歉，而是睁大眼睛狠狠看着崔夫人，字字着力地道："表嫂，这不是发脾气、说风凉话，给谁追究责任、把事儿推到谁身上的时候，到底是怎么回事，你还要细细道来才是。就这样喊着骂着苛责孩子，张口就叫让她去宁王府做什么无名无分的姬妾，一会儿说她做了错事，给你们丢了脸，一会儿又说她其实想得挺周到的。她哪里知道是怎么回事？你到底想说什么？别说她一个十岁多岁的小孩子，就是我也不懂你的意思。只知道但凡是个有廉耻的就会气得不得了，换了是你，看你恼不恼？这中间定然有什么我们不知道的误会。表嫂说了想说的话，也听我们丹娘把话说清楚再下定论不迟。"

崔夫人却是早就预料到何家人会有这样的反应，并且因为知道会这样，所以才会一来就主动攻击谴责牡丹，不然只怕她一开口就被赶出去了。

刚才是被牡丹一语戳破了实情，她心中又恨牡丹才会忘了形，此刻却是冷静了下来，假意叹着气道："我就知道好人难做，不管你们信不信，我是真不想管这事儿，我也为难得很。想不管吧，孟孺人都替宁王把话问到我那里了，又说丹娘收了东西，已是允了，我要硬拦着或是不管，人家要说我不识抬举，嫉妒眼红，坏人好事，你表哥又是在人家手下吃饭的；若是管了，又有人要说我和你表哥为了讨好宁王，把自家外甥女儿送去做姬妾，一样都是没脸没皮。我是又气又急，却又没法子。

"可谁叫我是孩子的舅妈呢，谁叫咱们两家这么亲近呢？再大的委屈我也得承受着。可不，我这不就是来找骂的么？挨骂是小事，可如今我是脱不开身了。要怪，也只能怪丹娘好端端的，为什么要去招惹人家，接人家的东西！不是我不向着自家人，要知道，虽无许婚之书，但受聘财亦是。这赖婚的名头可不好听，宁王府也不好惹！

"我是替你们着急，可退一万步想，这事儿对丹娘也不坏，有的只是好处。宁王年轻，又是有名的美男子，何况身份尊贵，人品贵重，前途不可限量，这世间少有人及。丹娘原也不算委屈，且将来谁又说得清她是不是金尊玉贵的命？到那时，你们家都会跟着沾光享福的。"

牡丹越听越心凉，崔夫人不愧是混迹商场、官场多年，始终如鱼得水的官夫人，原来巧舌如簧，睁眼说瞎话，把黑的说成白的，红的说成绿的，也是面不改色心不跳的。一来就把帽子扣到自己身上，说自己失德，先说什么"虽无许婚之书，但受聘财亦是"；接着又说给宁王做了姬妾的各种好处，许一个美丽虚幻的场景。

这是威逼恐吓加利诱，其实也就是要她听话，乖乖按着他们的布置来，还要把所有不好听的恶名全都让她一人承担了。其余人等都是高贵清白、正气凛然的，只有她是那个居心叵测、为了上位不顾一切到处勾引男人的无耻女人。

可她不是那被吓大的孩子，也不是给颗甜枣、望空画个大饼就被迷得晕头转向的。她见识过生与死，知道人心难测，在利益面前人性会扭曲，感情会变质。她才刚摆脱一个牢笼，自在没几天，他们又想再用一个永无出头之日的牢笼把她关起来，做梦去吧！去死吧！

可是一味地和崔夫人吵，又有什么用？不过浪费精神。牡丹闭了闭眼，再睁开眼里已是一片清明，声音虽还发颤不稳，情绪却已经控制好了："表舅母，你听好了。那天的情形是这样的……"她说完之后总结道："不管你信不信，从始至终我就没招惹过谁，和谁说过不该说的话，做过不该做的事。娘，你信我么？其实别人怎么看我都无所谓，我主要就是说给你听的。"

岑夫人面色凝重地道："我信你。我教出来的女儿，我最清楚。你别怕，该是怎么着就怎么着，没人能欺负了你去。"

牡丹感激地握住岑夫人的手，抬眼望着崔夫人冷笑："我可不知道，路边偶遇，被强压着戴上的一串木珠子，原来就是做了聘财用的？这样说来，不只是我有份儿，雪娘也有份儿。进宁王府当没名分的姬妾，多么高贵多么好的事儿啊，真是打着灯笼也找不到的，我得赶紧去黄将军家报喜去！你等着啊，我这就找了雪娘一起去谢宁王对我二人青眼有加！"说完她果真往外走。

岑夫人见她表情不对，忙喊道："丹娘，你要做什么去？"

崔夫人没想到牡丹无论威逼利诱都是死活不应，这性子竟然刚烈如此，哪里还是从前那个软绵绵、胆小怕事的小丫头。又见她说要去找黄将军，忙道："丹娘你胡闹什么？这关黄将军家什么事？"

牡丹望着她冷冷一笑："怎么不关他家的事？他家的女儿被人用一串廉价的木珠子莫名其妙给定了，还不关他家的事？你放心，表舅母，我这次一定不会给你和表舅丢脸，给你们惹麻烦。不管黄家怎么办，我都会顶着一块牌子去游街，上面写着——我何惟芳与宁王府长史李元没有任何亲戚关系，我所有的死活行为都是我自愿的，没有人逼我，别怪李元。然后一头撞死在宁王府前，给全京城的人一个交代，给你们留个清名，省得害你们为难，让你们丢脸。这样，你们就不用怕了，我也算是对得起你们了。"

牡丹咬紧牙关，决绝地往外走，她真敢去宁王府前闹。在这世上，她身无长物，有的只是一群尽心尽力照顾她、生恐她受委屈的家人。她没能回报他们，总给他们添麻烦。

这次是李家帮着人出算计她，她还能怎样？李家不是想要借此机会讨好宁王么？可以呀，当这件事不但不能成，反而会成为宁王和李元的污点时，谁还敢？不要脸不要命，谁能把她怎么样？

薛氏在外听到屋里的声音一浪高过一浪，把事情的经过都听了七七八八。听说牡丹要顶着牌子游街，既觉着孩子气，又觉着心惊。见牡丹跨出房门，便大步冲上前去抱住她的腰，喊道："丹娘，你糊涂了！你这是要急死爹娘么？你哥哥们还在，谁敢逼死你，我和你哥哥，还有你侄儿们和他拼命！"

牡丹看着薛氏脸上毫不作伪的焦急和气愤，大滴大滴的眼泪一下子落了出来。

岑夫人也追了出来，一边替牡丹擦泪，一边冷冷地看着崔夫人道："不分青红皂白就把污水往自家外甥女儿身上泼，一门心思帮着外人算计外甥女，我们家没有你这么周到的亲戚。你请吧，我就不留客了，至于我家丹娘是不是真的收了聘财要赖婚，会惹上什么大麻烦，你也不必替我们担心，只管按着丹娘的话回你家主子去！要打要杀要剐，请便！"

崔夫人脸上红一阵白一阵的，心想何家已然如愿以偿地彻底翻脸了，很好。她来之前就是抱定了达不成这目的，也不会再和这家人有牵扯的决心。试想，彻底翻了脸，李荇不死心也得死心，她看他是不是还能去找牡丹，拖着不和吴家定亲，还秘密筹划着要出远门。砍了树老鸹还怎么叫？！

想到这里，崔夫人又鼓足了劲，冷笑道："丹娘，你别吓唬我，敢做要敢当，也别狗咬吕洞宾，不识好人心！如今这事儿可说不清楚谁是谁非，你难道非得要人家找出人证来吗？到那时，只怕是面子里子都丢光了！你们好生想想该怎么办再回话，别到时候没地儿去后悔。我先走了！"说完也不要人赶，先大步走了。

听见动静跑出来看发生了什么事的甄氏一看这样儿，忙大步奔进房里去，抱了崔夫人带来的几件礼品追出去，在崔夫人要上檐子之前狠狠砸在她脚边，踩了几脚就开骂。要说甄氏做什么最擅长，就是火上加油、吵架骂人最厉害。

甄氏一开腔，孙氏等人也追了出来，虽没跟着她大骂，却是在一旁阴一句阳一句、你一言、我一语地帮腔。惹得好多人围着看热闹打听情况。甄氏哪里知道具体是什么事，她只知道崔夫人得罪了岑夫人和牡丹，逼得牡丹都要拼命了，但想来也就是官家夫人瞧不起亲戚，欺负人了呗。便按着她自己的想象添油加醋地乱说一气，听得众人直咂舌。

崔夫人被围观，又听到许多难听话，不由又羞又气又恼。有心骂回去，又觉着与这群粗鄙的商妇对骂着实丢她官夫人的脸，便沉了脸叫下人赶紧抬了檐子走，见家里一个下人还顾着弯腰去捡拾被甄氏砸出来的礼物，气得要死，骂道："别捡了，就当喂了狗！"又厉声道，"是条狗养它几年还知道报恩，是个人帮了多年的忙，却因为一件小事就翻脸不认人，简直连狗都不如！"

话音未落，牡丹已经高举着一个写满字的床头小屏风奔了出来，叫道："我的一生是小事？难不成我不肯去给人做个无名无分的姬妾就是不识抬举，翻脸不认人，狗都不如么？好，你家帮了我大忙，我欠着情，如今我拿这条命来赔你家！"她谁也不想靠，谁也靠不上，只能靠她自己舍了这张脸不要，光脚的不怕穿鞋的，看谁怕谁？

白氏紧随其后，追出来拉住牡丹，苦心劝道："丹娘，你别冲动，玉石俱焚又有什么好处？！多大的事儿，值得你这样闹么？"与其他几个妯娌不同，她不赞同牡丹如此决绝地解决问题。男人们不是还没回家么？谁知道这是不是李家父子的意思？现在只是崔夫人出面，就还有转圜的余地，若是真让牡丹举着这屏风在街上溜达一圈，这门亲戚就彻底断绝了……毕竟从前李家给了何家许多帮助，谁知道以后会不会再求着人？不能做得太绝了的！

崔夫人凝眸一瞧，牡丹高举着的那架紫檀木床头小屏风上清清楚楚地写着："我何惟芳与宁王府长史李元无亲戚关系，我所有行为都是自愿的，无人逼我，不怨李元。"字迹虽乱，却也看得清楚。

崔夫人看到"宁王府长史李元"七个大字，不由冷汗直冒，这死丫头手脚可真快，可也真做得出来！既然和李元无关，总扯上李元做什么？还把李元的官职都写出来了，其心可诛！她从前怎么不知道牡丹是这么个难缠的主儿呢？真让牡丹举着这屏风游上一时半会儿，只怕不到第二日整个京城就全都知道了，到那时，不光是李元脸上难看，就是宁王脸上也好看不到哪里去。她承担不起这个责任！

崔夫人混迹官场、商场多年，始终如鱼得水，她是何等样人？惯常能屈能伸，该纯善时便纯善，该狠时便能狠的。当下叫人放低檐子，一步跨出，朝牡丹小跑着奔过去，一面去夺牡丹手里的小屏风，试图将那几个要命的字给遮掩了去，一面觍着脸道："丹娘，有话好好说，你这样实在太冲动了！就算舅母不会说话处事，得罪了你，你也不能这样狠心地置你表舅、表哥于死地吧！你说你一个女儿家，真举着这屏风游街，一头碰死在宁王府前，对你有什么好处，对你父母家人又有什么好处？你倒是一死百了，他们怎么办？还要活着受累受罪呢！"

牡丹凶狠地推开崔夫人，红着眼冷笑："我娘说了，我的意思就是她的意思！头可断，声名不能丢！我不怕丢脸，也不怕死。待我死了，以后人家就会知道我们何家的女儿不是任人拿捏好欺负的，也是有气节要脸面的！给人做妾？先拿我的命去！你等着，我死了，还有人会替我索命的！"

不到万不得已，她当然不想游街示众，也不想把宁王府得罪狠了，让李元、李荇难看，更不想因此送了命，给家里惹一堆麻烦。可她不做出这凶的样子，又怎能让崔夫人低头？关键时刻当然不能失了气势。其实被逼急了她也是可以做到很泼辣的。

崔夫人被牡丹推得一个趔趄，靠着白氏相扶才站稳了。眼看着牡丹已经下了台阶奔前头去了，她赶紧去推白氏："二郎媳妇，快拉住丹娘，这样会出大事的，谁也讨不得好。"

白氏果然帮着去拉牡丹，吴姨娘和杨姨娘也在院子里劝岑夫人："还有转圜的余地，丹娘这样会不会太偏激了？真闹出去，他家固然得不了好，可也不好收场，对丹娘更是没什么好处。夫人快叫丹娘回来呀。"

岑夫人大声道："难不成就叫丹娘这样不明不白地给人家做个丫头都不如的没名分的姬妾？我是养不起她还是想攀皇亲国戚想疯了？我家世世代代虽然都是经商，却没有给人做小的！你们这是要劝我让女儿给人做小去？要我咽下这口气，除非她把话说清楚，把事情给我解决好！"

吴姨娘和杨姨娘都是给人做小的，听到这话便都不敢再劝，歇了声缩了头，呆立在一旁不动。

崔夫人闻言，知道岑夫人与牡丹果然是母女一条心，便牢牢搂住牡丹的腰，死皮赖脸地拉着不放，一边将牡丹往何家的大门里拉，一边叫随行的家仆去驱赶看热闹的人，还喊着："孩子不懂事胡闹，大家别当真。"

甄氏"咦"了一声，将袖子一挽就要冲上前去帮牡丹的忙。薛氏赶出来，给她递了个严厉的眼色，然后领头假意去拦崔夫人，叫崔夫人松手。甄氏只好灭了那心思，和薛氏一道半推半就地崔夫人和白氏把牡丹又拉进何家大门。

崔夫人累得满头满身都是汗，差点没流泪了："丹娘，你是要我这条老命啊！"

牡丹被白氏牢牢箍在怀里，红着眼大声回道："是表舅母要我这条小命才对！我给你！你还不满意么？！"

崔夫人见她犟着脖子，油盐不进的样子，深感头痛，还说是个娇娇女，原来就是和何大郎等人一般生成了牛脾气。只好厚着脸皮跟岑夫人说道："你我相识几十年，我纵有万般不是，你表哥也有真心待你好的时候。还有满娘，一直当你是亲姐妹，用不着一言不合就这样赶尽杀绝吧？"

岑夫人冷淡地道："好，我不赶尽杀绝，那你也得别赶尽杀绝才是。我晓得你因何起的毒心，也认得你到底想干吗。你放心，这事儿一了，咱井水不犯河水，老死不相往来。若是了不掉，我是管不着这孩子的，她气性大，她几个哥哥的气性也大，谁知道会做出什么冲动的事来！到那时，就真是覆水难收了！我倒是想劝表嫂一句，表哥有今天不容易，你可别一个冲动给他毁了！"

· 244 ·

崔夫人忙道："好，好，我这就去回绝了，你们等我好消息。"
岑夫人淡淡地道："我们一家人都是急性子，表嫂做事向来周密，想来不会留下首尾才是。"
崔夫人恨得牙齿发颤："这不是小事，总得让我好好想想，该怎么办才好。"也不知孟孺人说的是真话还是假话，宁王到底是不是真想要牡丹进府。若是孟孺人做的主，那还好说；若是宁王也有那想法，倒是有点麻烦。可是事到如今，这人也是再不能要了。她要想不通，关键时刻一剪子给宁王刺上去，便是抄家灭门的大罪。
牡丹喘了口气，脆声道："娘，你也别总催表舅母，我晓得这事儿不容易，总得给她些时候才是。咱们实在着急，去宁王府找表舅想法子就是了。"她想试探一下李元到底知不知道此事，也是威胁要到宁王府门前去找李元大闹一场的意思，看崔夫人怕不怕。
这一威胁还真起了作用，崔夫人拧着眉毛，咬碎一口银牙，死死攥着手里的帕子，嘶嘶地道："你们放心，宁王殿下不是强取豪夺的人，你们不肯，他还不屑呢。"说完一甩帕子就走，岑夫人道："慢着！"
崔夫人停住脚，岑夫人上前两步，贴在她耳畔轻声道："看好你儿子！人穷怪屋基，没本事看好儿子就怪别人，你可真有出息！"然后退了一步，淡淡地道，"可以了，你走吧。"
崔夫人气得猛地打了一个哆嗦，怎么走出何家的大门都不知道。好在出门之时还想得起留个人在外守着，观察何家的动静，一旦看到不对劲，就立刻回去报告。
岑夫人说了那句话，觉得长期以来一直闷在心中的那口恶气终于散了，她看着儿媳们，努力让自己显得镇定自若："使人去把你们爹叫回来，都散了。丹娘跟我来。"
牡丹见崔夫人走远了，方将死死抱着的那架床头小屏风塞到林妈妈怀里，轻吁一口气："妈妈别哭了，替我拿拿这屏风，可真是沉。"
甄氏没好气地抢过去："你也知道沉？不会另外找个合适的？这传了几代的。"她早看上这紫檀木屏风了，谁知猝不及防就被牡丹给毁了。
牡丹感激甄氏适才护着自己，也不计较她的语气，只道："当时没合适的。"若非一时之间找不到合适的板子，她也不会去抓这架床头屏风。这东西不顺手，得另外重做一个，两面糊绢，把字写得大一些，特别是"宁王府长史李元"那七个字，一定要用朱砂写，要叫人老远就能看得清清楚楚的，那效果才好。
岑夫人直叹气，这架紫檀花鸟床头屏风是她的心爱之物，陪了她几十年，今日算是死在牡丹手里了，不过也算死得其所。带了牡丹入内，心疼地给她揉着手道："先歇歇。等你爹和哥哥们回来，立刻就商量出办法来，不会叫你一个人顶着。"
牡丹道："等不及了，她表面上倒是答应会去回绝，可咱们谁也不知道她怎么想的，会不会在背地里又做什么意想不到的事？必须先做好准备，赶紧做个牌子，轻巧醒目，实在不行，我还真只有走这条路；第二件事，我马上要去黄家，不能让他们抢了先手。"
岑夫人先前虽由着牡丹去闹崔夫人，可真要牡丹举了牌子去游街，撞死在宁王府前，她是无论如何也舍不得的，她宁愿是自己，只这个时候不说给牡丹听。她只道："牌子我这就叫人去做。你去黄家一趟也好，只是不知他家肯不肯出面？毕竟这事儿并未波及他家，帮了你，便会得罪宁王……"
这也是牡丹担心的，可不去试试谁也不知结果如何，她疲惫地揉揉眉头："死马当做活马医，我不会牵扯上雪娘，就是请托她家帮我关键时刻作个证，想来她家不会拒绝。"若是黄家拒绝，她就真的只有走那条路了。
岑夫人立刻命人安排，又说要陪着一起去，牡丹道："大嫂陪我去，娘留在家中等着爹回来，商量好了，稍后去接我也是一样。"
岑夫人却怕牡丹与薛氏出去会被暗算惹麻烦，正在寻思安排谁跟着去才妥当，就听封大娘来报:"夫人,张五郎来了,说是听闻有人在咱们家门口闹事,过来看看可有帮得上忙的地方。"

岑夫人大喜,忙把张五郎请进中堂奉茶。

张五郎歪戴着顶黑纱幞头,穿件花哨的姜黄色团花袍子,袖子高高挽着,露出两条粗壮多毛的手臂,脚下的黑色高勒靴上还糊着一点黄绿色粘鸡毛的可疑物质。看见牡丹与岑夫人进来,立刻起身斯文地行了礼,抬眼去看牡丹。

但见牡丹穿着家常的襦裙,发髻松散,将堕未堕的,一点首饰全无,脸上脂粉未施,一双眼睛还红着,虽然在笑,却比哭还难看,叫人看了就心疼,岑夫人也是神色凝重。他当即直入正题:"适才小侄听兄弟们说有人打上门来欺负丹娘妹妹,便赶紧过来看看是怎么回事,已是让人去知会了四郎,不知伯母可有什么事要吩咐小侄去做的?"

岑夫人感激地道:"好侄儿你有心了,你来得正如及时雨,事情经过来不及与你细说。此刻丹娘要去宣政坊拜会她的一位朋友,没人护送,我生恐她会吃亏,正好请你送她一回。"

张五郎使劲儿拍着胸脯保证道:"请伯母放心,小侄定然护得丹娘平安。"

岑夫人将薛氏叫来,又问张五郎带了几个人过来,依数备了马,目送牡丹出门。牡丹前脚刚走,崔夫人留下看门的人立刻奔回去报信不提。

而此时,离家最近的四郎也得了消息赶回来,听岑夫人三言两语说了经过,把眼一瞪,转身就往外走。岑夫人恨道:"你要去哪里?"

四郎道:"待我去打杀了李行之,除掉这个祸根就好了。我再砸了他的铺子,也叫他老娘难过一回。"

岑夫人怒道:"胡说!你又扯上他做什么?"

"他惹出来的事,不找他找谁?"四郎一侧头,大步奔了出去。岑夫人高喊一声:"拦住他!"四郎脚下如飞,蒲扇似的大手将上前来拦自己的家丁两把拨开,转眼就消失在门口。

白氏上前扶住岑夫人,劝道:"娘放心,四郎不是不长脑子的人,他不过说气话罢了,行事向来有分寸。这事儿想来行之是不知道的,让他知道也好。您要不放心,媳妇这就跟了去看着,不叫四郎闹出事来。"

岑夫人顿足道:"还不快去?"

白氏忙招呼了四郎媳妇李氏,妯娌二人带了几个孔武有力的家丁,骑马去追四郎。

有道是好事不出门,坏事行千里。却说牡丹才一出门,就发现围在外面还没散去的左邻右舍看她的目光又不同了。有几个好搬弄口舌的直接撞上来打招呼,探头探脑的,幸而都被张五郎黑着脸策马直直撞将过去。如此两三次,方才无人再敢滋扰,出了何家所在的街,这才清爽了。

一行人出了宣平坊,绕过东市,直到皇城根前,准备往黄家所在的布政坊而去。张五郎打量着满怀心事的牡丹,有心打听真相,却又不好意思开口,踌躇良久,方问薛氏:"敢问大嫂,到底是怎么回事?"

薛氏不好和他细讲,又觉着请人帮忙不说清楚缘由不地道,便字斟句酌地道:"有人想强将我们丹娘送进王府去做那没名分的姬妾,丹娘不愿,这才闹起来。"

张五郎怒火中烧,啐了一口,骂道:"贼肏的,还有没有王法?丹娘,你放心,谁要真敢这样,我定然饶不了他,你说,现在要我去做什么⋯⋯"

牡丹感激地道:"谢张五哥,你能送我们去布政坊就是帮了大忙。其他暂时真没什么。"这样的事儿,她惹上是一身臊,张五郎惹上何尝不是一身臊?护送一下还可以,多的却是不敢让他牵涉入内。

张五郎还要说什么,忽听前面有人道:"咦,那不是何娘子么?这是要往哪里去?"却是邬三跟着几个头系红色细绫带、穿酱色圆领缺胯袍、满脸胡须、腰间挎着刀的汉子立在皇城安顺门前的街边,满脸惊讶地看过来。

牡丹勉强一笑:"邬总管好,我有要事在身,就不下马了。你忙着,我赶时间。"

邬三打量牡丹等人的神色,笑着行了个礼:"您忙,您忙。"待牡丹走远,便回头同那几个人道:"你们在这里等公子,我去去就来。"